한국남북문학100선

농 민

이무영／지음

■ 작품해설
이무영의 작품세계·
윤병로

일신서적출판사

책머리에

언어는 인간만이 유일무이하게 구사할 수 있는 사상의 전달매체이다. 말은 시간적인 의미의 매체이며 글은 시간을 초월하는 공간적인 의미의 매체이다. 문자가 발명되어 기록으로 전해짐으로써 비로소 사상은 고금을 잇는 연결고리를 갖게 되었다. 이렇게 문자를 통해 선조의 사상과 지혜가 후세에 전달됨으로써 인류문명은 비약적으로 발전하게 되었던 것이다.

우리 나라도 세종대왕께서 세계에서 가장 훌륭한 문자인 한글을 창제하시어 우리만의 문자를 갖게 되었다. 그러나 안타깝게도 한자 문화의 영향권에 오랫동안 머물러 있었던 것이 개화기를 맞아 우리 글에 대한 새로운 시각에 눈을 뜨게 되자, 비로소 우리 글로 씌어진 문학작품이 물밀듯이 쏟아져 나오게 되었다. 그러나 이처럼 많은 작품들을 여러분이 모두 읽을 수는 없는 실정이다. 따라서 한국문학사에 길이 남을 훌륭한 작품들을 신중히 선택하여 수록함과 더불어 여러분에게 실질적인 도움을 주고자 교과서에 나오는 작품들을 위주로 하여 《한국남북문학 100선》이라는 표제를 붙여 발간하고자 한다. 여기에는 납북작가들의 작품까지도 자료가 보충되는 대로 수록하여 여러분에게 편중된 작가의 작품만 읽는 우를 범하지 않도록 배려하였다.

이 《한국남북문학 100선》이 학생들뿐만 아니라 일반인에게도 널리 읽혀 우리 문학작품의 흐름과 이해에 많은 도움이 되었으면 하는 마음 간절하다.

이무영 단편집

차례

이무영(李無影 : 1908~1960)

　본명은 용구(龍九). 충북 음성 출생. 1926년 장편 《의지 없는 영혼》과 《폐허》 등을 발표했으나 작가로 인정받지 못하다가 1932년 동아일보에 중편 《지축을 돌리는 사람들》을 연재하고 《B녀의 소묘》《창백한 얼굴》등의 단편소설을 발표한 후 작가로서의 위치를 확립하였다.

　1939년부터 군포에서 직접 농사를 지으면서 본격적으로 농촌소설을 쓰기 시작했는데 그의 대부분의 작품은 1·4후퇴까지 17,8년간 계속된 이 기간에 씌어진 것이다.

　그의 작품에서 일관성 있게 느낄 수 있는 것은 휴머니즘과 모랄 의식이라고 할 수 있는데 특히 후기 작품에 속하는 일련의 단편에서 포착되는 남녀 간의 윤리관에서는 더욱 농후하게 느낄 수 있다. 그가 본격적으로 반도시적 농촌소설을 쓰기 시작했을 당시에는 경향파 문학이 유행했고 그도 일시 이에 동조하기도 하는 경향을 나타내기도 했다. 그의 농촌소설에 대한 집념과 열정은 1954년에 발표한 장편소설 《농민》을 절정으로 하고 있으며, 6·25동란 이후에는 점차 시정문학으로 변모해서 《비련》《송미망인》 등 단편과 《창》《난류》 등 장편을 쓰면서 애정윤리를 추구했다. 그러나 이러한 시정문학은 모두 자신의 고독과 현실의 복종에서 오는 저항의식에 불과했고 30여년에 걸친 그의 문학사적인 공로는 역시 농촌문학의 확립에 있다고 볼 수 있다.

　그는 자유문학자협회 부위원장, 문총 최고위원을 역임했고 펜클럽 런던 대회에 한국 대표로 참석하는 등 대외적인 활동도 열심히 전개하던 중, 동아일보에 발표한 《계절의 풍속도》를 마지막 작품으로 남긴 채 뇌일혈로 사망했다.

　그의 다른 작품으로는 《제1과 제1장》《흙의 노예》《궁촌기》《어떤 아내》《도전》《흙을 그리는 마음》《먼동이 틀 때》《사랑의 화첩》 등이 있다.

죄 와 벌

1

경관이 쏜 피스톨에 범인인 교회지기가 쓰러지자 관중석에서는 벌써 의자 젖혀지는 소리가 요란했다. 그러나 화면은 아직도 계속되고 있다. 신부로 분장한 몽고메리 크리프트가 천천히 걸어가서 범인을 받쳐들고 관중의 시야 속으로 부쩍부쩍 다가올 때는 관중석에서는 어시장 그대로의 혼잡이 벌어지고 있다. 아직 이회 관중들이 반도 빠져나가지 못했는데 삼회권 가진 사람들이 출입구를 막은 것이다. 빨리 나가라는 듯이 벨이 요란스럽게 울어대고 있다. 십분간이라는 휴식시간도 있고 하니 길을 텄으면 순조로우련만 출입구를 막고는 서로 입심만 세우고들 있다.

"나간 사람이 다 나가거든 들어오너라……."

"길을 틔워라! 바보 같은 자식들아!"

"내밀어라, 내밀어!"

'나는 고백한다'라는 영화가 끝날 무렵의 극장 이층의 광경이었다. 특별요금까지 받는 영화를 감상하러 온 서울의 지성인들이 연출하고 있는 장면이었다. 뚫고 들어온 사람은 제자리를 찾느라고 또 법석이다.

이 마치 뒷박 속의 메뚜기들처럼 쑤알거리는 이층 한복판에 흡사 입상이기나 한 것처럼 움직일 줄 모르는 한 검은 그림자는 먼 데서 보아도 분명 신부다. 신부로 분장한 성격배우 몽고메리의 그 처절한 표정에서 아직 완전히 해방이 되지 못한 관중의 눈에도 아직도 '나는 고백한다'가 계속되고 있는 것 같은 착각을 일으키게 했다. 사실 화면과 실제의 구별이 안 갔다.

가까이서만 보았다면 이층 신부 복장의 사나이의 표정도 몽고메리 못지않게 심각한 것이었을지도 모른다.

이윽고 신부는 움직이었다. 이 동작이 또 보는 사람으로 하여금 착각을 일으키게 한다. 정말 영화 속의 신부인지 관객석의 실제한 신부인지 분간키가 어렵다. 몽고메리가 무죄 언도를 받고 석방이 되어 재판소 문밖을 나왔을 때의 군중이 흥분하던 그 장면과도 비슷했던 것이다.

"으으음!"인지 "으으응"인지 분간키는 어려웠으나 정녕 이와 비슷한 신음 소리가 몽고메리가 아닌 실제의 신부 복장의 사나이 입에서 흘러나오고 있다. 신부는 늘씬한 키에 나이도 사십 가까이는 되어 보인다. 입구가 풀리자 신부 복장의 사나이도 군중 틈에 끼어서 문께로 밀려나가고 있었다. 아직도 화면에 미련이나 있는 듯 두어 번이나 스크린 쪽을 돌아다보기도 한다.

이윽고 신부 복장의 사나이도 밖에까지 나왔다. 밖에 나오면 대개가 옆도 안 돌아다보고 휑하니 자기 갈길을 가는 법이건만 신부복의 사나이는 그렇지가 않았다. 선전판에 붙은 사진들을 어린아이들처럼 바라다보기도 하고 높다랗게 붙은 간판 그림을 올려다보기도 한다. 선전 간판에 그려져 있는 그림은 신부로 분장한 몽고메리 크리프트가 우람스러운 벽과 벽 사이를 처적처적 걸어가고 있는 뒷모습이었다. 범죄자가 교회지기라는 것을 알고 있으면서도 성직에 있는 신부의 몸으로서 '살인강도'라는 어마어마한, 아니 추잡한 죄명을 써야만 하는 몽고메리였다. 그럴 것이 그는 천주의 대변인인 고해신부로서 선도의 고명을 들은 것이었다. 그는 범하지 않은 죄를 스스로 져야만 했고 성덕을 닦았다는 몸으로서 교수대에 서야만 했다. 그러나 몽고메리가 자기의 살인죄를 부정 못 하는 것은 교회지기가 살인에 사용했던 피 묻은 신부복이 자기 의장 속에서 나왔대서만은 아니다. 오직 그 자신이 고해신부였기 때문이었다. 신도로부터 고해를 받는다는 것은 인간 대 인간의 한 접촉이 아니라 천주를 대신하여서였다. 고해성사는 천주의 정하신 바인 것이다. 천주의 이름으로서, 천주의 성총으로서 죄를 사해주는 것이다.

천주께서는 한 번 사하신 바 있는 불행한 인간의 죄를 두 번 묻지 않으신다. 고해신부가 고해받은 신도의 죄를 입 밖에 낸다는 것은 천주께서 사하신 바 있는 죄를 두 번 벌하게 되는 것이요, 이러한 고해신부의 파계는 곧 천주 전능을 범하는 대죄이기 때문이다. 신부역인 이 몽고메리와 함께 신과 인간의 틈새기에 끼어 몸부림쳐온 신부 복장의 사나이한테는 몽고메리의 뒷모습에서 그의 초인간적인 그 처절한 고뇌의 표정을 샅샅이 읽을 수 있던 것이다.

"으흠!"

신음 소리가 신부복의 사나이 입에서 또 한 번 흘러나오고 있다. 겨우 그는 간판 앞을 떠나서 큰 거리로 발을 옮기는 것이었다. 거리는 이미 어둡기 시작하고 있었다. 덜 익은 밀감 빛깔의 가로등이 어둠 속에 풍선처럼 떠 있다. 늦가을을 지나 초겨울에 접어든 날씨치고는 푹한 편이었지만 앙상해진 가로수에서 오는 시각은 역시 찼다. 이따금 제법 찬바람이 한 차례씩 분수를 떨고 지나간다. 그럴 때마다 신부복의 사나이는 그 껑충한 목을 움츠리고 양쪽 어깨를 추썩인다. 흡사 오한이 오는 사람 같아 보인다. 혹 한기가 드는지도 몰랐다.

사나이는 네거리를 바른쪽으로 꺾어 퇴계로 침침한 거리로 접어든다. 서울의 심장부라면서 숫제 어둡다. 거기에 검정복색이라 하지만 칼라만 아니면 존재조차도 선명치 않을 그런 어둠의 거리였다. 거기에 걸음새가 또한 어두운 거리에는 제격이었다. 고개를 비어 꽂은 기다란 몸체가 뒤에서 보면 사뭇 능청댄다. 거기에 또 긴 옷자락이 너펄대어 허질대는 인상까지 준다.

가끔 자동차의 불빛이 그의 전신을 어둠 위에 부각시켜준다. 영화 '나는 고백한다'를 본 사람이면 누구나 이때의 장면을 스크린의 화면과 착각을 했을 것이다.

"으으응!"

또 한 번 검은 그림자 상부에서 이런 신음 소리가 들린다. 그리고 잇대어 이런 기구 소리가 들렸었다.

"주여! 이 몸을 구하소서!"

2

그렇다. 이 검은 옷의 사나이는 역시 신부였다. 뒤늦게 교문을 두드린 수도자도 아니다. 어엿한 태중교우로 신학교를 거친 신부였다. 원명은 박 진태였지만 진태란 이름은 어려서 불러보았을 뿐 사십을 바라보는 오늘까지 '요셉'으로 통해오고 있다. 지금은 본당을 떠나서 변두리의 자그마한 성 당의 주임신부였지만 강론은 말할 것도 없거니와 교리에도 밝았고 자기의 소신을 문자로 표현하는 특재가 있어 교우들의 신망도 컸다. 주교님까지가 특히 한 점을 더 놓고 있는 터다. 박 신부의 손에 세례를 받은 사람만 해도 수천으로 헤아릴 수 있고 그 앞에서 혼배를 한 사람들은 거짓말처럼 모두가 행복하다 하여 교우들간에는 우상처럼 받들어지는 존재였다. 어려서 한학을 많이 닦기도 했으려니와 특히 역사에 밝았다. 노인 교우들 틈에 가면 노 인들과 이야기가 어울렸고 철학은 신학 수업에서 필수과목처럼 되어 있 다지만 문학에도 조예가 깊었고 그 자신 시작도 취미삼아 하는 터라 젊은 사람들 앞에 나가서는 또 젊은 사람들과도 호흡이 맞던 것이다. 평생을 불교도로서 자처한 저 유명한 한학자인 구봉 선생을 천주교로 개종시킨 공로자도 이 박 신부였던 것이다.

"박 신부님은 정통하신 어른이셔, 한 번 척 보시기만 해두 성찰을 잘 했는지 통회를 했는지 통회까지만 하구 정개를 않았는지 그냥 꿰뚫으시 거든!"

이것이 교우들간의 박 신부 평이었다.

사실 박 신부는 고명을 받기 전 고해자의 얼굴만 보아도 이 세 절차를 밟은 고해자인지 아닌지를 정확하게 판단을 했던 것이다.

연평도에 가서였다. 고해소가 마련되어 있지 않은 자그마한 성당이었 던지라 어린 교우들의 고명을 성당 앞 커다란 느티나무 밑에서 받은 적이 있다. 그때 한 소년이 고명을 하러 왔다. 소년의 고해 사실은 대수롭지는 않은 것이었다. 제 동무인 어떤 소년과 싸우다가 매를 맞은 감정으로 그 아이의 집 그물을 밤에 몰래가서 한 뼘은 찢었다는 것이다. 이 고명을 듣고

박 신부는 머리에 손을 얹어 죄를 사하기 전에

"너는 신부님이 보시기엔 통회를 않았다. 통회 하지 않은 사람한테 정개가 섰을 리 없고 정개 않은 사람이 어떻게 고해를 하러 나왔는가?"

이렇게 꾸짖자 그 소년은 그 자리에 엎디어 흑흑 느끼어 울었다는 것이다.

이 소문이 교우들간에 쫙 퍼지고 말았다.

"박 신부님은 고해자의 음성만 들으시고도 그것이 참된 고해지 모고해인지 딱 판단을 하신다!"

이쯤 되면 섣불리 박 신부한테 고해를 하러 나갔다가는 큰일이다.

"박 신부님은 관상두 보시나보죠?"

하고 여학생 교우들이 한 번 놀린 일이 있었다.

"저런 잡소리."

"관상은 미신과 달라서 과학이라던데요?"

"관상으루 판단하는 게 아니라 성덕을 잘 닦고 나면 모든 사리가 판단이 되는 법이지. 성덕은 모든 불투명체를 투명케 한다. 그러기에 천주님의 뜻과 가르치심과 판단은 성덕을 닦음으로써만 이루어지는 것이다. 조금도 이상한 일도 아니요 신기한 일도 아니야. 너희들두 믿음이 크면 다 알게 돼요. 이 믿음이란 교리를 잘 이해하는 데 있지. 고해성사 한 가지만 놓고본대도 고명이 얼마나 필요한 것이고 신앙 생활에 있어서 얼마나 소중하다는 것을 모르게 되면 자연 큰 죄는 숨기고 하잘것없는 과실만 들어서 모고해로 모령성체를 영하게 된단 말야. 그렇지만 모고해가 얼마나 무서운 대죄라는 걸 깊이깊이 깨닫게만 되면 하라고 해도 모고해를 못 하게 되는 거야. 모고해를 했어도 깊이 뉘우치고 총고해를 하기만 하면 천주께서는 또 웃으면서 아무리 대죄라도 사하신다는 거룩한 뜻을 가지셨느니라."

하나하나, 그것도 지극히 알기 쉬운 말로 교리를 풀어주는 박 신부 주변에는 남녀노소의 구별이 없이 언제나 교우들이 둘레를 싸고 있었다.

이렇듯 경앙의 적이 되어 있기도 하려니와 그 자신도 이만하면 천주의 뜻에 거슬리는 일은 없으리라고 어느 정도 자부하기도 했던 박 신부한테 무서운 고뇌가 찾아온 것이었다.

어제까지도 교우들의 고해를 받던 박 신부였다. 그리고 천주의 이름을 대신하여 그들의 죄를 사해주는 위치에 있던 사람이었다. 신부가 고해소에

선다는 자체가 벌써 천주의 이름과 몸을 대신한다는 뜻인 것이다. 신부는 천주의 대변인이요 대리 행사자이기 때문에 사람들은 신부의 발 앞에 꿇어앉아서 부부간, 형제간, 친부모한테도 토설하지 못한 모든 죄를 고백하는 것이다. 이 고해신부에 대한 믿음은 곧 천주께 대한 믿음이요 천주의 성소를 받음으로써만 신부가 될 수 있고 또 고명도 받을 수 있다는 것을 믿는 데서였다.

이 믿음을, 아니 천주께서 마련하시고 예수께서 교시하신 이 거룩한 성사를 저버리는 것보다도 대죄는 없던 것이다. 이 교리를 알기 때문에만, 믿기 때문에만 그들은 신부 앞에 모든 죄를 고명하는 것이었다. 이것을 누구보다도 잘 아는 사람이 신부였고 고명을 받은 박 신부 자신이던 것이다.

이 고해신부인 박 신부가 교우들로부터 고명받은 사실을 누설하지 않으면 안 될 함정에 빠지고 만 것이다. 그럴 수는 없었다. 그러면서도 그러지 않을 수도 없는 처지였다.

3

사건이 벌어진 것은 아직 늦더위가 채 걷히기 전인 어느 날 아침이었다. 새벽 미사를 올리고 돌아와서 그날 할 일을 메모하고 있는데 문을 두드리는 사람이 있었다. 박 신부는 노크 소리만으로 외래 손님이라는 것을 알았기 때문에

"들어오십시오."

대답을 하면서 손이 들어오기를 기다리지 않고 방문을 열어주었던 것이다.

"박 신부님이십니까?"

"네, 그렇습니다만 누구시던가?"

아는 교우가 아니다. 낯은 선 사람이었지만 교우라고 다 아는 도리도 없는지라 우선 이렇게 대접을 하려니까

"신부님께 좀 여쭈어볼 것이 있어서요. 여기 좀 앉으시지요."

하고 되려 의자를 권한다. 그때까지도 박 신부는 어느 구의 교우겠거니만 싶어 원탁자 위에 어수선히 흩어져 있는 신문 잡지 등속을 큰 테이블로

옮기고 자리를 잡으며

"아침 소제도 못 했습니다. 과히 흉보지 마십시요."

이렇게 웃으며 하는 말에도 찾아온 청년 신사는 굳어진 얼굴로

"박찬재 씨와 신부님관 어떻게 되시던가요?"

"박찬재?"

박찬재 하는 소리에 신부는 벌써 가슴이 철렁해졌다. 웬일인지 찬재라는 소리를 듣는 순간 이 청년이 경찰 관계 사람이리라 하는 것이 동시에 깨달아 진것이다.

"박찬재, 내 동생인데요? 누구신데 왜 그러시나요?"

"아, 그러십니까. 역시 그렇군."

하고 혼잣말처럼 하더니만

"나 이런 사람요. 서에서 잠깐 박찬재 씨에 대해서 여쭈어볼 것이 있어서요. 너무 일찍 이렇게 찾아와 뵈어 죄송합니다."

"원 천만에."

말은 이렇게 했지만 유쾌한 기분은 절대로 아니었다. 시간이 이르대서는 아니다. 이 불의의 방문객이 가진 임무에 대해서였다.

그대로 자기를 찾아왔단대도 유쾌한 일은 아닐지 모르는데 동생인 찬재와의 관련이 된다면 결코 유쾌한 일은 아니니라 싶었기 때문이다.

찬재와 경찰과는 그런 인연도 있을 수 있느니라 싶었다.

그러지 않아도 늘 불안한 중에 있던 터라 박 신부는 즉각적으로 찬재의 그 무슨 범죄에 대한 것이니라 깨달아졌다.

"무슨 말씀인지? 뭐 개한테 무슨 잘못이라두 있었던가요!"

"뭘요! 대단친 않은 얘기니까 안심하십시요. 뭐 좀 누구하구 박치길 해서요."

"아, 그렇습니까."

우선 죄명이 박치기 정도라는 데서 마음이 후련해진다. 박 신부는 찬재와 경찰과라면 좀더 큰 죄명이 아닌가 했던 것이다. 찬재는 그럴 소질을 다분히 가진 청년이었던 것이다.

주소, 이름, 나이, 학력——이렇게 평범한 것을 묻고난 형사가

"평소의 언행은?"

하는 데서는 박 신부로서도 난처했다. 좌익도 아니요 그렇다고 우익도 아닌 어떤 회색 정치단체에 가담하고 있다는 것도 알고 있었고 여·야 할것없이 지도자들에게 대한 불만으로, 죽일 놈, 살릴 놈 하는 것도 알고 있었지만 그런 말을 할 수도 없거니와 신부의 몸으로서 거짓말을 할 수도 없는 난처한 처지다. 그래서

"평소라야 집안 일로밖에는 별로 이야기하는 일이 없습니다만 무엇을 물으시는지 요점을 말씀하시면……"

"평소에 정치라든가 정부라든가 기타 사상적인 언행은 어땠던지요?"

"그런 얘긴 통 못 들었습니다. 내가 만나기만 하면 성당에 나오라고 야단을 치니까 잘 오지도 않지만."

이것은 사실이기도 했다.

"그럼 뭐 어디 정치라든가 무슨 단체 같은 덴?"

"그런 것도 없을 겝니다. 그저 아이가 좀 성격이 괄해서 웬만 일엔 참질 못하는 단점이 어려서부터 있긴 해요. 그래서 나하고도 많이 싸웠습니다만."

이 밖에도 최근 만난 시일과 장소, 그때의 대화, 교우 관계——이런 것을 꼬치꼬치 캐어물었지만 실상 박 신부도 동생을 만난 지 십여 일이나 되었었고 그때도 병중에 계신 아버지, 역시 몸이 가볍지 못하신 어머니에 출가 전인 누이 찬숙이, 저의 내외에 어린것 해서 여섯 식구나 되는 집 살림 이야기밖에는 다른 얘기란 야당 지도자와 여당의 지도자 몇 사람의 이름을 들어 때려죽이느니 어쩌느니 했지만 그까짓 소리는 늘 하던 소리였고 보니 들추어 말할 이야깃거리도 못 된다.

"그렇습니까. 아침부터 실례했습니다……"

형사는 이렇게 작별 인사를 하고는 구체적인 사건의 내용도, 어느 서라는 것도 밝히지 않고는 다시 알려주마 하고 돌아가버렸다. 없었더니 보다야 못 하다 해도 그만 정도의 사건인데 오히려 다행하다 싶다.

'정신 좀 차려야지 저도……'

이렇게 마음을 늦추고 방 안 정돈을 하는데 찬숙이가 달려왔다. 간밤 오빠는 들어오지도 않고 새벽처럼 형사 셋이 달려들어서 온 집 안을 발칵 뒤집고 수색을 했다는 것이다. 책상은 물론 백여 권이나 되는 책갈피며, 천장, 다락, 심지어 마루청까지 뜯어젖히었고 웬만한 데는 파보기까지 했

다는 것이다.

"아니, 내겐 와서 누구하구 박치길 했다구 그러던데?"

"박치기가 뭐야요?"

"들이받았다는 말이지 뭐냐. 쌈을 한 말투던데? 그래 뭐라고들 그러
든?"

"사람을 죽였단 말만 불쑥 하곤, 물어야 대답두 않아요. 집에 드나든
사람의 이름두 쌱 적어가구 철 씨 이름은 안 대두 좋은데 어머니가 불쑥
대지 않아요!"

철이란 찬숙과 상애 관계에 있는 젊은 의사였다. 박 신부도 한두 번 만난
적이 있어 성당에도 나오겠다했고 착실해 보이기도 하여 저희들만 좋다면
쯤 생각하고 있던 터지만 이런 판에도

"철 씨가 뭐 오빠 친군가, 날 찾아온 사람이지."

하고 되뇌는 것을 듣고 있으려니 인간이란 이렇게도 모든 사고가 자기
본위인가 싶어진다.

"그래, 뭐 가져간 건 없구?"

"서랍 속을 그대로 폭삭 쏟아갔으니 그 안에 뭐가 들었는지 알 수 있어요.
책두 대여섯 권 갖구갔구, 자꾸만 무기를 어디다 감추었는지 대라잖아요?
하두 으르딱딱대기에 우리 집 안엔 무기가 이것밖에 없다구 방바닥에 굴러
있는 송곳을 집어주었죠. 그랬더니 냉큼 받았다가 홱 팽갤 치겠지."

누이의 이런 이야기를 듣고서야 박 신부도 단순한 박치기가 아니려니
싶어졌다. 박치기로 살인이 될 수도 있겠지만 단순한 박치기였다면 가택
수색까지는 않았을 것이요, 더욱이 무기 운운할 리가 만무다 싶다.

그제서야 사건의 중대성을 깨닫고 박 신부는 분관으로 뛰어가서 신문사에
전화를 걸어보았다. 아는 사람 이름을 대니 없다는 것이다. 그래서 여기는
한 독자인데 새벽에 어디 살인사건이 발생했느냐 물었더니

"지금 호외가 나갔습니다."

하고 탁 끊어버린다.

딴 신문사에도 또 걸었더니 그 사에서는 아직 호외를 내는 중인지 두
군데서 전화받는 소리가 다 들려오고 있다.

"여보시요. 여기는 독잔데요……."

하기가 무섭게

"지금 바쁘니 좀 있다가 걸어주시오."

하고 탁 끊어버린다.

중대한 사건임에 틀림이 없다. 이 중대한 사건의 주인공이 아우 찬재라고 단정하고 나니 오금이 착 접쳐진다. 자세한 내용은 알 수 없었지만 이 사건은 다분히 정치적이란 것, 찬재가 직접 관계자라는 것이며 상대방은 절명이 되었는지도 모른다는 데 귀결이 되자 더 알아볼 용기도 나지 않는다. 수화기를 든 채 그는 그저 우두커니 서 있기만 했었다.

이 박 신부의 추측은 불행하게도 사실에 접근한 것이었다. 전날 밤 통금 직전인 열시 사십분경 여당의 중요 간부일 뿐만 아니라 재정 운영에 큰 뒷받침을 해주고 있던 삼일제당, 삼일방직, 삼일상사 등 삼일재벌의 주인공인 한규덕 씨의 침실에 복면을 한 괴한 한 명이 침입, 문소리에 깬 한씨에게 불문곡직하고 피스톨 두 방을 쏘았다. 한씨가 비명과 함께 쓰러지는 것을 보고는 행방을 감추었다는 것이다. 마침 그날은 한씨의 생일날로 열시 지나기까지 댄스 파티가 있었다 하며 한씨가 침실에 들어간 지 불과 십분도 못 되어 이런 변괴가 생겼다고 한다. 문 여닫는 소리를 식모도 들었지만 주인이 변소에 가는 줄로만 알았다는 것이다. 한씨는 생명이 위독하다.

물품에 일체 손을 대지 않은 것으로 보아 순전한 강도 행위가 아니라는 것이 유력시되되 여당의 간부인 만큼 정치적인 배후 관계가 있으리라는 것도 단정할 수 있다고도 했다.

범인은 범행 전 내객을 가장하고 미리 어디에 잠복했다가 기회를 본 것이 분명했다.

사건 발생의 급보를 받고 달려간 경찰대는 유력한 용의자 한 명을 체포하였으나 수사상 기밀을 보유하기 위하여 성명, 나이, 직업 일체의 발표를 보류하고 있다.

──이런 내용이었다.

용의자의 이름이 밝혀진 것은 그날 오후였다.

용의자가 박찬재로 박모 신부의 실제라는 것도 발표되었으나 범인은 일체 사실을 부인하고 있어 준엄한 문초를 계속하는 한편 방증을 얻기에 수사진은 혈안이 되어 있다는 것이다.

그리고 박이 유력한 용의자로서 등장하게 된 중요한 이유는 동 용의자가 한씨 집에서 약 천오백 미터 지점인 덕성여중 정문 앞에서 골목으로 숨다가 체포된 것이다.

거기에다 가택을 수색한 결과 불온문구가 수없이 나열된 일기장이 나타났고 불온서적도 발견이 되었다는 것이다. 구체적인 것은 하나도 발표를 보지 못한 채 사건은 다시 오리무중으로 들어갔다. 본인의 극력 부인은 있을 수 있는 일이라 해도 방증이 될 만한 무엇 하나 발견된 것이 없던 것이다. 상당한 지능 범행으로 피스톨을 방 안에 버리고 갔으나 문에도 피스톨에도 지문 하나 자국이 없을 뿐더러 구두에서 헝겊 커버를 신었던지 신발자국 하나를 발견할 수 없다. 이 범행 동기나 방법으로 보아 확실히 배후에 그 무슨 커다란 움직임이 있다는 단정이 내려졌다. 그러니만큼 수사진은 더 초조해 했다.

오직 하나 다행한 것은 한씨는 생명을 건질 수 있다는 것이 확인되었을 뿐 한씨가 의식 회복이 되면 범인의 인상 윤곽이 나타나리라 했던 것이 막잠이 들다가 문 여는 소리에 놀라 눈뜬 순간에 총탄을 맞은 터라 전혀 기억에도 없다는 것이다.

이러구 보면 용의자를 달구치는 도리밖에 없다.

용의자한테도 또 한 가지 불리한 것은 용의자는 군대 복무시에 사격 대회에서 항상 등내에 들었다는 것, 거기에 또 그날 체포된 지점에서 피신한 이유로써 갑자기 경관 사이드카가 달려오고 경찰 지프차가 내다고 하니까 필시 사건이 생겼을 게고 이런 때 붙들리면 죄는 없지만 도시 성이 가시니까 어두운 골목으로 잠시 피하자던 것이라 한다. 있을 수 있는 심경이었지만 그것으로 죄가 벗어지는 것은 아니었다. 거기에 직업도 없었다. 이름도 없는 출판사에 다니다 말다 한다는 것이다. 용의자에게 한 가지 유력한 것이란 오직 그의 집이 삼청동 막바지라는 것뿐이다. 체포된 지점에서라면 용의자의 집까지 통금 시간에도 충분히 갈 수 있는 상거였던 것이다.

사건 발생 전 약 두어 시간의 알리바이를 증명할 만한 재료도 용의자는 갖고 있지 못한 것이 또한 혐의를 농후케 하고 있다. 여덟시나 되어 집을 나와서는 다방에 한 번 들렀을 뿐 줄곧 거리를 헤맸다는 것이다. 불행히 다방도 늘 가는 다방이 아니었던지 레지도 마담도 전혀 본 기억이 없다는 증언을 했다.

사건은 날로 오리무중에 들어갈 뿐이었다. 이제 기다릴 것은 용의자의 자백뿐이었던 것이다.

4

용의자가 드디어 자백을 했다. 사건 발생 후 삼주일 만이었다. 그러나 박 신부는 조금도 놀라지 않았었다. 그는 이 사건의 진범이 자기 동생임을 벌써 단정하고 있었던 것이다.

평시의 언행으로 보아서도 그러했다. 성격도 그럴 수 있는 소질이 많았었다. 고향인 안악에서였다. 찬재가 여덟인가 아홉 살인가다. 찬재는 열두 살이나 먹은 아이와 싸우다가 넉장이 되게 맞고는 그날 밤 그 아이의 집에 불을 퍽 질렀었다. 가난한 집이었고 다행히 지붕만 반 가량 타서 변상만 하고 무사했지만 형과도 싸울 때는 돌이고 칼이고 마구 던지던 아이다. 군대에서도 그랬다. 중위로서 중령을 넉장이 되게 패주고 영창 생활도 했었다. 어려서부터 제 분에 못 이기면 제 손가락을 아지끈아지끈 깨물던 아이다.

박 신부는 어느 날 하루 동생한테 성총이 내리기를 기구하지 않은 날이 없었다. 그러나 찬재는 더 엇나가기만 하던 것이다. 그대로 잠자코 있기나 했으면 오히려 좋았다. 그는 성직자인 형 앞에서

"종교는 아편이어요!"

했었고

"형은 가장 신성한 직책이나 다하고 있는 상싶을지도 모르지만 신부가 마술사와 뭣이 다르지요? 사기꾼과? 사기꾼은 한 사람만 속이지. 형은 천주의 이름을 팔아서 만인을 사기하고 있는 거야."

이런 찬재였다. 이런 아우였다. 형은 아우를 버린지 오래였다. 아우는 마귀 이외의 아무것도 아니었었다. 그러나 그러면서도 형은 아우를 못 잊어 해왔다. 신부였지만 그는 역시 형일 수밖에 없는 인간이었던 것이다. 형은 슬펐다. 슬프면서도 동생의 살인을 인정치 않을 수 없었던 것이다.

아우가 자백을 했다는 신문 보도를 본 순간 형은 슬프기는커녕 기뻤다. 당국의 알선으로 형은 두 번이나 아우한테 자백하기를 권했던 것이다.

두 번 다 아우는 완강히 부인하고 있었다.

"형은 놈들과 부동이 돼서 단지 하나밖에 없는 동생을 살인범으로 몰고 마음이 편하리다. 편할 게요. 내가 이만큼 사실이 아니란다면 형만은 믿어주어야 하지 않겠소. 형만은! 형은 천주의 대변자라니까. 난 교우는 아니지만 형이 믿는 천주 앞에 맹세를 합니다. 절대로 난 범인이 아니어요. 여덟시에 집을 나왔어요. 울적해서 울분에 가슴이 터지는 것 같아서…… 돈도 없었소. 형이 언제 한 번 집안에 보태 쓰라고 목돈 집어준 일이 있던가요? 신부는 제 부모 형제를 돌보아선 안 되오? 굉장한 법규로군. 성스러운 규율이구요? 오 년간이나 전쟁을 하구 왔으니 직업을 주오? 집엔 돈 한 푼 없었소. 내가 어째서 울적치 않겠어요? 그날도 실은 형이라도 찾아가리라 나섰다가 형을 보면 골통을 깨고 싶어질까봐 참고 돌아오던 길이었어요. 그런 날 죄인을 만들어?"

두 번째 갔을 때는 만나주지조차 않으려 들었다. 겨우 만나더니 그대로 감정을 폭발시키어 물어뜯으려 들던 것이다. 몸이 몹시 약해져 있었다. 그 때문이라 싶어 그날은 단념을 하고 돌아왔던 것이다.

그렇게 완강히 자백을 거부하던 아우가 자백을 한 것이다.

이로써 아우는 천주님의 사하심을 받았느니라 했다. 성덕을 입고 성총이 베풀어지느니라 했다. 형은 성당으로 달려갔다. 무릎을 꿇었다. 오늘처럼 천주와 감정이 통한 기구는 일찍이 없던 것 같다.

"지극히 자애로우신 천주시여…… 주님의 거룩하오신 계시로 악마의 자식이던 아우 깨친 바 있사와 주의 품에 돌아오게 해주시오니 그 은총 무한 감사하오이다. 제 아우 비록 아직 주의 품에 들지는 못했사오나 성총을 입사와 통회할 날이 있을 것이옵고 임종할 그 순간까지에는 반드시 천주님을 받들 때 있으리라 믿사옵니다. 아우 찬재 비록 마귀에 사로잡혔사와 대죄를 범하였사오나 이제 천주께서 계시하오신 십계 중 일계만이라도 깨우치고 성총의 도움을 받아지자 몸부림치고 있사옵니다. 저의 아우 사 심판정에 서옵거든 성총으로 어루만지시고 강복해주시와 성분도 기록에 있는 성 요안, 네뻠지에도 되게 하오소."

　형의 기구에는 눈물이 섞여 있었다. 외어도 외어도 미진했다. 미운 아
우였다. 죽이고 싶은 아우기도 했었다. 차라리 죽기나 했으면 영혼의
구원을 받느니라 한 아우였다. 사교 사상에 물든 아우, 무신자보다도 더
미웁던 이단자인 아우! 그러나 그는 신부였지만 역시 아우의 형이었었다.
이단자요 사교자요, 마귀의 아들이었지만 역시 사랑하는 아우였다. 형은
오늘 지금서야 자기가 얼마나 아우를 미워했던가도 알겠지만 또 얼마나
사랑했는가도 깨달아지는 것이었다. 그는 자기가 신부일 뿐만 아니라 인
간이었다는 것도 깨달았고 신부이지만 역시 인간인 아우의 형이라는 것도
뼈저리게 깨우쳤었다.

　'아우여! 동생아. 형을 용서해 다오! 나는 천주의 아들인 동시에 너의
형이었어야 했다. 그러나 형은 오직 천주님의 아들이었을 따름이었다.'

　자기 방에 돌아온 형은 문을 잠그고 목을 놓아 울었다. 울어도 울어도
시원치 않았다. 아우에 관한 속보는 거의 매일처럼 신문에 나고 있었다.
이제는 배후 관계의 추궁만이 남았었다. 배후 관계가 밝혀진다면 불똥이
어디를 튈지도 모른다는 것이다. 어떤 신문은 배후 관계 여하로는 정부
고위층에 바람이 불지도 모른다 했고 여당계 신문은 또 야당계 거물급에
선이 닿지 않았나 하는 무시무시한 추측 기사를 내기도 했었다.

　'한씨 저격사건, 정계 거물급에 비화?'

　가로 일단 반의 어마어마한 타이틀은 국민들을 불안에 사로잡히게 했다.

　그러나 다 읽고 나면 아무런 근거도 없었다. 그저 그럴지도 모른다고
추측일 뿐이었다. 근거 있는 소스의 기사는 못 되었었다.

　"장난들 몹시는 한다. 아니 신문이란 이런 수단으로밖에 팔아먹을 길이
없드람!"

　이렇게 분개하는 축들도 있었다.

　누구보다도 형이 그랬다. 신문에 대한 형의 증오감까지 드는 것이다.

　그러나 형 신부는 체념을 했다. 배후 관계가 없기를 바라는 마음에는
틀림이 없지만 그것도 아우의 죄를 덜어주기 위해서이지 형벌을 덜어주자는
데서는 아니었다. 배후 관계가 있든 단독 범행이든, 살인 기수가 아니고
미수이든 아우의 생명은 이미 없거나 진배없는 일이었다. 이 기구 또한
아우에 대한 극진한 애정의 표현이었다. 죄로 더럽혀진 아우의 생명이 이

세상에 남아서 더 욕되게 하고 싶지 않은 심정이기도 했던 것이었다. 형의
혼란된 머리에는 형에 대한 판단도 서지 않았고 아니 그런 것은 생각하고
싶지도 않았다. 지금 형이 알고 싶은 것은 아우가 언제 천주께로 돌아와
주겠느냐 하는 것이었다. 언제 고요한 마음으로 교리를 배워 영세를 하고
총고해를 하게 되느냐는 것만이 지금 형의 머릿속을 채우고 있는 생각이
었다. 희망이었었다. 외인이 볼 때는 한낱 잠꼬대 같은 이야기일지도 모
르지만 천주의 아들이요 성직자인 형으로서는 이것이 아우에 대한 최대의
애정이었고 사랑이었었다. 지금의 형은 이 밖에는 애정을 표현할 줄 모르는
사람이기도 했다. 그 이외의 어떤 사랑의 방법도 형을 만족시켜주지는
못했을 것이다.

'아우여! 하루 바삐, 아니 한시라도 빨리 주의 품으로 돌아오라……."

5

다시 열흘이 지났다. 또 열흘이 헛되이 갔다.

그러나 배후 관계는 실마리도 집어낼 수가 없었다. 범인은 일체 부인했던
것이다.

다시 며칠이 지나서다. 비로서 단서를 얻었다는 신문 보도가 났다. 모
무소속의 거물급인 정치인이라는 것이었다. 정계는 물론 전국민의 신경은
다시 날카로워졌다. 그렇다면 이북 괴뢰 간첩과도 접선이 되지 않았을까
하는 공포에서였다. 그렇지 않아도 거의 매일처럼 간첩이 잡히고 있었다.
상당한 거물급의 간첩도 벌써 이달 들어서 두 명이나 체포가 되었던 것이다.
월북하려던 집단간첩 일곱 명 일당이 서해안에서 체포가 되자 간첩단의
세포가 속속 드러나고 있었다.

그러나 조사 결과 그것은 범인의 전혀 허위 진술이었음이 판명되었다.
몇몇 거물급 인물한테서는 범인의 진술을 인정할 만한 아무런 방증도 찾
아내지 못했던 것이다. 며칠날 어디서 만나서 피스톨을 받았다는 진술을
기초로 조사를 진행하다보면 당자는 그 당시 고향에 가 있었다는 알리바
이가 명백하게 성립이 되던 것이다.

이렇게 질질 끌던 어느 날 밤이었다. 범인의 형 박 신부는 피넛을 사다놓고

진을 마시고 있었다. 책상 위에는 현금 백만 환 뭉치가 놓여 있다. 부실한 취직이나마 아우를 잃은 집안 살림이 말이 아니었던 것이다. 아버지는 아들의 꼴을 본 후로 병이 부쩍 더해져서 가래가 식도를 막는 형편이었다. 며칠 전 찾아간 큰아들을 붙들고 병든 아버지는 약을 좀 사다달라고 애걸을 하던 것이었다. 그 약이 수면제였다.

"넌 너의 교리로써 그런 것을 죄루 알지 모르겠다만 아픈 사람을 더 아프게 하는 것도 죄니라. 아비두 더 살고 싶구 교리두 안다. 하지만 그건 아퍼보지 못한 사람의 일이다. 날 고이 잠재워다우. 빨리 천주께 보내다우, 첫째 저것들 굶는 꼴 볼 수 없어 더 견딜 수가 없다."

굵은 주름살 골을 타고 눈물이 천천히 흐르고 있었다. 어머니도 울고 누이도 울었다. 신부도 울었다. 신앙도 신앙이지만 우선 가족을 살려놓고 보아야 했다. 신부가 된 순간부터 그는 가정을 떠났고 혈족과 절연을 했다. 신부는 천주의 아들일 뿐 한 아들에 두 아버지가 있을 수는 없었다. 신부는 일체의 수입을 자기 일신의 필수품 외에 쓰지 않기로 했었다. 수녀는 더 말할 것도 없었지만 신부 또한 원칙적으로는 자기의 수입을 자기 가족 생활비에 쓴다는 것은 금지되어 있던 것이다. 오직 성당의 유지와 확장을 위해서만 쓸 수 있는 돈이었었다.

그러나 신부도 인간이었다. 오늘 백만 환을 월부로 갚기로 하고 빈 것이다. 마침 집에 붙은 판잣집 구멍가게가 집째 팔겠다던 것이다. 이것만 마련 해주면 그냥저냥 찬재댁이 꾸려가겠다는 것이다. 하느님의 아들은 또한 아버지를 모시기로 결심했던 것이다.

형 신부는 동료 신부와도 만나는 기회를 되도록이면 피했다. 윤 신부가 고해를 하러와서 부득이 한 번 만났을 뿐 이 사날째 성당에도 되도록 혼자 나갔다. 교우들한테도 실로 면목이 없다.

'살인범의 아우를 가진 신부.'

자기 자신이 범한 죄나 진배없었다. 제 아우 하나 교도 못 하는 형이 어떻게 많은 교우의 시범이 될 수 있느냐 하는 가책이 무서운 고통을 가져다주는 것이다.

박 신부는 또 술을 따랐다. 오십 도가 넘는다는 독주 진이었다. 취하고 싶은 심정이었다. 석 잔째 잔을 비우고 네 잔째를 따라 입으로 가지고 가려는데 누가 노크를 한다. 윤 신부였으면 했다.

문을 열자니까 뜻밖에도 교우였다. 시간을 보니 열시다. 이 바오로라는 깡패 소리는 들으면서도 성실하게 미사에 참여하는 독신자다. 기실 지금 마시고 있는 이 진도 바오로가 십여 일 전에 선사해온 것이었다.

"바오로! 고맙소, 이렇게 찾아와주어서. 자, 앉으시오. 바오로가 준 술, 오늘 처음 마갤 떼구 한 잔 하는 길이오. 바오로 술이지만 자, 한 잔."

신부는 차라리 이런 속인과 세상 이야기나 하며 취하고 싶었다. 교리에 관한 이야기를 떠난 명동 이야기나 들으리라 했다.

"자 한 잔."

"그만두겠습니다. 신부님."

바오로는 기구할 때처럼 손을 모으는 것이다.

"왜 그래, 바오로? 난 오늘 바오로와 한 잔 하구 싶은데, 한 잔 하면서 이야기도 좀 듣구! 세상 얘기가 좀 듣구 싶어졌어."

"아닙니다. 신부님. 오늘은 조용한 시간을 타서 신부님께 고해성찰 받으러 왔습니다."

앉지도 않고 나무처럼 꼿꼿한 채 손을 모은다.

신부도 얼른 잔을 놓고 성직자의 자기 자세로 돌아갔다.

"신부님, 방에서 받아주실 수 없을까요?"

"성찰, 통해, 정개에 조금도 유감됨이 없으시오?"

"네."

"그럼 고명하시오. 천주님의 정하신 바요, 예수님의 가르치심을 받아 바오로의 고해를!"

하는데 바오로가 말을 탁 가로막는다.

"신부님, 시간은 아니지만 성당 역시 고해소에서 받고 싶습니다."

"그래도 좋고."

했다가 신부는 의심이 났다.

"이유가 따로이 있소?"

"네."

"뭘까."

"여긴 너무 밝습니다."

"성찰은?"

"네……."

"통해도?"

"네."

"그럼 정개가 부족했소. 천주께 고해성사를 올리는 데 밝고 어두움이 어디 있겠소. 그럴 리 없지 않소?"

"그러면 여기서 받겠습니다, 신부님!"

신부는 속으로 의아스러웠지만 그런 내색은 할 수도 없이 천천히 몸을 일으키어 제의장 앞으로 가는 것이었다. 제의장 문 손잡이를 잡고서도 한참 무슨 생각에 잠긴다. 장문을 열었다. 영대를 꺼내어 몸과 팔에 걸고 고해소에 자리를 잡으며 성호를 긋고 있다.

이러한 신부의 동작을 지켜보고 있던 바오로는 신부가 성호를 긋고도 한참이나 되어서야 신부 앞에 무릎을 세우고 십자를 그으며 고죄경을 외기 시작한다.

"오 주 전능하신 천주와 평생 동정이신 성 마리아와 성 미가엘 대천신과 성 요안 세자와 종도 성 베드로, 바오로와 성인 성녀와 신부께 고하오니 나 과연 생각과 행함에 죄를 심히 많이 얻었나이다. 나 오늘 신부님께 고해하옴은!"

바오로의 고해가 갑자기 뚝 그친다. 신부는 눈을 감은 채 계속을 기다리고 있었다. 그러나 아무리 기다려도 바오로는 입을 딱 봉한 채 열지는 않는다. 신부는 눈을 떴다. 바오로는 처음 고해를 시작할 때의 그 자세였다.

"바오로! 계속하오."

신부의 재촉을 받자 바오로는 벌떡 일어나며

"신부님, 저 다음 기회로 미루겠습니다……. 신부님 말씀대로 정개가 미진한 것 같습니다. 죄송합니다."

"바오로! 그게 무슨 소리야! 죄를 지었으면 빨리 고해를 해야지. 죄란 병균과 같은 거야. 죌 짓구!"

"아닙니다. 담에 오겠습니다."

하기 무섭게 바오로는 인사도 변변히 않고 뛰어 나가버린다. 신부는 어이가 없었다. 한참이나 멍하니 섰다가 뛰어나가서

"바오로오 바오로오."

몇 번이나 불러야 바오로는 대답도 않고 뛰어가버리는 것이다. 발소리
까지 들리고보니 신부의 부르는 소리가 안 들렸을 리 만무였다.

'웬일일까? 무슨 일을 저질렀을까?'

신부는 영대를 벗어 의장 안에 넣고도 한동안이나 방 한가운데 멍하니
서 있었다.

'바오로가 무슨 잘못을 저지른 것일까?'

이상할 만큼 바오로의 행동이 마음에 걸린다.

보통 일이 아닌 성싶게만 생각이 든다. 웬만한 일이란다면 이렇게 밤에
찾아오기까지 했다가 달아날 리가 없었던 것이다.

'또 오겠지, 바오로는 진실한 교우니까……이렇게 죄를 짓고 괴로워한
다는 자체가 그만큼 성실한 때문이다.'

신부는 이렇게 생각했다. 그는 다시 테이블 앞으로 갔다. 술병과 돈을
싼 책보가 한꺼번에 눈 속으로 파고 든다. 그는 술잔으로 손을 가져갔다.
또 따랐다. 잔을 입으로 옮긴다.

아무리 먹어도 오늘만은 취할 것 같지가 않다. 취할 때까지 마시고 싶었다.
그리고 실컷 울고 싶었다.

며칠이 지나도록 바오로한테서는 아무런 소식도 없었다. 불안한 며칠
이었다. 돈은 준비가 되었다는 기별을 했지만 그나마 틀어지는지 누이한
테서도 기별이 없다. 일이 잘 안 되는 것이라면 비싼 이자를 물고 있을
수도 없느니라 싶어, 오늘 저녁에는 집에를 들러보리라던 날 고해소에
홀연히 나타난 바오로가 실로 놀라운 고해를 했던 것이다.

뜻밖에도 그것은 무서운 대죄였다.

살인이었다.

고죄경을 외는 바오로의 음성은 그대로 신음 소리였다.

"……내 탓이오. 내 탓이오. 내 큰 탓이로소이다. 이러므로 평생 동정이신
성모 마리아와 성 미가엘 대천신과 성 요한 세자와 종도 성 베드로, 성
바오로와 모든 성인 성녀와 신부님께 나를 위하여 오 주 천주께 전구하심을
비옵나이다……."

바오로는 고해를 끝마치었다. 그리고는 그대로 울어버리던 것이다.

"바오로가……."

신부는 의외였다. 괄하기도 했고 명동을 휩쓴다고도 들었지만 심지는 고우리라 한 바오로였다.

"동기는?"

"돈이 필요했습니다."

"그래 얼마나 소득이 있었던가?"

"천만 환 받기루 했었는데 백만 환밖에 못 받았습니다."

"무엇? 받다니?"

"실은 강도를 한 것은 아닙니다. 어떤 사람의 심부름을 했을 뿐입니다. 그 사람은 기어이 그를 죽일 필요가 있었던 모양입니다. 그러나 자기로서는 방법이 없으니까 그 청부를 제게로 가져온 것입니다. 처음 이야기로는 그 사람만 해치우면 돈은 요구하는 대로 주겠노라 했습니다. 그래 막연하게 얼마든지랄 것이 아니라 아주 보수를 정하자고 해서 천만 환에 정하구 우선 착수금으로써 오십만 환만 받구 성사한 날 잔금을 받기로 했습니다. 그러나 불행히도──아니 올시다, 신부님, 다행히도 실패했습니다. 그래 약속한 자리에 가보니 그 자는 오지 않았어요. 그 자가 있던 집을 찾아갔더니만 떠나구 없다는 것입니다. 그래 집으로 돌아왔더니 그 자가 집에다 오십만 환 두고 갔더군요. 실패를 했으니까 다 지불할 수 없다는 간단한 쪽지가 돈뭉치 안에 들어 있었습니다."

"그러면 피해자의 이름은?"

"신부님……신부님이 저보다 더 잘 알구 계실 겁니다. 신부님의 아우님께서 혐의를 받구 계신 바루 그 사건입니다."

이때 고해신부의 입에서 고통을 참을 때 하는 신음 소리 비슷한 소리가 났다. 아니 그것은 그대로 성직은 그만두고 인간에게서 교양과 지체 모든 것을 떼어버린 때에나 낼 수 있는 그런 동물의 소리였다.

그러나 고해신부는 곧 자기 위치로 돌아갔다.

"그래서?"

"범인으로 잡힌 사람이 신부님의 아우님이시라는 것을 안 것은 신문을 보구서였습니다. 그렇지만 않았더라면 전 이렇게까지 괴로워하지는 않았을 것 같습니다."

"그것은 고해자의 잘못 생각이오. 고명한다는 것은 죄의 사함을 받는데 있소. 누구를 위해서 자신의 죄의 사함을 받는 것이 아니라 자기가 지은 죄에 대한 사함을 받는 것이오. 어쨌든 고해할 생각을 한 것은 잘한 일이오. 그러나 고해를 했다 해서 다 죄의 사함이 받아지는 것은 아니오. 교우의 할 일은 이제부터요. 지금까지의 고해 사실은 실상은 통회에 지나지 않소. 정말 고해는 먼저 신부에게 할 것이오, 동시에 법에 나아가 자수하는 데서 비로소 고해가 성립되오. 이 순서가 바뀌었던 것이오. 그러나 지금도 늦지는 않소. 그러니 이 길로 바루 집에로 갈 것없이 경찰에 가서 자수를 하시오. 그것만이 천주의 계시를 좇는 길이오. 자, 조금도 지체 말고 주저도 말고 기꺼운 마음으로 자수를 하시오. 이것만이 죄를 기워 갚는 길이오. 영혼의 구원을 받는 길이오. 자, 이 길로 가시오. 가서 자수를 하시오. 자수를 한 순간 내게 고명한 죄는 깨끗이 사함을 받게 될 것이오. 자, 가시오. 조금도 지체없이……."

"가겠습니다, 신부님……."

"고마운 생각이오, 훌륭한, 족히 영혼의 영원한 구원을 받을 훌륭한 생각이오. 꼭 가야 하오. 혼자 가기가 무엇하라면 내가 같이 가드려도 좋소."

"아니올시다. 당당히 제 발로 저 혼자 걸어가서 자수하겠습니다."

신부는 준질히 훈화를 하고 보속을 주고 주께 감사한 마음으로 손을 들어 사죄경을 염할 때 바오로도 진심으로 가슴을 치며, 내 탓이오,——를 염하고 있었다.

고해가 끝나자 바오로는

"신부님, 하나 부탁이 있습니다."

"무엇이든지."

"제가 만일——아니올시다. 제가 자수한 뒤 제 가족을 좀 돌보아주셨으면 합니다. 마귀가 씌웠습니다. 지금까지 성당에 뭣하러 다녔던지 모르겠습니다. 신부님, 믿습니다."

"그건 염려 마오. 성당에서 돌보리다. 그러니 안심하고 가시오. 이 길로 바루가시오, 그렇지 않으면 또 결심이 풀어지는 법이니까."

"한 시간만 여유를 주십시오. 신부님. 집에 가서 어린 것들 자는 얼굴이라도 한 번 더 보구 가겠습니다."

"아니오……."

고해신부의 말은 엄숙했다.

"이 길로 가시오. 이 길로. 집에 들르면 또 구원받을 길을 놓치오. 자수한 후면 내가 아이들과 부인까지 모시고 자주 찾아주리다."

"알았습니다, 신부님……그대루 가겠습니다. 저두 어린 것들 자는 얼굴을 본다면 결심이 풀릴 것 같습니다. 저두 자신이 없습니다. 자식이란 똠방 다섯 살 먹은 머슴애 그것 하나뿐이니까요. 죄인의 자식이지만 영리하게 생긴 놈입니다. 귀엽기 짝이 없지요."

바오로는 눈물을 씻고 있었다. 보기 추할 만큼 얼굴이 일그러진다.

"정말 귀엽게 생긴 자식입니다. 신부님……."

"그러니까 바루 가시오."

"감사합니다. 신부님, 인제 저도 마음이 아주 가벼워졌습니다."

신부는 바오로를 문께까지 바래다주며 그의 어깨에 손을 얹었다.

"바오로, 고맙소."

"감사합니다, 신부님……."

굳은 악수를 하고 둘은 헤어졌다.

역시 바오로는 귀여운 놈이나 했다. 귀여운 놈야……귀여운 아우를 구했다는 기쁨보다도 몇 배나 큰 기쁨이었다. 성직생활 십 년에 이렇게 기쁜 일은 처음이었다. 신부는 돈뭉치를 보아도 마음이 괴롭지 않았다.

낼 아침 일찍 이 돈을 바오로 아내에게 전하리라…….

신부 자신 무거운 죄의 사함을 받은 것 같았다. 즐거웠다.

6

이튿날 새벽 미사에 신부는 오직 바오로만을 위해서 기구를 올렸다. 진실로 기뻤다. 이 우주에서 가장 큰 죄악의 뿌리를 송두리째 뽑아낸 것 같은 기쁨이었다.

인간 사회에서 온갖 악을 물리치고 가장 위대한 선을 창조한 것 같은 환희였었다. 신부는 자신이 갑자기 커진 것 같은 감을 느끼는 것이었다. 천주의 안배에 포근히 싸여 있는 것 같다. 성총의 도움도 자기 혼자만이 독차지한 성도 싫어진다. 아우가 살아온다는 사실이 이 한 가지 선 앞에서는 이렇게도 미력한 것인가. 스스로 놀라지기도 했다.

'동기가 순전한 돈이었고 다행히도 피해자가 생명을 건졌고……더 다행한 일은 불구자도 되지 않았고……거기다 자수를 했고보니 죄도 좀 가벼워지겠지.'

바오로의 고해신부는 이런 타산도 해보는 것이었다.

무엇보다도 유리한 것은 바오로가 자수를 한 일이었다. 그것은 그냥 자수가 아니라 범인이 잡힌 것이었다. 고통에 못 이겨서 자백을 했다 해도 범죄는 성립이 되는 것이다. 엄연히 자백을 했고 당국도 이미 끝난 사건으로 처리해버린 때에 진범인이 자수를 한 것이다.

이 얼마나 장한 노릇이냐 했다.

변호사도 내가 대리라…….

고해신부은 이런 결심도 했다.

새벽 미사를 올린 뒤로 고해신부는 집으로 가져가리라던 돈을 책보에 쌌다. 그 길로 바오로의 집을 찾았다. 바오로의 집에는 두 번이나 가본 적이 있던 집이다. 남산동 호화로운 집들이 즐비한 비탈에 자그마한 판잣집에 있었다. 판잣집이었지만 일각대문일망정 그래도 대문이 달려 있다.

'이성태(바오로).'

바오로는 교명까지를 문패에 쓰던 그런 신자이기도 했던 것이다.

'역시 좋은 놈야. 어쩌다 길을 잘못 들어서 그랬지…….'

신부는 문패를 한참이나 바라다보고 있었다. 자부와 같은 애정이 샘솟듯하는 것을 신부는 깨달았다.

"바오로……."

신부는 나직이 불렀다.

신부는 그제서야 바오로가 정말 자수를 했을까, 하는 생각을 해보는 것이었다. 정말 자수를 했는지 확인을 해보지 않고 쭐레쭐레 온 자기의 행실이 갑자기 쑥스러워졌지만 곧 그런 자신을 꾸짖었다.

'왜 나는 성직자로서 남을 의심하나? 더욱이 교우를.'

"바오로……."

"누구세요."

그제서야 소리가 났다. 아직도 잠이 덜 깬 음성이다. 여성이었다.

"밖에 누가 왔어요?"

문이 빼꼼히 열린다.

"나 박 신부입니다."

"아, 신부님이……."

질색을 하는 소리다. 역시 자리 속에 있었던 모양이다.

한참 만에야 바오로의 아내가 나왔다. 곱살맞게 생긴 예쁘장한 얼굴이었다. 빗장을 빼주고는,

"바오론 간밤 신부님한테 다녀오마구 하구 그 길루 통 안 들어왔답니다. 신부님한테 안 갔던가요?"

"왔었어."

"그럼 어딜 갔을까. 어디 가 또 취해 쓰러진 게로군요. 몇 시나 돼서 신부님한테 나왔던가요? 웬만만 하면 어린 것이 성찮은 걸 보구 갔으니까 들어올 겐데요."

"몹시 귀여워한다지?"

"밉살맞어요. 너무 애 갖구 그러니까요. 저 같은 건 열 죽어도 괜찮구 저놈만 살면 된다는 거야요. 호호호. 참, 나 좀 보게나. 좀 들어가세요. 신부님, 누추하지만."

"아냐, 가야지."

"그래두 잠깐만 들어가셔서 담배라두 한 대 피우고 가셔야지……. 그런데 무슨 일로 이렇게 일찌감치 오셨습니까?"

"과자 사갖구 왔지."

"아이 참 신부님두, 좀 들어가세요."

"아냐, 나 곧 가겠어. 이것 맡아 잘 뒀다가 긴하게 쓰도록 하라구."

"뭔데요. 신부님?"

"바오로가 전에 내게 맡겼던 돈이야. 바오로를 주면 또 술 먹어치울 테니까 안나한테루 직접 가져왔어. 바오로가 어쩌면 좀 먼 델 갈지 모르니까 잘 챙겨둬요."

"옳지, 그래 요새 툭하면 일본으루나 가볼까, 이북으루 가볼까, 그랬군요."

"이북은 아냐. 내 또 올 게니 뭐 어려운 일이 있건 내게 찾아오라구,

응?"

'역시 훌륭한 놈이야……'

신부는 비탈길을 내려오면서 사뭇 콧노래라도 부르고 싶은 기분이었다.

'훌륭하구 말구, 훌륭해!'

신부는 다시 성당으로 돌아갔다. 바오로를 위해서 또 한 번 기구를 드리지 않고는 견딜 수 없는 심정이던 것이다.

자기 방으로 돌아온 것은 열시나 되어서였다.

이쯤 되면 호외가 돌직도 한 시간이다.

그러나 열시 반이 지나도록 그런 기색도 안 보인다. 시적시적 거리에도 나가보았으나 통 그런 눈치도 안 보인다.

'그렇지. 자수했다고 어떤 것이 진범인지 판단도 내리지 않고 발표부터야 할라구. 오늘 석간쯤에 나겠지……'

이렇게 생각하고 종일 성경만 읽었다.

그러나 석간 신문에도 자수 이야기는 한 마디도 없고 박찬재의 재판이 불원간에 있으리라는 내용의 기사가 이단으로 났을 뿐이었다. 그렇게 떠들어대던 사건도 벌써 잊기 시작하는 모양이다. 궁금해서 신문사 친구한테도 알아보았으나 별다른 사실은 없다는 것이다.

"그럼 사건에 관한 무슨 소식이라도 듣거든 연락을 좀 해주게나."

이렇게 부탁을 하고 언제 분관에서 전화 연락이 오는가 거기에만 신경을 쓰고 있으나 그날도 그대로 지나가버린다.

'오늘 밤에나 가려나?'

이런 생각도 했으나 이튿날 오전까지도 아무런 소식이 없다. 대체로 어찌된 셈인가.

오후에는 어떻게 된 속인가 싶어 바오로의 집을 또 찾았다. 안나는 되려 반색을 하며 바오로를 못 봤느냐는 것이다.

'짜고 하는 노릇인가?'

그런 의심도 들지 않는 바 아니나 그는 금새 그런 자신을 꾸짖었다. 남을 의심하는 것도 죄인 것이다.

"바오롤 안 주시구 절 갖다주셔서 신부님이 친정 아버지처럼 생각돼요. 정말 잘 불려서 살림 밑천을 해야겠어요. 바오로보구두 얼마 동안 말씀

말아주세요."

"그러지."

신부는 이렇게 대답하고 바오로가 오거든 급히 상의할 일이 있으니 어쨌든 곧 내려오도록 일러놓고 자기 방으로 돌아왔다. 방에 돌아오니 누이가 다녀갔었다. 차라리 죽어버렸으면 좋겠다고 편지를 써놓고 갔다. 아무데라도 좋으니 취직을 시켜주면 싶었다는 말을 썼다가는 박박 지워 버렸다. 무능한 그 보다도 찬 신부 오빠에 대한 반감이 썼다가 흐린 붓 끝에서도 느껴지는 것이었다. 사실 부모한테는 찬 아들이었었고 형제간에는 무심한 형이요 오라비였다. 그러나 어찌할 수 없는 일이었다. 그는 천주의 아들일 뿐이었던 것이다. 그것이 교규였다.

'신과 인간은 이렇게 격리되어야만 하는가?'

신부는 처음으로 이런 생각도 해본다.

그러나 그는 이내 그런 생각을 떨쳐버렸다. 신과 인간과를 한 입으로 말하는 것도 그의 관습상 허락되지가 않던 것이다.

이튿날도 바오로는 나타나지 않았다. 신문사에서는 아무런 소식도 없다. 안나라도 한 번 움직한데 안나한테서조차 이렇다는 말 한 마디가 없는 것이다. 바오로도 안나도 성당에까지 얼굴을 보여주지 않던 것이다. 신부는 초조했다. 그는 몽유병자처럼 휙적 자기 방을 나왔다. 성당에 들러 주 앞에 엎드리어 바오로를 위하여 오랜 기구를 올리는 것이었다. 주 앞에 나가니 모든 감정이 순간에 정화가 된다. 배신자에 대한 감정도 없었다. 오직 마귀한테 붙들려서 한 발자국도 헤어나지 못하는 불행한 바오로가 천주의 안배로 성총의 도움을 받고 참고해를 하여 죄 사함을 받게 되기를 기구할 따름이었다. 아우를 구해야 하겠다는 생각이 기구를 올리는 동안 자기 마음 그 어느 구석에도 단 한 가닥이 없음을 깨닫는 기쁨이란 컸었다.

"바오로 돌아오라, 천주의 품안으로……."

또 하루가 갔다. 신부는 더 참고 견디기가 어려웠다. 방을 나왔다. 벌써 어둡기 시작하고 있었다. 그의 발길은 자기도 모르게 남산 쪽으로 옮겨지는 것이다. 바오로는 역시 집에도 들어와 있지 않았다. 그 대신 편지 한 장이 왔다는 것이다. 신부는 그 편지를 받아 읽었다.

'꼭 찾아야 할 사람이 있어 시골 좀 간다. 그 자만 찾는다면 곧 들어가마

──.' 이런 내용의 간단한 편지였다. 우편국 소인은 상인천이었다.

'교사자를 찾아 함께 자수하자는 계획일까?'

그러나 그것은 무모한 짓이라 했다. 죄인은 자기의 죄만을 처리하면 그만인 것이다. 그보다도 그에게 그런 죄를 교사한 인간은 반드시 신자가 아닐 것이요 그 어떤 중요한──어쩌면 정치적인 목적이었을 것이고 보니 그렇게 만만히 자수를 할 것도 아니나라 했다.

"어딜 갔을까요, 신부님?"

"글쎄."

"찾아야 한다는 사람이 누군지도 모르시나요?"

"글쎄……잘 모르겠는데……."

"뭔 얘긴진 모르겠어두 얼마 전부터, 나두 인저 맘을 바루잡아 가지구 어디 전방이나 하나 차리구 앉아야겠다. 그리구 난 밖으로 돌면서 물건 사들이구 당신은 집에서 팔구 그래서 우리 저놈이 대통령이 되게 잘 공부시켜야 한다구──그런 소릴 하더군요. 지금까지 사귄 놈들 그런 인간 쓰레기하군 낼부턴 어디서 봤느냐다……얼마나 고마웠던지 너무 좋아서 울구 말았었답니다."

"좋은 놈이야."

신부는 혼잣말을 하고 있었다.

"바오로는 구원받을 사람이지. 오겠지, 안심해. 오건 내게 곧 기별을 해주오. 나두 또 오지."

"신부님, 오시지 마세요. 제가 연락해 올리겠습니다."

"안난 지난 주일 성당에두 통 안 나왔지? 성당엔 나와야지."

"저것이 앓아서 그랬습니다."

"웬만하건 나와요."

내리막길이라 그런지 올라올 때보다도 다리가 허청댄다. 신부는 곧장 자기 방으로 돌아왔다. 역시 아무한테서도 연락 와 있는 것이 없다.

앞으로 사흘 후면 한 씨 살해 미수범의 첫 공판이 있으리라는 신문 보도가 나던 날 저녁이었다.

'……아직까지도 범인의 배후 관계가 전혀 밝혀지고 있지 못하나 여러 가지를 종합해볼 때 범인의 범행은 단독적 범행이 아니라 공범이 있다는 점과 이 범행 동기도 단순한 발작적 또는 감정상 대립이기보다는 그 어떤 정치적인 복선이 있다고 보여지고 있느니만큼 이번 공판을 계기로 범인도 그 어떤 중대한 발언을 하지 않을까 하여 많은 관심을 집중시키고 있다. 재판부 고위층에서도 이 점에 대하여 구태여 부정을 하지 않고 있다. 아직 피스톨의 출처조차 밝혀지지 않고 있는 이 사건을 이렇게 공판을 서두르는 데도 그런 의도가 있지 않을까 하는 관측도 있다…….'

이 기사를 읽은 형은 처음으로 암담해졌다.

바오로는 자수를 단념한 것이 분명했다. 그렇지 않고서는 이렇게 행방을 감출 리가 만무다.

'이북으로 밀항을 했나?'

이런 의심도 간다. 바오로가 북한 괴뢰의 간첩과도 접선이 되어 있는지도 모른다는 생각까지 드는 것이다. 편지의 소인이 부산이나 군산 등지의 남쪽 항구였다면 혹 일본으로 밀항을 했다는 생각도 해볼 수 있었던 것이다. 그것이 인천이었다. 그러지 않아도 서해안을 타고 간첩들은 자기 집 드나들듯하고 있다는 신문 보도가 몇 번이나 국민들을 불안에 몰아넣은 직후이기도 하다.

'설마……설마 바오로가…….'

그러나 이것은 오직 그만의 희망적인 생각이었다. 바오로는 신부를 조롱이나 하듯 꼬리를 감추고 만 것이었다. 그는 신부 신변 어느 곳에서 지금 신부를 비웃고 있을지도 모르던 것이다.

또 하루가 헛되이 지나갔다.

이튿날 피정신공을 지도하고 이어 강론에 들어갔다. 그날의 강론 제목은 고해성사에 관한 이야기였다. 그는 이틀 전 어떤 무명의 여성 교우로부터 이 교명에 관한 질의를 받고 있던 것이다. 자기는 일 신도로서 신부님을 가장 존경하고 또 숭배하고 있다는 수인사를 정중히 하고는, 자기는 남편이 알지 못하는 한 비밀을 가지고 있다. 물론 일시적인 과오로서 저질러진 죄요 지금은 깨끗이 청산을 하기도 했지만 양심상 괴로워서 견딜 수가 없다. 첫째 남편과 천주님께 면목이 없으나 고해할 용기는 얻지 못하고 지금까지 끌어오고 있다. 이 사실을 남편에게 고백해야 하느냐, 신부님께만 고백해도 좋으냐를 결정짓지 못하고 있다.

불행히도 나의 그 상대되는 의사는 남편과도 친한 터요. 신부님은 또 저의 남편과도 같은 교이니만큼 잘 아는 터다. 고명받은 사실은 절대로 구외하지 않는다고 하지만 그것이 불안해서 매일 벼르면서도 고해소에 나갈 용기를 못 내고 있다. 그러니 강론을 통해서 한 번 자세히 설명해주면 좋겠다——.

상당히 달필인 이 문의에 대해서 이야기하지 않으면 안 되었던 것이다. 필시 관면혼배나 겨우 받는 교우인 성싶다.

마침 좋은 강론 제목이기도 했다. 그 부인을 위해서보다도 그는 자기 자신에게 고명의 존엄성을 다시 한 번 일깨워줄 필요가 있었던 것이다.

"오늘은 교우 여러분과 함께 신성 불가침의 고해 비밀에 관해서 말씀 드리고저 합니다."

신부는 이렇게 강론에 들어갔다.

"한 말로 말해서 고해신부는 고해를 받은 사실을 이야기할 입을 갖지 못한 사람입니다. 이렇게 말씀한다면 그런 인간이 어디 있느니 다른 말은 다 하면서 고해받은 사실만 이야기 못 하는 법이 어디 있느냐——이렇게 반문하실 분도 있을 줄 압니다만 그것은 신부라는 성직의 근본을 모르는 데서나 일어날 수 있는 의문입니다. 신부란 직책을 가진 사람은 천주님이 정하시고 예수님이 가르치신 바 이외의 그 어떤 언행도 하지 않도록 습성을 길러온 사람입니다. 우리 성직자가 인간이 타고난 모든 욕심을 억제하고 일생 이것을 실천할 수 있는 것은 그 사람 자체의 노력보다도 이 천주님의 뜻 속에서 살고 있기 때문입니다. 쉽게 말해서 어려서부터 왼손만 쓰기 시작한 사람이 삼십 년간 그대로 실천했다면 나중에는 왼손밖에 쓰지 못합니다. 그래서 왼손잡이도 있는 것입니다. 마찬가지입니다. 우리는 어려서부터 천주의 안배하심에 의하여 성총의 도움을 받자와 그 거룩하신 뜻 속에서만 살아온 것입니다. 다시 말씀하면 고해신부는 고명을 듣는 순간에 한 가지 법이 아니라 세 가지 엄숙한 법에 지배되는 습성을 길러오고 있는 것입니다.

그 하나는 예수께서는 성사를 세우실 때 이 고명의 신비성과 불가침과 존엄성을 말씀하시오. 이의 위반이 곧 대죄임을 밝히셨고 둘째로는 자연법이 이 고명의 신성과 존엄을 보호하고 셋째로는 여러분이 다 아시는 우리

교의 불가침의 법규입니다. 이것을 좀더 단적으로 말씀드리면 올해가 일
천구백오십육 년입니다. 천주께서 정하신 바 있는 이 고해성사법이 실시된
이래 일천구백 년이 지난 오늘까지에는 실로 수많은 고해신부가 또 수많은
교우들로부터 고해를 받아왔던 것입니다. 그러나 오늘날까지 동서고금을
통하여 단 한 사람도 고명받은 사실을 누설한 고해신부는 없었다는 이
한 가지만 가지고도 우리는 고해의 존엄성을 이해할 수 있으리라 믿습니다.”
　신부는 이야기하는 동안에 자기 자신의 마음도 차분히 가라앉는 것을
깨달았다. 좋은 음악을 듣는 그런 마음의 평화요, 그런 즐거움이었다.
　“이런 사실을 좀더 우리가 인상 깊게 하기 위해서 나는 가장 열성적이던
수도자이다가 열교자가 된 저 유명한 마틴 루터 이야기를——.”
하다가 신부는 깜짝 놀랐다. 성당 맨 뒤 구석에서 뜻밖에도 바오로의 얼굴을
발견했던 것이다.
　그러나 그는 곧 말을 이었다.
　“그렇게 열성 수도자이던 루터는 한 번 교회에 반기를 들기가 무섭게
교회에 대하여 무서운 악담과 모함을 하고 다니었던 것입니다. 심지어는
고해성사까지도 마귀가 생각해낸 것이라고 욕설을 퍼부었습니다. 그 루터가
어느 술좌석에서입니다. 루터는 술에 곤죽이 돼서 교회 욕과 천주 욕 고해
욕——이렇게 함부로 퍼붓는 것을 보고 술친구들은 재미가 나서 ‘여보
루터, 자네가 전에 들은 고명 중에서 재미있던 것 하나 들려주게나. 대개
어떤 것을 고명하러 오던가?’ 이렇게 물었던 것입니다. 그러나 그렇게
교회에 대한 반감이 컸고 그렇게까지 취한 루터도 그 말에는 사자처럼
노하여 그 친구를 술병으로 후려갈겼던 것입니다. 이런 사실을 들자면 한이
없습니다. 보헤미아의 왕후 베제슬라오 왕후의 고해신부였던 성 요안 네
폴지에노도 그랬습니다. 왕이 왕후를 질투해서 성 요안에게 왕후가 고해한
사실을 고백하라 강요했습니다. 왕이 대노하여 고해신부를 가죽부대에 넣고
돌을 달아매어 모르다바 바다 속에다 던졌지만, 요행히도 돌이 떨어져서
시체가 떠올라 장례를 지냈던 것입니다. 그로부터 사백 년이나 지난 천
칠백이십구 년에 성 요안은 성인품에 오르게 되어 다시 이장을 했습니다만
고해 사실을 끝내 말하지 않았던 성인의 혀만은 썩지 않고 산 사람의 혀처럼
그대로 있었던 것입니다. 이 몇 가지 사실만 보아도 고해성사가 얼마나

존엄한 것인가를 알 수 있고 이천 년이 되도록 단 한 사람의 누설자가
없는 원리도 알아지리라고 생각합니다⋯⋯."

신부는 여기에서 강론을 끝맺고 단에서 내려왔다. 강론 중에도 물론 그의
시선은 대부분 바오로에게 가서 있었다. 바오로는 고개를 푹 숙이고 듣고
있던 것이다.

한두 번 둘의 시선이 마주친 적이 있었다. 그때마다 바오로가 먼저 시선을
피했었다.

'날 찾으려나?'

신부는 단을 내려오면서도 바오로만 주시하고 있다.

그러나 바오로는 그대로 밖으로 나가는 것이 아닌가.

어쨌든 바오로를 만나야 했다. 그렇다고 신도들 앞에서 쫓아갈 수도
없었지만 뚫고 나갈 수도 없다. 하는 수 없이 한 교우를 붙들고

"이 바오로 날 좀 만나고 가라고 일러주시오."

이렇게 부탁을 하고는 문 쪽만 바라본다. 부르러갔던 사람조차 나타나
지를 않는다.

신부는 강단 앞에 그대로 서 있었다. 교우들이 거의 다 흩어졌을 무렵
에서야 부르러갔던 청년만이 되돌아왔다. 쫓아가니깐 마침 지나가는 택시를
타고 가더라는 것이다.

"내가 보잔 말은 전해졌니?"

"네, 들었을 겝니다."

"됐어, 그럼 저녁에라두 내게 오겠지."

이렇게 태연히 말을 했지만 실상 그렇게 마음이 평탄한 것은 아니었다.
바오로는 다시는 돌아오지 않느니라 했다. 돌아올 사람이라면 택시까지
타고 달아날 리가 만무다.

"배신자⋯⋯."

신부의 입에서 비로소 이런 소리가 나갔다.

7

'나는 고백한다'가 첫 개봉을 한다는 날은 공교롭게도 아우의 첫 공판이

있을 날이었다. 특수한 경우 이외에도 일반 극장에 발을 들여놓지는 않는 것이 성직자한테는 일종의 계명처럼 되어 있었다. 그런 것이 습관이 되어 영화 광고 같은 것은 챙겨본 일도 없던 박 신부의 눈에 어느 날 신문을 펴들자마자 신부의 사진이 눈 속으로 쑥 들어왔었다.

"미친 사람들. 어디 인물이 없어서 하필이면 고요히 수도하는 성직자를 끌어내더람. 악취미야. 악취미도 이만저만한 악취미가 아니지……."

일종의 불쾌감까지 났었다.

그날은 그러고 잊었었다.

그 뒤 며칠이 지나서다. 내일의 강론 준비를 하고 있으려니까 카톨릭 문화회 회원의 한 사람인 젊은 시인이 지나는 길에 들렀다 하며 찾아왔었다. 여러 가지 이야기가 화제에 올랐다. 문학, 국회, 신문, 여러 가지 이야기가 나오다가

"참 신부님 '나는 고백한다'란 영화를 곧 할 텐데 한 번 보십시오." 하고 권하던 것이다.

"유 군이나 보시오. 나는 별루 흥미가 없어……."

"전 봤습니다. 벌써 그저께 시사횔 했어요. 그래 가봤는데 참 좋아요. 참고가 되실 겝니다. 신부님께두."

"유 군……날 아직두 그런 정도로 밖에 평갈 않는가? 영화를 보구 배워야 할──."

"아니, 그런 의미는 아닙니다만 신부를 참 잘 그렸어요."

"그래 그렇게두 좋다면 한 번 보아두지."

그러고 말았었다. 아우의 사건이 터지기 며칠 전 일이었다. 그런 일에 등한한 그는 그 영화는 이미 끝난 것으로만 알고 있었더니 그때 본 광고는 예고였던 모양이었다. 그러자 이 사건이 터졌었고 그런 후로는 신문도 사회면 먼저 폈다가 덮고 하는 생활이 계속되었다. 그가 '나는 고백한다'라는 영화에 관심을 갖기 시작한 것도 바오로의 고명을 받고서였다. 날마다 광고를 보아야 언제 한다는 이야기는 없었다. 그러다가 날짜가 발표되고 보니 공교롭게도 아우의 첫 공판이 있으리라는 바로 그날이었다.

영화의 내용 이야기가 약간 신문에도 소개된 것이 호기심을 끌어주던 것이다. 마치 자기가 당하고 있는 사건이 영화화된 것처럼 일종의 흥분까지

느껴진다.

아침도 궐하고 시간 전에 재판소로 뛰어가보니 어디서도 모른다는 것이다. 한 시간 턱이나 기다리다가서야 공판이 무기 연기되었다는 사실을 알고 아침 겸 점심 겸 어쩌면 저녁 겸도 될지도 모르는 식사를 하고 영화관으로 갔던 것이다. 눈에 뜨이는 복장이어서 불만했지만 신부 영화라는 점에서 사람들도 관대하게 보아주는 것 같았다. 불란서 신부도 한 사람 와 있어준 것이 어쩌나 고마운지 몰랐다.

영화를 보는 동안 너무 긴장되었던 탓인지 방에 돌아오니 피로가 왈칵 온다. 조갈이 드는 것 같아서 물병을 집으러 가려니 진이 눈에 띈다. 아직도 삼분의 일은 넘게 남아 있다. 손이 그쪽으로 가다가는 움칫해졌다. 바오로가 사건 후에 사온 술을 마셔야 하는가 했다.

'그러니까 마셔야지.'

쓴웃음이 입가에 돈다. 술도 오늘은 썼다.

'이래서는 안 된다.'

느닷없이 이런 생각이 붕 떠올랐다. 그러면서도 무엇이 어떻게 안 된다는 것인지 집어낼 수는 없다. 그저 모든 것이 그럴 것만 같다. 바오로의 술은 먹어서도 안 되고, 안 먹어서도 안 되고, 이러고 있어서도 안 되지만 그렇다고 움직이어서는 더 안 될 것만 같다. 사실 그렇기도 했다. 이대로 방에서 궁상만 떨고 있을 수야 있느냐? 내가 이러고 있는 이 시간에도 아우의, 피를 나눈 오직 하나뿐인 아우의 생명은 시시각각으로 위축되고 있는 것이다.

한 선이 악 앞에서 유린을 당하고 있는 순간에 이러고 있어 좋으냐 했다. 이러고 있는 동안에 한 선은 악 밑에서 여지없이 짓밟히고 할퀴우고 찢기고, 그래서 영원히 소멸해가는 반면 악은 허세를 부리며 살쪄가고 있는 것이다. 형은 벌떡 일어났다. 소리를 내어 잔을 테이블에 놓았다. 잘깍 소리와 함께 신통하게도 반이 짝 갈라진다. 그러나 금세 그는 또 마음속에 부르짖던 것이다. 아니다, 아니다. 천 번 만 번 아니다. 나는 가만히 있어야 한다. 이대로 이 방 안에 있어야 한다. 한 발자국이라도 방 밖에 나가서는 안 된다. 대체 어디를 가겠다는 것이냐? 바오로한테? 아니다. 갈 필요가 없다. 고명을 강요하는 것은 신부의 직책이 아니다. 그러면 경찰? 경찰과

나와 무슨 관련이 있느냐.

그는 또 주저앉고 말았다. 털퍽——.

이튿날도 바오로는 나타날 줄을 몰랐다. 물론 성당에도 안 나왔다. 모처럼 안나가 나와 있었다. 안나는 딱 잡아뗀다. 되려

"좀 찾아주세요. 신부님!"

이렇게 되달라붙던 것이다.

'짠 것이 아닌가? 자꾸 하는 수작이?'

이렇게도 의심이 간다.

그러고 보니 모두가 바오로 부부가 짜고서 하는 노릇 같기도 하다. 지금까지에도 수없이 한 이야기를 강론 시간에 해달란 것도 바오로의 수단이 아닌가 싶어도 진다. 제가 듣기 위해서가 아니라 나한테 말을 시키기 위해서?

'편지란 것도 안나의 필적이 아닐까?'

한 번 의심이 나기 시작하니 끝이 없다.

그 동안 딴청을 부리던 안나의 태도에도 하기는 수상한 구절이 도시 없지도 않다. 그만한 큰 돈을 받고도 거기 대해서는 그 후 말 한 마디 없다. 성당에 나오지 않는 것도 수상하다면 수상치 않을 것도 없다.

"그렇다!"

하고 신부는 부르짖었다.

'그러니 어떻다는 게냐?'

그 말에는 아무런 대답도 나가지 않았다.

그는 또 잔으로 손을 가져갔다.

이튿날 아침 조간을 펴들었던 형은 자기도 모르게 외마디 소리를 쳤다. '간첩의 대거물 조원호 체포'라는 큼직한 글자 밑에 역시 특호나 되는 성싶은 활자로 '한씨 살해 미수사건의 주범 박의 배후 인물?'

"뭐?"

형은 아연했다.

'날로 격증해가는 간첩의 활동을 봉쇄하고자 지난 십 일부터 극비밀리에 본격적인 간첩 색출에 정진한 결과 대소 네 건의 간첩단을 검거하게 되었거니와 특히 이번 체포된 간첩 중에는 북한 괴뢰의 검사를 지낸 최대

거물인 조원호가 끼어 있어……."

그러나 무엇보다도 놀란 것은 조원호는 남한 십대 재벌에 든다고까지 일컫는 실업가로 물산회사, 운수회사, 원양사업 등 각 기업체를 갖고 있을 뿐더러 그 재산은 삼십 억에 달하고 오백 명의 직원을 포용한 대사업가라는 것이다. 그는 각 은행에서도 막대한 돈을 끌어내다 쓰고 있고 경제 교란으로 남한을 궁지에 빠트리는 동시에 각종 기밀을 전파로 북한에 보내어 신문 광고 기타의 암호로 국회, 정부, 민심 동향 등을 수시로 타전하고 있었음이 밝혀졌다고도 했다.

압수된 기재로는 무전기 두 대, 기관단총 두 정, 실탄 팔백여 발, 사진기 한 대, 수류탄 여덟 개, 권총 소제 미제 각 한 정씩, 미화 만 이천 불.

우선 주범만은 잡았지만 배후 관계가 드러나지 않아서 재판 진행도 보류중이던 한씨 살해 미수범인 박찬재가 조원호의 직계였다는 윤곽만은 이미 포착한 듯하다는 것이니 문제는 정말 커지고 말았다.

이의 방증으로서 조원호는 정부, 정계, 재벌 등 거물급과 상당히 접근해왔다는 점과 특히 한씨가 저격을 받던 날 밤에도 조원호는 한씨 집에 초대되어 약간 일찍이 돌아갔다는 사실도 드러난 데 있다는 것이다.

이쯤 되면 바오로가 간첩이었거나 간첩과 연락이 있거나 한 것만은 더 의심할 여지가 없다.

형은 억울한 아우를 구하는 데 일루의 희망이 비쳤느니라 했다.

'살인자 바오로.'

'교리의 배신자, 이단자, 모고해자.'

그뿐이 아니었다. 거기에 그는 또 무서운 '간첩'이었던 것이다.

'간첩, 살인범.'

이것만으로도 바오로는 구원받을 수 없느니라 한 형이었다. 그는 자기가 적어도 선을 주장하다 악을 증오하는 인류에 공통된 일반법의 준수자라 했고 모고해로 영성체가 된 교리의 배신자를 교법으로써 처리해야 할 권한자라 했으며 인간 최고의 대죄인 살인행위를 인간 사회에서 근절시킬 의무와 직책과 양식을 가진 자라 했다. 아니 또 그는 국민의 한 사람으로서 국가의 안녕 질서를 파괴하는 일체의 비합법적 행위에 대하여 감연히 싸워야 할 국민의 한 사람이니라 했다. 이것은 미요, 선이요, 진이다. 격한 나머지 그는 이 진과, 선과, 미를 수호하기 위한 그 어떤 행위도 천주님의 안배시니라 착각까지 하고 있었다.

"이것이 카톨릭의 정신이 아니고 무엇이랴? 나는……나는 이것을 밝혀야 한다."

그는 이렇게 부르짖고 있다.

"너는 천주 십계와 카톨릭 법규에 반역할 셈이냐?"

천장——분명히 천장에서 이런 소리가 들려온다.

그러나 그는 그 소리에도 항거했다.

"그렇습니다."

"천주께서 고해의 불가침법을 정하신 저 천구백오십육 년이 되는 오늘날까지 단 한 사람의 배신자도 내지 않은 이 거룩한 법규를 깨트릴 생각이냐?"

이 무서운 질책에도 그는 굽히지 않았다.

"그렇습니다. 천구백오십육 년간의 단 한 사람의 배신자도 못 났으니까 한국에서 한 사람쯤 나도 좋지 않겠습니까?"

"요셉!"

형은 소스라치게 놀랐다. 그는 앉았던 의자에서 벌떡 일어나며 동쪽 벽 앞으로 가서 무릎을 꿇고 복죄를 했다. 그 소리는 분명히 이쪽에서 났던 것이다. 벽에 걸린 십자가에 못박히신 예수의 입에서 나온 음성임에 틀림이 없던 것이다.

"주여……성총을 베푸소서."

신부는 십자가 앞에 나아가 무릎을 세웠다.

"전능하신 천주여, 주 우리를 오늘까지 있게 하신지라, 비오니 덕능으로 우리를 구하사 오늘날에 일체 죄에 떨어지지 말게 하시고 또한 생각과 말과 행위를 인도하사 주의 명을 정성으로 받들게 하시되 우리 주 그리스도를……위하여 하소서……천지대군 오 주 천주여, 오늘날 우리의 마음과 몸과 생각과 말씀과 행동을 바르고 거룩케 하시며 어거하고 다스리사 내 법령과 계명을 좇아 지키게 하사 우리로 하여금……."

신부는 죄의식에 사로잡혀 있었다. 이대로만 간다면 무슨 대죄를 범할지도 모르느니라 했다.

그는 또 바오로를 원하여도 십자를 그었다.

"……예수 참 목자 동무 잃은 양을 찾아 얻어 어깨에 메고 우리로 돌아오심을 찬미하나이다. 구하오니 예수는 이 바오로를 불쌍히 여기사 친절히 통회 개과함을 주시고 그 착한 행실로 은혜로이 사하심을 입어 천신을 즐겁게 하고 성교회를 위로하게 하소서……"

바오로를 위하여 이렇게 기구를 올리는 동안에 신부는 마음의 안정이 얻어지는 것이었다. 바오로의 이름은 벌써 증오의 대상은 아니었다. 죄를 짓고도 고해를 못 하는 바오로와 함께 고민하고 슬퍼해줄 수 있는 심경이 되던 것이다. 죄에 대한 중압에 못 견디어 자수를 하러갔다가도 그도 역시 인간이기 때문에 용기를 내지 못하고 되돌아서 오는 바오로의 모습이 눈앞에 떠오른다. 죄를 짓고도 고해를 못 하는, 자수를 못 하는 한 인간의 괴로움이란 형벌보다도 더 무서운 고통일 것이었다. 형벌보다도 더 무서운 고통——육체적 고통보다도 마음의 고통이 얼마나 더 가혹한 형벌이랴.

'바오로는 악인은 아니다. 그는 내게 고해를 하지 않았느냐. 그가 자수를 못 하는 것은 그만큼 마음의 고통이 주는 형벌을 받기 위해서다. 육체적 고통보다도 마음의 고통이 그의 마음을 정화시켜주고 안정시켜줄 것이다……'

그러면서도 그는 역시 안타까웠다.

자칫하면 배신자에 대한 증오감에 휘감기게 되는 자신을 어찌할 수가 없었다.

8

신과 인간.

인간과 신.

선과 악.

악과 선.

신과 악.

개정 한 시간 전부터 형은 맨 앞자리를 잡고 앉아 이런 단어들을 이리저리 붙여도 보고 떼어도 보고 있었다. 이렇게 붙여보나 저렇게 붙여보나 꼭 그 말이 그 말만 같았다. 악과 신은 상극이라 해온 형이었다. 그러나 몇 번 되풀이해보는 동안에 선과 악에 대한 관념이 아리숭해진다. 신과 인간과의 관념도 그랬고 악과 선을 맞붙여보아도 나중에는 두 개의 단어가 갖는 어감부터가 비슷비슷해지던 것이다.

지금 확실히 이 불행한 형은 이 여러 개의 단어에 대한 관념에 혼란을 일으키고 있는 것이었다. 선과 악이 근본적으로 다를 것이 무엇이냐 했다. 훌륭한 선이 악으로 된 일도 얼마든지 있었고 무서운 악이 위대한 신으로서 통한 예도 얼마든지 들 수 있다 했다. 역사에는 말할 것도 없지만 현실에도 얼마든지 있지 않느냐.

우선 내 아우만 해도 그렇지 않으냐? 아우는 확실히 인간이 규정한 신의 권내에 드는 사람이라 했다. 무신자라 해서 전부가 악인으로 간주될 수는 없지 않느냐.

적어도 아우는 악인이 아니었다. 또 악한 일을 한 적도 없다. 한씨를 죽인 것은 절대로 아우가 아니다. 그것은 이내 판명될 것이다.

그러나 세상은 그를 악인으로 부르고 있고 법은 또 선량한 한 인간에게 죄인의 낙인을 찍으려고 방대한 예산을 세워서 이런 건물을 마련하고 있는 것이다.

방청객만 해도 그렇다. 이들 중에서 내 아우를——천주 앞에 맹세하여 죄인도 악인도 아닌 내 아우를 선인이라고 보아줄 사람이 과연 하나인들 있겠는가. 아니 내 아우가 선인이기를 바라는 사람조차 단 한 사람 없을 것이다. 그렇게 되기를 바라서 온 사람은 하나도 없이 모두가 극형을 받는 내 아우의 처절한 얼굴 표정을 봄으로써 느끼는 악마적인 쾌감 때문에 이렇게들 모여든 것이 아니고 무엇이냐.

'너희들이야 말로 악의 제조자요 악을 즐기는 향락자다.'

형의 감정은 점점 격해갔다. 그의 시선은 악을 가장 미워하는 체하면서 기실 내심으로 모든 인간 악인이기를 바라고 악인이 없으면 제조라도 해서 악을 즐기자는 방청객의 하나하나를 핥고 있었다. 무서운 증오였다. 무서운 반발이었고 항거였다. 반역적인 심정이었다.

"죽일놈들."

"더러운 놈들."

　범인이 신부의 아우라는 것을 알고 있는 방청객들은 신부복만을 보고도 모두들 쑤근대었다.

　"저 신부가 형이래."

　이런 소리도 들렸고

　"제 동생 하나 잘 인도 못 하는 게 무슨 신부 노릇을 하더람."

　들으라고 일부러 이렇게 큰소리로 하는 여자 음성도 들린다.

　그러나 형은 의젓했다. 잘못 인도한 것이 뭐냐. 인도 못 한 것은 너희와 같은 종류의 인간들이다.

　내 아우는 죄인이 아니라는 사실이 형을 도저하게 만들어주고 있었다.

　형은 조금도 거리낌없이 소리나는 쪽으로 고개를 쑥 돌릴 수도 있던 것이다. 그렇다 내가 뭣 때문에 기가 죽으랴.

　이윽고 재판관들이 정내에 들어왔다. 어마어마한 복장이었다.

　'무죄한 사람을 죄인을 만드는 데는 저런 옷을 입는 모양인가.'

　형은 이런 구경이 처음이었던지라 이렇게 생각했다.

　재판관들이 착석을 하자 무죄한 죄인인 아우가 끌려나왔다. 언도 공판에서 십 년이라는 형을 받은 관계도 있겠지만 요전 볼 때보다는 처참하게 야위었다. 십 년 구형에 검사가 상고를 한 것이다. 십 년은 적다는 것이었다.

　"죄 짓지 않은 사람한테 십 년도 과하지 십 년도 적다는 조목은 형법 제 몇 조에 있던고……."

　형은 옆사람도 듣게 말을 했다.

　한참 변론이 벌어졌다. 변호사는 극력 무죄를 주장하고 있었다. 그러나 모두가 추상론이었다. 또 그럴 수밖에는 없기도 했다. 형한테 변호를 시킨다면 단 한 마디로 족했던 것이다.

　'박 신부한테 고해한 바오로를 불러오시오.'

　그러나 변호사는 이 말을 않던 것이다. 알 리가 없었다. 이 세상에서 이 사실을 아는 사람은 오직 바오로 자신과 박 신부뿐이었던 것이다. 본인이 자수하거나, 고해신부가 고해 사실을 누설하거나 하지 않고서는 이 문제는 해결될 수 없는 것이었다.

　그 당자인 바오로는 그 후 행방을 싹 감추고 만 것이다.

　고해신부는 법정에까지 나타났지만 그는 불행히도 고해를 듣는 귀는 가졌어도 그 사실을 옮길줄 아는 입을 갖고 있지 못했었다. 검사의 논고가 시작되었다.

　이미 알고 있었던 죄과에 놀랄 만한 새 범죄 사실이 첨가되어 있었다.

　"피고는 북한 괴뢰의 최대 거물 간첩 조원호와 정을 같이하고 간첩 조의 직접 지시를 받아……."

　이렇게 되어 있는 것이다. 아우는 가만 있었다. 그것이 무슨 의미인지 해득을 못 하는 사람 같아 보인다. 형만이 발을 동동 굴렀다. 그러나 아무런 소용도 없었다. 그는 입이 없었으니까——.

　긴 논고가 끝나고 피고에게 할 말이 없느냐고 묻는다.

　"없습니다."

　아우는 이 한 마디만 했다가 다시

　"해야 소용없으니까요."

　법정은 잠시 휴게로 들어갔다. 재판관들은 형 심의를 위해서였다. 삼 십분이란 시간이 이렇게도 긴 것이었던가. 형은 아우의 얼굴을 자꾸 훔쳐보고 또 보고 했다. 집에서는 웬일인지 누이까지 오지 않았었다. 와서 낄낄 우느니보다는 잘 되었느니라 싶기도 했다. 다시 방청객은 쑤얼댄다. 재판관들이 입정을 하던 것이다.

　이때였다. 형은 자기의 눈을 의심했다. 들어오는 재판장의 낯빛에서 형의 경중을 알아보자던 형의 눈 속으로 낯익은 얼굴 하나가 비쩍 달려들던 것이다. 찾던 얼굴이다. 나타나기를 바라던 얼굴이었다.

　"바오로!"

　법정인 줄도 잊고 형은 고함을 쳤다.

　형은 또 한 번 놀라지 않을 수 없다. 바오로는 뜻밖에도 이렇게 대답한 것이었다.

　"염려 마세요."

　그것도 웃으면서였던 것이다.

　"바오론 역시 좋은 놈야."

　형은 또 한 번 입 안에서 뇌었다.

　"좋은 놈이구말구. 나보다 난 놈야."

재판관들의 착석이 끝나자 개정이 선언되었다. 마귀의 소리 같던 것이 숫제 음악이었다. 얼마나 통쾌한 일이냐 했다. 얼마나 즐거운 일이냐, 그리고 또 얼마나 신이 뻗어가는 세상이고.

"피고 박찬재에 대한 죄과를."

음악은 계속되었다. 전 죄과에 대하여 최후의 단안은 내리고 있다. 형은 이때나 저때나 하고 바오로의 입만 쳐다보고 있다.

"심판원 전원이 이에 찬성하였으므로——."

바오로는 그래도 입을 봉한 채였다. 형은 벌떡 일어났다. 그때, 바로 그 찰나에 재판장의 입에서 언도 선언이 끝났었다.

"사형!"

재판장의 소리를 듣더니 바오로는 출구 쪽으로 횡 나가고 있었다. 형 신부는 자기도 모르게 층계를 내려오는 재판장 앞에 딱 다가섰던 것이다. 그리고 고함을 쳤다.

"진범은 저놈입니다."

그러나 그때는 벌써 바오로는 보이지 않았다.

"나는 압니다. 나는 압니다. 저놈, 저놈, 배신자 저놈!"

"박 신부, 뭔가, 그게 다 뭔 소리야."

어깨를 잡아 흔드는데 보니 재판장이 아니다. 재판소도 아니다. 난로 앞 의자에 앉은 채였다. 박 신부는 벌떡 일어났다. 눈을 비비고 보아도 재판장이 아니다. 법정도 아니었다.

주교님이시다.

"이 사람, 앉아서 무슨 잠꼬대가 그리 심한가, 심신이 약한 탓야. 좋은 소식 가져왔소. 진범이 자수를 했소그려."

"네! 자수했습니까? 바오로가?"

박신부는 어떤 것이 꿈인지 잠시 분간이 안 갔다.

"그래두 했군요."

"했어."

"역시 귀여운 놈이야."

"인제 박 신부도 한 걱정 놨군. 나, 가네."

하고 나가는 주교님의 발 앞에 꿇어앉으며

 "주교님! 고해 받아주십시오. 저는 고해신부로서 고해받은 사실을 누설한 대죄를 범했습니다……."

—1959년

농　민

탑골과 미륵동

"장쇠가 들어왔다."

"미륵동 장쇠가 집에 들어왔다."

이런 소문이 들렸다. 누구 입에서 나온 말인지도 모른다. 그러면서도 이 소문은 한 입 건너 두 입 건너 그날 해 전으로 근동에 파다하니 퍼지고야 말았다.

"아, 장쇠란 놈이 집에 들어왔다면서? 거 참말인가?"

이 소문을 듣는 사람마다가 이렇게 한 번씩은 놀랐다. 호들갑이 아니라 정말 이 동네 사람들한테는 끔찍한 소식이었다.

"그래, 어디 있다누?"

"즈 집에 있갔지유 뭐."

"즈 집에? 거 괜찮을까?"

"글시유. 무사치는 않을 꺼여유."

"암, 무사친 못하지. 여기가 어디라구 제 녀석이 그렇게 한만히 들어오드람? 김 승지두 김 승지지만 돌이란 놈이 그냥 두잖을걸 그랴?"

"그래두 뭐, 전두 생각이 있겠지유. 들어오면 야단이 날 줄 모르겠어유?"

"하긴 그렇지만 암만 해두 무슨 괴변이 날려는 거야. 그렇잖구서야 그

사람이 아무 소식두 없이 이렇게 쑥 들어올 리가 있는가? 거 무슨 낌새가
있어 하는 노릇이지."

　노인들은 이렇게 걱정을 하며 천기나 보듯 손으로 해를 가리우고 하늘을
쳐다보는 것이다.

　마침 전라도에서 동학 난리가 일어, 여기 충청도에서도 민심이 소란할
때다. 이 고장에서 하룻길밖에 안 되는 괴산에서는 벌써 원님의 모가지가
잘리고 관가에 불을 질러 양반이란 양반은 모조리 잡아다가, 목을 베일
놈은 목을 베이고 볼기를 칠 놈은 볼기를 쳐서 내어보냈다는 소문이 떠돌고
있을 무렵이기도 하다.

　"괴산은 남의 골(고을)이기나 하잖나베? 괴산은 그만두구 우리 골에서두
동학군이 문경 새재를 넘어 들어온다는 소문에 신발도 못 신고 버선 바
닥으로 들구 튀었다데나…… 젠장할 거 어찌 됐든 한 번 뒤집혀나 봐라!"

　모두가 뜬소문이기는 했으나 이런 소리가 펑펑 떠들어오기도 할 때라
어디서 문소리만 좀 크게 나도 눈이 휘둥그래질 판이다.

　그러나 소문만 그랬지 장쇠를 보았다는 사람은 하나도 없다. 혹은 저의
집으로 들어가는 것을 보았다기도 하고 혹은 그런 것이 아니라 엿목판을
진 어떤 떠꺼머리 총각이 장쇠네 집 소식을 자꾸 캐어물어서 그것이 장
쇠라는 말이 되었다기도 하고, 읍내 장에서 장쇠가 사람들을 모아놓고 막
떠들었다더라 —— 이런 말이 들리는가 하면 정말 장쇠가 울 뒤에서 세
수하는 걸 보았다는 사람도 있어 통 갈피를 잡을 수 없다. 그러면 장쇠가
돌아왔다는 소문은 대체 어디서 난 것이던가? 내력은 이러하다.

　장쇠가 돌아왔다는 소문이 퍼지기는 삼거리 장터 눈검정이네 술집에서
부터다. 삼거리라면 서쪽으로는 음성과 괴산으로 통하고 북쪽으로는 서울,
남쪽으로는 영남으로 통하는 세거리요, 눈검정이네 주막집은 바로 그 세거리
모퉁이에서 소바리꾼들이 하루에도 십여 명씩 들구나기도 하려니와 장쇠가
사는 미륵골에서 나오는 바로 길목이기도 하다.

　그날이 또 마침 장날이기도 하여 눈검정이네 주막은 잠자리를 찾아드는
등짐장수와 파장머리에 출출한 판이라 한 잔 생각들이 나서 모여든 촌사
람들로 좁다란 술청은 몸을 돌이킬 수도 없을 정도로 북적대었다. 그때였다.

　"내 참, 원 장군 봤지!"

　누가 불쑥 한 마디 하는 바람에 갈가마귀떼처럼 떠들던 술청 안은 물친
듯 고요해졌다. 원 장군이란 장쇠의 별명이다. 기운이 세다는 뜻일 뿐 아무런
다른 의미는 없다.
　"뭐, 누구? 아, 누굴봤다구?"
　맨 먼저 소리를 친 것은 술을 치던 눈검정이다. 모르는 사람들은 눈썹이
하두 길어서 눈 언저리가 사뭇 시꺼멓게 보이는 데서 생긴 이름인 줄
알지마는 기실은 눈을 몹시 깜짝거리는 데서 붙은 별명이다.
　"원 장군이라께, 장쇨 봤단 말유?"
　사뭇 술구기를 든 채로 버쩍 달려드니까,
　"허, 이 색시가 아주 오매불망하던 사람의 소식을 듣더니만 술 칠 줄두
모르잖나. 어서 술이나 치구서 봐."
　담뱃대 장수인 영감쟁이는 술잔을 눈검정이 턱 밑에다 디어밀고서,
　"자, 따라. 술 고픈 놈한테는 술 먼저 주구 봐야잖는가, 이 사람 녀석아."
　"자, 그 대신 이렇게 찰찰 넘게 따라드리지."
하고 계집이 따라주는 술을 단숨에 쭉 들이켜더니만 술청 안 사람들이
자기를 쫙 둘러싸고 있는데 새삼스러이 놀라는 눈치다.
　"그래, 원 장군을 어서 보셨소?"
　참다 못 해서 나선 것은 미륵동 장쇠와 이웃해서 사는 익살꾼 권용서다.
입심도 좋거니와 이죽대기도 잘하고 거짓말도 제법 능청스럽게 잘 하는
친구다.
　"어제 읍내 장에서 봤지요."
　"읍내서? 그래, 집으로 간다구 그럽디까?"
　"건 모르겠소. 물어보질 않았으니까."
　"그래, 행색은 어떻습디까?"
　담배설대 장수가 미처 대답도 하기 전에 등 너머에서 소장수 윤 첨지가,
　"물으나마나 말이 아닐 테지 뭐."
하고 중얼대며,
　"거 말꼭지만 따지 말구 본 대로 자세히 얘기허시구려. 노형은 지나가는
말로 했겠지만서두 우린 그 사람하구 이웃에서 사는 터라 궁금해 그러는
게라우. 집을 나간 뒤루 죽었는지 살았는지두 모르는 터에 노형이 그런

소릴 하니 귀가 번쩍 뜨이지 않겠소. 얘길 좀 허시구려."

"허, 이 양반, 바늘허리 매어서 쓰려 들잖겠나. 먹을 걸 좀 먹어야 얘기두 하잖소."

일부러처럼 술 한 잔을 더 달래어 마시고서야 푸실푸실 이야기를 꺼낸다.

"어제가 바루 읍내 장 아니었겠소? 그래, 어물전 모퉁이서 물건을 보고 앉았으려니까 저만큼서 원 장군이 옵디다그려. 그래, 들은 말두 있구 해서 반색을 하고 부르니까 홱 돌아다보더니만 그대루 사람들 틈으로 섭슬려 들구 맙디다그려."

"그래서?"

눈검정이가 술구기를 내어던지듯 하고 재우치니까 대장수는,

"그저 그러구 말았지 뭐!"

하고 술잔을 또 쓰윽 내어민다.

"좀 쫓아가볼 게지!"

이야기 끝이 너무도 싱거워서 눈검정이가 하는 소리다.

김 승지라면 이를 가는 눈검정이기도 하다.

그러나 대장수야 원 장군이 탑골 김 승지 집 눈에 나서 동네를 쫓겨났다는 이야기밖에 모르는 터고 보니 한 번 불렀다가 안 오면 그만이었지 물건을 벌여놓고 쫓아갈 맥도 없기는 한 노릇이다.

"허, 이 댁네 좀 보게나. 내가 뭐 몸이 단다구 물건을 벌여놓구서 피해가는 사람을 쫓아가더란 말요?"

"그래, 차림샌 어떻든가유?"

윤 첨지가 좋이 궁금한 모양이다.

"뭐 차림새랄 것도 없습디다. 상투째 얼러서 수건으로 이마를 질끈 동겨매구 깡뚱하니 두루막을 입었더군. 웬 회초릴 든 걸 보면 쇠장술 하는지? 아니 그래, 뒤꼭지에다 다 찌그러진 패랭일 붙였던가?"

"패랭일?"

"예, 정녕 패랭입데다."

대장수가 대수롭지 않게 한 이야기는 미륵동과 탑골은 말할 것도 없거니와 근동 일대를 발칵 뒤집어엎고야 말았다.

그날 저녁때 눈검정네 술집에 모였던 사람들은 거의 모두가 장돌뱅이들이었으나 장쇠와 이웃에 사는 응서하며 소장수 윤 첨지도 있었고, 술은 못 하면서도 길동무를 찾아서 모여든 사람들이 탑골에서도 두서넛은 있었고, 두 동리 사이에 있다 해서 '샛말 샛말' 하는 가나두골 사람들도 몇몇 있었던지라, 저녁상을 받고 한 어른들 이야기를 아이들이 듣고는 신이 나서 퍼뜨리고 다니었다. 매양 이런 소문이란 으레 끝판에 가서는 얼토당토 않은 이야기가 되기 쉽다. 한 입 두 입 건너 장쇠 소문은 맨 나중에 가서는 응서와 장쇠가 술을 같이 먹고 헤어졌다기도 하고 엿목판을 메고서 미륵동 앞을 지나서 목계로 넘어갔다더라 —— 이렇게 터무니없는 이야기가 되고 말았다.

눈검정이네 집에서 미륵동까지야 팔 마장밖에 안 되는 길이었고 탑골이란 마주 건너다보고 소리를 쳐도 들릴 만한 상거밖에 안 되는 데다가 중간에 또 샛말이 끼어서 다리를 놓아주었으니 그날 저녁으로 쫙 퍼질밖에 없었고 그렇지 않아도 동학 난리로 세상이 소란할 때라 장쇠와 동학란과는 그 무슨 관련이나 있는 것 같은 인상을 주어 여인네들은 여인네대로 사내는 사내대로 안방과 봉놋방에 둘러앉아서는 장쇠 이야기에 밤이 깊은 줄도 몰랐다. 모인 자리마다 이야기가 다르기는 하나 장쇠가 미륵동 근방에까지 들어왔다는 것만은 다 공통된 이야기다.

"어떻게 될 겐가? 무사친 않을 끼여. 그렇지? 돌이놈은 은근히 똥끝 타겠는걸?"

"암. 그 댁에서 가만 있진 않을걸. 않구말구! 장쇠 하나쯤 때려죽이기야 파리 한 마리 잡기보다 쉽게 여길 텐데 뭐."

"가만히 안 있구말구? 인저 동학 난리보다두 우리 미륵동엔 장쇠 동티가 더 먼저 나구야 말걸 그랴."

모두들 이런 걱정이다.

"난리가 뭐, 그 댁하구 장쇠 사이에 트각이 나면 났지 가만히 있는 동리 사람들을 어쩌기야 헐라구. 뭐 우리가 그 사람을 불러들인 것두 아니다……."

"그야 그렇지. 사죽이 멀쩡한 사람이 두 발루 걸어 들어오는 걸 우리네가 어쩌담. 그렇잖아유?"

"글쎄 두구보래두. 그럼 뭐 언젠 우리네 상놈들이 잘못한 일이 있어서 붙들려가 경들을 쳤던가? 재계네 집안 싸움을 하다가 화풀이할 데가 없어두 닥치는 대로 잡다 패기가 일쑤 아녔어?"
하고 걱정을 하는 것은 노름을 해서 걱정이지 이야기책 잘 보고 구변도 좋고 이면도 멀쩡한 곰보 박태복이다. 나이도 지긋했지만 미륵동 삼십여 호 중에서 막히지 않고 육갑을 꼽는 사람도 태복이뿐이다.

"하긴 그리여. 우리네 상사람네야 성명이 있나. 때리면 맞었구 내라면 냈구, 딸이구 계집이구 바치라면 '예 그저 죽을 죄를 졌쇠다' 하구 갖다 바쳤지. 젠장할 눔에 명당 자리가 어디람. 어딘 줄이나 알아야 울 아부지 면례를 해서 난두 한 번 양반이 돼보지 않나."
끝판에는 그만 신세 한탄이 나오고야 만다.

"허 이 사람 보게나. 뭐 양반이 따루 있는 겐 줄 아는가? 지금은 백정이다 쌍놈이다 천댈 받는 사람들두 근본을 캐어보면 다 양반이라네. 피(皮)가다 골(骨)가다 하는 성들이 원래 그런 성들인 줄만 아는가? 다 저(고려)가 망할 때에 이태조가 자꾸 잡아 죽이니까 왕족들이 변성명을 하구 흩어진 거라네. 알구 보면 지금 양반이란 모두가 역적의 씨거든!"

"글쎄 역적의 씨든 개불쌍놈의 씨든 양반은 양반 아녀유? 그까짓 조상 근본야 따져 뭣해유. 당장 호의호식하구 세도 부리구 하면 됐지."

"허 이 사람 자네가 틀린 소린 게, 양반이 되구 싶다구 생각하는 그 맘부터가 틀린 수작이거들랑! 자네 같은 사람이 양반이 됐다간 또 저 김 승지나 탑골 박 의관 행투를 하잖으리?"

"저놈이 양반이 됐다간 한 술 더 뜰 거야!"
하고 덕만이가 튀어 나선다.

"저 지랄할 자식은 자나깨나 생각이 그거라니께. 이 자식아, 양반 되서 죄 없는 사람 토구질해 먹는게 그렇게두 좋—— 냐 × 헐 자식! 이 자식아, 빈말이래두 내가 양반이 되거들랑 죄 없이 경치는 사람 구원 좀 해준다구 그래 봐, 이 자식아!"

덕만이의 입바른 소리에 칠성이는 대번 얼굴이 붉어지며,

"젠장헐 자식! 저 자식이 나하구 무슨 대천지 원수기에 내 말이라면 번번이 쌍지팽일 짚구 나선다는 거야, 응?"

하고 핏대를 올린다.

"저 자식 나이 삼십이 가깝두록 여태 그것두 모르는가비여. 이 자식아, 원수면 이만저만한 원순 줄 알아? 느 어머니가 날 버리구서 느 아버지 한테루 갔어. 이 자식아!"

모두들 까르르 웃어댄다.

칠성이도 할 수 없는지,

"에이, 똥물에 튀어 죽일 자식!"

하고 웃고 만다.

우수 경칩은 지났지만 아직 일손을 잡기에는 이른 이월 중순께다. 그만 가야지 가야지 하면서도 이야기에들 팔려서 엉거주춤하다가도 누가 이야기를 꺼내면 또 슬며시 주저앉고야 만다.

언제나 그렇듯이 오늘도 박 곰보가 이야기꾼 노릇을 하고 판을 친다.

"양반이란 게 어떻게 생겼는가 내 그 내력을 이야기헐까?"

이렇게 시작한 이야기는 이태조가 고려를 쓰러뜨리고 한양에다 도읍을 하던 옛날로 돌아간다. 그때만 해도 이태조 이야기는 전혀 백성들한테 알려지지 않았고 그런 이야기를 했다가는 당장에 목이 달아나건만 박 태복이는 어디서 들었는지 입에 거품을 품어가며 신바람이 났다. 그는, 이태조가 몸소 철퇴를 가지고 선죽교 다리에 숨어 있다가 고려 충신 정 몽주를 때려죽였다고 하면서,

"자, 인저 고려 충신들은 모조리 때려죽였으니까 이만하면 되느니라 하고 군병을 모아서 고려 왕국으로 쳐들어가는데……."

하고 멋들어지게 조를 빼는데, 밖에서 발소리가 요란하더니 방문이 열리면서,

"응서놈 예 있느냐!"

하고 대추나무 방망이가 쑥 들어온다. 물어볼 것도 없이 김 승지 집 하인들이다.

"응서? 없는데! 어, 돌인가. 왜 그러나? 이 밤중에들."

벌써 눈치를 채었지만 박태복이가 이렇게 엉터리를 치고,

"부모 처자 있는 사람이 집에 있지 어디 갔겠는가? 좀 들어와 이야기나 하게나. 응선 밤중에 왜 찾지?"

"장쇠놈이 들어왔다지유?"

"장쇠가? 어 참 아까 귓결에 들으니 그런 소리가 들리나 보드군. 그래 정말루 장쇠가 들어왔다던가?"

"누가 알어유. 오긴 그 자식이 어디라구."

"그러면 그렇지. 지가 어디라구 한만히 동리엘 들어오겠는가."

"즈 집엔 없어두 오긴 왔나봐유."

"왔다구? 어디?"

"글쎄 그래서 영감마님이 잡아들이라구 호령이 추상 같으시대유. 그래 장쇠놈의 집엘 에워쌌더니만 집엔 통 안 왔다구 잡아떼는군유. 영감마님께 그렇게 아뢰었더니만 그럼 그놈을 봤다는 응서를 잡아들이라는 벼락이 내렸대유."

"……."

좌중은 서로 얼굴들만 쳐다보고 있다.

"응서 여기 안 왔댔시유?"

"아아니."

"이 자식이 어델 가 처박혀서 남을 이리 골탕을 먹여……."
하고 우우 몰려서 어디로 가버린다.

"거 내가 뭐라든가. 정녕코 일이 벌어진다니까."

승지 집 하인들이 가고 없자 박태복이는 좌중을 둘러본다. 겁에들 질려서 아무도 대꾸가 없다. 섣불리 입을 떼었다가는 주리를 틀릴 판이다.

"난 또 얘길 듣구 들어오는가 해서 간이 콩쪽만 했었네. 아예들 어디 가서 내게서 그런 얘기 들었다구는 말게들 괜시리——."

"미쳤시유."

덕만이도 그제서야 가슴을 내려문지르듯 하면서,

"전두 꼭 그렇게만 생각했시유……."

"자, 그만 우리 일어들 나지? 어쩐지 무시무시한 게 안 됐네나그려."
하고 박태복이가 먼저 궁둥이를 들자 모두들 와 일어선다.

"이 밤중에 응설 찾는 품이 아마 필경 응서 입에서 그런 소리가 나왔다니까 자세한 소릴 들어보자는 걸끼여. 그러니 응선들 주막에서 듣구 온 얘기니 뭐라구 할 소리가 있겠나. 인저 그런 말 한 놈을 대라겠지?"

이 박태복이의 예언도 쩍 들어맞았다. 응서가 노랭이네 안방에서 투전을 하다가 끌리어가서는 매를 죽도록 맞았다. 장쇠를 찾아내라는 것이다. 아무리 자초지종 이야기를 해야 듣지를 않는다. 그러더니 나중에는 이 길로 가서 당장 장쇠를 보았다는 놈을 잡아들이라는 것이다. 응서는 할 수 없이 다리를 질질 끌며 하인들의 앞장을 서서 장터 눈검정이네 집으로 몰려나갔다.

한잔한 김이겠다, 방은 쩔쩔 끓겠다, 가슴을 풀어 헤치고 늑장을 부리던 담뱃대 장수는 덜미를 집힌 채 풀대님으로 끌려 들어왔다.

"너 이놈, 장쇠를 어디서 봤다구 ?"

"예, 쇤이 그저 죽을 때를 모르구 그런 입을 벌렸십니다."

"잔말 말구 본 대루 아뢰어라……."

누구의 명령이라고 거역하랴. 대통 장수는 본 대로 설설히 아뢰었다.

그러나 승지의 귀에는 그것이 도무지 곧이 듣기지가 않았다.

"너 이놈……장쇠놈을 어디다 숨겨뒀는가 그걸 대란 말이다……."

"죽어두 아니올십니다."

"죽어두 못 아뢰겠다 ? 여봐라, 저놈을 엎어놓구 볼기를 이십 대만 쳐라……."

아닌 밤중에 살리라는 소리에 온 동리가 뒤집히었다. 어느 한 집, 잠은커녕 집 안에 있지도 못했다. 이런 때는 불동이 어디로 튈지를 모른다. 매에 못 이기어 아무렇게나 대어놓면 또 잡도리가 시작되는 것이다.

"우리 집에 숨겼다구나 말아야 할 텐데……."

너나없이 이 걱정에 사시나무 떨 듯했다. 어디서 버석 소리만 나도 가슴이 덜컥 내려앉고 개소리만 나도 앉았던 사람은 벌떡 일어났고 섰던 사람은 폭삭 주저앉고 만다.

대장수가 볼기 이십 대를 맞고 소장수 윤 첨지가 주리를 틀리고 했으나 역시 오지 않는 장쇠를 찾아낼 도리는 없었다. 어쩌면 담뱃대 장수가 딴 사람을 장쇠로 잘못 보았던지도 모르는 일이다.

"그러면 그렇지, 제놈이 어디라구 감히 !"

장쇠가 들어오지 않은 것이 판명되자 김 승지는 이렇게 히짜를 뺐다. 히짜를 빼면서도 장쇠가 무섭기는 한 모양이다. 그것은 이튿날 떠돈 두

가지 소문만 들어도 알 수가 있다.

그 하나는, 이튿날 아침 일찌감치 하인 둘을 앞뒤에 세우고 같은 양반인 박 의관을 찾아가서 무슨 이야기인지 한낮까지 쑤근대었다는 것이다.

원래 본다면 양반이 양반집에 찾아간 것이 그리 이상할 것도 없지만 그들은 같은 양반이면서도 서로 의가 좋은 사이가 못 된다.

아니, 다 같은 양반이기 때문에 겉으로는 좋은 체하나 속으로는 서로 잡아먹지 못해서 으르렁대는 판이다.

그들이 같은 양반이면서도 그렇게 고양이가 개 보듯 하는 데는 물론 여러 가지 이유도 있겠지만 무엇보다도 김 승지는 남인인데, 박 의관은 동인이었다. 이것만으로도 김 승지와 박 의관은 서로 눈을 바로 뜨지 못할 충분한 조건이 되는데, 김 승지와 박 의관 두 집은 재물도 비슷비슷하다. 둘 다 벼 천은 안 되나 구백 고비를 넘어섰고 그것이 또 박 의관이 한 삼십 석 더 해노니 그까짓 의관이 무슨 벼슬값에나 가는 게냐고 못 먹어 하는 김 승지한테는 부아통이 터질 노릇이다.

거기에 또 한 가지 이유는, 박 의관은 유에 없는 자복가여서 히어멀겋게 생긴 아들이 삼 형제에 딸이 삼 형제 도합 육 남매나 되는데 김 승지는 첩을 네댓이나 갈아들였어야 낳느니 계집아이뿐이어서 박 의관네 아들만 보면 공연히 심사가 뒤틀어진다. 혹 미륵동 사람들이 박 의관네 아들 이 야기를 할라 치면,

"그까짓 자식이 백이면 멀 한다드냐. 사람 구실할 자식을 낳아야지!" 하고 까닭없이 눈에 쌍심지를 돋군다. 그런 말까지는 차마 할 수 없어 그렇지, 김 승지의 배짱에는 미륵동 사람들이 의관집 아들들을 서방님이니 도련님이니 부르는 것까지에 배알이 틀려 못 견딜 지경이다.

"뭐 의관집 큰아들이 청지기의 딸년을 건드렸다면서? 원 아무리 계집이 없기루서니 아직 열댓밖에 안 된 것을 비린내가 나서 어떻게 손을 대담!"

승지는 자기가 지금 장터에서 술장사를 하는 눈검정이를 열네 살 때 버려준 사실을 아는 사람이 없기나 한 것처럼 이렇게 박 의관 맏아들 중앙이를 씹는다.

"아니꼽살스럽지. 의관 벼슬에 청지기란 어디 당한겐고! 의관도 벼슬 값에 간다든가?"

　이러한 김 승지와 박 의관 두 양반집이 벌써 수십 년째 알력을 거듭해오는 동안에 미륵동과 탑골 상사람과 중인들도 알지 못하는 사이에 그들의 세도 다툼에 끌려들어가고 말았던 것이다.

　물론 그들이야 즐기어 이 남의 싸움에 끌려들어간 것이 아님은 말할 것도 없다. 처음에는 그들도,

　"왜 미쳤나? 남의 다리를 긁게. 싸우구 싶거든 저의들끼리 대가리가 터지든지 다리깽이가 튕겨지게 해볼 게지. 왜 우리더러 남의 집 제사에 절을 시키려는 거야? 아예들 끌려들어가지 말아."

　이렇게 슬슬 꽁무니를 빼보았지만,

　"아아니 그래, 그놈이 의관집을 싸구돈다지? 야봐라, 당장 그놈을 잡아들여라!"

　잡아들이면 돈대 밑에다 으레껏 끓어앉힌다.

　"너 이놈, 상놈이 외람되게 양반댁 흉담을 하구 다닌다? 이놈, 그래, 상놈의 입에서 감히 양반의 욕이 나오드란 말이냐?"

　홀랑감투도 분수가 있다. 이것은 사뭇 생트집이다. 아니래야 소용이 없다. 매에 못 견디어 그랬노라면 죄를 뒤집어쓰고 만다.

　그래서 자기네들도 모르게 한 번 두 번 끌리어 다니었고 우선 목숨을 보전하자니 그 어떤 편에고 가담할 수밖에도 없다. 그들은 죄없이 끌리어가서 애매한 볼기를 맞거나 주리를 틀리우는 것도 억울했지만 그보다도 땅을 떼이는 것이 무서웠던 것이다.

　"너 이놈, 당장 땅을 내놓아라!"

　이것이 언제나 양반들의 마지막 수단이었다. 농군한테서 땅을 뺏는다는 것은 생선을 뭍에다 올려놓는 것이나 진배없다. 땅을 뗀다는 말보다 농군들한테 더 무서운 말이 없다. 그런 줄 아니까 양반들은 걸핏하면 땅을 내세운다. 연명을 하노라니 자연 미륵동 사람들은 자기도 모르게 박 의관 집을 적으로 돌리게 되었고 박 의관 집 일을 돌보아주어야 할 계제라도 못 본 체하지 않으면 안 되게 되어버리었다. 아니 그들은 자기들도 모르는 사이에 정말 김 승지네 '편'이나 된 것처럼 박 의관네 일이라면 공연히 씹는 줄 모르게 씹고 있는 것이다.

　아니 그것이 박 의관네 일에만 그친다면 오히려 좋았다. 박 의관이 사는

탑골 동리 사람들은 마치 자기네 원수처럼 적대시하고 있는 것이다.

"그깐 놈들! 탑골 놈들이 뭘 한답시구!"

툭하면 탑골 놈들이요 미륵동 놈들이요, 김 승지네 앞잡이요, 박 의관네 종놈들이다.

"그래, 그 자식들이 뭘 믿구 그러는 거래유? 박 의관네 믿구 그러지만 우리 동네엔 그래 양반이 없구 맨 상놈만 산다던가?"

이렇게 매사에 으르렁대던 탑골과 미륵동 두 동리 사람들이 한 번 본때 있게 무릎맞춤을 한 것은 지금으로부터 한 삼십 년 전 김 승지와 박 의관이 아직 이십대 시절이다.

미륵동과 탑골은 살부채를 편 것처럼 오봉산 옴타구니에 동쪽 서쪽에서 마주 쳐다보고 있는 동리다. 미륵동이 서쪽이요 탑골이 동쪽이어서 두 동리가 다 남쪽을 향하고 있다. 그리고 탑골과 미륵동 사이에는 마치 누에처럼 생긴 조그만 산뿌리가 있는데 그 산뿌리를 둘러싸고 집이 한 이십 채 있다. 이 동리가 탑골과 미륵동 사이에 있다 해서 '샛말'이라고 불리어지고 있었다. 이 샛말에는 양반도 아니고 상사람도 아닌 중인들이 많이 살아서 '샛말'이란 이름이 붙었는지도 모른다.

그런데 이백 호나 되는 주민들은, 땅은 탑골 박 의관과 미륵동 김 승지네 것을 나누어 부치지만, 산이라고는 오봉산 하나뿐이니 나무는 세 동리가 다 한데로 몰릴밖에는 없다.

이것이 늘 말썽이 된다.

오봉산은 원래 국유산으로 소위 옛날부터 내려오는 무주 공산이다. 나라의 땅이로되 당파 싸움이 어지러워질 대로 어지러워진 조정이었고 보니 무슨 경황에 산에까지 손이 미치랴. 그래 노니 자연 그 근방에서 양반 좋고 세도 좋은 사람이 차지할밖에는 없다. 그래서 김 승지는 오봉산이 자기네 산인 체했고 박 의관은 또 박 의관대로 어째서 그것이 김 승지네 산이냐는 것이다. 욕심 같아서야 둘이 다 자기가 혼자서 독차지하고 싶었겠지만 세도고 돈이고가 팽팽해노니 오봉산은 무주 공산인 채 동쪽 반은 탑골 박 의관 소유처럼 되고 서쪽으로 붙은 반은 미륵동 김 승지네 산처럼 되어버리어 미륵동 사람이 탑골쪽 산에 가서 낙엽만 긁어도 큰 시비가 일어나고야 마는 것이다.

　더욱이 그 해는 큰 가뭄이 들어 인심이 강박할 대로 강박해진 판에 미륵동 나무꾼 아이들과 탑골 나무꾼 아이들이 나무를 하다가 말다툼한 것이 시초가 되어,

　"미륵동 사람은 없느냐. 나무 그만두구 다들 모여들어라."

　소리를 치자 탑골에서도 자기네 편을 모아 이삼십 명이 한데 어울어져서 머리가 터지게 싸웠었다. 산에서만 그러고 만 것이 아니라 동리에 내려와서는 정말 두 동리의 접전이 되어서 사람이 둘이나 죽고 머리 터진 사람은 수가 없었다.

　이 싸움에서 가장 곤란을 겪은 것은 두 동리 가운데 끼인 샛말 사람들이다. 두 놈이 다 그러니 어떤 놈을 옳다 그르다 할 수도 없고 그렇다고 아무 쪽에도 붙지 않자니 양쪽에서 다 주장질이다. 그야말로 고래 싸움에 새우등 터지는 격이었다.

　"요 박쥐 같은 놈의 자식들? 요놈에 새끼들, 오봉산에 와서 나무만 해봐라. 다리 뼉다귈 분질러놓지 않을 줄 아느냐?"

　그렇다고 어떤 한쪽에만 붙어볼 수도 없는 형편인 것이, 이쪽에 붙고 보면 저쪽에서 못 살게 굴고 저쪽으로 붙는 날이면 또 이쪽에서 잡아먹지 못해 애를 쓴다.

　"젠장, 약한 놈은 이래 저래 죽잖나베!"

　그들은 이렇게 대동 사이에 끼어서 기를 펴지 못하고 살아온다.

　다른 것은 고사하고 첫째 나무를 긁어 땔 수가 없으니 딱한 사정이다.

　그러면 오봉산 서쪽은 미륵동, 동쪽은 탑골이 차지를 하고 중간을 샛말 목으로 치면 되련만 한복판은 나라의 태봉이라서 거기에는 발도 들여놓을 수가 없이 되어 있는 것이다.

　이렇듯 두 동리가 아주 딱 갈라져서 사람들은 고사하고 어쩌다 두 동리 개가 만나도 떼싸움이 벌어지는 것이었다.

　그러면 미륵동과 탑골은 아주 금을 그은 것처럼 원수를 삼느냐 하면 또 그렇지도 않다. 그렇게 딱 잘라놓았으면 되려 단순하겠는데, 수십 년 동안 싸우는 동안에도 탑골 김 서방네가 미륵동 이 서방네로 장가도 오고 또 미륵동에서 탑골로 시집도 가게 되니, 자연 얼기설기 되어 탑골 산다고 반드시 박 의관네 패만도 아니요 미륵동에 집이 있다고 해서 반드시 탑골

사람 괄시를 할 수도 없는 처지다. 그러니 인제는 탑골 안에서도 마음놓고 미륵동 김 승지네 욕을 할 수도 없는 형편이요, 한 동리 사람들이라고 마음놓고 박 의관 욕을 했다가는 그 이튿날 당장 박 의관 집 하인들이 몰려와서 꼭두잡이를 해가는 판이다.

그러니 두 양반들 세도 싸움에 애매한 동리 사람들만이 경을 치는 판이다.

"아이 정말 박 의관 집이 쓰러지든지 김 승지가 어디로 떠나든지 해야지 이 두 집 세도 싸움에 볶여 우리네 상사람들이야 살아볼 재간이 있나. 이야말로 고래 싸움에 새우등 터지는 격이지 뭔가. 고 배라먹을 샛말놈들만 이쪽으로 붙어주면 무릎맞춤을 한 번 해도 할 거 아닌가!"

미륵동에서만 이렇게 바라는 것이 아니라 탑골 사람들 욕심도 그렇다.

"자식들! 그 자식들이 즈 욕심만 채는 거지, 간에 가 붙구 쓸게 가 붙구 한다구 즈들은 우리만 욕하지만 당장 주먹 약한 놈이 그럼 어쩌란 말여……."

이것은 샛말 사람들의 하소연이다.

그러나 서로 막 터놓고 두 양반네가 싸울 때는 그래도 오히려 나았다. 박 의관이 미륵동 상놈을 무슨 일로 잡아다 치면 미륵동 김 승지는 차마 양반끼리니 말은 못 하고 미륵동 사는 박 의관 패임직한 상놈을 잡아다가 엎어놓고,

"이놈……양반 욕을 하구 다니어? 죽일 놈……너 네놈 죌 모르느냐……."

하고 달구치는 것이다. 자다가 붙들려갔으니 죄가 있을 리 없다. 그러나 달구치니 불 수밖에 없다.

"이놈 네놈 알지?"

"예 그저 목숨만 살려주십시요……."

"너 이놈, 사람의 껍질을 뒤집어쓰고서 며누리 자식한테다 손을 대어? 이놈 하늘이 무섭지도 않더냐?"

"예, 그저 죽을 죌 졌습니다."

나는 새도 떨어뜨리는 양반의 세도니 감히 누가 말을 하랴. 이럴 때 신통한 약은 땅 문서와 엽전 꾸러미다. 화풀이하고 논 생기고──그러니 심심하면 달구칠밖에는 없는 노릇.

이런 사이에 김 승지가 박 의관을 치적처적 찾아나섰다니 희한한 노릇이다.

"흥 다급했던 모양이지? 양반두 상놈 무서워할 때가 있나보군 그랴!"

이렇게 빈정대는 판에 또 한 가지 소문이 떠돌았다.

장쇠가 들어왔다는 소리를 듣고 어찌나 놀랐던지 김 승지가 밥상을 다 뒤집어엎고 나가자빠졌다는 것이었다.

그렇지 않아도 김 승지는 펑펑 날아드는 동학 난리 소문에 좌불안석을 하고 있는 판이다. 괴산과 읍내 이야기는 헛소문인 것이 판명되었지만 무지막지한 상놈들의 하는 노릇이니 언제 무슨 일이 일어날지 요량을 할 수가 없다.

그래서 해만 지면 벌써 하인들을 불러세우고 문단속도 시키고 날마다 밤을 새워 집 주위를 보게 하고 있다.

그래도 마음이 놓이지 않는다. 말은 자기 종이지만 하인놈들도 바탕은 상놈이니 손이 들이곱지 내곱으랴. 언제 부동이 될지도 몰라 잠이 오지 않는다. 그래서 밤에도 몇 번씩 하인들을 불러보고서야 자리에 드는 것이다.

더욱이 그 전날 밤은 꿈자리가 몹시 어지러웠다. 그래서 그날은 하인들을 따로이 불러 제일 허전한 장독 뒷담이며 감나무 뒤를 조심하라 일렀었다. 그러고도 어쩐지 불안해서 그날 차례가 아닌 돌이를 시키어 무슨 기미가 없나 수소문을 하게 하였다.

그러나 역시 잠은 오지 않는다. 요새로 승지가 잠을 잘 못 자는 것은 물론 영남 일대를 휩쓸면서 양반이란 양반은 모조리 잡아 죽이고 관가에다 불을 지른다는 동학란 소문 때문이었지만 또 한 가지 이유는 음전이란 년 때문이기도 하다.

음전이란 승지의 정부인 윤씨가 데리고 있는 몸종이다. 따로이 종문서가 있는 것은 아니나 여덟 살부터 데리고 있어서 저의 아범 정가는 되려 내보낼까 겁을 집어먹고 있으니 문서야 있거나말거나다.

이 음전이 년이 요새로 볼이 발그레해진 것이다.

나이도 열다섯이니 그럼직도 하지만 날로 엉덩이가 팡파짐해가는 것이 인제 제법 처녀티가 나는 것이다. 가만히 앉혀놓고 눈여겨볼라치면, 보고 있는 동안에도 젖가슴이 달싹달싹 부풀어 올라오는 것이 보이는 듯싶다.

어미 아비가 상것이라서 그렇지, 아무리 두둔을 해보았자 자기 막내딸 미연이한테도 애지를 않는다. 나이 들면서부터 몸꼴도 내고 아씨의 팥비누며 분도 훔쳐 쓰는지 단장도 제법이고 천한 집 자식치고는 살결도 고와서 마치 금세 난 달걀껍질처럼 뽀동뽀동하다.

이 음전이에 눈독을 들인 지도 벌써 반 년이나 되나 정부인 윤씨는 그렇지도 않지만 진주집이 통 근접을 못 하게 해서 침만 삼키고 있는 중이다.

그럴 판에 마침 그날은 음전이 년이 밤참 상을 내어온지라 다리를 두드리라고 불러들이었다. 육십이 불원하건만 계집이라면 사족을 못 쓰는 승지다. 아무리 보약을 냉수 먹듯 했다지만 채 뼈가 여물기도 전부터 계집이라면 회를 쳤고 한 번 계집을 붙들면 착살맞게 달라붙어서 뼈가 다 호물거리게 되어야만 떨어진다. 그러나 늙바탕에 다린들 안 아플까만 채신없이 생각은 딴 데 있었다. 그까짓 늘 먹는 밤참쯤에 경황이 있을 리 없다.

"음전이 넌두 인저 시집을 보내야겠구나."

한 마디를 척 건네니까 대번 얼굴이 홍당무가 된다.

"네 이년, 이만큼 온. 너 인저 몇 살이지?"

음전이는 고개만 포옥 숙이고 숨소리만이 크다.

김 승지는 문득 이십 년 전 간난이를 생각했다. 간난이란 장터에서 술장사를 하는 눈검정이다. 그때 간난이는 열네 살이었었다.

고년도 지금의 음전이처럼 쌔근거리고만 있었던 것이다.

승지는 음전이의 손을 지그시 당기어보았다. 뜻밖에 버티는 기미다. 하기는 간난이도 처음에는 그러더니라 싶어 부쩍 잡아당기니 빠져나가려고 용을 쓴다.

"네끼년! 가만히 못 있구……."

"놔 주세유. 마님이 곧 들어오라구 그리셨어유."

"그래두 고년이……."

눈을 딱 부릅뜨고 팔을 나꾸어채니 계집아이의 상체가 앙가슴에 와서 턱 들어안긴다. 그때는 벌써 승지의 긴 팔이 낙지처럼 음전이의 상체를 휘어감았었다. 이쯤 되고보니 동학란은 염두에 없다.

이 기미를 챈 것이 돌이였다. 돌이는 이태 전 금순이 생각이 번개처럼 나서 일부러 소리를 질렀던 것이다.

"영감 마님, 장쇠가 돌아왔어유……."

"뭐……누가?"

"장쇠란 놈이 돌아왔대유!"

돌이는 음전이가 또 금순이 쪽이 되는가 하여 울화가 푹 치민다. 그래서 마루로 썩 다가서면서 소리를 벅 질렀다.

"그놈이 왔시유!"

그래도 김 승지는 엉겁결이라 자세히 듣지를 못했는지,

"이놈아, 누가 왔단 말이냐."

하고 호령을 하다가.

"원 치수 아들 장쇠가 집에 들어……."

하는데 김 승지가,

"장쇠란 놈이!"

외마디 소리를 치더니 그릇 뒤엎는 소리가 요란히 났다. 장쇠란 소리에 벌떡 일어난다는 것이 어찔해지며 밤참 상에 가서 쓰러졌던 것이다.

이 소문이 이튿날로 퍼진 것이다. 김 승지가 장쇠가 왔다는 소리에 놀라 나가자빠져서 게거품을 부걱부걱 내뿜었다는 것은 살이 붙은 소리나, 그 이상 김 승지가 당황해 했던 것만은 사실이다.

어쨌든 김 승지가 박 의관을 찾아나섰다는 소문이며, 그날 밤 상을 들어엎었다는 소문이며가 다 김 승지의 체면을 깎이게 하는 이야기들임에 틀림이 없었다.

장쇠가 정말 돌아온 것이 아니라는 것을 알게 되자 김 승지는 인제는 그런 소문이 새어나간 출처를 캐려 들었다.

"네 요년, 바른 대로 대야지 그렇잖으면 주둥아리를 옹겨놀게니 그런 줄 알아라!"

안에서는 정부인 윤씨와 전주집이 음전이를 잡아 족치었고 밖에서는 김 승지가 돌이를 잡아 엎어놓고,

"너 이놈 바른 대루 아뢰어야지, 그렇지 않다가는 네 목숨은 없을 줄 알아라!"

하며 잡도리를 하는 것이다.

진주집의 암상이 머리끝까지 올라서 악을 박박 쓰는 소리와 음전이의

살려달라고 애걸하는 소리가 밖에서도 들리었다. 결국 매에 장사가 없다.

음전이는 매에 견디다 못 해서 선선히 불고 그날로 김 승지 집을 쫓겨나고야 말았지만 기실은 돌이 입에서 나온 말이었다. 돌이는 음전이를 은근히 생각하고 있는 터이었고 또 김 승지의 내외도 그런 말을 돌이한테 한 적도 있었다. 승지는 지금도 장차는 돌이를 줄 생각이기도 했다. 다만 돌이의 오산은, 승지가 음전이를 고스란히 내어줄 것으로만 믿은 데 있다. 승지는 그런 뜻이 아니었다. 문어발처럼 잘강잘강 씹어서 단물이 다 빠진 담에나 내어주자던 것이다. 이 승지의 마음속을 몰랐으니 돌이가 욱할밖에 없다.

승지가 눈검정이 간난이와 금순이처럼 음전이한테까지 손을 대는 것을 볼 때 돌이는 눈이 홱 뒤집혔다. 그래서 인동 할멈을 붙들고 하소연을 한 것이 잘못이었다.

제 죄도 입이 간지러워 마음속에 간직해두지 못하는 인동 할멈이 훌륭한 얘깃거리를 입 속에만 간직해둘 리가 만무다. 아니 인동 할멈은 차라리 죽으면 죽었지 들은 말을 숨겨두지 못하는 늙은이였다.

"내가 잘못했어! 암만 미우니 고우니 해두 상놈끼리 한편이지."

그날 밤 돌이는 이렇게 머리를 끌어안고 뉘우쳤었다.

그는 자기가 승지 세도만 믿고 한 짓을 일일이 되새겨보았다. 노랑 할아버지가 그랬고, 칠복이 할아버지. 복돌 아버지 장태식이……생각할수록 가슴이 아프게 후회가 되는 것이다.

"내가 죽일 놈이지! 양반놈들이란 체면두 인정두 없는 인종인줄 인제야 알았다. 음전이한테 장갈 들면 뭐하느냐. 승지놈이 내 여편네라구 가만둘 성싶게시리?"

돌이는 장쇠를 생각하고 있었다. 장쇠가 들어온다면 먼저 자기부터 그대로 안 둘 것을 알면서도,

'젠장할 장쇠나 정말로 들어와보면 좋겠다!'

이렇게도 생각하는 것이었다.

그러나 그러면서도 돌이는 금세 몸서리를 치고서,

'이놈에 자식 들어오기만 해봐라! 내가 먼저 해치울 테니!'

이렇게 이를 북 갈아 붙이는 것이다.

음전이가 김 승지 집을 쫓겨나온 후로는 돌이는 온종일 시무룩해서 골질이 일쑤였다. 새벽에는 벌써 일어나서 사랑 마당부터 쓸기 시작해서 작은 사랑 모퉁이에 모아 가지고 삼태기에다 말끔히 긁어 담아다가 바깥 뒷간 옆 구덩이에 쓸어넣어서 그 넓은 마당에 티 하나 없더니 요샌 잔뜩 부어 있기가 일쑤다.

누가 뭐라고 해도 정원 연못가 바위 위에 동그마니 올라앉아서 저도 바위인 양 움직일 줄을 모른다.

"저 자식이 왜 저러구만 있는 거여. 얘 이 녀석아, 돌이야 부르는 소리가 안 들리느냐!"

"놔 둬유, 난두 아퍼서 그래유!"

"아프긴 어디가 아퍼. 아프면 가 자빠졌든지, 그래 이 자식아, 바위 위에 가서 앉았기만 하면 병이 낫는다니? 어서 일나!"

"글쎄 놔 두래두 그래유. 난두 죽겠어유!"

"제일 아쉬운 사람이 청지기다.

"아 이런 곰딴지 같은 자식이 있나. 어디가 어떻게 아프다구 말을 해야 알지 덮어놓구서 아프기만 하면 어디가 어떻게 아픈지 알 수가 있는가. 말을 해 이 녀석아."

"글쎄 놔 두래두 그래유."

"말을 해봐, 어디가 어떻게 아픈가."

"속이 아퍼유."

"속이라니 속이 어떻게 아퍼."

"속이 아픈 걸 어떻게 들여다봐야 알잖어유! 그래 샌님은 샌님 속 들여다보셔유?"

"똥싼 놈이 성낸다더니 이 자식이 원!"

황소처럼 골질을 해대니 더 말을 붙여볼 재간도 없다.

안에서도 돌이의 시무룩해 하는 눈치를 채고,

"저 녀석 왜 꿔다는 보릿자루처럼 저럴까."

하고 볼 때마다 욕지거리다.

"그 자식이 밥알이 곤두서는 게지! 삼시 밥 처먹구 뜨듯하니 입구 하니까 제가 젠 성싶은 게지!"

그러나 음전이를 하루 새에 잃고 가슴이 찢어지게 아파하는 돌이의 사정을 아는 사람은 하나도 없다.

일년을 두고 살살 꾀여서 인제 겨우 맞웃음을 쳐주게끔 된 것을 갑자기 뚝 떼어놓으니 기가 막히지 않을 수 없다. 나이 스물일곱에 품안에 품었던 새를 놓치었으니 원통할 만도 한 일이다.

'젠장할 거! 상놈된 신세란 다 이렇담! 실컷 부려먹구서 헌신짝처럼 내어버리구!

생각할수록 부아가 끓는다.

'오냐, 어서 장쇠가 들어와 한바탕 해 엎어라. 젠장 참말이지 헤가리 놀 시러베 아들 녀석 없다!'

혹시 들어올까 겁을 내던 장쇠를 은근히 기다려도 본다. 장쇠만 해도 저하고 무슨 대천지 원수가 져서 자기사 그렇게 때렸다고는 생각지 않겠지만,

"돌아! 오냐. 이놈 언제든지 한 번 볼 때가 있을 줄 알아라!"

하고 매를 맞으면서 이를 북북 갈던 생각을 하면 자다가도 소름이 쭉쭉 끼친다.

그 장쇠를 기다리는 자기가 어처구니없이 생각이 되었다. 그러면서도,

'장쇤 속이 툭 트인 사람이니까 내가 가서 엎드려 사죌 하면 들어줄지두 모르지!'

이렇게도 생각이 드는 것이다.

사실 코를 흘리며 같이 큰 장쇠다. 그렇게 원수가 된 것도 김 승지 때문이다.

김 승지는 나이 육십을 바라보건만 자식이라고는 진주집 몸에서 난 열두 살 짜리가 있을 뿐이다. 윤씨 부인 몸에서 둘째, 셋째로 아들을 둘이나 내리 뽑았으나 웬일인지 하나는 두 살, 또 하나는 인제는 다 키웠다고 가슴을 내려문지른 열두 살 나던 해에 연을 좇다가 넘어진 것이 더치어 사흘도 채 못 앓고서 살이 시꺼멓게 썩어서 죽어버리었다. 그런 후로는 웬일인지 윤씨는 딸만 내리 셋을 낳았고 진주 태생이라는 기생 옥잠이를 떼어 들여서 겨우 아들 하나를 얻었던 것이다. 진주집을 떼어 들여 앉히기까지에는 읍내집이라는 열아홉된 처녀 장가도 들어보았고 스물일곱난 과부도 들여

앉혀보았고, 서울이다 읍내다 하고 돌아다니면서 자식을 보려구 애를 태
웠으나 웬일인지 낳는다는 것이 계집아이 아니면 아들은 낳는 족족 돌도
못 가서 죽어버리는 것이다.

　"하두 남한테 못 할 일을 해서 죌 받느라구 그래. 왜 남들은 쑥쑥 낳는
자식을 그렇게 못 나? 우물두 한 우물을 파랬다구 이건 며칠 데리구 살다가
툭 차구! 그냥 차기만 하나? 하인눔 아니면 청지길 붙어먹었다구 내
쫓았지!"

　동네 사람들이 이렇게 돌아서서 욕을 하는 것도 무리가 아닌 것이, 계집을
내어쫓을 제는 매양 무슨 죄고 뒤집어씌워서 동그마니 몸뚱이만 들어내고
들어내고 했던 것이다.

　자식 볼 욕심도 욕심이겠지만 원래 김 승지란 계집이면 회를 치는 사
람이다. 몸종으로 부리는 계집아이들은 으레 열네댓 살만 되면 그냥 두지를
않았고 동네 상사람들이 좀 예쁘장한 며느리를 얻어들이면 '불여우'라는
별명까지 있는 인동 할멈을 내세워서 반드시 집어먹고야 만다.

　상사람이니 양반의 명령을 거역할 도리도 없거니와 거역을 하는 날이면
이튿날로 당장 남편이고 아비고를 잡아다가 양반님네 험담을 했느니 어쩌니
뒤집어 씌워 가지고는 주리도 틀고 볼기도 치고 해놓으니 정조를 지킬
줄 몰라서가 아니라 남편과 부모가 불쌍해서 넘어가고 넘어가고 하는 것
이다.

　김 승지의 이 계집 추넘은 인동 할멈이 아주 혼자서 도맡아 하거니와
그 덕에 청지기인 박 선달이 가끔 뒤에서 덤거리질을 한다. 승지한테 몸을
허락한 줄 알아놓으니 발목을 잡힐밖에 없다. 승지는 나이 아직도 있다지만
청지기 박 선달은 나이 칠순이 불원한 늙은이가 얌치도 없이 계집이라면
쥐본 고양이다.

　그러나 이런 봉욕을 하고서도 그들은 입 밖에 내지를 못한다. 아는 것
보다는 모르는 것이 좋고 몰라야 마음도 편하다 생각하기 때문이다. 아니
알았대야 또 아무런 소용도 없었다.

　"얘 돌아, 오늘은 잘들 보아라. 원 어찌두 세상이 소란한지."

　늙은 불여우가 이렇게 귀띔을 하는 날이면 반드시 까닭이 있는 날이다.
돌이도 그것을 모르지는 않는다. 그러나 만일 말을 냈다가는 그날로 돌이의

목숨은 없는 날이다. 돌이는 그것도 잘 안다.

"야, 걱정 말어유! 그런데 오늘은 누구지유!"

하고 싱글 웃을라치면 붙여우는 돌이의 팔을 꼬집어 뜯는다.

"이 망할 녀석! 누군 알아 뭘 해?"

"나두 선달님처럼 간혹 개평 좀 떼게유!"

"이눔에 자식! 왜 대추나무에 한 번 거꾸루 매달리구 싶으냐!"

돌   이

그런데 돌이와 장쇠는 어떠한 사이며 어째서 그렇게도 장쇠를 꺼리는가. 그것은 이러하다.

물론 돌이는 양반이 아니니 토구질을 해먹었을 리 없고 지주도 아니고보니 작인들의 등을 쳐먹은 일도 없기야 하지마는 양반집 하인 노릇을 하자하니 자연 상사람들의 눈 밖에 날밖에는 없다.

더욱이 돌이는 힘꼴이나 쓰는 덕으로 김 승지의 눈에 든 위인이다.

그러고 보니 달고 치고 패고 하는 일체의 못된 짓은 언제나 돌이의 차지였다.

"애 거 돌이란 눔 어디 가고 없느냐!"

누구를 하나 잡도리할 생각이 들면 김 승지는 맨 먼저 돌이를 불러세우는 것이었다.

"애 이눔, 너 냉큼 가서 창수 애비 박가눔을 잡아들여라!"

잠시만 주춤거려도 당장에 생벼락이 내리는 판이니 잡아들이는 일로부터 달고 치고 하는 일까지 상사람의 원한을 살 일은 모두를 돌이가 독차지하게 된다. 그러니 자연 시키는 사람이 김 승지인 것을 모르는 바는 아니지만 당장 곤장을 치는 놈이 돌이고 보니 맞는 사람이야,

"네 돌이란 눔 어디 두고보자!"

이렇게 돌이한테다 앙심을 먹을 밖에는 없다.

"저런 죽일 눔! 저눔이 그래 사람을 저렇게 팰 수가 있단 말인가!"

"저눔 그 죄 받구야 말지!"

돌이가 한참 신바람이 나서 곤장을 칠 때면 모두 돌아서서 이렇게들
이를 부득부득 갈아붙인다. 매에 견디다 못 하면 양반한테는 감히 못 덤비고,
"네 이 돌이눔아! 네눔이 사람을 이렇게 치구 죄 안 받을 줄 아느냐!
이눔! 이 천하의 죽일 눔!"

이렇게 막 대놓고 포악도 하는 것이다. 이런 포악과 악담도 하도 듣고
하니 인제는 들을 때뿐이지 그때만 지나도 심상해지고 만다. 동네 사람들도
그를 맞을 때는 악담도 하도 포악도 하지만 혹시 그 앙화가 또 돌아오지나
않을까 겁을 내는 판이니 기운만 소처럼 세웠다 뿐이지 어떤 편이냐면
소명치가 못한 돌이는, 속으로는 겁을 집어먹으면서도 설마 내 배 다치랴
하는 뱃심이었다.

그러나 이렇듯 미련한 돌이한테도 무서운 사람이 꼭 하나 있으니 그것이
바로 장쇠다.

장쇠와 돌이는 코 흘릴 때부터 앞뒷집에서 같이 큰 사이였고 풀쌈으
로부터 시작하여 물쌈, 욕쌈, 나뭇동쌈, 애기씨름, 중씨름, 상씨름, 이렇게
다 크도록 서로 맞겨루어온 사이기도 하다. 그것은 돌이와 장쇠가 나이도
동갑이지만 기운도 비슷했기 때문이다.

"올해두 또 장쇠와 돌이가 맞붙었다지? 올엔 뉘가 이길꾸?"

그들이 장성하면서부터는 이것이 동네 사람들의 한 화제거리였다.

"그눔들 둘이 맞붙어봐야 씨름답지."

사실 그것은 그대로 황소 싸움이었다. 씨름이 아니라 사뭇 뜸베질이다.
하나가 넘어갈 때는 그대로 땅이 꺼지는 소리가 난다.

매양 지는 것이 돌이였다.

기운만은 장쇠보다 월등 세면서도 곰처럼 굼떠놓으니 재치 있는 장쇠한테
판판이 떨어질 밖에 없다.

비단 씨름뿐만 아니라 금순이를 싸고돈 싸움에서도 돌이는 진 셈이다.

무슨 내기 겨룸에 맞붙으면 앙숙이면서도 여전히 친한 동무이던 그들이
서로 헤어진 것도 이 금순이 때문이다.

금순이란 돌이네 집에서 탑골로 빠져나가자면 끝으로 넷째 집인 박
서방의 딸이다. 박 서방은 온종일 가야 군입 한 번 떼지 않는 색시같이
잔존한 사람인 만큼 손재주가 좋아서 체도 꾸미고 망건도 뜨며 미투리니

아이들 꽃신 같은 것도 삼아서 명절 대목을 보는가 하면 여름철에는 홍두깨며 방망이 같은 것을 깎아서 농사 한 톨 없이도 그냥 꾸려가는 사람이다. 그러나 박 서방의 재간은 이에 그치는 것이 아니다.

근동 사람들이 '새 할아버지'라는 별명으로 부르리만큼 갖은 새소리를 잘한다. 그래서 봄철이면 조그만 새장을 짜 가지고 나무숲에 가서 숨어 앉아서 꾀꼬리 소리도 하고 박새니 콩새 누룩치 같은 새소리로 온갖 새를 모아놓고 말총으로 만든 올개미로 새발을 얽어서 곧잘 산 채로 잡는다. 여름철이면 또 곧잘 낚싯대를 메고 토끼섬에 나가서 잉어를 낚아오기도 한다.

"신선 신선하지만, 다른 게 신선이 아니라 저 박 서방 같은 사람이 신선이지! 우리다 댈 것 아니어 정말. 양반처럼 손에 물 한 방울 묻히지 않고도 일년 내 피땀을 흘리며 일을 한 우리네 농군들보다도 더 잘 살지 않나베?"

동네 사람들은 이렇게 박 서방의 손재간을 부러워한다.

사실 단 세 식구뿐이어서 단출하기도 하지만 선비처럼 깨끗이 차리고 여름철에도 꽁보리밥을 면하는 사람도 박 서방네 하나뿐이다.

그러나 박 서방은 원래 이곳 태생이 아니다.

지금부터 한 이십여 년 전 일 년에 한두 번씩 체를 팔러 미륵동에를 드나들더니 지금 장터에서 술장사를 하는 눈검정이네 집을 사가지고 주저앉았던 것이다. 고향은 경상도 안동이요, 집안도 번화하다고 하나 십 년을 두고 한 번도 오고가는 일이 없는 것을 보면 그렇지도 못한 모양이다.

단 한 번, 박 서방이 미륵동에 온 지 삼 년 만에 고향에를 간다고 가더니만 그림처럼 이쁘게 생긴 계집아이 하나를 데리고 돌아왔다. 이 계집아이가 바로 금순이다.

금순이는 일가집에 맡겨두었던 딸이라고 하나 동네 사람들은 그것도 자세히 모른다. 박 서방댁이 시집을 갔다가 소박을 맞았으니 금순이는 그 전남편한테서 난 아이니 하는 것도 모두 짐작해서 숙덕대는 소리들이다.

그것은 어쨌든 금순이는 일곱 살에 미륵동으로 들어와서 부잣집 딸 부럽지 않게 물만 톡톡 튀기며 고이 자라났다. 어려서는 별명이 '이쁜 아이'

로 통했으리만큼 눈매고 코며 입이 꼭 그림처럼 아름다웠다.

금순이가 열너덧 되자 동네 총각들은 제각기 침을 삼키었지만 씨름판처럼 맨 나중에 남은 것이 돌이와 장쇠였다. 박 서방은 돌이를 점 찍고 있었다. 그것은, 돌이는 둘째 아들이요 장쇠는 남의 집 장자인지라 자식 없는 박 서방은 돌이를 데릴사위로 들여앉힐 생각이었다.

그러나 금순이 자신이 돌이보다 장쇠를 택했다. 돌이는 기운만 믿고 씨름을 하듯 박 서방 눈에만 들려고 애를 쓰는 동안, 장쇠는 금순이와 가까이 하여 금순이의 마음을 붙들었던 것이다.

이리하여 돌이는 또 한 번 장쇠한테 졌다. 그러나 장쇠로 하여금 돌이를 아주 척지게 만든 것은 김 승지다.

장쇠가 금순이와 혼인을 하던 날은 일년 중 달이 제일 밝다는 한가위를 사흘 앞둔 팔월 열 이튿날이었다.

온 동네가 뒤집어엎듯 술잔치가 벌어졌을 때 돌이는 빠개지는 듯싶은 가슴의 통증을 못 이기어 홀로 토끼섬으로 나왔다. 토끼섬이라면 미륵동과 탑골 앞 버들숲 건너로 흐르는 샛강 한 구석에 섬처럼 불거진 산뿌리로 원이 새로 부임하면 으레 토기섬 놀이를 할 만큼 경치 좋기로 이름이 난 곳이다.

강가로는 누가 심었는지도 모르는 아름드리 수양버들이 늘어졌고 큰 집 서너 채 폭이나 되는 돌산이 오봉산 뿌리에서 우뚝 솟았다. 산 위에는 큰 반송이 있고 바위틈에는 갖은 꽃나무와 회양나무가 있어 일부러 꾸민 산처럼 아담스럽다. 이 섬 좌우편으로 푹 들어온 웅덩이는 명주꼬리가 풀린다고 할 만큼 깊고 섬 밑으로는 큰 굴이 뚫리어 서로 통했다고 하며 그 굴 속에는 몇백 년 묵은 이무기가 산다고도 전해져 있다.

이 섬 반송 밑에서 아닌 밤중에 웬 사나이가 통곡을 했다는 소문이 이튿날로 근동에 파다하니 퍼졌다.

그리고 그 사나이는 돌이라는 소문도 바로 잇달아 동네에 퍼졌던 것이다.

돌이가 김 승지네 하인으로 들어간다는 소문이 돈 것은 그런 지 얼마 안 되어서였다.

"뭐? 저런 미친 눔이 있단 말인가? 그래 남들은 종문설 빼어내지 못해서 눈이 뻘건데 문서 없는 종노릇을 하러 엉금엉금 기어들어가다니?

뜬소문이겠지. 그 녀석이 미쳤다던가?"

그런 소문을 듣는 사람은 아무도 그것을 믿으려 하지 않았다.

그러나 며칠이 못 가서 그것은 사실로 나타나고야 말았다. 돌이가 검은 흑의(黑衣)에 다 찌그러진 패랭이를 뒤꼭지에다 붙이고 박달 방망이를 들고 나선 것이었다. 이런 돌이를 본 사람들은 '아 그래 세상에 저런 미친 눔두 있더란 말인가? 사죽이 멀쩡하겟다, 기운이 역사겟다, 농사거리두 있는 눔이 그래 미쳤다구 팔자에 없는 종노릇을 해?' 하고 어이가 없어했다. 그리고 어떤 사람은 돌이를 슬며시 불러 가지고 만류도 하고 욕도 해보았으나 돌이는 고개만 설레설레 내둘렀던 것이다.

"나 하는 대루 내버려둬유! 난두 생각이 있어서 한 노릇이래유!"

생각이란 다른 것이 아니다.

장쇠한테 대한 불길 같은 복수심이다.

사실 돌이는 어려서부터 장쇠한테는 지기만 해왔었다. 어려서는 풀쌈에 졌고 커서는 씨름에 졌다.

그리고 이제 또 금순이와의 싸움에서도 장쇠는 본때 있게 돌이를 해내었던 것이다.

'죽일 눔…… 장쇠 네 이눔 어디보자!'

그러나 돌이는 양반이 아니었다. 장쇠와 똑같은 상놈이었고 장쇠와 똑같은 농군이었다.

기운으로는 장쇠한테 애일 것 없었지만 맞붙어 쌈을 해보아도 언제나 얻어맞는 것은 돌이였다.

'세도가 있어야지…… 세도가…….'

이 세도에 눈이 어두워서 돌이는 즐거이 김 승지의 종이 된 것이다.

인동 할멈한테서 돌이의 의향을 들은 승지는 그 자리에서 쾌락을 했다.

종을 만들자면 하다못해 밭 한 뙈기라도 주어야 하는데 이것은 제 발로 기어든 종일뿐더러 승지는 은근히 돌이의 기운을 탐내오던 터이기도 했던 것이다. 승지로 본다면 입에 맞는 떡이었다.

그러나 돌이는 이번 싸움에서도 참패의 쓴 술을 한 잔 더 마시었을 뿐이다.

돌이는 다 찢어진 흑의에 찌그러진 패랭일망정 뒤꼭지에다 떡 붙이고 박달 방망이를 차고 나서니 온 세상이 다 자기 것인 양싶었다. 상놈은 말할

것도 없지만 중인이라도 자기 앞에서는 굽실대지 않을 수 없으리라. 항차
그깐 장쇠놈쯤이야 대매에 때려죽인대도 김 승지네 세도만 빌면 그만이다
싶었다.

'이눔들! 인저두! 오늘의 돌이는 어제까지의 돌이가 아니다! 아니
야!'

돌이는 의기양양해서 가래침을 한 번 탁 뱉고 승지집을 나섰다.

그날 돌이가 맨 처음 만난 것이 다른 사람도 아닌 금순이였다. 옷을
입으면서도 은근히 장쇠를 맨 먼저 만났으면 그 자식 꼴 좀 보리라 했던
것인데 원수는 외나무다리에서 만난다고 김 승지네 바깥마당 큰 느티나무를
지나서 보뚝을 타고 가다가 우물로 내려가려니까 마침 장쇠 처가 된 금
순이가 물동이를 이고 일어서는 길이었다. 돌이가 장쇠한테 으쓱대고 싶
어하는 심정이란 따지고 보면 곧 금순이한테 강하게 보이고자 하는 생각
에서였다.

돌이는 장쇠를 만난 것보다도 더 고마운 생각이 들었다. 그래서 되도록은
위엄을 보이려고 애를 쓰면서 이미 남의 여편네가 된 옛날 애인 앞에 떡
가로막듯,

"금순이 너두 들었겠지만서두 난 오늘부터 승지댁으루 들어갔단다."
하고 승지댁이란 데 일부러 힘을 부쩍주어 한 번 뽐내보았던 것이다.

그러나 응당 우러러보았어야 할 금순이는 아래위를 훑듯이 싸악 흘겨
보고는,

"흥……너 큰 벼슬했구나……."
하고 가벼이 코웃음을 치더니만,

"허지만 너 인전 내 이름 그렇게 한만히 못 부른다."

"뭐야?"

"그럼 뭐냐! 남의 집 종이 어디 함부루 남의 집 새댁 이름을 부른다든!
세상이 망하려니까 별 꼬락서니 다 보잖나베!"
하기가 무섭게 침을 퇴 뱉고 싹 돌아서서 가버리는 것이 아닌가?

돌이는 기가 칵 막히었다. 자기 딴에는 울분이 치밀어서 주먹을 불끈
쥐었던 것인데 생각지도 않은 눈물이 좌르르 쏟아졌던 것이다.

'조런 괘씸한 계집년이…….'

정말 울분이 터진 때는, 금순이는 벌써 거기에는 없었다. 돌이는 눈을 감았다. 가벼운 현기증이 일었기 때문이었다. 정신을 가다듬으려고 애를 쓰나 머리가 횃횃 내어둘리고 다리가 부들부들 떨린다. 선 그 자리가 폭 꺼져서 땅 속으로 뚝 떨어져 들어가는 것만 같았다.

'오냐……어디들 보자……'

이렇게 중얼거리며 방망이 든 주먹으로 눈물을 씻자니까,

"아이쿠 작은 김 승지가 나오셨군그랴."

하는 소리가 등 뒤에서 난다. 돌아다보니 소장수 윤 첨지와 익살꾸러기 응서다. 누구네 타작을 하려는지 윤 첨지는 도리깨를 메고 응서는 타작 모탕을 지게에 지고 있었다.

"돌이 너 이 녀석 아주 큰 벼슬을 했구나……."

이렇게 말하는 것까지는 좋았지만,

"그래 이 녀석아, 평생 소원이 누릉갱이라더니 가는 뼈 굵어가지고 끽 남의 집 종노릇을 해? 상사람이 중인 될려구 애쓴다더구면서두 네 녀석은 종 되기가 소원이었구나, 응?"

돌이로 본다면 정말 어처구니없는 오산이었다. 이런 돌이의 분풀이를 도맡아준 것이 김 승지다. 승지로 본다면 꿩 먹고 알 먹는 폭인지라 또한 해롭지 않은 이야기다.

그것이 돌이한테 아니꼽게 구는 놈이면 그날 밤으로 잡아다 치는 것이었다. 승지는 이름을 들어보아서 쇠푼이나 있는 놈이면,

"너 이눔 양반한테 대놓구 욕을 못 하니까 양반댁 하인을 못 살게 군단 말이지? 이 발칙한 눔 같으니!"

하구 달구치면 돌이의 분풀이도 되려니와 뒷구멍으로 쌀섬도 들어오고 돈전대도 슬금슬금 기어드는 것이다.

"그저 쇤이 죽을 때를 모르고 그랬사옵니다. 이 죄갚음으로 뭣이든지 영감마님께서 분부하시는 대로 시행을 하겠십니다."

"아니다. 너 같은 눔의 버릇을 고치자면 곤장밖에는 없느니라. 얘들아 저눔 거꾸로 달아매어라!"

이쯤 해놓고는 뒷구멍으로 인동 할멈을 슬그머니 내세우는 것이다. 그 래서 인동 할멈이 귀띔해주는 뇌물의 여하로 풀려나오는 시기도 결정이

되는 것이다.

이렇듯 돌이한테 밉게 구는 사람이면 누구나 한 번씩은 매 맞고 돈 빼앗기고 해서 돌이의 분풀이를 해주었지만 정말 돌이와 옹추인 장쇠가 통 걸려들지를 않는 것이 돌이의 한이었다.

"그 장쇠 자식! 그 자식이 사람을 어떻게 안다는 거야그래. 사람은 보아두 눈깔을 슬쩍 구퉁이에다 몰아붙이구서는 입을 썰룩하는 게 이건 마치……."

돌이는 가끔 인동 할멈의 귓전을 울리나 도무지 반응이 없다.

그러나 김 승지나 인동 할멈이 장쇠네가 두려워서 그러는 것은 물론 아니다.

첫째는 장쇠 아버지 원치수는 일체 말이 없이 소처럼 일만 꾸벅꾸벅하는 사람인 데다가 아무리 달구친대야 팔만 아팠지 쥐뿔도 울구어낼 것이 없고보니 김 승지가 신이 날 리가 없다.

'돌이란 눔은 장쇠 녀석이 퍽두 미운 모양이지? 허지만 내가 뭣하러 남의 다리를 긁드람!'

이것이 김 승지의 생각이었고 또 인동 할멈의 배짱이기도 했다.

그러나 기어코 장쇠도 걸려들고야 말았다. 김 승지가 우연히 장쇠의 처 금순이를 한 번 보고는 채신없이 마음이 달떴던 것이다.

"아 고것 참 됐거던!"

절구통에 치마만 둘러놔도 입이 헤에지는 김 승지인지라 인동 할멈은 김 승지가 몇 번 이렇게 귓전을 울릴 때까지도 예사로만 들어왔다.

그러나 날이 갈수록 금순이에게 대한 김 승지의 관심이 커가는 것을 보자 인동 할멈도 슬며시 딴 배포를 차리게 되었다. 나이 환갑에 가까운 김 승지가 이렇게 상것 계집한테 마음이 달떠 덤비는 것을 일찍이 본 일이 없는지라 이 통에 자기도 한몫 보잔 것이다.

"아이구 그런 말씀을랑 아예 마십시유. 영감마님 거 장쇠눔 골팍이하며 장쇠 어멈의 극성하며……또 그 금순이란 년이 그래 보여두 여간내기가 아니랍니다. 금순이 말은 아예 다신 입 밖에두 내지 마십시오!"

인동 할멈이 나서서 안 될 일이란 없건만 이렇게 슬쩍 딴청을 한 번 쓰는 것이다.

78

"힘이 드니까 할멈더러 이야기가 아닌가, 이 사람. 나중에 알면 어떻단 말인가. 양반이 상눔 계집쯤 봤기루서니 그게 무슨 큰 변이며 제년만 해두 그렇지 상것 계집으로 태어났다가 양반을 모시다니——그러다가 아기만 하나 낳어 놔보게나. 그날루 당정 아씨가 되잖는가?"

"안 됩니다유 글세. 하늘의 별을 따오라시면 그건 쉬워두 금순이년만은 어림두 없습니다."

"허 그러지 말래두 그러네나. 할멈 수단으루두 안 되는 일이 있던가 그래?"

"안 됩니다. 안 되구말구유……."

이렇게 몸을 바짝 달구어놓으니까 김 승지도 서얼서얼 불어댔던 것이다.

"할멈 고년만 데려오게나. 내 이번엔 굉장한 특상을 주지. 특상을……."

"호호호, 영감마님. 특상이란 끽해야 무명 한 필이시지 뭐."

"아냐, 아닐세. 이번 특상은……."

"뭘 주시겠시유, 영감마님."

"명주 한 필, 아니 두 필 주지, 두 필, 시답잖으면 한 필 더라두 줌세!"

이런 거래가 있은 다음날부터 인동 할멈은 병아리 본 솔개처럼 장쇠네 집 근처를 맴돌기 시작했던 것이다.

"조 늙은 불여우가 요새 부즈런히 동네루 내려오니 필시 또 무슨 조활 부리는 게야. 그렇잖구야 여우가 저렇게 대낮에 싸다닐 리가 없지!"

미륵동 사람들은 나이 칠십이 가까우면서도 지팡이도 없이 회작회작 팔을 내어젓는 인동 할멈을 볼 때마다 이렇게 은근히 걱정들을 했었다.

그러나 인동 할멈이 금순이를 노릴 줄은 까마득히 모르고 있었다. 인동 할멈은 일부러 장쇠네 집만 쏙 빼어놓고서 미륵동 아랫말을 이집 저집 드나들며 입방아만 찧어댄다. 병아리를 본 솔개가 겉도는 것과도 같았다. 아침 가마귀처럼 동네 사람들은 인동 할멈이 피뜩만 해도 이맛살들을 찌푸린다.

"사람의 집에 사람이 온 걸 그렇게 말하면 죄루 갈지 몰라두 난 어쩐지 저 할머니 오는 건 반갑지 않더라."

하나가 이렇게 말하면 옆 사람도 맞장구를 치는 것이 보통이었다.

"누가 아니래 ! 저 늙은이 와서 좋은 일 있던가베. 늘댄 동네 내려왔다 가두 더런 그냥 가는 수가 있더구먼서두 저 늙은이 다녀간 뒤루 무사해본 일 있었어유 언제 ? "

"없지 ! 인저 그 죄 안 받을 줄 알구 ? 눈검정이가 지금도 벼른다던데 뭐."

아낙네들은 인동 할멈을 돌려 세워놓고는 이렇게 뒷공론을 하면서도 섣불리 건드렸다가는 반드시 동티가 날 것이요, 또 하나는 워낙 구변도 좋지만 세상에 모르는 것이 없이 잘 재잘대는 데다가 선무당이 되어 점도 치고 액막이도 곧잘 하는 터라 이불 안에서 활개만 쳤지 한 번 맞서보지도 못한다.

인동 할멈이 아랫말로 돌아먹은 지 거의 보름이나 되어서다. 동네 사람들은 그 까닭을 알았다. 장쇠의 처 금순이가 기어코 김 승지한테 걸려들었던 것이다.

나중에 알려진 이야기의 경로는 이러하다.

그날 밤——좀더 자세히 말하자면 동짓달 스무닷샛날 밤 금순이는 씨아를 틀다 말고 난 지 녁 달밖에 안 되는 어린 것한테 젖꼭지를 물리고 있었다. 장쇠 아버지 원치수는 저녁을 먹고 사돈집인 박 서방네 집으로 틀다둔 맷방석을 마무르러 갔고 장쇠 동생 장길이는 산돼지 함정을 놓는다고 여럿이 몰켜나간 채 아직 돌아오지 않았었다. 찬바람만 나면 버쩍 더한 해소기침에 장쇠 어머니는 아랫방에서 봄에 치우기로 한 필순이를 데리고 헌 솜보따리를 펴놓고 반을 지우고 있었다.

인동 할멈이 헐레벌떡 장쇠네 집으로 뛰어든 것은 바로 그때다.

김 승지의 정경부인 윤씨가 무슨 물어볼 말이 있으니 곧 좀 올라오라는 것이다.

"웬일일까요 ? 무슨 얘긴지 모르서유 ? "

"모르겠어 난두. 뭐 자네가 말전줄 했다구 좀 물어본다든가보데나. 자네야 울 밖에도 잘 나가지 않는 사람인데 뉘가 또 잘못 고자질을 한 게지 뭐."

"아이 망칙들 해라. 내가 말전준 무슨 말전주람 ! "

"글쎄 뉘가 아니라나. 그러니 신지무의할 게 아니라 가서 밝힐 건 밝히라구."

죄야 없지만——아니 죄가 없기 때문에 금순이는 시어머니한테 젖먹이를 맡기고 냉큼 일어섰던 것이다.

무섭게도 어두운 밤이었다. 그러나 다행히 눈발이 풀풀 날리는 덕분에 겨우 길만은 알아볼 수 있었다.

양반집에 불리운다는 것은 상사람들한테는 무엇 하나 좋은 일이 없다. 더욱이 말전주란 소리에 무슨 잘못이겠거니 하면서도 금순이는 은근히 걱정이 되었다. 그래서 인동 할멈을 재촉해서 승지 집에를 올라갔더니 인동 할멈이 사랑으로 인도를 한다. 좀 의아한 생각도 없지는 않았지만 인동 할멈이 먼저 올라서면서,

"마님 금순일 데리구 왔습니다."

하고 고하고서 금순이더러 올라오기를 재촉하고보니 인동 할멈과 같이 들어가는 데야 수상해 할 것도 없고 또 정부인과 소실 사이에 늘 티격태격이었는 줄도 아는지라 인동 할멈을 따라 사랑으로 들어갔던 것이다.

금순이가 사랑방으로 들어간 지 얼마 안 되어 금순이의 반항하는 기색과 가끔 김 승지의 거만한 호령 소리가 들리곤 했다. 이것을 들은 것도 돌이였다.

그러나 돌이는 그것이 금순이란 것은 몰랐다. 그래서 조심조심 가까이 가서 엿듣자니까,

"놔 주세유, 영감마님!"

하고 앙탈하는 소리가 정녕코 금순이다.

'금순일?'

그것이 금순이란 것을 깨달은 순간, 돌이의 눈은 옆으로 찍 찢어지며 자기도 모르게 주먹이 불끈 쥐어졌다.

그러나 그것도 극히 짧은 순간이었다. 금세 돌이의 눈은 제자리로 돌아오고 입 언저리에는 쓰디쓴 웃음기가 돌고 있었던 것이다.

'장쇠눔! 이눔 인저두!'

방 안에서는 사뭇 드잡이를 놓는지 요란하다. 그 드잡이 속에서 금순이의 뭬라고인지 포악하는 소리가 들리더니 캑캑 소리만 나는 것이 아마 뭘로 입을 틀어막는 눈치다. 그리고는 한동안 쥐 죽은 듯 소리가 없다.

'장쇠 이눔! 인저두!'

돌이가 고소하여서 이렇게 으쓱대는데 문 여는 소리가 나며 인동 할멈이 살살 기어나온다.

돌이는 부리나케 몸을 피하여버리었다.

그리고 얼마 후에 가까이 가본 때는 불도 꺼져 있고 죽은 듯이 고요하였다.

'흥 계집년이란 별수가 없구나! 개 본 꽹이처럼 그렇게 앙탈을 하더니만 아주 끽소리가 없구나…… 더러운 년들!'

일찍이 잠을 못 자고 사모하던 금순이의 불행에 동정은커녕 돌이는 장쇠 놈의 눈이 퀭해진 상판대기를 눈앞에 그리어보는 데서 흐뭇한 쾌감까지를 느끼고 있었다.

'네 이눔의 자식 인제두! 이 이 소문을 내 안 퍼뜨릴 줄 알구!'

그러나 자기를 발 때꼽만큼도 알아주지 않고 장쇠한테로 시집을 간 금순이요, 일생을 두고 자기를 깔아뭉갠 바로 그 장쇠녀석의 여편네인 금순이지만 돌이는 아직도 자기가 마음속 깊이 금순이를 사랑하고 있다는 것을 깨달은 것은 이튿날 아침 잠이 깨어서였다.

'내가 죽일 눔이지!'

돌이는 가슴을 쥐어뜯었다. 따진다면 금순이가 뉘 편이냐? 내가 양반이 아닐 바엔 언제나 상놈이요, 상놈이 틀림없다면 금순이도 내 편이 아니던가. 저 승지놈의 하는 짓이니 나중에 내 여편넨들 남겨둘 리가 없지 않은가? 돌이는 엉엉 울고 싶었다.

김 승지한테 몸을 더럽힌 금순이는 그날 밤으로 승지네 그네를 맸던 느티나무 가지에 목을 매어 죽고 말았던 것이다.

"고년의 늙은 불여우가 짖구 다니면 반드시 동티가 나고야 만다니까!"

금순이의 장사를 지내고 내려오면서 입 있는 사람들은 다 한 마디씩 했다.

그러나 동티는 이에서만 그치지 않았다. 일이 토설나자 인동 할멈은 장쇠가 김 승지를 죽이려고 칼을 몸에 품고 다닌다고 꼬아박았던 것이다.

"장쇠눔을 당장 잡아들여라!"

김 승지의 추상 같은 호령이 내려졌다. 앞잡이를 선 것은 물론 돌이였다. 이 날의 형장은 실로 장관이었다.

김 승지는 자기 일대에만도 수십 차 상놈을 잡아다가 문죄를 하고 태형을 내리고 했었지마는 오늘처럼 노염을 보인 적은 일찍이 없었다. 지금까지의 문죄란 거의 전부가 없는 죄를 짜내는 것이었으니 문죄를 하는 사람이나 받는 사람이나 도무지 실감이 나지 않았던 것이다.

그러나 오늘의 죄인은 죄상이 역력할 뿐더러 증거품으로서 길이 여섯 치나 되는 시퍼런 칼도 압수된 것이다.

"장쇠를 죽인다지?"

장쇠가 미처 김 승지네 사랑 대뜰 밑에 이르기도 전에 온 미륵동에 장쇠가 죽는다는 소문이 팽 돌았다. 승지의 하는 짓이다. 장쇠를 살려두었다가는 무슨 일이 생길지 모르니 깨끗이 치워버리려들 것이다.

"뭐 장쇠를 죽인다구."

"그렇다네! 여편네 죽이구 자기도 죽구——."

"참 기막힌 일이로군! 그래 세상에 이런 억울할 노릇두 있더란 말인가. 아무리 양반이기루 남의 계집 뺏아다 죽였으면 그만이지 장쇠게 무슨 죄가 있다구 또 잡아죽인다는고……."

"도시가 남의 일 같지 않구먼——그래 양반은 죄 없는 백성을 이렇게 막 잡아 죽여두 좋단 말인가. 나라에서는 이런 것두 모르구 계시겠지?"

혹은 동정하고 혹은 슬퍼하고 또 혹은 팔을 걷어붙이며 분개도 한다.

그러나 누구 하나 썩 나서서 잡혀가는 장쇠 앞을 막을 사람은 없다.

"어찌 되는가 좀 가보기들이나 하지——."

이것이 심지어 동네 사람들의 유일한 동정이었다.

형장은 전에 없이 번잡했다. 형장이라기보다도 무슨 잔칫집 같다. 전에는 되도록 남들이 알까 싶어 소문 없이 해치우더니만 원래 초사흗날이 넘어 가기도 했지만 오늘은 일부러 초롱불까지 밝히었다.

"누구든지 다 와서 봐라. 양반이라고 공연히 죄 없는 백성을 죽이지는 않는다!"

이렇게 가장하자는 눈치다.

전에는 구경꾼들이 모이면 물까지 끼얹고 붙잡히면 얻어 치이기가 일 쑤였다.

그러나 오늘은 일부러 구경꾼을 기다리는지 장쇠를 잡아다 꿇어앉혀 놓고도 한식경이나 김 승지는 보이지 않는다.

  그러노라니 동네가 발칵 들끓어 나왔고 샛말은 말할 것도 없지만 탑
골에서까지도 초롱불을 들고 모여들었다.
  "참말루 죽일려나?"
  둘씩 셋씩 모여서는 공론이다.
  "죽이면 죽였지 막아낼 장사 있다던가. 양반이 하는 일인데."
  "원한테나 찔르지!"
  "허, 이 사람, 원은 상사람 편인 줄 아던가? 원두 다 돈 들여 한 것이라네.
그 밑천을 뽑자면 골 안의 양반들한테서 긁어 모아야지. 그래노라니 양반을
괄시할 수 있다던가."
  이런 말을 하고는 사방을 둘러본다.
  이윽고 김 승지가 마루 끝에 나타났다.
  관가에나 들듯 포의도 갖추었거니와 걸음새도 도저하다. 이렇게 마루까지
나오기도 아마 이번이 처음일 게다.
  "너 이눔, 장쇠야!"
  전에 없이 말소리에 위엄이 있고 몸가짐도 늠름하다.
  "이 발칙한 눔! 네가 날 해치겠다구? 이눔 양반의 몸이 그렇게 물른
줄 알았더냐. 어리석은 눔! 상눔의 칼이 아무리 잘 들기로니 양반의 몸에두
그렇게 수월히 들어갈 상싶더냐! 응, 천하에 죽일 눔!"
  장쇠는 말이 없다.
  그 많은 사람 중에서도 기침 소리 한 마디 나지 않는다.
  "너 이눔, 어째 말이 없느냐!"
  김 승지는 마룻장을 쾅 굴러대며 호령이 추상같다. 그래도 장쇠는 고개를
푹 떨어뜨린 채 한 마디 대꾸가 없다.
  "아 저런 죽일 눔이 있단 말인가! 네 이눔 말이 없는 건 죽여줍소산
뜻으루 들어도 좋단 말이겠지?"
  장쇠는 역시 말이 없다.
  대답할 사람은 자기가 아니고 따로이 있다는 듯싶은 태도다.
  이 장쇠의 태도가 다시 김 승지의 부아를 부쩍 돋구었다.
  "아, 저런 눔! 저눔이 양반 말씀에 대답도 없더람! 저런 죽일 눔!"
  활이나 재이듯 상반신을 활짝 젖히고 한 걸음 썩 나선다. 살기가 등등하다.

84

"얘 이눔들아 !"

"예 !"

"셋까지 불러서 대답이 없건 그눔 당장에 내어다 주릴 틀어라 !"

딱 !

돌이가 치는 방망이에서는 곧 쉿소리가 난다.

그러나 장쇠는 눈도 깜박 않고 있다.

딱 !

두 번째다. 그래도 장쇠는 바위처럼 말이 없다.

"아 저런 죽일 눔 !"

김 승지는 위엄도 잃고 콩 튀듯 했고 군중 속에는 여기저기서 은근히 장쇠를 불러댄다.

"장쇠 !"

"뭐라구든지 말해라, 장쇠 !"

"글쎄, 장쇠 !"

이렇게 사방에서 몸이 달아 할 때다. 어둠 속에서 한 사람이 썩 나서더니 군중을 향해서,

"내버려들 두우 ! 상눔이 양반 앞에 할 말이 뭐 있겠소 !"

하더니만 이번에는 장쇠를 들여다보듯,

"장쇠야 ! 어차피 넌 죽은 몸이니 너 하구 싶은 대루나 해라 !"

장쇠의 아버지 원치수였다.

"저눔을 마주 묶어라 !"

김 승지의 호령을 기다리고 있었던 듯이 하인들이 와 몰려들었다.

그러나 치수는 떡 버티고 섰다가 하인들 앞에 두 팔을 썩 내어민다.

"옛다 돌아. 하지만 나만 묶어서야 되겠느냐. 내 집에 가면 할멈하구 넉 달 된 손주눔두 있을게니 그눔마저 가서 묶어오너라 !"

이쯤 되고보니 김 승지의 노염은 갈 때까지 가버리었다.

"저눔을 ! 저눔을 !"

하고 승지는 팔팔 뛰기만 하더니 장지를 썩 열고 문턱에서 칼 한 자루를 들고 나와서 번득인다. 장쇠가 부엌 나뭇간에 감추었다가 들키었다는 길이 반자가 넘는 칼이었다.

어둠 속에서 눈이 부시게 빛나는 비수에 군중 속에서 비명 소리가 터진다.

"돌아! 이것을 받아서 저 장쇠눔의 목을 뎅겅 잘라버려라! 네 칼에 죽으니 이눔 너두 한은 없을 게다!"

군중 속은 갑자기 웅성거리기 시작했다. 입은 있으되 말을 못 하는 상사람들의 불평이었다.

"돌아, 이눔 뭘 꾸물적대구 있는 거냐, 냉큼 올러와 이 칼을 받아 가지 못하느냐!"

어디서인지 여인네의 울음 소리가 나자 참았던 울음이 연달아 터진다.

"아 저런 죽일 눔! 이눔, 네가 장쇠눔 대신 뒤어지고 싶으냐!"

두 번째 호령에 돌이가 엉금엉금 기어 올라와서 김 승지의 손에서 칼을 받아 들고서 장쇠 앞에 섰을 때다.

"돌아!"

하는 소리와 함께 사랑방에서 한 처녀가 구르듯 뛰어나왔던 것이다.

이 처녀가 김 승지의 딸이라는 것쯤은 거기 모인 사람들은 다 아는 터다.

그러나 그냥 김 승지의 딸이라고만 해서는 어떻게 되는 딸인지 모를 사람이 태반일 것이, 김 승지네도 자식이라고 이제 겨우 열두 살 접어든 인수가 있을 뿐이고 정부인 윤씨 몸에서 난 딸이 셋에 소실인 진주집 몸에서 난 딸이 둘이 있고 읍내집 읍내집 하던 소향이란 기생이 낳아주고 간 딸 또 하나 있어 승지 자신 딸들의 이름도 기억키 어려울 정도다.

그런 데다가 양반댁 아가씨다. 나이 예닐곱만 되어도 담 밖에를 내어 보내지 않는 터라 딸이 여럿 있거니만 했지 누구 몸에서 난 어떤 딸인지 분간하기도 어려우니 항차 이름이고 나이를 알 턱이 없는 것이다.

"아 저것 누구여. 응 저게?"

"누군 누구여 이 댁 작은 아씨지."

"글쎄 누구 딸이냐 말여? 어떤 몸에서 난?"

혹은 읍내집 딸이라는 사람도 있고 진주집 소생이란 사람도 있어 제마다 구구하다.

이렇게 말하는 사람들은 대부분이 박 의관네 동리에서 온 사람들이지만 미륵동 사람들이라고 미연이를 다 아는 것도 아니다. 호랑이보다도 더 무서운 김 승지를 꺾으러 나온 이 처녀가 정부인 윤씨 몸에서 난 끝엣딸 미연이란 것과 올해 나이 열넷에 접어들었다는 것을 아는 사람은 승지 집안에를 무상으로 드나드는 여편네들뿐이다.

그 처녀가 마님 작은 아씨라는 것이 판명되자 동리 사람들의 흥미는 더한층 고조되었다. 김 승지가 열두째 난 아들보다도 이 미연이를 더 귀여워한다는 소문이 떠돌았기 때문이다. 사실 승지는 이 미연이를 하늘에서 내려온 공주처럼 귀여워했다.

김 승지가 돈에 이악스러운 사람이란 세상에 정평이 있는 일이지만 그는 돈에만 이악스러운 것이 아니라 자식들에 대한 애정에도 극히 타산적인 인물이어서 같은 자녀간에도 층이 많았다. 잘사는 집으로 간 딸에 대한 애정이 아주 눈에 보이게 판이해서 인물로나 인품으로나 그 많은 딸 중에서 세도 있고 돈 있는 집으로 출가한 맏딸이 오면 동네가 다 떠들썩하게 잔치를 차렸지만 윤씨 몸에서 난 둘째딸과 진주집 몸에서 난 큰딸은 빈 집 다녀가듯 하는 것이 보통이다. 그래서 둘째딸은,

"인저 어머니 환갑 때나 오겠습니다."

이렇게 십 년 후 이야기를 하고 가서는 정말 오륙 년째 통 발그림자도 안 했고 더욱이 사위가 다녀간 지는 십 년이 넘을지도 몰랐다.

세 사위 중에서 버젓이 행세도 하고 돈도 있는 사위란 서울 심씨 집으로 들어간 맏딸의 남편뿐이었다.

말한다면 김 승지가 미연이를 그렇게 귀여워하는 데도 그러한 타산이 또 있는 것이다.

첫째 미연이는 인물 가난이 든 김 승지 집에서는 출중나게 아름다웠고 다른 딸들이 아버지의 표독한 성질을 닮거나 어머니 윤씨의 변덕과 괴벽을 닮아서 볼따구니에 심술이 뚝뚝 떴지 않으면 집고양이처럼 가증했고 승지한테 가장 귀염을 받는 맏딸은 아가씨 시절에도 사내 하인의 뺨을 후려치기가 일쑤일 정도의 왈패였었다.

그러나 미연이만은 마음씨가 비단결처럼 고왔다.

김 승지가 천 석을 채우기에 곱이 끼어서 상사람들의 트집을 잡아서 달구치는 날이면 미연이는 머리를 싸매고 누웠고 어려서부터도 어머니 윤씨가 지게 작대기로 하인들을 사그리 내려팰라치면,

"어머니, 날 때려주세요!"

하고 하인들을 싸고돈다 해서 '착한 아가씨'란 별명까지 들어오는 미연
이다.

그러나 승지가 미연이를 귀여워하는 것은 이 착한 마음씨 때문이 아니다.

승지는 미연이의 이렇듯 고운 마음씨를 되려 싫어하고 미워하면 미워했지
좋게는 보고 있지 않는다.

승지가 미연이를 귀여워하는 데는, 장차는 미연이한테 큰 덕을 볼지도
모른다는 생각에서다.

기생어미가 예쁜 딸이 커가는 것을 바라보며 즐기는 그 심정과 별 다름이
없으리라.

아들이라고는 낳는 족족 키우지를 못하고 계집애만이 선머슴애처럼 쭐
밋쭐밋 자라는 데 기가 막혀서 부인이 미연이를 가졌을 때는,

"이번에는 그저 아들을 !"

하고 옆에서 보기에도 딱하리만큼 애를 태웠었다. 윤씨 부인도 남편한테
미안해서 이번에 또 딸을 나면 그 자리에서 목을 졸라버리고 자기가 죽
겠노라 맹세도 했고 또 그렇게 할 작정이었다. 남의 집에 들어와서 절손을
시키다니 생각만 하여도 낯을 들고 다닐 수가 없었다. 그래서 산기가 보이자
온 동리에 방을 내어 일체의 살생을 금하고 계집하인들을 오봉산 약물터로
내어몰아서 축원을 드리게 했었다. 축원도 축원이었지만 계집 중에는 혹
부정한 몸이 있을까봐서 그런 것이었다.

이렇게 낳고 보니 또 딸이었다.

계집애란 말에 김 승지는 그만 문을 첩첩이 닫아 걸고 자리에 눕고
말았었다.

이불을 뒤집어쓰고는 아이들처럼 엉엉 울었다는 것이다.

그 김 승지가 이튿날은 회색이 만연해서 안으로 들어와 어린 것을 들
여다보며 돌아누워 울고만 있는 부인의 어깨를 슬슬 어루만지었다.

"아무 말 말구 이 아일 잘 기르오. 아들 열 곱 귀히 될 것이니 어서
일어나 눈물을 씻으오."

일찍이 아들을 낳았을 때에도 없던 일이었다. 말은 안 했지만 그날 밤
승지가 몹시 울고 있는데 천장에 오색 구름이 떠돌면서 상감이 나타나시
더니,

"이 아이는 귀히 될 아이니 잘 맡아 기르라!"

이렇게 분부를 내리시며 미연이의 손을 잡아주시고 이름까지 지어주셨던 것이다.

"열아홉이면 궁에 들게 할 것이니 그 전에는 달리 생각을 말 것이며 이름은 아름다울 미(美)자에 제비 연(燕)자로 짓게 하라!"

과연 미연이는 커갈수록에 갖은 재주를 발휘했고 인물도 자라서 눈에 넣어도 아프지 않을 정도다.

특히 그림과 수예에 뛰어난 재주가 있는 것이 승지의 꿈과 들어맞는 것 같아서 미연이라면 얼고 떤다.

승지는 혹여 마가 들까 겁이 나서 아직까지 부인한테도 그런 꿈 이야기를 않고 있는 터라 동네 사람들이야 그런 승지의 심중을 들여다볼 수도 없지마는 김 승지도 미연이의 말만은 들을지도 모른다는 것이 모인 사람들의 유일한 희망이었다.

김 승지는 뜻밖에 나타난 딸을 어처구니가 없이 바라만 보고 있었다. 다른 사람들한테야 알 턱도 없는 일이지만 김 승지의 눈에는 순간 미연이가 공주나 왕후처럼 착각이 되었던 것이다. 그래서 승지는 미연이가 돌이한테서 칼을 빼앗아 사랑방에 들여놓고 그의 발치에 와서 도포자락을 잡고 늘어질 때까지도 그저 얼빠진 사람처럼 보고만 있었던 것이다.

당장 벼락이 내릴 줄만 알았던 동네 사람들은 숨도 못 쉬고 이 광경을 바라다보고만 있었다.

"아버지, 그만 진정하시고 들어가시지요!"

이것이 미연이 입에서 처음 흘러나온 말이었다. 애송이 꾀꼬리처럼 고운 음성에 군중은 또 한 번 놀랐다. 말소리에 따라 춤이라도 추고 싶도록 곱고도 다정한 음성이다.

딸의 음성을 듣고서야 그것이 자기의 딸 미연인 것을 분간한 것처럼 승지는 가슴을 약간 젖히어 아버지의 위엄을 보이면서,

"들어가지 못하느냐."

점잖이 꾸짖는다.

"아버지가 하시는 일에 어디라고 계집애가 당돌하니 나와서! 애 이 놈들아 냉큼 저놈의 목을 자르지 못하느냐!"

다시 내리는 호령에 미연이는 놀란 듯이 몸을 일으키어 승지의 팔에 매어달리듯,

"아버지! 그만 들어가시지요. 노여우시지만 잠깐 진정하십시오. 기실 알고보니 저 장쇠가 해치려고 한 것은 아버지가 아니라 인동 할멈이었다 합니다. 제 처를 꼬여낸 것이 인동 할멈이니까 그대루 두어서는 안 된다고 그러더란 말을 노랑할미한테 하더랍니다."

"양반댁에서 부리는 하인을 죽이자고 하는 것은 양반을 죽이잔 것과 다름이 없지. 양반한테는 감히 항거를 못 하니까 양반 앞에서 하인을 죽여 허셀 보이잔 것이다. 썩 저리 들어가지 못하느냐!"

그러나 미연이는 물러날 기색을 안 보였다.

물러나기는커녕 승지의 팔에 찰거머리처럼 달라붙어서,

"아버지 진정하십시오, 아버지."

하는데도 승지가 못 들은 체 돌이한테,

"너 이눔, 뭘 우물거리구 있는 게냐!"

호통을 치니까 미연이는 부끄러움도 무릅쓰고 울고 말았던 것이다.

"네, 아버지 진정해주십시오. 아무리 죄가 있다 해도 사람을 죽이시면 말썽이 되지 않겠습니까."

"살인자는 사 —— 랬다지만 양반을 해치려던 상눔 하나 죽였다구 말썽이 된다? 자 나서라 어떤 눔이냐! 시비할 눔이 어떤 눔야! 응!"

김 승지가 콩 튀듯 하는데 미연이가,

"아버지, 그럼 제가 대신 죽겠습니다. 저 칼루 절 죽여주십시오!"

그때였다. 미연이의 울음에 호응이나 하듯이 군중 속에서도 떼울음이 탁 터졌고 이때에 군중들이 웅성대기 시작하였던 것이다.

"네 아버지, 진정하시고 들어가시지요."

아버지가 한풀 꺾인 눈치를 채인 미연이는 다시 이렇게 승지의 팔을 잡아끌며 사랑방으로 인도를 한다. 승지도 흥분이 식었는지 딸에게 끌리어가며 다시 돌이를 불러 세우고 사형만은 취소를 했던 것이다.

"그 대신 그눔들 부잴 내 분부가 있을 때가지 갖다 달구쳐라! 만약에 사를 두었다간 네 눔이 대신 볼기 백 댈 맞을 줄 알아야 한다!"

이리하여 미연이 덕으로 장쇠는 매로 때우고 목숨만은 건지었으나 돌이란

위인이 원체 투미한데다가 지금까지의 그 꼬옹하던 생각이 있어서,

'이런 때 분풀일 못 하구 언제 장쇠놈한테 큰소리 해보랴!'

싶어 본때 있게 들구쳤던 것이다.

장쇠로 보면 다른 사람도 아닌 돌이놈한테 움찍 못 하고 맞는 것이 절통하게 분했다. 장쇠만 해도 돌이놈이 때리고 싶어 때리는 것이 아님을 모르지는 않는다. 정말 사를 두었다가는 제가 대신 볼기뿐이 아니라 초주검이 되게 맞을 것이기는 하지마는 그래도 사를 좀 둘 수도 있지 않을까 생각하니 이가 북북 갈리는 것이다. 그래서,

"오냐 이눔 돌아! 네눔이 날 이렇게 패? 오냐 네눔 직성이 풀릴 때까지 실컷 좀 때려봐라! 매가 아픈 게 아니라 종눔한테 맞는 것이 분하고 절통하다!"

이렇게 이를 갈고 포악을 한 것이 돌이의 비위를 활딱 뒤집어놓았던 것이다.

"뭣야 이눔아, 종눔?"

"그럼 뭐냐 이눔! 네눔이 김 승지네 종눔이 아니구 뭐냐 이눔아!"

"오오냐. 그래 난 종눔이다. 종눔의 맨 안 아픈가 어디 좀 맞아봐라!"

이렇게 소처럼 덤벼들던 돌이는 주춤했다. 귀밑까지 찍 찢어진 입새로 허이연 이를 북 갈며 눈을 까뒤집어쓰고 덤비는 장쇠의 상판대기하며 귀가 다 멍멍하도록 고래고래 지르는 소리가 그대로 성난 호랑이였다. 그래서 돌이는 장쇠가 묶여 있다는 것도 깜박 잊고 서먹해서 한 걸음 뒤로 물러났던 것이다.

"자 때려라! 돌이눔아! 네눔이 날 이렇게 패고 네 손목쟁이가 성할 줄 아느냐!"

장쇠는 이렇게 악을 쓰더니 와드득 어금니 가는 소리와 함께 돌이의 얼굴에다 피를 팍 뿜어대었다.

"어서 때려라! 이눔이 보갚음으루 언제든지 네눔은 대가리부터 몽주리 내가 오독오독 깨물어 먹고야 말 테다! 이렇게! 이렇게!"

와드득대는 어금니 가는 소리에 그대로 소름이 쪽 끼친다. 눈에서는 그대로 시퍼런 불똥이 튄다.

"돌이 이눔아! 네눔이 우리 부젤 때려 이눔아!"

장쇠 아버지 치수도 이를 북북 갈아제친다. 이 앞뒤에서 날아드는 원한과 이 가는 소리는 투미한 돌이일망정 그를 하이얀 공포 속에 몰아넣기에 충분한 것이었다. 만일 그때 김 승지의,

"그눔들 주둥머릴 찢어놔라!"

하는 소리만 들리지 않았더라도 돌이는 장쇠네 부자 앞에 엎드리어 서얼서얼 빌었을는지도 몰랐었다.

이것이 그 해 섣달 초승께요. 장쇠는 이듬해 정월 세배도 못 하고 들어 엎드렸다가 간다온다 말도 없이 집을 나간 지 삼 년째 접어들거니와 이 날 밤 이야기가 근동에 퍼져서 김 승지의 속도 모르고 미연이한테는 청혼이 빗발치듯 하는 중이다. 만일 이 수많은 미연이에의 구혼자 속에는 마음도 먹지 말아야 할 탑골 박 의관의 셋째 아들 일양이가 끼어 있다는 것을 김 승지가 안다면 어떤 낯을 했을꼬.

일양이가 말만 들어오던 미연이를 처음 본 것도 장쇠를 잡도리하던 바로 그날 밤이었던 것이다.

아들의 소식

어려서부터 져온 지게에 나날이 뼈가 굳었건만 한 오륙 년 벗었다 지니 인제는 지게가 배긴다.

장쇠가 집을 나간 후로 원치수는 장쇠가 장성한 이래 벗어 던져 두었던 지게를 다시 챙기어 지고 나섰다. 치수는 그 일이 있은 후로 승지네 땅을 모두 내어놓고 말았다.

생각하면 그 땅 몇 뙈기 소작을 얻느라고 공도 많이 들였었다. 장쇠의 할아버지 원 첨지와 치수, 장쇠——이렇게 삼대가 사흘 밤을 밝히어 토끼섬에서 잡은 잉어 두 마리에 척척 엉기는 약주술 한 단지를 메고가서 얻은 서 마지기, 치수 자신이 시암닭 한 쌍에 산삼 한 뿌리를 갖고가서 얻은 갬뜰 구렛보의 너 마지기, 그리고 장쇠가 열다섯 살 때 창애를 놓아서 잡은 꿩 한 마리를 코 아래 진상하고서 얻은 밭 한 뙈기, 남의 땅이건만 정도 들었었다.

그러나 차라리 앉아서 빳빳이 굶어죽는 한이 있다하더라도 이제 그 일을 당하고서 김가네 땅을 부칠 수가 없다. 그래서 치수는 땅을 내어던지고 작은 아들 장길이와 아주 나무장사로 나섰던 것이다.

치수가 김 승지네 땅을 내어놓을 결심을 하는 것을 보고 동네 사람들은,

"거 쓸디없는 소리. 그 댁에서 내어노란다면 몰라도 지레 겁을 먹구 그럴거야 있는가. 내버려둬 보지？"

이렇게 참아보란 사람도 있었고,

"그걸 왜 내놔！ 나 같으면 그눔의 논에다 재갈을 퍼붓더라도 안 내 놓겠네나."

꽁무니를 버쩍 추어주는 패도 있었다. 이런 말을 해주는 사람들도 자기가 그런 경우를 당했으면 그와 같이 땅이고 뭐고 내어던질 사람들이다. 그러면서도 그들이 그런 말을 해주는 것은 치수의 정상이 딱해서 하는 동정인 줄도 치수는 모르지 않는다.

"원 쓸데없는 소리！ 그래 밥 바가질 차구 나서면 나섰지 그깐 눔의 논을 또 부쳐먹어？ 거 쓸개 빠진 소리 좀 작작해요！"

이런 말을 해준 것은 노랑이 아버지 편 서방이었다. 아들 이름을 따서 편 노랑이라고 부를 만큼 인색하고 염치 없는 짓을 하기로 이름난 사람이다. 치수는 그가 무슨 의미로 그런 소리를 하는지 속을 빤히 들여다보고 있는 터라 주둥일 비벼주고 싶게 밉살스러웠지만,

"자네가 내 속을 알아주는군그랴."

해주니까 열이 나서 조잘댄다.

"암, 입은 삐뚜루 박혔더라두 말은 바루 하랬다구, 삼수 갑산을 가서 산전을 일궈 먹기로니 그깐 눔의 땅을 또 꾸벅꾸벅 부쳐먹다니 글쎄 될 말인가. 그래두 치수 자네가 맘이 소처럼 요용해빠져 그렇지, 나같으면사 벌써 요정냈네, 요정냈지."

편 노랑이는 자기 딴에는 제 장단에 치수가 춤을 추는 줄 알고 있지만 치수 부자는 그 전에 벌써 승지네 땅을 내어놓기로 작정했던 것이다.

식구는 치수 내외에 장쇠와 장길이, 필순의 삼남매와 젖먹이뿐이라 하지마는 갑자기 땅을 송두리째 내놓고보면 살아갈 길도 난처는 했다.

그러나 그 꼴을 당한 후로는 김가네 말만 들어도 이에서 신물이 날

지경이다. 그 얌전하고 솜씨 좋고 시부모를 친부모처럼 붙임성 있게 따르던
며느리를 그놈이 잡아먹은 생각만 해도 치가 떨리는데 그 흔하던 젖을
떼이고 목이 가라앉게 자지러져 울어대는 젖먹이를 볼 때마다 하루에도
몇 번이나 주먹을 쥐었다폈다 한다.

"장쇠야, 더 생각할 것 없다. 그까짓 땅뙈기 아니면 설마 산 입에 거미줄
치겠느냐. 늬 형제가 있겠다. 나두 안직 너희들한테 굽힐 생각은 없다.
삼부자가 꽝꽝 벌어먹지."

치수는 장쇠를 이렇게 달래었다. 장쇠만 해도 김 승지네 땅에 미련이
있는 것은 아니다. 금순이가 그 일을 당하던 날 벌써 그까짓 땅뙈기야
헌신짝처럼 버렸지만 이 김가의 원수를 어떻게 하면 갚느냐 하는 데 골
몰해서 아버지의 말이 통 귀에도 들어오지 않는 것이다. 원수를 못 갚는다면
차라리 이곳을 뜨는 게 옳다고 장쇠는 생각하는 것이다.

그러나 거기에는 치수가 반대였다.

"왜 쫓겨가? 아모리 법이 없는 양반 세상이라군 하지만 그놈 무서워
대대 살던 고향을 떠나간다? 난 싫다."

치수는 이렇게 버티었다.

"때린 눔은 다릴 못 뻗구 자두 맞인 눔은 다릴 뻗구 잔다드라. 행길을
막구 물어본대두 입 있는 사람치구 우리네 부젤 그르다 할 사람은 없을
거다. 검은 머리가 파뿌리가 되도록 오래오래 살아서 저 김가눔 벼락맞아
끄스러기가 되는 꼴을 내 눈으로 보고야 죽을란다. 그걸 안 보군 난 못
죽겠다. 못 죽어. 눈이 감겨야 죽지 !"

치수는 순수리 담배를 대통에다 꽉꽉 눌러 담아 물고는 연방 부시를
치나 불만 번쩍이었지 통 붙지를 않는다. 그럴밖에, 부시를 치는 것이 아니라
들고 패는 형상이니 헛불만 날밖에 없다.

"이런 망할 눔의 부시가 ! 그래 넌두 생각해보아라. 그눔의 집 망하는
걸 보잖구 눈이 감기겠느냐. 첫째 죽고 싶어두 못 죽을 것이, 죽어 저승에
간대두 염라 대왕이 발길루 찰 게다 ! 이 씰개 없는 녀석아…… 그 꼴을
당허구 그냥 와 ! 너 안 그럴 상싶으냐 ?"

장쇠만 해도 아버지가 미륵동을 떠나고 싶어하지 않는 심정을 모르는
바는 아니다. 두더지처럼 땅이나 파고 어떤 때에는 산돼지처럼 산전을

94

일구어 자질구질하게 살아온 삶이기는 했으나 벌써 오 대째나 살아온 고향이요, 개천가와 밭머리에 흙무더기처럼 모여 있는 산소일망정 오 대를 두고 뼈를 묻은 미륵동이기도 하다.

"가난이란 인력으루 어쩌지 못하는 게니라. 다 하느님이 정해주신 복대루 사는 거야. 느 어머닌 걸핏하면 조상탓을 하드라만서두 너의 오 대조 할아버지께서 이 미륵동에 들어오셨을 때 열두 살이셨드란다. 삼대 독자루 계시다가 열 살에 아버지를 여의고 열한 살에 어머니마저 돌아가시니까 엿목판을 메구 다니시다가 이 미륵동에서 쇠꼴을 비어 주구 남의 집에서 크셨거든! 그 아버지의 씨를 그래두 대대로 이어왔으니 산소가 잘못들었다구 할 수도 없지 않으냐."

치수는 장쇠가 철이 들기 시작할 때부터 이렇게 일러주었던 것이다.

"내가 죽은 담에라두 덜컥 부자가 되어 산지기를 두지 못할 마련이면 아예 이 고장을 뜰 생각을 말아라. 자손된 도리로 조상 산소에 풀이 우거져서야 쓰겠느냐."

그의 아버지 치수가 미륵동을 뜨기 싫어하는 것은 순전히 이 조상 산소의 시제와 사초 때문인 것이다.

이 나라 사람들의 거의 전부가 그렇게 생각하듯이, 장쇠 아버지 원치수도 조상을 위해야 복을 받는다고 생각하고 또 믿고 있는 것이다. 그리고 이 조상은 복은 산소를 명당 자리에 써야만 한다고 생각하고 있다.

"할아버지 산솔 옮겨얄 텐데⋯⋯."

장쇠가 철이 들면서부터 이런 소리를 들은 것이 수백 번도 되었을 것이다.

"넌 철이 안 나서 몰랐겠지만 할아버지 산소 자리에 물이 비쳤었드니라. 그래두 자리가 좋다기에 그냥 지냈더니만 할아버지가 꿈에 나타나서 척척해서 못 견디겠다구 그러신단 말이여. 그러니 기왕 이장을 할 마련이면 자리를 하나 골라야 하겠는데——."

치수의 자나깨나 하는 걱정은 이것이었다.

원래 술은 입에도 대지 않거니와 장에 나가도 진종일 떡 한 개 안 사먹는 치수면서도 풍수쟁이나 지관한테는 머리가 땅에 닿게 굽실대고 어디서 만나든지 칙사처럼 술이고 밥이고를 대접하는 것을 장쇠는 여러 번 보았었다. 그래서 기어코 치수는 일을 저지르고야 말았던 것이다.

장쇠가 열일곱 살 되던 해 어떤 여름 밤이었다.

장쇠는 토끼섬 가는 길에 있는 뙈기밭 원두막에서 깊이 잠이 들어 있었다. 마침 어떤 웅덩이를 푸고서 막 득시글거리는 먹미꾸리를 체로 긁어담는 꿈을 꾸고 있는 판에 원두막이 흔들거리어 장쇠는 잠이 깨었었다.

"누구요?"

겁이 나서 묻는 말에,

"내다."

하고 아버지가 올라왔었다.

"떠들지 말아라!"

장쇠는 무슨 영문인지도 모르고 숨을 크게 쉬지 못했었다.

"너 괭이하구 가래 어따 두었지야?"

"저 밭머리 가시덤불 속에 감춰뒀어유."

"그래 거 잘했다."

치수는 사방을 한 번 휘 둘러보고서,

"달이 너무 밝은가?"

하더니 한참 생각한다. 그러더니 은근히,

"가 가져오너라."

치수는 장쇠한테서 가래와 괭이를 받아서 지게에 얹더니 아무 말도 없이 따라오라는 것이다. 저녁에 가래와 괭이를 주며 내다두라기에 어디 물꼬를 치려나 했더니 동네를 옆에다 두고 성황당 쪽으로 올라가는 것이다. 지게에는 거적 한 장만이 얹혀 있었다.

"어디 가유, 아버지?"

"쉬――."

치수는 돌아다보고서,

"암말두 말구 따라만 오너라."

이윽고 간 데는 할아버지 산소였다.

치수는 지게를 내려놓더니 무덤을 파기 시작하는 것이었다. 장쇠도 묵묵히 아버지가 시키는 대로 했다. 파는 동안에 굵은비가 내리기 시작했다.

"하느님이, 아니 할아버지가 우릴 도와주시는구나."

비가 온다고 하늘을 책할 줄만 알았던 아버지는 이렇게 되려 비를 반

96

기셨다. 이 무서운 작업은 세 시간이나 걸리었다. 그리고 다시 오봉산 태봉 속으로 들어가서 또 세 시간이나 걸려서 이장을 마치고 치수는 비로소 허리를 툭툭 쳤던 것이다.

아버지는 이렇게 말했었다.

"인전 됐다!"

몹시 흡족한 모양이었다.

"인전 너희들두 큰 고생은 않구 남부럽지 않게 살 게다. 자손두 번창할 게구!"

그러나 이 밤의 무서운 작업은 그것으로 끝난 것은 아니었다. 삼대까지는 영혼이 있다면서 치수는 위로 삼대를 차례차례 매년 한 무덤씩 이장을 했던 것이다.

작업은 언제나 한밤 중에 시작해서 밝기 전에 끝났었다.

"장쇠야, 담에 무슨 일이 있더라도 이 말을랑 아예 입 밖에 내어선 안 된다. 느 어머니한테두 그렇고. 담에 네가 장가를 가더라두 네 처한테두 이 말만은 해서는 안 돼. 알았느냐."

"야!"

"그러구, 이 자릴 잘 봐두었다가 언제든지 네가 잘살게 되건 분을 모 아야지. 태봉은 나라 땅이니까 들키는 날이면 우리 삼부잰 말할 나위두 없지만 조상까지 욕을 보이는 거야. 알아들었지야."

"야!"

맨 마지막으로 이장을 한 곳은 김 승지네 아버지가 묻힌 바로 머리맡 이었다. 치수는 김 승지 아버지 김 참판 장사 때 풍수나 함직한 어떤 늙 수그레한 어떤 조객 하나가 산소 자리가 세 간 통만 올라 붙었더라면 좋았을 것이라고 수군대는 소리를 들은 일이 있었기 때문이었다.

치수는 그때부터 이 묘자리를 점찍어두었던 것이다.

치수의 남은 생이란 것이 두더지처럼 땅을 파는 일과 이 삼대의 산소를 지키는 것임을 잘 알고 있는 장쇠로서는 이 이상 아버지의 뜻을 어길 수는 없었다.

그렇다고 이 김 승지 놈이 사는 동네에 단 한시도 붙어 있을 수가 없었다. 장쇠는 결심을 하고 집을 떠났다.

울분을 헤치기 위해서라도 지금의 장쇠한테는 그것이 필요했었다. 장쇠가 집을 나가자 치수는 툭툭 털고 덕산으로 먼 산 나무를 다니기 시작했다. 덕산이란 오봉산을 둘러싼 겹산으로 미륵동에서는 한 행보에도 안팎 사십 리 길이나 된다.

그는 삼 년 전 그 일이 있는 뒤로 김 승지네 땅만 내논 것이 아니라 그놈들이 말리는 오봉산에는 몰래 산소에를 갈 때 이외에는 발도 들여놓지 않았던 것이다.

치수는 그날은 서둘러서 좀 일찍이 산에서 내려왔다. 그가 장길이를 앞세우고 집에 돌아온 때는 한참 길어진 해도 한 뼘 푼수밖에 남지 않았다. 장쇠 소문을 들은 것이 바로 이 날이었다.

그는 나뭇짐을 부리고서 옷을 갈아 입었다. 갈아 입는대야 정강이에 차는 홑두루마기를 걸치고 머리의 수건을 바꾸어 매는 것이다.

"생원님네 갈라구 그래유 ?"

"응, 될지 안 될지 모르지만 한 번 가 뵙구 뗄 써볼라우. 접때 그것 잘 됐지."

"야 ! "

"인 주게. 달걀두 한 꾸레민 되던가 ? "

"돼유."

"그래 그럼 달걀하구 다 인 줘."

"오실 제 병을랑 비워달래 가지구 와유. 한내 아이가 저번에 잊어버리구 간 거니까 오거든 줘 보내야 해유."

"뭐 그 댁에서 병이야 어련히 내줄까봐서——."

치수는 아내한테서 흰 사기병에 든 술과 달걀 한 꾸러미를 싸들고 집을 나서더니 횅하니 샛말 감나뭇골로 달음질친다. 달이 있기는 하지만 늦으면 마실꾼들이 모여들까 일부러 저녁 전을 택하여 샛말 이생원을 찾기로 한 것이다.

이 생원은 샛말 감나뭇골 글방 학장이다. 벼슬을 못 했으니 양반값에도 가지 않고 돈이 없으니 세도도 없건만 원간 글이 놀랍고 인품이 도저해서 김 승지니 박 의관보다도 우러러보는 사람이다.

땅이랄 값에도 못 가는 전답이 두어 섬지기는 되어 이것을 내어주어 일년 계량을 하고 봄과 가을에 한 번씩 걷어주는 곡식으로는 즐기는 술을 담그어 여생을 보내고 있는 신선 부럽지 않은 학자다.

토끼섬 구렛보 밑에 있는 이 이 생원의 논 열 마지기가 재작년 큰물에 쓸리어 아주 폐답이 된 채로 있는 것이 있어 치수는 작년부터 이 논에 눈독을 들여온 것이다. 김 승지네 논을 내어던질 때는 다시는 그놈의 농사는 짓지 않는다고 큰소리를 했지만 먹고 살기도 어렵거니와 어려서부터 몸에 배인 농사일보다 즐거운 것이 없었던 것이다.

글방에를 다다르니 아이들의 글 읽는 소리만 요란하고 아랫목이 텅 비었다. 장앳말 허 선달 집에 환갑잔치를 먹으러 갔다는 것이다.

"오늘 모두 강을 받으신다고 하셨으니까 해 전까진 오실 거여유."

하고 처녀처럼 치렁치렁하게 머리를 땋아내리고 새파란 바탕에 학과 솔을 수놓은 필랑을 찬 총각이 이렇게 일러주는 대로 젖은 담배 두어 대 내기나 기다리고 앉았으려니까 장에 갔던 임보성이가 거나하니 취해서 오다가 보고는,

"아, 여길 어째 다 오셨시유."

하고 인사를 하더니만 대뜸 하는 소리다.

"장쇠가 왔다면서유?"

"뭘 장쇠가? 누가 그러든가."

"아이 그럼 모르구 오셨구먼유. 아까 들어왔대유. 전두 지금 장에서 듣구 오는 길여유."

통 곧이듣기는 소리가 아니나 그렇다고 들어오지 말란 법도 없지 않으냐? 치수는 반가운지 무서운지 분간도 못 했다. 죽었거니 했던 장쇠 얼굴이 나타나기가 무섭게 김 승지 놈의 눈깔이 불을 뿜고 덤비는 것이다.

그러나 그깐 놈 뭬라면 대수냐! 치수는 술병이고 말고 다 내어던지듯 하고서 곤두박질을 해 가며 살처럼 집으로 돌아왔던 것이다.

꼭 죽은 자식으로만 쳤던 장쇠가 돌아왔다는 말만 들어도 치수는 눈이 버언해졌다.

없던 기운이 버쩍 난다.

치수가 단숨에 동네로 들어오니까 보는 사람마다가,

"장쇠가 왔다지유?"

반가워 해주는 인사다.

"에, 그렇다나 보오!"

붙들고 이야기나 하자 할까봐서 건성 대답을 해가며 삽짝문을 들어서니 마당 한가운데 나와서 오두마니 서 있던 아내가 솔개미처럼 내달으며,

"이거 큰일났수!"

하는 것이다.

치수는 또 가슴이 덜컥 내려앉았다.

"왜? 뭐가?"

"글쎄 큰애가 들어왔다는군유!"

"허 참, 뭐가 큰일이야. 나갔던 사람이 제 집 찾아오는데 큰일이 무슨 큰일. 대관절 그래 걘 어디 있소?"

"글쎄 모르지유."

"뭐 몰라? 그럼 집엔 안 들어왔단 말여?"

"집엘 어딜."

"그럼 어떻게 된 거여. 말을 똑똑히 하질 못하구 이건 떨긴 왜 이리 떨어. 아, 임자 무슨 큰 죄졌어!"

"글쎄 모두들 장쇠가 들어왔다구 인사들을 오는구먼서두!"

"무슨 소린지 원!"

치수는 아내한테서 자세한 이야기를 듣더니,

"그럼 그렇지. 죽은 자식이 살아오다니!"

하고 봉당에 털썩 주저앉는다. 긴 한숨이 내어 뿜어진다. 그러더니 벌떡 일어나서 삽짝 밖으로 뛰어나간다. 소문 출처를 좀 캐어보잔 것이리라.

그러나 만나는 사람마다 달라서 통 종잡을 수가 없다. 마치 구름을 잡는 이야기였다. 보았다는 사람을 쫓아갈라치면 아직 장쇠가 들어왔다는 소식조차도 모르고 있다. 마지막으로 응서도 만나보았다.

"뜬소문이로군! 허 참."

열사흘 달이 삽짝에 걸렸다. 달조차 밝으니 곧 미칠 것만 같다.

장길이가 수소문해본 결과도 치수가 알아본 것과 진배가 없다.

"어서 저녁이나 잡수시우. 참말루 들어왔다면 길 몰라서 집 못 찾아오 겠수. 어서 들어가 한술 떠요."

아내도 권하고 장길이도,

"진지 잡수서유. 지가 또 좀 나가볼게유."

하고 일어서 나간다.

"젠장 술이라두 먹을 줄 알았으면 좋겠다. 이건 생떼 같은 자식을 죽이구서——참 복통을 할 노릇이지. 그런데 만석이 눕은 자는가?"

손자놈 말이다.

"자는 게 뭐야. 인저 네 살 먹은 게 뭘 안다구 어서 들었는지 아버지 어디 있느냐구 졸라대서 또네가 업구 나갔시유. 것도 귓구멍이라구 뚫려서——어서 저녁이나 한술 떠유."

치수는 그만 성을 벌컥 낸다.

"글쎄 안 먹는대두 그래——이건 누가 밥에 환장이 된 줄 아나. 밥 밥하구 밥타령이게시리! 배가 고프면 오죽 챙겨 먹을까봐서 야단여!"

"글쎄 그러지 말구 한술 떠유. 이 진(긴)진 해에!"

"후려갈긴다!"

치수가 그냥 잡아먹을 듯이 울부라려도,

"날 때리구라도 한술 떠유. 사람이 휘져서 견디어 나우."

하더니 방의 밥상을 내어다 남편 앞에다 놓고 또 한 번 권한다.

"김 승지네 하인들이 개 쏘다니듯 한다니 한술 떠 둬유. 걜 봤단 사람은 모주리 불러들이는 모양이던데 우리 집에 그 앙화가 안 미칠 리 있겠수. 와 몰켜와놓면……."

"흥, 잡아다 또 달구치라지!"

아내 권에 못 이기어 치수는 술을 든다.

이쯤 되면 밥을 먹는다는 것도 커다란 고역이다.

모래를 씹는 것만 같다.

어연간히 씹어 넘기는데도 마른 톱밥처럼 목구멍을 꽉꽉 틀어막는다. 깡조밥인 때문만도 아닌 것이, 혓바닥까지가 까실까실하다. 호된 몸살이나 앓고 난 아침 같은 입맛이다.

"치우게. 어디 넘어가야지 먹지."

두서너 술 뜨는 둥 마는 둥 하고 상을 물리고 나는데 또네가 만석이놈을 업고 들어온다.

"자니?"

"아뉴."

"만석아, 왜 안 자구 그래."

치수 아내가 또녜 등에서 만석이를 받아 내리면서 하는 소리다.

"일찌감치 자야지 낼 또 놀지."

"나 안 자. 아부지 오문 잘 테여."

뼈가 사뭇 저릴 소리다.

"만석아."

"응."

"어서 할머니하구 들어가 자거라. 만석이가 자야 애비가 오는 거야. 에——우리 만석이 착하지. 어서 들어가자. 네가 자야 할아버지가 가서 아비 데리구 오잖니."

치수는 이렇게 손자놈을 달래고서 아내를 보고 데리고 들어가라고 눈짓을 한다.

"즈 아버지두 들어와 허리나 좀 펴구 나가시우. 그눔의 먼 산 나무질을 언제나 면하누."

치수 아내는 한숨을 후 쉬고 만석이를 안고 방으로 들어간다.

"넌 커다란 계집애년이 어딜 그리 까질러다니는 거야!"

치수는 모든 것이 못마땅하다. 그러면서도 금세 딴 소리다.

"네 작은 오래빈 어디 있든? 덕만네나 칠성이네나 가서 좀 불러오너라."

또녜는 조심조심 밖으로 나간다. 열네 살치고는 옹졸한 편이나 그래도 처녀 티가 탁 박혔다.

"올엔 저것두 치워야지!"

치수가 달빛 내리는 소리가 곧 새액새액 들리는 듯 밝은 하늘을 쳐다보며 이런 걱정을 하고 있노라니까 장길이가 껑충껑충 말망아지처럼 뛰어든다.

"아부지 어디루 좀 피해유."

"왜?"

"지금 막 야단여유. 김 승지네 하인들이 담뱃대 장수하구 장복 아부질 꿇어앉히구서 성 찾아내라구 막 야단이 났어유. 조금 있으면 아부질 또 더릴러 올지 알어유?"

장복이란 응서의 딸 이름이었다. 또녜의 나이 또래의 벌써 칠복이하고 눈이 맞았으니 어쩌니 해서 치수가 또녜더러 통 가까이 하지 말라고 주장질을 해오는 터다.

"응서가 그래 많이 맞았다든?"

"죽두룩 맞구 앞잡일 서서 눈검정이네 집에서 자구 있는 담뱃대 장수를 가서 끌구왔대유. 아버지두 어디로 좀 피해봐유."

"우리 집엔 아무두 안 왔었지?"

"돌이가 한 번 왔다갔어유. 인동 할머니가 덕만네 집에 두 번이나 와서 묻더래유. 들어온 건 분명한데 어디다 숨겨뒀다구유."

"고런 불여우 같은 년! 숨겨두긴 뭐 와 찾아보라지! 반짇그릇 속에 숨겨뒀나! 내버려둬라. 잡아가겠으면 잡아가라지! 인전 난두 악밖엔 남은 게 없다!"

그날 밤 치수는 뜬눈으로 밤을 밝히었다. 장쇠를 기다리는 마음도 간절했거니와 언제 잡으러올지 모르는 김 승지 집 하인들 때문에 좀처럼 잠이 들어지지를 않는다.

쥐만 버썩 해도,

'장쇤가?'

'돌이눔인가?'

이렇게 두 가지 생각이 한데 덮친다.

그러나 장쇠도 돌이도 오지 않았다.

그래도 지금까지는 입으로는 장쇠가 죽었느니라 하면서도 속으로는 은근히 혹 살아 있을지 모른다는 희망이 가져지더니만 뜬소문을 듣고 나니 인제는 정말 죽었는가도 싶다.

도시 그런 소문을 안 들었더니만도 못하다.

'살았을 리가 없지. 살았으면야 이렇게 삼 년토록이나 꿩 구워먹은 소식일까? 정녕코 죽은 거야.'

이렇게 생각하니 새삼스럽게 기운이 푹 꺾인다.

닭이 두 홰를 치자 치수는 일어나서 등잔에 불을 붙였다. 장길이가 광명대를 발길로 찼는지 기름이 다 엎질러지고 기름이라고는 접시 밑바닥에 겨우 자작자작한다. 치수는 심지를 올려놓아 불을 돋구고 천천히 담배를 담는다. 쌈지를 집어들고 한참 생각에 잠기고 쌈지끈을 끌러가지고 또 깊은 생각에 잠긴다. 재떨이가 보이지 않아 문지방에다 대를 털어 순수리를 한대 담아들고서는 또 멍하니 앉았다.

담뱃대 장수가 장쇠를 잘못 보고 그런 소릴 했다는 것이 도시 믿어지지 않는 것이다.

'그 사람의 매에 못 이기어 그랬겠지. 장쇨 봤으면 한두 번만 봤을까. 이 근방에서는 우리 장쇠 얼굴을 모를 사람도 있을 리 없겠구…….'

더욱이 이 근처 장을 뺑뺑 돌면서 작은 뼈가 굵은 그 장돌뱅이가 씨름꾼 원 장군의 얼굴을 잘못 보았다는 게 도시 안 될 말이다.

'그렇다면 어디를 갔을꼬? 모르지. 혹 집이 궁금해서 몰려 좀 다니어 가려다가 그 장돌뱅이한테 들켜놓으니까 어디로 새어 빠졌는지도 모를 일이 아닌가?'

그렇기나 했으면 오죽 좋으랴 싶다.

그러나 이튿날도 장쇠 소문은 통 없고 김 승지네 이야기만이 떠돌았다.

치수는 어찌 됐든 김 승지가 한 번은 잡아다 족치리라 했던 것인데 이튿날이 다 가도록 역시 아무 소식이 없다.

또 하루가 아무 일 없이 지나자 치수는 김 승지한테서 아무 말도 없는 것이 되려 불안하기 시작했다.

필시 무슨 딴 궁리를 차리는 것만 같다. 그렇지 않고서는 이렇게 고스란히 내버려둘 리가 없다 싶었다.

그러나 아무 일 없이 다시 닷새가 지났다. 그 동안에도 김 승지가 박 의관을 찾아갔느니 음전이가 쫓겨났느니 별 소문이 다 들리면서도 치수네 식구한테는 단 한 마디 오라 가라 말도 없어 내일부터는 다시 나무를 가리라고 다 저녁때 낫을 갈고 있자니까,

"아버지!"

하고 한내로 출가한 필년이가 세 살박이를 들춰 업고 들이닥친다.

"아, 네가 웬일이냐!"

치수도 벌써 가슴부터 뛴다. 지난 정월달에 다녀간 필년이가 달포 만에 또 친정에를 올 리가 없었던 것이다.

저녁불을 때던 치수 아내도 불붙은 부지깽이를 횃불처럼 들고 뛰어나

오면서 반기기보다 먼저 눈이 휘둥그렇다.

"아아니 네가 웬일이냐?"

"다니러왔지요."

필순이는, 할 말이 없을 때 사람들이 잘 웃는 딱한 웃음을 띠고,

"하두 꿈자리가 뒤숭숭하구 해서 잠깐 다니러왔시유."

"그렇기만 하면──난 또 무슨 괴변이나 생겼나 했구나. 시장하겠구나. 어서 들어가거라."

치수는 필년이가 가지고 온 보따리를 슬쩍 훔쳐보면서 다시 숫돌 앞에 가 쪼그리고 앉는다.

이렇게 일 년에 두 번씩이나 친정에를 드나드는 것 자체가 찐덥지 않은 이야기다. 더욱이 정월 보름 지나서 왔다가 사흘이나 묵고 갔으니 다녀간 지 아직 한 달도 채 못 되었는데 이렇게 달겨드는 꼴이 무슨 곡절이 있어도 이만저만한 곡절이 아닌 성싶다. 더구나 접때 다니러 왔을 때 시어머니 혹책질에 못 견디겠다고 눈물을 짤끔대던 꼴을 본지라,

'이것이 또 시집을 쫓겨난 게나 아닌가!'

이런 걱정부터가 앞을 서는 것이다. 딸자식이란 출가를 시켜도 상전이다.

첫째 달포 만에 친정에 다니러오는 보따리 치고서는 엄청나게 크지 않은가. 정월에 떡에 엿에다 해 싸가지고 왔을 때의 보통이보다도 월등 덩치가 크지 않으냐.

"그 변덕쟁이 여편네가 돼질 통째루 먹어야 직성이 풀릴 걸 그랬나보다!"

치수는 낫을 썩썩 문지르며 이렇게 궁성댄다. 목계로 간 맏딸 필순이는 시집간 지 칠 년이나 되었건만 아직 아이를 서도 못 보았으니 쫓는다거나 첩을 얻는다거나 무슨 소릴 다 한대두 이쪽에서야 대꾸할 말도 없다지만 이건 가던 길로 독 같은 아들을 낳아 안기었겠다, 저희들 내외 금슬도 나쁘지는 않은 모양인데 시어머니가 들고 볶아댄다니 세상은 고르지도 못하다.

그래서 마치 시어머니가 돼지고기를 좋아한다기에 먹고 살기에도 죽을 지경이지만 딸자식 둔 죄로 그 비싼 돼지다리를 하나 사서 들려 보냈던 것이다.

"집안이 잘 되자면 딸자식이 잘 돼야 헌다는데……."

도시가 모두 귀찮은 노릇뿐이다.

이런 생각 저런 생각에 짜증만 나서 궁성대다보니 낮날이 훌떡 넘었다. 치수가 장길이의 낫까지를 갈아 들고 일어서려니까 삼거리로 나무를 팔러 나갔던 장길이가 지게다리에다 고등어 한 손을 매어달고 들어오며,

"누이 왔지유?"

한다. 어디서 벌써 듣고 온 모양이다.

"왔나부다!"

평양 감사도 다 귀찮다는 말씨다.

필년이가 저녁상을 들고 들어가는 것을 보고도 맥이 풀리어 봉당 끝에 멍청하니 섰으려니까 할멈이,

"즈 아버지 이리 좀 들어와유."

하고 부엌으로 불러들이어 자꾸 나뭇간 구석으로 끌고가더니,

"장쇠가 재네 집엘 갔더라는군요!"

하고 와들와들 떤다.

"그래 걔 말 전갈두 있구 마침 즈 남편두 읍내까지 나오는 길이래서 따라 나섰다는군그랴, 뭐 별 변고나 없을까?"

'옳지, 정말 살기는 살았구나!'

하고 무릎을 탁 쳤다. 장쇠만 살았다면 인제 호랑이도 무섭지 않았다. 김 승지가 아니라 상감님이 뭐란대도 겁날 것 없다 싶었다.

장쇠가 정녕 살았고 또 필년이가 시집에서 쫓겨난 것이 아니라는 이 두 가지 사실에 치수는 목이 다 컥 메이는 것 같았다.

"살았구나!"

한참 만에야 치수는 이렇게 토하듯 말했다. 말이라기보다 그것은 긴 한숨이었다.

"걔두 즈 시집에서 쫓겨온 게 아니구?"

"쫓겨오긴 왜."

"난 꼭 그렇게 알았었소. 어떻게 됐다지? 이리 좀 앉아. 언제 걔가 즈 집엘 갔더래여?"

"닷새 됐다니까 바루 그 날이지 뭐유? 오늘이 닷새째 아니우?"

"그렇군. 바루 읍내 장날이었군. 그래 어떻드래? 뭐라구?"

"객지루 고생하구 다닌 요량해선 신순 멀쩡하더래유. 집이 하두 궁금해서 몰려 좀 다녀갈려구 들어왔다가 그 녀석한테 들켰다지 뭐유? 그대루 올려다가 아버지 옷감이나 한 가지 끊는다구 장에 들어서던 길루 그 작잘 만났대유."

"꼭 내 생각대루로군. 그래서?"

"그 녀석이 봤으니 담박 소문이 날 게구 며칠 잠잠해지건 하루 다녀간다구 그러드래유."

"그래, 어디루간다구?"

"그런 얘긴 통 않구. 그래, 그 동안에 어디서 뭘 하구 지냈느냐구 걔가 물으니까 픽픽 웃기만 하면서 그럼 사내자식이 어디가 굴르기루니 제 몸 치닥거리야 하나 못 헐가, 그러드래유."

"어쨌든 살아 있기나 하니 다행한 일이다!"

치수는 또 한 번 숨을 내두른다.

"살아 있기만 하면 나 죽기 전에야 한 번 만나보겠지——그만 들어가 밥 먹게 하지!"

치수 아내는 남편을 따라 방으로 들어갔다.

"참, 걔두 그러랍디다만 통 입 밖에 내지 말아요. 장길이한테두 말할 것 없지 뭐."

"아아무럼."

"그러구 걔가 온 집안 식구의 옷감을 한 벌씩 끊어 보내드래요. 객지에서 저 한 몸 치닥거리두 어려울 겐데!"

치수네 오래간만에 지기를 펴고 저녁을 먹었다. 만석이는 고모가 사다준 엿을 먹느라고 입이 벌어졌다.

난 지 반 년도 못 된 것을 보고 나갔으니 아들이 들어와보면 오죽 대견해 하랴 생각하니 눈시울이 시끈해진다.

저녁을 먹고 나서 아이들은 잠이 들고 장길이도 마을을 나가자 필년이는 보퉁이를 끌렀다. 비단처럼 발이 고운 무명이 세 필에 명주가 한 필, 만석이를 생각하고 샀음직 싶은 비단 자투리가 너더 오리 들어 있었다.

치수댁은 옷감에서 아들의 냄새를 맡을 수 있었다.

"참 명두 곱기두 하다. 이런 무명은 비단 내놓구 입겠네나."

이런 소리를 하고 있는데 필년이가 왔다는 말을 들었노라고 덕만 어머니와 칠성 어머니 한떼가 몰려든다.

치수댁은 부산하게 보따리를 치우면서,

"글쎄, 이 철없는 것 좀 보래유. 즈 시어머니하구 싸우구선 가란다구 이렇게 싸들구 왔다는군유. 그래 제 남편이 가란 말 없는데 어쩌자구 이러구 온대유. 내 참, 딸자식들까지 속을 이렇게 썩여준다니까유."

"딸자식은 저게 탈이라니까 !"

멋도 모르고 덕만 어머니가 맞장구를 쳐준다.

한식(寒食)

절기에 가장 예민한 것이 농군이다. 풍증 있는 사람이 비오는 날을 미리 알 듯이 그들은 일자무식이라도 생리(生理)로 절기를 안다. 물소리만 듣고도 그것이 해빙머리의 물소리인지 여름철의 물소리인지를 용이하게 구별하고 풀 한 잎, 나무 한 가지를 만져만보고도 청명절이니 곡우절을 알아맞힐 줄 안다. 갖은 짐승의 털만 보고도 못자리를 할 때인지 갈보리를 심을 때인지를 짐작하고 또 그것은 정확도 하다.

일 년내 문 밖에를 나가보지 못한 병자라도 뜸부기 소리만 듣고도 벼가 몇 치를 자랐느니 애벌을 맬 땐지 이듬을 맬 때인지 세 벌 훔치개를 할 때인지를 알아내고 가새목진 보리싹만 보고서도 입동인 줄을 아는 것이다.

그리고 이러한 그들의 경험은 마치 캄캄한 속에서도 손이 먹을 것을 귀나 코로 가지고 가지 않고 영락없이 입에다 넣듯 정확한 것이다.

"애, 애 어멈아. 참새털보니 오늘 밤은 호디게 춥겠다. 김칫독 싸게 하렴."

그들은 이렇게 말한다.

"여보, 청개구리 우는 소리가 소낙비 오려나보우. 장독을 단단히 덮지."

그런 날이면 영락없이 비가 쏟아진다.

그들은 또 자연을 보고서 계절을 맞힌다. 달력이 없어도 달을 한 번씩 쳐다보기만 해도 몇월 몇일이라 하면 틀림이 없고, 은하수와 북두칠성의 자리를 보고서도 철을 알아낸다.

그러나 절기에 가장 투미한 것도 또한 농군들이다.

농군들이 절기에 예민하다는 것도 한식절부터 입동절까지의 일이요 입동이 지나면 이듬해 한식날까지 해가 동에서 뜨는지 서에서 뜨는지도 모른다.

그들은 팥죽상을 받고서야,

"뭐? 벌써 이렇게 됐나? 그럼, 또 한 살 먹었게시리. 허 참."

이렇게 깨닫고 놀라고 한다.

입동이 지나면 그들은 개구리와 함께 동면으로 들어가기 때문이다. 날이 푹하면 땔나무 차로 산에 올랐다가도 곤두박질을 해서 안방이니 봉놋방에 처박히면 조금만 으스스해도 문 밖에 나와볼 생각도 않는다.

밤이면 모여앉아 한쪽에선 신을 삼고 멍석을 트는가 하면 한 구석에서는 이야기책도 보고 투전판도 벌인다. 눈을 뜨면 밥이고 죽이고 복에 닿는 대로 기다리고 있고 한술 뜨고 나면 또 쩔쩔 끓는 봉놋방이 기다리고 있다. 저녁에는 또 이야기 장단이다, 노름이다, 집일이다가 그들을 기다리고 있는 것이다.

그들의 삼동 동면은 정월 보름 망월의 쥐불놀이로 대개 끝을 막고 보리 흉년 떼어넘기기 윷을 놀면 그만이다.

그러나 삼동을 두고 절기와 아무 상관이 없이 살아온 농군들은 우수,경칩, 춘분, 청명, 이렇게 풀풀 날아들어도 봄보리 때가 어느 땐지도 모르고 엄벙뗑 보내다가 떡 한식이 닥쳐야만 비로소,

"어쿠!"

하는 것이 보통이다.

산소에 갈 제물을 차리어 이남박에 담고 자리를 꺼내어 지게에 지고서 동구를 빠져나가 보고서야 정말,

"아아니."

하고 눈이 휘둥그래지는 수가 많다.

"아아니 그래 벌써 이렇게 됐던가. 이 잔디 좀 봐. 저 버들가지 푸른 것 하구."

"아아니 참말! 입동이 어제 같은데——저 보리 좀 보지? 성미 급한

노고지린 새끼 치겠다구 덤비게 됐는데!"

"참 빠르군."

"참 빨라. 이거 난 봄보리 잡쳤네라. 인저 심어두 늦진 않을까 원."

"아아니 이 사람, 그래 경칩이 지난 지가 언제라구 여태 뭘 했나. 난 잿거름이 달려서 그러구 있지만!"

주고 받느니 너나없이 절기를 놓친 이야기들뿐이다.

"젠장할. 거 김 승진지 날짐생인지 때문에 그렇잖나베. 장쇠네가 농살 짓는다면 거 치수 등쌀에 절길 놓칠래두 힘들 겐데 그 사람이 폐농을 한 뒤로는 망종에 가서 봄보리 골 캔다구 서둘잖겠나."

이렇듯 그들은 한식날에야 겨우 동면에서 깨는 것이다.

──오늘이 바로 그 한식날이었다.

이 날 치수도 삼색 실과와 북어포 한 접시에 제수를 갖추어 장길이에게 지워 가지고 집을 나섰다.

치수 아버지의 산소가 있는 성황당 근처에는 미륵동 장성업이 아버지와 소장수 윤 서방 어머니의 산소가 있었다. 성업이는 치수와 어려서 같이 큰 사이다.

치수는 손주놈을 데리고 성묘를 하고 막 돌아오는 장성업이와 아버지 산소 앞에서 딱 마주쳤다.

"허 기특하군. 우리 성님이 아들을 잘 두어 절기 찾아 차례를 잡숫는구나."

하고 치수가 농담을 하니까,

"웬 저런 고얀 늠, 저늠 볼길 맞어야겠군!"

하고 껄껄 웃고는,

"어서 두어 번 꾸뻑하구 오게. 내 여기서 기두름세."

"먼저 가지. 난 또 토끼섬으루 다녀가얄 게니."

"그러지 말구 어서 꾸뻑하구 오게나. 이 사람 녀석아."

하고 남의 속도 모르고 풀밭에 털썩 주저앉는다.

치수는 빈 무덤에 절을 하고 일어섰다. 남의 눈속임으로 매해 하는 노릇이지만 치수는 생각할수록 싱거웠다.

진짜 성묘는 사람들 모르게 또다시 하러 가지 않으면 안 되었다.

치수가 제물을 걷어 가지고 장성업이한테로 오니까 장 서방은,

"이리 내게, 우리 성님이 잡숫다 남긴 게니 동생이 좀 먹세. 장쇠두 없겠다. 술은 남겨다가 초 만들겠는가."

하고 술병을 뺏어서 그득히 한 잔 따라 마시고,

"거 토끼섬 구렛보 이 생원네 논 말일세. 자네 어떡허기루 허구 그거 얻었는가?"

"첫 핸 없구. 담 해부터 이태 반 도지루 했네만 거 어디 구실할 것 같잖은걸."

"허, 이 사람 무슨 소린가. 힘이 들어 그렇지 개답만 해놓면 구렛보에선 노랑자윌세. 그 배미가 가알 받던지 원?"

"구렁논이니까 가알 받을걸."

"허, 그러문야 양석 나구말구! 그래, 개답부빈 어떡한다구?"

"작인이 내야지. 난 이백 명 품을 잡았지만 그것 가지구 어림 없겠는데——한 삼 년만 거저 해 먹어두 좀 날 상싶더면서두 어디."

이런 이야기를 하면서도 치수는 성업이한테 술을 뺏긴 생각을 하면 슬며시 부아가 돋았다.

오늘 밤 정말 태봉 산소에 가자면 어디 가서 다시 술을 마련을 해야 할 텐데 암만 궁리를 해도 만만한 자리가 없다.

치수는 삽짝 밖에서 성업이와 헤어졌다.

집에 들어오는 길로 할멈을 슬며시 불러서 어디서든지 약주를 좀 구하라 귀띔을 하고서 지게에다 괭이와 싸리 삼태를 얹어가지고 토끼섬으로 나갔다. 장길이도 물론 따라섰다.

벌써 열흘째나 해오는 구렛보의 방천을 하러가는 것이다.

치수는 성업이한테는 이백 명 품으로는 어림이 없겠다고 했지만 어쩌면 그 안짝에 들지도 모른다고 은근히 기뻐한다.

지난 가을에 생각이 났을 때 바로 이 생원한테 쫓아가서 졸라댔더라면 올 농사두 지었을 것을 하고 생각하니 분하기 짝이 없다.

"걔 때문에 열흘 하나는 또 늦었지!"

하루가 새로운데 장쇠가 들어왔다는 소문 때문에 칠팔 일이나 건성 보냈던 것이다.

"애 장길아, 너 내일을랑 아침 일찍이 장에 좀 나가봐라. 저 감나무골이 생원께선 네 발 가진 즘생의 고기를 자시면 두드러기가 돋으시니 닭이 낳거들랑 한 마리 사가지구 오게 해라."

"야."

"허구, 넌두 그 양반의 은공을 잊지 말아야 한다. 사람이란 남의 공을 모르면 사람값에 못 가거든. 그 어른이 우리네 삼부자한테는 일생에 큰 은인이여!"

"야."

"혹시 너희들 좁은 생각에는 이쪽 부비 들어서 폐답된 땅 논 퍼 주는데 고맙긴커녕 이쪽이 치하를 받아야 하잖나, 이렇게 생각할지두 모르지만 아여 그런 게 아니니라."

사실 이 생원은 치수의 말을 듣더니만 첫 마디에 승낙을 했던 것이다. 그래서 치수가 절을 몇 번이나 하며 치하를 했을 때도 이 생원은,

"허 이 사람, 치하는 내가 해얄 겐데 자네가 되려 치할 해놓면 난 어떡하는가?"

"원, 생원님두 별 말씀을 다……."

"아닐세, 그 논은 치수 같은 농군 손에 들어가야만 곡식 먹느니. 그렇잖아두 자네가 김 승지댁에서 그런 일 당하구 대대 살던 고향을 뜨느니 마느니 할 때 내 땅만 있었으면 썩 내서 주구 싶었지만 그 뒤 남의 일이라 그만 잊어버렸었네!"

그는 또 이렇게도 말해주었다.

"저 장쇠가 있었드라면 오죽 좋았겠는가. 김 승지가 자네겐 참 못 할 일 하네나."

치수와 장길이는 논에 이르기가 무섭게 벗어부치고 돌을 져 날랐다. 논이 아니라 사뭇 돌자갈 밭이다. 쓸어엎었거니만 했던 것이 파고보니 그대로 돌더미이다.

한낮이 지나서 치수 아내도 점심을 싸 들고 호미를 들고 나왔다. 날이 풀리면서 해소가 가라앉더니 얼굴의 부기도 가신 듯이 내렸다.

"아까 그것 마련했는가?"

제주 말이다.

"햇시유. 노랑이네게 가서 나무 한 짐하구 바꾸기루 하구 가져왔시유."

112

"거 잘 했네."

치수는 만족해 했다.

"아니 거 배랄먹을 눔의 작자. 김 승지네게 가서 알랑알랑해서 남의 땅을 차구 앉구선, 거 농군이 농살 지어야지 아주 나무장사루 굴러서야 쓰겠나, 아 요라는군유. 그냥 한 마디 해줄려다가!"

"허, 또 턱 없이. 그 왜 사람이 뺏었나 우리가 내놨지. 그런 소리 애들 듣는데 말래두 그러거든."

"숫제 잠자쿠나 있으면 그런 소리 저런 소리 않잖어유."

"글쎄 그러는 게 아니래두 남 원망을 왜 해, 괜시리."

치수란 워낙 남의 말하기를 싫어하는 사람이라 그렇지 그가 편 노랑이한테 잘못이 없어 그러는 것도 아니다. 무엇보다도 편 노랑이는 치수 같은 사람한테는 생리(生理)부터 맞지 않는 사람이다.

편 노랑이는 이름 그대로 자리꼽재기처럼 인색한 사람이다. 인색한 사람이 대개가 제 것을 남에게 안 주는 대신 남의 것도 바라지 않는 법인데 이 노랑이만은 그렇지가 않다.

아니 남의 것을 바라는 정도라면야 그대로 좋겠는데 이것은 사뭇 탐을 냈고, 탐만 내는 것이 아니라 계제만 되면 또 살짝살짝 남의 물건을 제 소유로 만들어버리는 좋지 못한 버릇을 가진 위인이었다.

"허 이거 또 간밤에 손을 탔구먼그랴! 아직 채 푸른 기두 안 가신 것을 이렇게 따가는 눔이 있단 말인가?"

미륵동에서는 들밭 고추가 붉기 시작하기가 무섭게 사람의 손을 탄다.

맛맛으로 몇 개 따가는 것이 아니라 이것은 숫제 훑어가버리는 것이다.

"아, 요런 배랄먹을 눔의 손목쟁이가 있단 말인가. 아, 이것 좀 봐! 이것 사뭇 밭을 매잖았나베? 요런 쥐새끼 같은 눔의 새끼!"

그런 일이 날 때마다 먼저 지목이 가는 것은 언제나 편 노랑이다.

"이게 고눔의 짓이지 별수있나. 제 손으루 농사를 지어본 사람 치구서야 남이 일년내 피땀 흘려 진 농살 이렇게 살뜰히 걷어갈 사람이 없지! 더구나 채 붉지두 않은 고추를. 이눔의 편 노랑이 붙들리기만 해봐라. 이번엔 정말 고눔의 손목쟁일 뚝 분질러놓구야 말게니!"

노랑이한테 지목이 가는 것은 편 노랑이가 제 손으로 농사를 짓지 않기 때문이기도 하지마는 어려서부터 손버릇이 좋지 않았기 때문이기도 하다. 논 서 마지기에 밭 한 뙈기를 그나마도 남의 손을 빌려서 농사랍시고 짓고는 노름판을 붙여서 붙쪽을 떼는가 하면, 며느리를 내세워서 묵 그릇을 해 팔게 하더니만 요새는 아주 술구기까지 잡히고 있다. 김 승지네 청지기 박 선달과 며느리의 사이가 심상치 않은 꼴은 뻔히 알면서도 박 선달이 내려오면 슬며시 자리를 피해주고 겉으로 비실비실 돈다는 것이다.

"그런 배랑둥이 같은 눔. 그눔은 숫제 밥티루 샐 잡듯 세상을 살아가려구 든다니까."

이해 상관이 없는 사람들도 편 노랑이 말만 나면 이렇게 욕질들이었다.

고추뿐이 아니다. ──마늘이고 파고 동네에서 좀 한갓진 터밭 곡식은 언제 손을 타는지 모른다.

그래도 이런 돌밭 초식이란 지나다가 한 줌씩 뜯는 수도 있었고 그것이 또 큰 허물이 되지 않는 경우도 있었지만 밤에 슬그머니 나가서 남의 집 볏단을 져 나르는 데는 이들을 북북 갈아붙인다.

내 것이 아니면 남의 밭머리의 개똥도 줍지 않는 원치수가 이런 편 노랑이를 좋아할 리가 만무다.

워낙 남의 말을 하기 싫어하는 사람인지라 밖에서나 집에서나 통 입에 담지도 않지만 노랑이를 속으로는 뱀처럼 싫어한다.

지금 편 노랑이가 부치는 김 승지네 땅조각만 해도 그러했다.

며느리가 그 꼴이 되고, 치수네 부자마저 붙들려가서 그 봉변을 당했고, 승지네 청지기 박 선달은 노랑이 며느리한테 눈이 어두워 늙은이가 눈이 퀭하니 들어가는 것도 모르고 곱이 끼어 다니는 판이고 하니 가만히 있어도 치수가 내놓기만 하면 그 땅은 달리 갈 데가 없을 터인데 하루들이로 턱을 까불고 다니면서,

"아니 그래, 치수 자네 그 땅을 되부친다구? 원 쓸개가 **빠졌나** 이 사람아!"

하고 보짱을 울리고 다니던 꼴이라니 치수가 웬만한 사람만 같았어도 귀 퉁이를 몇 번 쥐어박았을 것이었다.

그리고 또 박 선달한테 며느리를 바친 덕택으로 땅마지기나 얻어 부

치거든 그냥이나 있었으면 좋으련만 전에 없던 가증이 늘어서 말끝마다 김 승지와 박 선달을 내세우며 야살을 피우고 다니는 꼬락서니에 치수는 그만 욕지기가 날 지경이다.

그렇건만 이러한 편 노랑이한테도 놈짜 한 번을 놓지 않고 살아온 치수다. 아내가 뭐라고 해도,

"허, 거 사람 같은 사람을 가지구 그르네 옳으네 해야지, 그 사람이 나인 먹었어두 헛 나일 먹은 사람여. 한 귀루 듣구 한 귀루 흘려버리래두 그러네나그려!"

이렇게 입을 틀어막아오는 치수다.

그러던 치수도 편 노랑이가 그 아니꼽게 굴더라는 이야기에 슬며시 부아가 돋는다.

더욱이 장쇠가 들어오면 다리가 부러지느니 자칫하면 미륵동에서 치수까지 들어낼지도 모른다느니 하는 것까지도 참을 수 있었으나,

"제가 그렇게 생각했다면 큰 잘못이지! 그러구 나간 것이 어디라구 들어올 생각을 하다니!"

마치 장쇠가 큰 죄나 저지르고 나간 사람처럼 뇌까리더라는 말에는 그만 심정이 버쩍 상해오는 것이었다.

"그래, 노랑이가 그런 소릴 다 하던가?"

"그러구 걔가 뭐 요새들 떠드는 그 동학인가 뭣의 동패가 돼 가지구 다니니까 들어오기만 하면 김 승지네보다 두 동네 사람들한테 맞아죽는다구!"

"아니! 저런 죽일 눔이!"

갑자기 소리를 벅 지르며 이를 부드득 갈아붙이는 남편에 질려서 할멈은 입을 딱 봉하고 만다. 사십 년을 같이 살아왔어도 자기 남편이 이렇게 험상궂은 상을 해본 적이 없었기 때문이었다.

"아 그래, 그눔이 그런 소릴 다 하더란 말이지? 그 편 노랑이눔이? 요런 전 구미호 같은 녀석. 어째서 우리 동네 사람들이 걜 때려죽여야 해? 응 어째서!"

"그만두서유, 아부지."

장길이도 겁이 나는 눈치다.

"그래, 참는 것두 분수가 있지. 그래, 고눔이 아무 죄두 없는 장철 그냥 거저 잡을려구 드는 거 아니여!"

"즈 아부지 인저 그만둬유. 아무러면 우리 미륵동 사람들이 걜 잘못했다구 그러겠수. 어서 시장할 텐데 한술 떠유."

평온한 남편의 마음을 휘저어놓은 것이 민망스러워 이렇게 치수댁은 남편의 팔을 잡아끌어다 이남박 앞에다 앉힌다.

"어서 드십시다. 넌두 어서 달겨들구. 이렇게 해가지구 남들 꽂을 때 모폭 꽂아볼 것 같지 않구먼서두."

할멈의 권에 못 이기어 치밀어오르는 울분을 내려밀듯 찬 밥덩이를 꿀꺽꿀꺽 삼키기는 하나 치수는 몇 번이나 술을 든 채 멍하니 마주 건너다보이는 편 노랑이네 집을 노려보다가,

"그눔이 사람의 탈을 썼으니 사람이지——."

하고 우기우기 짠지쪽을 씹으면서 되뇌이고 있다.

"설령 제눔 말따나 우리 걔가 큰 죌 짓구 나갔다손치더라두 즈 하래비 때부터 그 양반눔들의 성화를 받아가며 살아온 우리네 정분두 있잖은가. 다 같이 없구, 세도 없는 상사람으루 태어났으니 있는 흉두 덮어주어얄낀데 터무니두 없는 말을 지어내서 동학군이니 뭐어니 한단 말인가? 고 밴댕이 같은 속알찌루선 양반집 청지기를 휘어잡는 게 큰 봉이나 문 것처럼 알진 모르지만 박 선달은 언제나 승지집 청지기란 법은 어디 있으며 나이 칠십을 바라보는 박 선달이 살면 얼마나 살 줄 알구 그런 수작을 부린단 말여."

"아부지, 그만 참으셔유."

장길이는 쪽박에다 물을 따라 꿀꺽꿀꺽 들이켜고 일어난다. 물 먹는 품이 양이 안 차는 것 같아서 치수 아내는 한숨이 저절로 나온다.

그 날 저녁이다.

치수는 늦으막하게 저녁상을 물리고 집을 나섰다. 장쇠에 대한 공론이 어떻게 도는지가 알고 싶었던 것이다. 만일에 편 노랑이가 말하더라는 것처럼 동네 사람들도 장쇠를 큰 죄인으로 취급을 하는가——그것이 알고 싶었던 것이다.

스무사흘, 달은 아직 올라오지 않았다. 어려서부터 발에 익은 길이건만 유난히도 어둡다. 치수는 광대줄이나 타듯 뒤뚱거리며 봇둑을 타고 한데

큰 우물 앞에서 봇도랑을 건넜다. 응서네 봉놋방에서는 벌써 이야기 장단이 벌어져 있었다.

"어서 들어오게."

치수가 헛기침을 하고 방문을 열자 박 곰보가 누웠다가 상반신을 일으킨다. 응서도 있었고 아침 전에 성묘를 갔다가 성황당에서 만난 장성업이에, 덕만이, 칠성이, 젊은 패들도 끼어 있다가,

"진지 잡셨시유."

하고 제가끔 인사들을 한다.

"옛말 그른 데 없어. 호랑이두 제 말 하면 온다더니만 욕했더라면 큰일날 뻔하잖았나."

하는 노름꾼 박 곰보의 말을 치수는,

"젊은 애들이 어른 안 계신 데서 무슨 말칠렵이든구."

이렇게 농으로 받으면서도 가슴이 서먹해지는 것을 어찌할 수 없었다.

"조런 고현눔, 아무리 세상이 말세가 됐기루니 어디 어른 앞에서—— 애들아 저 장쇠 아범 원치수를 대추나무에다 거꾸루 달아매고 곤장 오십 대만 내려라!"

곰보 박태복의 호령 소리에 온 방 안에 웃음이 터진다. 김 승지의 목소리와 아주 흡사했기 때문이었다.

웃음소리가 그치자 태복이는 치수한테 손바닥을 썩 내민다. 치수는 알아듣고 쌈지에서 담배를 꺼내어 들자 응서가 차마 치수한테는 달라지 못하고 태복이의 옆구리를 꾹 찌른다. 좀 얻어달라는 눈짓이다.

"아, 이 사람 보게나, 자네 나인 뭐 사둔집에서 꿔온 나인가. 치수 여보게, 응서가 담배 한 대 달라네."

"아이 참."

응서가 귀밑까지 붉어진다.

"옜네. 이 사람 인저 자네두 나이 사십이 지나서 사월 보게 됐는데, 자 받게."

하고 치수가 담배를 집어준다.

"그만두서유. 괜히 저 사람이 그랬지유 뭐——."

응서는 어쩔 줄을 모르면서도,

"받으래두 그러네나그려."

하고 치수가 권하니까 담배를 받아들고 돌아앉는다.

한동안 치수네 개답하는 이야기가 벌어졌다.

"아저씨, 거 어디 올 안에 끝나겠시유? 자꾸 돌자갈만 나오든데유."

편 노랑이의 사위인 임보성이 말에 칠성이도 옆에서,

"그런 일이란 천상 가랠 디려대야 하는데 맨 돌자갈밭이니 가랠 받아 줘야지. 지금꺼징 몇 품이나 들어갔어유?"

"뭐 웬 품살 쟁비 있던가. 우리 부자가 눈만 뜨면 달려붙고 있는데 거 아마 공연헌 애만 쓰는 것 같으이."

"그래두 자갈을 파내기만 하면 논은 노랑자위여유. 갬뜰에서두 그런 논은 몇 다랭이 안 될 거야유."

"암, 닦달만 잘 해놓으면 논이야 나무랄 데 없지. 물길 좋겠다. 그 논이 원래 수렁논이었느니. 갈이나 듬뿍 꺾어다 넣구 한 이태 푹 썩여놨으면 사 쓸여지게 되지, 쓸여지게. 거기에다 오양 거름이나 훌훌 뿌려놨으면!"

"하질 않아 그렇지 이면이야 멀쩡하지!"

하고 응서가 박태복이를 놀린다.

"그럼, 벗어부치구 농살 짓자구만 들면 네 따위에다 댈까."

"그러면서 왜 빤빤히 놀아?"

"홍 일년내 죽두룩 농사랍시구 지어서 양반집 노적가리에다 쌓아 주기? 어떤 땐 다잡아서 농사나 질까 하다가두 자네네들 꼬락서니 보면 정나미가 떨어진다니까. 그렇게 악착같이 일을 하걸랑 좀 심평이 펴는 맛두 있어얄 거 아니여? 이건 손톱 발톱이 자랄 새가 없이 일을 해두 가을에 가선 빈손 툭툭 털구 일어나는 거? 농사 지었답시구 세전부터 장릿벼 얻으러 다니기에 곱이 낄 바에야 그까짓 농사 지어서 뭣한다우. 응서 자네네 벌써 몇 대를 두구 농사짓지만 그래 농사 안 짓는 나보다 더 잘산 것이 뭐 있나?"

박 곰보 말에 아무도 대꾸하는 사람이 없다. 그들은 마치 아픈 데를 건드릴까보아서 겁을 내는 사람들처럼 서로 마주 쳐다보고만 있다.

제각기들 지금까지의 구질구질한 자기네 반생을 돌아다보며 허무한 생각에 사로잡힌 눈치들이다.

"허지만 그건 좀 다르니."

이윽고 입을 연 것이 치수다.

"자넨 이 세상에서 모르는 것이 없게 다 잘 알지만 우리 농사 이치만은 잘 모르구 하는 소리니. 우리네 농군들이 농살 짓는다는 건 이해타산만 가지구는 못 짓거든. 그야 이해타산이 없으면 곰처럼 발바닥만 핥구 살겠느냐 이렇게 말을 하겠지만서두 농사란 하느님이 시키는 노릇이란 말야. 하느님이 비를 주실 때 어떤 낭구만이 비를 먹구 자라라던가. 미륵동 아무개만이 비를 받아서 농살 잘 지으라던가 하는 것이 아닌 것처럼, 우리네 농군이 농살 짓는 것두 이 농살 지어서 나만 잘 먹으리라 하는 건 아니거든. 내가 먹든 누가 먹든 농사가 잘 돼야 우리네 인간들이 먹구 살 수 있다, 이런 생각에서 짓는 게지."

"그럼, 자네 말따나 사람들이 고루고루 잘 먹구 살아야 할 거 아닌가."

"허, 그건 또 다르니."

"다르긴 뭐가 그렇게 다르기만 한구."

"다른 것이, 우리 농군넨 그런 맘으로 농사 짓지만 세상 인심이 강박해지구 점점 나빠져서 어떤 사람은 저만 잘 먹구 살려구 욕심을 부리어 그렇게 된 게지. 그렇다구 우리 농군네꺼정 그런 맘씨를 갖는다면 이 세상은 아주 망해버리구 말걸세. 나중에야 누가 먹든간에 봄에 씰 뿌리고 여름에 길러서 갈에 걷어들이는 것이 하느님의 뜻을 받는 사람의 도리거든."

"그럼 농살 안 짓는 사람은 모두 사람 된 도리를 못 하는 사람이란 말이지?"

"암 그렇지. 그렇구말구."

"아아니 그럼 장사하는 사람은 어떤구?"

"장사꾼? 장사란 하느님이 시키는 노릇은 아니지. 우리네 농군들은 그저 누가 먹든 심어서 가꾸어야 한다는 생각에서 농사 짓지만, 장사란 어떻게 하든지 남을 속여서라두 저 혼자만은 잘 살아야 허겠다는 욕심에서 하는 노릇이니——그런 맘씨가 장사가 잘 안 되면 남을 속이게 되구, 그런 맘이 더 자라면 남의 눈을 기우게 되구, 나중엔 사람을 죽이는 강도두 된단 말이거든!"

"그런 난 뭐란 말인가?"

"자네? 자네 같은 노름꾼이야 사람의 값에나 간다든가? 새루 치면 참새구 짐승으로 치면 생쥐구."

"저런 주릴 틀 눔 보게나. 그래 물고기루 치면?"

"물고기값에나 가든가. 물무당이지!"

"사람으룬요?"

하고 칠성이가 배를 끌어안고 뒹군다.

"아따 그 녀석 사람값엔 가지두 못헌다니까 그리여. 억지루 치자면 건달이지."

"하하하하."

곰보 박태복이가 웃어대니까 말다툼이 될까보아 눈치만 보던 방 안이 그대로 웃음판이 되어버린다.

"하긴 그래. 두더지 같은 게 제법 그럴듯허게 끌어다대거든. 뭐랬지? 새루 치면 참새라구? 그렇지, 남이 지어논 곡식 거저 먹으니 참새지. 또 뭐? 즘생으룬 쥐구? 됐어. 물무당? 것두 된 말여. 사람으룬 건달이랬겠다? 하하하하."

웃음판 끝에는 으레 허전한 순간이 오는 법이다. 더욱이 기쁨을 모르고 사는 사람들의 웃음 끝이란 가슴이 저리도록 쓸쓸해지는 것이 보통이다. 끝판에 가서는 또 김 승지 집 이야기가 된다. 김 승지가 요새로 바짝 겁이 나서 실한 장정만 추리어 동구 밖에다 군데군데 망을 보이고 있다는 것이다.

치수는 가슴이 덜컥 내려앉는 것 같았다.

"그렇기에 사람은 죌 짓군 못 사는 거여. 우리네처럼 진 죄가 없으면사 동학군 아니라 호랑이떼가 몰켜든대두 겁 반푼어치 날 거 없잖아? 그까짓 돈은 있어 뭣하구 세돈 있어 뭣하는 거여!"

응서가 이 앓는 소리로 혼자 응얼대고 있다.

"젠장 하늘이 두 쪽이 나는 한이 있더라구 한 번 쳐들어와보기나 했으면 좋겠다. 아무 죄 없는 사람이 그저 상눔이란 죄만으로 하루돌이로 붙들려가서는 그 호된 맬 맞으니! 그눔의 양반이란 게 도대체 뭐란 말여!"

칠성이도 한몫 본다.

"정말여, 어떻게 되든간에 한 번 뒤집어엎기나 해봤으면 좋겠어. 어찌 되든간에——상눔 된 죄로 양처럼 고분고분히 농사지어 바치겠다, 질쌈 짜서 바치겠다, 술 담그어다 진상하겠다. 그뿐인가 계집까지 대령하겠다——뭣이 부족해서 그 지랄야."

"저 자식이 생각이 달라서 저러겠다?"
하고 덕만이가 타낸다.

"그렇지야? 너 생각이 달라서 그러지?"

"생각은 뭔 생각. 이 자식아."

"뭘 아니어, 그렇지. 저 좀 보래유. 글쎄 저 자식이 엉뚱하게도 김 승지네 막내딸을 못 집어먹어서 그런대유. 뭐? 고것 고치장두 찍을 것 없이 그냥 통째로 홀딱 집어 삼켰으면 좋겠다던가? 그랬쟈 너?"

"자아식두."

"이눔아, 사내자식이 뭘 그런 탐 좀 내기루 예사지 뭘 아니라구 잡아떼어 자식두……."

"그런 줄 알면서 뭔 잔소리여, 이 자식아."

"글쎄, 네가 그랬지."

"그래, 그랬다! 어쩔래. 그래 넌 그 날 그 미연일 보구 욕심이 안 났 단말여? 바른 대루 말해봐. 이 × 할 자식아."

"그래, 그 말엔 덕만이가 졌다. 사내자식치구 욕심이 안 났다면 천치지."
하고 칠성이 편역을 드는 것이 응서다.

"사실 말이지, 계제만 된다면 난두 그냥 안 두겠더라. 인물두 인물이 지만서두 그 맘씨가 얼마나 고우냐 말여!"

"허, 이거 박 의관 아들이 자칫하다간 오쟁이 지지 않겠는가."
장성업이가 딱하다는 듯이 혀를 찬다.

박 의관 아들 일양이가, 장쇠가 매를 맞던 날 밤 말만 들어오던 미연이를 본 뒤로는 은근히 속을 태우고 있다는 것은 당자인 두 집에서만 모르지 탑골과 미륵동 사람들은 모르는 사람이 없는 터다.

"참, 박 의관 집 막내아들이 승지네 딸 때문에 상사병이 날 지경이라 면서?"

"그렇다데나."

"거 제 색씬 어떻게 할려구 그런다누?"

"제 색씬 거들떠보지두 않는 지가 벌써 자그만치 삼 년째라네. 원래부터 금실은 좋지 않었느니. 거 계집이라구 천상 말상을 해가지구 소박 안 맞으면 거짓말이지. 거기다가 일양이보다 나이 다섯 살이나 더 많잖던가베? 일양이는 열아홉, 미연이는 열일곱, 아주 안성맞춤 아니어!"

"그런데 참 김 승진 딸을 뒀다가 삶아 먹을 작정인가. 나이 이 설 쉤으니 열일곱이 아닌가. 열셋만 돼두 몽달 귀신 생긴다구 떠들어대는 양반집에서 어째서 여태껏 두는지 모르겠더라."

"참 거, 이상두 해!"

모두들 이상해 할 뿐 까닭을 아는 사람은 하나도 없다.

"여보게, 박물 군자 박 곰보, 자넨 세상 것 모르는 것이 없다든데 김 승지네가 딸을 왜 치울 염량도 안 먹는지 그건 모르지?"

박태복이가 천연덕스럽게 일어나 앉는다.

"그런 왜 그런고 하니, 김 승지가 안 보낼래서 안 보내는 게 아니라 딸이 따로 생각하는 사람이 있어서 안 가는 게거든!"

"박 의관 아들 때문에?"

"천만에! 알구보면 그 색시가 생각하는 사람은 따루 있느니. 그게 누군줄 아는가? 장쇠야, 장쇠!"

"뭐, 장쇠!"

"암, 장쇠지!"

태복이는 아주 자신이 있게,

"어째서 장쇤가 하면, 까닭을 내 얘기할 게니 들어들 볼려는가. 어헴, 거 어째서 그런고 할 지경이면 그 색시가 장쇠의 말은 들었거든! 원 장군이란 소리만 듣구 있는데 떡 그 일이 벌어지니까 인전 정말 은근히 그 장쇠란 사람이 어떻게 생겼는고 하구 꿈까지 꿨던 끝에 마침 그날 밤 일을 당했거든. 그래 가만히 창구멍으로 내다보니까 참 장군 소릴 들을 만하거든. 참 잘두 생겼거든. 기골이 장대하고 늠늠하구──거기다가 하는 품은 여간──."

"이 사람, 돈대 밑에 엎드려 있는 장쇠가 방에서두 보인다든가."

하는 성업이의 핀잔을 태복이는 선뜻 받아서,

"허, 이래서 무식헌 인간하구는 얘기하기두 힘이 든다니까. 얼굴이 보였다는 게 아니라 지 하는 행동거지가 보였단 말이여. 뭣한 사람 같았으면 코가 땅에 닿게 절을 하면서 살려달라구 애걸복걸할 것인데 바위처럼 떡 버티구 앉아서 뉘가 감히 내 배 다칠까부냐 하는 늠늠한 위엄을 보였단 말여. 그 색시의 나이는 그때 열넷밖에 안 되었었지만 시전 서전을 다 읽었겠다, 영웅 호걸이 어떤 인물인 것두 배웠겠다, 장쇠를 보아하니 비록 배우지는 못했을망정 과시 큰일을 할 사람이거든! 그래 목숨을 내놓고서 쓰윽 호랑이보다도 무섭다는 김 승지 앞에 나섰더란 말이거던!"

곰보는 여기서 잠깐 쉬어 수염을 쓰윽 쓰다듬고서,

"각설하고——그 일이 있은 뒤로 미연이는 밤낮 생각느니 원 장군이라, 그 의젓한 장군의 얼골이 눈에 삼삼, 태봉이 다 흔들리는 듯싶던 장군의 음성은 귀에 쟁쟁, 날이 갈수록에 장군 그리운 생각만이 꿈결에만 오락가락하니 소저의 마음이……."

박태복이가 한참 신바람이 나서 춘향전 읽는 식을 하니 방 안이 그만 뒤집힌다. 젊은 패들은 배를 안고 뒹굴고 성업이와 응서는 태복이를 쥐어지르고 법석이다.

오직 웃지도 않고 말도 없이 앉아 있는 것은 치수뿐이었다. 이런 허황된 웃음의 소리가 어쩌다가 김 승지 귀에 들어갔을 때에 당할 봉변에 그는 진저리를 치고 있었던 것이다.

그래서 태복이가,

"그런 어느 날 밤이었겠다!"

하고 또 시작하는 것을,

"이 사람, 농담두 이만저만 하게나. 자네가 또 누구 죽는 걸 볼려구 그러는가."

하고 입을 틀어막아놓고,

"자넨 웃음의 소리루 하는 소리지만 김 승지가 듣는 날이면 우리 부잰 또 죽는 날일세!"

"그두 그래. 그만두세나."

하고 임보성이도 가로막으니까,

"그럼세, 원치수의 정상이 그렇다니 나두 그만둘까."

하고 태복이도 입을 다물었다.

태복이의 수선은 가라앉았으나 이야기는 다시 장쇠에게로 옮아갔다. 치수도 은근히 기다리었었다. 모두들 장쇠를 어떻게 보구 있나가 궁금했던 차라 혼잣말처럼,

"그 자식은 인저 죽은 자식이지. 설사 살아 있다가 동네에 들어온다손 치더라두 이 동네 사람들이 그냥들 두겠는가."

하고 넌지시 떠보니까 온 방 안이 되려 울꾼불꾼한다.

"원 저런 천치가 있어? 우리 미륵동 사람들이 장쇠하구 무슨 원수가 졌다는 거야?"

"그야 그 자식이 지은 죄는 없지만, 어디 세상 인심이 우리네 생각과 같은가. 땅 없고 세도가 없어놓니 그 사람들이 원수를 삼으라면 삼았지 별 수가 있나."

치수로서는 물론 안 그러기를 바라서 하는 말이다.

"거 쓸데없는 소리 작작하우. 그런 눔이 있으면 모가질 짤라버리지!"

위선 그 말만을 들어도 마음은 놓이었다.

그러나 오늘이 한식날이니 산에는 가야 할 터인데 김 승지네 하인들 눈을 어떻게 빠져나가는가가 큰 문제였다.

치수는 풀이 죽어서 집으로 돌아왔다.

스무사흘 달이 벌써 한 뼘은 올라오고 있다.

소리를 내지 않느라고 싸리 삽짝을 반짝 들어서 열었건만 어떻게 알아들었는지 또네가.

"아부지유?"

하고 방문을 덜컥 열어젖힌다.

"내다, 왜 여태 안 자구들 그러냐. 기름두 댈 수 없는데!"

"만석이가 배가 아프다구 칭얼대서 그렇잖우."

하고 할멈이 일어서서 나오니까 만석이가 떼를 써댄다.

"왜 체했나? 소굼을 좀 먹이지 그랬어."

"먹였지유. 그래두 통 안 내려가서 지금 좁쌀나림을 하는 중이래유."

방 안에서는 만석이가 꽤를 내어놓는다.

"할머니가 응가하구 올게 아지미하구 있거라."

"싫여, 난 싫여! 할머니 가면 난 싫여!"

어미를 모르고 할머니 품에서 자란 만석이는 때굴때굴 굴러대며 앙탈이다.

"어서 들어가봐요. 뭣하러 나오느라구 아프단 앨 울려."

치수는 아내를 들여보내고 문간방으로 들어갔다. 장길이는 네 활개를 펼치고 잠이 들어 있었다. 치수는 얼마를 쭈그리고 앉아서 생각을 하다가,

"얘, 장길아."

가만히 흔들어본다. 가다가 잡혀 죽는 한이 있더라도 일 년에 한 번 성묘를 궐할 수는 없다. 간다면 장길이도 인제 나이 열일곱이다. 그리 투미하지도 않은 성싶고 더욱이 세상이 하도 험하니 언제 무슨 변을 당할지도 모르는지라 장길이한테만은 산소 자리를 알려두는 것이 옳겠다는 생각이 든다.

그러나 치수는 역시 혼자 가기로 했다. 그 잔약한 몸에 온종일 호된 짐질을 하고 정신 못 차리는 것을 깨우기도 애석했지만 그보다도 지금까지는 혹시 장쇠가 죽었다면 장길이한테만은 일러두리라 했던 것인데 장쇠가 정녕 살아 있고보니 미리 서두를 것도 없을 성싶었기 때문이다. 그리고 또 한 가지 마음을 놓은 것은 동네 사람들이 모두 장쇠를 딱하게 여길지언정 죄인으로 돌리지 않는 것을 알았기 때문이기도 하다.

'그러면 그렇지! 눈코 있는 사람치구서 우리 부젤 그르달 사람은 없겠지! 장쇠 그눔이 무슨 죄가 있다구!'

무엇보다도 동네 사람들이 편 노랑이 같은 위인을 몇몇 빼어놓고는 자기 편임을 발견한 것이 기뻤다.

치수는 장길이의 목침을 바로 베어주고 시렁에서 버들 상자를 내리어 보에 싸서 둘러메고 수건 쓴 위에다 그대로 갓을 썼다. 두루마기는 미리 채롱단지 속에다 개키어 넣었던 것이다.

'잊어버리는 게 없나?'

바지가랑이를 나무 갈 때처럼 깡뚱하니 동여매고 술병을 든 치수는 다시 한 번 빠뜨린 것이 없나 챙키어본다. 자리를 한 닢 가지고 가고는 싶지만 거추장스러울 것 같아서 그대로 집을 나와 동구 밖을 빠져서는 되도록 한길을 피해서 산기슭으로만 끼고 돈다. 치수한테는 자칫하다가는 저승길이 될지도 모르는 길이다. 그렇다고 가지 않고는 또 못 견디는 치수였다.

김 승지 집 뒤를 빠져나가면 태봉 밑까지 오 마장도 채 못 되는 길이었다.

그러나 동구 밖까지 망을 보이는 김 승지니 제 집 변두리는 철옹성처럼 둘러쌌을 것이다. 그런 줄 알고서야 일부러 불을 쥐고 화약 속으로 뛰어들 까닭은 없다.

'젠장 무슨 늄의 한식이 이렇게 달 밝은 날에 들더람…….'

지금까지는 매해 칠칠 그믐밤이었었다. 그래서 어떤 때는 달이라도 좀 있었으면 했더니만 오늘은 달 밝은 것이 되려 한이 된다.

눈앞에 희끄무레한 것이 보이기만 해도 벌써 머리끝이 쭈뼛해진다.

'오늘은 궐을 할까?'

치수는 몇 번이나 발을 멈추었다. 이상하게 불안하기만 한 것이 꼭 무슨 일이 일어날 것만 같다. 그래서 두어 발 되돌아서 오려는데 문득 얼마 전에 꿈꾼 생각이 난다. 비가 주룩주룩 오는 날 성묘를 않고 잠을 자려니까 아버지가 와서 흔들어 깨우면서,

"난 일 년에 한 번 널 보는 것이 큰 낙인데 비 좀 온다구 이렇게 잠만 자느냐?"

이렇게 꾸지람을 듣던 꿈이었다.

'아니다! 가야지. 설마 죽기밖에 더하랴. 어떤 늄이든지 다달리기만 해봐라! 술병으로다 해골을 빠개놀 테니!'

치수는 다시 발을 돌이켰다.

그는 될 수 있는 대로 한길을 피했다. 보리밭도 피했다. 돌창이 있는 데서는 돌창으로 뛰어들어서 기어가다시피 했다. 성황당 먼저 산소 자리가 저만큼 보였을 때였다. 치수는 희끗 움직이는 사람의 그림자를 보았다고 생각했다. 그것은 정녕코 사람이었다. 그 그림자는 치수를 보고서인지 성황당을 끼고 돌아가버린다.

성황당은 샘골서 미륵동으로 들어오는 바로 길목에 있었다. 치수는 그 사람의 그림자를 본 순간부터 엎드려 기기 시작했다. 되도록 발목으로 기어서 산기슭을 타고 숲이 우거진 골짝까지 들어온 때는 등골에 땀이 다 흥건했었다. 인제는 되돌아갈 수도 없다. 골짝을 타고 올라가는 것밖에 방법은 없었다.

'사람이 죽으면 한 번 죽지 두 번 죽으랴! 어떤 늄이든지 다닥들기만 해봐라!'

치수가 수풀질 등성이를 넘어서 약물터 골짝으로 접어들었을 때다. 이번에는 사람은 보이지 않았으나 분명히 인기척이 난 것 같다.

나뭇가지를 휘어감았다 놓는 소리가 저 뒤에서 들려온 것을 보면 정녕코 이놈이 뒤를 밟는 모양이다.

그러나 그때까지도 치수는 기연가 미연가 해서 이를 악물고 큰 골짝 바위 밑에 가서 납짝 엎드리어 동정을 살피고 있는데 더 의심할 여지도 없는 사람의 소리가 났던 것이다.

"컥──."

그것은 기침 소리였다. 참느라고 애를 쓰다가 불시에 튀어나온 기침 소리임에 분명했다.

'인전 죽었구나!'

이렇게 생각하니 더 징컨하니 엎드려 있을 수도 없다. 그래서 치수는 골짝을 끼고 태봉으로 들고 뛰었다. 성묘도 제사도 벌써 그의 머릿속에는 없었다. 그의 손에는 술병도 없었다. 그 대신 돌이 한 개씩 쥐어져 있었다. 손아귀에 꼭 드는 돌들이었다. 닥치기만 하면 상판을 후려칠 작정이다.

'오냐! 이판사판 죽긴 마찬가지다. 어떤 눔이든지 다 걸리기만 해봐라. 그냥 죽지는 않는다.'

치수는 손아귀에 힘을 부쩍 주었다. 그리고는 큰 바위를 등에 지고 대기의 태세를 갖추는 것이었다. 퍼뜩하면 들고 칠 작정이었다.

먼 데서 늑대 우는 소리가 난다. 젖을 못 먹어 재촉을 하는 갓난아이의 울음소리 같은 소리다.

'조런 배라먹을 눔의 늑대!'

늑대 소리에도 치수는 별로 무서운 줄은 몰랐다. 지금의 치수한테는 사람이, 김 승지네 하인들이 늑대는 커녕 호랑이보다도 더 무서운 존재였다.

'오냐, 뭐든지 다 갈려라. 손독 잔뜩 들이었겠다. 한 번 얻어 걸려놓으면 된다!'

치수는 나타나기만 하면 영락없이 맞출 것처럼 서둘러댄다.

그러나 한참을 기다려도 사람도 늑대도 나타나지를 않는다. 이마에서는 진땀이 뚝뚝 떨어진다. 치수는 위선 땀을 씻고 숨을 돌리었다.

"깩 깨옥 깨옥!"

또 늑대가 운다. 이번에는 치수가 있는 데서 그렇게 멀지도 않은 곳에서다.

"깩 깨옥 깨옥!"

두 번째 늑대 소리가 나더니 이 골짝 저 골짝에서 아이 우는 소리를 내고 떼늑대가 울어대기 시작한다. 저희들끼리의 무슨 암호인지 수놈이 암놈을 찾는 소리인지 응애응애 하는 갓난아이 우는 소리가 나는가 하면 깨옥깨옥 구역질하는 소리를 내고 울어대는 것이다.

'저 늑대 소리를 내가 사람의 기침 소리로 잘못 들었던 게 아닌가?'

치수는 이런 생각도 든다. 그렇게 생각하고 나니 그런 것도 같다.

'그러면……아까 산등성이에서 희뜩 보이던 것은…….'

그러면 그렇지. 아무리 망을 본다기로니 이 밤중에 이런 깊은 산중까지 올라왔을 것 같지도 않다.

'아무래도 그런가보다. 내가 뭣에 홀린 게야…….'

치수는 정신을 가다듬어본다. 다리를 꼬집어도 보았다. 역시 아프다. 정신을 잃지는 않은 모양이다.

돌을 쥔 채 주먹을 이마에 대어보니 머리가 불덩이 같다. 그래도 늑대는 울음을 그치지 않는다.

늑대도 늑대려니와 늑대 소리를 듣고 범이 나올까 그것이 걱정이다. 오봉산에서는 몇 해에 한 번씩은 범이 나와서 나무꾼들을 해치었던 것이다.

'여태 살다가 자식두 못 보구서 호랑이 밥이 되어?'

생각만 해도 기가 칵 질린다.

얼마를 그 자리에 앉았으려니 늑대 소리도 그치고 깊은 산중은 바삭 소리도 없다. 치수는 가만히 몸을 일으키어 사방을 보살펴보니 아무데도 사람의 그림자는 보이지 않는다.

'아무래두 내가 지레 겁을 집어먹은 거여…….'

치수는 골짝을 타고 되내려오기 시작했다. 손에는 여전히 돌이 쥐어져 있었다.

치수가 옴당우물 바로 위까지 내려왔을 때다. 이 우물에서 등성이를 하나 넘으면 치수 아버지 원 첨지의 면례 자리인지라 그는 모들뜨기 숨을 쉬고서 큰 바위를 끼고 기고 있었다. 그때 버석 하는 소리가 또 분명히 났던 것이다.

치수는 또 가슴이 덜컥했다. 그는 자기도 모르게 또 바위 뒤에 짝 붙어서서

128

숨을 죽이고 있으려니까 도깨비 같은 녀석이 우물 쪽으로 비탈을 타고 내려오고 있다. 인제는 더 의심할 여지도 없었다. 치수는 몸을 도사리었다. 그리고 바위 뒤로 살짝 피하고서 놈이 오기만 기다렸다. 자기 앞을 지나치기만 하면 뒤통수를 후려쳐서 위선 거꾸러뜨리고 볼 작정이었다. 발소리는 사뭇 가까워오고 있었다.

그러나 그것은 후려쳐서는 안 될 사람임을 치수는 모르고 있다. 그것은 장쇠였기 때문이다.

그러나 치수가 그것이 장쇠인 줄을 모르듯이 장쇠도 치수인 것을 모르고 있다. 치수는 치수대로 손아귀에 쥔 돌에 힘을 부쩍부쩍 돋우고 있고 장쇠는 또 장쇠대로 김 승지네 하인인 줄만 알고 서로 벼르는 것이다.

그러면 장쇠가 이 깊은 밤중에 어떻게 오봉산 속에 나타났을까.

거기에는 또 그럴 내력이 있다.

장   쇠

갑오년이라면 서력으로 일천팔백구십사 년, 즉 지금으로부터 오십오 년 전으로 우리 나라가 동학 난리로 발칵 뒤집히던 해다.

그러면 이 동학 난리는 어떻게 일어난 난리인가?

시초는 전라도에서부터다.

전라도 고부(古阜)란 고을이 있었다. 전라도 변경으로 정읍(井邑)과 부안(扶安) 사이에 있는 조그만 산읍이니 김제 들(平野)과 함께 전라도에서도 예로부터 일컫는 곡창이다.

때는 수백 년 내려온 당파 싸움과 정권 싸움으로 나라가 어지럽기 이를데 없었던 이조 말엽이다. 나라가 그 꼴이 되는 것을 본 세력 있는 양반과 권세를 가진 관리들은 이조가 조만간에 거꾸러질 것을 눈치채었다.

임진왜란 이후로 우리 나라를 먹으려고 호시탐탐하여 눈독을 들이고 있는 왜국한테 먹힐지, 수천 년을 두고 자기 속국처럼 다루어오던 중국이 먹을지, 또는 계룡산 정 도령이 들고 일어날지 그것은 똑똑히 몰랐지만 멀지 않은 장래에 이씨의 조정이 뒤집히리라는 것만은 누구나 의심치 않고 있었다.

이렇듯 나라가 어지러울 때면 이 쓰러지는 국권을 바로잡아보리라고 나서는 애국 지사도 있으련만 백성들은 이씨 조정에 대해서는 벌써 아무런 미련도 없었다. 날이 갈수록 탐관 오리만 늘어가고 권세 싸움에만 눈이 팔리어 백성이야 죽든 말든 돌보는 사람도 없다. 그러니 뉘놈 판이 되든간에 양반놈 세도나 한 번 뒤집히어보면 할 뿐이다.

"정 도령이 나오든지 박 도령이 나오든지 나오기나 했으면 좋겠다. 이 등쌀에야 사람이 배겨날 수가 있다든가…… 우리네 백성들이야 정가면 어떻고 박가면 어떤가. 그저 들볶지나 말았으면 그만이지……."

누가 왕이 되든, 누가 정권을 잡든 맘과 몸이나 좀 편했으면 하는 것이 백성들의 소원이었다.

"딴 임금이 나오면 별수있다던가? 또 정씨가 나와도 그렇고 박씨가 나와도 그렇지. 누가 나오든간에 양반 중에서 나오겠지. 우리네 상사람한테야 차지가 될 리두 없잖나베. 그럴 말이면사 둘러치나 메어치나 마찬가지지."

"그래두 임금이 바뀌면 좀 낫겠지."

"낫긴 뭘, 잃는 소리가 없으니까? 다 매일반이어. 세도가 이 양반에서 저 양반한테로 넘어갔다뿐이지 우리네 백성들 들볶이기야 마찬가지래두."

이렇게들 단념을 하면서도 백성들은 설령 지금보다도 더 큰 곤경을 겪는 한이 있다더라도 못된 양반놈들이 거꾸러지고 마음 착한 양반들이 세도를 한 번 잡아보았으면 하고 은근히 바라도 보는 것이다.

그럴밖에, 나라가 어지러워지니까 이럴 때 못 먹으면 언제 먹어 보겠느냐고 고관 대작들은 막 싸구려를 불러가며 벼슬을 팔아 먹기 시작한 것이다. 윗물이 흐리니 아랫물도 자연 흐릴 수밖에 없다. 권세 좋은 양반은 더 말할 것도 없지마는 토반들까지도 제각기 양반값을 해보겠노라고 죄 없는 상사람들을 잡아다가 꿇리고 생트집을 잡기에 눈이 뻘겋다. 그러니 죽어나느니 백성들이었다.

그뿐이 아니었다. 같은 양반들끼리도 동인이다 서인이다 갈려서는 대가리가 터지게 싸웠고 동인이 다시 남, 북(南北), 북인이 다시 대북, 소북(大北, 小北)으로 갈리고 같은 서인끼리도 노론과 소론으로 갈리어 서로 혼인을 하지 않는 것은 말할 것도 없지마는 나라일로 부득이 서로 만나지 않으면 안 될 경우면 병풍을 치고서 말만 교환을 하는 판이었다.

여기에다 여러 가지 학파(學派)까지 생기어 무오·갑자·을묘·을사 등의 사화(士禍)를 겪은 선비들끼리의 싸움까지 덮치어놓니 볶여대는 것은 애매한 백성들뿐이다.

말하자면 동학란이란 이 백성들의 원성이 터진 것이지만, 발단은 '만성보'라는 저수지 때문이었다.

만성보는 천연적으로 생긴 저수지다. 이 저수지는 김제 평야 일대의 만여 석지기 옥답에 물을 대주는 늪이다. 이 보는 이 일대 농민들의 생명수와도 같은 보배였다.

그래서 매해 이 평야의 주민들은 부역을 내어 못을 수리하고 방축을 쌓고 도랑을 내어 그 유지에 갖은 노력을 하고 있었다.

이때 새로이 원이 왔다. 조씨였다.

조 군수는 사람이 졸렬하나 욕심은 많은 사람이었다. 기실 이 고을에 오게 된 것도 사람이 투철해서도 아니요, 인덕이 있어서 나라의 명을 받아 부임한 것이 아니다. 한참 탐관 오리들이 양반과 벼슬을 팔아 먹던 시절이라 조 군수도 많은 뇌물을 주고 원을 사가지고 온 것이다. 관리가 아니라 한 장사꾼이었다. 원 자리 하나에 천 냥을 줄 제는 그 몇십 배 남길 자신이 있어서다.

새로 온 원님은 도임하는 길로 상사람과 중인들 중에서 돈이 있음 직한 사람들을 하나씩 둘씩 잡아다가는 모든 관리와 양반들이 하듯이 혹은 상피를 붙었다 하고 혹은 관가를 비방했다는 구실을 붙이어 매도 치고 옥에도 넣고 하여 돈을 짜내기 시작했었다.

그러나 좁은 고을인 데다가 모두가 소작인들인지라 몇 달 짜내고 보니 짜낼 대상이 없었다.

'허, 이거 오그랑장사를 했나보다!'

신관 사또는 한숨을 내쉬었다. 원 자리를 하나 얻느라고 정말 많은 공도 들였고 뇌물도 많이 바치었었다. 나라를 위해서도 아니요, 백성을 생각하고서 한 벼슬이 아니다. 오직 천 냥 밑천으로 만 냥 장사를 하기 위해서 한 노릇이 밑천도 잘 빠지지 않을 것 같다.

원은 초조했다. 밤잠이 안 온다.

이렇게 비관한 신관 사또는 울적한 심회를 풀려고 뒤뜰로 산책을 나갔다. 그 길에 굉장히 큰 연못을 발견했던 것이다.

'됐다!'

하고 원님은 무릎을 쳤다. 한 마지기에 한 말씩만 물세를 받아먹어도 이 벌에서 몇천 석의 물값은 나오고보니 이만한 재원으로 몇 해만 긁어들이면 사또의 밑천이 나오느니라 한 것이다.

신관 사또 조는 이튿날로 포고를 내리어 전 군민에게 만성보 수축을 위해서 부역을 나오도록 명령했다.

이 포고를 본 백성들은 만세를 부르고 좋아했다.

"과시 명 사또님이시다. 백성들을 위해서 우리 만성보를 고쳐주신다."

모두 이렇게 기뻐하여 너도 나도 부역을 나갔다.

그러나 사또는 백성들을 위해서는 아니었다. 수축이 끝나자 그 해 가을에 매 마지기에 적은 것이 한 말이요, 많은 것은 너덧 말씩이나 물세를 내라는 것이다. 어처구니없는 소리였다.

"아니 그래, 그 보가 제 집 보란 말인가. 우리의 보를 우리가 고치고 물세는 제가 받아먹고——."

그러나 이불 안의 활개춤이다. 누구 하나 입 밖에 내어 조 군수를 비난하는 사람은 없었다. 우리가 피땀을 흘려서 수축한 만성보에 물세라니, 어디 당한 소리냐고 느티골 어느 누가 비방을 했다는 소리를 들은 조 군수는 당장 느티골 이십 호의 남자들을 모조리 잡아다가 대통 볼기를 쳤기 때문이었다. 그런 소리를 한 것이 누군지 판명이 안 되니까 동네 전부가 죄를 받아야 한다는 것이다.

느티골 사건이 있은 뒤로는 말도 못 하고 벙어리 냉가슴 앓듯이 얼굴만 서로 맞쳐다보고 있을 때다. 양반의 토구질과 고관 대작들의 벼슬 팔기, 이렇다 할 죄도 없는 백성이 매를 맞고 신음하는 소리가 삼천리 방방곡곡에 날로날로 높아감을 보고 이 어지러워진 국정을 바로 잡아야 하느니라고 들고 일어난 백성의 떼가 있었으니 그것이 곧 동학당이다.

동학당은 오래 전부터 지하 공작을 해온 터라 세포 조직은 길처럼 삼천리에 뻗치어 있었다. 고부에도 부안에도 동학당의 세력은 날로 커갔고 무고한 백성들 사이에는 양반들의 무서운 학정에서 구해야 한다는 소리가 높아가던 터라 동학당에서는 이 고부 농민들의 억울한 심사를 이용키로 하고 겨울 동안에 농민들의 집을 가가호호 방문을 해서 충동이를 시키었던 것이다.

"옳소! 옳은 말씀이요!"

동학당의 말은 어디 가서나 환영을 받았다. 동학당은 드디어 반란을 일으키기로 하고 격문을 뿌리었다.

격문의 글 뜻은 이런 것이었다.

'……오늘날 어지시고 인자하신 성상(聖上)을 어진 백성과 정직, 총명한 신하로서 모시어 요순지화(堯舜之化)에 문경(文景)의 정치로 국태민안을 꾀해야 함에도 신하 된 자는 충성을 잃고 벼슬과 권세만 도적하여 충성있는 사람의 말은 오언이라 돌리고 정직한 사람을 모함하여 안으로는 보국의 인재가 없고 밖으로는 학정하는 관리가 많다……. 소위 공경(公卿) 이하 방백 수령들은 국가의 위태로움을 생각지 않고 자기만을 살찌우고 관직을 돈벌이로 볼 뿐이며 과거(科擧)는 벼슬을 파는 저자가 되어버리었다. 허다한 뇌물이 개인의 사복을 채우고 있어 국가의 재정은 말이 아니로되 교만하고 사치하고 음란하여 팔도가 어육이 되고 만민은 도탄에 빠졌다……. 나라와 백성을 생각지 않고 국록을 없앰이 어찌 옳다 할까보냐. 우리는 비록 재야의 유민이나 어찌 차마 국가의 멸망을 보고만 있으랴!'

이것이 동학당의 수령인 전봉준·손화중·김개남 세 사람의 이름으로 발포된 격문이었다.

이 격문을 본 고부의 농민들은 벌떼처럼 들고 일어났다. 물론 이렇다 할 무기가 있는 것도 아니었다. 몽둥이·죽창·낫·괭이·쇠스랑 등의 농구 같은 것이 그들의 유일한 무기였다. 대장은 전봉준이가 되고 손화중·김개남을 홍관령, 김덕명을 총참모로 삼고서 다시 격문을 발포하였다.

'우리가 의를 일으키어 이에 이르렀음은 그 본뜻이 다른 데 있지 않고 창생을 도탄에서 구해내고 나라를 반석 위에 두자 함이다. 안으로는 탐학한 관리를 내어쫓고 밖으로는 횡포한 왜적을 내어몰자 함이니 악독한 양반과 잔악한 부자 앞에 고통을 받는 민중이나, 방백(方伯)과 수령(守令) 밑에서 굴욕을 받고 있는 하급 관리도 우리와 함께 일어서라. 만일에 이 기회를 놓치면 후회하여도 미치지 못하리라!'

이 격문에서 동학당은 탐관 오리를 숙청할 것과 호시탐탐 우리 국토를 노리고 있는 왜군을 물리칠 것을 강조했던 것이다. 이 격문에 공명한 농민들은 동학당과 함께 봉기하고 말았다.

그러나 결과는 정반대로 외국으로 하여금 우리의 국토를 먹게 하는 구실과 계기를 만들어버리고 말았었다.

갑오년 정월, 고부에서 일어난 전봉준은 먼저 농민들과 함께 강제 물세를 받은 고부 군수 조병갑과 포악한 관리들을 잡아 가두고 고부를 점령하였다. 뇌물 창고를 열어 백성들에게 돌려주고 옥문을 열어서 토구질의 대상으로 갇히었던 무고한 백성들을 놓아주자, 전라도만 해도 정읍·태인·김제·무안·남원·보성·장성·전주 등 이십여 고을이 이에 호응했다. 충청도에서도 청주·충주·공주·서산·덕산·당진·홍주·안면도 등이 들고 일어났으며 경기도와 강원도는 물론, 황해도에서도 해주·신천·재령·안악·장연 등에서 양반들의 토구질에 견디다 못 한 농민들이 그야말로 벌떼처럼 일어나고 있었다.

이제 동학 반란군의 진군 상태를 보면, 공주 황토현(黃土縣)에서 제일차로 관군을 격파한 뒤 여세를 몰아서 사월 초열흘날에는 정읍·함평을 휩쓸고 장성 고을까지 점령하고 말았다.

이렇듯 연전 연패하는 관군의 패보가 나라에 이르자 조정에서는 청주 병사로 있던 홍계훈을 반란군 토벌 총사령으로 임명하고 관군 정예병 천 명을 거느리고 전주에 이르러 전봉준이 주둔하고 있는 장성을 향하여 남쪽으로 쳐내려왔으나 동학군은 접전을 피해서 흥덕·부장·무안·영암·강진 등 고을을 거치어 퇴각을 했었다.

이 동학군의 퇴각 전술에 속은 관군 사령 홍계훈은 이를 동학군의 패전으로 알고 장성으로 들어가고 있었다. 이때는 관군도 몹시 피로했었고 군기도 어지러웠다. 이 틈을 타서, 동학군은 대거 역습 작전으로 나아가 크게 패한 관군은 영광으로 패주하고 말았다.

그러나 동학군은 달아나는 관군을 영광으로 쫓지 않고 태안과 김제를 거쳐서 전주성을 쳐들어갔다. 동학 반란군은 벌써 몽둥이만 가진 군대가 아니었다. 장성에서의 관군과의 접전에서 얻은 무기로 전라도의 수부인 전주시에 피문을 열어 사월 이십팔일에는 벌써 전주를 점령하고 말았었다.

이 전주 패전의 보를 접한 조정에서는 싸우지도 않고 달아난 전라 감사 김문현은 귀양을 보내고 고부 군수 조병갑을 처형하는 한편, 김학진을 감사로, 엄세영을 삼남초무사에 임명하여 홍계훈과 협조케 하였다. 초무란 일종의 회유이니 지금 말로 하면 선무 공작인 것이다. 조정에서는 이 선무 사절 엄세영과 전라 감사 김학진으로 하여금 화평 조건을 제출케 하였던 것이다. 그 조건이란 이러했다.

첫째──동학당을 비적으로 몰지 않고 상당한 대우를 할 것.
둘째──일체의 양반과 부자의 채권을 파기하고 전당 잡은 전답을
　　　그대로 돌려주게 할 것.
셋째──탐관 오리는 그 죄상을 조사하여 철저히 처벌할 것.
넷째──포악한 양반과 부자들을 응징할 것.
다섯째──상사람들의 대우를 개선할 것.
여섯째──백성의 머리에 쓰게 하였던 패랭이를 폐지시킬 것.
일곱째──토지를 골고루 나누어 부치도록 할 것.
여덟째──정부 기구를 개혁하여 민심을 수습할 것.
아홉째──외적을 물리칠 충분한 시책을 강구할 것.

이러한 화평 조건으로 동학군은 전주성을 내어주었으나 각 지방에서 들고 일어나는 반란을 막을 길은 없었다.

정부는 드디어 청국에다 청병을 했다. 이것이 말썽이 된 것이다.

당시의 조정은 워낙 다급하니까 화평 조약을 맺었으나 임금의 명령은 통하지가 않았다. 임금을 싸고도는 탐관 오리와 탐관 오리를 싸고도는 부자들은 이러한 조정의 정책에 반대를 하고 동학당을 아주 섬멸해버릴

것을 주장했던 것이다. 그래서 청국에다 군사 원조를 청했고 청국은 엄지소에게 일천오백 명을 주어 유월에 아산에 상륙했고, 일본은 조선에 파병할 때는 두 나라가 협의하고 끝나면 곧 철병하기로 한 '천진 조약'의 위반이라는 구실로 일본 공사 '대조규개'가 군함 일곱 척에다 역시 일천오백 명을 싣고서 인천에 와서 닿았다. 동학당 난리를 진압하러 온 청국과 일본의 두 군사는 소사와 성환(成歡) 사이에서 일대 격전을 했었고 결과는 일군의 승리로 되었다.

조정은 인제는 일군에게 동학군 진압을 의뢰하지 않으면 안 되었고, 이때 우리 국토에 올라온 일군은 이 핑계 저 핑계로 사뭇 머물러 있게 되었고, 그 최후 결과가 한일 합방이란 국치를 가져오고 말았던 것이다.

이 동학당이 고부에서 막 오색 깃발을 날리기 시작했을 무렵인 갑오년 정월 그믐께. 때아닌 진눈깨비가 부슬부슬 내리는 어느 날 저녁 새이때경 경상도에서 충청도로 접어드는 문경새재(鳥嶺)를 넘어오는 세 사나이가 있었다. 이 새재는 높기도 하려니와 주위는 그대로 수백 년씩 묵은 울림이 들어서서 십여 명씩 작당을 하지 않고는 도적이 위험해서 못 넘는다고 예로부터 일러오는 후미진 고개다. 그래서 십여 명씩 작당을 짓고서도 아침결에나 넘는 것이 보통인데 또 셋이 더구나 저녁 새이때가 겨웠는데 별로 재우치는 기색도 없이 조령 관문 턱에 앉아서 담배를 피우고 앉았던 것이다.

행색을 보면 하나는 바지 저고리에 수건을 동이고 짚으로 윗대님을 깡뚱하니 치고 옆에다 대통지게를 버티어놓고 있는 폼이 통메는 장수인 듯싶은 것이, 나이는 사십은 되었겠고 바른편에 쪼그리고 앉은 사내 역시 부피도 적지 않은 봇짐을 놓고 있는 꼴이 필목장수인 듯싶다. 이 사람 나이는 스물세넷쯤 되어 보인다. 나머지 하나는 회초리만 하나 든 것이 어찌보면 소장수 같기도 하다. 나이는 스물칠팔 되었을까.

"지금쯤 우리 고장엔 쑥밭이 됐을 게다."

나이 사십쯤 된 통장수가 담뱃대를 신바닥에다 툭툭 털면서 하는 소리다.

"우리 집은 우얘 됐을꼬?"

시름이 없는 것이 걱정이 되는 눈치다.

"에라 이 문둥아. 큰일 할락하는 사람이 우리 집, 우리 집 해쌓는고. 그까짓

쓸데없는 말 말라 해두 그래쌓잖는가. 내사 늙은 어매 혼자 두구 오잖았
능교?"

나이 제일 어린 황아장수가 핀잔을 준다.

"허, 우리 김동패가 또 구박을 맞잖어? 다신 그런 소리 않기루 하구서
왜 자꾸 그래유 글쎄."

소장수의 말이다.

"지랄한다. 사람이 도척이 아닌 담에사 우얘 집걱정이 안 날건고? 원동팬
고향 땅에 들어서니깐두루 맘이 턱 뇌는 기지라?"

"흥, 모르는 소리지. 말이 고향이지 집에 들어가볼 계제나 됐으면 좋
겠어유."

하고 젊은 사람이 한숨을 후유 쉬더니 푸시시 일어난다.

"젠장 그래 쌍눔 된 죄가 이렇게두 크드란 말인가…… 허지만 어디 보자
지…… 김 승지란 눔 이번에두……."

장쇠일시 분명하다.

그렇다.

그것은 삼 년 전 미륵동을 빠져나간 원 장군 장쇠였다.

집을 나간 뒤 장쇠는 단양으로 풍기로 엿목판도 지고 다녔고 산에서
대사를 만난 것이 인연이 되어 한 일 년간은 머리를 깎고 중노릇도 해
보았었다.

그러나 배운 것도 없으려니와 중 생활은 그의 체질에도 맞지 않아서
불공을 드리러 온 노파를 따라서 다시 속세로 내려와서 남의 집 머슴을
사는 동안에 자기도 모르게 동학당의 세포 조직체인 '포(包)'에 들게 되
었다.

장쇠가 포에 든 동기란 아주 단순한 것이다. 동학당끼리는 양반도 없고
상눔도 없고 백정도 없었다. 모두가 서로 네니 내니 했고 동패 동패 한다는
것이다.

그러나 장쇠가 그 동학당 포에 들게 된 직접 동기는 장쇠를 성님 성님
하고 따르는 점득이 때문이었다.

점득이는 문경 근읍에서 판을 치는 씨름꾼이다.

가던 날이 장날이라고 장쇠가 또다시 엿목판을 걸머지고 이월달에 경상도

상주 땅에를 들어서니 상주 읍에서는 마침 씨름판이 벌어져 있었다. '별신장'이란 광대가 다 들어오고 한쪽에서는 인형극(人形劇)인 '박 첨지'를 놀리고 법석들이다. 투전판도 벌어졌고 여기저기서 돈도 치고 있었다.

낮에는 늙은 중의 염불 소리와 밤에는 기가 나서 울부짖는 범, 개호주, 늑대, 여우 같은 산짐승들의 울음소리만 듣고 일 년 남짓이 살아오던 장쇠한테는 별유천지였다.

장쇠는 신명이 저절로 났다.

위선 객주집에다 엿목판을 맡기고 씨름판으로 나가보았다. 마침 포씨름이 시작될 무렵이다. 가게로 들어가서 국밥에 막걸리 한 사발을 들이켜고 있으려니까,

"올핸 암만 해두 문경으루 가겄는디. 허우대두 크지만 눔의 몸이 제비처럼 날쌔게 상겼더라."

옆에서 술을 마시고 있던 사나이가 이런 소리를 한다. 그래 장쇠가 넌지시,

"문경서 씨름꾼이 예꺼정 왔나유 ?"

하고 물으니까,

"그렇다우. 작년 백중엔 예천까지 가서 씨름을 앗아왔답디다요."

밥을 먹고 갔을 때는 정말 황소 같은 장정들이 얼려 있었다. 포씨름의 마지막 판인 성싶다.

포씨름은 상주 사람이 앗아가고 상씨름이 벌어졌다. 장쇠는 딴 사람이 들어올 적마다 저 사람이 문경 씨름꾼이냐고 물어보았으나 모두가 아니라 한다.

저녁을 먹고서야 한 장정이 나타나니까 모두들 웅성댄다.

문경서 왔다는 씨름꾼인 성싶었다.

과연 기운도 세었지만 재치가 있다. 셋, 넷, 다섯, 들어오는 대로 팽이처럼 돌리고 꼭뒤를 짚어 내동댕이도 치고 배지기·무릎치기·복상거리, 안 하는 장난이 없다. 씨름꾼이 뚝 그치었다.

"자, 씨름 나간다…… 문경이 상씨름 앗아간다…… 없느냐 없어 ?"

장쇠는 결심을 하고 썩 나섰다. 장쇠가 나가니까 주최측에서는 대환영이다. 상씨름까지 나가놓으면 별신장도 깨어지고 말기 때문이다. 관중도 아우성을 쳤다. 노름판도 '박 첨지 노름'도 다 깨어졌다. 군중이 몇 겹으로

둘러 싼 가운데서 호랑이와 사자의 싸움 그대로의 씨름판이 벌어졌다. 모두들 손에 땀을 쥐었다. 소리도 지른다. 밀고 밀리고 무릎 치는 소리가 흡사 볼기치는 소리처럼 요란했다. 씨름에는 끝이 없다. 언제든지 승부가 나야 끝이 나는 것이다.

"와——."

고함 소리가 났다. 그러나 승부가 난 것이 아니라 깔렸던 것이다. 다시 둘이 맞붙었다. 그래서 겨우 승부를 내고야 말았다. 장쇠가 이겼던 것이다.

문경에서 와서 진 사람이 점득이었다.

점득이라면 경상도뿐만 아니라 영남 일대에서도 씨름꾼으로 자타가 다 인정해주던 역사였다. 이 씨름꾼이 진 것이다.

비록 무식도 했고 씨름에는 졌지만 점득이도 보통 사람은 아니었다. 이런 때 대개는,

"그깐 눔! 내가 힘이 모자라서 졌나! 운수가 나빠서 졌지!"

이렇게 앙심을 먹는 것이 보통이다.

그러나 점득이는 안 그랬다.

장쇠는 그날 밤 점득이의 방문을 받았다. 돼지다리 두 짝과 술 한 단지를 들고 장쇠를 찾아와서,

"오늘부터 성님(형님)으로 모시겠소!"

하고 절을 넓죽 했던 것이다.

장쇠와 점득이는 그날 밤 술 한 단지를 다 기울였다. 그리고 일평생 목숨을 같이하기를 맹세했던 것이다.

장쇠는 그날부터 점득이네 집으로 들어갔다. 점득이 또한 양반들한테 달달 볶이는 사람 중의 하나다. 그의 아버지는 양반이 지나가는데 절을 늦게 했다고 시비가 되어 하인들한테 몰매를 맞고서 시름시름 앓다가 그만 죽어버렸던 것이다.

이 점득이와 장쇠가 만났으니 양반 이야기가 아니 나올 수 없다.

"오냐. 두고봐라. 설마 음지도 양지 될 때가 있겠지! 우리도 같은 사람으로 태어나서 대대손손 그눔들의 종노릇만 하겠느냐!"

"암, 그렇구말구유. 성님!"

이렇게 가슴에 맺힌 원한을 풀 길이 없어 몸부림을 치는데 전라도 일대에

소위 동학당이라는 것이 들고 일어났던 것이다.

"듣건데 동학당은 가난한 백성의 편이라드라. 어지러워진 정치를 바로 잡고 없는 놈의 피를 빨아먹는 못된 양반과 관리놈들을 모조리 잡아죽이고 종문서와 빚문서를 불사르고 노적은 헤뜨리어 백성들을 먹인다니 이 얼마나 장한 노릇이냐. 물론 나랏일에 반기를 들고 일어나는 것이 역적임에는 틀림이 없다마는 상감께서야 이런 나쁜 놈들이 백성을 다스리는 줄 알지도 못할 것이다."

"모르시구말구요!"

이런 이야기를 주고받는 동안에 둘은 동학당에 가담하고야 말았던 것이다.

장쇠가 충주로 들어오는 것도 이 동학당과 연락을 하기 위해서였다. 지리를 잘 아는 까닭도 있었지만 어떻게든지 이 근방에만 오면 미륵동 소식도 좀 들을 수 있으리라 했던 것이 장에 들어서는 길로 대장수한테 들키었던 것이다. 절통하지만 길을 바꾸어 강원도로나 들어갈밖에 없었다.

치수는 육십 평생 단 한 번도 사람을 해치겠다는 생각을 먹어본 적이 없는 사람이다.

그리고 또 사실 단 한 번도 남의 살에 손찌검을 한 일이 없이 깨끗하게 육십 년간을 살아온 사람이기도 하다. 그러나 이것도 치수가 그렇게 노력했다는 것은 아니다. 노력이라기보다는 그가 천성으로 타고난 심지가 그랬던 것이다.

"치수야, 아예 남을 해할 생각은 먹지 말아라. 절하구서 뺨 맞는 일은 없는 법이다. 네 보렴. 남을 때린 사람은 다리를 뻗고 잠을 못 자도 남한테 맞인 사람은 다리를 뻗고 잠을 자는 게니라."

이것은 치수가 어렸을 때부터 아버지 원 첨지한테서 들어 온 가르침이었다. 그의 아버지는 치수처럼 무식은 했어도 마음이 착하기 이를 데 없었고 또 심지가 깊은 사람이었다. 이 아버지의 뜻을 받았다기보다는 얼굴 생김생김이며 말소리며 심지어 걸음걸이까지도 아버지 원 첨지를 닮은 원치수였다.

"부자지간이니 닮지 않을 리두 없겠지만 내 저 사람네 부자처럼 닮아갈까. 꼭 빼다꽂았다니까!"

동네 노인들이 치수가 장성할 때부터 일러오는 소리였다. 사실 치수 자신 자기의 모든 버릇까지가 아버지를 닮았다고 생각하는 것이다. 더욱이 기침 소리와 재채기가 그랬다. 제가 한 재채기에 제가 스스로 놀랄 때가 있었다. 입은 제가 벌리고 재채기 소리는 아버지 목에서 터져 나오는 것 같은 착각을 일으킨 적두 한두 번이 아니다. 그러니 남이 안 속을 리 없다.

"아이 망한 것…… 닮는다 닮는다 해두 너처럼 닮는 건 첨 봤다. 난 꼭 느 아버지인 줄 알았구나."

치수의 어머니까지가 늘 들으면서도 남편과 아들의 재채기 소리를 분간하지 못할 정도였으니 남이 속는 것은 지당한 일이다.

다만 치수가 그의 아버지 원 첨지를 안 닮은 점은, 첨지는 절대로 쇠고기를 먹지 않았지만 치수는 먹는 것뿐이다.

그렇다고 원 첨지가 쇠고기를 먹으면 두드러기가 나는 체질은 아니었다. 네 발 가진 다른 짐승의 고기도 다 먹었고 어려서는 쇠고기도 회를 치게 좋아했으나 철이 들면서부터 일체 입에다 대지 않아 온 것이다.

"쇠고기만 보면 우리 복이 생각이 나서 원!"

입버릇처럼 이렇게 말하던 첨지였다.

첨지는 소만 사면 마치 자식처럼 '복'이니 '돌'이니 하는 이름을 붙이어 부르는 것이다.

"찰 농사꾼이 어떻게 솔 먹는가."

이러한 아버지의 고운 마음씨를 받아 또 그대로 깨끗이 육십 평생을 살아온 치수가 지금 사람을 해치려는 것이었다. 물론 치수가 그런 행동을 할 순간에는 남을 해친다는 의식조차도 없었지마는 그 결과는 사람을 죽이게 될지도 모르는 일이었다.

항차 그것은 자기의 사랑하는 아들 장쇠가 아니던가.

만일 치수가 집을 떠날 때부터 겁만 안 집어 먹었다면 이 근방까지 장쇠가 온 것도 알고 한식날 밤이면 치수가 성묘를 오리라는 것을 장쇠도 알고 있는 터고 보니 혹 그것이 장쇠나 아닌가 하는 생각이 들었을는지도 몰랐을 것이다. 그러나 지금의 치수는 겁에 들떴었다. 번개처럼 해치울 생각밖에는 없는 사람이었다.

그러나 여기에 기적이 생기었다. 치수와 그 사나이와의 상거는 불과 한

간통 좀 남짓하게 밖에 안 되었고 목숨을 걸어 잔뜩 겨눈 겨냥이었고 보니 응당 단판에 픽 쓰러졌어야 할 사나이가 무슨 소리인지 알아듣지도 못할 외마디 소리를 치더니만 홱 몸을 돌이키며 방위의 태세를 갖춘 것이다.

"누구냐?"

이 고함 소리는 찡하고 치수의 귀를 울렸을 뿐이었다.

'인전 죽었다!'

그 소리를 들은 무서운 찰나에 치수가 깨달은 것은 이것뿐이었다. 머리가 쭈뼛해지며 뿌예진 눈에, 그 사나이가 두 손으로 번쩍 든 몽둥이를 본 것도 그 같은 순간이었다. 아니, 이 무서운 적의 고함 소리를 듣고 몽둥이를 발견한 그 순간이 채 끝나기도 전에 재차 고함 소리가 휘몰아친다.

"손을 들어라! 안 들면 죽인다!"

그러나 여기에 또 한 번 기적이 일어났다.

겁결에 손을 번쩍 든 치수 앞에 그 사나이는 고꾸라지듯 내달으며 소리를 지른 것이다.

"아버지! 아버지 아니셔유!"

치수는 너무도 뜻밖이어서 자기도 모르게 한 걸음 썩 물러섰다.

"아니, 네가 장쇠냐!"

"야, 장쇠여유, 아버지!"

아들은 절을 넙죽 한다.

"후유! 인전 살았나보구나!"

치수는 아들의 손을 붙들더니만 그대로 털썩 주저앉아버린다.

"오늘 여기만 오면 아버질 꼭 뵐 줄 알았지유. 그래 어제부터 이 근방을 빙빙 돌았어유."

장쇠도 아버지 앞에 도사리고 앉는다.

"내가 천치다. 난 네 생각은 꿈에도 못 하구서 꼭 김 승지네 하인눔들이 이 밤중에 성황당에 숨었다간 날 보구서 뒤를 밟는 줄만 알았구나. 너 성황당 고개 앞에 있잖았느냐?"

"야 거기서 전두 막 산으로 들어오던 길이여유. 그래두 전 아버질 통 못 보구 소리가 나는 건 즘생 발소린 줄만 알았어유."

"그래, 너 기침 한 일 있었냐?"

"기침? 야, 한 번 했어유. 참느라고 참는데 그만 컥 하구 나와서!"

"그럼 됐다! 인전 이 산중엔 우리 부자밖에 없나보구나."

치수는 그제야 겨우 안심을 한 듯이,

"자, 여기 이러고 있을 게 아니라 얼른 가서 성묘하구 어디루 가든지 가보자."

하더니만 정신을 차리어 바위 뒤에 내어던졌던 보따리를 들고 산소 쪽으로 간다. 산소라야 모르고 보아서야 산소인지 둔덕인지도 분간키 어려울 정도의 펑퍼짐한 흙더미다. 안표로 잔솔 몇 나무가 둘레로 섰고 넓직한 바위가 한 개 놓였을 뿐, 아무가 보아도 봉분 같지가 않다.

"겁결에 술병두 어디다 내버렸는지 모르겠구, 제물두 이 꼴이 됐으니……. 허지만 자식된 도리지 그러면 대수냐. 할아버지께서두 용서하시겠지."

이렇게 부자는 나란히 서서 성묘를 하는 것이다.

냉수도 떠놓지 못한 북어포 한 가지만의 성묘를 마친 장쇠 부자는 꼴짝을 타고 약물터까지 아무말 없이 내려왔다. 아무리 밤중의 산 속이라고는 하지마는 어디고 몸만은 감추지 않고는 마음이 놓이지 않았다.

그들이 찾아든 데는 범바위 밑이었다.

흡사 우렁이 속처럼 되어 안에 들어가면 도래방석 한 잎은 넉넉히 깔린다.

치수는 바위 밑으로 들어오더니 겨우 안심을 한 듯이 천천히 담배를 담으며,

"사람이 다급하면 다 그런가보구나. 아무리 뜻밖이라고는 하지만 부자가 서로 몰라보다니. 난 꼭 널 그눔들로만 알았구나. 그게 빗나가길 잘했지 정통으로 맞았더라면 어떡할 뻔했느냐. 진저리가 다 쳐지는구나."

하고 푸실푸실 이야기를 꺼낸다.

"전두 첨엔 아버진 줄 몰라봤었어유. 으레 오시려니 싶어서 퍽 유의해 보았는데 전 통 못 뵈었거든유. 아까두 돌이 귀빠우를 스치구 지나가서 홱 돌아설 때 그눔들 생각만 났지 아버지 생각은 못 했시유."

"그래 건 그렇구. 대관절 어떻게 이렇게 들어왔느냐. 꼭 죽었으려니만 했던 자식을 만나보니 좋기는 하다마는 장차 넌 어떻게 할 작정이냐."

"제 말을 했다구 승지눔이 대동볼기를 쳤다면서유?"

"대동볼기랄 것까진 없어두 며칠 발짝 뒤집어엎었더니라. 거기다가 뭐 동학당이 어디서 어떻구 어떻구 했다는 소문이 들린 뒤론 요샌 날마다 집 근처를 밤을 새워 망을 보이는 모양이구······."

"지키겠으면 지키라지유 뭐. 거 모두 인동 할멈년하구 편 노랑이 요사루 그렇게 된 거여유. 도적이 제 발이 저리다구 제 소문이 펑펑 떠도니까 겁을 잔뜩 집어먹구 김 승지한테 가서 장쇠를 동학당이라구 쑥썩거려놨거든유. 허지만 겁날 것 있어유? 하인으루 울타리를 하라지유."

"거 너 어떻게 그렇게 잘 아냐? 나보다두 더 소상하구나."

치수는 깜짝 놀랐다. 동네 소식에 자기보다도 자세하지 않은가.

"사람을 봐서 다 탐문을 해보았어유."

"그래, 그런가보더라. 인동 할멈과 노랑이가 부동이 된거야. 그렇잖아두 아까 느 어머니가 술을 받으러 갔더니만 그 불여우 같은 것이 네가 동학당이라구 그러더라는구나. 원 그런 몹쓸 늠의 마음 자리가 있단 말이냐."

치수는 동학당이란 데다 힘을 주어 말을 한다. 이 동학당이란 말을 듣고 장쇠의 낯빛이 어떻게 변하는가를 보지 못하는 것이 안타까웠다.

치수 자신은 아직까지 말만 들어온 그 동학군이란 것이 좋은 것인지 나쁜 것인지를 모르고 있으나 원을 잡아다 가두고 부자를 잡아죽이고 한다는 이야기만 듣는다면 그것이 무서운 당패라고 믿고 있기 때문이었다.

그러나 장쇠는 그 말에는 아무런 대꾸도 없이 불쑥 이런 소리를 하는 것이다.

"제가 아무리 세도가 좋다기로니 설마 음지가 양지될 때가 있겠지유. 무고한 백성들을 공연히 대추나무에 매달구 쳤으니 저두 한 번 매달려 봐야할 거 아니여유?"

"얘 장쇠야, 너 거 무슨 소리라구 하지야?"

아들의 말에 치수는 그만 질겁을 한다.

"너 지금이 어떤 세상이라구 그렇게 말을 함부로 하는 게냐. 낮말은 새가 듣구 밤말은 쥐가 듣는단다. 말 한 마디만 빗나가두 어느 귀신이 잡아가는지 모르게 덜미를 쳐가는 세상인데 부디 말조심해라 얘!"

"예——."

장쇠는 뜻밖에 다소곳이 대답을 한다.

그것을 보면 장쇠가 동학당이 아닌 것 같기도 하나 그래도 마음이 놓이지 않아서,

"너두 인저 나이 삼십이 불원하겠다, 객지로 삼 년이나 돌아다니어 세상 물정두 보아 알겠지만 태평 시대와 달라서 인심이 여간 강박해지지 않았느니라. 이런 세상일수록에 말을 조심해야지. 말뿐인가? 세 가지 병신이 돼야 하느니라. 귀머거리가 되어, 들어두 못 들은 체, 봐두 못 본 체, 벙어리처럼 입을 아주 봉하구서 살아야 해! 허구 천친 체해라. 천치 노릇이 젤야……."

이렇게 말을 하고 나도 그래도 미심쩍다.

"남이란 도시 믿을 게 못 돼. 사람이 사람을 서로 믿지 않는 것처럼 큰 죈 없다만서두 세상이 그렇게 된 거야 어쩌느냐. 양반의 칭찬 아닌 말은 모두들 죄로 돌리거든. 바른 소릴 한 마디만 해두 그만 역적처럼 모는구나. 어찌 그리두 고자질쟁이가 많은지 이쪽에선 믿거라 한 소리가 금세 양반 귀에 들어가서 죽일 눔 살릴 눔 법석이 나거든! 그것두 말한 대루나 전해졌으면 좋으련만 어디 그렇드냐, 보태지——보태기만 하면 또 좋게——이건 터무니없는 고자질을 해가지곤 생사람을 잡지 않느냐. 이렇게 지금 세상이야!"

무슨 말을 해도 잠자코 듣고만 앉아 있는 장쇠가 치수한테는 안타깝기까지 했다. 말 거취가 정녕코 요새들 떠들어대는 동학당에 관련이 있는 성싶어서 그것을 캐어보잔 것이나 얼굴도 보이지 않는 이 굴 속에서 눈치를 채어볼 재간도 없다. 그래서 치수는,

"그래, 그 동안 넌 어디서 뭘 하구 지냈느냐."

이렇게 넌지시 물어보는 것이다.

"별짓 다 했어유. 집에서 나가던 길로 중 노릇두 했구, 엿목판을 메구두 다니다가 지금은 문경서 남의 집을 살구 있어유."

"문경이라면 경상도 땅이 아니냐."

"예——."

"그래 거긴 어떻든? 소문 듣기엔 전라도와 경상도에선 지금 동학란 소리가 나서 동학군들이 관가와 양반의 집을 바수구 죽이구 야단이라든데?"

"거 모두 뜬소문이어유, 아버지."

"그래?"

뜬소문이 그렇게 여기까지 퍼질 리가 없는데 아주 잡아떼는 것이 치수한테는 더욱 수상쩍다.

"전라도에선 원을 모두 잡아죽이구 눈을 빼어내 꼬챙이에다 꼬여 가지구 다니구 법석이라면서? 여기서 듣기엔 괴산서두 양반들을 잡아죽이구 야단이 났다구들 그러더라——."

이 말에 지금까지 잠자코만 있던 장쇠가 불쑥,

"죽일 눔은 없애야 백성이 살잖아유."

하는 것이다.

치수는 그 말에 그만 가슴이 서먹해졌다.

그래도 치수는 아무렇지도 않은 듯이 아들의 말을 받아서,

"그야 죽을 죄를 진 사람두 많지. 허구많은 사람이 사람을 죽이기로 들면 끝이 있는 거냐."

"그야 양반이라구 다 죽이겠어유. 그 중에서두 무고한 백성들을 너무 몹시 들볶은 양반들이 더러 동학군들한테 혼이 나는 모양이더군유. 그야 할 수 없지 않아유."

말투가 사뭇 저도 동학당이란 투다. 치수는 망치로 덜미를 얻어 맞은 것 같았다.

장쇠의 그 괄괄한 성미에 정말 무슨 일을 저지를지도 모르는 일이다. 만일 그렇게만 되는 날이면 집안이 뿌리가 빠지는 판이 아닌가.

"애, 장쇠야."

치수는 아들의 손을 잡듯,

"너 혹 그 동학당인지 뭔지에 가담하지 않았느냐?"

버쩍 다가앉는다.

"지이가유?"

장쇠는 이렇게 되묻고는 한참이나 잠잠하다. 생각할 시간을 갖기 위한 모양이다.

"지가 뭣하러 그런 델 뛰어들어유. 그러구 거긴 들어가기두 퍽 어렵대유. 뭐 어떻게 보는 게 많은지 웬만한 사람은 금방 들여주지두 않구——."

이렇게 장쇠는 부인은 하나 그래도 치수의 귀에는 그것이 곧이 듣기지가 않는다. 암만 해도 자기를 기우하는 것만 같아서,

"아비 자식 새에야 뭐 못 할 말이 있겠느냐. 듣기엔 거시 상관이 있는 것 같은데 정말——."

"없어유, 아부지. 이치를 따지구 보면 그렇다는 말이지유. 저의 동네만 해두 그렇지 않어유 아부지. 저 김 승지 같은 눔을 그냥 두어서야 어디 우리네 백성들이 살 수가 있대유? 나라에선 그런 걸 모르거든요. 우리 미륵동에서 김 승지눔만 하나 쫓아낸다면 동네 사람들이 다 다리 뻗구 잘 것이 아녀유."

"허기야 그렇지, 미꾸리 한 마리가 온 웅덩이를 흐려놓지."

"그러니까 그런 나쁜 눔을 처치하는 것은 나라에서두 여간 좋아하시는 게 아니래유. 그런 눔들이 양반 세력을 빌려서 백성들의 피를 빨아서는 저의 눔들 배만 불리지만 한 푼 나라에다 바치질 않거든유. 그래노오니 나라에서야 돈이 있어야 일을 하지 않겠어유."

"말은 옳은 말이다."

치수는 이렇게 맞장구를 치다가 문득 자기도 모르는 사이에 장쇠 이야기에 끌려들어가고 있는 자신을 깨닫고 주춤했다. 그래서 쏟은 물을 긁어담듯 부산하니 한 말을 뒤덮고 있었다.

"말은 옳은 말이다. 허지만 세상 이치란 그렇게 경우대루만 되는 건 아니거든. 한두 사람이 세상을 뜯어 고칠라구 한다구 되는 게 아니란 말이야. 옳은 말이지, 허지만 이것을 몇 사람이 억지루 바루잡을런다구 잡아지는 게 아니라 세상 사람이 모두 다 그것이 잘못된 이치인 줄 알게만 되면 가만두어두 제절루 바루잡아지는 것이니라. 그러니 아예 남의 말만 듣구 그런데 뛰어들지 말아라. 만석꾼이 부자하구 정승은 하늘이 내는 법이니라. 세상 일이란 순조루 해야지. 너 생나뭇가지를 억지루 휘어잡아보아라! 그것이 분질러지면 다행이지만 휘어잡았다 놓치는 날이면……."

하다가 문득 말을 그치고 아들을 살펴보는 것이다.

그러나 장쇠는 쓰다 달다 말 한 마디도 없다.

이단자(異端者)

"글쎄 무슨 궁린지 모르지만 얘길 해봐라. 벙어리 냉가슴 앓듯이 너 혼자만 속에 넣어두구서 끙끙대면 남이 알 수가 있냐. 너만 앵하지. 어서 툭 털어놓구 얘길 좀 해봐요! 아버지한테야 어려워서 말을 못 할지 모르지만 어미한테야 뭐 못 할 소리가 있겠느냐."

그래도 아들은 들은 체 만 체다.

"그러지 말구 일어나거라. 너 하나 때문에 온 집안이 쌈한 집 같구나. 네 아내 때문에 그런다면 그렇다구 시원스럽게 말을 해. 이 세상에 아내 싫은 사람이 어디 너 하나뿐이겠느냐. 네 댁이 싫어서 그러거던 싫어 그런다구……."

어머니의 이 되뇌이고 되뇌이고 하는 소리에 아들은 귀찮은 듯이 이불을 푹 뒤집어쓰고 만다.

어머니는 긴 한숨을 찬찬히 내어뱉으며 아들 머리맡에서 물러앉는 것이다.——탑골 박 의관 집은 셋째 아들 일양이로 해서 깊은 수심에 잠겨 있었다.

박 의관의 부인 한씨만 하더라도 아들이 어째서 저렇게 싸매고 누웠는지를 전혀 모르지는 않는다. 제 아내 때문인 것이 분명하다.

생각하면 우스운 일이기도 했다. 나이 열세 살이면 어른들이 소금을 물로 끌래도 끌 때인데 장가 말만 나면 죽어라고 싫다던 것이며 조숙한 아이기는 하지만 싫고 좋고가 없을 나이에 초례청에서부터 제 댁을 송충이처럼 싫어하는 까닭을 알 수가 없다. 그야 신부집 양반만 보고 한 혼인이니 선을 본 것도 아니어서 새 며느리를 맞고보니 인물은 없었다. 일양이가 걸핏하면 말이니 노새니 하듯 되빡 이마에 하관이 빠르고 긴데다가 인중이 또 엄청나게 길어서 심사가 좀 좋지 않을 때 볼라치면 그야말로 먹을 것을 보고 주둥이를 내미는 말상 그대로의 박색이기는 했다. 그러나 지금 나이 스물둘이니 한참 필 때다. 샛노랑 반회장 저고리에 남치마를 입고 나서면 키가 후리후리한 게 몸매는 다른 두 며느리보다도 오히려 낫다. 거기에 또한 마음씨가 부드럽기 그지없어 초례청에서부터 남편 눈에 난 시집에서 그 무슨 즐거움이 있을까만 언제나 나글나글 웃는 낯이다.

일양이도 그때는 나이 어린 때라 내외 정이 있을 리 없겠지만 인제 열아홉이니 아내를 모를 때도 아니겠는데 제 방에는 통 근접도 하지 않으려 든다.

"얘, 너 어쩔라구 그러는 게냐. 남에게 못 할 일을 시켜두 분수가 있지. 그래 남의 집 귀한 자식을 데려다놓구 그거 무슨 못 할 노릇이냐."

어머니 한씨가 하도 보기가 딱해서 이렇게 주장질을 할라치면 일양이 는,

"제게만 못 할 노릇인가. 내게도 못 할 노릇이지——남의 자식한테만 맘을 쓰시지 말구 당신 자식 불쌍히 생각해보서요."

되려 오금을 박는다.

"버젓한 사람 보구서 말새끼를 데리구 살라는 부모가 글러요, 싫다는 자식이 글르대요?"

"원, 저런 늄의 말버릇 좀 보아. 얘 너 그것두 말이라구 하는 게냐. 양반의 집 며느리 인물이 그만하면 쓰지, 어디에 가서 양귀비를 데려다 줘야만 직성이 풀릴 뻔했드냐?"

"글쎄, 다 듣기 싫대두 그래요!"

그래도 나이 차서 철이 들면 나아지려니 했었다.

그러나 나이 먹어갈수록 일양이는 점점 더 빗나가는 것이었다.

어려서는 거들떠보지 않는 정도더니 나이 들면서부터는 사뭇 미워하는 것이다.

"저것두 제 딴엔 나두 사람이겠거니 하렷다? 계집이겠거니——그러기에 치말 둘를 줄 알지?"

"원 저런 망할 것이. 저걸 다 말이라구 하는 겐가."

어머니는 어처구니가 없어했다.

"너 그런 맘자릴 먹다간 죌 받느니라. 네 댁이 어디가 어때서 그러냐. 넌 걸핏하면 말상이라지만서두 사람이 인물만 고우면 뭣하냐. 심덕이 그만하구 대가집 자식이라 범절이 본때 있겠다, 우으로 어른 공경할 줄 알구 아래로 하인들 거느릴 줄 알겠다…… 너 만일 아버지가 그런 소릴 들으

셨다간 당장 큰 벼락이 내린다."

"그래 말두 못 하구 내 속만 푹푹 썩이는 거 아니여요? ……어머닌 걸핏하면 양반 양반 하시지만 양반의 집 자식된 죄가 이렇게나 크다면 차라리 상눔의 천덕구리 자식으로 태어났드라면 오죽 좋았을까 싶어요——."

어머니는 저절로 한숨이 나왔다.

"양반의 자식이 열둘이면 호패를 찬다드구만서두 저건 언제나 철이 날려노. 양반 상눔을 못 가리니——."

"이목구비가 버젓하고서도 말을 데리구 살지 않으면 안 되는 양반보다 전 상눔이 얼마나 부러운지 몰라요. 평양 감사도 저 싫으면 그만이라면서 보기 싫은 여편넬 일생 데리구 살아야 한다는 법은 누가 낸 법인구!"

모자가 이런 악다구니를 하는 동안에 일양이는 나이 열아홉을 접어 들고 말았다. 아버지 박 의관을 닮아서 허우대도 말쑥하고 훤한 이마에 눈이 부리부리한 것이 스물이 훨씬 넘어보인다. 코밑으로 까무잡잡한 것은 분명히 노랑털이 아닌 수염터다.

인제는 나이 차기를 기다릴 수도 없는 노릇이었다.

아니 지금까지 입 밖에 내어 퉤퉤 하기가 해서 그래도 좀 시원하더니만 근자에는 딱 입을 봉해버리고는 누가 뭐라고 해야 말대꾸도 않는 것이다.

며느리도 며느리려니와 자식의 장래가 근심이 되어 박 의관이 불러다 앉히고 타이를라치면 죄인처럼 다소곳이 꿇어앉아 듣기만 했다. 듣고는 그대로 신지무의 일어서 나가고 만다.

아버지 박 의관 앞에서 뿐만 아니다. 어머니 한씨와도 이전처럼 불평을 털어놓지도 않을뿐더러 금년 접어들면서부터는 공부를 한다고 통 작은 사랑에서 나오지도 않고 맏형인 건양이와 둘째 형인 준양이가 제 방에를 들어가도 본 체 만 체고 툭하면 책을 끼고 동산으로 뿌르르 올라가기가 일쑤였다.

"아무래도 걔가 저러다간 사람을 버리겠어요. 제 댁을 얼마 동안 저의 집으로 보냈다가 데려오게 했으면 맘을 좀 잡을까 싶군요. 제 댁이 안에 있으면 통 마당에도 들어서지 않으려드니 젠들 제 맘을 제 맘대루 못하고, 거 사람이 할 노릇이겠어요."

오늘 아침에도 한씨는 박 의관한테 며느리를 당분간 친정으로 보내 보면하는 눈치를 보였다가 호통만 맞고 들어왔던 것이다.

"그깐 눔 그러다가 죽으면 그만이지! 아무 죄 없는 남의 자식을 쫓 아내?"

"아니, 누가 아주 쫓는다나요. 하두 사람 꼴이 못 되어가니 한 달포쯤 저의 집에라도 보내어 저도 좀 지 길 펴구 있다가 오게 하잔 게지요. 눈매두 안 보시니까 그렇지 요샌 바짝 야윈 것이 눈만 퀭해졌답니다. 잘잘못은 뉘게 있든간에 제 남편이 저렇게 머리를 싸매고 누워 음식을 전폐하고 있으니 전들 어쩌 걱정이 안 되겠어요. 둘이 다 서로 못 할 일이죠⋯⋯."

박 의관만 하더라도 입으로는 큰소리를 했지만 아닌게 아니라 걱정이 되지 않는 것도 아니다. 다른 잘못이란다면 종아리로라도 고친다지만 인제 나이 이십이나 되어 수염자리까지 잡힌 자식한테 종아리를 때린달 수도 없고 또 종아리로 해결될 문제도 아니었다. 문제는 어째서 그토록이나 제 댁이 싫은지 그 까닭을 캐어보아야 하겠는데 저 자신도 어째서 그렇게 싫은지 모르는 모양이고보니 매질 아니라 죽인대도 별 도리는 없을 것이 었다.

"사람이 사람을 그렇게 싫어할 수도 있는 겐고? 더구나 명색이 제 아내를——."

박 의관으로서는 도저히 이해할 수 없는 일이었다. 그러나 그것은 역시 사실이다. 일양이는 어째서 그렇게 싫으냐고 달구치는 어머니 앞에서 저도 모르겠노라고 좍좍 울기만 하더라는 것이다.

그렇다고 아무 죄 없는 며느리를 아무런 명목도 없이 친정으로 쫓을 도리도 없지 않은가.

'그러다가 죽겠으면 죽으라지! 죄 있는 내 자식 살리자고 죄 없는 남의 자식 죽일 수가 있던가?'

그럴 수는 없다고 박 의관은 생각하는 것이었다.

사실 박 의관은 또 그럴 사람이기도 했었다. 일양이를 죽이면 죽였지, 아무 죄도 없는 남의 집 딸을 데려다가 되쫓을 수도 없다 했다. 양반의 집 가풍으로 그럴 도리는 없다는 것이었다.

"남들은 자식 없이두 사는데 장성한 자식이 형제나 있으면 그만이지!"

박 의관은 이렇게 일양이는 아주 죽은 자식으로 여기고 일양이가 누워 있는 방에는 통 발걸음도 하지 않았다. 전전날부터 일양이가 약 먹듯 한 술씩 뜨던 밥도 통 전폐하고 미음만 마신다는 말을 아내한테 들었을 때도 칼로 치듯 아내의 말을 무찔렀었다.

"제가 사서 생병 앓는 눔한테 미음이 어디 당한 게냐! 못생긴 눔의 자식! 미음은 무슨 염치로 얻어 먹구 있다노! 제 아비 얼굴에 똥칠하는 자식은 내 자식이 아니니까 죽든 말든 내 귀에 들려주지 말래두! 그 자식이 그렇게 된 것두 모두 당신 때문이오. 어려서 홍홍 받아주어놓니까 그눔이 아주……."

남편한테는 더 물어볼 여지도 없었다. 한씨 부인은 이번에는 아들이 누워 있는 작은 사랑으로 들어가보았다. 어머니의 발소리를 들은 아들은 떴던 눈도 감고 불러도 대답조차 않으려든다.

불빛에도 얼굴이 말이 아니다.

'이러다가 자식을 죽여?'

곰곰이 생각을 하다가 한씨는 며느리의 방에 들어갔다. 인정으로나 체면으로나 도리는 아니나 생사람을 말려 죽일 수는 없다 싶었던 것이다. 그리고 또 아주 영영 쫓는 것도 아니지 않는가.

며느리는 바느질감을 벌여놓고 있었다. 얼핏만 보아도 남편 일양이의 여름살이다.

"어머니, 여지껏 안 주무셨습니까?

며느리는 재빨리 일어나서 바느질거리를 한데로 밀어붙이고 시어머니의 앉을 자리를 마련해준다.

"일찌감치 잘 게지 뭘 이리 늦도록 하느냐?"

하며 시어머니의 눈은 바느질거리로 간다.

일양이의 여름살이 일습이었다. 모시 두루마기는 벌써 바늘을 빼어 놓았고 적삼깃을 다는 길이다. 버선까지 새로 뜰려는지 버선 본과 다듬어놓은 무명끗까지 나와 있다.

그 옷감들을 보니 시어머니의 눈 속은 그만 뜨끈해온다. 자기는 남편이 벼슬을 좀 얻어 해볼까 하고 서울 가서 한 일 년씩 있는 동안에도 혼자 바느질을 할 때는 쓸쓸한 생각이 들었는데 시집을 온 지 칠 년째나 접어들건만 눈도 거들떠보지 않는 남편의 옷을 짓고 있는 며느리가 새삼스러이 측은해지는 것이다. 미워해도 한이 풀리지 않을 남편의 옷을 밤잠을 못 자면서 꿰매고 앉은 며느리의 그 아름다운 덕, 비단결 같은 마음씨에 시어머니는 자기도 모르게 울어지는 것이다.

아무리 손이 들이곱는다 하지마는 며느리 자식은 자식이 아니냐. 이 착한 것한테 도척이 아닌 다음에야 어찌 그런 말을 할 수 있을까보냐!

"아가."

"네."

"뭐 마실 것 좀 없더냐."

"식혜두 있구 수정과두 말국만은 남았습니다."

"그래? 그럼 가서 좀 가져온. 안방 다락에 있는 약식합하구──."

자기가 먹기 위해서가 아니다. 불쌍한 며느리를 먹이자 함이었다. 어린것이 시집이라고 오던 날부터 소박을 맞고 회초리 맞은 참새처럼 오돌오돌 떨기만 하는 며느리가 의관 부인의 눈에는 순간 괴산으로 출가한 둘째 딸로 보였던 것이다. 둘째 딸 경임이도 나이 스물여섯에 기생 시앗을 보고서는 걸핏하면 가라고 발길질이라는 것이다. 재작년 아버지 생신에 왔다가는 죽어도 다시 가지 않겠노라고 울고짜고 하는 것을 억지로 몰아 내다시피 해서 보낸 뒤로는 어미를 야속하게 생각하는지 문안 편지 한 장도 없이 지내는 터이었다.

'내가 잘못 생각이지. 저걸 쫓아보내다니…… 저 불쌍한 것을…….'

한씨는 소물소물 겉도는 눈물을 옷고름으로 찍어내고 있었다.

며느리가 쟁반에다 약식과 식혜에 나박김치를 얹어 가지고 들어오자 한씨는 경임이가 와서 있을 때 밤참을 먹이듯이,

"어서 좀 먹어라. 밤이 짧아졌다지만 저녁 먹은지가 언제냐."

하고 내어밀어주었다.

"어머님 잡수십시오. 전 시장한 줄 모르겠습니다."

"그러지 말구 어서 먹어. 너 먹는 것 보자구 가져왔지. 어서 좀 마시어라. 나도 먹으마."

며느리도 시장했던지 꽤 많이 약식을 떼어다 먹고서 느닷없이,

"어머님 죄송한 말씀입니다마는, 얼마간만 저 친정에 좀 가 있다가 왔으면

싫습니다만……."

하고 실로 아무렇지도 않은 것처럼 말을 하나 말이 끝나기도 전에 눈 속에
홍건하게 눈물이 고인다.

"친정이라니?"

반가움과 놀람이 한데 엉킨다.

"친정엔 어째 갑자기?"

"어머님두 편찮으신 모양이시구 저두 요새 좀 몸이 이상해서 그럽니다."

며느리의 심정을 모르는 시어머니도 아니었다. 그러니만큼 더욱 대답할
말이 선뜻 나오지를 않는다.

"글쎄……다녀오고 싶건 잠깐 다녀오려무나만——네 남편이 일어나거
들랑 가게 하지 그러냐."

"아닙니다, 어머님. 그 양반 병환은 제가 가는 날이라야만 나을 것입니다."

"그게 다 무슨 소리냐, 당치두 않은!"

"아니올습니다. 어머님께는 말씀을 못 드리었습니다만 사람을 놓아서
무꾸리를 해보았더니 저 때문에 그렇다구 그러드랍니다. 천상 살풀이를
해야겠는데 살을 풀자면 얼맛동안 제가 대주 눈 앞에 보이지 않아야 한다구
그러드라는군요. 그렇지 않으면 대주께 큰 앙화가 미칠지 모른다구요……
그러니 어머님 절 한 두어 달만 말미를 주셨으면 좋겠습니다."

며느리가 거짓으로 꾸며대고 있다는 것을 시어머니는 잘 알고 있었다.
그리고 며느리가 자기 자신의 점을 친 것이니 선무당보다야 어디로 보나
정확한 점이기도 했고 이 점을 통해서 시어머니는 또한 며느리의 아름다운
마음씨를 만져보고 있는 것이었다.

그러나 이 며느리의 마음씨가 아름답기 위해서는 간장을 오려내는 것과도
같은 슬픔이 강요되는 것이었다.

한씨는 이 며느리의 슬픔도 잘 알고 있었다.

"아가, 네 마음 어째 내가 모르겠느냐. 다 안다."

한씨는 며느리의 어깨에 손을 얹었다.

"그런 너의 마음을 못 알아주니 네 남편이 몹쓸 인간이다. 허지만 지
성이면 감천이란다. 네 남편도 사람이겠고보니 한 번이야 깨우칠 때가
있잖겠느냐. 너무 슬퍼 말구 얼마간 가 있다가 오게 하여라."

며느리의 어깨가 달막인다. 그러더니 차차 진동이 커가면서 가느다란 울음소리가 스미어 나오고 있다. 역사처럼 긴 슬픔이 가야금 줄을 타고 먼 데서 전해오는 그런 단장의 슬픔이었다.

일양의 아내가 탑골 시집을 떠나간 것은 일양이가 머리를 싸매고 누운 지 열흘째 되던 날 이튿날 아침이었다.

이튿날 저녁에서야 돌아온 교군들의 말을 들으면 일양의 아내는 점심도 안 먹고 친정집에 들어간 그 순간까지 울기만 했다는 것이다.

아내가 친정으로 떠나기만 하면 툭툭 털고 일어나리라고 생각했던 일양이는 이튿날도 이튿날도 자리에 누운 채였다. 어머니와 형들 성화에 못 이기어 억지로 밥을 몇 술 뜨더니만 그것이 꼭 걸려서 밤새도록 온 집안이 발칵 뒤집히었다. 사관을 튼다, 약을 다린다 법석 끝에 겨우 관격만은 뚫렸으나 이튿날부터는 까닭 모를 오한이 덮치어 이불을 두 채씩 포개 덮어주어도 사시나무 떨 듯하는 것이다.

며느리를 친정으로 보내던 날부터 방문을 첩첩이 닫아 걸고 문 바깥 출입도 않던 박 의관도 그날 밤에는 아들 머리맡에까지 와서 밤을 새웠었다.

"양반이 다 뭐냐! 난 상놈이 좋다! 어머니, 난 상놈이 좋아!"

까닭 모를 말소리가 밤새도록 계속되었다. 그러나 일양이로 본다면 모두 하고 싶은 말들이리라.

일양이가 자리를 걷고 일어난 것은 망종이 지나서 하지를 바라볼 무렵이었다. 대통으로 앓은 날짜는 며칠 되지 않았어도 시나브로 누워 뒹굴지는 그럭저럭 달포가 넘는 셈이었다.

그 한 달 동안에도 친정에 가서 있는 아내로부터는 두 번이나 전인해서 병 문안이 왔었다. 그럴 때마다 박 의관은 사돈인 정 참판한테 사죄 복걸하는 긴 편지를 썼고 시어머니는 또 며느리한테 위로 편지를 장황히 써 보내었다.

하지를 앞두고 탑골과 미륵동에서는 모내기가 한창이었다. 전라도에서는 동학군이 전라도 수부인 전주를 함락시키고 나라에서는 청국에 구원을 청하고서 청병이 오기만 눈이 빠지게 기다릴 때였다.

동학군이 전주를 점령했다는 소문에 경상도 일대와 충청도 접경에서도

군데군데 동학이 일어나서 관가를 부수고 노략질한 양반들을 잡아다 잡
도리를 한다는 소문이 펑펑 날아들 때에도 탑골과 미륵동에는 이렇다 할
사건도 없은 채 모내기가 거반 끝나가고 있었다.

그러나 불안한 공기는 날로 가까워오고 있다.

"괴산서 정말 동학군이 일어났대여. 저번엔 뜬소문이지만 이번엔 아마
참말인가봐. 괴산 장날 쇠장거리에서 동학군이 들고 일어나자 장돌뱅인
줄 안 장꾼들은 벌떼처럼 일어나서 양반들을 잡아다 패구……."

"쉬——."

논머리에서 참을 들이는 농군들은 어디서나 동학당 이야기에 신바람들이
났었다. 읍내에서도 산 속에 숨어 있던 동학군이 십여 명이나 잡혔다는
소문도 날아들었다.

"읍내에서?"

이 소식에 누구보다도 놀란 것은 물론 장쇠 아버지 치수다.

치수는 한식날 밤 장쇠와 헤어진 뒤로는 미륵동에서도 반드시 무슨 일이
한 번은 일어나고야 말 것 같은 불안에 어느 날 하루 마음놓고 잠이 든
일이 없었다. 장쇠는 끝까지 저는 그런 데 뛰어들지 않았노라 했지만 치수는
벌써 아들을 믿지 않고 있었다. 장쇠가 동학당에 뛰어든 것은 물론, 그
속에서도 무슨 큰일을 맡고 있다는 것을 치수는 벌써 의심치 않고 있는
것이다.

일양이가 한 달도 넘는 병석에서 처음으로 나온 것은 읍내에서 십여
명의 동학군이 잡혔다는 소문이 미륵동과 탑골에도 전해지던 날 저녁때였다.

일양이는 달포 만에 의관을 정제하고 뜰로 내려섰다.

아직 채 식지 않은 땅덩이에서는 더운 김이 훅훅 끼치나 멀리 내어다
보이는 퍼언한 들판의 파란 풀빛이 생기를 돋구어준다. 벌써 논매기가
시작되었는지 동구앞 들에는 농기(農旗)가 퍼얼퍼얼 날리고 있다. 농부들의
농락 소리도 한참 흥겹다. 보령산 갈미봉 위로 저녁놀이 사뭇 시뻘겋다.

'나는 어째서 저 사람들과 같이 인생을 즐길 수가 없단 말인가? 이
거추장스러운 옷이며 의관을 벗어던지고 행전 대신에 정강이까지 깡뚱하니
걷어올리고 철벅철벅 논바닥을 걸어볼 수는 없을까?'

한 달 동안 누워 있으면서 생각한 일양이의 결론은 이런 것이었던가보다.

사실 지금의 일양에게는 양반이란 커다란 짐 이외에 아무것도 아니었다. 오직 거추장스러운 옷과 나오지 않는 거드름과 온갖 거짓 꾸밈과 양반이라는 예의를 지키기 위해서 인간이 타고난 모든 본능을 죽이고 살아야만 하는 것이 양반이라 했다. 아무리 급해도 뛰지도 말아라 하는 것이 양반이며 아무리 더워도 웃통은 커녕 솜버선까지도 벗어서는 안 되는 것이 양반이었으며, 이 세상의 모든 사람들과 마주 서서 이야기를 해도 안 되는 것이 양반이었다.

'양반은 그런 사람들을 상눔이라고 부른다. 상사람──상사람이란 얼마나 부러운 사람들이냐? 지글지글 끓는 폭양에 속옷이다, 고이적삼이다, 두루마기다, 도포다, 머리에는 망건을 써야 했고 갓을 써야 했고, 발에는 솜버선에 그 무거운 신을 신어야 했고 행전까지도 벗어서는 안 된다. 이런 구속이 없이 더우면 훌훌 벗어부치고서 물 속으로 뛰어들 수 있고 개울에서는 천렵을, 산에서는 토끼 사냥으로, 여름은 여름대로 겨울은 겨울대로 즐길 수 있는 끝 없는 자유──이런 자유를 마음껏 누려서는 안 되는 것이 양반이라는 것이다……'

그런 양반한테 저주가 있으라 했다.

'양반은 제 아내를 선택할 권리가 없는 것이다. 말처럼 생겼거나 코가 하나 없거나 양반은 버려서도 안 되고 다시 장가를 들어도 안 된다. 그러나 상사람은 얼마든지 제 아내를 고를 수도 있고 골라 살다가도 마음이 맞지 않으면 얼마든지 헤어질 권리가 있는 것이다. 이것이 양반이요 이것이 상사람이다!'

일양이는 윤 첨지 아들 팔룡이를 생각하는 것이었다. 팔룡이는 민며느리로 데려다가 기른 아내가 싫어서 날마다 퉁퉁증을 놓는다더니만 일양이가 누워 있는 동안에 제 아내를 내어보내고 미륵동 김 승지네 집에서 몸종 노릇을 하다가 쫓겨난 음전이와 다시 장가를 들었다는 것이다.

"세상에 못 할 일 못 할 일 해도 사람 싫은 것처럼 못 할 일은 없는 법이니. 암만 남의 눈에 얌전해 뵈면 뭣하나. 제 눈에 안경이지, 아무리 양귀비라두 저 싫으면 싫은 게야──."

팔룡 아버지 윤 첨지는 이렇게 아들의 뜻을 받아 며느리를 제 친가로 보냈다는 것이다.

"서루 좋아두 백년 해로가 어렵다는데 싫다는 사람을 억지로 데리고 살랄 맥이야 없잖은가베. 우리가 뭐 양반인가?"

지금의 일양이한테는 듣기만 해도 부러운 이야기였다. 세모꼴에다 네모난 물건을 억지로 꾸기어 박으려는 자기 아버지와 아들의 뜻을 받아 다시 장가를 들여주는 상사람과 비교할 때 그것은 무서운 애정의 차이였다. 자기에게 대한 박 의관의 애정을 포도청 파수꾼의 애정이란다면 윤 첨지의 아들에 대한 애정이란 끝없는 하늘과 같은 애정이었다.

'이것이 양반이요. 이것이 상사람이다!'

일양이는 흥겹게 들려오는 농군들의 농악 소리를 들으며 어두워지는 줄도 모르고 들판으로 들판으로 지향없이 걸어가고 있는 것이었다.

근읍에서도 양반으로 떨치는 박 의관의 아들인 일양이가 빗나가기 시작한 것은 병석을 털고 일어난 뒤부터다. 그는 달포 만에 몸의 병을 뗀 대신 마음의 병을 얻었던 것이다.

그것은 양반집 자식으로서는 도저히 용납할 수 없는 탈선이었다.

첫째 그의 행색부터가 양반의 풍습으로서는 용서할 수 없는 일인 것이, 이튿날부터인지 일양이는 두루마기도 벗어부치고 갓 대신 커다란 농군들의 삿갓을 뒤집어쓰고는 산으로 들로 마음대로 쏘다니는 것이다. 언제나 겨드랑에는 책을 한 권 끼고 나오기는 하나 그것은 아버지 박 의관 앞에 방패막이인 것만 같았다. 그는 하루의 대부분을 산에 올라 새소리를 즐기기와 밭에 번듯이 누워서 여름 구름을 쳐다보면서 보내었다. 어떤 때는 토끼섬 수양버들 밑에서 물소리를 들어가며 해가 기울도록 낮잠을 자는가 하면 어떤 날은 농부들의 논 매는 둑 기슭에 앉았거나 눕거나 하고서 농부들과 세상 이야기로 날을 보내려드는 것이다.

"그럴 도리만 있다면 죽었다가 다시 한 번 이 세상에 태어나와 봤으면!"

"아니 그래, 서방님 같으신 어른이 뭣이 부족해서 그런 말씀을 하십니까유?"

농부들이 이렇게 말을 할라치면 일양이는 농군들처럼 여름에는 웃통도 벗어부치고 무릎에 차는 잠방이만 하나 입고 논 속에 들어가서 철벅거려 보았으면 좋겠다는 것이었다.

"그게 뭐 그리 어려우십니까. 한 번 장난삼아 해보시지유."

"그까짓 남의 눈 속여가지구 한 번 해본다면 뭣하누. 그런 사람으루 태어나야 말이지——."

"당치 않으신——."

농부들로 본다면 당치 않은 소리요, 어처구니없는 소리다. 배 두드려 가며 먹고 비단으로 몸을 감고 있으니까 할 일이 없어서 그런 부질없는 생각도 나느니라 했다.

"다 모르서서 그러십니다유. 이 땡볕에 한참만 김을 매보시면 그런 팔자 모두 물러달라구 당장에 그러실 걸 가지구 공연히 그러시지."

"그래두 오뉴월에 대님 꼭꼭 묶어서 행전 치구 두루마기에 도포에 갓, 망건을 미륵처럼 쓴 채로 문 바깥에도 못 나오구 갇혀 사는 신세보다야 낫겠지 뭘. 남의 것은 다 좋아보이는 법이야. 양반이 좋다 좋다 하지만 하루만 와서 내 대신 갇혀 있어보지?"

"허긴 그두 못 할 일은 못 할 일일 그라……."

하지와 대서 사이는 농군들이 조석 끼니때만 제하고는 온종일 들판에서 사는 동안이다. 낮에는 애벌이다, 이듬이다, 거기에 보리 벤 밭에는 그루도 갈아야 했고, 목화니 콩이니의 골고르기도 해주어야 했고, 깨 순도 쳐주고 나서는 고추 북도 돋워주어야 했다. 늦보리는 한참 벨 때니 한편으로 떨어야 했고 떨기가 무섭게 찧어야 일밥도 해낼 수 있다. 밤이면 또 모기와 싸우면서 논두렁에 앉아 새워야만 한다. 안에서는 절구질로 밤을 새우고 밖에서는 물꼬 보기에 쥐꼬리만하다는 여름밤에도 서너 번씩 깨어야만 하는 것이었다.

들에는 언제 나가보나 농군들이 있었다. 일양이는 새장에서 풀려나는 새처럼 인생이 즐거웠다. 아무나 붙들고 이야기할 수 있고 때로는 그들과 같이 막걸리에 밥을 먹는 재미란 상다리가 휘이는 진수성찬에 비할 바가 아니었다.

그러나 일양이의 탈선 행위는 여기에 그치는 것이 아니었다. 일양이의 삿갓 쓴 자태는 타동인 미륵동에까지 나타났던 것이다.

"아아니 탑골 박 의관댁 작은 아들이 뭐 미쳤다구?"

"미치긴 왜 미쳐. 웬 삿갓을 쓰구 다닌다는구먼그랴."

"그게 미친 짓 아니구 뭔가? 아 그래 양반집 자제가 갓망건에 도포에 행전에 갓신을 신고 부채나 들고 다닐 게지, 삿갓이 어디 당한 겐가. 그 사람 온전치 않은가베. 원 참 오래 살려니까 별의별 꼴을 다 보겠군그랴. 어쨌든 사람은 오래 살구야 볼 일야."

"허, 그 댁 큰일났군. 아들은 저 꼴이 되구, 며느리는 봇짐을 싸 가지구 일어서구……."

"며느리가 짐을 싼 게 아니라 일양이가 하두 싫다니까 봇짐을 싸서 가마에 실려보냈다나 보더군……."

"어이구, 그럼 그건 더 야단이게시리?"

말만 듣고 이렇게 숙덕대는 미륵동에 정말 삿갓을 쓴 일양이가 나타나서 동네는 발칵 뒤집어엎은 형상이었다.

"아아니 저 양반이? 헛소문인 줄 알았더니 참말이군그랴?"

듣던 말처럼 동저고리 바람에 푸대님은 아니나 후줄근한 모시 두루마기에 커다란 삿갓을 쓰고 웬 커다란 책 한 권을 들고 있었다. 평시에는 한 동네 이웃집에 살면서도 좀처럼 얼굴을 볼 수 없는 양반댁 서방님이 이런 행색으로 타동에까지 나타났으니 이야깃거리가 아니 될 수 없다.

어른들은 어른들대로 무슨 변이나 난 것처럼 일양이를 보고 숙덕대었고 아이들은 또 아이들대로 이것은 마치 무슨 큰 구경거리나 되는 듯이 일양이의 뒤를 졸졸 따라다니며 희한해 하는 것이다.

"얘, 저이가 탑골 박 의관댁 작은 서방님이래여. 참, 우습지야?"

"어른들이 그러는데 미쳤나보대──."

이렇게 속살거리는 소리를 귓결에 들으면서도 일양이는 못 들은 체할 수밖에 없었다.

'나를 미쳤다?'

그는 곰곰이 생각을 하면서 걷고 있었다.

'미쳤다면 대순가. 아니, 나는 정말 이 울적한 심사가 미쳐가는 심사인지 모르지.'

일양이는 어쩐지 미쳤다는 소리를 큰소리로 한 번 웃어보고 싶은 심정이었다. 아니 정말 한 번 미쳐보고도 싶은 심정이었다. 미쳐서 두루마기 삿갓도 고이적삼도 다 벗어 동댕이치고서 등걸 잠방이 바람으로 괭이나 하나 둘러메고 푸른 들판을 길길이 뛰어도 보고 상사람들이 김을 매는 물논에도 뛰어들어 세로 가로 뛰면서 철벅거려보고도 싶다. 꽹과리고 소고를 두드리며 '저 건너 갈미봉에⋯⋯.'를 산이 쩌렁쩌렁하게 부르며 춤을 한 번 덩실덩실 추고도 싶었다.

'그런다면 아버지는 자결을 하실지 모르지——아니 아버지뿐이 아닐 게라. 김 승지까지도 양반의 체면을 깎이게 했다고 노발대발할 게라?'

이런 생각을 하다 말고 일양이는 픽 실소를 하는 것이다.

그러나 이 사건에 가장 호기심을 가진 것은 이 동네 젊은 새댁들과 한참 피어나고 있는 색시들이었다. 그 중에서도 김 승지의 딸 미연이는 이 소문에 느닷없이 얼굴이 확 달아오는 것을 깨닫는 것이었다.

그렇다고 미연이가 일양이의 심정을 아는 것도 아니요, 동네 사람들의 소문을 들은 것도 아니다. 일양이가 미연이를 생각하고 있다는 소문이 돈 지는 벌써 오래 전부터다. 물론 이 소문이 난 출처는 일찍이 삼 년 전 장쇠가 아내를 묻고 와서 김 승지한테 닦달질을 받던 날 밤 동네 사람들 틈에 끼어서 말만 들어오던 미연이를 먼 빛으로 보고 와서 청지기한테 미연이 칭찬을 한 데서부터다. 이 말이 또 같은 청지기끼리인 김 승지네 청지기 박 선달의 귀에 들어갔고 박 선달과는 단짝인 인동 할멈의 귀에 들어가자 한 입 걸러 두 입 걸러 마치 땅 속의 물이 돌 틈새를 흐르듯 양반만 피해서 동네 사람들 틈에만 살짝 전해져 내려오고 있는 터다. 남의 말이란 마치 눈 뭉치는 것과 같은 것이다. 굴리면 굴릴수록 덩이가 커지듯이 말이란 더욱이 남의 말이란 입을 거칠 때마다 부풀어가고 풍이 생기고 허망되어 간다. 그래서 어떤 사람은 일양이가 미연이를 못 잊어 상사병이 났다는 축도 있었고, 일양이가 제 아내를 소박하는 것도 미연이 때문이니라 믿는 사람도 있다. 그러나 여기까지는 그래도 오히려 나은 셈이다. 일양이가 미연이를 보려고 야밤에 승지네 집 담을 뛰어 넘었다느니 편지를 했느니 하는 소리를 주착없이 퍼뜨리는 사람도 있는 터였고, 그런가 하면 일양이가 미연이한테 혹한 것이 아니라 미연이가 일양이를 은근히 흠모하고 있느니라고 가장 저 혼자만 잘난 체 뻐기는 패도 없지 않았다.

그러나 이런 것은 물론 모두가 뜬소문이다.

일양이로 본다면 편지도 하고 싶었을 것이요 야반에 담을 넘어 들어가서 미연이한테 이 애틋한 마음을 하소연하고 싶기도 했을 것이다. 그러나 일양이는 지난 삼 년간 단 한 마디도 이 쓰라린 심정을 아무한테도 하소연한 일조차 없이 가슴속 깊이 간직한 채 홀로 괴로워해 온 것이다. 더욱이 미연이가 일양이한테 어쩌구저쩌구했다는 소리는 미연이 자신은 알지도 못하는 이야기다.

이런 소문은 당사자인 두 양반집만 쏙 빼어놓고 뱅뱅 맴돌아왔던 것이다. 그것은 상사람과 중인들만 사는 이 두 동네에 양반이란 박 의관과 김 승지 단 두 집뿐이어서 개밥에 도토리처럼 매사에 톡톡 불거지기 때문이다. 말을 냈다가는 대동볼기가 무섭기도 했고 남의 말도 석 달이라고 삼 년이나 되었고보니 자연 흥미가 없어져서 이즈음에는 별로 입에 오르내리지도 않고 있었던 것이다.

그러던 일양이와 미연이의 이름이 동네 사람들 입에 오르내리게 된 것은, 일양이가 몹시 앓아 누우면서 상사병이 아닌가 하던 끝에 며느리가 친정으로 쫓기어가고 뒤이어 일양이의 탈선 행위가 전해지자 일시 꺼졌던 동네 사람들의 호기심이 다시 불붙기 시작한 것이다.

요새는 둘만 모여 앉아도 하느니 그 이야기다.

이런 일양이 이야기는 물론 김 승지 집에도 전해졌다. 아니 실상 따지고보면 내막도 모를 미륵동에서 제일 일양이 흉을 많이 보는 것은 김 승지다.

"그런 미친 자식……."

하고 김 승지는 일양이를 으레 이렇게 불렀다.

"그게 사람의 자식이야. 더욱이 행세한다는 양반집 자식이 조강지처를 버리다니! 인물이 못났다고는 하더구만서도 양반의 집 며느리에 인물은 취택해서 무엇하는 겐고? 술구기를 잽히자고 인물을 택하나, 춤을 추일 테니 몸맵시를 고르나?"

그가 이렇게 일양이 욕을 시작하는 것도 박 의관을 내리깎기 위해서다.

"그래 자식은 못돼먹어서 그렇다 하거니와 명색이 양반으로서 박 의관은 뭘하고 있다는 겐고? 아무리 보고 들은 것이 없다기로니 명색이 양반이 아닌가. 양반댁 사랑방에서 귀동냥은 했을 텐데 어디 그럴 법이 있단 말인가. 에이 창피해서 원. 내가 얼른 이 동넬 뜨든지 해야지. 그래서 동인놈들이란 더불어 사귈 수가 없다니까 ——."

입으로는 이렇게 말은 하나 그의 내심은 여간 기쁜 것이 아니다. 박 의관의 집안 망해가는 것이 그의 맘에는 깨소금의 맛이다. 그것은 반드시 박 의관에 국한한 것은 아니었다. 자기 이외의 그 어떤 사람이라도 이 미륵동과 탑골에서는 세도 있는 사람이나 양반이나 돈 있는 사람이 없기를 바라는 것이다. 자기 이외에도 이 골짝 안에 양반이 있다는 사실부터가 김 승지한테는 불유쾌한 사실이었다. 항차 세도도 있고 단 오십 마지기나마 자기보다도 땅이 많을 뿐더러 자식으로도 자기가 에이는 그런 존재가 이 고장에 산다는 것도 그에게는 견딜 수 없는 노릇이다.

"에라, 그눔들 잘 망해간다 —— 생피라도 붙잖나!"

이렇게 바라는 김 승지다.

그러나 미연이만은 그렇지 않다. 그렇다고 미연이가 따로이 박 의관 집에 대해서 호감을 갖고 있는 것은 아니다. 떠돌아다니는 소문을 듣고 있는 것도 아니다. 다만 그것이 그의 천성일 뿐이다. 내가 잘 되고 내 집이 융성하기를 바라는 마음은 사람이 다 마찬가지겠지만, 미연이는 나도 잘 되고 내 집안이 융성하게 되듯이 남의 집도 융성해가기를 바란다는 것뿐이다. 내가 잘 되자면 남이 잘되어야 하고, 내 집이 잘 살자면 온 동네가 다 잘 살아야 한다는 것을 미연이가 언제보다도 절실히 깨달은 것은 그가 열두 살 나던 해 심한 흉년을 겪던 해였다. 온 동네가 굶어 죽는다고 아우성이었다.

또 사실 굶었었다. 그것이 삼 년이나 거듭되던 흉년이어서 동네에는 쌀 한 톨 없었다. 불만 때는 줄 알았던 나무와 뿌리를 사람도 먹는다는 것을 안 것도 그것이 처음이었다. 사람들은 모두 부황이 나고 개밥그릇의 밥알을 건져다 먹는 아이들을 본 것도 그 해가 처음이었다. 물론 미연네 광에는 쌀이 들어 쌓여 있었다. 그러나 어린 소견에도 그것이 되려 미안했고 불안했고 어떤 때는 공포까지 가져다주었던 것이다.

'어떡하나?'

미연이는 혼자서 발발 떨었었다. 그는 굶어서 픽픽 쓰러지는 사람들을 볼때마다 그것이 자기의 죄이기나 한 것처럼 미안했고 죄스러웠다. 겁도 났다.

미연이가 같은 양반인 박 의관 집에 불상사가 날 때마다 불안한——아니 걷잡을 수 없는 동정을 느끼는 것도 실은 그가 타고난 이 천성 때문인

것이다. 더욱이 그것이 일양이에 관한 일일 때 가슴이 뛰고 얼굴이 홧홧
해지는 것은 어쩐 일일까.

박 의관이라면 큰 원수나 되는 것처럼 이를 북북 갈아대는 김 승지의
딸답지 않게 미연이가 박 의관 집에 대해서 일종의 호감을 갖는 데는 그의
아름다운 천성 때문이라 하겠지만 박 의관 집에는 딸이 하나도 없다는
사실이 그런 동기를 만들어주기도 했을 것이다.

매양 사람과 사람이 다툰다는 것은 서로 지기가 싫기 때문이다. 김 승지만
해도 그렇다.

박 의관이 돈으로나 양반으로나 세도로나 또 자식으로나 김 승지보다
월등 떨어진다면 승지는 미워하기는 커녕 되려 일종의 동정을 느끼었을지도
모른다. 물론 이런 논법으로 하면 모든 동네 사람들에게 대한 김 승지의
태도도 이랬어야 할 것이겠지만 김 승지는 동네 사람들이나 중인들은 사
람의 값으로도 치지 않는 것이 사실이다. 상놈들은 양반을 위해서 태어난
일종의 종이요 집을 지켜주는 개나 쥐를 없애주는 고양이로밖에 생각지
않는 터다. 중인이란 상놈들처럼 마구 다룰 수 없는 어쭙잖은 존재다.
그렇다고 이 중인들은 김 승지에게 있어서 그의 양반과 권세에 불안을
주는 존재는 아니다.

그의 눈에 아니꼽게 보이는 것은 오직 탑골 박 의관이 있을 뿐이다. 김
승지로 본다면 상사람들은 토끼요, 중인이 개호주라면 자기는 호랑이로
이 산중에서 응당 호랑이 노릇을 해야겠는데 호랑이가 또 하나 있어 자기
혼자만이 두고두고 잡아먹을 토끼와 개호주를 또 한 다른 호랑이와 나누어
먹지 않으면 안 되는 것이 분했다. 더욱이 그 호랑이는 자기보다 센——
어떻게 보면 사자인지도 모르는 것이다.

'그놈의 집만 없다면——.'

김 승지의 기원은 이것이었다.

'그 집의 천 석이 되는 추수도 내 몫으로 돌아왔을 것인데——.'

거기다가 가만히 상놈들의 민심 동향을 볼라치면 자기한테보다도 박
의관 집으로 더 쏠려가고 있으니 승지가 의관을 미워할 밖에는 없다.

그러나 미연한테는 박 의관네와 맞겨루어 싸울 상대자가 없는 것이다.
박 의관 집에는 끌밋끌밋한 아들들뿐이다. 아들이라야 끝의 아들이 일양이고

보니 겨룰 상대도 아니거니와 인물로나 재주로나 시새움을 하기 쉬운 미연이 나이 또래의 처녀가 아니라는 사실만으로도 미연이의 적은 아니다. 여자──더욱이 처녀에게 있어서는, 남성이란 그것이 결혼의 대상이건 아니건간에 일종의 동경과 선망을 빚어주는 존재다. 처녀 총각은 결혼을 할 가능성이 있어도 원수가 될 가능성은 없기 때문일지도 모른다.

이러한 중에도 끝의 아들 일양이는 미연이와는 두 살 틀리는 열 아홉이요 결혼에 실패한 청년이었다. 그러나 그렇다고 미연이가 이 일양이를 결혼이나 사랑의 대상으로 삼고 있다는 말은 물론 아니다. 그것은 일양이가 설사 미연의 청년이라는 두 집 사이의 오래 전부터의 적대시가 그것을 용납하지 못할 것을 모르는 미연이도 아니다.

지금 미연이가 일양이 이야기에 얼굴이 화끈해지는 것은, 언젠가 인동 할멈이 웃음엣소리처럼 미연이를 보고서,

"그래, 서방님이 아마 작은 아씰 보구서 그러나봐?"

이런 소리를 한 적이 있은 후로부터다. 아버지가 장쇠를 잡다가 닦달을 하던 날 밤 박 의관의 끝의 아들 일양이가 마침 군중 속에 끼었다가 미연이를 보았다는 이야기는 미연이도 이미 듣고 있는 터이었다.

'그이 이야기만 나면 어쩌 이렇게 가슴이 두근거릴까?'

미연이가 이런 생각을 한 것도 한두 번이 아니지만 그날은 마침 단오 전전날이라서 미연이가 막내동생 인수를 데리고 행낭것 아이들을 시켜 뒷동산 밤나무에다 그네를 매고 있을 때였다. 나무에 올라가던 창길이 녀석이 갑자기 소리를 지른 것이다.

"저 탑골댁 작은 서방님이 오셔유."

"뭐?"

미연이는 자기도 모르게 이렇게 소리를 쳤었다. 그리고는 발돋움을 하고서,

"탑골댁 작은 서방님이라께?"

"아 왜 있잖어유. 탑골 박 의관댁 작은 서방님이 미쳤다구 그러잖어유? 저 봐유. 커다란 삿갓을 쓰구 두루마길 입구 큰 책을 하나 들구 동네 앞을 지나가유."

"어디?"

미연이는 마음은 움츠러들면서도 고개를 갸우뚱해보았었다.

"어디 어디!"

하더니 조무래기 아이놈들이 다람쥐들처럼 나무로 기어 올라간다.

"얘들아 내려와, 내려오지 못하니!"

미연이는 어쩐지 안된 것 같아서 쏘아붙였다. 그이를 아이들의 구경감을 삼는 것이 까닭도 없이 안된 짓같이 생각이 든 것이다.

"아, 냉큼들 못 내려오느냐?"

이렇게 아이들을 꾸짖으면서도 미연이는 자기도 올라가서 보지 못하는 것이 안타까웠다. 그러나 그런 내색도 할 수도 없고 가슴에 지그시 손을 대어 뛰는 가슴을 진정시키고 있으려니까, 창길이란 놈이 그네를 다 매고 뛰어내린다.

"한 번 뛰어볼까?"

미연이는 망설였다. 그네에 오르면 일양이가 보일 것도 같았다.

"단단히 맸지야?"

"야! 작은 아씨 같은 어른은 열 매달려두 상관 없어유. 한 번 뛰어 보셔유."

"그럴까?"

미연이는 그네줄을 잡았다. 어쩐지 양심에 거리낀다.

'그러나 대수랴. 모두 철없는 아이들인걸……머.'

미연이는 그네줄을 당기어 안장에 발을 올려놓으며 버쩍 내어밀었다. 둥실하고 허공에 뜬다.

미연이가 네댓 번 늘었을 때다. 하마터면 미연이는 소리를 지를 뻔했다. 나뭇가지 사이로 내어다보이는 동리 앞 저만큼에서 이쪽을 꾹하니 바라다보고 있는 일양이와 눈이 딱 마주쳤다. 그는 언제 보았는지 삿갓을 한 손으로 젖히고서 그네 뛰는 자기를 쳐다보고 있는 것이었다. 얼굴은 커녕 먼 빛으로나마 한 번 본 적도 없는 일양이기는 했지마는 듣던 말처럼 삿갓에 두루마기를 입은 품이 일양일시 분명했다.

"붙들어라! 붙들어!"

하고 미연이는 소리를 치면서 그네 위에서 발버둥을 쳤다.

"창길아! 봉수야! 붙들어라, 그네 좀 붙잡아!"

세 번째서야 창길이가 한쪽 그넷줄을 잡고 끌려왔다. 그네는 왼 새끼를 꼬면서 미연이를 잔디밭에다 내어다 동댕이를 치고 말았다. 땅바닥에 주저앉은 채로 미연이는 맥도 못 쓰고 있었다. 아무데도 다친 곳은 없었으나 가슴이 울렁거리고 눈앞이 다 뿌옇다. 땀이 쭉 흐른다.

"누나 다쳤어?"

열두 살 난 동생 인수는 영문도 모르고 눈물이 글썽하다.

"아냐 괜찮다. 어머니한테 누나가 그네서 떨어졌다구 그럼 안 돼?"

"응."

그러나 그런 다짐을 받을 필요는 없었다. 미연이가 소리 지르는 소리를 듣고 행낭 여편네들과 정부인 윤씨가 헐레벌떡 몰려나오고 있었던 것이다.

밀사(密使)

이 일이 있은 뒤로의 미연이는 자신도 모르게 일양이한테 관심이 가져지는 자신을 발견하는 것이었다. 정부인 윤씨도 미연이처럼 마음씨가 착한 부인인지라 남의 말 하기를 그리 좋아하지는 않았지만 김 승지의 소실인 진주집은 자기 전신이 기생이었던 것을 잊은 듯이 되양스러워서 어떤 때는 정부인 윤씨보다도 지체있는 양반인 체한다.

이것은 아랫것들 앞에서 위신을 지키기 위한 꾸밈이 그대로 몸에 밴 것이지만 윤씨부인이 평생 낳지 못한(낳기는 했으나 기르지 못한) 아들을 난 뒤로 김 승지가 길러준 기승이다.

"아이 그래두 그 사람들이 양반댁입네 하겠지? 남사스러워라!"

하고 진주집이 박 의관네 흉을 볼라치면 마치 자기 시집이나 친정집 흉이나 되는 것처럼 듣기가 싫다.

진주집이 박 의관집 흉을 보면 옆에 있던 하인들은 진주집 비위를 맞추느라고 덩달아서 맞장구도 치고 부채질도 한다.

"아이 그럼유 아씨! 그 댁 인심이 원체 그리 박하대유. 뭐 며느리 자식두 자식인데 며느리한테 그렇게 박절히 할 제야 남한테야 오죽하겠시유. 남의 말 할 건 아니지만."

상전 비위를 맞추자면 이렇게 능갈쳐가는 모양이다.

"남의 말 할 것 아니지만서두 아랫것들한테두 여간 강박하게 하시지 않나바유. 뭐 밥쌀두 꼭꼭 끼니마다 되다주시구, 아침 저녁으루 그 댁 마님이 아니면 나리마님이 부엌에까지 들어가 아랫것들 밥그릇을 일일이 들여다 본다는군유 ! 밥그릇이 굶지 않았으면 그냥 벼락을 내리신대유."

하인들은 신이 나서 이야기한다기보다 자기들도 모르게 마음속에 뭉쳤던 불평이 되고 마는 것이다.

그럴라치면 엎지른 물이나 긁어 담듯이 또 발뺌을 한다.

"어디 댁에서야 저희가 하두 혼전만전 아낄 줄을 모르니까 가끔 걱정을 하시지 그 댁 같아서야 굶어 죽으면 죽었지 저흰 못 붙어 있겠더군유."

한 번 미연이는 창길 어멈과 분이 할멈, 거기에 진주집 이렇게들 모여 앉아서 박 의관댁 흉보는 소리를 듣다 듣다 못 해서,

"창길 어멈은 아마 남 흉을 안 보면 먹은 게 안 내리는 모양이지 ?" 하고 핀잔을 준 일이 있었다.

"남의 눈의 티끌만 봤지 내 눈의 들본 못 본대 ! 털어서 먼지 안 나는 사람이 있어 ?"

"어이구 작은 아씨두 참, 여북하면 그 댁 같을라구유 ! "

"글쎄, 그만 입 닥쳐둬요 ! "

성을 발끈 내고 나서야 내가 왜 그 댁 말이라면 이렇게 쌍지팡이를 집고 나서는 겐가 하는 생각이 들어 얼굴이 확 달아오던 것이다.

"애긴 맘이 착하니까 남의 허물두 눈에 안 보이지 ?"

진주집이 한 마디 긁어 잡아다닌다.

"나쁜 거야 나쁘다지, 억지루 좋다구야 어떻게 하누."

"그래 실컷 남 흉이나들 보우 ! "

참자면서도 그만 성을 발칵 내어버렸다. 그리고 나니 자기 자신이 정말 어처구니가 없어진다.

그날 밤에도 단오 차례를 장만하느라고 뒷마루에 한 패, 뒤뜰 장독대 앞에 또 한 패, 이렇게 벌여놓고 온 집안이 법석이다.

이름이 붙은 이런 명절날이면 으레 집안 사람보다도 하인들이 더 서둔다. 섭섭하니 수리치떡이나 자그만치 하라고 윤씨부인이 눌러 놓려니까,

"원 마냄두 벌써부터 망녕이 나시나비여. 이런 때 댁에서 안 해 잡수면 하느님이 욕하셔유."

하고 뭣이고간에 덜컥, 일을 저질러버렸다.

"원님 덕에 나발 분다구 이런 날이라야 저희두 좀 배를 뚜들기잖십니까유."

이렇게 넉살을 부리기도 한다.

"아따 모르겠다. 먹긴 느들이 먹구 걱정을랑 자네가 듣게. 난 구경만 하겠네."

하고 정부인은 진주집을 보고 웃는다.

이래서 오늘도 떡 벌어지고 말았다.

한쪽에서는 지짐질에, 한 패는 맷돌질, 또 한 패는 부엌에서 떡을 찌느라고 법석이다. 미연이는 뒷마루 끝에 앉아서 분이를 데리고 창포를 다듬고 있었다. 남동생 인수도 동곳을 만든다고 칼장난을 하고 있다.

"작은 아씨, 전두 낼 창포에 머리 감겨주세유."

하고 분이가 말을 하니까 인수도 덩달아서,

"나두, 누나, 응, 나두 어머니!"

하고 버썩 덤벼든다.

"사내두 머릴 감나?"

하고 미연이가 윤부인을 쳐다보니까,

"그럼 사낸 안 감니. 창포물에 미역두 감구. 허지만 우리 인순 머리가 더 좋을까봐 걱정이다. 어찌두 숱이 많은지 머릴 딸 때마다 저 분이년 머리하구 바꼈으면 싶다니까. 분이년은 노랑머리에다 왜 그리 바스러지는지!"

이런 이야기를 하고 있는데 또 창길 어머니 입이 간지러운 듯이,

"노랑머리 노랑머리 하니 참 탑골 의관댁 셋째 며느리 머리야말로 천상 옥시끼(옥수수) 수염이더라."

하고 또 박 의관 집을 끌어낸다.

'또 시작이군.'

싶어 미연이는 저절로 상이 찡그려졌다.

"어멈이 언제 그 댁을 봤어?"

진주집이 넬름 받아서 말을 시킨다. 이런 이야기 싫어할 사람은 미연이 모녀만인 줄을 아는지라, 일부러 부채질을 하는 것이다.

"아이 참 아씨두, 지가 왜 그 댁을 못 봐유. 봐두 이만저만 봤다구유. 시집올 때두 봤구, 어느 핸가 물탕골에서두 보구, 아니 또 한 번 글쎄 어서 봤었드라 ? "

"그 댁이 인물은 빠져두 머리꼴은 여간 이쁘지 않다든데."

빤히 들어 알면서도 진주집이 가증을 부리느라고 하는 소리다.

"아이구 참 선머슴 녀석이 맹근 메주덩이두 그 댁 머리통보담은 이쁠 거여유. 뇌에란 머리가 거기다가 또 고수머리지유, 아마."

이렇게 시작이 되더니만 있는 흉 없는 흉 할 것 없이 여기저기서 터져 나온다.

어째 인동 할멈이 입이 간지러워도 말이 없나 했더니 툭 튀어 나오면서 한다는 소리가 끔찍하다.

"소문 안 날 자리니까 말이지만 이번 그 댁이 쫓겨간 덴 그럴 까닭이 있대나봐. 그래 모두 쉬쉬한대."

마치 무슨 죄나 짓고 쫓겨갔다는 듯싶은 말투다. 여자의 죄라면 듣지 않아도 빠안한 소리다.

"그만둬, 글쎄. 인동 할멈은 남의 흉을 봐두——그런 끔찍한 소릴 한 다니까 ! "

하고 미연이는 가만히 두면 무슨 소리를 할지도 몰라서 입을 틀어 막았다.

"아이유, 작은 아씬 알지두 못하구."

"하긴 난두 그것 비슷한 얘기를 듣긴 들었어."

하고 진주집이 재미있다는 듯이 윤씨 모녀를 잽싸게 훑어본다.

"그래잖아두 할멈은 자세 알 것 같아서 만나면 좀 물어보자면서——."

"쓸데없는 ! 그까짓 건 알아 무엇하누."

하고 정부인은 일어서 들어가버린다.

"해봐. 무슨 얘기래 ? "

진주집이 재우친다. 그 진주집은 한 다리를 세우면서 인동 할멈한테로 찰깍 다가앉는다. 신바람이 나는 모양이다.

"누구하군지 몰라두 그 댁이 잘못을 저질렀는가봐유."

"저런, 그렇다면 그 댁에서 뭐 딴 사람이야 있나. 아랫것들이겠지——."

이쯤 되면 더 앉아 들을 수가 없었다. 그래서 미연이는 애를 삭이지 못해서 사뭇 발발 떨었다.

원래 진주집과 인동 할멈과는 좋은 사이가 아니었다. 좋기는커녕 서로 잡아먹지 못해 한다. 이유는 김 승지한테 계집 추넘을 해주는 것이 인동 할멈이기 때문이다. 그래서 눈에 가시처럼 알면서도 이런 이야기라면 눈을 까뒤집고 덤벼드는 진주집이 쥐어박고 싶도록 밉살맞다.

뒤뜰에서 앞마당으로 가자면 넓다른 터가 있고, 거기에 큰 감나무가 서너 개에 배나무가 두 개, 앵도가 여남은 폭, 미연이가 손수 심은 것으로 작년까지는 헛꽃만 핀 오얏나무가 한 주——이렇게 조그만 과목밭이 되어 있다. 밖으로는 기와를 덮은 높다란 토담이 둘러 있고 담 밖은 바로 밤나무밭이 되어 있다. 탄탄한 평지나 이 밤나무밭을 승지네 집에서는 뒷동산 뒷동산 하고 부른다.

이 담 안의 조그만 과목밭이 담 밖에 나가지 못하는 승지집 여인네들의 유일한 놀이터다. 대개는 미연이가 독차지를 하고 있다시피 하지만 진주집이 속이 상하면 가끔 이 자리를 점령하는 일이 있다. 진주집이 여기를 혼자 찾아올 때란 반드시 인동 할멈의 욕을 하고 싶은 때다.

미연이는 여기에다 조그만 꽃밭도 만들었고 큰 사랑 앞 연못가에 돌로 쌓은 오봉산을 본떠서 조그만 산도 모았다. 꽃밭에는 봉선화와 분꽃, 백일홍, 백합, 난초, 국화 등의 풀꽃과 모란, 작약을 심어서 봄부터 늦은 가을까지 꽃이 그치지 않는다.

산에는 바위옷이 덮인 돌 틈에 자주 와 흰 도라지며 철쭉, 다박솔 같은 것을 심었다. 모두 미연이 자신이 심은 것이었다.

미연이는 기분이 좋지 않을 때는 밤이고 낮이고, 눈이 펑펑 쏟아지는 밤이라도 참다 못해 나오면 여기를 찾았고, 또 여기를 찾아오면 모든 불쾌한 근심과 번민이 씻은 듯이 가시는 것이었다.

미연이는 잠이 오지 않는다. 또 감나무 밑 꽃밭을 찾았다.

백합 향기에 코 속이 다 아리다. 그렇건만 미연이는 일부러 꽃밭 앞에 쪼그리고 앉으며 백합송이를 코끝에 대고 마음껏 들여마시어 본다.

“아이 어지러!”

톡 쏘듯 이렇게 입 밖에 내어 말을 하며 허리를 편다.

눈썹 그대로의 초생달도 숨고 별들이 초롱초롱하다. 담 밖에선 어제 맨 그네를 뛰느라고 야단들이다. 그 소리를 들으니 또한 어제 일이 퍼뜩 머리에 떠오르며 얼굴이 확 단다.

‘그이 생각만 하면 이렇게 가슴이 두근거리는 게 무슨 까닭일까?’

미연이는 누가 보지나 않나 싶어 앞뒤를 둘러보기까지 했다. 미연이는 손을 가슴에다 대어본다. 사뭇 젖가슴이 들먹인다. 이번에는 볼에다 대어 보았다.

‘그 양반이 어째서 그 꼴을 하구 다니실까?’

미연이는 이런 생각을 해본다. 그러구 그 행색을 하고 어째서 남의 동네에까지 들어왔을까? 아니 그보다도 어째서 가다 말고 돌아서서 그러고 섰었을까?

얼굴은 보이지 않아 모르겠어도 삿갓을 젖힌 품이라든가 고개를 번쩍 들었던 것이라든가 자기를 쳐다보고 섰던 것만은 의심할 여지가 없다 싶었다. 그네 뛰는 것이 자기인 줄을 알고 쳐다본 것일까? 자기인 줄 알았다면 어떻게 알았으며, 또 어째서 쳐다보았을까?

‘우연히 뒤를 돌아다보다가 웬 처녀가 그네를 뛰니까 쳐다보았겠지. 그것이 난 줄 알 턱이 없지 않은가.’

이렇게 생각하니 얼마큼 마음이 놓이는 것 같으면서도 또 한편 서운한 것 같기도 하다.

‘쓸데없는 생각이지. 난 줄 알았으면 어떻고 몰랐으면 어떻담!’

이렇게 자기를 한 번 비웃어보다가,

‘그보다 내가 뭣 때문에 그렇게 기승을 부리며 그 양반을 보려고 했담?’

생각이 여기까지 이르자 또 한 번 얼굴이 확 달아옴을 깨달았다. 내가 그 양반과 무슨 상관이 있나? 내가 그 양반을 생각하나?……

‘매친 것——.’

미연이는 꼬집듯 자기를 나무랐다. 공상이라도 그럴 도리는 없는 노릇이다. 첫째 개와 고양이 사이와 같은 아버지와 박 의관이다. 박 의관은 그렇지도 않지만 김 승지는 언제든지 박 의관 집이 망하기를 빌고 있고,

박 의관 집을 망하게 하기 위해서라면 남이 알게는 못 할망정 뒤에서
얼마든지 조력을 할 수 있는 김 승지였다. 아니 만일 그런 사이만 아니
었더라면 미연이가 나이는 두 살이 아래였다 하지만 응당 벌써 설왕설래가
있었을 사이였다. 사돈 된 윤 참판이 그렇게 몸이 달아 서둘지만 않았다면
두 아들 몸에서 손자들이 수두룩했던 터라 일양이만은 천천히 성례를 시
켜도 좋다고 생각하는 박 의관이기도 했고 보니 일양이와 미연이는 부부가
되었을지도 모를 일이기도 했던 것이다.
　이튿날도 미연이는 그네를 매어놓고 통 울 밖에는 나가지도 않았다.
　"애기 그네 뛰러가요! 그넨 매어놓구 웬 남 존 일만 시켜. 상것들이
밤이 늦도록 법석이더니 오늘은 아침부터 야단들이군."
하고 진주집이 팔을 잡아끌었건만 미연이는 머리가 아프다고 뺑소니를 치고
말았다.
　단오날도 미연이는 온종일, 그리고 밤까지 화초밭 앞에 앉아서 지냈다.
　어쩐지 어디서고 일양이가 자기가 나올 때를 기다리고 있기나 한 것처럼
담 밖에 나가는 것이 무서웠다.
　그런 지 한 열흘이나 지난 어느 날 달이 낮처럼 밝은 밤이었다.
　그날 미연이는 아침부터 마음 자리가 좋지 않았다. 한동안 좀 뜸하던
동학란 난리 소문이 요 며칠 내로 갑자기 다시 소란해지고 있었다. 태인
(泰仁)이니 김제(金堤), 담양(潭陽), 무안(務安) 등 전라도 일대를 휩쓴 동
학당의 불똥은 경상도로 툭 튀어 안동(安東), 예천(醴泉), 문경(聞慶) 등지에
불을 지르고는 밀물처럼 충청도로 밀려드는 모양이다. 동학당의 수령 전
봉준의 군사가 청주에까지 쳐들어왔다는가 하면 청주가 아니라 공주 일대를
쑥밭을 만들고 경상도와 충청도의 접경인 문경을 지나서 새재(鳥嶺)에다
진을 쳤다고도 한다. 새재 고개 밑이 바로 충주 읍내니 언제 이 미륵동에도
동학당이 들이밀지 모른다——이런 소문이었다.
　그런가 하면, 그런 것이 아니라 전봉준이가 이끈 반란군은 청주에서
공주로 들어갔다기도 하고, 공주에서 괴산으로 쳐들어가 충주로 오는 중
이라는 등, 통 종잡을 수 없는 소문이 펑펑 날아든다. 그것은 지리에 밝지
못한 미연이로서도 믿지 못할 이야기인 것이, 청주에서 괴산 사이는 엎
어지면 코가 닿을 상거밖에 되지 않는 줄 아는데 청주까지 왔다가 다시

공주로 들어갔다는 말도 우습고 공주로 들어갔다면 바로 문경 새재를 넘어서 충주로 들이밀 것이지 괴산으로 되나갔다는 말도 믿기 어려운 이야기다.

그러나 첫째 미연이 자신 지리에 밝지도 못했고 또 미연이한테 그런 소문을 전해주는 위인들이란 것도 청주가 어디로 붙었는지 말만 들었지, 문경새재가 경상도에 있는지 전라도 땅인지도 모르는 아랫것들이라 제 딴에는 세상에 모를 것이 없노라고 히짜를 놓고 또 사실 선무당 푼수는 되게 잘 떠들고 아는 것이 많기도 한 인동 할멈도 이 지리에만은 문경이 충청도도 되었다 경상도도 되었다 콩팔칠팔이었다.

"조선 팔도가 그눔들의 천지가 된대유. 작은 아씨——논산 갱경(江景)이 벌에서부터 공주까지 그대로 군사루 만리장성을 쌓구서 쥐새끼 한 마리도 못 빠져나가게 하군 못된 눔들을 이 잡듯 한다는군그래유."

이런 소리를 하는가 하면, 이번에는 문경에 진을 친 동학당 군사가 공주로 해서 서울로 쳐들어가고 있다고도 한다. 서울로 가는데 공주를 치다니 당치도 않은 소리였다.

그러나 이 종잡을 수 없는 소문도 다음 몇 가지에는 모두가 합치되는 것이었다. 그것은, 동학군은 읍에만 들어가면 먼저 무기를 빼앗고 원과 양반들을 잡아다가 꿇어 엎드려놓고는 백성들의 소원대로 죽일 놈은 죽이고 재물을 압수하고 집에 불을 지르기도 하며, 옥문을 열어서 죄수들을 풀어놓고 종문서와 빚문서는 모두 불을 살라버리고, 젊은 여자와 나이찬 처녀들은 혹은 욕을 보이고 또 혹은 얼굴에다 검정 자루를 뒤집어 씌워서 어디로인지 채어가고 만다는 것이다.

"그래, 젊은것들은 모두 얼굴에다 검정칠을 하구 선머슴녀석처럼 등걸 잠뱅이에다 머리를 틀어얹구 상투도 틀구 법석이라잖어유? 임진왜란 때 왜눔들 때문에두 그랬다더니만 인전 조선 백성한테 봉욕을 당하잖나베."

듣기만 해도 끔찍스런 소리다.

이런 이야기를 듣다 말고 미연이는 이상한 생각 하나가 들었다. 그것은 이 끔찍스러운 사실 앞에서 아랫것들은 겁을 집어먹기는커녕 박 첨지 놀리는 구경을 하고 온 아이들처럼 신바람까지 나 보이는 것이다. 입으로는 아씨, 마님의 걱정을 해주는 듯싶게 번지르르하나 눈만은 깨소금 맛이라고

얄을 피우는 것 같다. 아니 아랫것들뿐 아니다. 자기 집 식구만 빼어놓고는 동네 사람들 전부가 겁은커녕 되려 어서 동학군이 밀려들어왔으면 하는 눈치같기도 한 것이다.

"빌어를 먹을 눔들! 그녀석들 그렇게 모두 불질러버리는 비단이구 곡식이구 우리 같은 눔들이나 좀 나눠줄 게지. 없는 백성들은 하루 조당죽 한 끼두 차지가 못 가서 눈이 퀭한데 미쳤다구 백옥 같은 쌀을 재강을 만든담……."

하고 하나가 입을 열라치면 기다렸다는 듯이 옆에서 맞장구를 친다.

"글쎄 누가 아니래여. 이 보릿고개에 노적가리에 쌀을 산더미처럼 쌓아놓구서 앞뒷집에서는 굶어 죽는 소리가 나두 시침을 떼구 어디 까마귀가 짖느냐 하는 눔들의 쌀을 뺏앗거든 굶은 사람들 밥이나 한 번 실컷 해 먹게시리 하잖구서 태워버리긴 왜 태워버린담!"

"그러니까 해보자는 게지! 없는 눔이야 앉아서 굶어 죽으나 나가 싸우다가 죽으나 마찬가지니까 너두 들고 일어나지!"

속이 빠안히 들여다보이는 말들이라 아랫것들이 이런 말을 할 때면 으레 힐끗 진주집이나 마님 눈치를 보는 것만으로도 양반들한테 들어 보란 수작인 것이 분명하다.

"창만 어멈! 그럴 것 있나 남들이 들고 일어날 때를 징커니 앉아 기두를 것 없이 아범은 도낄 들구 어미는 괭일 메구 창만이란 눔한테 돌이나 들리어 한바탕 해보지그래? 오죽 존가?"

진주집이 듣다 못 하여 이렇게 윽박으니까 창만 어멈은 길길이 뛴다.

"아아니 웬 아씨두 일테면 그렇단 말이지유! 누가 그런다는 게예유 뭐……."

"글쎄 일테면 그렇게 해보란 말 아냐? 동네 사람들은 춘궁으루 해서 모두들 굶어 자빠졌는데 댁 광에는 볏섬이 가득하게 쌓여 있으니 광문을 열어제치구서 없는 사람들한테 쌀 좀 나눠주란 말야!"

"아이 참, 아씨두…… 글쎄 누가……."

인동 할멈도 몸이 달았다.

"글쎄구 공량세구 그렇게들 해봐! 당장. 네 이것들 못 그랬다간 너희들 다리빽다귀가 성치 못할 줄 알아라!"

진주집은 바짝 독이 올라서 색색대었다.

"인저 그만들 둬라. 말이면 다 말이 아니야. 그런 주둥일 함부로 놀렸다간 네 이년들 한 번 큰코 다칠 줄 알아라."

하고 윤씨 부인도 아랫것들을 꾸지람하고서 이번에는 어서 그렇게 못해보느냐고 주장질을 하는 진주집을 또 나무란다.

"진주집 너두 그만둬라. 거 아무것두 모르는 것들이 한 소릴 타내면 뭣하나. 그만 입들 닫아두구 어서 할 일들이나 해!"

미연이는 어머니의 말이 끝나기도 전에 뒤꼍으로 휑하니 와버렸다. 돌아와서는 화단 옆 감나무에 이마를 대고 자기로서도 까닭을 모르는 슬픔에 휘감기어 한참을 울고 말았었다.

그러나 미연이는 그 슬픔이 억울한 데서 온 것만이 아닌 것을 깨닫기 시작했다.

처음에는 미연이도 아랫것들의 한 말이 분해서만 울어졌거니 했었다.

사실 아랫것들의 한 말은 주둥이를 응켜놓고 싶도록 분했다. 집 안에다 호랑이를 기르고 있기나 한 것 같은 끔찍스러운 생각도 든다. 그러나 한편 생각할 때 아랫것들의 하는 말에도 일리가 없지가 않다. 미연이만 해도, 상것들이 굶는다고 노적 광문을 열어젖히어 쌀을 퍼주는 것이 옳다고는 생각되지 않았고 또 그 많은 사람들을 퍼주자면 노적광의 쌀이 몇 곱절은 있어야 하기도 했지만 봄에 한 말 갖다먹으면 이 가을에 가서 말가웃을 가져오는 장리쌀 한 말 얻자고 애걸하다가도 호령만 만나고 쓸쓸히 돌아가는 꼴을 하루에도 몇 번씩 보고 있는 미연이로서는 아랫것들이 그런 말을 했다고 해서 그들만을 괘씸하게 생각할 수도 없느니라 싶었던 것이다.

다 같은 사람으로 태어나서 어떤 사람은 가만히 앉아서 손의 물만 튀기고 장죽만 두드리고 있어도 먹을 것 입을 것이 흔전만전한 까닭을 몰라서 어렸을 적——열두 살되던 해부터 조그만 가슴을 졸여온 미연이었지만 그래서 얻은 결론이 하나는 양반으로 하나는 상것으로 태어나서 그렇게 된 것이요, 타고난 팔자가 그러니라 하는 것이었다.

그래서 미연이는 그 이상 이 어려운 문제를 생각해보지 않은 채 자기네는 양반이니까 잘 먹고 잘 입고 동네 사람들은 상것이니까 헐벗고 굶주리는 것이니라, 그것은 조금도 이상한 일도 우스운 일도 아니다, 오히려 당연한 일이거니 이렇게만 생각해왔던 것이다.

그러나 지금 미연이는 이 어려운 문제를 또 한 번 풀지 않으면 안 될 처지에 놓여져 있는 자신을 발견하는 것이었다.

'……그러면 어째서 난 양반이고 분이는 상것일까?'

이 의문에 잇대어 또 한 가지 의문이 머리를 들고 일어선다.

'……그래, 양반으로 태어났으면 태어났겠지 멀쩡한 사람들을 잡아다 때리고 패고 주리를 틀고 곤장을 치고 해서 돈이다 땅이다를 뺏을 수 있는 세도란 어디서 생긴 것일까?'

이런 의문과 함께 미연이는 어려서부터 보고 들어온 양반인 아버지의 가지가지의 노략질을 회상해보는 것이었다. 해마다 몇씩을 잡아다가 주리를 틀었고 그럴 때마다 돈바리와 쌀짐이 들어왔다. 박가, 김가, 정가, 성가, 유가——미연이가 기억하고 있는 사실만 해도 그 수효를 이루 헤아릴 수가 없다.

그 중에서도 가장 뚜렷이 미연이의 기억 속에 남아 있는 것이 장쇠에 관한 일이었다.

어디로 보나 장쇠한테는 아무런 죄도 없었다. 장쇠 처 금순이는 아버지한테 욕을 당하고 그것이 분해서 목을 매어 죽었고보니, 장쇠가 원한을 품는 것은 오히려 당연한 노릇이 아니냐? 그러나 아버지 말대로 정말 장쇠가 원수를 갚으려고 칼을 품고 다닌 것도 아닌 성싶다.

후환을 두려워한 돌이와 인동 할멈이 꾸며댄 것을 그대로 믿은 것만 같다.

이 장쇠 일 한 가지만 놓고 보더라도 잘못은 양반인 자기네 집에 있었던 것이다.

이러고 본다면 동학군은 반드시 나쁜 사람들만도 아닌 것 같고 이 동학군을 싸고도는 아랫것들을 나무랄 수만도 없다 싶었다. 더욱이 종문서와 빚문서를 불살라버린다는데 싫다 할 종도 없을 것이요 빚진 사람치고서 좋다하지 않을 사람도 없을 것이다.

보름날 밤 화초밭 앞에 분이를 데리고 앉아서 미연이는 이런 생각에 잠기고 있었다.

"분아."

"야?"

"너 동학군이 들어오면 어떡할 테냐?"

"얼굴에 검정칠을 하구 산으로 달아나지유."

"동학군이 들어와서는 종문서나 빚문서는 불살러버리구, 종이나 없는 사람들한테는 쌀하구 비단옷에 돈까지 막 짐으로 나눠준다는데 도망을 해?"

"거짓말——안 그렇대유. 작은 아씨!"

"안 그렇긴 왜 안 그래. 청주서두 그랬구, 괴산서두 그랬다는데 안 그래."

"그 사람넨 어디 돈이 그렇게 많대유."

"부잣집하구 양반의 집에서 털어오잖아?"

"아이 무셔라, 난 싫어유."

"종문설 불살르면 종 노릇을 않어두 존데, 그래두 싫어?"

"그럼, 어떻게 먹구 살게유. 양반댁에선 그래두 배 안 굶지만 나가기만 하면 뭘 먹구 살어유. 생전 먹구 살게 된다면 몰라두, 뭐 그까짓 문서 때문에 종노릇 하나유."

그도 그럴 법한 소리다. 나이 아직 열셋밖에 안 된 분이의 말이지만 옳은 말이라 했다. 종문서를 불사르는 것이 장한 게 아니라 먹고 살도록 되어야 한다. 돈푼 모아놓으면 또 아버지처럼 양반들이 뺏아가면 그 식이 장식이 될 것이다.

밤이 늦도록 미연이는 분이를 데리고 이런 이야기를 하고 있었다. 초저녁에는 한 줄기 할 것처럼 무덥더니만 산들바람이 불면서 모기까지 쫓아주고 구름장도 말끔히 벗기고는 은실을 늘인 듯싶은 달빛이 감나무잎 사이로 조옥조옥 지새고 있다. 여름 달밤에는 격에 맞지 않는 산비둘기 소리가 궁상맞게도 바로 담 너머 밤나무 숲에서 들려온다.

'어디로 뜯어보나 꼭같은 사람인데!'

미연이는 달빛에 비친 분이의 얼굴을 눈썹부터 코, 입, 귀, 제법 방싯해진 젖가슴, 손이며 발, 심지어 말소리까지 한 가지 한 가지 양반인 자기와 비교해보는 것이다. 상것인 분이도 꼬집으면 아프다 하고 꽃을 보고는 곱다 하고 달만 보고도 보름께인 줄 알지 않는가? 그래도 미심쩍어서 미연이는 분이의 겨드랑이 밑에다 손을 넣어보는 것이다.

"아이 간지러워라! 왜 그래유 작은 아씨?"

상것이요 종인 분이도 분명히 간지럽다고 하지 않았는가?

미연이가 이런 생각을 하고 있을 때였다. 마침 진주집이 부르는 소리가 나서 분이가 안으로 들어가자마자 담 너머에서 이상한 소리가 나는 듯싶더니만 하이얀 새 같은 것이 달빛에 날개를 번득이고 화초밭으로 내려와 앉는 것이다.

"아이, 새가!"

그것을 본 순간 미연이는 이렇게 거의 입 밖에 내어 부르짖었다. 그러나 그 다음 순간 미연이는 그것이 새가 아니라는 것만을 깨달았다. 새 앉는 소리 치고는 너무 컸던 것이다.

"저게 뭘까?"

무서움과 호기심을 동시에 느끼면서 사방을 둘러보니 사람도 없고 아무 소리도 들리지 않는다. 그래서 무심코 집어보니 그것은 돌에다 맨 한 장의 편지다.

그것이 편지인 것을 깨달은 순간, 미연이는 모르고 불덩이를 쥐었던 사람처럼 질겁을 해서 편지를 떨어뜨리었다. 그리고는 편지가 날아 넘어온 담 쪽을 눈여겨보나 나무에 가리어 아무것도 보이지가 않는다. 벌써 호기심은 자취를 감추고 겁만이 부쩍나서 가슴이 들구 뛴다.

"동학군이 벌써 들어왔구나!"

그것이 편지라는 것을 깨달은 순간 미연이의 머리에 번개같이 떠오른 생각은 이것이었다. 동학군이 들어와서 우리 집을 둘러싸고 이리이리 하라는 지시를 내린 명령서임에 틀림이 없을 것이었다. 올 때가 온 것이었다.

그것을 깨닫자 아까까지의 동학당에 대한 깊은 이해와 동정도 꼬리를 감추고 그 대신 적의만이 그를 지배하는 것이었다. 저 편지를 어떻게 해야 옳으냐. 보느냐, 안 집어 보느냐? 보아도 죽고, 안 보아도 죽을 바엔 보기라도 하고 죽는 게 옳지 않나!

그러나 미연이는 이런 것을 오래 생각할 마음의 여유조차 갖지 못했었다.

분이의 짚신짝 끄는 소리가 안마당에서부터 가까이 왔기 때문이다.

미연이는 어떤 일이 있더라도 이 편지를 분이한테 보여서는 안 된다는 생각에만 지배되어 잽싸게 편지를 집어 허리 골춤에다 끼었다. 가슴 뛰는 소리가 그것이라고 들리는 것 같았다. 아니 정녕코 들리고 있었다.

"작은 아씨, 그만 들어가 주무시래유."

분이가 어머니의 명령을 전달하기가 무섭게 미연이는 대답도 않고 벌써 자기 방 쪽으로 발을 옮겨놓고 있었다. 분이는 의외인 듯이 작은 아씨를 말끄러미 쳐다보고 섰더니만 짤래짤래 따라선다.

미연이는 어머니 방에 들러서 인사를 하고 어머니가 이야기를 꺼내기 전에 자기 방으로 되어 있는 뒤채 건넌방으로 들어왔다.

어머니 윤씨 부인이 새댁 시절에 쓰던 방이다. 아랫목 머리 동쪽 창 밑으로 할아버지가 쓰시던 문갑이 놓이고 윗목 쪽으로는 의걸이를 겸한 반닫이가 놓여 있고 다락까지 있어서 열두어 살 때부터 어머니를 안방으로 쫓고서 미연이가 독차지를 해온 방이다. 어머니가 거처하는 안방 마루로 통한 미닫이에는 희(囍)자 대발이 늘이어져 있었으나 미연이는 장지를 닫고 그래서 뒷문에다 발을 갖다 쳤다.

달빛이 방 안으로 밀려드느라고 대발이 얄랑얄랑 잔물결을 일으킨다.

미연이는 사방에 귀를 기울여보고 그래도 미심쩍어서 문을 닫고는 광명대의 등잔 대신 밀초에 불을 붙였다. 그리고는 조심조심 골춤에 감추었던 편지를 꺼내어 몇 번이나 앞뒤로 되작인다. 앞에도 글씨 한 자 안 쓰인 빈 봉투다.

그러나 그 봉투를 본 순간 미연이는 이것이 동학당에서 온 것이 아닌 것만은 확실히 알 수 있었다. 동학당에서 보낸 편지치고는 너무도 단정했고 흙은 묻었을망정 봉투도 풀이 빳빳한 간지로 만든 것이다.

'이게 뉘가 뉘게다 하는 편질까?'

미연이는 편지 부피를 만져본다. 제법 두껍다. 이번에는 또 손가락 끝에다 놓고 무게를 달아본다. 무슨 사연이 그리도 긴지 사뭇 무게가 나간다. 돌을 달아맨 노끈이 쌍겹 청올치 노끈인 것과 돌도 어디서 묘하게 구멍이 뚫린 돌인 것으로 보아 미리 마련했던 것이 분명하다.

'누굴까?'

편지를 앞에다 놓고 이렇게 생각하는 미연이 귀에다 속삭이는 소리가 들린다.

'그걸 몰라 장쇠야 장쇠!'

'장쇠?'

그렇다. 장쇠다. 장쇠에 틀림이 없다. 미연이가 그 편지를 장쇠의 것이라고 단정한 데는 다음과 같은 이유에서다. 그 한 가지는, 미연이가 김 승지한테서 장쇠를 구해주어 동리를 빠져나갈 적에 같은 남자끼리라면 한 번 만나서 치하라도 하고 싶다고 했다는 말이 구르고 굴러서 미연이 귀에도 들어왔던 터이요, 또 미연이만 해도 만일 장쇠가 같은 여자였다면 아무리 상사람이라 할지라도 자기가 자진해서 한 번 만나서 아버지에 대한 원한도 풀어주고 싶었고 그의 마음을 진정시키기 위해서는 마땅한 아내를 얻어주기라도 하고 싶은 심정이었다.

터무니없는 공상이기는 했지마는 만일 그것이 허락만 된다면 자기가 죽은 금순이 대신 장쇠의 처가 되어도 좋다고까지 순간 생각한 일이 있었던 미연이었다. 사실 미연이는 장쇠가 비록 상사람이라 하지만 그 태도에는 실로 장부다운 데가 있었고 그 호된 매질에도 아프다는 소리 단 한 마디 없이 꾹 참고 견디는 데는 무엇이라 말할 수 없는 깊은 감격을 받았던 것이다.

'장쇠와 혼인을 해?'

미연이 머리에 이런 생각이 퍼뜩 떠오른 것은 기실 장쇠의 사람됨을 우러러보았다든가 그렇게 함이 옳다든가 하는 깊은 생각에서도 아니고 그 무슨 근거가 있었서도 물론 아니었다.

아이들이 '별을 따볼까?' 이런 생각을 하는 때와 꼭같은, 미연이 자신 아무런 책임도 지지 않을 성질의, 지극히 돌발적인 감정의 장난이었음에 지나지 않는다. 그래서 그런 생각을 했던 자기 자신에 어처구니가 없어한 미연이기도 했다.

그렇다고 장쇠에 대한 이러한 호의(?)가 지금껏 계속된 데서 미연이가 이 편지를 장쇠와 연결지은 것도 물론 아니다. 미연이는 순간 장쇠와의 혼인을 생각해본 후로는 장쇠를 깨끗이 잊고 살아왔고 장쇠에 대해서 순간이나마 그런 생각을 했더니라는 그 기억까지도 완전히 잊은 채 살아왔던 것이다.

　지금 미연이가 장쇠와 편지를 연결시키는 데는, 오직 장쇠가 동학당에 휩쓸려 들어갔다는 소문과 장쇠가 이 근방에 와서 있다는 두 가지 소문에 근거한 것이었다. 아무리 장쇠가 동학당이 되었기로서니, 그리고 아무리 아버지 김 승지가 많은 죄를 졌다기로서니 목숨의 은인인 자기의 낯을 보더라도 다른 양반이나 부자놈들을 다루듯 하지는 않으리라, 하는 생각은 동학란 소문을 들을 때마다 피뜩피뜩 생각한 일이 있었던지라 장쇠가 자기에게 은혜를 갚기 위해서 미리 무슨 조치를 한 것이라 생각되었던 것이다.

　또 미연이는, 만일에 동학당이 쳐들어오게만 된다면 장쇠한테만은 미리 무슨 기별이 있을 것 같은 기대를 갖고 있었던 것도 사실이었다. ──그러나 이 미연이의 상상은 완전히 빗나간 것이었다.

　그것은 꿈에도 생각지 못했던 사랑의 편지였다.

　정말 상상조차도 하지 못했던 사실이었다. 있을 수도 없고 또 있어서도 안 되는 일이었다. 미연이는 '미연 소저께 올림'이라는 첫 대문을 읽었을 때까지도 정녕 장쇠의 편지거니 했었다. 그러나 이 한 대문만 읽고 난 미연이는 편지를 덮고 눈을 감았다. 첫째 글씨가 장쇠의 글씨가 아니다. 그렇다. 미연이가 장쇠의 글씨를 안다는 것은 아니다. '미연 소저'란 네 글자는 한문자일뿐더러 때가 벗고 자리가 잡힌 반초다.

　'아니다!'하고 미연이는 우선 단정을 내리었다.

　'장쇠의 편지는 단연코 아니다. 그러면…… ?'

　장쇠의 편지가 아니면 미연이는 응당 일양이를 이 편지와 연결시키어 생각하는 것이 옳았을지 모른다. 그러나 미연이로 하여금 이 편지와 일양이를 연결시키게 할 아무런──실로 아무런 연결성도 미연이는 갖고 있지 못했던 것이다. 같은 양반으로는 오직 둘밖에 없는 박 의관과 김 승지이고 보니, 장난으로라도 그럴 가능성이 없지도 않았지만 하나는 남인이요, 하나는 동인이었고 하나가 개면 하나는 고양이었고, 하나가 물이라면 하나는 기름이었다. 이러한 김 승지의 딸이 이 편지와 박 의관의 아들과를 연결시키지 않으면 안 될──아니 그럴 가능성의 만분의 일이라도 되어줄 건덕지조차 미연이는 갖고 있지 않았던 것이다.

　그래서 미연이는 외나무다리를 건너는 사람이 밑을 안 내려다보려고 애쓰듯이, 되도록 중간 글자를 보지 않으려고 애를 쓰면서 당(唐) 간지를 두르르 펴자니까 뜻하지도 않은 글자가 눈 속으로 툭 튀어 들어온다.

'박일양!'

이 이름을 본 순간 미연이는 바늘에나 찔린 사람처럼 자기도 모르게 외마디 소리를 질렀다.

너무도 창졸간에 격동을 받은 때문인지 눈이 뿌예지면서 종이 위에서 글자가 콩튀듯 한다.

'내가 미쳤나?'

미연이는 이렇게 자신을 나무라본다. 평시에 일양이를 생각했기 때문에 딴 글자가 일양이로 잘못 뵈었으려니 한 것이다. 그는 코에서 단내가 나도록 얼굴이 달아옴을 깨닫고 있었다. 그러나 이러한 미연이를 비웃기나 하듯 가슴이 들고 뛴다. 부끄러운지 무서운지 기쁜지도 분간할 수 없는 감정이 일시에 엄습하고보니 갈피를 차릴 도리가 없다.

'이 양반이 미쳤나!'

미연이가 이만한 생각만이라도 하게 된 것도 실로 한참 후다.

'아아니 이 양반이 어쩌자구 남의 집 규중 처녀한테다 이런 편지를 보낸다는 겔까……'

정녕코 미친 게 틀림이 없다. 미치지 않고서야 그럴 리가 없지 않은가. 미쳤어도 이만저만 미친 이가 아니다. 그렇지 않고서야 한 번 보지도 못한 남의 집——그것도 양반의 집 출가 전인 처녀한테다 편지질을 할 리가 만무다. 더욱이 그 이는 박 의관의 아들이 아닌가? 다른 사람도 아닌 김 승지 딸인 자기한테다 편지가 다 무슨 놈의 편지란 말인가.

'항차 그 이는 아내까지 있는 사람이 아닌가?'

생각할수록 그것은 어처구니없는 이야기였다. 아니 불쾌하기까지 했다. 불쾌를 지나서 그것은 참을 수 없는 모욕이었다.

'이 양반이 날 어떻게 보구서 하는 수작일까?'

미연이는 이렇게 성을 막 내어본다.

미연이는 편지를 돌돌 말았다. 아무리 생각해보아도 이 편지를 보아서는 안 된다 했다.

'얘 아가, 남은 일껏 공을 들여서 쓴 편지를 보지도 않고서 불을 살라
버리느냐, 보는 거야 대수냐. 어서 보구서 불을 사르든지 어떡하든지 하
려므나.'

이렇게 타이르거나 하듯 안방에서 인기척을 내어주고 있다. 미연이는
어머니의 인기척에 질겁을 해서 편지를 무릎 밑에다 떨어뜨리고 닥치는
대로 책상 위의 책을 집어든다. 어머니가 시집올 때 함 속에 넣어 가지고
왔다는 《효부 열녀전》이다.

책은 펴들었으나 마음과 귀는 안방으로 가 있다. 그 동안에도 가슴은
철딱서니 없이도 뛰기만 한다.

잠꼬대였던지 이윽고 또 잠잠해진다. 그래도 마음이 안 놓이어 갸웃이
안방 쪽에 귀를 기울여보더니만 지금까지 그렇게나 싸운 미연이답지도 않게
시지부지 편지를 꺼내어 펴드는 것이다. 그것은 마치 먹다둔 밥을 계속하는
것과도 같았다.

오직 가슴만이 여전히——아니 한층 더 호들갑을 떨고 뛰고 있었으나
벌써 미연이는 이 가슴의 고동까지도 생리적인 한 현상으로밖에 인식하지
않게 되어 있었다.

'귀하신 규중 소저의 이름을 부름도 외람되겠거든 항차 이런 글월을
올리는 무례함을 깊이 용서하시기 바랍니다. 미연 소저께서는 실로 의
외이실 지 모르오나 생은 탑동 박 의관 집 아들 일양이옵니다…….'

미연이는 자기도 모르게 단숨에 여기까지 내려읽고야 말았다. 벌써 그의
귀에는 아무런 꾸지람도 들리지 않았다. 오직 물 속에서 들려오는 북소리
같은 가슴의 고동만이 그 무슨 절대의 행복인 양 들려오고 있을 뿐이었다.
꽃수레에 삼현 육각을 잡히고 일산을 높이 받은 어여쁜 귀공자가 멀리서
자기를 반기며 차츰차츰 가까이 오고 있는 아름다운 정경을 바라보는 것
과도 같은 그런 행복을 깨달으면서도 벌써 얼굴도 붉힐 줄 모르는 지금의
미연이다.

'……생은 일찍이 미연 소저의 재질의 뛰어남도 들었삽고 덕의 아

름다움도 익히 들었습니다. 문필에 능하심도 들은 바 있습니다. 소저의 말씀을 듣는 것은 생게는 그지없는 행복이었습니다.

……언제부터인지 생 자신도 모릅니다.

모르는 동안에 소저가 사시는 미륵동은 생에게 있어서는 낙원이었고 소저는 이 낙원에 하강한 선녀로 생각키어졌습니다. 어느 때부터인지 생도 모릅니다. 생은 소저에 관한 이야기를 듣는 것만으로도 절대한 행복을 깨달아왔습니다. 아니 소저의 그 놀라운 재원과 미덕을 칭찬하는 소문을 듣기 위해서만 이 세상에 살아 있는 사람이 되고 말았습니다.

소저도 내가 얼마나 불행한 인간이란 것을 들어서 아시리라 믿습니다. 어둠과 고뇌와 하염없는 슬픔, 권태——이런 속에서 허우적대다가 '미연'이란 소저의 이름만 듣고도 그 순간의 어둠은 빛으로, 우울은 행복으로 슬픔 대신 기쁨이 전신에 용솟음치는 것이었습니다. 이 행복이란 너무도 구하기가 힘들었습니다. 그래서 생은 미연 소저가 계시는 미륵동을 건너다볼 수 있는 행복만으로서만 만족하도록 생 자신을 단념시켜왔습니다. 같은 하늘 밑에서 소저와 같이 살고 있다는 행복, 소저가 마시고 사는 공기를 같이 마시고 있다는 이 행복…….'

미연이는 여기서 뚝 끊었다. 숨이 막히는 것 같았기 때문이다.

몇 번이나 질식 상태를 경험해가면서 미연이는 겨우 일양이의 긴 편지를 다 읽었다. 한 사나이가 마음에 없는 결혼으로 해서 고민하는 것이 눈앞에 보이는 듯싶은 —— 아니 미연이 자신, 같은 여성이면서도 이렇게까지나 한 남성을 괴롭히는 일양이의 아내한테 일종 반감을 느끼게 하는 그런 실감을 그의 편지는 주고 있었다. 남편한테서 버림을 받고 쓸쓸히 친가에 돌아간 일양이의 아내한테 끝없는 동정을 가져야만 할 미연이었건만 마음에 없는 결혼으로 해서 고민하는 일양이가 친오라버니요 또 모든 잘못이 오라범댁 한테만 있기나 한 것처럼 미연이는 이 이상 한 여성에 대해서 동정은 커녕, 안차고 다구진 독한 올케에게 대할 때와 비슷한 증오까지를 느끼게 하는 그런 편지였다.

만일 일양이의 아내되는 여인이 자기 손에 닿는 데 있기만 하다면,

'사내 대장부를 이렇게까지 괴롭게 하면서도 뭣하러 징커니 앉았는

게요?'

하고 한 방 모지게 쥐어박고도 싶은 그런 심정을 미연이는 경험하고 있는 것이었다. 이 불행한 동정을 마음으로 울어주지 못하는 자신을 발견했을 때 미연이는 아무도 없는 방 안에서도 눈 둘 곳을 몰라하면서,

'내가 미쳤다니까! 미쳤어!'

이렇게 슬슬 쓸어 넘기었다. 그는 그런 자기를 숨기는 방법이기나 한 것처럼 편지를 도루루 말아서는 미처 생각할 여유도 주지 않고 촛불 끝에다 바짝 들이대었다. 편지는 불이 붙기가 무섭게 춤을 추며 활활 탄다. 편지가 타는 동안도 미연이한테는 몹시 지루했다. 불이 손끝까지 타 내려오자 미연이는 한 손으로 공기를 하듯 추슬러서 손바닥에서 다 태웠다. 귀한 어른의 편지이고 보니 자기 손에서 타게 하고 싶다는 것같이도 보이었다.

"아이 무서!"

재를 처치하고 난 미연이가 처음 입 밖에 낸 말이었다. 사실 지금의 미연이한테 남아 있는 것은 오직 이 무섭다는 생각뿐이었다. 원수처럼 대대로 내려오는 박 의관의 아들이 원수지간인 김 승지의 딸인 자기한테 마음을 두고 있다는 사실부터가 무섭기만 한 일이었다. 그리고 이 사나이는 죽는 그 순간까지 자기만을 위해서 살겠다는 것이 아니던가. 그의 말대로 미연이는 그날 밤을 저주해보는 것이었다. 만일 그날 밤 장쇠의 그런 일만 없었더라도 일양이가 타동인 미륵동에 나타났을 리도 없었을 것이요, 자기 아버지가 장쇠를 죽인다고 서둘지만 않았더라도 규중 처녀인 자기가 그 만인 총중에 그 꼴을 하고 뛰어나가지도 않았을 것이었다.

'생각하면 다 쓸데없는 반목입니다. 이유 없는 알력이지요. 이 두 집이 이처럼 적을 짓게 한 책임의 대부분은 우리 박씨 문중이 져야 할 것은 생도 잘 압니다. 박씨 문중을 대표해서 일양은 미연 소저한테 깊이깊이 사죄하는 바입니다. 동시에 이 이유도, 보람도 없는 두 집안의 반목은 생과 소저가 손을 잡고 마음을 합치는 데서만 깨어질 수 있다고 생각합니다 ──.'

일양이의 편지의 이런 구절을 한 번 되외어보자, 자기가 무섭다고만

생각하는 것이 어쩐지 미안스러웠다. 이 무서운 두 집안의 적의를 없애기 위해서라도 뭐라고든지 답장을 해야만 하느니라고 생각하는 동안에 닷새가 지났다.

일양이가 회답을 받으러오겠다는 날이다.

이날 일양이는 스무날 달이 뜰 무렵을 기해서 미연이가 늘 나와 지내는 화단 뒷담 너머에서 미연이의 편지를 기다리게 되어 있다. 물론 일양이가 임의로 정한 방법이었다.

미연이는 그날도 아침 늦게서야 일어났다.

먼동이 틀 무렵이면 벌써 자리를 털고 일어나야 할 미연이가 늑장을 피우는 지가 벌써 닷새째다. 그럴 밖에, 요 닷새 동안의 미연이는 거의 잠을 못 이루고 샐 녘에서야 겨우 깜박하는 것이 한 습관처럼 되어 있었던 것이다.

밤뿐이 아니다. 낮에도 문득 편지 생각만 나면 속이 울렁거리고 얼굴이 달아온다. 귀를 기울이면 가슴 뛰는 소리가 들릴 것만 같아서 마음을 진정할 수가 없다.

"애기두 맘을 단단히 먹어요. 그날 옆에서도 안타까워서 못 보겠던걸."

실상 진주집이 이런 말을 한 뜻은, 바람이 자는 듯싶던 동학군 소문이 어제 오늘 내로 또다시 펑펑 떠돌기 시작한 데서다. 그러나 미연이한테는 진주집이 일양이 편지 조각을 알고, 이를 악물고서 앙탈을 하면서도 자칫하면 일양이한테로 기울어져가는 그의 마음자리를 빠안히 들여다보면서 하는 소리만 같아서 진주집과 마주치기만 하면 눈 둘 곳을 몰라하는 미연이기도 했다.

사실 혼자만 살려는 것처럼 아랫것들의 누더기를 뺏아다둔다. 숯검정이다, 먹이다, 얼굴에 환을 칠 연모며, 다급하면 산으로 들고 뛴다고 감발감까지를 장만하고 있는 진주집은 요새의 안절부절해 하는 미연이의 태도도 동학군 때문으로만 알고 있는 것이다. 그리고 사실 또 미연이만 해도 동학당 난리 소문에 떨리지 않는 바는 아니다. 그러나 동학 난리는 아직 닥쳐오지 않은 난리였지만 마음속의 난리는 벌써 일어난 지가 닷새나 되었다. 이 마음속의 난리를 겪느라고 미연이는 아직 눈에도 보이지 않는 동학 난리를 걱정할 마음의 여유가 없었던 것이다.

"어떡하나!"

서나, 앉으나, 잘 때나, 깨어서나, 걱정이 이것이었다. 한 번은 어머니와 진주집, 분이와 분이 어멈 이렇게들 앉았다가 무심코 이런 소리를 하고야 말았다. 남의 이야기를 들으면서도 생각만은 이 걱정이었던지라 자기도 모르게 한숨에 섞이어서 풀쑥 나오고 만 것이다.

"어떡하긴 뭘 어떡하우. 당하면 당했지. 걱정한다구 올 난리가 안 오겠수. 맘이나 다잡아먹구서 기다려 보는 게지……."

'정말 난리가 쳐들어와서 양반이고 내외 범절이고 다 한 번 뒤집어 봤으면——.'

미연이는 진주집 말은 건성으로 들으면서 이런 엉뚱한 생각을 해보는 것이다.

그리고는 또 일양이의 말을 빌리고 있거니 싶어서 얼굴이 확 달아온다. 사실 요새의 미연이는 어린아이들이 걸핏하면 울 어머니 울 아버지 하고 자기 주위의 사람 말을 내세우듯이 자기도 모르게 일양이의 편지 속에 씌었던 문구에 완전히 사로잡혀 있는 것이었다.

지금의 이 생각만 해도, 일양이가 미연네 집에서 쫓겨난 음전이년과 윤 첨지의 아들 팔용이와의 재혼을 예로 끌어서 양반 사회의 고리탑작지근한 도덕을 저주한 문구에서 빚어진 것이었다.

미연이가 지금 얼굴을 붉힌 것도 그것을 깨달았기 때문이다.

그 림 자

섰던 자리와 방향을 혼란시켜놓기만 하면 동서남북은 커녕 땅과 하늘도 분간할 수 없으리만큼 캄캄한 밤이다. 달은 물론 빛을 발하는 일체의 물체가 완전히 어둠 속에 싸여버리어 검은빛 이외에는 그 어떤 빛깔도 이 우주에 존재하지 않는 것만 같았다.

아니, 빛뿐이 아니다.

이 우주에서 생명을 보전하고 있던 모든 생물도 이 검은빛이 다 집어 삼키고 말기나 한 듯이 생을 상징해주는 단 한 가닥의 음향도, 그리고 단

한 오라기의 움직임도 오늘 밤에는 찾아볼 수가 없었다. 그 무슨 위대한 ──
── 아니 무서운 횡포 앞에서 그 잔학무도한 처벌을 기다리는 듯이 만물은
숨을 죽이고 있다.

더욱이 여기는 깊은 산 중, 산 중에서도 사람이고 가축의 소리조차 들을
수 없는 석굴 속 ── 그러나 일체의 생물의 생이 정지된 것은 아니다. 다만
일시 정지하고 있을 뿐이다. 그 증거로 석굴 문에 친 거적을 젖히자 그
속에서는 희미하나마 불빛이 새어 나왔고 굴 안 그 불빛 속에서는 분명히
살아 있는 인간의 떼가, 혹은 움직이고 있고 혹은 말도 하며 또 혹은 비스듬히
석벽에 기대어 담배도 피우고 있다. 또 몇은 머리를 맞대듯이 둘러앉았기도
하다. 노름꾼들인가? 할지도 모른다.

그러나 노름꾼들이 아닌 것만은 확실한 것이, 짚신감발에 윗대님을 깡
뚱하게 쳤고 머리에는 검고 노랗고 어떤 사람은 붉은 수건을 질끈질끈
동였다. 벽에 기대어 세운 것은 끝이 칼날 같은 죽창일시 분명하다. 허리에는
개개 뭉뚝한 방망이들을 찼다.

굴 안쪽이 상좌인 듯싶어 거기에는 허우대가 크고 백발이 성성한 구
레나룻을 쓰다듬고 앉아서 눈을 감고 있다. 풍채가 늠름한 것이 좌상인
듯싶은 그는 책상다리를 하고 깊은 생각에 잠겨 있다.

흰 수건으로 망건 대신 머리를 싸고 갓을 썼다. 두루마기를 입기는 했으나
겨드랑이로 도포 끈처럼 잘록하니 동여맨 품이라든가 떡 벌어진 어깨가
상체를 네모가 나게 보여주어 백발이 나부끼기는 하나 혈기왕성한 장정을
연상시킨다.

어디로 뜯어보나 역시 대장감이다.

이윽고 좌상이 감았던 눈을 떠서 좌중을 한 번 휘둘러보고,

"정탐 간 자들은 아직 돌아오지 않았는가?"

하자 누웠던 사람은 일어나고 돌아앉았던 패는 좌상 쪽으로 몸을 돌이킨다.

"아직 소식이 없쇠다."

"좀 늦군. 장정으로 셋만 뽑아서 다시 한 번 보내보면?"

"보내리까?"

"너무 늦은 품이 수상하군. 빨리 뒤를 쫓게 하라구."

"네──."

하고 그 중에서는 책임자인 듯싶은, 가로 딱 바라진 것이 쇠뭉치처럼 다부지게 생긴 삼십 가량의 친구가 허리에 찼던 방망이를 빼어들고 일어서 나간다. 그러나 굴 밖에도 채 나가지 못하고 되들어오면서,

"선발대가 돌아오오."

보고를 한다. 뒤미처 같은 행색의 세 젊은 패가 앞뒤로 꽁꽁 결박을 한 웬 이십 가량의 젊은 사나이를 앞세우고 들어선다.

"그게 누구냐?"

늙은 두목이 자리를 고쳐 앉는다.

"김 승지 집 근방을 파수 보던 놈이올시다."

"김 승지 집 파수를 보던 놈이라? 거 잘 잡아왔다. 거기 꿇어앉히어라."

두목은 이렇게 젊은 사람을 한복판에 꿇어앉히고서,

"그래, 이놈 하나뿐이던가?"

"아니올시다. 이놈은 저희를 보았기 때문에 잡아왔지만 집 둘레로 네댓놈이 번갈아 빙빙 돌며 파수를 보고 있습니다. 이놈은 손에 든 것도 없고 행색도 초라했지만 말이 새일까봐 할 수 없이 끌고 왔습니다."

"그래, 동리에선 아무런 다른 눈치도 보이지 않던가."

"별로 그런 기색은 못 봤습니다. 어느 놈의 집인지 문 위에 가서 가만히 듣자 하니까 동학군들은 눈이 멀었느냐 하면서 이곳 양반놈들도 좀 잡아다 주리를 틀어놓지 않고 괴산서 바루 서울루 간다더라고 그런 이야길 하고 있습니다요."

"그럼, 박 의관 동리에 간 사람들은 어찌 되었는고?"

"아직 안 왔습니다."

다부지게 생긴 친구가 대답을 한다.

"그럼, 아무런 변괴도 없단 말이지?"

"미륵동엔 없었습니다."

두목은 잡아다 쪼그려앉힌 사나이를 눈여겨보더니만,

"넌 어디 사는 누구지?"

하고 묻는다.

"탑골 사는 박차돌이올습니다."

"탑골 산다? 그럼 어째서 미륵동 김 승지네 집을 지키어주고 있었던

가 ? ”

　“김 승지 집을 지키러간 것이 아니오라 미륵동 동무를 찾아갔다가 집으로 돌아가던 길에 마침 승지댁 뒤 밤나무갓을 지나다가 저 사람들한테 붙들린 것입니다.”

　“그럼, 미륵동 뉘 집에 놀러갔었든가 ? ”

　사나이는 한참 생각을 하던 눈치더니 그저 동무를 찾아갔다가 놀러가고 없어서 그대로 돌아가던 길이라고만 한다. 두목도 그까짓 것은 알면 무엇하랴 싶었는지 더 묻지도 않는다. 그리고는 탑골 동리의 공기를 차근차근 캐어 묻고는,

　“박 의관은 지금 집에 있는가 ? ”

　“있을 것 같습니다.”

　“박 의관 집에 대한 동리 사람들의 평판은 어떤가 ? 박 의관이 상사람들을 몹시도 괴롭게 군다는 소문이 있던데 ? ”

하고 묻자 사나이는 또 잠시 생각하는 눈치다.

　“돈 있고 세도 있는 사람을 좋게 말할 사람도 없겠지요. 허지만 또 몹시 나쁘게 말하는 것도 듣지 못했습니다.

　“그래 ? 그럼 너의 집은 박 의관네와 어떤 관계가 있지 ? 작인이냐 ? 하인이냐 ? ”

　“그 댁 작인이올시다.”

　이렇게 문답을 하고 있는데 탑골에 갔다던 사람들이 와 몰려들어왔다. 동리는 평온하고 박 의관 집에서는 별로 파수를 세운 것 같지도 않다. 다만 좀 술렁대는 것 같아서 수소문을 해보았으나 알 길이 없었고, 여남은 살 먹은 아이의 말을 들으면 박 의관 집 막내아들이 실성을 해서 저녁에 나간 채 돌아오지 않아 하인들이 찾아나갔다고 하는데 사실 그런가 보더라는 것이다.

　“자, 그러면 모두들 차비를 차리게 하여라. 미륵동에 이십 명, 탑골에 이십 명 이렇게 두 패로 짜서 굴 앞으로 모이게 하여라.”

　두목은 이렇게 지시를 하고 자기도 일어선다.

　굴 천장도 꽤 높건만 허리를 굽히지 않으면 안 되는 큰 키다.

　두목은 대원 사십 명을 굴 밖에 모아놓고서 일장 훈시를 한다. 굴 밖은

그대로 아름드리 잡목이 우거졌다.

"일 대는 미륵동, 이 대는 탑골로 직행하되 미륵동에서는 김 승지 집의 사내란 사내는 다 잡아올 것, 하인놈들 중에는 돌이란 녀석이 있다는데 그 놈은 더욱이 놓치지 말아야 한다. 탑골에선 박 의관 집인데, 여기서도 박 의관과 아들 청지기 하인들 할 것 없이 사내란 사내는 다 잡아들여라."

이렇게 지시를 하고는 다시 대원의 개인 행동은 절대로 엄금할 것과 옷 한 가지라도 손을 댄 것이 탄로나는 때에는 태형 오십 대, 유부녀에 손을 대면 사형, 미수일지라도 태형 백 대씩에 처한다는 것이다.

"너희들 중 단 한 사람의 잘못이 우리들 전체에 누명을 끼친다는 것을 명심하여야 한다. 우리는 이 어지러운 정치를 바로잡고 백성들을 못 살게 구는 악한 양반과 관리들로부터 우리 동포를 구원하자는 것이니 만일에 백성들 재물에 손을 댄다든가, 사람을 해친다면 그 죄는 양반들과 조금도 다를 것이 없다는 것을 알아야 한다. 그리고 동리 사람들을 모아놓고 이 뜻을 잘 전달하되 만일에 방해를 한다든가 관가에 밀고를 한다든가 하면 그 액을 면치 못하리라는 것도 알아듣게 이야기해주어라. 그리고 열다섯 명은 남아서 동리 사람을 감시하고 다섯 명은 놈들을 이리로 호송해오도록 하라. 다 알아들었느냐? 자, 그럼——."

출발 명령이 내리자 사십 명의 대원은 확 두 갈래로 나뉘어 산을 타고 내려간다.

대원을 풀어보낸 두목은 혼자만이 굴 속으로 들어오더니 천천히 담배에 불을 붙이어 물고 단정히 쭈그리고 앉아 있는 젊은애를 찬찬하게 눈여겨 보고 있다.

"몇 살이냐?"

"열아홉입니다."

"생화는 농산가?"

"……아닙니다."

"농사가 아니라면 이 촌구석에서 뭘루 생화를 삼고 있나?"

그래도 사나이는 말이 없다.

두목은 대답을 재촉하는 법도 없이 펄럭거리는 촛불을 물끄러미 바라 보고만 있다.

그러더니 다시 혼잣말처럼 중얼거린다.

"탑골 아무개의 아들이라고 하면 나도 혹 짐작이 갈지도 모르겠는데 부모 성명도 안 대고……부모가 안 계신가?"

'이 늙은이가 내가 누구인 줄을 알고서 하는 수작이 아닌가?' 하고 사나이는 의심이 벌컥 든다. 사실 농군처럼 차리기는 했다지만 수건을 벗으면 망건에다 응동곳을 꽂은 맵시 있는 상투로도 농군이 아님을 알 것이요 일부러 푸대님에다 고이적삼 바람이나 등걸 잠방이가 아니니 조금만 눈여겨본다면 눈치를 못 챌 리가 만무다.

더욱이 이 산골 농군치고서는 안동포를 입을 사람은 없겠고보니 아무리 흙투성이가 되었다기로니 소경이 아닌 바에야 짐작을 못 할 리도 없다 싶어 솔직하게 자백을 하기로 결심을 했다.

"두목님, 기실 지금까지 말씀한 것 모두가 거짓말입니다. 저는 탑골 사는 박 의관 집 셋째아들입니다."

"박 의관이란 사람이 아들이 그렇게 여럿이던가?"

두목은 속인 것을 꾸짖는 법도 없다. 박 의관의 아들이라는 새로운 사실에도 별로 놀라는 기색도 보이지 않는다. 그저 혼자 중얼거린다.

"거 참 복 많은 사람이로군그래."

일양이는 대답을 해야 옳을지, 안 해야 할지를 몰라 어리둥절하다가 그대로 입을 봉하고 있었다.

"박 의관 댁 셋째아들이고 보면 무엇 하러 밤중에 김 승지 집 담 밖을 감돌고 있었는가. 여기 와서 들어보면 박 의관과 김 승지는 대대로 척을 짓고 살아오는 사이라나 보던데……거 모두 뜬소문이던가?"

"남들이 다 그럽디다만 저의 집안 사람들은 반드시 그렇지도 않습니다."

"그래? 거 좋은 생각들이군. 웃고 지내도 주름이 잡힌다는데 이 짧은 세상에 서로 척지고 살 것은 없지."

두목은 이렇게 말하고서 김 승지 집 근처에까지 갔던 이유를 또 캐어 묻는 것이다.

그러나 아무리 정직하고자 해도 미연이 말만은 차마 할 수가 없었다.

"아까 두목님도 들어서 아셨겠지만 전 정신에 좀 이상이 있습니다. 어떤 때는 —— 지금 같은 때는 제정신입니다만 어쩌다가 획 검은 것이 뒤집어

쐬이면 그대로 딴 사람이 되어 밤이고 낮이고 아무 데나 헤매입니다. 오늘도 낮부터 마음이 이상해서 저 들로 산으로 쏘다니다가 저녁을 먹고서 나갔다는 것이 아마 거기를 갔던 모양입니다. 제가 남의 동리에 갔다는 것을 안 것도 아까 여기 잡혀오면서 비로소 깨달았습니다."

"허, 그거 젊은 사람이 그래서 쓰나. 빨리 서둘러서 병을 고쳐야지."

두목은 이렇게 말을 하고서,

"어쨌든 잘 왔군그랴. 어차피 사람들이 몰려갔으니까 게에 있었더라도 무사치는 않았을 겐데——."

이렇게 말을 하고 다시 담배를 담는데 대원 하나가 두목을 불러낸다. 두목은 일양이를 어떻게 할까 망설이는 듯싶더니만,

"불편하지만 그대로 좀 앉았게."

하고 나가버린다.

두목이 나가자마자 촛불이 두어 번 펄럭대더니 마지막 불빛을 내고 툭 꺼져버린다. 굴 속은 암흑으로 돌아갔다. 일양이는 되려 불이 꺼진 것을 다행으로 생각했다. 아무도 없는 굴 속에서 방망이니 죽창이니 필시 칼이거나 무슨 연장인 듯싶은 금속성 빛이 번득이어 하이얀 공포를 자아내는 물건들을 바라보고 앉았기보다는 차라리 아무것도 보지 않는 것이 좋을 것 같았기 때문이었다.

'대관절 어떻게 될 것인고?'

혼자가 되자 일양이는 이것이 또 궁금해진다.

서두르는 폼이 꼭 무슨 요정을 내고만 말 것 같다.

그만하면 이 패가 동학당 패인 것이 분명한데 들리는 말이 그렇고 보니 이 사람들이라고 양반들을 그대로 둘 리가 만무다.

'두 집 남자란 남자는 모두가 오늘 마지막이 되는 건가?'

생각을 하니 기가 탁 막힌다. 그러나 아무리 생각해보았자 빠져나갈 도리는 없었다.

생각하면 비록 짧기는 했으나마 괴로운 일생이었다. 기왕 죽는다면 사내답게 죽으리라 했다. 언젠가 미연이를 보던 날 밤의 저 장쇠처럼 늠름하리라.

죽음을 각오하고 나니 되려 마음이 가라앉는다.

다만 미연이를 한 번 더 보지 못하고 죽는 것만이 지금의 그에게는 한이었고 소원이라면 미연이의 신상에 화가 미치지 말아지이다 하는 것 뿐이었다. 아니 그가 좀더 욕심을 낼 수 있다면 미연으로부터 기쁜 회답이나 받고 그 편지를 품에 지닌 채 죽고 싶었을 것이다. 아니 어쩌면 지금쯤 미연이의 편지가 담 너머에 떨어져 있는지도 모른다고 생각하자 살기 위해서보다도 몸의 자유가 없는 것이 더한층 안타깝다.

'두목한테다 이야기를 하고 사정을 해볼까?'

만일 두목도 사람이라면 사람이 죽는 마당에서 그만한 청도 안 들어주지는 않을 것 같았다. 목숨을 살려달라고 애걸할 생각은 털끝만큼도 없었다. 삼 년 전 김 승지네 마당에서 보던 장쇠 그대로의 그 늠름한 태도로써 자기의 이 짧은 최후를 장식하리라. 그래서 살아남은 미연으로 하여금 자기가 얼마나 장부다웠던가를 즐겁게 회상할 수 있게 하리라……

'장쇠는 사내다웠기 때문에 산 사람이다. 만일 그때——.'

하고 일양이는 그날 밤의 정경을 어둠 속에서 그려보고 있다. 지금의 그를 죽음의 공포로부터 잊게 해주는 것은 오직 이 미연이와 관련이 있는 지난 일을 회상하는 것뿐이었다.

'만일 장쇠가 비굴했다면 미연이도 그런 의협심을 내지 않았을 것이다. 그리고 만일 내가 장쇠처럼 초연하지 못하다면 미연이의 기억에는 나의 추악한 인상만이 영원히 남을 것이다.'

그렇듯 비굴하고 추잡스러운 자기의 인상을 미연이한테다 남기고 죽는다는 것은 죽음 그 자체보다도 일양이에게는 더 무서운 일이었다.

두목을 위시한 대원들은 어디서 무엇을 하고 있는지 통 소식도 없고 보이지도 않는다. 가끔 굴 밖에서 서성거리는 인기척이 나는 것도 같고, 한 번은 굴 앞 숲에서 나무를 자르는 톱소리 같은 것이 나기도 했으나 그 후는 통 소식이 없다. 어둠 속에서 굴욕의 역사보다도 긴 몇 시간이 지나서야 굴 밖에서 사람들의 뭇 발소리가 나고 떠들썩하는 말소리도 들려온다. 일양이는 무릎을 갈아세우고 그쪽으로 귀를 기울였다. 분명히 두 집 사내들이 잡혀온 모양이다.

"이리들 들어가거라!"

하는 소리가 나며 담뱃불이 굴 밖에서 번쩍인다. 굴을 알려주기 위해서리라.

담배를 뻑뻑 빠는 소리가 들린다.

"이놈들아, 썩 못 들어가느냐!"

두 번째 재촉과 함께 난 퍽하는 소리는 분명히 방망이로 볼기짝 같은 데를 후려치는 소리인 성싶다.

한 번을 얻어 맞더니만 누구인지가 뻐르르 기어들어온다. 그러더니 또 하나 또 하나 발로 앞을 더듬어가며 굴 속으로 들어온다. 서로 비비대는 품이 아마 열 여남은이나 되는 성도 싶었다. 일양이는 이 속에는 아버지와 형들과 청지기, 하인 등의 자기 집안 식구가 들어 있거니 했지만 숨소리를 죽이고 가만히 있었다. 두 번이나 발에 채였을 때도 그는 바위인 양 움직이지 않았다.

"자 다들 들어갔느냐. 아무 데고 쪼그리고 앉어——만일 서로 말을 한다든가 하면 한꺼번에 몰아내다가 떼볼길 맞을 줄들 알아라. 너희놈들은 동네 볼기만 때려봤겠지?"

말을 하라고 터주어도 입이 안 떨어질 터인데 이런 함구령까지 내리고보니 군입 한 번 떼는 사람이 없다. 거기다가 먹장처럼 깜깜하고보니 누가 누군지 알아볼 재간도 없다. 굴 속이 괴괴한 대신 밖에서는 사람의 발소리와 수군대는 소리가 오다가다 들려온다. '매다느니' '모말꿇림'이니 '주리'니 하는 소리가 들려오는 것으로 보아 태형에 대한 공론인 모양이다.

"아니, 그럴 것이 있나. 이깐 놈들 살려둔댔자 백성들 등골만 빼어 먹을 것을 장작불을 질러버리지!"

굴 속에다 가두고 장작불을 질러 산 화장을 지내자는 모양이다.

지금까지 죽은 듯하던 굴에서도 이 장작불 소리에는 진저리가 치어지는지 일양이한테까지 전해진다. 누구의 입에서인지 끙 하는 신음 소리가 흘러나온다.

희미한 초롱불을 앞세우고 두목 영감이 나타난 것은 그런 지도 한참이나 있어서다. 두목은 발 들여놓을 수 없이 된 굴 안으로 엉거주춤 들어서더니 잡아온 사람들을 굴 구석으로 들여몰고 어구에 자리를 잡으며 거적문을 내린다. 불빛을 가리기 위해서인 모양이다.

희미한 초롱불이기는 하나 서로 얼굴을 알아볼 만은 했으나 아무도 고개를 드는 사람이 없다.

죽은 듯이 고개를 숙이고 하회만을 기다리는 모양이다.

그러나 일양이만은 눈치 채이지 않을 정도에서 옆 사람들을 훔쳐보았다. 왼쪽 앞으로 앉은 것은 김 승지네 하인인 성싶다. 오른쪽이 김 승지요, 바로 앞이 그의 큰 형 건양이요, 아버지는 뒤에 있는지 보이지 않는다. 모두가 자다가 그대로 끌려온지라 자리옷인 고이적삼만 입고 있었고 머리도 모두가 푸상투다.

"오늘은 하느님께서 너희들에게 천벌을 내리시는 날이다. 너희가 이생에서 지은 죄를 씻어주기 위해서 나는 하느님의 명령을 받아온 사람이다."

두목은 점잖이 이렇게 타이른다. 굴 속에서는 숨소리 한 가닥 들리지 않는다.

그는 다시 말을 이어,

"너희가 그 동안 지은 죄상은 낱낱이 다 조사가 되어 있다. 언제 어느 때 누구를 잡아다 누명을 씌웠고 누구를 모말끓림을 시켰으며, 돈을 얼마를 빼앗았고 하는 것이 하나도 빠짐없이 조사되어 있으니까 너희는 오늘 이 자리에서 그것을 받은 사람한테 깨끗이 돌려보내야 할 줄 알아라. 그것을 돌려보내지 않는다면 저생에 가서도 염라 대왕이 받지를 않을 것이요, 지옥으로 통한 길목에서 다시 불세례를 받을 것이니 깊이 생각들 하여라. 다 알아들었느냐?"

대답이 있을 리 없다.

"아무 말이 없다는 것은 달리 할 말이 없다는 표시겠다?"

하고 두목은 비웃듯 하고서,

"죄를 짓는 놈도 나쁜 놈이지만 죄를 숨기는 놈은 더 나쁜 놈이다. 할 말이 없다면 한 놈 한 놈 처치를 할 테니 그리 알라."

두목은 이렇게 말하고서 초롱불을 들고 있는 사나이한테다 눈짓을 한다. 망치처럼 다부지게 생긴 아까의 그 사나이가 종이쪽을 펴더니만 이름을 부른다.

"미륵동 김 승지야. 너는 너의 죄상을 알겠구나? 네 나이 스물다섯 살부터 지금까지의 삼십 년간에 갖은 구실로 무고한 백성을 잡아다 치고 돈을 뺏은 횟수가 전후 삼십오 건, 남의 유부녀를 욕보인 것이 이십 건, 처녀를 버려준 것이 이십이 건, 삼 년 전에는 장쇠의 처를 욕보이고 장쇠와

그 아버지를 또 모함해서 태형을 내리었고 그 후에도 음전이란 어린것을
욕보이려다가 발각이 되자 이를 또 무수히 구타해서 내어쫓았고⋯⋯."
　귀신이 아닌 다음에야 이럴 수 없으리만큼 피해자의 이름까지도 자세
하다. 김 승지네 청지기 박 선달의 이름도 나왔고 노랑 할멈이며 채봉이,
눈검정이, 십 년 전에 며느리를 상관했다는 누명을 씌워서 재산을 송두리째
빼앗기고 동리를 떠난 심구영의 이름까지도 끌려나오고보니 김 승지야 더
말할 것도 없지만 김 승지만은 못하다 해도 상사람들의 등을 쳐먹고 살아온
양반인 박 의관도 몸서리가 끼친다.
　그러나 누구보다도 겁을 집어 먹은 것은 박 선달과 돌이다. 돌이는 제
이름이 나오자 이 마주치는 소리가 또 딱딱 났다.
　노랑 할멈한테서는 흡사 비둘기 우는 소리처럼 처량한 신음 소리가
흘러나오고 있었다. 그대로 불탄 강아지 앓는 소리다.
　"김 승지놈 나오지 못하느냐!"
　다시 호령이 추상 같다.
　김 승지는 기어코 끌리어 나갔다. 승지가 나가자 두목과 초롱을 들었던
사나이도 굴 밖으로 나가고 굴 속은 다시 캄캄 절벽으로 변한다. 누구의
입에서인지 절망의 한숨이 가느다랗게 흘러나온다.
　"다 죽었구나."
　김 승지네 청지기 박 선달이 이렇게 한숨과 함께 속삭이자 바로 굴 밖에서
고함을 친다.
　"어떤 놈이냐!"
　다시 굴 속은 잠잠해졌다.
　굴 문에서 열대여섯 간 떨어진 아름드리 소나무 숲속은 대낮에도 하늘이
보이지 않게 가지가 덮고 있다. 이 숲 한복판에는 나무 사이에 가름대를
질러놓고 그 밑에는 김 승지 자신이 모말꿇림을 시키던 네모진 말이며
볼기를 치던 널빤 멍석말림에 쓰기 위한 멍석 등 가지가지의 형구가 차
곡차곡 쌓여 있다. 그 옆에는 김 승지가 만일을 염려해서 노적가리 속에다
깊이깊이 감추어두었던 궤짝이 하나 놓여 있다. 이 궤 속에는 대대로 내
려오는 종문서와 빚문서와 같은 것이 들어 있는 것이다.
　"김 승지 이놈, 너 잘 잘들어라."

198

승지를 초롱불 앞에다 끓어앉힌 두목은 순순히 타이른다.

"네가 일찍이 삼십 년 동안 쓰던 연모 일습이 여기에 있다. 너의 집 문전에 선 대추나무가 아니라서 섭섭은 하겠다만 하필 대추나무라야 맛이겠느냐. 너는 무고한 백성들을 모함해서 말궂림에 볼기에 멍석말림에 가지가지 악형을 시켜왔지만 그것이 얼마나 괴로웠다는 것은 당해본 적이 없으니 알 길이 없으렸다. 이제 특히 그 갖은 맛을 네게 보이겠지만 그보다도 먼저 네 손을 빌리지 않으면 안 될 일이 있다. 자 저놈을 끌러놓아라."

말이 떨어지자 둘러섰던 대원 중에서 두 사람이 덤비어 결박을 끌러놓는다.

"보아라, 이 궤짝은 네가 노적가리 속에다 감추어두었던 네놈의 집 보물궤다. 이 속에는 빚문서와 종문서가 들어 있을 것이니 이것을 꺼내어 네 손으로 불을 질러 위선 죄를 씻쳐라. 한 가지 말해둘 것은, 무엇이거나 나의 말이 떨어지기가 무섭게 숨을 세 번 쉬기 전에 시행을 해야 망정이지 그렇지 못하면 매가 돌아갈 줄 알아라! 자 종문서 보퉁이를 꺼내어 불을 살라라."

말이 떨어져도 멈칫멈칫하는데 퍽 하고 난데없는 방망이가 엉덩판을 후려친다. 그러자 놀랄 만큼 잽싸게 벌떡 일어나더니 궤 속에서 문서 뭉치를 꺼내어 그 중 한 장을 돌돌 말더니 초롱 껍질을 걷고서 불을 사른다. 불꽃이 펄펄 뛰도록 팔이 떨린다. 백여 장이나 되는 성싶은 문서 뭉치가 삽시간에 재로 변하자 김 승지는 나무처럼 픽 쓰러지더니만,

"두목님! 죽을 죄를 졌습니다. 무슨 분부나 들겠으니 목숨만은 살려주십시오."

하고 설설이 빌어댄다.

"이놈! 겪어보지도 않고서 죄를 알았노라? 몸이 근지러울 게니 이놈을 끌어다 한바탕 쳐라!"

명령이 떨어지기가 무섭게 네 사람이 덤비어들어 널빤에 엎어놓고 양쪽에서는 묶어대고 하나가 옷을 벗긴다. 벗기기가 무섭게 벌써 철썩 소리가 난다. 때리는 사람들이란 모두가 다 몇 번씩은 맞아본 솜씨들이요, 평생을 두고 가슴에 사무쳤던 원한들이었다.

"삼십 대만 쳐라!"

두목도 흥분이 되어 발을 퍽 굴러댄다.

"아이쿠! 아이쿠 사람 주 주우 죽소!"

김 승지의 신음 소리가 굴 속에까지 들려오자 굴 안에서도 신음 소리가 여기저기서 일어난다.

"너 이놈들 걱정마라. 너희놈들도 골고루 맛을 보여줄 것이니 샘을 낼 것은 없어."

문을 지키고 섰던 사람이 굴 속의 신음 소리를 듣고서 하는 소리다.

"너희놈들은 볼기 맛이 어떤지를 모르고 백성들을 때렸을 게다. 허지만 오늘은 다 맛을 볼 거다. 우리 두목님께 치하를 해. 세상 사람들이 이 세상에 태어났다가 다 한 번씩 맞아보는 볼기를 못 맞아 보고 죽다니 어디 말이 됐느냐. 맞아만 보면 맛이야 훌륭하지. 동지 섣달에도 몇 대만 맞아노면 궁둥이에선 불이 나구 코에선 단내가 물씬물씬 나는 게 흡사 한 잔한 맛이지!"

"음지두 양지 될 때 있단다. 이 죽일 놈들아!"

하고 또 한 친구가 나선다. 분이 복받치어 참다 못 해서 탁 뱉는 것 같은 말투다.

숲에서는 김 승지의 사뭇 죽는다는 고함 소리가 아직도 나는데 네댓이 내닫더니만 승지네 청지기 박 선달이며 하인 셋을 또 잡아간다.

'인저 나는 죽는가보다!'

하고 돌이는 끌려나가면서 땅이 꺼지게 한숨을 내쉬더니 그만 흑흑 느껴 버리고 만다.

뒤미처 외마디 소리가 나면서 딱 하는 소리가 들린다.

볶아대는 맷소리 사이사이로 신음 소리가 들린다. 돌이가 한 대 얻어 치이는 모양이다.

탑골 박 의관네 청지기가 형장에 끌려간 때는 돌이가 한참 보리를 타는 판이었다.

김 승지는 또다시 결박이 지워진 채 모말 속에 꿇림을 당하고 있었다. 몸을 옴짝만 해도 방망이가 번득인다. 돌이의 닦달이 채 끝나기도 전에 박 의관과 박 의관의 아들 형제가 한꺼번에 끌려나가서 한바탕을 치렀다. 일양이도 어려서부터 보아온지라 양반들도 응당 한 번은 받아야 하느니라 했지만 눈앞에서 자기 아버지와 형들이 매를 맞는 것은 차마 볼 수가 없어서 나를 대신 때려달라고 몸부림을 쳤으나 결박을 당한 몸으로서는 어쩔 도리가 없었다.

"박 의관과 아들놈들은 이십 대에 그쳐라."

명령이 내리자 매가 딱 그치었다.

바로 그 순간이다. 난데없는 군중의 아우성 소리가 산을 흔들리게 몰려들었다.

"관군이다!"

누구 입에선지 이런 소리가 나자 대원들은 한쪽으로 와 몰려버리고 두목도 한 걸음 뒤로 썩 물러서더니 어둠을 뚫고 내닫는 군중을 응시하고 있다.

"관군이다!"

누군지가 또 한 마디 이렇게 외치면서 산 위로 들고 뛰자 김 승지는 자기도 모르게,

"관군이다! 관군이다!"

하고 고함을 지르고 말았다.

그러나 이 김 승지의 간절한 기원을 비웃듯이 몰려든 것은 동리에 내려갔던 동학당원과 곡창을 풀어헤치고 필목을 풀어 동리 사람들에게 나누어주고 하는 바람에 합세가 된 동리 상놈들이었다.

"그놈들은 우리의 손으로 죽이게 해라!"

"우리의 원수는 우리가 갚는다."

"승지놈은 내 다오!"

"돌이놈은 내가 죽인다!"

화살처럼 내닫는 군중의 고함 소리다.

군중은 내닫기가 무섭게 김 승지를 발견하고는 그 앞으로 와 몰려든다.

그러나 두목은 두 팔을 벌리어 김 승지를 싸고돌면서 고함을 쳤다.

"물러들 서시오! 가까이 와선 안 되오!"

군중은 의외인 모양이었다. 그러나 누구보다도 더 의외로 생각하고 있는 사람이 있다.

그것은 남복을 하고 군중 틈에 낀 미연이다.

"여러분 모두들 진정해주시오. 그리고 한 걸음 더 물러나주시오……
한 걸음만 더! 네, 고맙습니다."

두목은 이렇게 군중을 물리쳐놓고서,

"여러분의 뜻도 잘 압니다. 그리구 여러분이 분해 하는 까닭도 우리는
잘 알고 있습니다. 알기 때문에 여러분을 위해서 우리는 목숨을 내걸고
나선 것입니다. 그렇지만 우리는 사리를 분간해야 합니다. 욱하는 마음만
앞을 선다면 무슨 잘못을 저지를지도 모릅니다. 진정하고선 물러나주십시오.
그리구 우리 차근차근 사리를 따져서 처리를 해야 하겠습니다!"

"좋은 말씀이요!"

군중 속에서 누가 외친다.

군중이 진정되자 대원 하나가 꽁꽁 결박을 지은 노파 하나를 썩 두목
앞으로 내어다 꿇린다.

"이 늙은 년이 김 승지놈이 부리고 있는 불여우랍니다."

인동 할멈이었다.

"아니올십니다. 두목님! 저분들이 노랑 할멈을 찾다가 절 잘못 알구서
잡아온 게올십니다. 이 늙은 년은 털끝만한 죄도 없습니다요!"

"네가 인동 할멈이란 늙은 것이냐?"

두목이 묻는 소리에 군중은 다 놀랐다.

"네. 저는 인동 할멈이올십니다. 노랑 할멈은 아니올십니다."

"네이끼 년! 거 주둥일 다물지 못하겠느냐! 내가 와서 들건댄 네가
김 승지의 매파라고 하더라. 장쇠란 농군의 처 금순이를 죽인 것도 네년
짓이요, 음전이란 처녀를 꾀여낸 것도 네년이란 소문을 들었는데 이것도
거짓말인고?"

"……."

그 말에는 불여우라는 인동 할멈도 대꾸할 야마리가 없는 모양이었다.

"자, 여러분."

하고 두목은 백발이 휘날리는 나이로서는 생각할 수 없으리만큼 우렁찬
목청으로 손을 번쩍 든다.

"여기에 잡아온 인종들을 우리는 어떻게 처벌해야 하겠습니까. 이자들의
죄상은 여러분이 잘 알 것이니까 우리도 여러분 생각이——."

"죽여야 하오——."

깨진 쇳소리가 고함을 친다.

"그냥 죽여선 안 되오! 때려 죽여야지요."

또 누가 호응을 한다.

"팽이가 쥐잡듯 하되 말려 죽입시다요."

나오는 의견마다가 죽이자는 것이다.

"죽이지 않고서는 안 되겠습니까?"

"죽여얍니다! 그런 놈은 대매에 때려 죽여야 하죠!"

"물론 죽여야 할 놈이면 죽여야 합니다. 그러나 우리는 죽이는 것만이 반드시 잘하는 일은 아닙니다. 우리가 사람을 죽이는 것은……."

그러나 두목의 말도 벌써 서지를 않았다. 군중 속에서 '죽여라' 소리가 나기가 무섭게 와아 함성이 터지며 들이민다. 두목으로서도 인제는 막을 길이 없어서 참으란 소리만 외치나 벌써 아무런 효과도 없었다.

그때였다. 등걸 잠방이에다 수건으로 머리를 동인 총각 하나가 팽그라미처럼 두목 앞으로 내달으며 두목의 옷자락에 매달리는 것이다.

"두목님! 사람을 죽이게 해선 안 됩니다! 두목님의 목적을 위해서는 사람을 죽여서는 안 됩니다."

그리고는 군중을 가로막고서 소리를 친다.

"여러분 잠깐만 참아주십시오…… 제 말씀 한 마디만 듣고 죽여주십시오."

어둡기도 했지만 생전 보지 못하던 총각이었다.

이 뜻하지 않은 총각의 출현에 군중의 흥분도 멍청해진 기세다. 그들은 몰려온 목적도 잊은 듯이 이 낯선 총각의 정체를 캐기에 정신을 빼앗긴 눈치였다. 아직 먼동이 트지도 않았고 거기에다가 별빛조차 없는 캄캄한 밤이라서 껌벅이는 초롱불 한 개로는 얼굴은 그만두고 윤곽조차도 알아보기가 어려웠다. 탑골 사람들은 미륵동 사는 뉘 집 총각이거니 했고 미륵동 사람들은 또 탑골 총각이거니 했다.

그의 목소리를 좀더 유의해 들었다면 혹 그것이 여성(女聲)인 것을 알았을지도 몰랐을 것이다. 그러나 아무도 그런 생각을 한 사람도 없었거니와 설사 그런 유의를 했다 한대도 익지 않은 음성이란 남녀를 구별하기도 어려운 법이다.

"저게 누구여？"

"글쎄 미륵동 아이겠지 뭐."

"승지네 아들인가바."

"승지가 웬 아들이 있던가？"

이런 소리가 여기저기서 들린다.

"너는 누구냐？"

군중이 좀 주춤하니 물러선 틈을 타서 두목도 이렇게 물었다.

"누군 알아 뭣하오. 그놈을 이리 내주시오！ 승지놈을 내주시오."

어둠 속에서 누가 또 외친다.

두목은 군중 쪽을 보고 진정하라는 표시로 팔을 내저었다. 그리고는 다시 소년을 향하여,

"넌 대관절 누군데 김 승지와 무슨 관계가 있느냐？"

"김 승지의 자식이옵니다！"

승지까지도 그제서야 미연인 것을 깨달았다.

"김 승지의 자식？ 승지한테 이렇게 큰 아들이 있었던가？"

두목도 승지의 집안 내용을 아는 모양이었다.

"아들은 아닙니다."

하고 소년, 아니――미연이는 야무지게 대답했다.

"승지의 딸입니다. 딸자식도 자식이 아니옵니까？"

"딸？……."

"그렇습니다. 승지의 막내딸 미연입니다. 계집아이가 당돌한 줄 아옵니다마나는 자식 된 도리로서 부모가 죽는데 와보지 않을 수 없어서 쫓아온 것입니다. 장성한 아들이 있었다면 제가 오지 않았겠습니다만 저의 아버지껜 여남은 살 된 아들 하나밖에 없습니다."

곧 무슨 글귀나 조올조올 내려 읽는 듯싶은 말소리다.

"저의 아버지가 지으신 죄는 벌을 받아서 마땅하다고 저도 생각합니다. 그러나 아버지가 돌아가시는 것을 보고서 살려주십소사고 애원하는 것도 자식 된 도리로서 마땅한 줄로 생각하옵니다. 전 조금도 아버지의 죄를 싸고돌 생각은 없습니다. 그리고 또 꼭 두목님의 용서를 받으리라고 믿지도

않습니다. 동리 사람들까지가 아버지를 죽이겠다고 몰려오는 것을 보고서 죄를 짓고, 안 짓고, 그런 생각을 할 여유도 없었고, 제가 쫓아와서 아버지를 살리리라는 생각도 해보지 않았습니다. 딸자식일망정 모시고 저도 같이 죽으러 온 것입니다. 네 두목님, 기어코 아버지가 죽어야 한다면 저도 함께 죽여주십시오. 아버지의 죄는 저의 자식들도 함께 져야 할 죄입니다."

'미연이는 과연 사내자식보다도 낫구나!'

하고 두목──아니 왕년의 원 장군 장쇠는 깊은 숨을 들이키었다. 장쇠는 사랑스러운 이 여자한테서 생명의 구원을 받은 사람이었다.

"계집애한테 속지 말고 그놈을 내놔라!"

"계집애도 내놔라!"

피에 굶주린 군중은 외치고 있다.

장쇠는 비로소 턱의 수염을 잡아떼고 군중 앞으로 썩 나섰다.

"여러분! 나를 보아주십시오. 나는 장쇠올시다!"

두목이 장쇠였다는 것을 발견한 그 순간 군중 속에서는 무슨 뜻인지 '와' 함성이 터졌다.

"어디 보자 정말 장쇤가!"

누가 소리를 친다.

"불 좀 밝혀라!"

"장쇠 좀 보자!"

"장쇠야!"

장쇠는 초롱불을 번쩍 들어 휘저으면서,

"자 봐라! 틀림없는 장쇠다!"

와아 함성이 밤의 산중에 우렁차게 울린다.

"우리 장쇠 장하다!"

그때였다. 장쇠가 든 초롱의 초가 툭 쓰러지면서 마치 자세히 보라는 듯이 종이에 확 불이 붙었다. 군중은 그제야 그것이 분명한 장쇠인 것을 알았다. 그리고 그 앞에 선 총각이 김 승지의 딸 미연이란 것도──.

"장쇠다! 장쇠!"

누가 또 한 번 소리를 외친다.

"장쇠야!"

"미연이다! 틀림없는 미연이다!"

군중의 아우성 소리에 섞이어 이렇게 부르짖은 사람은 아까부터 미연이를 뚫어져라 보고 있던 박 의관의 셋째 아들 박일양이다. 일양이는 초롱이 타는 불빛에서야 비로소 그것이 미연인 것을 확인했던 것이다.

군중이 장쇠를 에워싸고 고함을 치는 동안에도 일양이의 시선은 어둠 속에서 미연이를 찾고 있었다. 아니 그는 그 무서운 어둠 속에서도 미연이의 아리따운 자태를 볼 수 있었고 그의 숨소리를 들을 수 있었다.

"미연 소저!"

일양이는 가만히 입 밖에 내어본다. 그리고는 대답이나 기다리듯 귀를 기울여본다. 수십 명의 군중이 법석을 대건만 일양의 귀에는 미연이의 쌔근대는 숨소리까지가 역력히 들리는 것만 같다.

이윽고 또 등불이 하나 키어지자 장쇠는 군중으로부터 몇 걸음 빠져 나오더니 군중한테 김 승지 일파를 어떻게 처치할 것인가를 묻고 있다.

"여러분!"

하고 그는 소리를 높이어,

"김 승지를 죽이자는 여러분의 뜻은 잘 압니다. 그리고 승지는 죽어야 마땅한 인간입니다. 그러나 우리의 목적은 원수를 갚는 데 있지 않습니다. 사람을 죽이는 것만이 우리의 목적이 아닙니다. 우리는 어지러운 세상을 바로잡아 모든 사람이——."

"그러니까 그놈을 죽여야 한다!"

하고 어둠 속에서 또 외치고 있다.

"여러분 진정하시오."

"아니다! 죽여라."

"그놈을 이리 내놔라!"

"우리는 그놈의 피를 봐야 한다!"

"내놔라!"

"그렇다, 죽여라!"

"여러분! 진정을 하시오. 우리는!"

그러나 장쇠의 이런 소리는 군중들의,

"죽여라!"

소리가 또 집어 삼키고 만다.

이쯤 되면 장쇠로서도 어찌할 도리가 없었다.

미연이가 자기의 목숨의 은인이라는 것은 어디까지나 일개인의 문제였다. 흥분된 군중의 눈에는 이러한 일개인의 사사로운 일쯤은 보이지도 않는 모양이었다.

"여러분, 그러면 기어이 김 승지를 죽여야겠습니까?"

이렇게 장쇠가 다시 묻자 군중은 일제히 대답을 한다.

"그렇다. 죽여야 한다!"

"우리 장쇠하구 미연이를 혼인만 시키면 살려둬도 좋다."

하는 소리가 군중 한복판에서 나자 때아닌 웃음이 탁 터졌다.

"그래라! 그래."

누군인지가 이렇게 응하자 군중은 선선히 이에 합세를 하는 것이었다.

"그래라, 그래!"

"안 된다!"

하고 이 미연이와 장쇠와의 결혼에 유독 반대를 하는 사람이 있다. 박일 양이었다.

장쇠와 미연이와의 혼인 이야기는 물론 농담으로 한 말이었다. 그러나 이 생각 없이 한, 한 마디의 농담은 흥분된 군중의 심리를 전환시키는 데 커다란 작용을 한 것도 사실이었다. 오직 피를 보고야 말겠다던 군중의 격한 감정은 자기들 자신도 뜻하지 못했던 이 실소(失笑)로 해서 얼마쯤 부드러워졌고 피와는 인연이 먼 감정이 모르는 사이에 군중을 지배하고 말았던 것이다.

"그렇게 해라!"

군중의 심리는 터질 구멍을 발견한 물결처럼 걷잡을 새 없이 그쪽으로 흐르고 있다.

"미연이는 장쇠를 줘라!"

"싫거든 싫다구 그래라!"

"승지야, 말을 해라!"

"여러분!"

장쇠가 또 나섰으나 군중은 벌써 그를 상대하려고도 않는다.

"장쇠, 가만 있거라!"

"장쇠 색신 네가 잡아먹지 않았느냐. 그 대신 네 딸을 내놔라!"

"그래두 장쇠가 밑진다!"

군중의 심리란 파도와 같은 것이다. 미연이는 이쯤 되고보면 벌써 장쇠 한 사람만으로는 어찌할 도리가 없다 싶었다. 이 격한 군중을 진정시키는 것은 오직 아버지의 입 하나에 달렸다 싶었다. 만일 여기에서 거절을 한다면 그것은 타는 불에다 기름을 끼얹는 것이나 진배 없는 어리석은 짓이었다. 한 마디만 거절을 한다면 군중은 그대로 아버지를 대매에 때려 죽일지도 모른다.

미연이는 아버지를 힐끗 훔쳐보았다. 김 승지는 죽은 듯이 고개를 떨 어뜨리고 아직도 모말 속에 말꿇림을 하고 있는 채로다.

"승지 말을 해라!"

독촉이 성화 같다.

미연이는 아슬아슬했다. 여기에서 만약 누구든지 하나가 또 죽여라 소 리만 낸다면 군중은 또 맹목적으로 그리로 쏠릴 것이 분명하다.

아니나다를까. 군중 맨 뒤에서 그놈 죽이라는 소리가 나자 군중은 그래도 벌떼처럼 와아 일어나면서 제각기 고함을 치는 것이다.

"죽여라! 죽여라!"

"와!"

무섭게 짧은 순간에 또 무서운 심리의 전환이었다. 군중은 함성과 함께 성난 파도처럼 내밀기 시작했다. 장쇠도 미연이도 그 앞에서는 벌써 아무런 가치도 없는 존재였다. 군중은 막을 새도 없이 김 승지와 청지기 하인들 할 것 없이 짓밟기 시작했다.

돌이놈 소리가 여기저기서 들린다. 이 흥분 속에서도 군중은 따로이 자기들의 원수를 찾고 있는 모양이다. 돌이를 찾는 소리, 청지기놈을 고 래고래 부르는 소리, 사람 살리라는 비명 소리, 치고 때리는 소리에 맞는 사람들의 비명 소리——무서운 혼란이었다. 이 무서운 혼란을 진정시킬 수 있는 가장 효과적인 음향이 군중을 헤치고 든다. 둥둥둥 볶아치는 난 데없는 북소리였다.

"관군이다!"

누구 입에서인지 이런 소리가 나자 군중은 쫙 흩어졌다. 북소리가 딱 그치었다.

"여러분!"

그것은 북을 멘 장쇠였다. 장쇠는 북을 멘 채로 군중이 비켜준 복판으로 썩 나서면서 북을 또 한바탕 두드려댄다. 군중은 물친 듯 고요해졌다.

'이때다!'

하고 미연이는 생각했다. 그리고 군중 앞으로 썩 나서면서 선언을 했던 것이다.

"여러분! 진정하십시오. 저는 장쇠 두목과 혼인을 하겠습니다!"

미연이가 장쇠와 결혼을 하겠다고 선언을 한 순간 군중은 물친 듯 고요해졌다. 일종의 희영수 기분으로 한 요구에 미연이가 딱 잘라서 응하고 나니 순간 어이가 없는 모양이다.

그러나 그 순간이 끝나자 또다시 군중은 소란해졌다.

"거짓말이다!"

맨 앞에서 이런 소리가 한 마디 나자 군중은 또다시 제각기 한 마디씩 고함을 친다. 떼까마귀의 소리 같아서 어느 것 한 마디 알아들을 수는 없었으나 그것이 미연이의 이 선언을 무시하는 말인 것만은 그들의 목소리로서도 짐작할 수 있었다.

"속지 말아라, 장쇠야!"

한 마디는 분명히 이런 소리였다.

"종애에 떨어지지 말아라!"

"승지놈을 내놔라!"

"박 의관놈을 죽여라!"

"우리 원수는 우리가 갚아야 한다!"

돌팔매처럼 펑펑 내닫는 이런 고함 소리에 섞이어,

"돌이놈을 죽여라!"

소리가 한 마디 나기가 무섭게 군중은 기다렸다는 듯이 이에 호응을 한다.

지금까지 까마득히 잊고 있던 원수를 일깨워주었다는 듯이 돌이놈 소리가 여기저기서 빗발치듯 한다.

"돌이놈을 내놔라!"

"그놈을 죽여라!"

"여러분!"

하고 장쇠가 북을 또 한 번 땅 치자 군중은 그 북소리가 돌이를 죽이라는 신호이기나 한 것처럼 와아 몰리어들고 만다. 걷잡을 수 없는 파도 그대로의 형세였다.

장쇠는 뭐라고인지 고함을 치면서 북을 울려댔다. 그러나 이 북소리도 군중을 격려하는 이외의 아무런 효과를 내지 못했다. 밀리고 밀치고, 쓰러지고, 밟히고, 여기에 고함 소리 비명 소리가 한데 어울어져서 군중은 일대 혼란을 이룬 끝에 돌이가 끌리어나오고야 말았다.

그러나 그들은 돌이 하나로써 만족하지 않았다.

"청지기놈은 어디 갔느냐?"

"여기 있다!"

"의관놈도 잡아내라!"

청지기와 박 의관이 끌려나오기도 전에 군중은 벌써 돌이를 잡기 시작했는지 딱, 퍽, 소리가 날 때마다 돌이의 비명 소리가 들려오고 있었다.

아직도 먼동이 트려면 상당한 시간이 있던 터라 누구 하나 얼굴을 알아볼 수는 없었다. 거기에다 이 분란한 통에 등불도 꺼진 채였다.

"아버지! 아버지!"

미연이가 승지를 찾아 갈팡질팡하다가 누가 자기 이름을 부른 듯하여 발을 멈추고 얼굴을 들여다보려니까,

"미연 소저, 일양입니다!"

하고 벌떡 일어난다.

"이것을 좀 끌러주시오!"

그러나 미연이가 손을 댄 순간 군중이 와 밀리어 미연이를 저만큼 갖다놓고야 말았다.

"돌이 놈이 뒛다!"

"와 ──."

"승지놈은 어디냐!"

이런 고함 소리는 거의 한시각에 군중한테서 터지고 있었다. 미연이가

겨우 아버지를 찾아서 결박 끝을 더듬는 것과 꼭같은 순간이었을 것이다. 군중의 덜미에서 외마디 소리가 내달았다.

"관군이다! 두목님! 관군이 쳐들어온다!"

"속지 말아라!"

하는 소리가 군중 틈에서 났으나 그 말을 삼키듯,

"관군이다! 관군이다!"

하는 소리가 숨이 차게 내달아온다. 이 비상 신호와 함께 북소리가——십여 개의 북소리가 한데 볶아치면서 멍청하니 서 있는 장쇠 앞으로 한 사나이가 살같이 내달았다.

"두목님 관군이요!"

"관군이다! 싸워라!"

장쇠의 호령 소리에 산이 찌르릉 울어댄다. 그때까지도 아직 먼동은 틀염도 하지 않고 있었다.

——1950년

용자소전(龍子小傳)

1

'말을 해서는 안 된다'는 경구(警句)가 책 속에 씌어 있기나 한 것처럼 초록빛 부사견을 늘인 책장에서 책을 나르기 시작한 후로의 용자는 말이 적어졌다.

원래 말이 적은 아이고 나이보다는 조숙하여서 철학자 같은 침묵을 지키고 있는 용자라 단 하나뿐인 오랍동생이면서도 일 년 가야 서로 이야기하는 일도 없는 우리 남매였다. 나는 용자가 무엇을 생각하고 있는지, 어떠한 취미를 갖고 있는지도 몰랐다. 그러다가 언젠가 나의 책꽂이에서 하이네니 바이런이니 하는 시집이 없어지는 것을 보고 이상히 여겼는데 그것이 용자가 빼가는 것인 줄을 알고서야 나는 용자가 문학에 취미를 갖고 있다는 것을 알았었다.

——그러나 웬일인지 그런 후로는 원래 말이 적은 아이기는 하지마는 도통 집 안에서도 입을 벌리지 않는다. 낮에는 온종일 병원에 가서 처박혔고 밤에는 일찍 들어온대야 해가 진 후라 내가 못 보아 그런 게거니쯤 생각하고는 별로 이상히 생각지도 않았다. 그러나 낮이나 밤이나 저 혼자 제 방에서 굴다가 끼니때나 되어야 안방으로 들어온다는 말을 어머니한테 듣고는, 바이런의 여독인가? 하는 생각도 없지 않았다.

212

집에서는 용자를 그렇게 만든 것이 나라고 생각하는 눈치다. 내가 문학서류를 사들이기 때문에——아니, 용자를 문학소녀를 만들기 위해서 저와는 부니가 떨어지는 책을 사들이는 것이라고 생각하는 눈치였다.

물론 아버지가 그렇게 생각하는 데는 그럼직한 근거가 전혀 없는 것도 아니다.

일찍이는 나도 문학청년이었다. 중학 이학년 때부터 이해할 수 있는 정도의 문학서적이면 되는 대로 읽고 혹 씁네 하고 원고지장을 사들인 때도 있었다. 그러나 아버지의 반대는 졸업기에 와서 더욱 맹렬하였다. 나는 멱살을 잡히듯이 끌리어 의전에 시험을 쳤다. 별로 자신도 없었다. 되면 되고 안 되면 안 되어도 좋다. 아니 안 되는 것이 되레 좋다. 이런 태도로 시험을 친 것이 다행히(지금 생각하면 조금도 다행한 것이 아니었지마는) 패스가 되었다.

이리하여 나와 문학과는 인연이 멀어졌지마는 문학을 그리우는 정은 사라질 줄 몰랐다. 피뜩피뜩 신문이나 잡지에서, 옛날 동창들의 이름이 발견될 때마다 그지없이 부러운 정을 느끼었다. 멀리 별을 따러가는 동무들을 저 밑, 구멍 속에서 바라보는 것 같은 하염없는 심사였다. 나는 실상 조금도 의학에 취미를 느끼지 못하면서도, 너희는 문학이면 나는 의학으로 몸을 세우리라는 엉뚱한 패기로 의학에 몰두하였다.

그러면서도 혹시 장정이나 새뜻한 문학서류가 눈에 뜨이면 자기도 모르게 그것을 샀다. 말하자면 내가 문학서류를 사는 것은 읽기 위해서가 아니라 장서하기 위해서였다. 날로날로 문학적 지반을 닦아가는 동창들에게 자랑하기 위한 책이었다——봐라, 내게도 책이 있다. 언제든지 여유만 생기면 나도 너희들 만한 지위를 얻을 수 있다. 이러한 자위(自慰) 행동에서 생긴 것이었다.

그렇기에 책은 사다만 놓고 한 권도 통독한 것이 없었다. 시라면 몇 개, 단편이라면 한두 개 틈틈이——그것도 시간 보내기 위해서 읽는 정도의 것이었다. 실상은 용자가 내 책장에서 문학서류를 빼다 읽는 것도 작년 봄에야 발견하였다.

그날만해도 내가 하이네 시집 속의 〈오월의 노래〉라는 시를 찾아볼 일만 생기지 않았던들 지금까지 몰랐을지도 모른다. 한 권 빼가고는 한 권 갖다

꽂는 터라 책장이 그렇게 눈에 뜨이게 뵈는 일도 없었고 한달가야 한두 번밖에 문학서적만이 들어 있는 이 초록 부사견이 늘이운 책장에는 손을 대지 않는 나였기 때문이다. 그러나 그 봄까지만 해도 나의 문고란 그지없이 빈약한 것이었다. 시집이 몇 권, 소설이 몇 권, 《태서명시의 감상》이니 《세계 문학전집》이니 하는 따위뿐이었다.

그럴 때 중학시대 동창인 B가 찾아왔다. B는 작가로서 벌써 공고한 지반을 문단에 닦고 있는 사람이다. 그는 동반자 작가로 가장 촉망을 받고 있었다. 그가 나에게 문학서적을 사라고 권한 것이다. 그는 말했다.

"그런 곰팡내 나는 책만 사지 말고 문학서적을 사게나, 나도 좀 얻어다 보게!"

B의 욕심은 이것이었을 것이다. 한편으로 질투는 하면서도 B의 작품에 적지 않은 경의를 느끼고 있던 나는 B도 읽힐 겸 용자에게도 읽힐 겸 단번에 이백여 원어치를 사들인 것이었다. 용자를 중심으로 아버지와 나 사이에 장벽이 생기기 시작한 것도 이때부터이다.

"문학이란 할 일 없는 위인들의 마작하는 것과 같은 것이다. 역사를 보더라도 문학이 성한 나라는 망해왔다!"

일찍이 동경 유학까지 했다는 아버지가 이렇게까지 문학에 대한 이해가 적을까 하는 것이 나의 수수께끼였다. 용자도 아버지의 이러한 조전에는 몹시 머리를 앓는 눈치였다.

그처럼 입을 안 여는 용자가 하루는 나를 보고,

"아버지는 당신께서 동경 유학까지 하셨다는 것을 잊어버리고 계시는 것 같아요."

하고 격분한 일도 있다.

"글쎄 참, 어째 그러신지 모르겠다. 더욱 B군이 오면 그냥 화를 내시고……문학하는 사람이 그렇게도 미울까? B군이야 인간적으로 본다면 참 사귀기 좋은 사람이 아닐까."

용자는 잠자코 앉았다가 이렇게 말하는 것이었다.

"B씨가 문학을 한대서야 아닐 겁니다. 아버지가 싫어하는 것은——싫어하시는 게 아니지요, 무서워하는 것이지요——문학이 아니라 문학에 종사하는 사람일 겝니다."

"그건 어째서?"
하고 나는 되물었다.
"어째서냐구요? 그야 뻔한 노릇이죠. B씨는 당국이 미워하는 사람이 거든요!"

용자의 말하는 도수가 한 마디 한 마디 더 줄어갈수록에 집안에서는 큰 변이나 난 것처럼 떠들게 되었다. 전에는 그래도 제 직성이 풀리면 되나 안 되나 안방에 들어와 이야기도 하고 나이가 허락하는 한도에서는 애교도 피우고 하던 것이 요새 와서는 아침에 제 방에 들어박히면 저녁이 돼야 밖에 나온다. 아버지는 그것이 모두 나의 탓이라 하였다. 내가 용자에게 문학서류를 권한 것이요, B가 드나들면서 그 되지 못한 사상을 용자에게 부어주었기 때문이라고 하였다.
그러나 사람은 한 가지 장기(長技)를 가지면 그것으로 족하다는 주견을 가지고 있는 나는 별 걱정을 하지도 않았다. 그렇다고 용자의 무언이 그렇게 칭찬할 만한 징후가 되지 못한다는 것만은 나도 시인하였다. 그래 병원에서 돌아오면 반드시 밥어멈을 보고,
"걔 오늘은 어디 좀 나가든가?"
하고 물어보고는 하였다.
"오늘도 꼼짝 않으셨어요."
어멈의 대답은 대개 이런 것이었다.
그러나 지난 가을부터 나는 갑자기 용자의 '무언'에 커다란 공포를 느끼기 시작하였다. 아무 생각 없이 신문을 펴고 앉았다가 벌떡 일어났다. 홍, 박의 두 문학소녀가 정사를 했다는 기사가 사회면에 꼭 채워졌었다. 원인은 염세(厭世), 동기는 S라는 어떤 시인의 자살과 K라는 역시 어떤 소설가의 염세 음독 자살이 그들을 그쪽으로 끈 듯하다는 것이었다. C신문은 그들이 동성연애에 취하였다고도 하고 D신문은 홍 양이 실연으로 비관하는 데 박 양이 동정한 나머지 정사까지 하게 되었다고 각각 주장을 하고 있으나 동기나 방법이야 어떻든간에 그들의 일상 생활과 성격이 용자의 그것과 비슷하다는 것을 나는 발견했던 것이다.
나는 그 자리에서 신문을 착착 접어서 감추었다. 집안 식구도 식구려니와

나는 용자에게 그것을 보이고 싶지 않았던 것이다.

나는 일종의 위협까지 느끼었다.

이십여 년 동안 데리고 있는 용자면서도 나는 도무지 용자를 모른다. 다만 어릴 때의 용자, 용자를 길러낸 우리 집의 교육 방법을 알 뿐이다. 그러고 용자가 꿈꾸기를 좋아하는 성격을 가진 흔히 그런 나이에 많은 계집애인 것을 알고 있을 뿐이다.

용자의 꿈은 집에서 길러준 것이다. 삼대째 겨우 자식 하나로 대를 이어온 우리 집이다. 내 위로 누이 하나가 있다가 출가하고 하나만이라도 더 하고 그지없이 바라다가 내가 일곱 살이 되자 터울만 바라던 아버지는 한숨을 쉬며 단념하였다.

"웬걸 내 팔자에 자식이 둘이랴?"

하고 아버지는 가끔 화를 내시었다. 나도 그런 것을 몇 번 보았다. 그럴 때면 어머니는 죄나 진 듯이 고개를 푹 숙이고 있었다. 그러다가 아버지가 나가시면 어머니는 나를 붙들고 울었었다.

그러던 끝에 태어난 용자였다. 용자는 나보다도 귀염을 받고 자랐다. 샘을 하면서도 나 또한 용자가 귀여웠다.

커갈수록에 용자는 불란서 인형 그대로를 닮아갔다. 더욱이 눈이 그랬다.

자랄수록 말소리에서는 티가 없어졌고 쇠방울 소리처럼 명랑하였다. 애송이 꾀꼬리 소리처럼 고왔다.

용자는 '미'의 화신인 상싶었다. 가장 아름다운 것의 어떤 부분은 코가 되고 눈도 되고 입도 되어 그 완성된 미에서 다시 곱고 고운 목소리가 빚어진 것 같았다. 재롱도 눈에 뜨이게 늘어가고 말주변도 동이 뜨게 자랐다. 그것은 마치 가장 위대한 예술가들이 모이어 자기네의 장기대로 한 가지 한 가지 만든 예술품을 다시 종합시키어 만들어진 종합 예술품——이런 느낌을 용자는 보는 사람들에게 주었다.

"간나위."

이것은 아버지와 가장 친히 지내시는 이 박사가 지어준 이름이다. 모르기는 하나 그렇게 얄밉도록 귀엽다는 뜻이었을 게다.

그래도 박사는 자기의 감정이 전부 표현되지 못한 것 같은 불만을 느낄 때면,

"고것 그냥 잡어 삼키고 싶어!"

한다.

사랑에 손님이 오면 반드시 아버지는 용자를 데리고 나갔다. 그들은 둘러앉아서 이런 이야기를 시킨다.

"용자야."

"네?"

"너 커서 뭣이 될래?"

"선녀가 돼요!"

"선? 허어 그래 너 선녀가 뭔지 아니?"

"별나라에 있는 게야요!"

──이런 것은 모두 이 박사가 데리고 앉아서 알으킨 것이었다.

일곱 살 때다. 집에서는 심심하면 용자를 데리고 입학 준비를 시키었다.

"소가 발이 몇이냐 용자야."

"넷이지 몇이야."

"닭보다 개 발이 몇이나 더 많으냐?"

"아이 귀찮아! 날 맹춘줄 아는가봐!"

용자는 입을 빼쪽하고 까만 눈동자를 행끔한다. 그런 때의 용자 얼굴을 이 박사는 '고것 그냥 고것 그냥'으로 표현하고 있다. 이것이 아주 술어가 되어 집에서는 심심하면 고것 그냥 좀 사자고 덤비고는 하였다.

──이렇듯 오는 사람마다 용자를 마치 하늘에서 떨어진 별처럼 다루었다. 그것이 필경에는 용자 자신도 정말 제가 하늘에서 떨어진 선녀나 되는 것처럼 인식케 한 것 같았다. 용자는 걸핏하면 '선녀는 그런 것을 않는 게야.' 하였다.

입학이 가까워 올수록에 집안에서는 불안이 떠돌았다. 그래서 말 끝마다 시험을 잘 보라고 주장질을 했다.

"입학을 못 하면 별나라 선녀가 개굴창 두더지가 된다!"

그러면 용자는 그 까만 동자를 한껏 크게 뜨고 묻는 것이었다.

"그래, 나두 시험을 봐야 한다우?"

"그럼 넌 별 사람이냐?"

용자는 알 수 없다는 듯이 잠자코 말았다. 그 표정은 아무도 흉내낼 수 없는 용자만의 독특한 표정이었다.

——이러한 태도는 용자가 커갈수록에 더욱 뚜렷이 나타났다. 그는 말 끝마다 '그래 나두?'를 내세웠다. 그래도 집에서는 그것을 바로 알려줄 줄을 몰랐다. 대개 '암 그렇지!' 하고 재롱으로만 알고 맞장구를 쳐주는 것이 보통이었다.

용자는 철이 날 때까지도 저는 이 세상에서 가장 귀하고 가장 높고 가장 권위있는 그런 존재인 줄만 여기는 것 같았다. 중학교를 졸업한 후까지도 저는 현대 조선의 여성들과는 어딘지 다른 것을 갖고 있는 초월한 존재처럼 자기를 생각하는 것 같았다.

——이러한 성격을 가진 용자인 것을 잘 알고 있는 나였다. 그러나 그러한 성격이——천성이 어떻게 변했는지 변하고 있는지조차 모르고 있는 현재의 나다.

"용자야. 넌 왜 그리 방 속에만 처박혔니?"

하루는 이렇게 물어보았다. 구름 한점 없는 하늘이 높다랗게 얹힌 푹 익은 가을날 아침이었다.

"그럼 어떡해요? 물무당처럼 돌아만 다닌다면 아버지나 오빠는 또 말씀을 하실 테죠?"

"돌아다니지 않더라도 집에서는 이야기도 하고 심심하거든 병원에도 좀 나오고."

"말 끝에는 마가 붙지요."

용자는 말적게 대답할 뿐이었다.

2

"오빠 주무시우?"

혼곤히 잠이 들려고 하다가 나는 용자의 부르는 소리에 깨었다. 어느 틈에 용자는 내 책상 앞에 손을 모으고 서 있었다. 아내가 제 친가에 가던 그날 밤이었다.

"왜 안 잤니?"

하고 나는 가볍게 일어나서 시계를 보았다.

"열한신데?"

"자는 데도 시간이 있나요, 뭘⋯⋯."

하고 용자는 나글나글한 웃음을 생긋이 웃어보이고는 나의 옆에 앉았다.

나는 이 귀한 손을 맞기에 충성을 다하였다.

용자는 한동안 꿈꾸는 듯한 눈으로 나를 쳐다보고 앉았다. 잠도 안 오고 책도 보기 싫고 해서 시간이나 보낼까 하고 나온 게려니 했다. 그래서 나는 병원에서 생긴 일이며, 친구들이 오다가다 하고 간 이야기 같은 것을 생각나는 대로 이야기하였다. 한 친구의 어머니가 손자놈이 처음 보통학교에 들어가서 '미즈스코시' 하고 배워 지껄이는 소리를 듣고 '미쓰코시' 했다고 해서 그것이 그대로 물이 되었다는 것 같은 계집애들 듣기에는 우스울 만한 것만 골랐건마는 용자는 그저 방싯하다가 만다. 그러더니 밑도 끝도 없이,

"오빠 대체 결혼이란 것을 어떻게 생각하슈?"

하고 수수께끼 같은 웃음을 웃는다.

나는 의외의 질문에 한동안은 대꾸를 못 했다.

"그야 해석에 따라 다르겠지. 도대체 뭣을 묻는 게냐, 응?"

용자는 어떻게 생각했는지 우두커니 앉았다가 행! 하는 소리를 내고,

"그럼 그런 얘긴 그만두셔요, 오빠."

"그건 또 무슨 당찮은 소리냐."

나도 용자에게서 다음 이야기가 나올 때만 기다리고 앉았으려니까,

"그럼 난 가우."

붙들 새도 없이 획 일어나 나갔다. 이렇게 한 번 길을 터놨으니까⋯⋯하고 나는 군이 붙들지도 않았다.

며칠 후에 아내가 돌아왔기에 그런 이야기를 했더니 아내도 놀라는 눈치였다. 그러더니 실상은 오빠한테는 자기 말을 절대 말라는 부탁이 있었다는 뒷다짐을 하고는 지금까지 내가 모르던 이야기를 이것저것 꺼내었다.

아내 말 같아서는 용자는 가끔 혼자 운다는 것이었다. 외출하는 날짜는 한 달에 평균 사오 차, 용자는 무슨 말 끝에선가 현재 나의 생활이 너무도 부르주아적이라는 것을 비난한 일까지 있었다고 한다.

"그래 그런 말까지 합디까?"

하고 나는 놀랐다.

"해요, 꼭 한 번. 오빠두 좀더 괴로워보지 못한다면 돌팔이 의사로 늙을 것이라고!"

"흥!"

"그러고 B 씨요. 왜 소설쓰는 B 씨 말씀예요."

"글쎄 알아. B를 내가 모를까봐서 주를 다는 게요."

나는 아프지 않게 핀잔을 주었다.

"B 씨하구는 조이 가깝게 지내는 것 같더군요?"

찾아다니기도 하는지는 몰라도 가끔 서신 왕복쯤 있는 줄은 나도 알고 있었다. 그렇지마는 B군을 그렇게 칭찬한다든가 가끔 선물 같은 것을 보낸다든가 한다는 것은 아내에게 듣고서야 처음 알았다. 학생 때에 어떤 의학 전문학교 학생이 쫓아다니어서 죽겠다고 이야기는 하면서도 뒤로는 몇 번씩 찾아도 다니고 일요일이면 산책도 했었다는 내게는 금시초문인 이야기를 하고는,

"요새 갑자기 결혼이라는 것을 생각하는 것 같은데 누구를 상대로 하시는 겐지는 모르겠어요."

이런 이야기도 했다.

나는 좀더 꼬치꼬치 물어보고는 싶었지마는 용자가 제 낯을 깎일 만한 일이야 저질렀을 것 같지는 않았더라도 아내 입만을 통해서 용자의 전모를 캐어보자는 용기까지는 있지 않았다. 그래서,

"B 씨하구 결혼하실 의사가 아니신지요?"

하고 아내가 다시 이야기를 시작하였을 때도 나는 그저 '글쎄' 하고만 말았다.

B가 도스토예프스키 전집을 한 질 사지 않겠느냐고 왔을 때 나는 슬쩍,

"가끔 용자한테 좀 놀러오지!"

하고 말을 비쳐도 보았지마는 B에게서는 그럼직한 기맥도 발견하지 못하였다. 그래도,

"아마 그만한 나이로, 아니 현대 조선 여성에게는 용자 씨가 모든 점으로 보아 가장 높은 수준에 놓여질걸요."

하고 추는 것으로 미루어보아 B가 용자에게 호감을 갖고 있다는 것만은
알아차릴 수 있었다.

"결혼할 의사는?"

하고 물어볼까 말까 하다가 그만두었다. 용자의 결혼에까지 말참견을 하
기에는 나는 너무도 용자를 몰랐기 때문이었다.

며칠 후에 나는 용자를 끌고 산책을 나왔다. 한강에라도 하고 나오다가
갑자기 어제 간호부들이 밤가지를 꺾어들고 들어오던 생각이 나서 안양으로
노정을 갈았다.

우리는 풀 쪽으로 걸어갔다. 중간 중간에서 아람번 밤을 따다가 욕도
두어 번 먹었다. 그래도 그것이 어쩐지 재미가 났다.

풀 밑에서 밤가지를 사들고 천변을 끼고 내려오다가 안양에서 농장을
한다는 시인 H와 소설가 M을 만났다.

"저이가 M이지요, M하구 H하구는 형제란 말도 있던군요."

용자는 이런 이야기를 하며 한 번 H가 어찌 키가 작든지 자기네 동무
몇이 뒤를 따라가며 애개개! 하고 놀려주었다는 등 이야기를 하며 돌
아보고 웃고 웃고 하였다.

우리는 여러 가지 이야기를 하였다. 문단 이야기며, 나의 친구 이야기,
용자는 용자대로 저희들 동무 이야기, 그 중에는 나도 몇 번쯤은 만나서
아는 아이들의 이름도 가끔 튀어나왔다.

선로 앞에서 포도를 사먹을 제는 생활 이야기가 났다. 아니 내가 기회를
보아 생활로 화제를 돌린 것이다. 이윽고 나의 이야기에 귀를 기울이고
있더니 용자는 포도송이를 살그머니 놓고,

"생활 말이 났으니 말이지마는 오빠도 생활을 좀 고치실 필요가 있지
않은가 해요."

서슴는 기도 없이 이렇게 말하는 것이었다.

"생활을 고치다께?"

나는 일부러 물었다.

"오빠 생활은 너무 지나쳐요. 찬을 해먹는다든가 값진 옷을 해입는다든가
부리는 사람을 둔다든가 하는 것이야 하루 이틀에 고칠 것도 못 되고 또
그만한 의식이 없으면 못 할 일이라 하더라도……."

"그래 또?"

"예를 든다면 세숫물을 떠노란다든가, 구두를 닦으란다든가 좀더 나가서는 부리는 사람을 아범이니 어멈이니 시킨다든가 첫째 오빠더러 서방님이라고 부르는 소리를 오빠 친구가 왔다가 들을까 겁이 나요!"

나는 쩍 소리도 못 했다. 이런 비난은 지금까지도 여러 사람한테 들어온 터였다. 한 번 S라는 친구가 놀러와서 술을 나누다가 어멈이 서방님, 하고 부르는 소리에 내가, 왜 그러냐? 하고 대답했다가 S한테 뺨까지 맞은 일이 있었다. 그때 용자도 옆에서 보았으니까 그때 말은 차마 꺼내지 못하는 모양이었다.

오후 차로 우리는 올라왔다. 손아래 누이한테 책망을 듣기는 하면서도 이렇게 흉금을 털어놓고 이야기하게 된 것이 나로서는 기뻤다.

화신에서 저녁을 먹고 나오다가 용자는,

"B는 왜 결혼하지 않는대요?"

이런 소리를 힘도 들이지 않고 풀쑥 했다.

"낸들 아니?"

했다가,

"하기야 모르긴 모르지만 마땅한 사람이 없어서 못 하는 것이겠지?"

그러고 눈치를 슬쩍 보았다.

용자는 무표정하였다. 용자는 조심성스럽게 고개를 돌리어 사방을 휘돌아보고는 다시 말을 잇는다.

"저기요……제가 B씨한테 동무를 하나 소개할까 해요, 오빠."

"동무를 소개한다? 그건 왜?"

"왜라니요?"

용자는 손을 가리고 웃었다. '왜'란 말은 잘못 했다고 그제야 나도 깨달았다.

B와 결혼했으면 좋겠다 —— 이런 이야기를 꺼내고 싶으나 차마 정면으로 꺼내기는 거북스러워서 그러는 것이라고 나는 단정하였다. 서로 존경하는 사이요, 또 그만큼 호의를 주고받는 바에야 결혼한대도 좋다고도 생각하였다. 아니 아버지가 반대하더라도 용자와 나만 우긴다면 그렇게 어렵지도 않으리라는, 나는 그 순간에 생각까지 했다. 그래서 나는 이렇게

물었던 것이다.

"그럴 것 없이 너 B군과 결혼하면 어떠냐?"

"저하고요?"

뜻밖에 용자는 펄쩍 뛴다.

"B군에게 소개할 만한 동무라면 너와두 자별한 사일 게고 자별한 동무를 권할 B군을 알았다면 그것으로 족하지 않으냐?"

나는 이렇게 곧은 길을 푹 쑤시었다.

그래도 용자는 고개를 짤래짤래 흔들며,

"그건 오빠 오해지요, 절대 그런 건 아니어요. B씨한테 동무는 권할 수 있어도 저의 적임자가 아니에요. 그만큼 B씨를 믿기도 해요. 믿기는 하지만……."

"도시 모를 소리다. 제 몸을 맡길 만한 자리는 못 되지만, 친한 동무는 권한다?"

"그래요!"

그렇다? 하고 나는 걸음을 멈추었다. 황혼도 짙었지만 불없는 자동차가 마침 앞을 뚫고 지나갔다. 나는 다시 걸으며 물었다.

"그럴진댄 거기 반드시 이유가 있겠고나? 응?"

"이유? 그야 있지요! 말할까요? 그 이유는 B씨가 너무 가난하다는 것이겠죠! 말하자면 돈이 없는 탓이지요!"

"뭐야? 네 입으로?"

하고 나는 또 딱 섰다.

"그럼 저니까 이런 말을 하지요?"

"너니까 그런 말을 했다?"

나는 또한 놀라 보였다.

"그래요, 저니까 그런 말을 하여요."

용자는 다시 걷기 시작하였다.

개명 앞을 지나도록 우리는 한 마디도 말을 건네지 않았다. 개명 앞에서 용자는 전차를 탈 듯이 하다가는,

"오빠 사과나 좀 사가지고 갈까요?"

하고 넌지시 나를 쳐다보더니 나의 대답을 기다리는 기색도 없이 그대로

과일가게 앞에 서서 이것저것 값을 따지더니 사과와 배를 각각 한 봉지씩 사든다. 그러더니 별로 나더러 가자는 말도 없이 그대로 희작희작 앞을 서 간다. 나는 용자의 과일봉지를 받아서 양쪽 손에 들고 밤나무가지를 용자에게로 넘기었다.

집에 온 때는 우수이 어두웠다.

두 남매가 나란히 들어오는 것을 보고 어머니는 그지없이 기뻐하였다. 마루 끝에 나란히 앉아서 세수를 하고 방에 들어가보니, 겸상이 놓여 있다.

용자와 겸상은 처음이었다.

어렸을 때는 한 상에서 밥도 먹었고 찬을 가지고 악다구니를 한 적도 있지마는 철난 후로는 이것이 처음이다.

"얘 밥 먹자."

나는 누이의 손을 끌듯이 청하였다.

밥을 먹는 동안에도 나의 머릿속에서는 아까 길에서 들은 용자의 말이 주책없이 머리를 들고 일어섰다. 나의 생활을 비난하고 나의 의식을 조롱하는 용자, B의 불온한 사상에 공명을 하여 그를 그지없이 존경하고 있는 용자——그 용자로서는 하고 싶어도 못 할 말이었다.

나는 용자를 모른다. 모르기는 하지마는 그가 나보다 한 걸음 앞선 진보적인 사상을 갖고 있다는 것만은 잘 안다. 나의 생활이 너무 부르주아적이라고 비난한다는 소리로 미루어본다든지 나의 초록빛 부사견을 늘인 책장에서 한 권 한 권 없어지는 책 이름을 들어보더래도 용자는 확실히 나를 한 걸음 앞섰다.

아니 현대 조선 여성 중에서도 용자는 모든 점에서 뛰어날 것이다. 입으로는 소위 이상이니 인격이니 하는 것을 식은죽 먹기로 노닥이면서도 한 사람도 그 위대한 이상을 살리는 예를 얻어보기가 드문 지금의 조선이다. 그 중에서 용자는 확실히 모든 점에서 초월하였다고 나는 생각해온 터이다.

"아까 네 말은 도시 못 알아듣겠는데……."

저녁상을 물리고 사과를 벗기는 하얀 손을 내려다보고 앉았다가 나는 이렇게 용자를 건너다보았다.

용자는 사과 벗기던 손을 쉬고 차근차근이 나를 뜯어보고 다시 칼을 놀리더니 두 번째 나를 뜯어본다. 그리고는 엉뚱하게 나글나글한 웃음을

띠우더니,

"못 알아들으시겠어요?"

하고 또 한 번 생긋이 웃는다.

"글쎄 너는 어떤 생각으로 그런 말을 했는지 모르겠지마는 난 듣기엔 퍽 부니가 뜬다."

나는 담배에 불을 또 한 개 붙이었다.

"가령 네가 보통 다른 아이들과 같다면 그렇게 말하는 것이 당연하겠지마는 내가 생각하기에는 너는, 적어도 너만은 그런 말을 않으리라고 생각했다. 그런 소리는 저 철없이 날뛰는 아이들이나 할 소리같이 나는 생각했는데……."

마치 어른들에게 상서나 할 때처럼 나는 조심조심 이렇게 말했다.

용자는 그래도 잠자코 앉았었다. 사과덩이가 쟁반을 굴러서 떨어졌다.

용자는 사과를 깎던 그대로의 포즈로 한동안 앉았다. 꿈을 막 깬 듯한 대글대글하는 눈동자는 거미줄 같은 응시(凝視)를 나의 얼굴 어느 구석엔지 쏘고 있다.

"오빠."

나는 대답 대신에 눈을 커다랗게 떠서 보였다.

"오빠 말씀 잘 하셨어요."

나는 그것이 진담인지 빈정대는 말인지 구별치 못했다. 그래서 우두커니 앉았으려니까, 용자는 눈을 두어 번 깜짝한다. 그 사품에 눈물 두어 방울이 삐져 흐른다.

"오빠만이 나를 그렇게 해석했을 뿐 아니라 나 자신도 그렇게 생각하고 있었어요. 나는 의식에 있어서든지 미에 있어서든지, 어떠한 점으로나 현대 조선의 여성들과는 유가 다른 아니, 나는 어려서 내가 나 자신을 생각해오던 별나라 선녀 그대로라고 믿어왔어요. 동무들간에도 또 나를 그렇게 생각해주었고 나는 또 나대로 그것이 마땅하다고 생각해왔지요."

여기까지 말한 용자는 옷고름짝으로 자그시 눈등을 누르고,

"허지만 인제는 그러한 환상이 여지없이 깨어졌어요. 나는 나의 동무들과 조곰도 다른 데가 없는 그네들과 같이 아주 평범한 말하자면 과도기의 사회에서만 볼 수 있는 그런 여성인 것을 최근에 와서야 발견하고 있어요."

"그건 어떤 점에서?"

"모든 점에서, 학교를 졸업할 임시예요. 그때면 모여 앉아서 이야기하는 것이 모다 졸업 후에 어떻게 한다는 것이지요. 대개는 결혼이고 다음이 유학, 그러나 그렇게 모인 자리에서 내노라고 나서서 이야기하는 아이들은 누구나 나만한 행운아가 있으랴? 하는 자부심을 가진 아이들이지요. 결혼을 해도 어떤 대학 출신 아무개라든가 어느 학교 교수 아무개라든가 음악가니 미술가니 동무들의 선망을 받을 만한 상대가 아니면 이야기를 하지 않았어요——이렇듯 뽑혀진 행운아들의 자랑을 들을 때도 나는 남들같이 부러워한다든가 시기를 한다든가 하는 생각은 털끝만치도 없었어요. 대학 출신인 약혼자도 없었고 동경이니 아메리카니 하는 데 유학을 갈 만한 형편이 못 되는 것을 알고서도 나는 너희들이 암만 그래도 나만은 못하리니! 하는 생각이 들었었어요. 그것은 어려서부터 어머니와 아버지가 길러주신 그 '별나라 선녀'라는 인식이 다 큰 오늘날까지도 나를 지배하고 있었기 때문일 겝니다."

"그것은 나도 잘 안다."

나는 사죄하듯 천천히 말했다.

"어렸을 적의 그 소위 선녀 인식이 너를 지배하고 있는 것을 볼 때마다 나는 어떤 불안을 늘 느껴왔다. 어떤 때 네가 저만을 위하라고 고집을 편다든가 무엇이든지 저만이 잘한다고 뽐낸다든가 하는 태도를 볼 때마다 죄는 어머니나 내게 있으면서도 그것이 몹시 소심해보이는 때가 많았다. 그러나 그것도 너의 장래를 생각했기 때문이었다. 저것이 저대로 컸다가는 나중에 어찌될꼬? 이런 불안이 늘 나를 위협했었다. 그리고 그때가 닥쳐온 것이다!"

용자는 아무 말 없이 사과를 집어 벗기어 쌍동쌍동 접시에 다 썰어놓는다.

"하지만 난 조곰도 그때가 온 것을 슬퍼하지는 않아요. 이렇게 일찍이 나 자신에 대한 인식을 새로이 하게 된 것이 한편 생각하면 섧기도 하지마는 기뻐요. 모든 사람들이 우러러 볼 별나라 선녀가 아니라는 것을 발견한 그 순간에는 밤을 새워 울었어요. 그러나 기왕 별나라 선녀가 아니고 또 못 될 바에야 하루라도 일찍이 그런 자기 도취에서 해탈하는 것이 얼마나 나 자신을 위해서 축복된 일인지 모른다고 생각했어요. 선녀는 못 됐지마는 이제부터 인간이 된다는 희열까지 느끼었어요. 선녀가 된다는 것은 로맨틱한 꿈이더니 인간으로 해탈했다니까 지금까지 경험해보지 못한 절박한 감정이 새로 솟아나더군요."

용자의 이야기를 듣고 있는 동안에 용자 자신은 너무나 평범한 용자라는 것을 내세우지마는 나는 또 나로서 용자에게서 새로운 비범을 발견하였다. 연애, 결혼, 사회, 인생——모든 부분에 용자는 언급하였다. 문화주택이니 피아노나 꿈꾸고 있을 용자 또래 나이로 그만한 견해를 갖고 있다는 그것이 벌써 용자의 비범이라고 나는 생각하였다. 그러고 그 뛰어난 비범을 발견함에서 나는 또 별나라 선녀를 꿈꾸고 있을 때 시대의 용자에게서 받던 것과 비슷한 불안을 느끼는 것이었다. 용자와 마주 앉아서 그의 이야기를 듣고 있는 동안에 나는 그야말로 별나라 선녀와 대화해서 이야기를 하고 있는 것인지 나의 누이 용자를 데리고 앉아서 이야기를 하는 것인지 분간하기가 어려워졌다. 별나라 선녀 용잔지 용자가 별나라 선년지 별나라 선녀 되다만 것이 용자인지 어수선하였다.

——그것은 마치 어려운 수수께기를 풀고 앉았는 것 같은 심경이었다.

3

10월 20일

결혼은 연애의 무덤이다. 그러나 연애란 밥알이 곤두선 사람들의 손장난이다.

울음! 울음우는 사람을 보고 울지 말라는 사람처럼 쑥스러운 사람도 없지. 울음이란 인간 생활의 한 토막이니까.

10월 23일

담배라도 피우고 싶은 오늘의 하루다. 담배! 담배란 누가 만들어낸 것일까? 초월한 사람이? 그렇지 않다면 자포자기한 사람이 즐겨서 창안해낸 것은 술이고——담배란 회색 안개에 싸여 자옥히 내어다보이는 인생의 길을 턱을 괴고 앉아서 응시하던 사람이 만들었을 게다. 말간 연기! 담배란 좋은 것이야. 하지만 담배에 연기란 것이 없다면 담배도 술과 같고 말게다. 오! 파란 담배연기여!

10월 25일

돈, 돈이란 반드시 여성이 만들었을 게다. 그것도 별나라 선녀처럼 아름다운 여성이——돈이 동그랗게 생긴 것도 여성이 만든 탓이겠지.

여성은 돈에서 나서 돈으로 돌아간다. 돈이라는 것이 없었다면 여성은 이 세상에 살아갈 재미가 없다고 자살할 것이다. 남성이란 여성을 위해 산다. 그 증거로는 그들도 돈을 존경한다. 지전이란 돈은 그래서 남성들이 만든 돈이겠지…….

10월 27일

장개석, 공군토벌을 또 성명. 오, 어울리지 않는 중국의 동, 키, 호, 테여!

10월 30일

다 그만두고 결혼이나 할까보다.

11월 1일

종일 눕다. 그러나 잔 것은 아니다. 자지 않았던 것도 아니다. 자려고 애만 쓰다가 못 잔 것이다. 칼모친 두 차례. 밤에 B에게 편지를 쓰다. 아니 썼다가 찢다. 인제 쓸 필요도 없겠지. 그와 나와는 딴 남이 됐으니까.

여기까지 읽다 말고 나는 책을 탁 덮어놓았다. 웬일인지 더 읽어볼 용기가 나지 않았다.

이것이 이제 겨우 스무 고개를 넘은 계집애의 일기인가 했다. 제 사생활에 대한 기록이 혹 없는가 다시 두어 장 넘겨보았으나 없다.

열시가 지났었다. 동무집에 놀러갔더라도 거반 돌아올 시간도 됐겠고 해서 그대로 나오려다가 그래도 하고 다시 서너 장 넘기니까 언뜻 ‘결혼’이라는 두 글자가 또 눈에 뜨인다. 나는 그 조목을 또 훔쳐 읽어보았다. 날짜는 11월 8일이었다.

지니다니아는 날 좋아하고,
나는 또 에텔카가 좋다네
에텔카는 그이가 좋다던데
그이는 또 지니다니아만을 사랑한다니…….

그가 좋다 하는 그 여자가 그를 좋아하고 그 여자가 존경하는 그가 또한 그 여자를 사랑한다면 오죽이나 좋으리. 그렇건만 생각지 않은 사람에게서 사랑의 끈이 던져지고 사랑하는 그에게서는 싫어하던 사람과의 결혼 통첩장이 날라진다. 이것이 모든 사람에게 주어진 소위 운명이란 것이겠지. 그래도 이 서글픈 희극을 가리켜 사람들은 즐기어 '결혼'이라는 이름으로 부르고 있다.

그날밤 나는 늦도록 잠이 자지지 않았다. 용자는 열두시가 넘어서야 돌아왔다. 밖에서 미안이니 어쩌니 하는 계집아이들 목소리가 나는 것을 보면 동무들이 집에까지 데려다주고 가는 모양이었다.

아내를 깨워서 저녁에 사들고 들어온 사과와 과자를 내어보내면서도 나는 모르는 체했다.

"잡디까?"

"아뇨."

아내는 근심스러운 듯이 고개를 살래살래 흔든다.

"눕지도 않았습디까?"

나는 또 한 번 물었다.

"책상에 엎드렸어요. 이것 오빠가 작은아씨 주라고 사왔다고 그래도 모르는 체하겠죠. 아마 우나봐."

"울어?"

"아마 그런 것 같아요."

나는 자리옷을 입은 채 용자 방문 앞에 섰다. 아내 말대로 책상에 엎드리어 스미어 우는 모양이었다.

"얘, 들어가도 좋으냐?"

달래듯 이렇게 기척을 하려니까, 용자는 깜짝 놀란 모양이더니 뒤미처 대답이 나왔다.

"그만 자겠어요."

그래도 들어갈까 하고 망설이다가 그럼 일찌거니 자라고 하고는 나도 이불을 뒤집어썼다. 아내가 무어니 무어니 묻는 말에 대답하기가 귀찮기 때문이었다.

그랬더니 이번에는,

"오빠 주무슈?"

하는 용자의 말소리가 되레 내 방문 앞에서 났다. 내가 못 들은 줄 알고 아내가 옆구리를 꾹꾹 찌른다.

"오빠 주무슈?"

"오냐, 나간다."

나는 미리 담뱃갑과 성냥을 찾아들고서 용자를 따라 들어갔다. 눈물 줄기가 다 마르지 않았다.

"현숙이한테 갔었니?"

"아뇨."

나는 또 물었다.

"어디가 아프냐?"

용자는 고개를 살랑살랑 흔들고 방석을 내려 내게 깔리고는 저는 책상 앞에 가서 앉았다.

오랜 침묵이 찾아왔다. 나는 그대로 앉았기가 너무도 멋쩍어서 과자를 먹다 사과를 깎다 했다. 입이 달아서 두 개째 사과를 깎으려고 할 제다.

"오빠."

하고 용자는 내려앉듯이 몸을 일으켰다.

"B씨 혹 만나보셨어요?"

"그래."

"언제쯤요?"

"그저껜가 저그저껜가."

"뭐라고 내 말 하지 않아요?"

"아니."

사실 B는 그날 와서 한 삼십분 다녀갔을 뿐이었다.

어떻게 보면 말을 꺼내려고 몹시 망설이는 눈치도 같았으나 저와 나와 단둘이 있는데도 그대로 일어서는 것을 속으로는 의아(疑訝)하면서도 내 억측이었거니 했을 뿐이다.

"아무 이야기도 없어요?"

용자는 내가 기이는 줄 아는 눈치이다.

"아무 얘기두……왜 무슨 일이 생겼니?"

"아뇨."

"그럼?"

용자는 잠잠했다.

나는 용자와 B 사이에 어떠한 알력이 생겼다는 것만을 아까 일기에서 본 것과 종합해서 짐작했다. 용자와 B 사이라면 결국은 결혼 문제가 아닐까 했다.

"왜 B군과 사이에 무슨 문제라도 생겼니?"

"그래요."

하고 용자는 순순히 대답하였다.

"문제라면 결혼 문제겠고나?"

그 말에는 잠자코 있다가,

"언젠가 내가 B 씨한테 여자를 하나 소개한다고 그랬지요."

"그래."

"그것이 어쩌다 틀렸어요. 틀리고 나서는 문제가 제게로 옮아왔어요. 나도 처음엔 B 씨와 결혼할까도 했더니 지금 와서 생각하니까 내가 얼마나 엉뚱한 아이라는 것을 알게 됐어요."

"그건 또 어째서?"

"내가 B 씨와 결혼할려고 했을 때는 적어도 나는 B 씨를 잘 안다고 생각했고 또 나 자신은 내가 잘 알고 있다고 생각했었어요. 그랬지만 지금 와서 가만히 생각하니까 그것은 내가 그 전에 별나라 선녀가 되려고 하던 그때와 똑같이 어리석은 공상이라는 것을 발견하고 있어요. 첫째 나는 B 씨의 그 씩씩한 진보적인 사상에 공명하고 나 자신 공명자라고 자인했어요. 그리고 B 씨에게 재산이 없다는 그것을 되레 자랑으로 생각해왔어요. 기쁨으로도요. 사랑은 돈으로 살 수 없다. 그리고 나는 돈이란 것을 초월했다. 결혼에 있어서 재산이란 것은 조그마한 조건도 되지 않는다 —— 이런 것은 현대 여성 전부의 상식이 되어 있습니다. 이런 말을 못 하거나 않은 아이들은 동무한테 조롱을 받아요. 나만 해도 그랬어요. 그런 아이를 보면 사람같이도 보지 않았어요. 그랬더니……그랬던 나 자신이 돈에 눈이 어두운 여성이라는 것을 최근에 와서야 발견하였어요!"

B가 돈이 없기 때문에 결혼하지 않는다는 말을 내니까 한다고 하던 그 말이 여기 닿는 말이로구나 하고, 나는 용자의 얼굴을 쳐다보았다.

"처음엔 정말 그랬어요. 돈! 그까짓 것은 없어도 좋다. 그랬던 것이 하루하루 지나갈수록에 B에게 심지어 집 한 칸만이라도 있었으면 이라든가 그에게 생활비만이라도 생산력이 있었으면 이라든가 이런 욕망이 불현듯 떠올라요. 나는 그래도 그런 욕망이 꺼지겠거니 하고 믿었으나 날로날로 커가는 것을 발견해요. 혹 동무집에 갔다가 살림사는 것을 보고 와서는 심지어 집만이라도 하는 욕망이 인제는 본능적으로 나를 지배하게 되고 말았어요."

"그야 인간의 본능이니까 그것이 B군과의 결혼에 장해가 될 것이야 없잖느냐? 그리고 B군만 하더래도 그만한 것을 깨달은 너고 보니 이해도 해줄 것이요, 그러한 심경을 툭 털어놓고 이야기한다면 되레 탐탁할 것 같은데!"

"그것이 소위 기분이라는 게지요. 로맨티즘이라는 게지요. 우리 동무 중에도 이 기분에 속은 사람이 많아요. 단순한 로맨티즘인 것을 아주 진보적인 사상이나 되는 것처럼 과대평가해가지고 자기는 돈을 초월했다든가 학벌을 초월했다든가 스스로 믿고는 아무 생각 없이 결혼을 했다가 얼마 후에야 그 위대한 무섭게 진보적이라던 사상이 단순한 관념이요 로맨티즘이었다는 것을 발견하고서 허덕허덕하는 것을 여러 번 보았어요. 그런 것을 본 나로서 또 나의 그 무섭게 뛰어났다는 그 사상이 관념이라는 것을 알고도 그런 잘못을 되풀이하고 싶지를 않거든요."

"그만하면 나도 알겠다."

하고 나는 누이의 머리를 쓰다듬으며 말했다. 듣고보니 그야말로 용자 아니면 못 할 말이었다. 돈이 없다고 결혼 않겠다는 말을 이처럼 드러내놓고 할 만한 여성도 그리 흔치도 않으리라 했다. 그리고 또 이만큼이나 생각하는 여자라면 B와 결혼해도 큰 잘못은 일으키지 않으리라고 생각되었다.

만약 용자가 B와 결합하는 것이 용자의 소원이라면 그들의 생활만은 집에서 떠 안아도 좋다고 생각하였다.

"B군과 결혼 못 하는 이유가 그것뿐이란 말이지?"

"그렇지요."

용자는 자신있게 대답한다.

"그것만 해결지어준다면?"

"그건 어떻게요?"

"어떻게든지!"

용자는 한참 나를 노리고 보았다. 그러더니,

"그 방법으로는 두 가지가 있겠지요. 하나는 나의 의식 수준을 훨씬 높여서 그따위 부르주아 근성을 뿌리째 뽑아버리는 것일 게고 또 한가지는 누가 있어서 말하자면 어떠한 재벌이 B 씨 대신 나의 그 허영, 허영이지요, 그것을 만족시키어주든지! 이 두 가지겠는데 첫째는 나 자신이 노력하지 않으면 안 될 것이겠고 보니 결국은 오빠가 그 재벌의 역할을 해주시겠다는 그 말씀이겠죠?"

사실 나의 해결이란 것은 그것 이외에 아무것도 아니었다. 되려 나는 용자가 말한 첫째라는 것은 생각지도 못한 것이었다.

"어떻게든지 너희들의 생활비만 보장된다면 문제는 없을 것 아니냐?"

그러나 이 갸륵한 오라비의 호의를 용자는 싸늘한 웃음까지 뭉쳐서 걷어찼다.

"고맙습니다. 그처럼이나 저를 생각해주시는 것만은 그지없이 감사해요. 허나 난 그러한 방법을 여기 적용시키고 싶지는 않아요."

"그건 왜?"

나는 얼떨떨해서 물었다.

"그건 결국 B 씨를 타락시키는 것이겠지요. 난 결혼을 하기 위해서 B 씨를 타락시키고 싶지는 않아요. 그가 그것을 받지도 않겠지마는 만약에 받는다면 나는 B 씨를 업수이 여기게 될 겝니다."

용자는 할 말을 다했다는 듯이 자리를 고쳐앉으며 사과를 껍질째 한입 딱 물어떼는 것이었다.

"그러면 어떻게 할 테냐?"

조심조심 이렇게 묻는 말에 용자는 모든 것을 청산했다는 듯이 명랑한 목소리로 대답한다.

"깨끗이 단념하는 게지요. 그리고는 오직 B 씨의 아내될 만한 정도까지 나의 의식수준을 높이도록 노력할 따름이지요."

이러한 일이 있은 후로의 용자는 무시무시한 생각이 들 만큼 명랑해졌다. 밤낮 할 것 없이 집에도 붙어 있지 않았다. 그래도 아버지는,

"걔가 인제는 문학을 떼버린 게다."

하고 되려 그러한 용자를 대견하게 여기시었다.

용자가 '문학을 떼버리는' 통에 나는 누이와 이야기할 기회를 갖지 못한 채 이듬해 겨울을 맞았다.

용자의 말을 빌린다면 '너무나 귀족적이요 부르주아적 생활'도 변함이 없이 지속되었다. 생활 태도란 그 인격과 사상의 반영인 것이다. 부르주아 그대로의 머리를 갖고 있는 내게 다른 생활이 있을 리가 만무한 것이다.

어쩌다 용자는 병원에 와서 제게는 좀 과한 돈을 청구하기도 했다. 그럴 때마다 나는 서슴지 않고 주었다. 하루는 자기의 동무 하나가 집이 가난하다고 그 어머니가 어떤 유곽에다 팔려고 한다 하며 백여 원의 돈을 졸라내기까지 하였다.

하루는 아이들 옷감을 끊으러 나왔던 어머니가 돈을 가지고 가면서 요새 용자 돈쓰는 이야기를 하여서 내게서 돌려가는 어머니 용돈과 아버지한테서 돌려가는 용돈 전부가 용자의 손으로 새어빠지는 것도 알았다.

"걔가 그렇게 써요?"

나는 의아했지마는 내게서 가져간 돈 이야기는 하지 않았다.

"당초에 어디다 쓰는지 모르겠더구나. 오늘 아침엔 아버지두 그러시드구나. 아마, 아버지한테서는 이 달에만 돈 십 원이나 착실히 갖다 쓴 모양이더라."

"뭐 사오는 것두 없죠?"

"없지!"

나는 이래서는 안 되겠다고 그제서야 생각이 들었다.

"지금 집에 있겠죠?"

"아니다. 마포 제 이모댁에 가서 어제두 안 왔다. 오늘두 안 오건 좀 나가봐야지. 커단 것이 매칼없이 왜 가 있다니?"

그때 간호부가 전화가 왔다고 알리었다.

"누구요?"

"모르겠어요. 종로라나 보던데요."

전화는 뜻밖에 종로서 박 형사한테서 온 것이었다. 내가 박진문인 것을 다지고는 당신의 누이동생 이름이 무엇이냐고 묻는다.

"왜 그러십니까?"

가슴이 덜컥 내려앉으며 물으니까,

"박용자라는 여자가 무슨 사건으로 여게 와서 있으니 곧 좀 오시오."

수화기를 내어던지듯이 나는 종로서로 달리어 갔다. 사건은 해외서 들어온 어떤 청년에 관련된 것인 듯하였다.

여러 가지 방법으로 면회를 청하였으나 이루어지지 못했다. 그러다가 사흘째 되던 날이다. 박 형사 주선으로 겨우 면회실에서 용자를 보는 순간,

"이따위 짓을 해가면서까지 B와 결혼을 해야 하는 거냐!"

하고 고함을 쳤던 것이다.

그렇건만 용자는 매서울 만큼 침착해서 요염하게까지 보이는 웃음을 띠고 이렇게 대답하는 것이었다.

"아녀요, 오빠. B를 떼어버린 지가 언제라구요! 난 B를 따라가려다가 그만에 지나쳐버렸지요. 글 쓴다는 자들은 결국 고짓밖에 못 하겠더군요. 원고지에다가는 엉뚱한 패기를 보이지만…… 딱 큰일을 당하면 자라 모가지처럼 패기가 쑥 들어가나봐……."

나는 하도 어이가 없어서 아무 말도 못 하고 우두커니 서서만 있었다.

───1934년

취향(醉香)

1

아이 어쩌면 그래 인제서야 올까? ……남은 눈이 빠지게 기다리게 해놓고……그래 지금이 열시우? 내, 참 그래두 열한시든 열두시든 오기나 했으니 장허시우. 난 또 접때처럼 고랑떼를 먹이는 줄 알고 이때껏 혼자서 안달바가질 했지…….

뭣이라고? 저 하는 소리 좀 봐──어디 다시 한 마디 해봐요? 어쩌면──너무 그렇게 사람의 맘을 몰라주다간 괜히 죄받아요. 아우님두. 어쩌면 장난의 말이라두 그렇게 한담!

아우님이야 나 같은 것 아니라도 친구도 있고 말벗도 있고 또 고국에 돌아가시면 정말 친누님도 계시고 하겠으니까 '그까짓 것!' 하고 발새에 때꿉만치도 날 생각하지 않겠지만서두 참 난 안 그렇다우! 내야 아버지가 계시는 것두 아니구 어머니가 계시는 것두 아니구……이 넓은 세상과 그 많은 인총에 나란 계집과 촌수닿는 사람이라곤 하나도 없구려. 그런데다가 언제 죽을지도 모르는 이런 땅에 와서 고국 사람들의 얼굴까지 그리고 사는 내가 어쩌자고 아우님을 소홀히 생각하겠수?

난 정말이유. 아우님하고 의남매를 맺은 지도 벌써 석 달이나 되건만 난 한 번두 아우님을 의동생이거니 생각해본 적은 없어요. 내 동생이거니……피를 나눈 동생이거니……했지요. 동생이란 것두 아우님이 나보다 나이 십 년이나 차이가 있으니까, 그렇게 생각이 드는 것이지 만약 아우님의 나이가 나보다 단 한 살이라도 많이 된다면 난 '오라버님' 대우를 깍듯이 했겠으리다. 다섯 해만 많이라도 나는 아저씨처럼, 아버지처럼 받들었을 게야요.

그야 아우님으로 본다면 제까짓 것이 끽해야 기생노릇하던 계집이요. 지금이라야 찻집 마담으로 돈에만 눈이 빨개진 계집이거니쯤 생각할지 모르지만 그런 노릇을 한 것두 벌써 십 년 전 이야기고 또 아우님이야 그것을 안 믿어주겠지만 그런 노릇을 했다쳐도 아우님한테 '누님'이라고 불러진대도 조금도 양심에 부끄러운 짓을 한 기억은 없다우……

그야 나두 아우. 그야말로 열다섯 살 적부터 삼십까지나 뭇 남자들 한테 치어난 나요. 요새 십 년간에 그야말로 전세계 종족 틈에 끼어서 살아온 내가 아우님이 장난으로 그런 말을 한 것쯤야 눈치 못 채릴 수야 없죠. 허지만 장난의 말이라두 어쩌면 그렇게 섭섭하게 한다우. 나두 아우님이 또 날 놀리느라고 그러거니 생각은 하면서도 늘 그런 생각을 갖고 있지 않는다면 저런 말이 나올 리가 있을라구, 하는 생각이 든다우. 그럴 때는 그냥 하늘이 쾅 하고 내려앉는 것 같구려…….

그래 말 잘했수 인제 장난의 말이래두 아예 그런 섭섭한 소릴랑 마시우. 자 이리 좀 다가앉구려. 아냐. 설교는 인제 그만할게.

무얼, 좀 시켜올까? 괜찮긴 지금이 몇 시라구. 자정이 거반 되어 가는데……뭘 시킬까? 먹었어? 어디서? 어쩌문.

거 보우. 그런 게 다 내게 섭섭하게 군다는 게요. 왜 어젓한 누이를 찾아오면서, 밥을 사먹고 온단 말이요?

"누님, 날 밥 좀 주."

이렇게 말한다면 오죽 듣기 좋겠수. 그래 다신 안 그러지? 옳지, 인젠 꼭 이번 맹세를 지켜야 하우. 그럼 술이나 조곰 하실까? 몹시 추워보이는데……뭔 술을 할까……포도주는 왜…….

그래 영하 사십 도나 되는 하르빈 복판에서 포도주를 찾는 사람두 있더람? 아 그래? 그렇기나 하다면 그건 참 들던 중 반가운 소리우. 부디 그 결심을 버리지 마시우. 정말 아우님이 술만 끊는다면 오죽이나 좋겠수.

하긴 사내란 술도 몇 잔 할 줄 알아야 하지요. 가끔 마음껏 취해서 기분을 전환시키는 것두 좋지요. 난 여자래두 그런데 뭘, 허지만 여기선 안 돼! 피스톨이 없는 조선 같은 데 말이지 하르빈서야 피스톨 없는 놈이 있어야 말이지! 걸핏하면 '받아라!' 아유 무서워라! 난 그 '팡팡!' 하는 소리만 들어도 그냥 소름이 쭉 끼칩디다── 하르빈이란 맘 약간 사람이 못 살 데야!

2

아우님두, 부디 그것만은 조심하우. 난 실상, 아우님한테 술을 끊으라고 권하고는 싶지 않아요. 사내란, 술 몇 잔쯤은 마실 줄 알아야지. 허지만 여기선 안 돼. 같이 앉아서 술 먹고 놀다가 수틀리면 꺼내는 걸! 아마 우리네 조선 사람들이 욕지거리하는 심사로 사람을 죽이는 것 같습디다!

자 이것 마시구려. 모처럼 누이가 권하는 술이니…… 뭘 설마 또 하나밖에 없는 남매끼리 피스톨이야 꺼낼라구. 아무리 하르빈이라고 하더라도, 그렇잖우? 호호호호. 한 잔 더 드슈. 뭘 그까짓 포도주쯤야…… 그리고 오늘은 아우님이 온대서 아우님이 젤 좋아하는 식혜두 좀 만들어놨수. 거 봐요 누님 괄세할겐가…… 호호호호.

응? 뭣일까? 뭔 말일까? 남매 맺던 날 밤의 약속? 아 그것?

아냐. 그런 건 아니우. 지금 와서야 아우님한테 못 할 이야기가 뭐 있겠소! 허지만…… 글쎄…… 그러다. 하죠! 뭣이 그 비장한 결심이라고? 참 말 잘 하셨수. 나로 본다면 참 장한 결심이라우. 십 년간 아니 십 년두 더 되죠. 내가 스물일곱 살 때니까── 십삼 년이군! 그 오랫동안 한 계집이 가슴속 깊이깊이 파묻어두었던 이야기라는 그것만으로도 벌써 값이 있잖을까요?

정말유 아우님. 나는 이때껏──이런 생활을 하고 있으면서도 이 이야긴 아무한테도 한 적이 없다우. 우리 찻집에 드나드는 사람들만 해두 내가 어떤 계집인가 해서 몸이 달아하는 사람들이 퍽 많아요. 아마 우리 아우님만 해두 처음엔 그런 동기로 우리 집에 드나들기 시작했을게요. 그렇죠?

그럴껍니다.

생각하면 그것도 나무랄 수도 없어요. 그야말로 전장터 못지않게 날마다 피스톨 소리만 나는 살얼음판인 하르빈, 그나마도 제일 번화하다는 '키터이스카야'에 와서 이름도 성도 없는 조선계집이 떡 버티고 앉았으니까 퍽 이상하게 보이는 모양이지요. 그런데다가 인물도 그렇게 추하지 않구 하니까 별의별 소리를 다 들어요. 어떤 사람은 짓궂게 와서 내가 어떤 나라 스파이나 되는 듯이 떠보는 축도 있고 그야말로 여기 와 있는 외국 여자들의 그 따위 작업을 일삼기나 하는 줄 알고 내 손에다 지전을 한 뭉치 쥐어주는 쓸개빠진 사람두 있었다우!

그건 외국사람뿐이 아니어요. 여기 있는 외국 사람들은 모두 날 중국 여자로 아는 모양이드군요. 외국사람들이 그러는 것은 그래도 덜 분한데 같은 조선사람인 줄 빤히 알면서두,

"마담! 당신의 과거를 좀 들읍시다그려."

한다든가 그야말로,

"마담 왜 그리 사람이 쌀쌀하오. 나하구 좀 친합시다그려!"

하고 돈을 쥐어줄 땐 그만 눈물이 좌르르 쏟아지겠지!

그래두, 날 갖다 '스파이'라구 보는 사람이 제일 많은 것 같습니다. 그렇지요? 그럴게라. 나는 그만한 각오는 하고 있어요. 허지만 날 갖다 스파이로 보는 사람의 눈은 —— 아니지 그렇게 보는 것이 마땅하겠지…….

아 그런 사람들의 눈에 복이 있으라……. 허나 아우님! 아우님만은 날 그런 계집으로 보지 않겠지? 나도 그것을 믿어요. 믿지 않는다면 내가 남매라는 천륜에 닿는 인연을 맺을 턱이 있겠수. 뭘 나두 알아들어요. 그야 처음엔 아우님만 하더라도 호기심으로 덤볐겠지만 그 호기심은 차차 없어지고 우정이 생긴 줄도 알아요. 그러구 나만 하더라두 아우님이 그렇게 가벼운 사람이라면 가까이나 했겠수. 그러나 아우님! 부디 이 누이를 저바리지 마슈. 이것도 인연이랍네다. 어머님 뱃속에서 맺어지지 못한 인연이 본국도 아닌 멀리 하르빈에 와서 맺힌 게지요. 난 나의 일생을 아우님께다 맡기우. 그러나 나의 모든 것이 다 아우님 것이라구 생각하구 이 찻점두 좀 맡어주구려. 또 일찍이 오빠 소리를 해본 적이 없는 사람이라우. 아우님 소리도 이번이 첨이죠. 더없이 외롭고 더없이 쓸쓸한 인

생이랍니다. 자 아우님, 내게 다시 한 번 맹서를 해주시구려. 아, 내가 미쳤나. 울긴 왜 울까……그래 그래 안 울게. 나두 술 한 잔 마실라우. 맨 정신으로는 차마 얘기두 못 하겠소.

3

──내가 기생이 된 경로?

──그러나 그런 이야기는 그만두죠. 나는 그 어떤 경로를 밟아서 나의 이름은 '기생'으로 변하고 말았어요. 내 어릴 때 이름이 뭣이었느냐고? 아이 아우님도 그까짓 건 알아서 뭘 하우. 소제였다우. 흥, 이름이 좋았으면 팔자가 요꼴이겠수.

그때야말루 난 정말 죽어버리려구 했어요.

그랬더니 처음 끌려가던 날 앙탈을 한다고 매를 맞고 몸부림을 하는 통에 유서가 허리춤에서 빠졌던 모양이어요. 그것을 본 후로는 변소에도 혼자 못 가게 달구칩니다그려!

이 천둥벌거숭이는 정말 어머니를 만나면 어머님께,

"어머니, 난 어머니가 다른 데로 절 버리고 가신 줄 알고 이런 유서를 써넣고 죽을려고 했다우."

이렇게 이야기를 하고 응석이라도 할 작정이었다우. 그랬던 그 유서가 나의 사지를 결박할 줄이야 난들 어떻게 알았겠어요!

자살하는 사람은 난 참 장한 줄 알아요. 그렇다고 못 할 것은 아니지만 그때 생각엔 길이길이 살아서 사랑하는 자식을 이런 구렁에다 팔아먹은 어머니를 생전에 또 한 번이라도 만나서 마음껏 포악이라도 할려고 했었다오. 지금 생각하면 그것이 벌써 어리석은 생각이었지요.

마땅한 사람, 교양있고 일평생을 같이 해로할 사람, 유두분면의 가면으로 세상을 살아가는 나면서도, 그러나 이런 사람을 구하는 것이 유일한 나의 희망이었고 기쁨이었어요. 그런 사람만 만나면 오줌동이를 이고 풀뿌리를 캐어 연명을 한대도 좋다고 생각했다오. 그때나 지금이나 교양있는 신여성들은 이것을 이상이니 뭐니 하고 표현합니다마는, 그때의 난 그런 말을 쓸 줄도 몰랐지요. 나의 이 소위 '마땅한 사람'이라는 그 개념이 바로 그네들이 말하는 바 '이상'이라는 말과 부합되는 것이겠거니 하는 막연한 생각만 가지고 있었지요. 그러나 그야 사람이 그 마땅한 사람이 화류계에 있을 리가 있어요. 자르르 흐르는 기름과 내풍기는 향내 그것만에 눈이 어두운 돈푼 있는 집 자식들만이 드나드는 그런 사회에서 마땅한 사람── 요새말로 한다면 '이상'이 맞는 사람이 있을 턱이 있나요!

화류계의 도덕이란 꼭 연애와 마찬가지여요. 연애처럼……연애란 말에 뭘 그리 놀라시우?

아이 참 아우님두……그러나 난 똑같다구 생각해요. 연애란 반드시 서로 속이는 데서만 성립되는 것이 아닐까? 남자는 여자를 속이고 여자는 또 남자를 속이고! 뭣이라고? 속이는 데서는 연애가 성립되지 않는다? 흥, 성립이 안 되는 것이 아니라 그것은 성립이 돼도 연애가 아니란 말이지? 그야 그렇게도 말 할 수 있겠지. 허지만…….

압다 연애 소리에 왜 이리 핏대를 세우시우. 호호호호, 참 모를 일이군! 암만 아우님이, 아우님 말을 세울려고 해도 그건 안 될 거요.

왜냐구? 난 이 세상의 연애란 것을 눈이 시도록 봐온 사람이니까요. 귀가 젖도록 들어왔지요. 혹 그런 일이 있지요. 있기 있어요. 화류계에서도 정사를 한다든가 실연하고 자살을 한다든가, 허나 그건 달라요. 모르는 사람은 흔히 날 보고도 그래요, 저 아무개 같은 기생하고 연애를 좀 해 봤으면, 이라고요. 목숨을 바치는 사랑도 사랑이 아니냐 말이지? 대단히 불만이 계신 게로군! 허지만 그건 연애가 아니죠. '연애'란 그 첩경까지 가다가 마는 게죠. 나두 그런 걸 많이 봤지만 기생의 연애란 그런 거여요. 그 남자가 자기를 버렸다는 그 의식보다도 아름다운 꿈, 사람으로서의 참스러운 생활에 대한 아름다운 꿈이 아니라 그 남자가 가진 돈과 권세와 지위가 비쳐주는 그 아름다운 꿈이 깨어지는 데서 비관도 하고 술도 마시고 자살도 하는 게지요! 그러고 또 이런 경우도 있지요. 아니 그것이 아마 기생의 실연 자살에는 제일 많을 겁니다. 말하자면 연극 자살! 기생이 음독하는 일은 많아도 절명되는 경우는 적지요. 혹은 있다면 그건 연극 자살을 하자던 것이 정말 자살이 되는 경울 겁니다.

아이구 어쩌다 보니 얘기가 아주 딴길루 미끄러졌군, 어쨌든 화류계란 그런 데라우. 그러구 화류계에 드나드는 남자들두 저것은 오늘 밤 '데리고 노는 계집'이라는 색안경을 쓰고 보게 되고 기생들만 해도 이것은 오늘 '받들어주어야 할 놈팽이'라고 생각하고 대하니까 그저 서로 거짓말만 하게 되는 것이죠. 서로 색 안경을 쓰고 서로 속이고 하는 데서 남편을 구한 나였지요.

"설마 오늘이야……."

"설마 이 달 안에야……."

초조한 생각으로 날마다 나 혼자가 되면 이런 꿈만 꾸던 그때의 누나였다오. 아 어리석던 그 시절의 취향이여!

유두분면으로 달지 않은 술잔을 빼는 중에서도 참삶을 찾는 초조한 생활! 일 년 이태 삼 년 다섯 해나 흐르는 줄 모르게 흘러갔지요. 그때는 참삶에 대한 욕구도 희망도 초조도 없이 오직 악만 남은 판에 박아진 것 같은 생활을 아무 탄력도 없이 계속하고 있었다우.

4

밤새도록 뭇 사나이들의 손아귀에서 놀다가 밤 새일 녘에야 제 방이라고 돌아오면 기계적으로 눈물이 좔좔 쏟아져요. 울다 울다 그대로 쓰러져 잠이 들지요. 그러고는 오정이나 되어야 일어나서 목욕을 하고 아침, 아니 점심겸 저녁을 먹고 화장을 시작합니다. 화장 —— 남은 참삶을 위해서 하는 화장을 그릇된 삶을 하기 위해서 하는 기생들의 화장.

나는 가끔, 아니 화장을 할 때마다 거울 속에 비친 나 자신의 얼굴을 꾹하니 들여다보다가는 이렇게 묻지요.

"취향아 넌 누굴 위해서, 뭣을 위해서 네 얼굴을 단장하느냐?"

"……."

그럴 때 대답이 있을 턱이 있나요. 오직 대답은 한숨이었지요.

"얘, 너의 팔자도 기구하고나."

이렇게 들여다보고 있는 동안에 거울 속에 있는 또 한 취향의 눈에서는 두 줄기 눈물이 흘러흘러 입 속으로 들어갑니다.

이것이 그 동안의 나의 생활이었죠.

내 나이 스무 살되던 해 어떤 겨울인가 해요. 눈이 펑펑 쏟아졌어요.

박쥐처럼 밤밖에 모르는 기생들이 해가 지기도 전에 거리로 쏟아져 나옵니다.

"아씨 인력거 왔습니다."

하고 외치는 소리에 나는 기계적으로,

"나가우!"

하고는 어디냐고 묻지도 않고 인력거에 올라 앉았다우. 광천교를 지나서 종로 네거리에 와서야 나는 인력거꾼에게 어디냐고 물었지요.

"대관원인뎁쇼."

"대관원?"

나는 좀 실쭉했다오. 그때만 해도 일류 기생인 나를 청요리집으로 부를 위인들이 오죽하랴⋯⋯나의 직업의식은 이렇게 단번에 그들의 사람됨을 규정하고 말았지요. 그만둘까 하는 생각도 없잖었어요.

그건 그래요. 벌어먹는 것이 찬밥 더운밥 가릴 것은 못 되지마는 언젠가 한 번 소위 뱃사람들이 '가부시끼'라나 뭣이라나 해가지고 날 불러서 갔을 때 한 녀석이 추근추근 달라붙어서 졸라대던 일이 있어요. 그날은 그예 놀음을 떼어 엎고 빠져서 달아나오기는 했지마는⋯⋯뭘? 그런 줄야 누군 모르우, 소위 뭣이니 뭣이니 하는 명사 따위가 그런 덴 더 추한 줄도 알죠. 허지만 그런 위인들한테는,

"아이 선생님. 이런 놀음을 하는 사람을 선생님네가 아껴주시잖으면 어쩝니까?"

이렇게 치켜만 세우면 대개 떨어져 나가거든요.

하여튼 수틀리면 놀음을 떼엎을 작정을 하고 대관원에 썩 들어섰죠. 문을 열고 인사를 해도 무서울 만큼 방 안이 괴괴해요. 어쩐지 소름이 쪽 끼치겠지요⋯⋯둘러보니 모두가 삼십 전후의 노동자 비슷한 청년들, 그 중에 두 사람은, 밤송이처럼 머리를 빡빡 깎은 사람이었어요.

"자 이리와 앉으시오."

아기를 달래는 듯한 부드러운 목소리였어요.

하긴 그런 유의 사람들이 처음은 아니었어요. 기생 생활 오륙 년에 낄해야 운송부 사무원쯤으로밖에 보이지 않는 사람들이 모인 자리에도 두어 번 간 적이 있었어요. 그날처럼 머리를 빡빡 깎은 사람이 섞여 있는 적도 한

번 있었든가 싶군요.

난 그제서야 맘이 놓이겠죠. 어쩐지 지금까지 그런 사람들만 보아서 그런지 어느 회사 사장이라니 어디의 아무개니 어디 부자 누구니 하는 위인들은 얌치없이 핀잔을 주어야 떨어져 나가지만 그네들은 퍽 고상하게 놀고 또 유쾌하게 노는 것이 맘에 들었어요.

돈있는 사람들의 놀음은 더없이 풍성풍성하고 호화로우면서도 어딘지 퇴폐적인──알없는 대포 소리가 나는데 이네들은 그러질 않겠죠. 의복도 추레하고 술 한 병이 들어와도 주머니 속과 의논을 하는 듯한 눈치가 빤히 보이면서도 마치 개선장군들이 승전을 자축하는 것같이 쾌활하고 유쾌해 보이드군요. 사람은 아마 머리를 빡빡 깎은 사람들까지 쳐서 일곱 명이든가 싶군요. 그 중에 그래도 좀 반반한 양복을 입은 '박 선생님'이라고 불려지는 사람은 나도 한두 번 본 적이 있었어요. 그는 그때 어느 신문사 기자였죠, 아마…….

그날만은 부르기 싫은 노래를 안 불러서 좋더군요. 사람 일곱에 기생 하나고 보니 그렇기도 했겠지만 요리상도 너무 서글퍼서……온……그것은 감옥에서 나온 동지를 위로하는 회였어요.

"자 먼저 두 분의 건강을 빕시다."

이렇게 박이라는 이가 잔을 들기 시작하여 한두 차례는 무거운 침묵 속에 술잔이 돌았어요. 그러더니 누가 먼저 이야기를 꺼냈는지는 잘 기억이 안 되어도 기생 이야기가 화제에 오르겠지요.

어느 좌석에서든지 기생 이야기가 화제에 오를 때마다 낯 안 간지러울 때는 없다우. 기생을 좋다고 할 사람들이 어디 있어야죠? 대개가 마치 야만종 이야기나 하듯이 푼푼히 내려깎기는구려.

5

혹 기생을 변명해주는 사람도 없잖아 있긴 해요. 허지만 그런 사람일 수록에 어쩐지 그리 천박해뵈는지요. 한편으로는 고맙기도 하면서 한편 으로는 깔보여지니 딱하죠.

──그러나 그들의 이야기는 대개 사람다운 일을 한 기생에 관한 것

244

입니다. 그 누구니 하는 들어본 적두 없는 누구라든가 뭐라는 기생이 남편, 한때 세상을 뒤흔든 풍운아를 위해서 일생을 바쳤다는 이야기, 대개 이런 것이드군요.

"나두 그런 이야기를 이번 한 방에 있던 사람한테 들은 일이 있지요."

이렇게 묵묵히 앉아서 듣기만 하던 두 사람 중에서도 허우대가 크고 이마에 조고만 흉터가 보기 싫지 않을 만큼 있는 청년이 입을 열겠지요. 그 말소리는 퍽 부드러운 것이었어요. 그리고 퍽 우렁차드군요.

"그 사람도 역시 들은 이야기라는데 장호원인가 어덴가 하는 조그만 시골이든가 보드군요. 그 시골에 우연히 갔다가 계월이라는 기생과 하룻밤을 놀았는데 나중에 알고보니 그 기생의 채금이 일천삼백 원이나 된대서 그 까닭을 물으니까 자기의 동생들을 동경으로 유학시키느라고 그랬다고 그 러드군요."

"그런 기생은 장하군 ! "

하고 스텐드칼라를 단 얼굴이 거무테테한 사람이 말을 받으니까,

"그랬더니 학교를 졸업한 동생들이 나와서 그런 것을 알고 더러운 돈으로 공부한 것이 분하다고 함부로 학대를 해서 동생들 눈에 뜨이지 않겠다고 시골로 처박혔노라 그러드라오. 그 이야기를 듣고는 어찌나 분하던지……."

이렇게 말을 맺습디다.

그것은 짤막한 놀음이었어요. 두 시간도 채 못 됐든가 해요. 아마 작정이 두 시간이었든 모양인데 지금 생각하니 지날까봐 그것을 겁냈던 것 같아요. 그렇기에 제 시간도 다 채우지 못하고 주춤주춤 일어났던 게죠…….

아마 그것이 기생 생활 오륙 년 동안에 가장 인상 깊었던 '놀음'인가 해요. 무엇이라고 설명키는 어려워도 가슴속에 무슨 뭉클한 감정이 며칠을 두고 남겠지요.

그 중에서도 그 이야기를 하던 젊은이의 인상이 얼마를 두고 머리에서 사라지지 않습디다요.

그날 밤 그 자리가 아마 내게는 기적이었던가 해요. 바로 그날 밤이었어요. 나는 그 사람의 꿈을 꾸었어요. 그 우렁차고 부드러운 말소리로 내 귀에다 대고,

"취향이, 이런 생활이 그렇게도 좋단 말이오. 달리 방도를 차리시오. 기생

생활에 견딜 만한 노력을 아끼지 않는다면 굶어 죽기야 하겠소 ? ”

나는 이렇게 대답하였더라오.

“내게는 그런 기적이 없었답니다.”

“기적 ? 그러나 기적을 기다리는 것은 너무 소극적이오……기적을 기다려서는 안 되오. 자진해서 그 기적을 만드시오 !”

아우님 ! 꿈이란 할 수 없더군요. 바로 요 며칠 전에 잡지에선가 ‘꿈은 젊은이의 양식’이라는 말이 있습디다만 꿈이란 젊은이에게 있어선 안 될 것이라고 난 생각해요 ! 뭐야요 ? 글쎄 그 꿈이란 말이 이상이란 의미라면 모르겠지마는…….

어쨌든 그 꿈은 얼마를 두고 나를 울렸어요 ! 놀음을 갔다가도 문득 그 꿈 생각이 나면 그대로 모든 게 다 시들해지구…….

그것이야말로 기적이었어요. 적어도 내게 있어선 더없이 기묘한 기적이었던 것을——박명한 취향이는 그 기적을 꼭 잡지 못했군요.

그 후 몇 달을 두고 그 기적은 내 머릿속에서 사라지지 않았어요. 우연한 기회에 잠간 만난 그의 모습이 머리에서, 눈에서, 귀에서 사라지질 않는군요 !

취향이란 이름도 이때 동무가 지어준 것이라우. 원래는 취할 취자 취향이가 아니라 푸를 취자 취향이었어요. 그렇다구 내가 그때 술을 먹은 것은 아니지요. 아마 기생 생활 칠 년에 하룻밤밤에 술취한 일이 없는 기생도 그리 많지는 않을 게지요. 언제냐고 ? 가만있수 아우님, 인제 차차 이야기하리다.

그날 밤 이후로 나는 그야말로 혼나간 사람 같았어요. 놀음을 나가도 기운이 없고 집에 오면은 울고……사랑은 기적만이 가져온다는 말이 있지요 ? 들으니까 ‘로미오’와 ‘줄리엣’의 사랑도 기적이 가져다 준 선물이라더군요. 그것은 확실히 기적이었어요, 하룻밤, 아니 불과 두 시간 동안 한자리서 논 일이 있는 사람의 얼굴이 그렇게도 머리에서 떠나지 않을 리가 있어야죠 !

6

그것도 줄리엣처럼 아주 유한 계집에 속한 사람이라면 혹 그런 일도 있을 수 있겠지요. 허지만 하룻밤에도 몇십 명 남자에게 노래를 팔고 술을 권하고 손목을 잡히고 하는 나 같은 계집에게 그런 기적이 있다면 누가 그것을 믿겠어요?

"다시 한 번만 보아지이다……."

이것이 나의 기원이었습니다.

그러나 아까도 한 말이지만 진실과 기생과는 궤도와 같은 것이랍니다. 영원히 영원히 다시 만나보지를 못해요. 그 사람이 다시 화류계에 나타나지 않는 한 어디 가서 그를 만나겠어요? 그와 나는 동과 서에 멀리 멀리 떨어져 있는 사람입니다. 그리고 그 동과 서에는 다리도 없고 요새 말하는 전신도 통하지 못하는 딴세계인 바에야……

참다 못해 나는 어느 날 오후에 신문사로 전화를 걸어서 '박'을 찾아 알아볼까도 했으나 그럴 수도 없어 단념하고 돌아왔었다오. 그때만 해도 박은 진실 속의 사람이었든지 놀음터에서도 통 만날 수가 없더군요…….

그런 지 얼마 후였어요……아마 연말이었던 것 같군요! 어렴풋이 잠이 깨어서 누웠다가 이런 회화를 들었어요.

"그래 어떻게 됐니?"

"자꾸 미안하다구 그러드군요."

"그러니까?"

"나중엔 덤벼들어서 외투도 뺏구, 짐짝을 막 흐트리구!"

"돈두 돈이지만 순사가 자꾸 찾아오니까 넌더리를 낸대요. 그냥이라두 나가라구 야단야."

언젠가도 이 집 주인 할머니가 옆집에 있는 웬 젊은 사람이 밥값에 졸리고 앉았더라는 이야기를 들은 일이 있어서 그 사람이거니 하고 듣고만 있자니까,

"인제 나가우! 외투도 뺏기구……."

하는 소리가 나서 나는 어떤 사람이기에 그러는고……하고 쫓아나가서

대문 틈으로 내다보지 않았겠어요?……그랬더니……그랬더니……아 그
가 그구려! 그가 그야!

　웃긴 아우님두! 그 말이 그렇게두 웃으우?

　정말 그가 그겠죠. 오래 전부터 그 집에 있었던 모양인데 내가 그 집
건넌방을 얻어간 지가 며칠 안 됐고 밤에 나가서 새벽에 들어오는 터라
못 봤던가 보더군요.

　그러니 어떡하우? 잠자리옷을 입고 대낮에 쫓아갈 수도 없고……그
러다가 원래 두 번씩은 오지 않는 것이 기적이라는 것을 아는 나로서 그대로
재벌 찾아온 기적을 눈을 뜨고 잊어버릴 수가 있겠어요?

　나는 할머니를 시켜서 불렀다오. 당신을 잠간만이라도 보자는 사람이
있다 이렇게 일러 보냈더니 왔습디다.

　마침 주인의 조칸가 하는 사람이 쓰는 사랑이 비어서 우선 그를 행랑
방처럼 된 문간방에 들어가게 하고 옷을 갈아입고 얼굴엔 분기도 안 올린
채 방문을 열고 들어서려니까 그는 주춤 일어납디다.

　"절 알아보시겠습니까?"

　이렇게 위선 말을 하고는 내딴엔 맘껏 보드러운 웃음을 웃어보였죠.

　"기억이 없는데요."

　"생각해내보셔요. 전 꼭 한 번 뵌 기억이 있습니다. 모르시겠어요?"

　"모르겠는데요."

　나는 이 대답이 그지없이 섭섭하였더라오. 그러나 그것은 당연한 일이
었겠죠. 그는 머리를 길렀습디다. 고생에 찌들은 탓인지 몹시 얼굴이 상
했더군요. 그 전같이 해쓱하지는 않은 대신 시커머진 것이 커다란 눈방
울만이 무서울 만큼 이채를 내고 있겠죠.

　그는 몹시 나를 응시합디다. 아마 자기가 그야말로 여우에 홀리기나 한
것이 아닐까 하고 생각하는 것도 같습디다. 그도 그럴 것이 한 번 본 기억도
없는 계집이――더욱이 젊디젊은 계집이 자기를 만나자고 한다면 아무라도
그런 눈으로 뜯어봤겠지요.

　"제가 어디서 뵌 것을 말씀하면 알아내시겠습니까?"

　또 한 번 이렇게 물으며 나는 조심성스럽게 앉았었다오. 그랬더니 그는
대답합디다.

248

"글쎄올시다. 만난 곳이라도 알려주신다면 혹 생각이 날지도 모르지요……."

이렇게 말하더니 갑자기,

"아 옳지!"

하고 반색을 하겠지요.

"아시겠습니까?"

"실례입니다만……."

하고 반색하는 빛이 다 사라지기 전에 그는 이렇게 묻겠지요.

"저 중국집에서?"

나는 얼굴을 붉히고 대관원 이야기를 했지요. 그랬더니 그제서야 생각이 돌았던지,

"아 취향 씨! 네 네 알겠습니다!"

이렇게 말하며 동생이나 만난 듯이 반가워하겠죠.

나는 무엇보다도 그가 나의 이름을 기억하고 있는 것이 그지없이 기뻤어요.

7

그를 본 그 순간 나는 꼭 그를 만나야만 할 일이 있는 것같이 생각되었어요. 그럴 의리, 아니 의무가 있는 것같이요……뭣이? 그럴 의리도 있고 의무도 있다고? 호호호호 있기야 있지요——허지만 그야 나 혼자만의 이야기겠죠. 그이야 나라는 인간이 있는지 없는지도 모를 텐데 그에게야 그럴 의무가 있을 까닭이 있어야 말이죠!

사랑? 사랑이래도 그렇지 이쪽의 짝사랑이지 그가 사랑인지 건넌방인지 알 턱이 있어야죠. 아니 나두 그럽디다. 첨엔 그를 불러야 할 의무가 있는 것 같아서 불러앉히고 나니 할 말이 있어야죠? 나는 그를 불러서 무어라고 한다든가 어떻게 하리라든가 그런 생각은 털끝만치도 못 했구려. 아니 하기야 그런 생각을 할 겨를도 없기야 했지. 그를 본 순간 그대로 불렀으니까요!

"그날은 퍽 유쾌했습니다."

불러논 사람이 하도 말이 없으니까 그는 몹시 어색했던 모양이더군요. 이렇게 당치도 않은 이야기를 풀쑥 꺼내겠죠. 그렇다구 낸들 할 말이 있어요? 나도 그의 이야기 속으로 살짝 파묻히고 말았지요.

"그날 오셨던 분들 가끔 만나십니까?"

"○○신문사 박 군만은 두어 번 만났지요."

또다시 말문이 막히겠죠. 하는 수 없이 옷을 좀 갈아입을까 하고 달막달막하려니까 안성맞춤으로 심부름하는 계집애가 내 방을 치워놓았다고 문 밖에서 이르더군요. 그래서 총알이나 피한 듯이,

"그럼 제 방으로 좀 가실까요."

하고 일어나버렸지요. 그랬더니 그는 '싱거운 여편네도 봤다'는 듯이 넌지시 나를 쳐다보더니,

"글쎄요, 그만 가지요."

하고 서두는 바람에 나는 별로 생각도 없이 이렇게 말했더랍니다.

"잠깐만 좀 놀다 가시지요. 할 이야기도 있고 하니요……."

"할 얘기?"

재차 묻는 말에는 ── 그러나 대답을 못 했어요. 그래도 그는 대답을 기다릴 필요도 없다는 듯이 나를 따라서겠지요.

방 안은 말끔히 치워졌더군요. 나는 그를 겨울 화로처럼 위해다가 아랫목에 앉히고 담배, 재떨이 그리고 계집아이를 시켜서 불을 담아다 그의 앞에 놓았지요. 그러고 마치 시댁 손님을 모셔온 것처럼 공손히 그의 앞에 쪼그리고 앉았었지요.

좀 춥든지 그는 곰의 발 같은 손을 화로전에 올려놓더군요. 나도 맞은쪽 화로전에 실상 춥지도 않으면서 손을 쪼이고 있었어요. 한 십분이나 멋멋스런 침묵이 지나갔다우. 무엇이라고든지 말을 꺼내야 할 줄은 알면서도 말이 나오지 않는 그러한 침묵이었어요. 주어진 바 그 짤막한 침묵이 계속된 그 동안에도 나는 내가 그를 부른 것이 너무 경솔했다는 것을 깨달았어요.

이윽고 그가 먼저 이렇게 입을 엽디다.

"하신다던 이야기는……."

나는 그 말엔 대답을 못 했어요. 다만 열에 덴 사람처럼 그를 쳐다보고만 있었더라우. 곧 말이 나올 듯 나올 듯하다가도 쏙 들어가고 쏙 들어가고

하겠죠. 그래서 나는 그때 나의 감정을 말로써 표현할 것을 단념하고 눈으로써 그에게 전하고저 하였어요. 그랬더니 정서, 정열, 기원——이러한 다각적 감정을 표현하기에 초조한 그 눈을 그는 '윙크'로 알았던 것 같더군요. 그는 이렇게 말하겠죠.

"이야기란 뭔 얘깁니까. 설마 나를 농락거리를 삼자는 이야기만은 아니겠죠?"

"그런 이야기만은 절대 아닙니다!"

나는 이렇게 단언했어요. 그리고 생각하니 우물쭈물하다가는 주어진 바이 두 번째의 귀여운 기적을 놓칠 것같이도 생각이 들겠지요! 그래서 나는 벼르고 별러서 내가 얼마나 자기를 사모하였더라는 이야기를 한 끝에 달아 했더랍니다! 그러면서도 나는 사랑이란 말을 입에 내지도 않았다우. 실상 그것은 사랑이 아닐지도 몰랐으니까요. 그런 것을 바로 사랑이라고 규정할 수도 없겠지요, 아우님? 허나 그날 이야긴 이만큼만 해둡시다. 하여튼 두 번째에 돌아온 기적을 나는 놓쳐버리지 않았다우.

그것은 아주 짧은 시간이었어요. 그와 나는 그 짧은 시간에 퍽 다정스러이 지냈다오.

그것이 인연이 되어 그는 나의 이름에다 '씨' 자를 붙이지 않고 그저,

"취향이!"

——이렇게 불러주는 일까지 있게 되었어요. 그리고 그것이 내게는 씨 자를 붙일 때보다 다정스러이 들립디다. 그러나 그만한 우정을 보여주면서도 그는 나를 경계하는 눈치가 늘 보입디다. 이것은 너무 가까이 해서는 안 될 계집이거니 생각하는 것 같은 눈치였어요. 아니 어떤 때는 아주 드러내놓고 그런 말을 한 적도 있었대요.

"취향이. 호의는 늘 감사하게 받고 있소. 그러나 우리는 서로 현재 이 경계선에서 한 걸음도 더 가까이 할 수는 없을 것 같소."

"그건 왜 그럴까요?"

어느 날 나는 야무지게 이렇게 달려들 듯 반문했었지요.

8

그러나 그는 그 이상 더 이야기를 진전시키려고 하지 않습디다. 나는 그러한 그의 태도가 퍽도 섭섭했어요. 그래서 어떤 때는 곧은장으로 대고 쏘아보기도 했지만 그럴 때마다 그는,

"인젠 그런 이야긴 우리 고만둡시다."

밥상 내물리듯 슬그머니 옆으로 밀어치우는구려. 그런 태도가 못마땅해서 원망 비슷이 비난을 할라치면 그는,

"취향이도 인저 그만한 정도로 해두시오. 나 같은 사람한테 호기심을 갖는 취향의 심사를 참 나는 모르겠소."

"선생님은 그래 그것을 단순히 한 계집의 호기심으로만 돌리시나요?"

나는 팩 대들었어요. 그 호기심이란 말이 어찌도 분하던지 그냥 눈물이 팽 돌겠죠.

"글쎄 취향이 자신은 그것이 호기심이니 아니거니 할지도 모르지마는 날 언제 봤다고 밥을 사 먹이고 옷을 해 입히고 그리고 용돈까지도 주고…… 요새 와선 난 뭐가 뭔지 모르게 되고 말았구려!"

——그 말을 듣고야 나는 나 자신을 돌아다보았더라오.

사실, 그에겐 나는 아주 허황된 계집으로밖에 뵈지 않았을 겝니다. 그 야말로 언제 봤다고 내가 그에게 그만한 호의를 보이게 되었는지 나 자신도 의아했어요. 사귄 지 두어 달이나 실히 되면서도 나는 그가 뭣을 하는 사람이라는 것도 몰랐다면 누가 곧이를 듣겠어요.

사실 그것은 맹목적 호의였어요. 아마 생각건대 대관원에서 만나던 그날 '여기 있는 사람들은 지전 뭉치로 우리의 몸뚱이를 사려는 사람들은 아니다.' 하는 막연한 의식이 그들한테 호의를 갖게 한 첫 조건이었고 시퍼런 지전장을 내노라고 흔들고 다니는 그런 유의 손님에게서 받아 싸두었던 반감이 '이 사람들은 우리 편이거니……' 하는 막연한 호의를 갖게 한 것이 아니었든가 해요. 장구채나 잡고 사내라면 상판대기도 보기 싫으면서도 먹고 살기 위해서 놀음판에 나가서는 그저 배싯배싯 남자들의 손아귀에서 빠져보려고 애쓰는 계집들의 손등이나 어루만지고 있는 기름기만 지르르

흐르는 놈팡이들만 보아온 나의 눈에 그네들이 퍽도 인상 깊게 보였던 것 같아요, 그 쾌활이……그…….

무엇보다도 나는 그의 유황불 같은 눈이 좋았어요. 그리고 그 씩씩한, 오랫동안 그런 속에서 고난을 겪었으면서도 조금도 그 기개가 꺾여 보이지 않는 그를 볼 때 막연히나마 이 사람은 가엾은 사람을 위해서 일하는 사람이라는 인식과 또 이후로는 우리 같은 사람을 위해서 일할 사람이리라 —— 하는 막연은 하면서도 어딘지 진실성이 있는 것 같은 생각에 나는 사로잡혔던 것인가 해요.

——그러나 나는 그가 어떤 사람이라는 것을 알았어요. 아니 그 전에 막연하던 것을 뜻하지 못한 사람이 와서 귀띔해주겠죠. 그것은 참 뜻하지 못한 사람이었어요. 아따 그렇게도 급하시우?

K란 이가 한 번 찾아와서 그와 가까이하는 것이 좋지 못하다는 핑계를 합디다. 그 이유로 그는 나쁜 사상을 가진 까닭이라고 합디다. K는 또 이렇게 말하겠죠.

"이번에도 사 년이나 겪고 나온 놈이다……."

"아 그래요?"

나는 이렇게 대답하고 가까이하지 않는다는 것을 약속하여두었지요.

그러나 그도 하루는 이런 말까지 하더군요.

"취향을 나는 존경하오. 지금까지 반 년이나 되도록 나의 정체를 캐보려고 하지 않는 그 태도가 퍽이나 듬직하오. 내가 이만큼 생각하고 있다는 것만 알고 모든 것이 스스로 알려질 때까지는 그것만으로 만족하여주오."

그는 이렇게 결론을 맺습디다.

"사람 입을 통해서 알려는 태도를 나는 퍽 싫어하오. 그리고 입을 통해서 어떤 인물의 에누리없는 정체를 알기는 어려운 일이지요. 나는 자기라는 것을 자기의 입으로 설명하는 —— 아니 선전하는 사람을 업수이 여기오. 사람이란 사람의 입을 통해서 알려지는 것이 아니라 그 사람의 행동에서만 알려지는 것이오. 알아들으셨소?"

——이 행동에서 내가 그를 안 것은 너무나 적었어요. 아니 없다고 해도 좋았겠지요. 나는 다만 그가 이사를 퍽 자주하는 사람이라는 것을 알았을 뿐이었어요. 한 집에서 한 달을 머무르지 않습디다. 어떤 때는 단 사흘이

못 되어 집을 옮기기도 하겠죠.

9

또 한 가지 그의 행동에서 그를 안 것이 있군요. 그는 참 여행을 잘 합디다. 사흘, 나흘 어떤 때는 보름씩이나……그러나 그는 한 번도 가는 곳을 알리는 일이 없었어요. 돈이 필요하면,

"취향이 돈 좀 있겠소?"

해서 돈을 받아쥐면 그저,

"좀 다녀오우."

그저 그뿐이었어요. 그리고 나도,

"어디 가셔요?"

하고 묻지 않는 것이 버릇이 되었어요. 그도 그랬다오. 그 알뜰살뜰히 푼푼 모은 나의 저금통장에서 '즉시불'이라는 도장이 자꾸 늘어가는 것을 자기 눈으로 보면서도 단 한 번도 미안하다든가 감사하다든가 하는 말을 입밖에 내는 것을 못 보았어요. 나도 처음엔 적이 불안한 생각이 들더니만 그것이 도수가 늘어갈수록 아무렇지도 않고 되려,

"그럼 받아 쓰오."

하는 그 한 마디가 몇천 마디 인사보다도 믿음직하고 기뻤어요. 돈을 받아 넣고 나가는 그의 뒷모양을 바라보면서 나는 '그저 무사하여지이다…….' 하고 빌었었다오. 다른 사람들을 보면 '건강'과 '행복'을 빕디다마는 또 언제부터 그렇게 됐는지 그저 무사하기만을 비는 버릇이 생겨버리고 말 았었다오.

──그것은 깨끗한 사랑이었어요. 우리는 한 방에서 밤을 새운 적도 한두 번 있었지마는 우리는 한 번도 방종한 마음을 먹어본 적이 없다우. 아 우님이니까 이런 말도 할 수 있는 게지요. 사실 나 자신도 이상스러울 만큼 그와 대좌해서 이야기를 하면 더없이 마음이 정화되는 것 같아요. 아니 같은 게 아니라 정말 정화돼요. 여성으로서의 막연한 동경을 기름기 흐르는 사람들한테서까지 어떤 때는 유혹을 받는 나면서도 사랑하는 그를 대하면 깨끗이 없어지고 말아요!

그러던 그가 하루는,

"취향이 오늘부터 이틀 동안만 나의 말동무가 되어주오. 주머니 속도 좀 든든히 해가지고 우리 온천에나 한 번 가봅시다."

그 말을 거역할 이유가 내게 있을 턱이 있어야지요.

바로 그날 밤 우리는 경원선 차 속에 있었어요. 역에 나와서야 겨우 권번에 전화를 걸 시간을 만들었고보니 행자이라는 것이 있을 턱이 있어요. 나는 그의 지시대로 당목옷을 입고 나섰지요.

"어디로 가실까요?"

그는 아무 대답이 없더군요. 어쩐지 그 명랑한 그의 얼굴이 그날만은 퍽 흐려보였어요. 그래서 나는 무슨 일이 생기지 않았나 하고 생각도 했지만 자진하여 이야기하지 않는 일은 일체 묻지 않는다는 것이 무언 중에 약속처럼 되어 있던터라 나는 그것을 입밖에 내지도 않았지요.

"왜 나허구 그런 데를 가는 데 불안을 느끼오?"

"불안?"

"응 불안 —— 일테면 단둘이 그런 데 간다는 데 말이오!"

"온 천만에요!"

그럴 바에야 애당초에 따라서지를 않게! 하는 의미의 말을 하려다가 참았지요. 그런 말을 할 필요가 느껴지지 않더군요. 그래서 나는 그에게 나의 지갑을 그대로 맡기었죠. 그랬더니 오늘만은 자기 주머니도 아주 비지는 않았다고 하며 쓸쓸히 웃습디다.

나는 그가 어디 차표를 샀는지도 몰랐어요. 그저 경원선 개찰구로 가기에 경원선이거니 했을 따름일죠. 차 중에서도 그는 아무 이야기도 하지 않더군요. 그저 아무것도 보이지 않는 창 밖으로 얼굴을 향하고 앉아서 담배만 빽빽 빱디다.

"원산까지 갑시다."

문득 그는 이렇게 말합디다. 나도 그저 그러냐고만 말았지요.

철원을 지나서자 차는 관 속처럼 괴괴합디다. 저쪽 구석에 앉은 웬 헙수룩한 노인 한 분이 일어나 앉았을 뿐 모두 쓰러져 잡디다. 그는 생각 깊은 낯으로 나를 쳐다보곤 하더니 짐짓 마음을 가라앉힌 듯이 입을 열어,

"취향이! 담에 혹 누가 당신보고 나를 아느냐거든 아는 체 마시오.

설령 당신의 부모같이 믿는 사람이라두……."

"네에."

나는 소곳이 답했었어요.

"일간 아마 낼이나 모레쯤 혹 당신이 나 때문에 어떻게 될지 모르오. 그래도 모른다고 하시오."

나는 가슴이 덜컥 내려앉습니다. 그렇다고 내가 누구한테 어떤 일을 당할까 그것을 겁낸 것은 아니어요. 그의 신상이 인제는 지금같이 '무사' 치를 못하려나보다 하는 놀라움이었죠.

"일이 생겼나요?"

나는 결심을 하고 굳게 지켜온 약속을 깨뜨렸다오.

"그렇소. 일이……생겼다오. 허나 그만둡시다. 밤말은 쥐가 듣는다오. 남 보기 수상하니 당신도 좀 누우시오. 나도 누우리다."

이튿날 새벽 원산에 내린 우리는 역 앞에서 택시로 한 십분 달리다가 북촌동으로 올라갔지요.

10

그는 길잃은 사람처럼 나를 끌고 다니더니 교회 뒤 큼직한 집담을 끼고 돌다가,

"취향이 나의 아내 노릇을 좀 해주려오?"

밑도 끝도 없이 조금도 망설이는 티도 없이 이렇게 말을 합디다. 그 말을 듣자 순간에 가슴이 덜컥 내려앉으며 눈 속이 뜨끈해집디다. 물론 나는 아무 대답도 못 했어요.

"허나 뭘 여러 날 그럴 필요도 없지요. 오늘 하루만 —— 아니 내일 저녁때까지만 —— 왜 싫소?"

"겨우! 하루 동안!"

이런 말이 곧 입 속에서 튀어나오려고 하는 것을 나는 꼴깍 삼켰다우. 그러구 이렇게 대답했었죠.

"네에."

그러는 사품에 눈물이 주르르 쏟아집디다. 까만 판장을 앞치마처럼 두른

단출한 초가로 그는 나를 데리고 들어가서 웬 노파한테,

"할머니 제 아냅니다."

이렇게 소개하고는 어디론지 나갑디다. 노파는 더없이 나를 반겨하고 친가며 집안 살림이며 수다스러울 만큼 묻습디다.

그날 밤……나는 비로소 그가 조선땅에는 더 지체할 수 없음을 알았어요.

"그러니 취향이도 그쯤 알고 나를 붙들지 마시오. 나는 실상 취향이를 꼭 데리고 가고 싶소. 허지만 지금 같이 가는 것은 위험해 그러오. 부디 몸 성히 있다가 내가 주소를 알리거든 왔으면 하오. 알아듣겠소?"

나는 자꾸 울기만 했었어요. 지금까지 나는 그의 앞에서 이렇게 운 적은 없었어요. 참으려고 하면 할수록 눈물은 솟아납디다.

"취향이!"

그는 나의 손을 잡으며 다시 불렀어요.

"내가 당신 옆을 떠나려는 까닭을 아시겠소?"

"네에."

"고맙소. 그러면 일후에 내가 당신에게 편지를 하면 그때 와주겠지?"

"네에."

어쩐지 이 한 마디로는 나의 감격된 감정이 십분의 일도 표현되지 않는 것 같아서,

"그보다도 전 선생님이 편지를 주실까가 의심이 되어요."

"아니오! 그것은 믿어도 좋소."

"정말?"

"정말!"

내가 그이 한 말에 이렇게 여러 번 다짐을 한 것도 그때가 처음인가 해요.

"취향이도 곧 그 직업을 버리도록 하오. 직업이란 먹고 사는 데 의의가 있는 것이 아니라 할 일을 찾는 것에 의의가 있을 것이오. 사람으로서——더욱이 우리 처지로서 할 일을 찾은 후에도 직업에 매어달렸다는 것은 아주 무의미한 일이오. 나는 어디서 밥벌이를 하든지 그것을 나무라지는 않소. 허나 돈벌이만에 일생을 바치는 사람을 볼 때 더없이 멸시가 갑디다."

그는 다시 말을 이웁다.

"사람이 제 할 일을 찾으려면 알아야 하오. 취향이도 책을 볼 만한 눈은 되는가 싶으니 책을 보시오. 사물을 —— 현실을 똑바로 볼 만한 힘은 길러야 하오. 나도 조선 청년이지만 나는 조선 청년을 멸시하는 자요."

"언제쯤 떠나시나요?"

무엇보다도 이것이 나는 알고 싶었어요.

"내일밤……아마 그렇게 되겠지요."

"내일밤!"

"그렇소. 더 연기할 수는 없으리다. 아니 연기할 수야 있겠죠. 떠나는 대신 도루 서대문 큰집으로나……간다면……."

그는 입을 닫습다. 내일밤까지라면 이십 시간 남짓하였어요. 그러나 그 이십 시간 동안도 그는 나만을 위해서 앉아 있을 계제가 못 된다는 것을 생각할 제 그냥 가슴이…….

열한시가 지났습니다. 나는 시계를 보이며 그에게 산보가기를 청했습니다. 그는 그것이 재미없는 듯 대답을 꺼리기에 나는 할머니의 손자라는 여남은 살된 아이에게 음식과 술을 좀 보내도록 적어서 주었어요. 그도 그날만은 나의 심경과 같았는지 그것을 굳이 말리지 않습다.

화류계 생활 칠 년에 나는 그날 밤 처음으로 —— 아니 마지막도 되었죠 —— 쓴 술을 마시었어요. 눈물과 술을 반죽을 하여 마시고 하였더라오.

그도 취하고 나도 취했었어요. 알콜이 작용하자 나는 울음을 참을 수가 없었어요. 그이 가슴에 안기어 어린애처럼 울었더라오. 그도 나의 상체를 푹 안아줍다. 이것이 아마 그와 내가 만난 지 일 년 만에 처음으로 있었던 일인가 하우. 그러나 그와 내가 아닌 다른 사람이 누가 그것을 믿어주겠소 —— 아우님이 그것을 믿겠다고? 고마워. 허지만 다른 사람이야 또 있으리까…….

아! 가슴쓰리던 그날 밤! 행복스럽던 그날 밤! 아우님! 그날 밤 하루만의 아내던 나는 영원한 그의 아내가 되고 말았었다오…….

"취향이 나는 당신을 존경하오!"

그는 감격하여 이렇게 다시 나를 안아주더이다. 그 말이 내가 화류계에서 굴면서도 순결을 보전한 것을 말함이라고 느껴지자 나는 눈물이 다시 흘렸더라오…….

아 그날 밤!

아우님! 내게 그날 밤을 추억함을 더 한 번 용서하여주어야 하시겠소. 나는 그날 밤은 잊을 수 없어요. 지금 내 나이 서른다섯! 사십 평생에 단 하루밖에 없는 그 즐겁고도 쓰리던 그날 밤을 마음껏 즐기고 마음껏 추억케 해주시구려!

아! 다시 오지 못할 그날 밤이여!

아 또 눈물이 흐르는구려! 뭣이 마음껏 울라고?

11

……아우님! 그날 밤을 지난 이튿날 멀리 떠나간 그는 가버린 그날 밤처럼 다시 소식이 없었답니다. 내 이야기를 아우님도 들으셨으니까 말할 것도 없겠지마는 그의 편지를 기다리는 나의 심경이 어떠했겠소……그를 보낸 날부터 나는 초옥이라는 동무와 동거한 것도 혼자만의 시간이 무서웠던 까닭이었다오……눈물과 눈물의 연쇄!

아우님! 이것이 나의 생활이었다오. 그런 하루를 거듭하기 칠백여 번!

놀음에 나가면 집이 궁금하고 집에 앉았자니 분초가 초초하고……. 벌써 놀음에 나갈 때면 거울 속에 비친 제 얼굴을 들여다보고 도수장 문지방을 넘는 소처럼 놀음터 미닫이를 열던 그런 옛날의 취향은 벌써 아니었다우.

나는 하루라도 놀음터가 없으며 못 살 것 같아서 놀음터에 가서는 술도 마시고 노래도 마음껏 불렀더라오 —— 그러다가는 언제든지 울어버리고 말았답니다. 취향이가 술을 먹는다 —— 이런 소문은 파다하게 서울 화류계를 휩쓸었지요. 그러나 대개는 인제 취향이도 기생에 이골이 났다고 합디다.

그가 가고만 지 이태째 접어들던 어느 날 아침 —— 아우님……나는 그의 편지를 받았다우! 어디서 어디까지나 그다운 편지…….

'취향! 두 번이나 편지를 해도 소식 없음은 웬일이오! 나는 세 번까지 참소. 다시 소식 없으면 나도 단념하려오…….'

아우님……사람의 운명이란 단추끼는 것과 같은가 하우. 두 번이나 온 편지. 그것을 초옥이가 가로챘을 줄이야 누가 꿈엔들 생각했으리까요?
그러나 그때는 초옥이도 이미 한강 고기밥이 된 지 여러 달 후……나는,
그 편지를 받은 지 사흘 만에 서울을 떠났었다오!

상해와 하르빈을 나는 널빤처럼 건너다니며 그의 행방을 찾았건만……
이미 십 년 그는 아마 영원히 갔나보우……아우님……아 술 좀 주오, 포도준
싫어! 그까짓 게 술이란 말이오……워트카! 워트카!

뭐라고! 똑똑히 말을 해요! 사내자식이 왜 그리 말은 우물쭈물해!
아이고 날 좀 보게! 내가 뭔 말을 이렇게 했을고……아우님! 히스테
리라고 관대하게 여겨주우. 고맙소. 내가 아우님보구 욕을 하다께?…….

자 다시 한 번 뭐라구? 아 그이 이름? 그것은 알아 뭣하겠수? 본명은
나도 몰라요. 아무개라도? 그는……그의 이름은 최성환이었다우…….

아? 뭣요? 아우님! 다시 한 마디! 그가 아우님의 친구였다고?
선배? 그것이 정말이오? 그래 지금은? 죽어? 언제? 오오 그게 정
말이오? 아우님! 아—우—님! 그의 무덤?.

그만두우! 그만두우! 누가 아우님더러 무덤을 알려 달랬수? 이름
알아서 그 따위 소리 할려구 그랬수?……그 따위 소리! 그 따위 소리
하는 입 떼버리우! 떼버려!

아유! 날 좀 봐. 금방 그라고…….

아우님 노했수? 그래야지! 오늘 밤은, 불쌍한 누이의 하는 노릇이라고
너그러이 봐주구려 응? 그렇지? 아우님…….

우리, 이 밤이 밝거든 그의 무덤에 갈까? 나는 남편을 찾고 아우님은
친구를 찾고…….

그러지요. 허나 내야 어디 쓸모가 있어야지……있기만 하다면 오직 기
쁘겠수……이대로 죽어버리지만 않는다면……아우님, 나 술 한 잔 더
주슈…….

——1934년

제1과 제1장

1

덜크덕덜크덕——퍼언한 신작로에 소마차 바퀴 소리가 외로이 울린다. 사양(斜陽)에 키만 멀쑥하니 된 가로수 포플라의 그림자가 느른하니 길을 가로막고 있을 뿐 별로이 행인도 없는 호젓한 신작로다. 동리 앞에는 곰방대를 문 영감님이 벌거숭이 손자놈을 데리고 앉아서 돌 장난을 시키고 있다. 약삭빠른 계절에 뒤떨어진 매미 소리는 마치 남의 나라에 갇힌 공주의 탄식처럼 청승맞다.

"이러 이 소 쯔쯔!"

안반짝 같은 소 엉덩이에 철썩 물푸레 회초리가 운다. 소란 놈은 파리를 날려 고맙게 여길 정도인지 아무런 반응도 없다. 그저 뚜벅뚜벅 앞만 내다보고 걸을 뿐이다.

소마차가 동리 앞을 지날 때마다 주막집 뜰팡에 멍석을 깔고 땀을 들이던 일꾼들의 눈이 일시에 마차 짐으로 옮겨진다. 이삿짐을 처음 보아서가 아니라 그들의 눈에는 이 우차 위에 실려진 가구며 세간이 진기한 모양이다. 항아리니 독이니 메주덩이 바가지짝—— 이런 세간은 한 개도 볼 수 없고 농짝은 분명히 농짝이다. 생김생김도 그러려니와 시골서는 볼 수 없는 허들겁스럽게 큰 장이다. 이모저모에 가마니짝을 대어서 전부는 보이지 않으나마 넘어가는 햇볕을 받아 거울이 번쩍한다. 함 대신에 화류 단층장 버들상자도 큰 것이 네모 번듯하다. 뭣에 쓰이는 것인지 알 길도 없는 혼란스러운 갓이며 검고 붉은빛이 도는 가죽 가방, 면장 나리나 무슨 주임 나리나가 놓고 있는 그런 책상에 걸상도 화려하다.

"뉘 첩 살림인 게군."

키만 멀쑥하니 여덟팔자 노랑수염이 담승담승난 하릴없이 노름꾼처럼 생긴 한 친구가 이렇게 운을 뗀다.

"토ㅅ자에 ㄱ했네."

누군지가 이렇게 받자,

"토ㅅ자에 ㄱ이 아냐. 트ㅅ자에 ㄹ 일세. 어디루 보나 저게 첩살림 같은가. 첩살림이면야 자개장이 번득이면 번득였지 사물상이 당한 겐가. 짐 임자들을 보지!"

이삿짐에서 여남은 칸쯤 뒤떨어져서 곤색저고리에 흰 바지를 받쳐 입은 청년이 하나 따라 섰다. 아직 햇살이 따가우련만 모자도 단정히 썼다. 나이는 한 삼십사오 세쯤 되었을까…….

청년은 한 손으로 양장을 한 오륙 세 된 계집아이의 손을 잡고 그 옆에는 청년보다 열 살이나 차이가 있음직한 젊은 여인이 양복을 입힌 머슴애의 손을 잡고 간다. 한 너덧 살 되었음직한 토실토실하게 생긴 아이다. 과자 주머니인지 바른손에는 새빨간 주머니를 늘였다.

"아빠 아직두 멀었수?"

말소리까지 타박타박하다.

"인저 조그만 더 가면 된다. 에이 참 우리 철이 착하다."

청년은 담배에 불을 붙여물고 덤덤히 우차 뒤를 따라간다.

"화신상회만큼 되우?"

어린것은 몹시 지친 모양이다.

"그래 그만큼 가면 되어."

하고 안타까운 듯이 젊은 여인이 대신 대답을 하자니까 어린것이 고개를 반짝 들구서 항의를 한다.

"뭘, 엄만 아나? 엄마두 첨이라면서."

"그래두 난 알아. 그렇지요 아빠?"

"암, 엄만 알구말구."

청년과 여인은 어린것을 번갈아 업기도 하고 안기도 하다가 몇 걸음 걸려도 보고 몹시 거추장스러우련만 별로이 그런 티도 없다. 소에 끌려가는 이삿짐처럼 그는 묵묵히 끌려가고만 있다.

"거 어디루 가는 이삿짐요?"

동리 앞을 지날 때마다 소보고 묻듯 한다. 마차꾼은 '나는 소 아니오!' 하고 퉁명을 부리듯,

"샌터 짐요!"

하고 돌아다보지도 않고 대답할 뿐이다.

"샌터 뉘집 짐요!"

"나두 모르오!"

하고는 소 엉덩이에다 매질을 한다.

"이러 이 소! 대꾸하기 귀찮다. 어서 가자."

동리를 빠져나오더니 청년은 여인네도 뒤를 한 번씩 돌아다본다. 무슨 감시의 구역에서 벗어나기나 한 때처럼 여인네는 가벼운 안도의 빛을 얼굴에 나타내기까지 한다.

"인저 내가 좀 물어봐야겠군. 아직두 멀었어요?"

"인저 얼마 안 돼. 전에 다닐 때 얼마 안 되던 것 같았는데 왜 이리 멀까."

혼잣말에 우차꾼이 받아 넘긴다.

"여름이라 길두 늘어나 그렇지요."

얼마 안 가니 조그만 실개천이 흐른다. 청년——수택은 어려서 수수미꾸리 잡던 기억도 새로웠고 땀도 들일 겸 길목 포플라 그늘에서 참을 들이기로 했다. 이 개천을 건너서 한 십분이면 그의 고향인 샌터에 다다르는 것을 알기 때문이기도 했다.

"영감두 쉬어 같이 갑시다. 자 담배 한 개 피슈."

"고약두 있으십니까?"

"고약이라께?"

"이런 담밸 피구 입술이 성할 수가 있을라구요."

이렇게 재미있는 늙은인 줄 알았더면 정거장에서부터 말벗을 해 왔다면

오는 줄 모르게 왔을걸……하고 수택은 오늘 처음으로 웃었다.

수택은 차를 먼저 가게 하고 천천히 세수도 하고 발도 벗고 씻었다. 아내가 핸드백의 조그만 면경을 꺼내어 화장을 하는 동안에 어린것들도 벗기고 말끔히 씻어주었다. 물에 손을 잠그고 있으려니 어려서 물장난하던 기억이며 그 동안 세파와 싸운 삼십 년간의 생활이 추억되어 덜크덕덜크덕 멀어져 가는 이삿짐 소리도 한층 더 서글펐다.

"패배자."

그는 가만히 이렇게 자기를 불러본다. 시냇물은 조약돌이 옹기종기 몰려 있는 수택의 발 밑을 지날 때마다 뭬라고인지 종알대고 흘러간다. 이 물 소리를 해득만 한다면 여러 가지 의미가 포함되었으리라. 그러나 지금의 수택으로서는 이 속삭이는 물소리보다도 지난 날의 추억보다도 패배자의 짐을 싣고 가는 마차바퀴 소리만이 과장이 돼서 울리는 것이었다.

"패배자? 어째서 패배자냐? 오랫동안 동경해오던 이상 생활의 첫출발이지!"

누가 있어 자기를 패배자라고 부르기나 했던 것처럼 그는 분명히 이렇게 반항을 해본다.

2

사실 이번 길은 수택의 일생에 있어서 커다란 분기점이었다. 그것이 희망의 재출발이 될지 패배가 될지는 그가 타고난 운명(?)에 맡기려니와 현재 그의 가슴에 채워진 감회도 이 둘 중 어느 것인지 그 자신도 모르고 있는 터다. 그가 농촌생활을 꿈꾸고 이른 봄 사지 안을 두둑하게 넌 춘추복 안주머니에 넣어두었던 사직원이 이중 봉투를 석 장이나 갈갈이 피우고 여름을 났을 때는 그래도 '패배자'란 감정이 없을 때였다. 일급 팔십 원의 샐러리라면 그리 적은 봉급도 아니었다. 회사 총무주임 말마따나 이런 자리를 노리는 대학 출신의 이력서가 기백장 서랍 속에서 신음을 하고 있는 터다. 사변으로 해서 갑자기 물가가 고등해진 터라 이 정도의 수입만 가지고도 도회에서 생활을 유지하기가 어렵기는 하나 그렇다고 전혀 수입이 없는 것보다 날 것은 주먹구구까지도 필요치 않은 것이었다. 그의 계획을 들고 친구의 대부분이——아니 거의 전부가 반대를 한 것도 실로 이 단순한 타산에서였다. 너 굴러든 복바가지를 차버리고 어쩔 테냐는 듯싶은 총무부 주임의 눈치나 철없이 날뛴다고 가련해 하는 눈으로 보는 동료들의 말투가 그의 결심에 되려 기름을 쳐준 것도 사실이기는 하나 수택의 계획은 그 네들이 보듯이 그렇게 근거가 적은 것은 아니었다. 그의 계획의 무모함을 충고하는 친구와 동료들의 거의 전부가 생활난에 중심을 둔 것이다. 그러나 일찍이 수택만큼 생활고를 겪어온 사람도 그만한 나쎄로는 드물 것이었다. 열두 살에 고향을 떠나서 중학교를 고학으로 마쳤고 열일곱에 동경으로 가서 C대학 전문부를 마치는 동안도 식당에서 벗겨 내버린 식빵 껍질과 먹고 남아버리는 밥덩어리를 사다 먹고 살아온 그였고 일정한 직업이 없이 오륙 년 동안 동경서 구르는 동안에도 공중식당일망정 버젓하니 밥 한끼 사먹어보지 못한 채 삼십 줄에 접어든 그였다. 조선에 나와서도 지금의 신문사 사회부 기자라는 직업을 얻어서 결혼을 한 후도 고기 한칼 떳떳이 사먹어보지 못한 그였다. 더욱이 십 개월이란 긴 동안 신문이 정간을 당하고 푼전의 수입이 없었을 때도 세 끼나 밥을 못 끓이고 인왕산 중허리 같은 배를 끌어안고 숨까지 가빠하는 아내와 만 하루를 얼굴만 쳐다보고 시간을 보낸 쓰라린 경험도 갖고 있는 그였다.

　이 십 개월 동안 그는 평상시 오고가던 친구들도 수입이 끊어지는 날로 거래가 끊어지는 것도 경험했고 쌀말이나 설렁탕 한 그릇도 월급봉투가 없이는 대주지 않는 것도 잘 안 터였다.

　"인전 널 것도 없지?"

하고 물을 때,

　"입은 것밖에……."

하고 대답하던 아내의 우울한 음성도 아직 귀에 새로웠고 십여 장이나 되는 전당표를 삼개년 계획으로 찾아내던 쓰라린 경험도 아직 기억에 새로운 터였다. 바로 신문이 해간되던 그 전날이었지만 막역지간이라고 사양해오던 M이라는 친구한테 마침 그날이 월급이라서, 아니 월급날을 일부러 택한 것이었지만 삼 원 돈을 취대하러 갔다가 거절을 당코 분김에 욕을 하고 돌아온 사실을 기록해둔 일기가 아직도 그의 책상 어느 구석에 끼어져 있을 것이었다.

이 수택이가 선선히 사직원을 내놓고 나선 것이니 놀랄 만한 사실임에
틀림은 없었다.

"그래 갑자기 회살 그만두면?"

마지막으로 사직원을 접수한 R씨가 이렇게 말했을 때 그는 금후의 생활
설계를 설명하는 데 조금도 불안을 느끼지 않았던 것이었다. 다행히 고향에
가면 십여 두락의 땅이 있고 생활 수준이 얕아질 것이요, 고료 수입도 다소
있을 것이고……마치 R씨까지도 유인해서 끌고 나갈 듯이 호기가 있었던
것이었다.

"좀더 신중히 하지?"

호의에서 나온 이런 말에 그는 적의나 있는 듯이,

"그럴 필요 없지요."

하고 그 자리에서 내챴던 것이다.

사직 이유는 병이었다. 간부측에서 병? 하고 반문했을 만큼 그는 그렇게
잘못된 병자는 물론 아니다. 병이라면 그것은 생리적인 병보다도 정신적인
병이 더 위기에 가까웠었다. 의사들이 폐가 어떠니 늑막이 위험하니 할
때도 한편 겁은 내면서도 또 한편으로는 속 짐작이 있기는 했었다. 그와
같이 소설을 써오던 H가 자기와 같은 자신으로 버티다가 쓰러진 그 길로
끝을 막은 무서운 사실에 잠시 아차하는 생각도 없지는 않았지마는 그러나
그렇다고 해서 직업을 버릴 만큼 심약한 그도 아니었다. 이른 봄 그가 아내도
몰래 사직원을 쓰고 도장까지 단정히 눌러 가진 것은 그의 조그만 영웅
심에서였다.

수택은 동경서부터 소설을 써왔다. 장방형도 아니요 삼각형도 아니요
그렇다고 뚝 떨어진 원도 아니다. 세상에서는 그를 혹은 스타일리스트라고
불렀고 한때 경향문학이 성할 때는 혹은 반동 또 혹은 동반자라고 불렀고
또는 허무주의자라고 야유도 했다. 그러나 기실은 그 중 어느 것도 아니었다.
그 자신 자기의 특징이 어디 있는지를 모르는 작가였다. 소설가로서 차차
알려질 임시해서 —— 아니 그 덕택이었겠지마는—— 그는 취직을 했었다.
그것이 그의 작가 생활의 마지막이었다. 저널리즘이란 문학의 매개체를
통해서 그 갓난애 숨길 만한 잔명을 유지해왔다.

첫월급을 타던 기쁨은 '지난 ×일 밤 자정도 가까워 바야흐로 삼라만상이

잠들려 할 때 ××동 ××번지 근방에서 뜻 아니한 비명이 주위의 정적을 깨뜨렸다. 이제 탐문한 바에 의하면…….' 이런 식의 기사를 쓸 때마다 희미해졌고 그것이 거듭되기 일 년이 못 돼서 그는 자기가 문학도였다는 의식까지도 완전히 잃어버리고 말았던 것이다. 경철서를 드나들며 강·절도 밀매음 사기 등속의 사건 전말을 듣는 것이 문학수업의 좋은 찬스나 되는 것처럼 생각던 것도 일시적이었고 악을 폭로해서 써 민중의 좋은 시준이 되게 한다던 의협심도 기실 자기 위안의 좋은 방패이어서 아무것도 아니라는 것을 깨달은 후부터는 그는 완전히 기계였던 것이다. 아침이면 나와서 종일 돌아다니다가 저녁——대개는 밤에 집이라고 찾아든다. 친구에 휩쓸려 술잔도 마시고 회합에서 늦어 이차회가 벌어지고 이러구러 하루가 가고 이틀이 가고 달이 바뀌고 연도가 갈리었다. 그러기를 오 년——그 동안에 수택이가 얻은 것은 허영과 태만이다. 그 밖에 얻은 것이 있다면 지기가 아닌 이런 사회에서의 독특한 존재인 이르는 바 친구——아니 지인(知人)이다.

그리고 잃은 것이 얻은 것에 비하여 너무나 많았다. 그는 적어도 세 사람의 친구는 가졌던 사람이다. 그러나 그가 한 해 두 해 지나는 동안에 세 친구도 없어졌고 문학도로서 쌓았던 조그만 탑도 출판기념회나 무슨 축하회의 발기인란에서나 겨우 발견하는 그런 존재가 되고 말았다.

동료들이 그달 그달 발표하는 작품을 읽을 때마다 그는 우울했다. 우두커니 맞은편 흰 회벽을 건너다본다. 성급한 전화 종소리도 그를 깨우쳐주지 못할 때가 한두 번이 아니다.

"받잖을 전화 뭣하러 맸나요?"

문득 고개를 들면 천리안이라고 소문난 편집장의 두 줄 시선이 쏜다.

아무것 하나 얻을 것도 없는 회합에서 늦도록 붙잡혔다가 홀로 막차에 앉은 때의 그 공허, 허무감 그것도 비길 데 없는 것이다. 어떤 때는 그 큰 전차 칸에 동그마니 혼자 앉아갈 때가 있다. 그럴 때면 저도 모르게 눈 속이 뜨끈해지는 일도 있었고 얼간히 술이 취했다가 깰 무렵에 집에 돌아가면 문득 숫보가 덮힌 책상이 눈에 뜨인다. 펜까지 꽂혀 있는 잉크 스탠드, 한 달 가야 한번 건드려주지도 않는 원고지가 마치 영원히 돌아오지 못할 주인을 기다리고 망망한 대해에 떠 있는 목선처럼 애처로워진다. 다소

술기운이 작용을 했겠지마는 그대로 책상에 엎드려 통곡을 하는 것이었다.

'아니다! 낼부터는 나도 단연 공부를 하리라!'

이렇게 일 년을 별러서 시작한 것이 《소설을 못 쓰는 소설가》라는 단편이었다. 한 소설가가 취직을 했다. 박쥐처럼 해를 못 보는 생활이 계속된다. 무서운 정열로 창작욕을 흥분시켜주기는 하나 그 상이 마무리지기도 전에 출근이다. 잡다한 사무에 얽매어 허덕이는 동안에 해가 지고 오뉴월 엿가락처럼 늘어진 몸을 이끌고 회합이다, 이차회다, 야근이다를 계속한다. 이런 슬픈 이야기를 짜던 그는 자기도 모르게 내일 형사들을 녹여내어 재료를 얻어낼 계획이며 안(案)의 진행 방법 등을 공상하고 있는 자신을 발견한다. 그리고 운다── 그러나 이 소설도 끝끝내 소설이 못 되고 말았다.

그것은 몹시 무더운 날 밤이었다. 그는 소학생처럼 벽에다 좌우명을 써 붙였다. 1. 조기할 것. 2. 퇴사 즉시로 귀가할 것. 3. 독서, 혹은 창작할 것. 4. 일찍 취침할 것. 그러나 이 좌우명은 이튿날로 권위를 잃고 말았다. 이튿날은 사회부회가 밤 아홉시까지나 계속되었다. 갑론을박의 삼사 시간을 겪은 그는 돌아오는 길로 쓰러져 자고 말았다. 이튿날은 신문사 주최인 축구대회 기사로 야근을 했고 다음날는 부득이한 회합이 있어 역시 거기서 다시 이차 삼차를 거듭해서 집에 돌아온 것은 새벽 세시였다.

'도대체 나는 뭣 때문에 사는 겔까. 누구를 위해서 사는 겔까. 문화사업? 흥!'

이러한 반문을 해본다는 것은 벌써 한 전설이 되어 있었다.

이러한 수택은 또 한 가지 위대한 발견을 했다. 그것은 적어도 자기는 신문기자가 아니라는 것이다. 과거나 현재 아닐 뿐만 아니라 영원히 신문기자로서 성공하기 어렵다는 사실을 발견했던 것이다. 아니 신문기자로서의 성공이 곧 문학적으로 그를 파멸시키는 것이라는 것을 그제서야 발견했던 것이다. 그것은 희극──아니 비극이었다.

3

수택이가 하루 이틀 쉬기 시작한 것도 이때부터다. 그는 하는 일 없이 교외를 빈들빈들 돌아다니었다. 하루는 S라는 동료를 유인해가지고 청량리로 나갔다. 전부는 아니나 그만둘 계획만을 이야기하고 생계로 이야기가 옮아갔을 때다. 그도 처음에는 그것이 무슨 낸지 몰랐었다. 매캐한 냄새가 코를 콕 찌른다. 그 냄새는 코를 통해서 심장으로 깊이깊이 기어들어가는 것 같았다 —— 흙내였다.

그것이 흙내라는 것을 인식한 순간 일찍이 그가 어렸을 때 듣던 아버지의 음성이 바로 귓전에서 울리는 것을 느꼈었다. 사람은 흙내를 맡아야 산다. 너도 공불하고 나선 아비와 같이 와서 농사를 짓자—— 학문? 학문도 좋긴 하다. 허지만 학문이 짐이 될 때도 있으리라. 그때 그는 아버지를 비웃었다. 흙에서 헤어나지를 못하면서도 흙에 대한 미련을 버리지 못하는 아버지가 가엾기까지 했었다. 그러나 조소하던 그 말이 지금 그의 마음을 꾹하니 사로잡는 것이다.

'집으로 가자, 흙을 만지자.'

수택의 로맨틱한 계획은 이리하여 세워진 것이다. 그의 첫 계획은 그동안 장만했던 가구를 전부 팔아버리려 한 것이나 아내가 너무 섭섭해하기도 했지마는 그들이 상상한 것의 절반도 못 되었다.

이백 원도 못 되는 퇴직금이 그들의 유일한 재산이었다.

소꼴지게가 함께 수택의 일행이 싸리삽짝 문에 들어서자 누렁이란 놈이 컹하고 물어박는다. 빈 집처럼 찬바람이 휘돈다. 남의 집으로 잘못 들어온 모양이다. 수택은 부리나케 나와 문패를 보나 분명히 자기 집이다.

"짐이 들어왔으니까 마중들을 나가신 모양이군요."

아내가 들어가도 나오도 못 하고 있는데,

"오빠!"

소리나 가며 와아들 몰려든다. 육칠 년 못 본 늙은 아버지도 설명을 듣지 않고는 모를 아이들 속에 끼었었다. 뒤미처 찢어진 고무신짝을 집어든 고모도 왔고 폭 늙은 어머니도 뒤따라왔다.

"그래 이 몹쓸 것아 그렇게두……."

하고 막 어머니의 원망이 나오자 그는 사랑으로 나갔다. 이간 장방을 새에 장지를 질러 윗방은 남에게 세를 주었는지 주판 소리가 댈그락거린다.

"저 밖엣게 너들 짐이냐?"

"네."

"그래? 헌데 갑자기 이게 웬일이냐."

"차차 말씀드리겠습니다."

수택은 안으로 들어왔다.

안채 위쪽으로 달린 골방이 치워졌다. 바람이 잔뜩 든 벽하며 벽흙을 안고 자빠진 종잇장이며 비워두었던 탓인지 곰팡내가 펄썩 한다. 색지를 붙인 궤짝이며 주둥이도 없는 단지, 도깨비라도 나와 멱살을 잡을 듯싶은 방이다. 횃대에 걸린 헌옷은 흡사 죽은 사람같이 늘어졌다.

수택의 그 아름다운 농촌생활의 첫꿈이 깨진 것은 이 방에서였다. 그의 공상에서는 방부터가 이렇게 허무하지는 않았다.

그날 밤 아버지와 아들은 오래간만에 자리를 마주했다. 윗방에서 주판알을 튀기던 장사치도 갔고 단 둘이 호젓이 앉았다. 고향으로 내려오기로 하기는 하면서도 기실 수택은 집안에 대한 지식이 전혀 없다. 자기가 집을 나갈 때는 논이 한 이십여 두락에 밭이 여남은 갈이나 있었다. 그 후 동경서 나와서 들렀을 때는 돈 닷마지기가 줄었고 밭이 하루같이 남의 손에 넘어갔었다. 그런 지 칠 년, 그 동안 거의 딴 남처럼 서신 하나 없이 지내온 아버지와 아들이었다. 다만 이 문화인인 아들은 원시인 그대로인 아버지를 경멸했고 아버지는 또 아버지대로 너무나 문화한 아들을 경이원지했을 뿐이다.

"흙냄새를 싫어하는 것이 사람이냐. 그깐놈 눈만 다락같이 높았지."

그는 이렇게 자기 아들을 조소했다.

아들은 무엇보다도 아버지의 흙투성이가 되어 사는 꼴이 싫다 했다. 흙에서 나서 흙을 만지며 컸고, 흙을 먹고 사는 아버지——옷에까지 흙투성이가 되어 사는 흙인지 사람인지 모를 한낱 평범한 농부에게 털끝만한 존경도 갖지 못했다. 당당한 문화인인 아들은 흙투성이인 김 영감을 내 아버지라고 내세우기조차 꺼려했다. 이러한 아버지를 가졌다는 것은 자기의 큰 치욕이라고까지 생각해온 터다. 결혼을 하면서도 자기 아버지를 청하지 않은 것도 그 자신의 친구나 동료들한테 달리 변명을 했겠지마는 기실 자기 아버지의 그 흙투성이 꼴을 뵈고 싶지 않다는 허영에서였다. 김 영감만해도 이런 눈치를 못 챌 리는 없었다. 집안에서고 동리에서 왜 며느

리보는 데 안 가느냐고 해도,

"아 그 잘난 놈 잔치에 못난 애비가 가? 댕꼴 곽 주식이 아들놈처럼 저 애빌 보구 누구냐니까 '우리 집 머슴' 하고 대답하더라는데 그런 놈들이 애빌 보구 행랑아범이라구 하지 말란 법이 있다든가?"

이렇게 격분을 했었다. 또 사실 그때의 수택으로서는 응당 그렇게 대답했을 것이었다. 그러기가 싫으니까 차라리 못 오게 한 것이었다. 이런 아들이 지금 도시에는 얼마나 많을 건고…….

"사람이란 흙내를 맡아야 하느니라. 대처(도회) 사람들이 암만 고량진미로 음식을 만든대도 시골 음식처럼 구수한 맛이 없느니라. 마찬가지야. 사람이란 흙내도 맡고 된장맛도 나고 해야 구수우한 맛이 나는 게지. 음식이나 사람이나 대처 사람이 밝구 정오(경우)야 밝지! 허지만 사람이란 정오만 가지고 산다더냐! 일테면 말이다. 내가 네 발등을 잘못해서 밟았다고 치자꾸나. 그러면 넌 발끈할 게다. 허지만 우리 시골 사람들은 잘못해 밟았나보다 하군 그만이거든. 정오로 친다면야 남의 발을 밟은 사람이 글치. 그래 이 많은 인총에 정오만 가지구 살려구 들어?"

수택이가 중학교에 다닐 때 고향에 돌아온 것을 붙잡고 김 영감은 이렇게 자기의 지론을 폈던 것이다. 그때만 해도 도회 물을 먹은 아들은 물론 코웃음을 쳤었다.

몇 핸가 후다. 음력 과세를 한다고 고향에 내려온 일이 있었다. 이십 년래의 혹한이나 삼십 년래의 추위니 날마다 신문이 떠들어낼 때였다. 그는 겉으로는 하도 오래간만이니 집에 와서 과세를 한다고 꾸몄지만 기실은 근방 읍에까지 출장이 있어서 온 김에 들린 것이었다.

그날 밤 수택의 집에는 도적이 들었다. 벽에서 나는 황토 냄새와 그야말로 된장내처럼 퀴퀴한 냄새로 잠을 못 이루고 있을 때 울 안에서 발소리가 났다. 조금 있더니 누군지 밖에서,

"아무것두 없으니 나오! 나오."
하는 애원 소리가 들린다. 아버지의 음성이었다.

수택은 문구멍으로 가만히 내다봤다. 도적이 분명하다. 밖에서는 나오라고 하나 나갈 길을 막아 선 지라 어쩔 줄을 모르는 모양이었다. 황당해한 도적은 급기야 애원을 하기 시작했다.

"나갈 길을 좀 틔워주서유!"

이때 그는 벌써 부엌을 돌아서 울 안에 와 있었다. 손에 흉기 하나 들지 않은 좀도적임을 발견하고 그는 '억' 소리와 함께 덮치어 잡아 나꾸었다. 그는 학생시대에 배운 유도로 도적을 메어다 치고는 제 허리끈으로 두 팔을 꽁꽁 묶었다.

온 집안이 깨고 뒤미처 김 영감도 달려들었다. 영감의 손에는 지게 막대기가 쥐어 있었다. 도적놈도 그랬고 온 집안 사람들도 다 그렇게 생각했다 —— 몽둥이에 맞을 사람은 그 도적이라고.

그러나 아니었다. 지게 막대기에 아래 종아리를 얻어맞은 것은 아들이었다. 수택 자신도 그랬고 도적도 그랬을 게고 집안 사람들도 그렇게 생각했었다 —— 이것이 영감이 흥분한 나머지 잘못 때린 것이라고 —— 그렇게 생각했기 때문에 수택은 얼른 피했었다. 피하고는 안심을 했던 것이다.

그러나 아니었다. 김 노인의 작대기는 재차 아들에게로 향하고 겨누어졌다.

"몰인정한 녀석. 내 물건 도적 안 맞았으면 그만이지 사람은 왜 친단 말이냐! 응, 이 치운 겨울에 도적질하는 사람은 여북해 하는 줄 아냐? 우리네 시골 사람은 그런 법이 없다!"

도적은 울고 있었다. 도적의 등에는 쌀 한 말이 짊어지어졌다.

이튿날 수택은 지루할 만큼 긴 설교를 듣지 않으면 안 되었다.

"사람이란 법만 가지구 사는 게 아니니라. 법만 가지구 산다면야 오늘날처럼 법이 밝은 세상이 또 어디 있겠니. 법으루만 산다면야 법에 안 걸릴 놈이 또 어딨단 말이냐. 넌 법에 안 걸리는 일만 하고 사는 상싶지? 그런게 아니니라. 올갈에두 면소 뒤 과수원에서 사괄 하나 따먹다가 징역을 갔느니라. 남의 것을 따는 건 나쁘지. 나쁘기야 하지만 그게 징역갈 죈 아니지. 어젯밤 일을 본다면 너두 네 과밭의 실괄 따면 징역보낼 사람이 아니냐. 너 어제 그게 누군줄 아냐? 모르는 체하긴 했다만 내 저 아버진 잘 안다. 알구보면 다 알 만한 사람야. 시골서야 서로 모르는 사람이 어딨겠나. 모두 한집안 식구거든……사람사는 이치가 다 그런 게란 말야!"

—— 이러한 일이란 적어도 도회인의 감정으로는 이해하기 어려운 일이었다.

그러나 수택은 오늘 아버지와 마주 앉아 이야기하는 동안 막연하나마 이르는 바 '흙냄새의 감정'이 이해되어지는 것같이 느껴지는 것이었다.

김 영감은 아들의 이 뜻지 않은 계획을 듣고는 뛸 듯이 기뻐했다. 아들은 논 닷마지기에 밭 하루갈이만을 요구했음에도 불구하고 물자리 좋은 논으로만 여덟 마지기를 내주었고 집도 한 채 세워주기로 했다. 물론 소작권을 이동받은 것에 불과했다. 그의 집안에는 논 닷마지기와 밭 두어 뙈기가 남아 있을 뿐이란 것도 그제서야 알았다.

"피란 무서운 것인가 보구나. 난 네가 아비 옆으로 와서 이렇게 살게 되리라고는 꿈에도 생각을 못 했더니라! 첨엔 담담하겠지마는 차차 농사에도 자밀 붙이구…… 허지만 네 처가 이런 구석에서 살려구 허겠느냐?"

"웬걸요. 저보다두 제가 서둘러서 한 노릇이니까 별말 없을 겝니다."

"그래, 그럼 됐구나 뭐. 인저 난두 남들한테 떳떳스럽구……."

버젓이 아들을 둘씩이나 두고도 자식을 거느리고 있지 못한 것이 동리 사람들 보기에 미안타는 것이었다.

하여튼 이리해서 수택의 농촌생활은 시작이 된 것이다.

4

집은 조그만 동산 밑 이 동리 면장이 첩집으로 지었던 것을 일백삼십 원에 사기로 했다. 퇴직금이었다. 그 앞으로 수택네 집 소유인 천여 평의 밭도 있어 거기에 심었던 무와 배추도 그대로 수택의 소유로 이전이 되었다.

첩의 집이었던만큼 회칠도 했고 조그만 반침도 붙어 있었다. 그러나 아무래도 시골집이다. 수택이네 큰 이불장만은 역시 들어가지를 않아서 봉당에다 받침을 하고 놓기로 했다. 그들 부처는 거기다 마루라도 들였으면 했으나,

"애들아, 쓸데없는 소리 말아라. 이 물가 비싼 세상에 마룬 들여 뭣한다든. 마루가 없어 밥을 못 먹진 않는다."

하는 바람에 아내는 실쭉해 하면서도 대꾸만은 없었다. 김 영감은 아들 내외가 대처 사람인 체하는 것이 마땅치 않았다. 양복대기를 꼬이고 나오는 것도 눈에 가시처럼 대했고 며느리의 트레머리도 못마땅해 한다. 그래서

그 처는 쪽을 쪘고 수택은 고의적삼을 장만했다.

"시골 시골 해두 난 이런 시골을 못 봤어요. 산이 하나 변변한가, 물한 줄기가 시원한가. 이런 곳에 와 살 바에야 만주벌판에 가서 황무지를 일구어 먹지."

사실 수택이도 이 아내 말에는 동감이었다. 전에는 무심히 보아 그랬는지 자연도 다른 곳에 떨어지지 않는다고 생각했었으나 멀쑥한 포플라와 아카시아 숲이 실개천가에 하나 있을 뿐 이렇다는 특징도 없는 산천이다. 장성해서는 가본 일도 없었지만 어렸을 제의 기억대로라면 그 아카시아 숲 앞에는 상당히 깊은 물도 있고 큰 고기도 은비늘을 번득이었고 숲에서는 매미며 꾀꼬리도 울었던 것 같은 기억이 되었으나 다시 가보니 조그만 웅덩이에는 오금에 차는 물이 고였고 가문 탓도 있겠지마는 송사리떼가 발소리에 놀라서 쩔쩔 맬 뿐이다. 숲속의 원두막 정취도 그지없이 시적인 듯이 기억이 되었으나 막상 가보니 그도 평범하기 짝이 없다. 숲속은 그나마는 습했다. 월여를 두고 가물었다건만 발을 들여놓을 때마다 질척질척 한다. 꾀꼬리가 울었다고 기억한 것도 그의 착각이었다. 이런 숲에 들어오면 꾀꼬리도 목이 쉬리라 싶었다. 이런 데서도 우는 꾀꼬리가 있다면 필시 청상과부가 된 꾀꼬리라 하였다.

"이렇게 보잘것없는 자연이었던가 ?"

속기나 한 것처럼 허무해서 우두커니 섰으려니까 김 영감이 꼴지게를 지고 나온다.

"옜다. 이건 네 거다. 이런 데 와서 살자면 모두 배워야지 ! "

숫돌 물이 뿌옇게 그대로 말라붙은 낫이다. 수택은 아무 말 없이 받아들고 따라가다가 풍경 말을 했다.

"뭐 ? 경치 ? 얘 넌 경치만 먹구 살 작정이야 ? 여기 경치가 어때 ? 산이 없냐, 물이 없냐. 숲이 있겠다, 십 리만 나가면 수리조합 보가 있겠다……."

"볼 게 뭐 있어요 ? "

그것이 자기 아버지의 탓이기나 한 것처럼 퉁명스럽게 사방을 훑어보려니까,

"그래 여기 경치가 서울만 못하단 말이냐."

하기가 무섭게 지게를 벗겨 내던지고는 상스러울 만큼 수택의 목덜미를 잡아 가랑이 속에다 집어넣는다.

"자 봐라! 먼산이 보이고 저 숲이며, 저 물이며, 이만하면 되잖았느냐."

수택은 너무 흥분이 돼서 서두는 통에 어리둥절하고만 있었다. 엄한 독선생을 만난 때처럼 부자유했다.

"그래 보렴. 세상이란 모두 거꾸루 봐야 하는 게다. 경치 경치 하지만 제대로 볼 땐 보잘것없던 것이 가랭이 밑으로 보니까. 희한하잖으냐. 사람 산다는 것두 그러니라. 너들 눈엔 여기 사람들 사는 게 우습지? 하지만 여기 사람들은 상팔자야. 더 촌에 들어가보면 조밥이구 꽁보리밥이구 간에 하루 한낄 제대루 못 얻어 먹는다. 그런 걸 내려다보면 되나. 꺼꾸루 봐야지! 너들 눈엔 우리가 이러구 사는 게 개돼지같이 뵈겠지만서두 알구보면 신선야, 신선. 너들 월급쟁이에다 대? 그 연기만 자욱한 들판에서 사는 서울 사람들에다 대? 보렴 네, 여기 사람들이 어떻든? 너들처럼 얼굴이 새하얗진 않지? 그게 신선이 아니구 뭐냐?"

이 급조(急造)된 젊은 신선은 그날 해가 지도록 끌려다니며 억새에 서뻑서뻑 손을 베며 풀을 베었다. 하면 되리라고 생각한 낫질이 그 좁은 원고지 칸에 글자를 써넣기보다 이렇게 어려우리라 생각지 못했던 것이다.

아침에는 새벽같이 끌리어 일어났다. 먼동이 트기가 무섭게 '어험' 소리가 문턱에 난다. 나가보면 김 영감의 삼태기에는 벌써 쇠똥이 그득하게 담겨져 있었다.

"네 봐라. 이 놈이 줄 땐 허리가 아파도 논에다 넣어두면 벼가 그저 시커매지는구나. 그까짓 암모니아에다 대? 그걸 한 가마에 오 원씩 주고 사다 넣느니 이 놈을 며칠 주었으면 돈 벌구 거름 생기구…… 자 어서 차빌 차려라. 네 댁두 깨우구. 해가 똥구멍까지 치밀었는데 몸이 근지러워 어떻게 질펀히 눴단 말이냐."

수택이 부처는 처음에는 허영이었다. 대학을 마치고 세숫물까지 떠다 바치라던 수택이와 처가 매일처럼 그 드센 일을 한다해서 동리에서 한 화제거리가 될 것을 상상만 해도 유쾌한 일이었다. 그리고 사실 수택이가 헌 양복조각을 입고 밭을 맨다거나 삽을 집고 물꼬를 보러 간다거나 비틀비틀 꼴지게를 지고 개천을 건너올 때마다 동리 사람들은 경이의 눈으로 그를 맞았던 것이었다. 그의 아내가 물동이를 이고 비탈을 내려가다가 발목을 삐끗해서 동이를 해먹었을 때도 그들은 웃는 대신 동정의 눈으로 보아주었고 호미를 들고 남편 뒤를 따라나서는 것을 보고는 이웃집 달순이며 앞집 봉년이를 큰일이나 난 듯이 불러다 구경을 시키고 했던 것이다. 그들은 동리 사람들의 이런 경이의 시선을 등 뒤에 느끼며 일을 했다. 이런 것이 그들에게 있어서 심지어 위안이기도 했다. 지금의 그들에게는 잘하는 것도 자랑도 되었지마는 못 하는 것도 부끄럼이 되지 않은 유리한 조건이 있었던 것이다.

"얘 애어마. 너 그렇게 호밀 깊이 묻으면 배추 뿌리에 바람이 들잖겠냐. 요걸 요렇게 다루어가지고 살짝 흙을 일으키고 이쪽 손으로 풀을 집어내야지. 허 그래두 그러는구나. 옳지, 옳지."

이렇게 새며느리(실상은 헌며느리지만)한테 잔소리를 하는가 하면 어느새 수택의 등 뒤에 와서 서 있는 것이다.

"에이끼 미련한 것! 배추밭 매는 걸 밥먹듯 하는구나. 밥 한 술 떠넣고 반찬 한 가지 집어 먹구……그 식이 아니냐. 아 이쪽으론 흙을 이렇게 일으키면서 왼손으론 풀을 집어내야지, 그걸 어떻게 따루따루……."

"아직 손에 안 익어 그렇습니다, 아버지."

수택은 이렇게 변명을 하는 도리밖에 없었다.

밤에는 거적 한 잎이 등에 지워진다. 물꼬를 지키라는 것이었다.

"네게 준 건 난 모른다. 농사 다 지어논 게니까 걸음새까지 네 손으로 해서 꼭꼭 챙겨놔야 삼동을 나지."

동구를 벗어나오니 약간 일그러진 달이 아카시아 숲에 걸렸다. 말복도 지난 지 오래건만 아직도 바람은 무더웠다. 천변에는 여기저기 동네 부인네들이 보리밥 먹기에 흘린 땀을 들이고 아이들은 조약돌을 또닥또닥 뚜드린다. 실개천 물소리도 제법 여물다. 풀 속에서 반딧불이 반짝이고 개구리 소리가 으슥히 어울리는 것이 역시 아직도 여름밤이다.

수택은 빨래 자리로 놓은 돌 위에 쪼그리고 앉아서 양치를 쳤다. 아침 저녁으로 반죽한 치분으로만 닦아온 이가 물로만 응얼응얼해 뱉어도 입안이 환한 것이 이상할 정도다. 그는 삽을 질질 끌고 징검다리를 건너 논길로 들어섰다. 광대 줄타듯 하던 논두덩도 어느새 평지처럼 평탄해진 것 같고 아래 종아리에 채이는 이슬이 생기있는 감촉을 준다. 아스팔트를 건닐다가 상점에서 뿌린 물이 한 방울만 튀어도 시비를 걸던 일이 마치 옛날 꿈 같았다. 이만하면 나도 농촌 제일과는 마친 셈인가?

구수한 풀향기가 코를 통해서 가슴속까지 스며드는 것을 그것이라고 느끼며 수택은 이렇게 혼자 중얼거려본다. 밤이슬에 눅눅하니 젖은 셔츠에서도 차츰차츰 불쾌한 감촉이 없어져간다. 쫄쫄쫄 윗논배미서 아랫논으로 떨어지는 물꼬 소리에 금시 벼폭이 부쩍부쩍 살이 찌는 것같이 느끼어지는 것은 벌써 그의 문학적인 감각 때문만이 아닌 것 같았다.

여남은 다랑이 건너 도독한 밭 모퉁이에서 누군지 담소를 처량스러이 불고 있다. 역시 물꼬 보는 사람이리라. 그 맞은편 아카시아가 몇 주 선 둔덕 원두막에서는 젊은이들의 노랫소리가 흘러나온다. 술집 여인들이 놀러나왔는지 여자들의 웃음소리가 가끔 섞여 나온다.

수택은 물꼬를 뼁 한 번 둘러보고 원두막으로 어슬렁어슬렁 올라갔다. 발소리에 노랫소리가 딱 그치며 누군지 소리를 꽥 지른다.

"누구요!"

"나요!"

"어 서울 서방님이시오? 그래 요샌 꼴지게가 등에 제법 붙든가?"

꺼르르 웃음이 터진다. 시골 살면 그야말로 말소리에도 흙내와 된장내가 나는 겐가⋯⋯수택은 원두막 사닥다리를 한층 한층 올라가며 이렇게 생각해보는 것이었다.

'내게선 언제부터나 흙냄새가 나려는고⋯⋯.'

5

분명한 울음소리다. 그도 여자의──아니 듣고 있을수록에 그 울음소리는 귀에 익다. 누굴까?⋯⋯이런 생각하는 동안에 눈이 아주 띄었다. 어느 땐지 멀리 물방아 돌아가는 소리가 어렴풋이 들릴 뿐 어린것들의 숨소리조차 고요하다.

옆을 더듬어보니 어린것들만이 만져지고 응당 그 옆에 누웠어야 할 아내가 없다. 수택은 그대로 죽은 듯이 누워 눈에 정기를 모았다. 또 울

음소리다. 그것은 마치 앵금줄을 긋는 듯싶은 애절한 울음소리다——아
내였다.

"여보!"

"……"

"여보!"

대답 대신에 울음소리가 한층 높아진다. 그도 일어나서 아내의 옆으로
갔다.

"왜 그러오?"

"……"

"말을 해야 알지. 뉘가 뭐라 그럽디까?"

"아뇨."

"그럼 어디가 아프오?"

또 말이 없다.

"말을 해야 알잖고. 왜 그러오?"

"설사가 나요!"

아내는 이 한 마디를 하고는 그대로 흑흑 느낀다. 그는 어이가 없어 웃음이
탁 터졌다.

"나이 삼십이 가까운 여자가 설사난다구 자다 말구 일어나 앉아 운다?
호호호호."

"설사가 자꾸자꾸 나니까 그렇지요."

울음 반 말 반이다. 그는 또 한 번 커다랗게 웃었다.

"여보. 그래 설사가 나건 약을 사다 먹든지 밥을 한 끼 굶고서……."
하는데 아내는,

"그만둬요. 당신처럼 무심한 이가 어딨어요! 어른이고 아이들이고 오던
날부터 설사 하구 눈이 퀭하니 들어가도 일언반사가 없으니."

"그러기에 약을 사다 먹으랬지. 내야 집에 붙어 있어야 알지."

아내는 또 모를 소리를 한다.

"이렇게 나는 설사에 약이 무슨 소용야요. 밥을 갈아 먹어야지!"

그제야 수택은 설사 나는 원인을 눈치챘던 것이었다.

그렇게 말을 듣고 생각하니 자기도 오던 이튿날부터 설사가 났다. 갑자기

물을 갈아 먹은 관계려니 했으나 며칠을 두고 설사가 계속되었다. 기실은 아직까지도 소화가 그렇게 좋지는 못한 편이었다.

"보리 끝이 자꾸 뱃속에 들어가서 장을 꼭꼭 찌르나봐요. 필년이두 자꾸 배가 아프다고 저녁마다 한바탕씩 울고야 잔대요."

"훙, 창자두 흙내를 맡을 줄 알아야 할까보구나……."

그는 아무 말도 못 했다. 아직 살림 면모가 갖추어지지도 못했고 여름에 딴 불을 때느니 밥만은 집에서 함께 먹기로 했던 것이다. 그러자니 시골의 이 철은 꽁보리밥으로 신곡장을 대는 동안이다. 쌀밥만 먹던 창자에 갑자기 깔깔한 보리쌀만이 들어가니까 문화생활만 해오던 소화기가 태업을 시작한 것이었다.

"그럼 쌀을 좀 두어달라지. 기실 난두 늘 배가 쌀쌀 아팠는데 그걸 난 몰랐구려."

"야난나게요! 아버님이 이번엔 또 창자를 거꾸로 달구 먹으라고 걱정하잖으시겠어요?"

가랑이 속으로 경치를 본 이야기를 아내는 생각해낸 모양이었다.

"그만 자우. 내 낼 아버니께 말씀해서 당분간 쌀을 좀 섞어먹도록 할 게니까."

그는 어린애를 달래듯 아내를 재웠다. 추수만 끝나면 남편이 자유로운 시간을 가질 수 있다는 데 유일한 희망을 붙이고 있는 줄을 알고 근 이십 일이나 설사를 하면서도 군말 안 했다는 데 표시는 안 했지만 여간 감격한 것이 아니었다. 부디 그런 마음을 버리지 말라 했다.

이튿날부터는 쌀이 반은 섞이어졌다. 아버지의 성미를 잘 아는지라, 수택은 용기를 못 내고 필년이란 년을 시켜 할아버지를 조르게 했던 것이다.

"할 수 없구나, 그것들이 창자까지 사람 창잘 못 가졌으니 딱한 노릇이다, 그러시겠지."

딸년은 할아버지의 흉내를 내며 재미나게 웃었다.

그러나 쌀의 분량은 점점 줄어갔다. 그대신 보리가 늘었고 조가 뛰어들었다. 감자니 기장 같은 잡곡도 간혹 섞였다. 하루바삐 신곡이 나기를 기다리는 것이——지금의 수택 부처와 어른들에게 있어서는 유일한 낙이었다.

이때부터 수택의 창작욕도 부쩍 늘어갔다. 오래 전부터 그의 머릿속에서 매대기를 치던 어떤 역사소설의 상이 거의 가다듬어질 무렵에는 수택이가 물꼬를 내고 이듬매기를 해준 벼도 누렇게 익어갔다. 집 앞 텃밭의 배추도 제법 자리를 잡고 토실토실 살쪄갔다. 사람이란 이렇게 욕심이 많은 겐가 싶었다. 손이라야 몇 번 댄 곡식도 아니건만 야무지게 여문 벼알이며 배추 한 포기에까지 맛보지 못한 그윽한 애정을 느끼는 것이었다. 그것은 그가 일찍이 깨알처럼 씌어진 원고지의 글자를 보는 때의 그 애정, 그 감격과도 같은 것이었다. 일 년내 피와 땀을 흘려야 벼 한 톨 얻어먹지 못하고 빈손만 털고 일어나는 소작인들의 그 애절해 하던 심정도 지금서야 이해되는 것 같았고 매년 그러리라는 것을 빠안히 내다보면서도 그 농사를 단념하지 못하는 그네들의 심정도 이해되는 것 같았다. 타작 마당에서 벼 한 톨이라도 더 차지할 것을 전제로 한 애정임에는 틀림이 없겠지마는 단지 그러한 이욕만으로 그처럼이나 벼 한 폭 배추 한 잎을 사랑할 수가 있을까. 그것은 마치 종이값도 못 되는 원고료를 전제한 작품이기는 하지마는 쓰는 동안 에는 그러한 관념이 전혀 없이 그저 맹목적인 정열을 글자 한 자에마다 느끼는 것과 무엇이 다르랴 했다. 애정이란 이해관계를 초월한다는 것을 수택은 또 한 번 생각한다. 이 애정——그것으로 인류는 살아가는 것이요, 이 애정으로 도덕을 삼는 데서만 인류는 행복될 것이다 싶었다. 아버지의 늘 말하던 소위 흙냄새와 된장내란 결국 이런 애정을 의미한 것이 아닐까. 그렇게도 생각해본다. 대처 사람들에게서는 흙냄새가 안 난다는 그 말은 곧 이 이해를 초월한 애정이 없다는 말이 아닐까. 언젠가 집 안에 도적이 들었을 때 도적을 잡았다고 자기 아버지는 그를 때렸다. 도적질은 분명히 악이다. 악을 제지하고 악을 미워하는 것은 선이다. 이것은 사람이 가진, 그리고 가져야 할 위대한 정신인 동시에 본능이다. 이 선, 이 본능에 대해서 그의 아버지는 지게 작대기로써 예물했다. 그러면 그의 아버지는 도적질을 악으로서 인정치 않은 것일까 하면 그렇지는 않다. 흙에서 나서 흙과 같이 자라고 흙과 더불어 살아온 그에게는 포근포근한 흙의 감정과 김가고, 이가고, 정가고 간에 씨만 뿌려주면 길러주는 그러한 흙의 애정 속에서만 살아온 그는 없어서 남의 것을 훔치는 도둑놈보다도 흙의 냄새를 맡을 줄 모르고 흙의 애정을 유린한 철두철미 대처 사람인 아들에게 보다 더 증오를 느꼈기 때문이었으리라.

수택은 무서운 정열로 자기의 농작물을 사랑했다. 그것은 자기의 작품을 사랑하던 그 정열이었다. 문득 꺼추해진 벼폭을 발견하고는 인쇄된 자기 작품에서 전부 뒤바뀐 구절을 발견할 때와 똑같이 놀랐다. 그것은 그지없이 불쾌한 순간이었다. 수택은 그대로 논으로 뛰어들었다. 아래 동아리부터 벼폭이 노랗게 말라든다. 이삭은 알맹이 한 개 안 든 빈 쭉정이었다. 격한 나머지 그는 벼폭을 잡고 나꾸었다. 각충이란 놈이 밑 대궁에 진을 치고 보기 좋게 까먹은 것이었다.

그는 삼십여 년의 반생 동안 이처럼 격한 일이 없었다. 이만큼 어떤 물건이나 생물에 대해서 증오를 느껴본 일이 없다고 생각했다. 그리고 또 자기 혈관 속에 이토록이나 잔인한 피가 흐르고 있었다는 것도 오늘서야 처음 발견했던 것이었다. 그는 벼폭을 발기고 일일이 각충을 잡아냈다. 그래서는 돌 위에다 놓고 짓찧고 있는 자신을 발견하는 것이었다. 그는 일생 처음으로 미움다운 미움을 경험했다고 생각하였다.

수택은 처음 고향에 돌아와서 동리 사람들의 시선에서 차디찬 것을 느끼었다. 말만 고향이지 눈에 익은 얼굴도 거의 없었다. 파도에 밀린 배 조각처럼 이리 밀리우고 저리 쫓기어 태반은 타곳에서 들어온 사람들이다. 그때 그 차디찬 시선에 그는 일종의 반감까지 일으킨 일이 있었으나 지금 가만히 생각하니 그래도 자기 아버지가 아들에게 품고 있던 그 증오보다는 오히려 나은 것이었다 싶었다.

'그렇다. 하루바삐 나도 대처 사람의 탈을 벗고 흙과 친하자. 그래서 흙의 냄새를 맡을 줄 아는 사람이 되자.'

이렇게 자기 자신에게 타이를 때 누군지 귀에다 대고 소리를 꽥 지른다.

'그것은 퇴화다!'

그것은 대처 사람인 또한 다른 수택이었다. 물방울 한 개만 튀어도 시비를 가리고 파리 한 마리에 상을 찡그리고 디파트에서 한 시간씩이나 넥타이를 고르던 도회인의 반역이었다.

'퇴화? 퇴화 좋다!'

'아니 패배이다! 패배자의 역변이다. 도시생활——문명사회에서 생활 경쟁에 진 패배자의 자위수단이다. 그것은……'

'아무것이든 좋다!'

그는 이렇게 발악을 했다.

이러한 마음의 투쟁은 날로 거듭할수록 격렬해갔다. 수택이가 자기의 피에는 흙의 전통이 흐르고 있다고 생각한 것은 한 착각이었다. 누르면 누를수록 문화에 주린 도회인의 반항은 억세갔다. 포근포근한 흙을 밟는 평범한 감촉보다도 가죽을 통해서 오는 포도(鋪道)의 감촉이 얼마나 현대적인가 했다. 그것은 마치 핀대로 편 낡은 지폐를 만질 때와 빠작 소리가 그대로 나는 손이 베어질 것 같은 새 지폐 만질 때의 감촉과의 차이와도 같았다. 사람에게서나 자연에서나 입체적인 선의 미가 그리웠다.

'아니다. 참자. 흙과 친하자!'

수택은 벌떡 일어났다. 참새떼가 와아 하고 풍긴다. 이 젊은 도회인의 도회의 환상에 사로잡힌 동안 참새떼들은 양양해서 벼톨을 까먹고 있었던 것이다.

"우여 우이!"

건너 다랑이로 옮겨 앉는 참새를 쫓아서는 논둑을 달리었다. 참새떼는 적어도 수백 마리는 되는 것 같았다. 한 마리가 한 알씩만 까먹었대도 수백 톨은 까먹었을 것이다. 그는 달리다 말고 벼 이삭에 눈을 주었다. 누렇게 익은 벼폭들이 생기가 없다. 그때 울컥하고 가슴에 치미는 것이 있다. 증오였다. 도시생활에서 세련이 된 현대인의 증오였다. 이 갖은 정성과 피와 땀으로 가꾼 곡식을 장난하듯 까먹고 다니는 참새에 대한 증오가 현기증이 날 정도로 머리에 찬다.

"우여! 우이!"

꼼짝도 않고 참새떼는 못 견디어 하는 이삭에 그대로 조롱조롱 매달렸다. 그는 무서운 정열로 기관총을 사모했다. 전쟁 영화에서 보듯이 삥 한번 둘렀으면 톡톡 소리와 함께 소나기처럼 떨어질 참새떼를 상상하는 것만으로도 이 도회인의 감각은 기분간의 위안을 받는 것이었다.

도둑놈을 때릴 때 아버지가 자기에게 느끼던 증오도 이런 것이었을까?

6

한결 볕이 엷어졌다. 벌레 소리도 훨씬 애조를 띠고 달빛도 감상을 띠었다. 이집 저집에서 마당질 소리가 나고 밤이면 다듬이 소리도 여울어갔다.

수택이네 집에서도 새벽부터 타작이 시작되었다. 한모로는 벼를 쪄 나르고 한모에서는 때려라 소리를 연발하며 위세를 올렸다. 한모에서는 도급기(稻扱機)가 붕붕하고 돌아간다. 여인네들의 치맛자락에서도 바람이 난다.

수택이도 벗어부치고 지게를 졌다. 아직 다리는 허청거리나 그로 대여섯 묶음씩 쪄 날랐다. 인제는 벌써 그의 노동을 신성시하는 사람도 없었고 동정하는 사람도 없었다. 그는 명실공히 한 농부였다. 서투른 낫질에 손가락을 두 개나 처맸지만 보는 사람도 그랬고 그 자신도 그것은 큰 상처로 알지도 않을 정도까지 이르렀다. 아내 역시 호밋자루에 터진 손바닥이 아물지를 못한 모양이다. 그렇다고 혼자 일어나 앉아서 밤을 새워가며 울지는 않았다. 아프니 자시니 했다가 그 말이 시아버지 귀에 들어가면 동정 대신에 핀잔을 맞을 것을 알기 때문이기도 했을 것이다. 가끔 그에게는 아버지가 남에게만 후하지 자식들한테는 너무 박하다는 불평을 말하는 때도 있었으나 그것은 그가 시인을 하는 정도로서 가라앉았다. 사실 그 자신도 다소 심하지 않은가 하는 불평은 여러 번 품었었다. 손에 익잖은 자식이 서투른 낫질을 하다가 손을 다치어도 먼저 핀잔부터 주었다. 그것은 어떻게 보면 증오와도 같은 것이었다.

그도 부리나케 볏단을 쪄 날랐다. 이 볏단의 대부분이, 아니 어쩌면 거의 전부가 낡아빠진 맥고모자를 뒤꼭지에 붙인 되바라진 젊은 친구의 손으로 넘어가리라는 것을 잘 알면서도 수택은 그것을 억지로 생각지 않으려 했다.

그의 아버지도 그 위인이 나와서 버티고 선 후로는 분명히 얼굴에 검은빛을 띠었다. 자식에게 그런 눈치를 안 보이려고 비상한 노력을 하는 것이 그것이라고 엿보았다. 수택도 아버지의 이 노력에 협조를 했다.

도합 스물두 마지기에서 사십 섬이 났다. 사십 섬에서 스물닷 섬이나 소작료로 제해졌다. 사십 섬에서 스물닷 섬——열닷 섬. 그의 지식은 처음 긴요하게 쓰여졌다.

그러나 이 지식은 정확성을 갖지 못한 것이었다. 거기서 비료대로 한 섬 두 말이 제해졌고 아내와 계집아이들의 설사를 치료한 쌀값으로 장리 변으로 쳐서 열두 말이 떼었다. 지세도 작인과 지주가 반분해서 물기로 되어 있었다. 지세로 또 몇 말인지 떼었다. 그는 말질을 하는 되강구가 바로 지주나 되는 것처럼 그의 손목이 미웠다. 우루루 덤비는 되강구의 목덜미를 잡아 나꾸고 볏더미 속에다 처박고 싶은 충동을 이를 악물고 참는 것이었다.

수택은 아버지를 쳐다보았다. 그 옴팡하니 들어간 눈에서는 황혼을 뚫고 무시무시한 살기띤 빛을 발하는 것이었다. 그는 방공연습을 할 때의 그 휘황한 몇 줄의 탐조등 광선을 연상하였다. 김 영감은 꼼짝도 않고 한자리에서 있었다. 볏더미를 보는가 하면 그렇지도 않았다. 사람을 노리는가 하면 그것도 아닌 것 같았다. 영감은 내년 이때까지 살아갈 것을 궁리하는 것이었다.

"다 짊어져라!"

수택은 깜짝 놀랐다. 남은 벼 여남은 섬이 가마니에 채워졌다. 전혀 자신은 없었으나 벼 이백 근을 못 지겠노란 말도 하기 싫어서 지겟발을 디밀었다.

"엇차."

옆에서는 벌써 지고 일어나서 성큼성큼 걸어간다. 그도 엇차 소리를 쳤다. 땅짐도 않는다.

"자 들어줄 게니……엇차!"

그는 있는 힘을 다해서 무릎을 세우려 했다. 그러나 오금은 뜨는 둥 마는 둥 하다가 그대로 똑 꺾인다. 안 되겠느니 다른 사람이 지라느니 이론이 분분하다. 그래도 그는 아버지의 명령이 떨어지기까지는 버티었다. 이를 북북 갈며 기를 썼다. 힘을 북 주었다. 오금이 떨어졌다. 그러나 다리가 허청하며 모여선 사람들의 '저것 저것' 소리를 귓결에 들으며 그대로 픽 한쪽으로 넘어가고 말았다. 넘어간 순간,

"에이끼 천치 자식."

하는 김 영감의 소리와 함께 빗자루가 눈앞에 휙 한다. 머리에 동였던 수건이 벗겨졌다.

"나오게 내 짐세. 나와."

하는 누군지의 말을 영감의 호통 같은 소리가 삼키었다.

"놔두게! 놔둬! 나이 사십이 된 자식이 벼 한 섬 못 지는가. 져라 져. 어서 일어나!"

그는 이를 악물고 또 힘을 북 주었다. 오금이 번쩍 떴다. 뒤쭉뒤쭉 몇 걸음 옮겨놓는데 눈과 콧속이 화끈하며 무엇인지가 흘렀다. 그러나 그는 그것이 무엇인지를 몰랐다.

"저 피! 코필 쏟는군. 내려놓게."

하는 동리사람들 소리 끝에,

"놔들 두게! 제 손으로 진 제 곡식을 못 져다 먹는 것이 있단 말인가! 놔둘 두게."

수택은 눈물과 코피를 쏟아가면서도 그래도 자꾸 걸었다. 내일은 우리 논 닷마지기의 타작이다! 그는 이런 생각을 억지로 즐기려 노력을 했다.

———1939년

흙의 노예
── 續 第一課 第一章

1

산〔生〕다는 말은 저 막연히 사는 사람의 생(生)을 의미하고 생활(生活)한다는 말은 그저 막연히 살아 있는 사람이 아니라 그 어떠한 난관이라도 돌파하면서까지 살려고 노력하는 사람의 생(生)을 이름이라고 한다면 수택이의 지금의 생은 이 전자(前者)에 속할 것이다. 남이 살듯이 살아왔고보니 남이 죽듯이 또 죽었어야 할 것이로되 지금까지 살아 있다는 사실은 그가 지금까지 그만큼 살기 위해서 애를 썼다는 증좌가 되는 것이 아니고 남들이 죽듯이 그런 모진 병에 걸리지 않았었다는 단순한 이유에서였다 ── 이렇게 말한다는 것은 수택 자신에게는 적이 미안한 일일지 모르나 지금까지의 그의 생에 대한 태도란 이런 정도에서 몇 걸음 벗어나는 것이 아니었다.

물론 그도 하루에 밥 세 끼니를 얻기 위해서는 실로 피비린내 나는 노력을 해왔다 할 것이다. 동경 유학 때는 실로 일곱 끼니의 때를 거르면서도 생명을 유지하기 위해서 동분서주했었고 일금 오십 원의 월급 봉투를 위해서는 여름 아침의 그 단잠도 희생을 해왔고 X광선을 비추면 월식하는 달처럼 일부분이 뿌예진 폐를 가지고도 한결같이 오 년이란 긴 세월을 버티어왔다. 그는 먹고 살기 위해서는 젊은 혈기로서는 도저히 참기 어려웠을 모든 굴욕 앞에서도 인종(忍從)의 덕을 지켜왔으며 한 때의 찬거리를 사기 위해서 마포에서 광화문까지의 먼 거리를 터덜터덜 걷기도 했었다. 그러나 이것은 지금 살아 있는 그 누구나가 사는 방법이요, 또 살아나아갈 방법이다. 좀더 잘 산다── 보다 더 값있게 산다. 좀더 깨끗하게 살고 보다 더 건실한 생활자가 된다── 이렇게 생각한다는 것은 한 구원한 이상처럼만 생각해왔었다. 그러고 그것은 위대한 사람에게만 가능한 일이요, 자기와 같은 범인에게는 생각할 수 없는 지난한 일이라 했었다.

이러한 의미에서 그가 직을 내던지고 농촌으로 기어든 동기가 어떤 것이었다든가, 그 의기(意氣)가 어느 정도의 것이었다든가 하는 것은 막론하고 타기만만한 자기 생(生)의 새로운 국면을 타개하기 위해서 그야말로, 대학 출신의 이력서가 수십 통씩이나 누룩머리를 앓는 영예로운 직업을 한 푼의 미련도 없이 내던진 데는 위선 경의를 표해둔다 하더라도 농촌으로 돌아온 이후의 생이 그대로 생활하는 사람의 '생'에 편입이 될 수는 없는 것이었다. 도시를 떠난 후 사 개월간의 농촌 생활이란 그대로 도시 생활의 연장이었다. 변한 것이 있다면 그것은 단순히 형식이었다. 양복에 모자를 쓰고 구두를 신고 살던 수택이가 머리에는 밀짚모자를 얹고 고의적삼에 고무신짝을 끌고 살았다는 차이뿐이었다. 그의 생활 의지는 여전히 모호한 것이었으며 막연한 것이었다. 생활 의지라기보다는 그것은 차라리 기분이었다.

아니 그것은 도시 생활 시대보다도 한층 더 헐값으로 평가될 허영이었다. 대학을 졸업한(시골 사람들에게는 중등 이상이면 그대로 대학으로 통용이 된다) 당당한 일류 신문 기자가 농촌에 와서 땅을 파고, 지게를 지고 오줌 장군을 나르며 거름을 친다── 이렇게 보아주는 고향 사람들의 경이(驚異)에 홀로 만족하고 우월을 느끼는 허영── 이것이 그의 생활 의지(生活意志)였다.

'지금은 너희들과 이렇게 살지마는 그래도 너희와는 구별이 되어야 한다. 너희들은 이렇게밖에 살 수 없는 운명을 타고났지마는 나의 노동은 그것이 아니다. 같은 노동을 한다더라도 내가 하는 노동에는 더 값이 있다……'

물론 이런 말을 한 적도 없고 자기가 이런 우월감── 허영에 들떠 있다고도 생각지는 않았다. 생각지는 않으면서도 역시 수택은 무의식중에 그런 허영에 지배되었다. 서투른 지게질을 할 때나 소를 몰고 갈 때나 동리

여편네들과 노인들이 자기를 비웃기보다도 대견하게——장하게 보아주리라는 막연한 의식에 그는 자기도 모르게 치배가 되었고 십칠팔 세의 아이들이 수월하게 지고 일어나는 볏섬을 땅짐도 못 시키었다는 사실은 분명히 부끄러워했어야 할 사실임에도 불구하고 그것이 마치 교육받은 사람의 특징이거나 한 것처럼 수치는커녕 오히려 자랑처럼 생각한다는 것도 그 자신은 의식치 못하나마 사실임에는 틀림이 없었다.

그러나 아무리 대학 출신의 지게질이라도 한두 번 보면 족한 것이다. 그것이 늘 그렇게 신기할 것이 없을 것이며 대견할 것도 없고 장할 건더기가 못 될 것이다. 해가 지면 달이 뜨고 별이 비치고 하는 것도 처음 보는 사람에게는 적어도 수택이의 지게질보다는 희한한 일이었거니와 그것이 한 상식이 된 후로는 사람은 달이나 별이 뜨지 않는 것에 되레 놀라지 않는가. 그런데 황차 수택이의 지게질에 늘 그렇게 놀라기만 할 리가 만무한 것이다.

그렇건마는 수택에게는 그것이 섭섭했다. 물론 표명을 하는 것도 아니요, 또 그렇게 생각하는 자신을 인식해본 일이 없기는 했지마는 동리 사람들이 벌써 자기를 경이의 눈으로 보아주지 않는 것을 섭섭히 생각한다는 것은 부인할 수 없었다.

수택이는 서울 있는 몇몇 친구한테는 자기의 근황을 알려왔다. 자기의 일을 근심해줄 우정에 대한 보답이기도 했지마는 그는 자기의 생활을 비교적 자세히 보고한 일도 있다. 그럴 때마다 그는 소 풀을 베다가 손을 베었다든가 오줌 장군을 지다가 깻박을 쳤다든가 거적을 깔고 앉아서 밤을 새워 물꼬를 지켰다든가 이런 이야기까지도 보고를 했던 것이다. 시골 생활을 보고하는 데는 물론 이런 사실을 뺄 수는 없다 치더라도 그런 편지를 쓰던 때의 그의 심리를 한 번 더 깊이 파볼 때 '나는 이렇게 초월했다. 나는 문화인 너희들을 불쌍히 여긴다……'

이러한 의식이 그 어느 구석에든지 잠복해 있었으리라는 것은 상상하기에 족한 일이었다.

이러한 의미에서 그의 순수한 농촌 생활은 추수기(秋收期)가 끝난 직후——다시 말하면 그의 지게질과 서투른 낫질이 벌써 동리 사람들에게 신기한 사건이 못 되게 된 때, 그리고 한여름 동안 밤잠을 못 자고 피땀을 흘린

총 수확(收穫)이 벼 넉 섬이요, 이 넉 섬으로 보리 때까지 연명을 하지 않으면 안 된다는 엄연한 사실 앞에 직면한 그 순간부터였다.

'저것으로 삼동을 나야 한다!'

이렇게 생각하며 수택은 몇 번이고 뜰팡에 포갬포갬 쌓아논 볏섬을 바라보는 것이었다. 내년 보리가 나기까지에는 적어도 반년이나 있었다. 그 오륙 개월을 벼 넉 섬으로 산다? ——그러나 그뿐이 아니었다. 그 벼 넉 섬으로 양식도 해야 하고 호세도 해야 하고 사람이 병이 나지 말란 법도 없고보니 영신환 봉도 사게 될 게고 석유며 심지어 성냥 한 갑까지도 저 벼를 내야만 한다. 금년은 볏금이 좋아서 팔 전이다. 이백 근 잡고 십육 원, 넉 섬을 다 낸댔자 육십 원이다. 잡용으로 아무래도 한 섬은 내야 할 판이다. 그렇다면 오십여 원을 가지고 반년을 살아야 한다……육칠은 사십이. 수택은 온종일 키질에 저녁술을 놓기가 무섭게 곯아떨어진 아내를 내려다보며 이런 구구를 쳐본다. 어린것이 둘, 자기 내외에 창문이 놈까지 넣으면 알톨 같은 다섯 식구다. 어린 것 둘로 어른 한 몫을 친다 해도 네 식구에, 매인당 십 원이다. 창문이의 바지 저고리는 뭣으로 해주며 어린 것들의 알궁둥이는 뭣으로 가려주어야 할 겐가. 그나 그뿐인가. 아내는 서울서 입던 찌꺼기를 꿰매 입는다 친대도 나만은 바지 저고리 두어 벌은 가져야 삼동을 날 게다. 버선을 기워델 도리가 없을 게니 양말짝이라도 사 신어야 이면이 옳잖은가……부지깽이도 살림값에 간다는데 연모 하나 없이 이렇게 농가에서 부지를 하며 담배는 누가 사준다는가. 아직 식구가 다 죽지는 않았으니 친구고 아내 집으로 통신도 해야 할 겐데 우표는 뭣으로 사며 종잇장 봉투장은 뉘게서 갖다 쓰나…….

이런 생각을 곰상곰상 하고보니 자기의 농촌 생활 설계가 얼마나 무정견한 것이었으며 얼마나 로맨틱한 것이었던가가 새삼스러이 돌아다보여지는 것이었다.

수택은 털떡하니 문간에 앉아서 턱을 괴었다. 벌써 마고를 두 개째 태우고 저도 모르게 다시 불을 붙이다가 벌떡 일어난다. 테이블 서랍에서 종이와 연필을 꺼내다가 주먹구구로만 따지던 셈수를 일일이 적어가면서 다시 한 번 계산을 한다. 그러나 석유, 성냥, 담배, 우표—— 이렇게 조목조목 적다보니 주먹구구로 칠 때는 매인당 팔구 원은 되던 것이 겨우 오 원 부리에서 벗어난다.

'장정 한 사람이 오 원으로 반 년을 살란다?'

수택은 그것이 그 어떤 사람의 명령이기나 한 것처럼 저도 모르게 이렇게 분개했다. 꼭 철석같이 믿었던 사람한테 속은 것만 같았다.

그는 다시 담배를 한 개 피워물고 꼬부리었다. 예산을 좀더 삭감해보잔 것이다. 담배값 일 원 오십 전이 일 원으로 감해졌고, 석유 네 사발이 세 사발로, 통신비 삼십 전이 십오 전으로 이렇게 줄일 수 있는 데까지 졸아붙였다. 그러나 이렇게 삭감해도 일인당 한 달 생활비가 일 원 오십 전이 못 된다.

아내는 요새 며칠째 앓는 소리가 버쩍 심하다. 열병처럼 호된 몸살을 닷새나 앓고 일어난 지가 불과 대엿새밖에 안 된다. 대엿새에 한 번씩은 반드시 눕는다. 그렇게 친다면 십오 전짜리 몸살 약첩을 쓴대도 볏섬은 들어갈 게다……

이런 생각을 하다 말고 수택은 계산하던 종잇장을 벅벅 찢고 일어났다. 벌써 십사오 년 전 일이었지마는 대수(代數) 문제 하나를 두어 시간이나 풀다가 노트를 벅벅 찢고 일어나던 기억이 불현듯 머리에 떠오른다. 그때는 이튿날 학교에 가서 선생이 일부러 문제를 잘못 했다는 것을 알았거니와 이 풀 수 없는 문제는 누가 잘못 낸 것인가 했다.

사람도 붕어처럼 물을 먹고 살기 전에는 영원히 풀 수 없는 문제였다.

달은 지나치게 밝다. 아직 초저녁이건만 천 명 가까운 인간이 모여사는 동리는 관 속처럼 괴괴하다. 동구 밖에 있는 물레방아 홈통에 떨어지는 물소리만이 칙칙칙 들려올 뿐 늦은 가을이라건만 다듬이 소리 한 마디 안 들린다. 서글프기만 했다. 시적(詩的)이라고만 생각해온 농촌의 달밤이 이렇게 서글프기만 한 것인가 했다. 뽕나무 가지로 얽은 삽짝을 사뿐히 들어 지치고 돌아서려니까 누가 이쪽을 바라보더니 말을 건넨다.

"어디 가려나."

"누구요?"

"나야. 용훈일세."

"아, 똥훈인가."

"망할 사람, 어른을 몰라보고."

　똥훈이란 용훈이의 별명이었다.

　그는 수택이와 나이도 비슷했고 어렸을 적에는 사립학교에도 같이 다녔다. 부잣집 자식들의 대개가 그렇듯이 용훈이도 이탠가 삼 년을 두고 낙제를 했다. 똥훈이란 별명이 붙은 것도 배꼽까지나 수염이 내려온 한문선생이 그때만 해도 옛날이어서 이 태조가 누구냐고 묻는 말에,

　"떡전꺼리 기름집 늙은이유!"

하고 호기있게 대답을 했다. 지금은 죽은 지도 오래지마는 기름집 영감의 이름이 이태주(李泰柱)였다. 용훈이는 마침 기름집에서 대여섯 집 어긋난 맞은편에 살았던 것이다.

　"예이 똥 같은 녀석! 오늘부터 용훈이라지 말고 똥훈이라고 그래라!"

　똥훈이란 이렇게 생긴 별명이었다.

　수택은 워낙 어려서 고향을 떠났고 몇 해에 한 번씩 그나마 하루 아니면 이틀, 길대야 사흘 이렇게 과객처럼 다녀간 터라 같이 주먹코를 씻던 어렸을 적 동무들과도 농담 한 번 할 기회도 없이 삼십고개를 넘기고 말았다. 그래서 이번에는 일부러 농도 걸고 우스운 소리도 하고 해서 어렸을 적의 동무를 여남은 찾았다. 똥훈이도 물론 그 중의 한 사람이었다. 그러나 똥훈이에 대한 지식이란 천여 석 하던 재산이 재작년 저의 아버지가 돌아가면서 반으로 줄었고 지난 일 년 동안에 또다시 약 반은 축을 냈다는 것, 그 대부분은 읍에 드나드는 자동차비와 요리값으로 소비되었다는 것, 서울 다니는 자동차의 여차장을 첩으로 얻었다는 것, 그저 그런 정도에 지나지 않았다.

　"뭐, 이러니저러니 할 것 없이 옛날 똥훈이가 나이 삼십이 됐다고만 생각하면 틀림없지."

　역시 사립학교 시대의 동무로 지금은 신작로 가에 이발소를 내고 있는 종대가 이렇게 말하던 생각이 나서 수택은 '이태주'를 연상하고 속으로 혼자 웃었다.

　"어디 볼일이 있어 가나?"

　용훈이가 이쪽으로 다가오면서 묻는다. 아무것도 하는 일은 없으면서도 국방복은 입었다.

　"아니, 왜?"

"자네 좀 볼려구 왔던 길인데."

"날? 무슨 소관이 있나?"

"별일이 있는 건 아니지만 우리 오래간만이니 맥주나 한 잔씩 나누자 구……."

"어디 내 술을 먹던가?"

수택은 좀 야박할 만큼 잡아뗀다. 거의 반 년 가까이 도회를 그리우고 산 터다. 맥주란 말만 들어도 반갑기는 했으나 어떤 편이냐면 소위 여덟 달 반처럼 어련무던한 용훈이의 술을 얻어먹었다는 소문도 나쁘려니와 그 자신 지금 이야기도 통치 않을 용훈이를 상대로 술을 마실 기분이 되어 있지 못했다……혼자로서는 도저히 풀 수 없는 벼 넉 섬으로 다섯 식구가 반 년 동안을 먹고 살지 않으면 안 되는 어려운 숙제를 풀지 않으면 안 되는 지금의 그였다. 이런 문제를 푸는 데는 아버지가 나으리라 한 것이다. 나이는 그보다 어려도 농촌에서 자란 스물넷 된 조카도 책상물림인 자기 보다는 좀더 이런 문제를 푸는 묘득을 알고 있으리라 —— 이렇게 생각이 되어 용훈이한테는 후일을 다시 약속하고 중말 자기 원 집으로 내려왔다.

2

삽짝은 활짝 열려져 있었다. 사람이 얼른만 해도 지붕이 들썩이도록 짖어대던 흰둥이란 놈도 인제는 낯이 익었는지 으응 —— 한 마디 을러 보고는 깍지방 옆 사랑 부엌으로 기어들어간다. 수택은 먼저 안을 삐끔이 들여다보았다. 불은 희미하나 엿가래 같은 짚신짝이며 편리화 한 짝에 고무신 한 짝이 눈에 뜬다. 그는 다시 사랑방으로 나왔으나 사랑에서도 역시 마을꾼이 와 있는 모양이다.

문구멍으로 가만히 들여다보려니 아랫말 정택수가 그의 아버지와 마주 앉았다. 방바닥에는 무슨 종이 쪽지가 두세 장 펼쳐진 채 있고 그 종이 위에 그가 어렸을 적부터 보아온 산(算) 가치가 널려 있다. 정택수는 손바닥 반만한 장돌뱅이 주판을 들고서 무엇인지 셈을 맞추는 모양이다. 이야기가 중단이 됐는지 끝이 났는지 잠잠하다. 수택은 정택수가 돈놀이〔高利貸金〕를 해서 형세가 훨씬 폈다는 이야기를 들은 터라 이야기를 좀 엿들어볼까 하다가 궁금한 채 안방으로 들어갔다. 안방에는 그의 어머니와 형수와 고모, 읍으로 출가했다가 바로 몇 달 전 수택이가 고향에 돌아온 지 달포는 되었을 때 이 동리로 이사를 해온 맏누님 외에도 두붓집 과댁, 바로 사랑에 와 있는 정택수의 맏며느리——이렇게 방 안이 그득하게 모여 앉았다. 다 흉허물 없는 터였다.

"어이쿠 서울 양반 오시는군."

언제나 넘실대는 두붓집이 그 안반만한 엉덩판을 한쪽으로 옮기며 자리를 내준다. 정택수 며느리는 나이 사십이 가깝건만 아직 피둥피둥한 번화한 얼굴이 희미한 등잔불이라 그런지 더욱 훤해보인다. 수택은 정택수 며느리가 열일곱 수택이가 열두 살 때 혼인 말이 있던 여자다. 그는 시골 내려와서 그런 말을 듣고야 알았지마는 그가 싫다고 내찼던 여자인지라 좀 계면쩍어 했으나 그쪽에서는 그런 것은 다 잊었다는 듯이 말도 걸고 또 늘 놀러도 왔다. 벌써 며느리까지 보았다는 의식이 그 여자로 하여금 그렇게 대범하게 만드는 모양이었다.

거의 전부가 사십 이상의 여인들인지라 앞집 뒷집의 흉보기보다 사는 이야기에 화제가 집중되어 있었다. 거기 모인 중에서는 그래도 정택수 며느리가 제일 나은 모양이었다. 그 무서운 가뭄에도 걷은 것이 이십여 석에 도지 들어온 것이 삼사십 석 되는 모양이었다.

"자네네가 뭔 걱정인가, 올 같은 흉년에도 육십 석이나 됐는데…… 제년에는 벼 백이 실하잖았나."

그의 어머니는 이렇게 말하며 한숨을 가만히 쉬어본다. 그가 고향을 떠나기 전만 해도 연사가 좋은 해면, 칠팔십 석은 무난한 그들이었다. 논 이십사오 두락에 가뭄 타는 논은 단 한 마지기가 없었다. 밭만 해도 사흘갈이가 실했었다. 언제나 잡곡이 십여 석 들어쌓이는 호농(豪農)이었다. 그렇던 집 안에 벼 열댓 섬——그나마도 그 태반은 볏값이 나지는 대로 내지 않으면 안 된다는 것이었다. 한숨이 나올밖에 없는 일이다. 수택이가 그런 사실을 안 것도 기실 얼마 안 된 일이다. 그의 아버지는 모처럼 돌아온 자식에게 실망을 주지 않기 위해서——라기보다도 자식을 붙들어두기 위해서 집안 식구의 입을 틀어막았던 것이다. 그에게 땅을 줄 때도,

"부모 자식 사이에도 심은 심대로 해야 하느니라. 더구나 이건 네 형이

장자니까 형은 나가 돌아다니더라도 역시 네 형 살림이거든. 장성한 조카가 있으니까 도지는 도지대로 해야 경위가 옳잖으냐."

이렇게 마치 정말 집의 소유이기나 한 것처럼 푸근하게 말했던 것이다. 수택은 그래서 꼬박 속았었다. 그러다가 며칠 전에 그것도 아내가 어디서 듣고 와서 귀띔을 해준 것이다. 타작을 하던 바로 닷새 전인가 엿새 전 일이었다. 그러나 아버지의 심정을 잘 아는 터다. 물론 그런 내색은 하지도 않았다. 모르는 체 지금까지 지내온 것이다.

그러나 언제까지나 그런 비밀을 지니고 있을 수는 없다 싶었다. 자기도 자기려니와 아버지도 그 무슨 타개책을 강구하지 않으면 안 되리라 싶었다.

그가 다시 사랑에 나간 때 정택수는 가고 없었다. 손님이 간 터라 남폿불을 등잔불처럼 낮추고 책상다리를 한 양쪽 무릎에 두 팔꿈치를 세우고 두 손으로는 턱을 받치고 조각(彫刻)처럼 앉아 있다. 담뱃대를 물기는 했으나 빠는 법도 없고 대꼬바리 연기가 나는 것도 아니다. 그것은 사람이라기보다 담뱃대를 물고 명상하는 늙은 농부의 궁상이었다.

"헴!"

수택은 일부러 문구멍에서 두어 발짝 멀찌감치서 인기척을 하고 방문을 열었다.

"접니다."

"오, 너 내려왔느냐."

아까의 궁상은 간데없이,

"아이들은 자든?"

"네."

수택은 남포 심지를 훨씬 돋구고 오늘쯤은 무슨 이야기가 나옴직해서 윗목에 도사리고 앉았었다.

"네, 네 형 있다는 데 편지 좀 해봤느냐?"

"했더니 돌아왔습니다."

"허, 미친 자식이로군."

그의 형 근택은 십 년내의 방랑아(放浪兒)였다. 한때 전동양을 풍미하던 사상에 휩쓸려들더니 십 년 전에 홀연 집을 떠나서 돌아오지 않았다. 교육도 별로 받은 것은 없으면서도 그는 자기에게 필요한 지식만은 충분히 얻고 있었다. 최근에는 만주 방면에 있는 것만은 분명했으나 무엇을 하고 다니는지는 의연 확실치 않았다. 상해가 중심이기는 한 모양이나 일 년에 몇 번씩 오는 편지의 주소가 매년 변하는 것으로 보아 아직도 자리를 잡지 못한 것은 상상할 수 있었다.

수택이는 어떡하든지 오늘만은 아버지의 숨김없는 이야기가 듣고 싶었다. 땅이라는 것이 도시 대엿 마지기에 밭 두어 떼기밖에 남지 못했다는 것은 이미 들어 안 터이지마는 그 밖에 채무 관계는 어떻게 돼 있으며 금년 과동 준비와 보릿고래를 넘길 성산이 어떻게 서 있는가도 알고 싶었고 장차 살림을 어떻게 꾸려가려는가도 듣는대야 별 뾰족한 수는 없다 해도 알고만은 있어야 하겠다고 생각하는 것이다. 아니 그보다도 수택이는 그 독실하고 부지런하고, 면과 군의 농업기수(農業技手)까지가 농작물에 대한 그의 의견을 참작한다는 이 훌륭한 농부가 삼십여 두락에 가까운 자기 재산을 탕진하기까지의 경로가 알고 싶었다. 그가 얼마나 부지런한 농부인가는 군에서 두 번, 도에서 한 번 그를 표창했다는 것만으로도 족히 짐작할 수 있는 일이었다. 물론 그는 단 한 번도 그 상장을 타러 읍에는 고사하고 가까운 면에까지 출두하기를 거절했지마는——이렇듯 부지런하고 이렇듯 노농(老農)이며 거기에다가 술 한 잔 입에 대는 법이 없고, 여자라고는 일평생 아내밖에 모른 채 육십을 넘긴 한 자작농(自作農)이 불과 십 년 동안에 맨주먹만 쥐고 나 앉았다는 사실은 벼 넉 섬을 가지고 다섯 식구가 반 년을 살아야만 한다는 어려운 수학문제와도 비슷했던 것이다. 그것은 조그만 일인 동시에 또한 큰 일이었다.

"아버지, 이번 연사가 어떻게 된 셈입니까?"
하고 참다 못해서 수택은 자기가 먼저 말을 꺼냈다.

"지금 집에 있는 것만으로 과동은 할 만합니까?"

'암 그야 되구말구!'

이렇게 응당 대답했어야 할 그의 아버지는 웬일인지 아들을 물끄러미 바라다보고만 앉았다. 그것은 실로 상상하지 못한 일이었다. 그리고 또 그 침묵은 예상보다도 긴 것이었다. 침묵이 계속되는 동안 알톨같이 여문 귀뚜라미 소리만이 쟁쟁하다.

급기야 침묵은 깨지고야 말았다. 그것도 수택이가 전혀 예상하지 못한 방법에 의해서였다. 그는 자기의 귀를 의심했다. 그리고 야마리 없을 만큼 늙은 아버지의 고생에 찌든 주름잡힌 얼굴을 쳐다보고 있었다. 눈자위는 폭 하니 꺼졌다. 흉할 만큼 긴 겉눈썹이 신경질로 움직인다. 수택이가 집을 떠나던 열두 살 때까지 아버지 눈이 무서워서 바로 쳐다보지도 못하던 눈동자도 인제는 늙고 지친 토끼 눈처럼 충혈이 되어보인다. 몇 해 전 그가 신문사 일로 근읍에까지 왔다가 하룻밤을 자고 가던 때만 해도 그의 아버지는 늙기는 했을망정 단 두 주먹으로 육십 년간 생활과 쌓아온 악지와 강단이 그 눈과 코와 입언저리에 차분하니 들어박혀 있었다. 육십 년간에는 살인 광선과도 같은 폭염(暴炎)도 있었을 것이며 살점이 에이는 추위도 있었을 것이지만, 그 더위에도 추위에도 굴치 않고, 하루들이로 태풍처럼 덮치는 토구질에도 잘 견디어 생명을 유지했던 것만으로도 장하다 하겠거늘, 그는 그 세대(世代)와 싸워서 이기었고 또 자기의 생활을 찾았었다 —— 그 김 영감이 지금 자기 아들 앞에서 한숨을 내쉬었고 주먹으로 눈물을 닦는 것이다.

"수택아."

늙은 아버지는목메인 소리로 아들을 불러놓고 다시 오랜 침묵에 잠긴다. 수택은 자기 아버지에게서 늙은이라는 인상을 받은 것은 이번이 처음이었다. 그것은 김 영감 자신도 그랬을 것이었다.

"너 혹 누구한테서든지 우리 집안 이야기를 듣지 못했더냐?"

"들었습니다."

"들었어?"

순간 영감은 깜짝 놀라는 눈치더니,

"잘 됐다. 애비 입으로 그런 이야길 한 것보다는 잘 됐다. 어차피 한 번은 알고야 말 일인 게고……그래 인전 그럼 넌 어떡헐 작정이지?"

"어떡하다니요?"

수택은 무슨 의민지 몰랐다.

"장차 말이다. 그래도 여기서 살아볼 작정이냐?"

"아버지 생존해 계실 때까지 여기서 살아볼까 합니다."

"나 살아 있을 때까지? 뭐 내가 살 날이 며칠 남었느냐?"

아직 십 년 하나는 염려없다고 수택은 거의 확신했다.

"수택아, 내가 이렇게 자식 앞에서라도 궁상을 떨기는 육십 평생에 오늘이 처음이다. 아니지, 나 혼자서도 이래 본 적이 없다. 허지만 인저는 나로서도 할 수가 없구나. 아마 내 팔자는 인저 딴 길을 접어든 모양이다."

이렇게 김 영감은 장황한 이야기를 시작했다. 그것은 그가 일찍이 들어보지도 못하던 어떤 가난한 농부의 일대기(一代記)였다.

김 영감은 일곱 살에 고아가 되었다. 고아는 부모의 유산을 많이 타고 났어도 고생을 하도록 운명지어진 존재다. 그러나 그는 바지저고리 한 벌에 삼베 행전 한 켤레만을 타고난 고아였다. 그는 고아의 누구나가 밟는 길을 밟아서 동에서 서로 남에서 북으로, 혹은 엿목판도 졌고, 또 어떤 때는 장돌림의 봇짐을 지고 따라다니기도 했다. 오늘은 이가의 집에서 밥을 먹었으면 내일은 또 박가의 집이다. 이렇게 그는 컸고 장성했다.

그러나 김 영감이 고생을 하도록 운명지어진 또 한 가지 원인이 있었다. 첫째의 불행은 고아가 된 것이었고 둘째의 불행은 정직이었다. 이 불우의 소년에게는 맘만 따로 먹으면 살 도리가 나설 여러 번의 좋은 기회가 주어졌던 것이다. 그러나 그는 불행히 남을 속일 줄을 몰랐다. 그것은 남을 위해서 목숨까지도 바친 자기 아버지의 피를 받았기 때문이었으리라. 이 강직한 고아는 엿목판을 베고 논두렁에서도 잤고 손을 호호 불며 다리 밑에서 긴 겨울밤을 새우기도 했다. 찬 돌을 어머니의 팔인 양 베고 하염없는 공상의 나라를 헤매기도 했고, 흐르기가 무섭게 쩍쩍 얼어붙는 눈물을 손등으로 닦아가며 동리에서 동리로 혹은 내를 건너고 혹은 산모퉁이를 돌아서 삶을 찾아 헤매었다.

'열다섯만 되어라.'

그의 희망은 오직 이것이었다. 열다섯만 되면 금시 발복을 하고 비단옷에 고량진미를 마음껏 먹는 그런 팔자가 되는 것이 아니라, 남의 집 머슴살이를 할 수 있게 되겠기 때문이었다.

열다섯이 되었다. 그는 소원대로 반 새경을 받고 머슴으로 들어갔다. 뜨끈한 밥, 쩔쩔 끓는 방, 그는 이것으로 족했다. 십 년간의 긴 머슴살이가 끝날 때 그의 수중에는 엽전 이백 냥이 꾸려졌다. 송아지도 한 마리 생겼다. 그는 그제서야 아내도 맞았다. 자식도 낳았다. 그러나 그는 여전히 동에서 서로 서에서 동으로 헤매는 고달픈 몸이었다. 장돌뱅이가 된 것이다.

세상이 한 번 뒤바뀌었다. 정부에서는 국유지를 일반 백성들에게 연부로 불하하는 새 법령을 냈다. 김 영감이 한 섬지기의 땅을 장만한 것도 그 때였다.

"그 후 내가 얼마나 지독하게 일을 했으며 얼마나 규모있게 살림을 했는지는 너도 어려서 보았으니까 잘 알리라. 나는 일 년 가야 술 한 잔, 인절미 한 개 사먹은 일이 없다. 언젠가 내 일 년간 용돈이 한 냥 십 전을 못 넘는다니까 너는 곧이 들리지 않는 모양이드라마는 백중날 아이들 백 푼어치 사주는 게 내 용돈이다. 이렇게 난 오늘날까지 한결같이 해왔다."

김 영감은 이렇게 긴 이야기를 말끔 했다. 그것은 무슨 고대 소설과도 같았다. 고대 소설과 다른 것은 그보다도 더 실감이 있다는 것뿐이다.

이 긴 이야기를 듣는 동안에도 몇 번이나 머리를 들고 일어나던 의문이 또 생긴다. 그렇게 정직하고 그렇게 부지런하고 그렇게 알뜰한 자기 아버지는 어째서 좀더 부유하게 못 되고 땅마지기 지니었던 것까지 놓아버리게 되었을까……

수택은 조심조심 물어보았던 것이다. 이것을 알지 못하고는 농촌에 있어서의 금후의 생활을 설계할 자격도 없다 싶었다.

"어떻게 돼서 그랬느냐고? 그건 나두 모른다. 나뿐이 아니지. 누가 알겠니? 하느님이 아실 뿐이지."

이렇게 딴전을 쓰고는,

"세상이 변한 탓이지, 옛날에야 먹을 것과 입을 것과 그리고 예의범절만 있으면 살았느니라. 그러던 것이 이 근년에 와서는 짚신이 없어지고 고무신이 생기고 감발이 없어지고 지까다비가 나왔다. 물가(物價)는 고등하지, 학교는 보내야지, 학교 다니구 나니 농사 싫지, 듣고 보았으니 양복때기라두 걸쳐야지. 화차, 자동차가 생겼으니 어디 갈 땐 타야 배기지? 네 생각 해봐라, 읍내까지 오십 리로구나. 부지런히 서둘면 점심 한 끼만 사먹으면 다녀올 데를 지금은 소불하 일 원 오십 전은 가져야 하는구나. 갈 적 올 적 차비만 해두 일 원 삼십 전이지. 점심 한 끼만 사먹구 마느냐? 그래 노니까 몸은 점점 약해질밖에…… 더위도 더 타지 추위도 더 타지. 젊은 애들두 털내복을 입어야 견디지, 편하라구만 하니 먹는 게 내리나? 체하지. 소금 한 줌만 먹음 될 게라두 영신환 사야지. 옛날 사람들이 지금처럼 약값이 많구야 살았겠느냐?"

"그 대신 소출이 그 전보다 많이 나잖습니까?"

몰라서 물은 것은 아니었다. 소득과 지출의 비례를 좀더 정확하니 알고 싶었다.

"너 되루 주고 말루 받아야지 말루 주고 되루 받아서 소용있겠냐?"

불쑥 이런 말을 하고는,

"결국은 기계가 사람을 죽이느니라. 사람이 기계를 부리는 게 아니라 기계가 사람을 부려먹는 세상야. 산미증산 산미증산해서 소출이야 더 나지. 허지만 그 대신 대두박이니 암모니아니 거름값이 더 들지. 전엔 모두 찬밥 한 술만 떠먹으면 손으로 해치우던 걸 인전 기계 아니면 못 하는 줄 알잖니? 우리네 농군이 일 년내 피땀을 흘려서 대처〔都會〕사람 좋은 일만 시키느니라. 모두 그리 가져가지. 농군한테 지까다비가 하상관야? 몸뚱이가 튼튼하면야 쇠를 먹어도 색이지, 병원이 뭔 소관이구? 움찔하면 똥이라더니 이건 움찔하면 돈이로구나……."

수택은 일생 처음으로 긴 이야기를 들었다. 그는 지금까지 무조건 하고 자기 아버지를 경멸해왔다. 그러나 이야기를 듣는 동안에 김 영감은 훌륭한 세대에의 반역자였다. 허다한 신진 사상가(思想家)들의 기계파괴론 (機械破壞論)을 보다 더 알기 쉽게 설명을 하고 있지 않는가. 표현은 다를지언정 김 영감은 훌륭한 사상가였다. 인간은 지금 기계의 노예가 되어 있다. 그러나 결국은 인간은 기계에서 멸망을 당하고 다시 흙으로 돌아 온다는 것이다. 지금의 사람들은 흙의 고마움을 모른다. 그러나 한번 사람들이 다시 흙으로 돌아올 때 흙은 언제나 다름없는 관대(寬大)와 애정으로 인간을 맞아준다는 것이다. 이 흙의 관대를 인간은 모른다. 모르는 데 그치지만 않고 경멸하기까지 한다.

김 영감은 다시,

"너 정택수란 어른 알잖니?"

하면서 그가 흙을 배반한 좋은 표본이라고 한다.

"너 오기 바루 전에두 다녀갔다마는 땅마지기 톡톡 팔아서 장살 했느니라. 다 털어올렸지. 그러다가 몇 푼 남은 것으루 돈놀이를 했느니라. 돈냥이나 좀 잡았지. 허지만 사람이 돈만 가지면 사는 줄 아냐? 의리도 있어야 하구 인정두 쓸 땐 써야 하구 어수룩한 땐 또 어수룩해야지. 사람이 돈에 녹아나면 못 쓰느니라. 돈을 만지면 사람이 이악해져 어떻게 생각을 했는지 다시 돈을 땅에 묻더라. 지금 모두 치면 벼 백이 되지. 그러더니만 제년부터 또 돈이 탐이 나서 요샌 금광을 하지. 그래서 남의 산수 밑을 파 제키구 야단이구나. 법이야 어떻건 법만 가지구 사람이 산다든? 그래 낮잠 자는 것을 깨워두 열 가지 악(惡)의 하나라는데 돈 벌자구 흙 속에 묻혀 곤히 잠든 나의 조상에다 남포질을 하구 야단이야! 우리 농군에겐 그런 법이 없거든!"

그러나 이 긴 이야기보다도 수택이를 가장 흥분시킨 사실은 수택이가 부치기로 한 여덟 마지기의 소작권이 내년부터는 떨어진다는 것이었다. 아버지가 부치는 소작답 열한 마지기도 똑같은 운명에 놓여 있었다.

김 영감은 이 사실을 이야기해야 옳을지 어떨지는 퍽 주저한 모양이었다. 열한시가 되어서 인사를 하고 일어난 때까지도 무슨 말을 할 듯 말 듯 하더니만 그가 문고리를 잡은 때서야,

"잠깐만 더 좀 앉거라."

하다가 일어난 길에 안에 들어가 뭐 먹을 것 좀 뜨뜻하게 해내오라고 이르고는 돌아온 후에도 다시 얼마를 망설인다. 그러다가 비로소 그런 슬픈 사실을 이야기하는 것이었다.

"그럼 그게 뉘 땅입니까?"

그도 맥이 탁 풀리었다.

"뉘 땅은 뉘 땅, 원래야 우리 땅이었지. 그렇던 것이 야곰야곰 빚을 지게 되어 재작년에 닷 마지기만 남기고 통 지금 말하던 정택수한테로 넘어갔지. 재작년엔 연사두 좋았구 곡가도 그럴 듯해서 웬만하면 이자라두 끄구 어떻게 해보잔 것이……너만 들으라마는 네 조카놈이 어떻게 못된 놈들하구 휩쓸리더니 또 읍에 가서 돈냥이나 좋이 털어올리고 오잖았느냐."

"상태가요?"

"그랬느니라."

순간 수택은 지금까지 들어온 이야기는 간 데 없이 자기집이 망한 원인이 상태란 놈의 난봉으로 인한 것처럼 가슴이 뭉클해지는 것이었다.

그러나 물론 그런 내색은 안 했다. 그 자신 또 그렇게 생각하는 것도

아니었다. 메밀묵에 고추가루를 얼근히 쳐서 먹었건만 땀 한 점 안 난다. 땅마지기를 믿고 내려온 것은 아니었지마는 믿었던 줄이 탁 끊긴 것처럼 맥이 풀린다. 누가 샀는지는 모르나 정택수를 찾아가 소작권을 이어받을까 짧은 순간 그런 생각도 해보는 것이다. 그렇게 할 수 있을 바에 아버지가 솔선해서 그런 도리를 차리지 않았으랴 싶으면서도 그것을 따져보지 않고는 견딜 수가 없었다.

대답은 역시 그가 예기한 바와 같았다. 매주는 읍내 사는 '기다하라' 라는 철물상인데 중간에 든 사람이 작권을 얻기로 하고 구문까지 포기했다는 것이다.

수택은 자정이 넘어서야 집으로 올라왔다. 그의 너무나 어두운 마음을 비웃기나 하는 듯이 달은 차도록 밝다. 물방아 물레 돌아가는 소리가 한결 더 바쁘다.

서리가 오려는지 밤도 찼다.

3

지금 수택의 머릿속을 점령하고 있는 생각은 오직 한 가지뿐이었다. 그것은 대신문의 사회부 기자요 일금 팔십 원의 문화 생활자인 그를 이 궁벽한 농촌에까지 끌고 내려온 것은 진실한 문학 생활도 아니었으며 논 마지기나 부치고 채마나 섞어서 처자와 함께 안락한 가정 생활을 영위하자는 것도 아니었다. 내려가서 해보다가 안 되면 다시 기어올라오지── 서울을 떠날 무렵에 생각하던 이런 소극적인 태도도 아니었다. 끝장이야 뭣이 되던 고향 땅을 물고 뜯어보잔 것이다. 그러기 위해서는 그 어떤 굴욕이라도 달게 받으리라 했다.

처음 그가 이 결심을 하기까지에는 상당히 방황했다. 첫째는 비록 소작일망정 모 한 폭 꽂을 땅 한 조각도 없다는 것이 가장 그를 방황시킨 무엇보다도 큰 원인이었고, 둘째는 설사 남의 소작을 한다고 친대도 그것은 처음부터 잘못 낸 대수 문제와도 같아서 영원히 풀 길이 없다는 것을 일 년 농사의 경험으로 알았기 때문이었고, 셋째의 원인은 역시 그들의 건강이었다. 어느 편이냐면 수택 자신은 시골 온 후로 훨씬 건강이 나아진

편이었다. 꾹꾹 누르면 두어 술밖에 안 되는 밥을 먹고도 그것을 못 삭여서 꼴깍꼴깍하던 그는 벌써 아니었다. 혈색도 벌써 창백한 기는 가시었고 책상 한 개를 드다루는 데도, 엄두를 못 내서 쩔쩔 매던 그런 수택도 아니었다.

그러나 처와 어린것들은 못 견디어 했다. 아이들은 되레 손바닥만 한 하늘만 쳐다보고 살다가 활짝 트인 벌판을 내안기니까 먹는 것은 부실해도 노는 맛에 끽소리 없으나 처는 그렇지 못했다. 외양으로는 건실해보이면서도 그의 아내는 두부살이었다. 끽소리 없이 하기는 하나 밤이면 몹시 못 견디어 했다.

그러나 그는 고향에서 거주하기로 결심했다. 낯이 설기는 하나마 그대로 그 아버지가 살아 있는 동안에는 뉘 땅을 얻어부치더라도 대엿 마지기 얻을 성도 싶었고, 그것으로써 생계가 안 설 것은 빤한 일이나 그가 지금 생각하고 있는 농촌 소설을 쓰자면 그만 경험쯤은 얻어둘 필요가 있었다. 그리고 정 부족한 것은 허섭스레기 원고장을 쓴다든가 신문에 발표한 채로 있는 어떤 장편 소설의 출판을 재우쳐서 양미를 보태리라 했다.

수택은 이렇게 결심을 하고 걸핏하면 어디로 뺑소니를 치려는 상태를 달래었다. 그러나 상태로 본다면 농촌 생활은 도저히 안 맞아서 그렇잖아도 자리를 떠볼까 하던 터에 마침 수택이가 돌아온 터라 그 결심을 버리지 못한다. 알아듣도록 이야기를 해도 그때뿐이다. 한 귀로 듣고 한 귀로는 흘려버린다.

언제든지 한 번은 도회에 가서 살아봐야 할 아이라고 수택은 옆에서 눈치만 본다.

그럼에도 불구하고 수택으로 하여금 용기를 내게 한 것은 사내자식의 의기였다. 농촌을 잘 알았든 못 알았든 처자까지 데리고 솔가해 온 이상 다시 엉금엉금 서울로 기어올라갈 수는 없다 했다. 여러 친구들이 회비까지 모아서 송별연까지 베풀어준 터가 아닌가. 그들 앞에 반년도 못 되어 다시 무슨 낯으로 나설 수가 있을까?

"우리 가족의 뼈는 고향에다 묻자!"

그는 이렇게 센치한—— 그러나 비장한 결심까지 했다.

일단 이렇게 결심을 하고 나니 무서울 것이 없었다.

수택은 이렇게 마음을 작정하는 길로 용훈이를 찾기로 하고 집을 나섰다.

아직 달은 뜨지 않았으나 동쪽 하늘이 벌겋게 상기된 것이 미구에 달이 뜰 모양이다.

중말 술회사 앞을 돌아서 일부러 샛길로 접어들었다. 용훈네 집은 어렸을 적에도 늘 놀러다닌 집이나 대문도 돌려내고 앞채는 상점 방으로 꾸미어져 있었다.

용훈이는 마침 저녁을 먹고 나가고 없었다. 그러나 용훈이를 찾기는 그리 힘든 일이 아니다. 이발소 아니면 묵장사를 하는 복순네 집이나 면소 숙직실, 거기 없으면 중말 병아리 갈봇집이었다.

예측한 대로 그는 복순네 집 윗방에서 복순 아주머니와 팔뚝맞기 화투를 치고 있었다.

"아, 이거 별일이네그려. 자네가 다 나 같은 사람을 찾아다니구."

용훈이는 고동색 세루 두루마기 자락을 걷어치우며,

"들어오게, 우리 좌수 볼기치기보다는 날 게니 이 색시허구 팔뚝맞기 화투나 한 번 치세그려."

"그래볼까……."

어쩔까 했으나 사람이란 모가 나서는 못쓴다고 그가 내려오던 이튿날부터 그의 아버지가 주장질하던 생각이 나서 수택은 대엿 번이나 화투를 쳤다. 한 번은 이기고 내리 졌다.

"수택이, 우리 마작 한 케 하러 갈려나?"

하며 용훈이가 화투에 진이 떨어진 틈을 타서 수택은 그를 끌고 집으로 왔다. 똑똑한 편도 못 되는 용훈이 같은 사람을 데리고 그런 이야기를 하는 것은 떳떳치 못한 것 같은 느낌도 없지는 않았으나 이발소 종대 말대로 계집한테만 어련무던하지 친구들 간에는 '능구리처럼 음흉'하다고 한다면 사양할 것도 없었다. 아니 그보다도 지금의 수택에게는 그런 말을 할 만한 사람은 역시 용훈을 내놓고는 없었다.

"자네 맥주는 내가 낼 게니 나 땅 한 자리 주어야겠네."

이렇게 처음부터 툭 털어놓고 자기의 계획을 설명했다. 물론 어려운 이론은 캐지도 않았지마는 고향에 와서 어렸을 적 동무들과 앞집 뒷집을 정하고 살고 싶다는 그의 계획에는 다소 감동된 것도 같았다. 그러면서도 역시 대학까지 졸업하고 그 큰 신문사를 다니던 그가 이런 궁촌에 와서 농사를 짓고 살겠다는 그 심경은 이해하기가 어려운 눈치였다. 한편 장한 생각 같기도 했고 못생긴 짓 같기도 했다.

'뭘 잘못하구 쫓겨나니까 갑자기 어쩔 수도 없고 해서 그런 생각을 한 것이려니…….'

이렇게도 생각했다.

"글쎄 내가 거저 주는 것두 아니겠구 대엿 마지기 떼는 것이야 어렵진 않지만, 어디 지금 세상엔 논인들 맘대루 뗄 수가 있어야 말이지. 농지령 때문에 작권두 모두 계약을 하게 돼놔서……."

이야기를 듣고 보니 그도 그럴 듯했다.

"그러니까 내 말은 지금 소작하는 땅을 떼어달라는 건 아닐세. 나 살자고 남한테 못할 노릇을 시키고 싶진 않네. 내 말은 자네네가 삼십여 마지기나 광작을 한다니까 자네네는 대엿 마지기 더 지으나 덜 지으나 대찬 없을 것 같구 해서, 말하자면 자네 부치는 걸 좀 떼달란 말일세. 안 되겠는가."

"난처한데……."

용훈은 좋이 입맛이 쓴 표정이다.

"그렇게 함으로 해서 자네가 받은 타격이 크다면 나두 굳이 그렇게 해서까지……."

"아냐, 뭐 타격이랄 건 없지만……글쎄 어디 보세. 오늘 낼 작정해야만 할 것두 아니겠구……."

그만큼 하고 수택은 용훈을 데리고 먼저 갔던 복순네 집에 가서 제육을 구워놓고 약주를 몇 잔씩 나누었다. 헤어질 무렵에,

"자네 술만 먹어서 되겠나. 내 술도 한 잔 해야지."

하며 끄는 바람에 수택은 고향에 온 지 처음으로 술집에를 끌려갔다.

그들이 간 집은 역시 병아리집이었다. 얼굴이 병아리처럼 생겨서가 아니라 아랫말에서 역시 술장사를 하는 이복(異腹) 동생의 얼굴이 달걀처럼 생기었다고 해서 먼저 난 형이 병아리가 된 것이다. 병아리는 용훈이와도 '범연한 사이가 아닌 듯싶어 한 되들이 금천대(金千代) 병을 안고 육자배기 하면서도 연상 눈짓들을 하고 희영수가 어우러졌다.

"송 주사, 요샌 아주 막 뽐내십시다그려."

"뭘."

"술 한 잔을 자셔두 고향 사람들 술을 팔아주는 게 아니구 꼭 읍내루만 행찰하시구……."

말은 술 이야기를 하나 술강짜치고는 심각한 표현이다. 병아리는 분명히 술만의 강샘을 일으키는 것은 아닌 성싶었다. 그래도 용훈이가 통 받아주지를 않으니까 병아리는 찍어누르는 소리로 '석탄 백 탄 타는데…….'를 제 성에 못 이겨서 부르고 있었다.

병아리집을 일어선 때도 과음(過飮)이었는데, 그들은 다시 한 집을 들렀다. 물론 병아리의 동생 달걀집이었다. 달걀집은 부풀었다. 병아리보다 훨씬 젊기도 했거니와 얼굴도 시골 주모로는 깨인 편이었다. 소학교 다녔는지 도죠니, 고엔료나꾸니 하는 말도 툭툭 던졌고 어서 귀동냥을 한 것인지 플리즈니, 가는 손보고는 굿나이트 하고 주척도 댄다. 술은 맥주를 청했으나, 맥주는 두 병밖에 없어서 여기서도 제육을 굽고 너비를 몇 점 구워만 놓고는 강술로서 너 홉씩을 말리었다. 일어선 때는 용훈이도 수택이도 까부러지게 취했었다.

어디선지 용훈이와 헤어진 것은 자정이 가까웠었다. 면소 앞 신작로를 건너서 역시 술집 뒤를 돌아가려니까 술꾼들의 싸우는 소리가 요란하다. 뜻밖에 그 맞욕질을 하는 싸움 소리 속에서 조카인 상태의 목소리를 발견하고는 물론 취중이었지마는,

'이 녀석이 그래도 정신을 못 차리고 술집에를 다녀?'

하는 패씸한 생각이 벌컥 나서 그대로 뛰어들어갔다. 상태와 면서기 김용승이가 싸우고 있었다. 꼬단은 알 수 없었다. 또 캘 필요도 없었다. 그는 싸움의 시비를 가리러 들어갔던 터가 아니었으므로 군중을 헤치고 들이닫는 길로, 상태의 뺨을 정신이 나게 한 번 붙이었다.

"이리 나와!"

상태는 고분고분히 끌리어 나왔다.

상태한테서도 술기운이 마주 확 풍긴다. 그 술내에 그는 자기도 모르게 불끈했었다. 무슨 감정의 관련이었던지는 몰랐어도 상태 입에서 술내가 확 풍긴 그 순간 그는 집안을 들어먹은 것은 상태라는 착각이 일었던 것이다. 그것은 무서운 착각이었다. 논 이십 두락을 털어먹은 것은 김 영감이 아닌 것과 마찬가지로 상태도 아니었다. 그러나 무서운 착각인 반면에 그것은

또 무서운 증오(憎惡)였다. 송곳 한 개 꽂을 땅이라도 물고 떨어야 할 처지에 요리집에다 전재산을 털어올려……그는 거의 발작적으로 상태를 무수히 난타했다.

상태는 끽소리 없이 맞았다. 붓둑에 선 포플라를 의지하고 한 번 말대꾸도 없이 맞으며 울고 섰다. 수택이도 얼만지 조카를 때리다가 자기도 모르는 사이에 울고 있었다. 무엇이라고 형언할 수도 없는 설움이 걷잡을 수도 없이 내장 저 아래에서 부걱부걱 기어올라온다. 나중에 생각하면 우습기 짝이 없는 일이었으나 수택은 얼마 후에는 역시 상태가 기댄 포플라나무에 얼굴을 틀어박고 헉헉, 느끼어 울었다. 상태가 먼저 울음을 그치었다. 그러나 수택이의 울음은 좀처럼 그치지가 않았다. 상태는 맞은 설움이었으나 수택의 울음은 때린 설움——그나마도 일시의 착각으로 감정에 격한 경솔을 뉘우치는 울음이었다. 형도 자기도 없는 동안 어린 나이로 그 크나큰 살림을 도맡아본 상태한테 무슨 죄가 있었으랴…….

"작은아버지, 그만 돌아가시지요. 제가 요리집에 다니느라고 땅을 팔아먹었다는 건 작은아버지 오해십니다. 몇 번 가긴 갔지만 그건 마름이라도 하나 얻어 살림을 벌여볼까 했던 것인데……."

하다 말고 그대로 다시 울어버린다.

"안다, 안다. 그만둬라."

이렇게 말하며 수택은 조카의 손을 잡았다.

여자는 섧지 않은 때도 곧잘 우는 수가 있다. 그러나 남자는 절통할 때라야만 운다—— 두 사나이가 맞잡고 우는 정경—— 그것은 정말 옆에서 보기에도 딱한 정경이었다.

4

농한기(農閑期)라는 삼동(三冬)은 그러나 수택에게 있어서는 조금도 한가로운 기간이 아니었다. 퇴직금 끄트러기가 몇 푼 남기는 했으나 실상 지나보니 그의 예산과는 달랐다. 이제 열댓된 창문이의 손으로 만든 부엌 나무도 댈 길이 없었다. 더욱이 보림령(保林令)은 낙엽 긁는 것까지도 제한이 되어 있어서 그나마도 긁게 되지 않아 나무도 못 긁어낼 바에야—— 하고 창문이도 내보내고 말았다.

본의는 아니나마 그는 몇 개의 잡문도 써야 했고 소설도 몇 편 마련해야 할 계제다. 아직 반 년도 못 되는 경험으로서는 손을 대서는 안 된다고 생각하면서도 노농(老農)이란 장편소설의 제일부만이라도 마물려야 얼마간의 목돈이 들어올 것 같다. 다행히 신문사에서도 완편만 되면 검열에 지장이 없는 한 고료를 선불(先拂)해줄 수도 있다는 회답도 받은 터라 공연히 마음만 바빴다.

수택은 매일 농꾼들 봉놋방에 가서 살았다. 소설을 쓰기 위해서도 그랬거니와 인제부터는 생활 방편을 위해서라도 그들과 같이 살고 그들과 같이 호흡을 하지 않으면 안 되었다. 맷방석을 들여 펴고 밤나무 장작윷도 놀았고 일찍이 중학에 들어가서 ABC를 배우던 정열과 또 그만 못지 않은 노력으로 투전 글자를 배우기도 했다. 그들을 위해서 서울 이야기로 밤도 새우지 않으면 안 되었고 어떤 때는 막걸리 내기 화투도 치지 않으면 안 되었다. 남대문(南大門)에 써붙인 큰 대(大) 자가 아래로 처졌더냐 위로 올라붙었더냐 —— 이런 토론으로 욕지거리를 해가며 싸우는 머슴들한테 끌리어가서 남대문이라고 씌어 있지 않다는 것을 증명해주기도 했다.

"거들 봐라. 남대문이라고 안 씌었더라구 그렇게 일러줘도 빡빡 우겨대더니!"

건달 덕문이가 기염을 토한다.

"이 자식아, 그래 네가 보면 안 단 말야!"

하고 득만이도 지지 않고 대든다. 큰 대자가 내려붙었다고 고집하던 친구였다.

"네깐놈이나 내나 남대문이라고 썼는지 북대문이라고 썼는지 보면 알 택이 뭐야! 새칠팔 가보라구 쓰진 않았든, 왜?"

"저놈이 글쎄 양반 행세 한답시구 우리 아버진 포두청이라고 한 놈이라니께!"

방 안이 떠들썩하게 웃음이 터졌다.

매양 방 안에는 열 명 이상의 농군들이 모였다. 어떤 때는 이십 명 가까운 사람이 들구 끓은 때도 있었다. 마치 상자 속에 과자를 주워 담은 것처럼 포갬포갬 앉는 수도 많았다. 한쪽에서는 코를 드르렁드르렁 골면 한쪽에서는

《조웅전(趙雄傳)》이니 《추월색(秋月色)》 같은 이야기책을 보고, 이 모퉁이에서는 계집 이야기를 하면 저 구석에는 먹는 이야기다. 그러나 매양 화제가 집중되는 데는 역시 음식 타령이었다. 모두가 장정들이요, 모두가 일 년에 한두 번밖에 허리끈을 끌러봐보지 못하는 그런 축들이다. 노름 이야기, 나무하다 산감한테 경친 이야기, 읍내 이야기, 이렇게 어수선하던 화제도 어떤 구석 입에서든지 음식 이야기가 한 번 나면 그대로 좌중의 귀가 다 그쪽으로 기울어진다.

"난 이러니저러니 해두 검정 밤콩을 드문드문 논 마구설기가 좋더라."

칠성이가 무슨 결론이나 짓듯이 이렇게 말하자 아까부터 칠성이와 토작이던 돌이가, 왼새끼를 꼰다.

"저 자식이 그래 저게 입이야. 떡엔 콩을 노면 겉물이 들어서 못써! 백설기라야지."

"그래 저 자식이 왜 아까부터 남의 말이면 쌍지팡이를 짚구 나서는 게야! 그래 이 자식아, 똥구멍으로 먹지 않는 바에야 씹는 맛이 좀 있어야지."

"허, 방구가 잦으면 똥이 나오는 법이야."

하고 아랫목에서 주의를 시켰음에도 칠성이와 돌이는 기어이 쌈이 되고 말았다.

"에이끼 똥물에 튀겨 죽일 자식. 저걸 낳구두 그래 횃대 밑에서 멱국을 먹었을 테지!"

칠성이가 결을 버쩍 세우는데,

"그만두세 인저. 그렇잖아두 우리 어머닌 날 낳구 조당죽이나마 옆집에 가서 얻어다 먹었다네!"

하고 비장한 소리를 해서 웃는 사람, 언짢아 하는 사람, 별 표정이 다 나타났다.

수택이가 여럿한테 인사를 하고 막 문을 닫고 나오려니까 희만 노인이,

"낼 순경 차례니 사람 얻어 보내유."

하고 소리를 친다.

"네에, 그럽죠."

그도 길게 대답을 하고 봇둑을 타고 올라갔다.

308

밤 사이에 된내기가 하얗게 내렸다. 뜰팡에 떠놓았던 자배기 물에 살얼음이 잡히었다. 간밤은 장편의 첫 장면을 찾지 못해서 거의 밤을 밝히듯시피 했지만 아침은 여전히 일찍 깨었다. 머리가 별로이 무겁지도 않다. 울안 우물에 가서 세수를 하고 헌 바구니를 들고 동저고리 바람으로 천변에 나갔다. 아삭아삭 서리 기둥을 밟는 발의 감촉이 무어라 말할 수 없이 좋다. 그는 그의 아버지가 하는 대로 가며오며 소똥 개똥 같은 것을 들고 간 바구니에 담아들고 들어왔다.

"아빠, 또 개똥 주웠수."

필녀이란 년의 말소리도 인제는 제법이다.

"그래, 너두 낼부터 아침 일찍 일어나서 아빠하구 개똥 주러 가, 가지?"

"응. 엄마 나두 낼부터 아빠하구 개똥 주러 가우!"

"오냐."

아내가 어린것을 업고 부엌에서 나오면서 대답을 한다.

"좀 쓰셨수?"

"웬걸."

아침을 치우고 다시 책상 앞에 앉아보았다. 오랫동안 머리를 쓰지 않아서 그대로 굳어지기나 한 것처럼 통 풀리지를 않는다. 수택은 다시 천변을 한 바퀴 돌아서 다시 책상 앞에 앉았다. 역시 두서가 풀리지 않는다.

"수택이 있나?"

용훈이가 읍내를 또 가는지 국방복도 벗어던지고 자르르 흐르는 능견 두루마기에 중절모자를 바드름하니 쓰고 들어왔다.

"또 어디 가는가?"

"아, 읍내 좀."

"들어오게나그려."

"아냐, 첫차루 가얄 겐데. 거말야, 요전에 말하던 거, 거 그렇게 하기루 했네. 자넨 서투른 솜씨구 해서 물길 존 놈으루 엿 마지길 뗐네."

"고마워."

한 가지만이라도 낙착이 되고보니 갑자기 딴 힘이 생긴다. 수택은 그 길로 내려가서 아버지한테 용훈이가 말하던 논이 어떤가고 물어보았다.

"모이 앞의 엿 마지기? 조오치, 좋은 논이구말구. 거 그 사람 큰 심

썼다. 그래 도진 얼마라든?"

"그건 아직 못 물어봤습니다."

"저런 사람 봐. 농군이 먼저 그걸 알아봐야지. 암만 논이 좋으면 뭐 하나. 도지가 호되면 천수답만두 못한걸."

"설마 턱없이야 매겠어요."

김 영감은 새끼 꼬던 손을 쉬고 쌈지에서 가루가 된 회연을 손바닥에 쏟아놓더니,

"담배라구 예전처럼 잎새가 있어야지. 이건 하루만 넣구 다니면 바짝 말라서 가루가 돼버리니……."

하면서 침을 튀튀 뱉어 곰방대에 담아 문다. 담배를 피우며 새끼를 꼬며 또 이야기까지 하자니까 침은 줄줄 흘러 떨어진다.

"거, 뭐 하실 겁니까?"

"집을 이어야잖니, 금년에 마초(馬草)를 하기 때문에 지붕을 잇제도 허갈 내야 한대서 면장한테 신청을 했는데 모르겠다 온. 이 집이야 금년쯤 걸 러가지고는 별일 없겠다만서두 너 집은 샐 게다. 어리라두 좀 해둬야지."

수택이도 짚 몇 오리를 맞동여서 발 새에다 끼고 새끼를 꼬기 시작했다. 다른 일은 대강 흉내는 내나 새끼를 꼬는 것은 이번이 처음이다. 마치 매 맞은 구렁이 몸처럼 고르지가 못하면서도 손바닥은 얼얼하다. 그래도 한 이십 발은 실하게 꼬고서야 일어났다.

"왜 그만 갈 테냐?"

"네 올라가서 뭣 좀 써봐야겠습니다."

수택은 일어나서 안에도 둘러보았다. 어머니도 형수도 없다. 뉘집 아 이들인지 조무라기만 서넛이 집을 보고 있다.

집에 올라오니 어머니는 수택의 집에 와 있었다. 형수는 벌써 사흘째 담배 조리(調理)를 다닌다는 것이다. 이 고장은 전 조선에서 제일 가는 담배 소산지다. 백여 호 되는 동리에 담배 찌는 곳간이 다섯 채가 있다. 누렇게 된 담배를 새끼에 꿰어서 난방 장치가 되어 있는 곳간에다 매어 달고 불을 땐다. 그래서 누렇게 마른 담뱃잎을 상엽, 중엽, 막치기——이렇게 세 종류로 나누어서 짝 편다. 편 것을 다시 한 춤씩 되게 담배잎으로 대궁을 써서 흡사 총채처럼 만든다. 이것을 조리한다고 하는 것이다.

 수택이도 어렸을 적에는 매년 여름이면 담배를 엮었다. 다섯 발 가량 되는 새끼에 한 잎은 엎고 한 잎은 젖혀서 어긋매끼로 엮어간다. 열 발에 삼전인지 삼전 오린가 되었으나, 담배는 엮은 기간이 마침 여름 방학인 때라 웬만한 집 아이들은 다 머리를 싸들고 덤빈다.

 "하루 사십 전씩인데 아이들은 내 봐줄 게니 아이 어미도 좀 해보잖으련?"

 어머니는 아내와 그의 눈치를 번갈아보면서,

 "그걸루 큰 보탬이 될 건 아니지만두 잔 용은 뜯어 쓰느니라."

 "가볼까."

 아내는 그의 눈치를 본다. 그까짓 것, 하구 내찰 줄 알았던 터라, 그는 적지않이 의아했다.

 "정말 해볼려우."

 "해볼 테유우."

 아내는 이 지방 사투리로 유를 길게 잡아늘인다.

 "해볼 템 해보구려. 동무들두 사귈 겸."

 "그래라. 그래서 어떡허든지 끈을 잡아가지구 살아야지 너 아버진 아주 너희들 때문에 잠두 통 못 주무신다."

 "왜요?"

 "그렇잖겠니? 모처럼 자식이 부모를 바라고 왔는데 땅뙈기나마 다 팔아먹구 집 한 칸 못 장만해주니 어째 네 아버진들 맘이 졸 리가 있겠니. 요샌 아주 죽을 지경이다. 전에야 참 하늘이 무너진대도 눈 한 번 깜짝 않던 양반이 어떻게 맘이 여려졌는지 그저 한숨만 후후 내쉬는구나."

 "그렇게 걱정을 끼칠 줄 알았더면 오지 않을 건데 괜히 왔나봐요. 어머님, 그래두 필년애비는 우리가 가기만 하면 아버지 어머닌 여간 좋아하시지 않는다구!"

 "그야 좋지, 좋지 않을 거야 뭐 있니, 단지 살도록 마련을 못 해주니까 그렇지."

 "뭘요. 언젠 아버님께 얻어 먹으려고 했나요. 그럭저럭 살게 되겠지요."

 "암만해두 너 아버지두 몇 해 더 못 살려나부다. 가만히 보니 망령이 나는가봐."

"벌써 뭘."

하고 수택이가 웃으니까,

"벌써가 뭐야. 네 좀 봐라. 요샌 이슥하도록 좀이 다 먹은 문서 보따리만 골라놓구 앉으셨구나."

"문서 보따리가 무슨?"

"땅문서가 뭐냐. 죽은 자식 나이 헤어보기지. 그건 왜 궁상맞게 들여다보구 앉았담. 이동두 다 해간 빈 문서를 신주 위하듯 하시는구나 글쎄."

어머니의 이런 이야기는 수택에게 이상한 충동을 주었다. 그것은 아직까지도 수택이가 자기 아버지에게서 발견하지 못한 성격의 일면이었기 때문이었다.

수택에게는 만주에서 방랑하는 형 위로 또 한 형이 있었다. 물론 수택이 낳기 전 이야기라 얼굴도 본 일은 없었으나, 번화하게 생겼던 모양이었다. 말하자면 그 형이 사고무친한 김 영감의 첫아들이었다. 그러나 불행히 그는 네 살 때 죽고 말았다. 그래도 그는,

"인명이 재천이라는데, 죽은 걸 생각하면 살아나나."

단 한 마디 했을 뿐, 일평생을 두고 다시는 죽은 자식의 말은 입 밖에 내지 않았다. 그는 매사에 그랬다. 한 번 단념하면 단념한 순간이 완전한 과거가 되는 것이었다.

그 아버지가, 이미 남의 소유가 된 휴지 조각을 밤마다 들여다보고 앉았다는 것이다……

"여기다!"

하고 수택은 그 길로 책상 앞에 다시 앉았다.

한 자작농(自作農)이던 늙은 농부가 밤을 낮삼아 일을 했건만 한 마지기 두 마지기 남의 손으로 넘어가고 그의 수중에 남은 것은 이미 완전한 휴지가 된 서류뿐이다. 늙은 농부는 지금 희미한 등잔불에 그 '휴지'를 비춰보고 있다. 커다란 도장이 꽉꽉 찍힌 그 종이에는 분명히 자기 이름이 씌어져 있다. 그는 마른 바가지 속처럼 된 자기 손등을 내려다본다. 그 손에는 무수한 흉터가 있고 핏기없는 굵다란 힘줄만이 기운없이 서리었다. 손은 거칠대로 거칠어 종이를 만질 때마다 버석버석 소리가 난다. 그는 언제까지나 자기 이름 석 자를 응시하고 있다. 그러는 동안에 한숨이 후유 나오고

고생이 찌든 늙은 얼굴에 눈물이 천천히 흐른다.

"나이 육십 평생은 이 종잇장을 위해서 살아온 것이다. 이 종잇장을 위해서는 단잠도 못 잤고 허리끈도 졸라매었고 피와 땀도 흘렸다. 남이 쌀밥을 먹을 때는 조밥을 먹었고, 남이 조밥을 먹을 때는 나는 조당죽을 멀거니 끓여 먹었다. 이렇듯 육십 년 동안 정성을 바쳐온 이 종잇장이 아무 짝에두 쓸 수 없는 휴지가 돼버렸다? ……그럴 수도 있는 겔까……."

이렇게 한탄할 때 눈물 방울이 땅문서에 뚝뚝 떨어진다 —— 이런 데서 장편《노농(老農)》의 첫 장면을 시작하리라 한 것이었다.

그러기 위해서는 그의 아버지를 통해서 그의 어렸을 때와 젊었을 때의 사회 기구며 풍습, 인정 세태(人情世態), 물가(物價), 이런 것에 대한 충분한 지식을 얻을 필요가 있었다. 그래서 그는 오동나무로 싼 길이 두 자에 폭이 한 자, 높이가 반 자 가량 되는 궤짝 속을 뒤지지 않으면 안 되었다.

그 장방형의 궤짝에서는 수택이가 일찍이 보지 못하던 여러 가지가 튀어나왔다. 아버지가 장사를 그만두던 해 마지막 쓰던 치부책도 한 권 나왔다. 그것은 장사를 마감하면서 외상값을 받던 것이다. 그가 놀란 것은 기역(ㄱ) 자를 씌우지 않은 것이 거의 태반은 되었다.

"이런 건 어떻게 그대로 있습니까?"

수택은 책상을 뒤적이며 이렇게 물었다.

"그건 다 못 받은 게다. 예나 지금이나 하던 장사를 떨어엎으면 어디 주더냐. 송사(訟事)를 하면 받기야 받지. 허지만 그때만 해두 난 내 일평생 밥을 끓여 먹을 게 되느니라 싶었으니까 그만둔 게지."

"그땐 여유가 좀 있으셨던가요?"

"어디 그런 건 아니지. 허지만 그때만 해두 논이 이십여 마지기만 있으면 살 때다. 재물이란 탐을 낼 필요가 없는 게거던. 난 지금두 그렇게 생각한다. 재물이란 덜컥 떠 있어두 되레 액이니라. 그저 밥이나 굶잖으면 그게 상팔자다. 상태보군 늘 그렇게 일러왔느니라마는 너두 하루 세 끼 밥거리 이윈 아예 바라지를 마라! 먹고 입구 남는 게 있으면 물욕이 자꾸 생기는 법이니라. 먹구 입구 하는 건 한정이 있지만 여유에는 한정이 없거던. 돈이 많아서 못 쓰는 법은 없지만 먹구 입구 하는 덴 조금씩 차인 있으리라두 한정이 있는 법이다. 남은 먹두 입두 못 하는데 어떻게 낭비하기 위해서 욕심 낼까부냐, 그렇잖으냐? 사람사는 이치란 게?"

아버지의 이런 이야기에서 수택은 십오륙 년 전 자기의 중학 시대를 회상하는 것이었다.

그의 고향은 지리적으로나 산물(産物)로나 도시와는 인연이 먼 농촌이었다. 읍에까지는 문전에서 자동차가 다니기는 하나 오십 리나 되었고 서울을 가재도 자동차길밖에 없었다. 노정은 삼백 리 정도였으나 차임은 십 원 각수나 되어 웬만한 사람은 서울 가는 엄두도 내지 못했다. 기계 문명이 한참 기세를 올리던 현대에 살면서도 백호나 되는 동민 중에는 기차나 전차를 본 사람은 불과 몇이 못 되었다. 경성 유학생이래야 그와 거기서 한 십 리 떨어진 화석리(化石里)라는 촌에서 한 사람, 전면을 통해서 삼사 인밖에 없었다. 기차를 타자면 조치원(鳥致院)까지 나가지 않으면 안 되었으나 조치원까지는 이백삼사십 리나 되는 터라 부득이 경성을 갈 사람도 직로인 자동차를 이용하는 것이 보통이었다. 그래서 서울을 가본 사람도 기차를 타보지 못한 채 죽은 사람도 많았다. 그래서 읍이나 서울 갔다 오는 사람들이 조금 이상한 물건 한 개만 사가지고 와도 그것이 그대로 굉장한 뉴스가 되어 온 동리로 퍼졌다. 지금 사람들은 상상도 못 할 일이나 어떻게 굴렀던지 기름집 손자가 대판으로 건너가서 메리야스 공장에 다니다가 어떤 해 여름 자기 집에 돌아왔었다. 그는 팔뚝시계를 찼었고 안경을 쓰고 구두를 신었었다. 이것이 그대로 동리 청년들의 좋은 선망이 되었고, 동리 처녀들의 동경이 되었다. 그러나 무엇보다도 그를 유명하게 한 것은 그가 가진 '희한한 불' 회중전등이었다. 바람이 불어도 꺼지지도 않고 물에 넣어도 여전히 켜져 있다. 이 회중전등에 아깝게도 희생이 된 처녀가 둘이나 있었고 뒤이어 예쁘기로 이름이 있던 달룡이댁이 이 희한한 불을 가진 청년과 자취를 감추었다.

——이렇듯 문화와는 인연이 먼 샌터였으나, 그때 전조선을 휩쓸던 사상은 회중전등보다도 먼저 이 동리로 들어와 있었다. 동경 가서 유학을 하던 면장의 사위가 이 동리로 들어온 것이었다. '신화청년회(新和靑年會)'가 생긴 것도 그때였고 노동 야학, 부인 야학이 생긴 것도 그즈음이었다.

수택은 그때 중학 이년이었다. 그는 여름 방학에 돌아왔다가 자기 또래의 소년들이 '평등'이니, '계급'이니, '무산자'니 하는 말을 쓰는 것을 보고서 어린 마음에도 자기가 뒤진 것을 깨달았었다. 그가 박 선생의 총애를 받는 소년이 된 것은 그 다음 해 여름 방학부터다. 박 선생은 근동 청년들의 선망의 적(的)이었다. 그러나 겨우 언문 글밖에 못 하고 두더지처럼 오십 평생을 두고 흙만 파온 그의 아버지는 이 박 선생을 업신여겼다. 말 잘하는 사람일수록 행함이 적다는 것이 그의 서론이었고, 처음 사귄 사람을 길게 사귀지 못하는 것이 그의 둘째 결점이었고, 정말 없는 사람의 편이 되자면 먼저 저 자신이 그런 처지에 놓여봐야 한다는 것이었다.

"맘과 몸뚱이가 한 뭉치가 되어야지 맘이 암만 그렇다 해도 제 몸뚱이가 말을 안 들으면 소용있나. 너를 두구 보렴. 그 사람은 변호사나 하라면 잘 할지 몰라두 저러다가 마느니라……."

이 무지한 농부의 예언이 오 년도 못 가서 들어맞았던 것이다. 박선생은 그가 일찍이 옳다 하고, 아름답다 하고, 의(義)라고 말하던 것과는 정반대의 길을 걷고 있는 것이었다.

이런 사람의 말로가 대개 그렇듯이 그는 그가 일찍이 욕하던 직업을 가졌었고 한 번 그런 데로 길을 트기가 무섭게 머리가 좋았더니만큼 눈부신 발전을 했다. 그러나 김 영감의 말따라 그는 처음 사귄 친구를 길게 사귀지 못하는 사람이듯이 한 번 가졌던 생각도 늘 변하는 사람이었다. 말만은 많이 하고 또 잘하나 일평생을 두고 참말을 몇 마디도 못 하고 죽는다는 변호사에다 그를 비방한 자기 아버지의 예언이 근 이십 년 후인 오늘날 와서 그와 비슷한 직업인 브로커로서 나타난 것이었다.

점심때는 되어서 수택은 좀이 먹은 그 오동나무 궤짝째 가지고 일어섰다. 김 영감은 무슨 큰 보물이나 되는 듯싶게 잘 간수하라고 당부당부하는 것이었다.

"거깄는 건 단 한 장이라두 없애지 말아라. 땅은 다 남의 것이 됐다만 그것조차 없어진다면……."
하다가 갑자기 말이 뚝 끊어진다.

그가 문을 열다 말고 돌아볼 때 김 영감은 그 궤짝이 자기의 사랑하던 땅이요, 그 땅이 지금 자기 손으로부터 영원히 남의 손으로 넘어가기나 하는 듯이 언짢아하는 것이었다.

수택도 아주 마음이 좋지 않아서 집으로 올라왔다.

맥이 하나 없이 논둑 지름길을 건너서 삽짝 앞에 이르니까 제 동생을 데리고 흙장난을 하던 필년이란 년이 며칠 못 봤던 듯이 달려들어 안기는 것도 아는 체만 체하고 안마당으로 들어서려니까,

"엄마, 아빠 오셨수! 인저 닭국 먹을 테야!"

하고 필년이가 쫓아들어온다.

"오오냐. 상현이하구 와서 손 씻구."

"닭이 웬 닭이오!"

그의 말소리가 퉁명스러웠던 것은 아버지의 상심하는 양을 본 때문만도 아니다. 씨 한다고 닭 한 마리 남겨둔 것을 잡았나 싶었기 때문이었다.

"그게 뭐예요? 무슨 굉장한 보물 꿰짝 같구려."

하다가 남편의 눈치가 좋지 않은 것을 보더니 냉큼 묻던 말에 대답을 한다.

"옆집에서 가져왔어요. 간밤에 닭 풍기는 소리가 나구 법석을 하더니 살쾡이란 놈이 암탉 두 마리를 모조리 물어 박질렀다는군요."

그래도 남편의 얼굴이 펴지지 않으니까 그는 마치 무슨 죄나 진 듯이 어리둥절하고 섰다가 조심조심 또 말을 붙인다.

"벌써 메칠 전부터 닭장을 뱅뱅 돌더래요. 그래 새루 문을 해달구 야단을 했더니 지붕을 뚫구 들어갔다는군요."

"애들하구 당신이나 먹우."

수택은 제 방으로 들어가는 길로 번듯이 자빠졌다. 아내가 근심이 되어 바로 뒤따라 들어와서 머리맡에 앉는 것을 알고도 그는 언제까지나 눈을 딱 감고 움직이지 않았다.

5

구력 그믐께까지는 수택의 장편도 거의 절반까지나 진척이 되어 있었다. 낮에는 산감의 눈을 피해서 가까운 산에 가서 낙엽을 긁어오기도 하고 봉놋방에서 농꾼들과 잡담을 하기도 하며 보내는 날도 있었다. 처음에는 마치 자기네를 감시하러 오는 사람처럼 서먹해 하던 농꾼들도 인제는 무관한 동무처럼 만나면,

"밥 잡섰이유."

하고 인사를 했고 원고를 쓰느라고 종일 나가지를 않으면 지나는 길에 찾아와보기도 한다. 선생이라고 부르던 대명사도 인제는 없어지고 딸년의 이름을 붙여서 '필년 아버지'가 되었다.

"모두 보령산으루 산나무들을 간다는데 한번 안 가보실래유?"

이렇게 일부러 찾아와서 귀띔을 해주기도 한다.

"보령산이라니, 저 까맣게 처다보이는 산?"

"야아."

보기만 해도 엄두가 안 났다. 그러나 가보기로 하고, 그날 밤은 여느때보다 좀 일찍 잤다. 여섯시에 일어난 때는 아내는 어느 틈에 일어났는지 벌써 밥을 잦혀놓고 있었다. 김칫국에 고추가루를 얼큰히 풀어서 푹푹 퍼먹고 있는 옆에서 아내는,

"너무 욕심 내지 마시구 조금만 해 지셔요, 모두들 그러는데 여간 험한 산이 아니래요."

하고 그만뒀으면 하는 눈치다.

"뭘, 아이들 만큼야 못 해질라구."

이렇게 말하면서도 물론 자신이 없었다.

요기를 하고 양말을 버쩍 추키어 감발 대신을 하고 솔버선에 '지까다비'를 신고는 곰방대에 담배를 한 대 피워물었다. 아내가 담배 조리를 다닐 때(아내는 보름 남짓하게 하고 말았지마는) 황색 엽초(葉草) 부스러기를 두어 뭉치 얻어왔다. 그러나 그것만은 수택에게는 독했다. 그래서 장수연을 사서 섞어 피운다. 곰방대에 담배를 피워문 것도 이제는 그리 어색하지는 않은지 아내는 보고 웃지도 않는다. 보령산 나무 덕에 수택이는 이틀이나 앓았으나 배운 것은 많았다. 그가 먼산나무에 용기를 냈던 것은 소위 하이킹을 한 경험이 있기 때문이었던 것이었으나, 그러나 기술은 먼산나무에는 조금도 이용이 안 된다는 것을 깨닫고 일찍이 학창에서 배운 모든 학문이 실생활에서는 그다지 응용되지 못한다는 것을 처음 발견하던 때처럼 우울한 심정을 경험하는 것이었다.

두 번째 수택이에게 순경 차례가 돌아온 것은 금년 겨울 접어들면서 첫 추위가 시작된 지 사흘 만인지 나흘째 되던 날이다. 마침 그날은 아들놈 상현이의 생일날이라고 어머니가 인절미를 해왔다. 그래서 수택은 신문

지에다 여남은 개를 싸들고 언 별만이 가상할 만큼 떠는 하늘을 쳐다보며
순경방인 구장집 사랑으로 내려갔다.

"저녁 진지 잡수셨어유?"

마침 구장집 일꾼 천보가 평북 어떤 철산(鐵山)에 가 있는 자기 형한테
편지를 쓰려고 기다리고 있는 길이었다. 그는 지금까지에도 벌써 무려
이삼십 통의 편지를 쓰지 않으면은 안 되었다. 출생 신고도 몇 장 썼고
사망 신고도 한 장 썼다.

"안부하시구유, 요전 말한 일은 어떻게나 됐느냐구 알아보시구유, 난
잘 있으나 흉년이 들어서 곤란이라구 쓰시구유."

천보가 이렇게 사연을 부르는 대로 그는 받아 썼다. 요전 말하던 일이란
천보가 그쪽으로 가고 싶다는 것이었다.

편지를 써주고 잠시 잡담을 하다가 그날 당번인 네 사람은 둘씩 갈라서서
한 패는 윗말로 또 한 패는 아랫말로 각각 몽둥이를 짚고 나섰다. 수택이는
득만이라는 그의 집에서 넷째 집 떨어진, 벌써 이태째 중씨름에 광목을
탔다는 장정과 한 패가 되었다. 처음 그들은 윗말이었으나 다음번에는
아랫말로 섞바뀐다. 순경패를 달래기에는 아직 이른 시각이었지마는 득
만이는 장난삼아서 집집마다,

"패주우!"

소리를 친다. 매일 한 번씩 구장은 순경패를 어떤 집에다 감춘다. 그래서
패를 맡은 집에서는 두 해 닭이 울어야만 패를 내주도록 마련이었다.

"어젯밤엔 꿈을 잘 꾸었으니까 어쩌문 오늘은 한 놈 앙겨들 상두 싶
구면서두."

득만이가 작대기를 질질 끌면서 혼잣말처럼 한다.

"한 놈 앙겨들다니?"

"도적놈 말이죠. 한 놈만 붙들면 수가 나는 판이지요. 돈이 댓 냥씩 생기죠.
밤참에 막걸리가 한 사발이니 배 뚜들겨가며 먹잖어유?"
하고 들었던 작대기로 삽짝 기둥을 뚜드리며 고함을 친다.

"몽둥이 가지구 왔으니 패주우!"

수택은 문득 어느 해 겨울 자기 집에서 도적을 잡던 생각을 하고 있었다.
용감하고 재미있게 도적을 잡은 그의 무용담(武勇談)은 헛되이 아버지의

격분을 샀을 뿐이었다. 장하다는 칭찬 대신에 지게작대기로 아래 종아리를
얻어맞은 후 수택은 얼마를 두고 해석에 괴로웠었다. 그러나 오래 두고두고
생각할수록 자기 아버지에게는 그만큼 위대한 일면이 있다고 생각되었다.

이날 밤 수택은 뜻하지 아니한 것을 발견했다. 두 번째는 아랫말 차례라
잠깐 몸을 녹였다가 득만이와 같이 또 나갔다.

별빛도 눈발에 애여서 촌보를 요량할 수 없을 만큼 어두운 밤이었다.
그때 수택은,

"만약 도적을 잡는다면 어떻게 처리할 것인가."

이런 생각을 하며 걷고 있었다. 득만이는 돈 오십 전과 막걸리 한 사발을
위해서 그를 주재소에 넘길 것이다. 물론 자기가 오십 전을 내고 술 한
사발을 사주는 한이 있더라도 그것을 제지할 자신은 있었다. 그러나 자기
아버지가 자기를 때리듯이 그만큼 이 득만이를 미워할 수가 있을까?

그런 자신은 역시 그에게는 없었다. 그것을 그는 진심으로 슬퍼했다.

그런 생각을 하면서 득만이의 뒤를 따라가려니까 득만이가,

"필년 아버지, 야학당 구경하구 가세유우."

한다.

"야학당?"

"야."

"지금두 야학이 있어?"

수택은 실로 의외였다. 이 동리에 야학을 처음 개설한 것은 역시 박
선생이었고 야학이 성황을 이룬 것도 역시 그가 이 동리에 머물러 있던
동안이었다. 그 후 청년회는 동소유가 되어 무슨 회나 공동 판매 같은 데
쓰게 되었고 야학도 자취를 감춘 줄로만 그는 생각하고 있는 터이었다.
여름 방학이면 그도 야학 선생의 한 사람이었다.

"전엔 청년회를 빌려서 하다가 지금은 못 쓰게 하니까 겨울 동안만 남의
집 사랑방을 빌려서 한대유."

"그래 선생은 누구구?"

"김 선달집 둘째아들이지유."

"걔가!"

그는 놀랐다. 김선달 둘째아들이라면 작년에 농업 학교를 다니다가 학비

관계로 이학년에서 퇴학하고 왔다는 빈혈증인 왜소한 소년이었다.

교실이란 두 칸 장방이었다. 아랫목으로 칠이 다 벗겨진 칠판이 걸렸고 그래도 명색의 난로까지 놓였다. 한가운데를 한 줄 비워놓고 사십 명이나 되는 조무래기들이 혹은 쓰고 혹은 책을 보고 있다. 칠판 한복판에 칸이 막힌 것을 보면 두 반인 것이 분명했다. 한쪽 칠판에는 1234가 씌어 있고 딴 쪽에는 가감 문제가 네 개 붙었다.

수택은 거의 이십 분 동안이나 김 소년의 교수를 구경하고 있었다. 그러나 그는 김 소년의 교수를 들은 것도 아니었고 쓰고 책을 보고 하는 학생들을 구경한 것도 아니다. 석유 궤짝에 대패질을 해서 먹칠을 한 칠판과 그 앞에서 선 빈혈증의 소년, 그리고 한 자라도 더 눈여겨두려고 늘어앉은 어린아 이들——이것을 한 번 본 것으로 족했던 것이다. 수택은 이 초라한 교실에서 이십 년 가까운 옛날을 연상한 것이었다.

모든 것이 이십 년 전 그대로였다. 칠판도 사람도 아이들도 변한 것은 오직 자기뿐이다. 그때의 그 정열을 잃었고, 그만큼 약해졌고 공리적으로 변한 자기가 있을 뿐이었다. 가르치는 사람의 생각과 배우는 사람의 생각도, 이십 년 전 그때와 추호도 다른 게 없을 게며 또 달라질 수도 없을 것이다. 한 자라도 더, 그리고 잘 가르치자. 한 자라도 더, 그리고 또 빨리 배우자 — — 이 진리에 연대가 하관이며 시대 변천이 하관이랴! 오직 거기에는 배우려는 정열과 가르치려는 정열이 있을 따름이었다.

사실 수택 등이 어려서 심심파적으로 한 '교육 사업'이 그 이후 그들의 실생활을 얼마나 윤택하게 했던가를 이십 년 후 지금서야 발견했던 것이다. 지금도 수택은 그때의 야학생들에게서 몇 번이나 이런 말을 들어오는 터 이었다.

"참 그때 그나마 안 배웠더라면 지금쯤은 얘기책 한 권 못 볼 뻔했어유. 그때 중간에서 그만둔 사람들은 지금두 앉으면 한을 하는데유."

지금 생각해도 좋은 일을 했다 싶었다. 그러나 지금 세대에 누가 그런 생각을 하랴 했었다. 첫째 그 자신에게 그런 용기가 없다는 것을 발견하고 있는 터였었다.

그 후로는 김 소년과도 자주 만났다. 석유만은 아이들이 매달 삼 전씩 보태서 사나, 분필과 기타는 김 소년 자신이 부담하고 있다는 것을 알고는

그것만은 자기가 떠안았다. 가르치고 싶은 정열에서가 아니라 그런 용기를
잃어버린 자기 자신에 대한 서글픈 동정에서였다.

"그 밖에라두 뭣이구 군색한 게 있거든 와 말을 하렴. 큰 돈 드는 게야
낸들 어쩔 도리가 없지만……."

"뭘요, 기름하구 백분만 있으면 겨울은 나유. 나무는 저희들이 날마다
삭정이를 한 개비씩 들구 오니까요. 그보다두 아이들이 통 굶어서……
하루 죽 한 끼두 못 먹는 아이들이 파다한걸요, 뭐 선생님댁 바루 옆집
정 서방네 아이들도 요샌 통 굶구 다니나봐요."

김 소년은 이런 말을 하며 소년답지도 않게 우울한 표정을 짓는 것이었다.

정 서방집이란 늦은 가을에 닭 두 마리를 살쾡이한테 죽이고 닭국을
가져오던 바로 그의 옆집이었다. 그 송아지처럼 위하는 닭을 두 마리나
잡아 죽인 살쾡이를 못 잡아서 겨우내 애를 박박 쓰는 심정을 지금까지
모르고 있는 것은 아니지마는 김 소년에게 그런 말을 듣고 나니 더욱 마음에
사무쳤다. 뻔히 굶으면서도 여전히 책보를 끼고 늦도록 그 찬 방바닥에
앉아서 한 자라도 더 배우겠노라고 눈이 발개서 덤비는 정상이 딱하다
못 해서 도리어 밉기까지 했다. 그걸 배우면 뭐 그리 잘 된다고 그렇게까지들
하는 겐고?……이런 생각도 드는 것이었다.

'그 가상한 닭을 얻어먹고도 시치미를 뗐었나보다.'

이런 생각이 불현듯 들어서 수택은 집에 돌아오는 길로 정 서방을 불러서
쌀 한 말을 퍼주었다.

"아니, 뭘 이렇게 많이요……인저 낼부턴 구제 공사가 시작이 되니까
벌면 팔아 먹을걸요."

정 서방이 굳이 사양하는 것을 수택은,

"사양두 두 번 이상 하면 변덕이란다우. 받어두슈. 그리구 그놈의 살쾡이
잡을 궁리나 차리시구려."

이렇게 웃음의 말을 해서 말문을 막는다는 것이 정 서방의 상처를 건드린
모양이다. 그는 살쾡이 소리를 듣기가 무섭게 이를 북 갈며,

"염려 마시유. 내 어떻게 하든지 그놈의 살쾡이를 살려둘 줄 아시유……
한 마리만 그랬어두 내 참아요. 저두 오죽 먹구 싶어야 초가을부터 눈독을
들였겠어요. 허지만……안 되지요. 제 목숨에 못 죽을걸유! 못 죽지!"

──수택은 여러 친구들로부터 그의 소설이 언제나 뼈가 너무 앙상하니 드러나는 것이 무엇보다도 큰 결점이라는 평을 들어온 터라 그는 이번 장편에서만은 동리에서 생긴 이런 삽화도 될 수 있는 대로 많이 끌어다가 살을 붙이는 것도 잊지 않았다.

6

봄비 치고는 철이 좀 이른 것 같아서 또다시 으르르 얼어붙으면 보리마저 얼어죽는다고 밤새도록 걱정들을 했던 것이 다행히 비가 개이면서 그대로 날이 확 풀리고 말았다. 구름 한 점 없는 맑은 하늘에는 어디서고 종달의 소리가 들려오기나 할 것처럼 다정한 맛이 느껴진다.

"이대로만 간다면 보리는 먹겠군."

동리 사람들은 만나면 인사가 이것이다. 그들에게는 세상이 뒤집히든 세대가 바뀌든 간에 벼가 잘 되고 보리가 얼어죽지만 않으면 그만이었다. 사람이 기어다니거나 날아다니거나 그런 것도 그들에게는 인연이 없는 이야기다. 오직 배불리 먹고 추운 때는 따뜻하게 더운 때는 시원하게 입으면 그만인 것이다.

양지바른 밭둑에 냉이잎이 파아랗게 돋아나고 솜옷 입은 등떠리에 소물소물 땀이 솟기 시작할 때는 춘경(春耕) 준비도 하지 않으면 안 되었다. 겨우내 외양간에서만 웅숭그리고 앉았다 섰다 우기우기 반추(反芻)만을 일삼던 소가 마당으로 끌리어 나간다. 농부들은 몽당 싸리비를 들고 겨울 털빛이 변해보이도록 쌓인 소 등의 먼지를 쓰윽쓰윽 쓸어준다. 그러면 소란 놈은 생기가 난다는 듯이 꼬리로 제 엉덩판을 치며 혀 끝으로는 콧구멍을 쓱쓱 핥아낸다. 흙을 파 젖히는 닭의 발도 한참 바쁘고 흰둥이란 놈이 번듯이 누워서 양지받이를 하던 울타리 밑 풍경도 한결 한가로워보인다.

이런 즈음이면 반드시 앞집에고 뒷집에서,

"꼬댁 꼬댁 꼬댁댁……."

하고 알 낳이하는 암탉의 환성(歡聲)이 나른한 춘곤(春困)을 깨뜨려준다.

"봄이군!"

하고 수택이도 거의 끝나가는 소설을 쓰는 마음도 바빠진다. 이제 한 삼사십

매만 더 쓰면 손을 떼겠건만 그 동안이 더없이 안타까웠다.

"나도 빨리 논갈이두 하구 김장밭두 붙이구, 밭이랑도 세워놔야지!"

그는 제법 의젓한 농군처럼 이렇게 중얼거려보는 것이었다.

사실에 있어서 수택에게는 이 봄이 더없이 즐거웠다. 일평생 처음으로 내 손으로 흙을 파고 씨를 뿌리고 하는 기쁨으로 봄철이 마치 그 무슨 절대의 행복이기나 한 것처럼 은근히 기다려졌던 것이다. 몸이 우둔한 만큼 껴입었던 내복이며, 솜바지 저고리를 훌훌 벗어 내던지고 사랑하는 처녀의 손길처럼 포근한 양광(陽光)의 애무를 받아가며 무한한 생명력과 신비가 감추어진 흙을 척척 갈아붙이는 기쁨, 삼십 년간 가죽에 싸여져서 흙과 접촉해보지 못하던 맨발로 징검징검 고랑을 타넘으며 씨를 뿌리는 행복——이런 것을 상상만 하여도, 가슴이 뛰는 것이었다.

아니 일생의 절반을 돌 위에서 살아온 이 도시의 청년은 춘경(春耕)이라는 두 글자에서만도 형언치 못하는 매력과 환희를 느끼는 것이었다.

그러나 그것은 그럴 필요가 조금도 없는 인간층이 싫건 좋건 노동을 하지 않으면 안 되도록 운명지어진 사람들에게 즐기어 사용하는 '노동의 신성'에서 오는 기쁨도 아니었고, 일찍이 그가 품고 있던 도시 생활에 대한 압박에서 해방된 기쁨도 아니었다. 그것은 사람들이 자기의 농토가 아니요, 자기 손으로 가꾼 곡식이 아니건만 누우렇게 익은 곡식을 보고는 푸근해하는 심정과도 비슷한 그런 무조건의 기쁨이었고 환희였다.

이러한 그의 기쁨은 두 푼 정방형의 좁은 칸살이 빽빽하니 들어박힌 원고지에서 해방되던 날, 그 최고 절정에 달했었다. 저녁에 이웃집 정 서방과 일을 맞추어놓고 돌아와서도 그는 늦도록 잠을 못 이루었다. 어렸을 때의 섣달 그믐달 밤과도 같은 흥분이었다. 무한한 행복이 그대로 쏟아질 아침을 기다리는 초조다.

"여보, 당신두 같이 나갑시다. 나는 갈아붙이고 당신은 흙을 고르고 나는 씨를 뿌리면 당신은 덮고……."

그는 마치 사랑하는 시구(詩句)나 외듯 이렇게 말하고는,

"필년아, 너두 낼 아빠하구 엄마 따라서 씨뿌리러 간다고?"

필년이는 바느질을 한다고 꿰매는 시늉을 하던 손을 쉬고 빤히 아버지를 쳐다보다가,

"쪼꼬렛 사줌 가지."

"쪼꼬렛?"

"응."

"허, 농군의 딸 입에 쪼꼬렛이 당한 게냐. 엿 사주지, 엿. 깨엿말야. 응."

"나 엿."

자는 줄만 알았던 상현이란 놈도 빨딱 일어났다.

수택 부처는 어린것들이 잠이 든 후에도 늦도록 생활 설계를 했다. 약속대로 신문사에서 원고료를 선불해준다면 사백 원의 목돈이 들어온다. 거기에 장편을 쓰는 여가에 마련한 단편 두 편과 편지 형식으로 된 잡문이 한 편 모두 합치면 그럭저럭 오백 원은 될 것이었다. 그 오백 원으로 마땅한 것이 나면 논을 서너 마지기 사든가 밭을 몇 뙈기 사기로 했다.

"참, 내 벌써부터 이야기한다면서……."

그의 처는 갑자기 생각이 난 듯이,

"저기요, 우리 장 말이요, 양복장하고 이불장 말야 팔아버릴까?"

"건, 왜 갑자기, 누구 소설대로 다 팔아가지구 서울루 달아나려우."

"그럴 용기나 있다면 오죽 좋겠수."

하며 아내는 웃는다. 수택은 언제나 자기 처의 웃는 입이 예쁘다고 생각했지만 희미한 불 속에서 그 흰 이를 내다보이며 나긋이 웃고보니 더한층 아름다웠다.

"당신은 웃으면 참 이뻐."

이렇게 웃음의 소리를 하고 나서,

"왜 누가 사잡디까?"

"심구영 씨 소실이 여간 탐을 내잖아요. 접때 일부러 양복장을 살랴고 읍에까지 갔더라나. 그랬더니 모두 너절해서 그냥 왔대. 두 개 몰아서 일백오십 원 주겠다니 팔아버릴까?"

"걸 팔아치우면……."

그는 일백오십 원이란 말에 구미도 당기기는 했지만 이렇게 말했다. 사년 전에 두 개에 팔십 원을 준 것이었다.

"그까짓, 있으나 없으나……난 이렇겠으믄 좋겠어요. 기왕 시골 와서 농사질랴믄 정말 농군처럼 그런 세간 다 팔아치우구, 이 집두 이삼십 원은 더 받겠다니 남한테 넘기군 아버님네하구 합소를 하지. 골방을 우리가 쓰구 당신은 사랑 윗방을 내라구 해서 쓰시구려. 말만 세간이지 뭐 들여놀 데가 있나, 봉당에다 놔두는 거 개 발에 편자지."

아내 말을 듣고보니 그도 그랬다. 이제 농사철 접어들었으니 어느 하가에 책상 앞에 앉아보랴 싶기도 했고 집이구 뭐고 다 쓸어 팔면 그럭저럭 팔구백 원 돈이 되는 셈이니 그것으로 땅뙈기나 마련하는 것이 상책일 것도 같았다.

"그까짓 거 테블이구 의자구 다 쓸어가라지. 농군 녀석이 회전의잔 있어 뭐하겠수."

"그렇잖어두 심구영 씨 소실은 찻종하며 다 탐을 낸다우 ! 심씨가 지금 첩한테 홀딱 반해서 그러니까 그런 동안에 살림이라두 장만하잔 수작이지 뭐유."

심구영이란 포목, 잡화로 이 동리서 돈푼이나 모은 오십객이었다.

그런 거추장스런 세간을 처리하는데 수택이는 물론 이의가 없었다. 그 렇게 말을 하기는 하나 그래도 여자 마음을 생각해서 찬장이니 얌전한 그릇 같은 것은 남기고 거추장스러운 것만을 넘겨주기로 하고 잠을 든 것은 자정도 훨씬 지나서다. 그러나 눈을 붙인 지 얼마가 못 돼서 그는 또 깨었다.

"필년 아버지 주무셔유 ?"

하고 정 서방이 울타리 밖에서 소리를 친다. 수택은 몸재게 허리 골춤을 움켜쥔 채 뛰어나갔다. 며칠 달인지 뜨느라고 동편 하늘이 막 훤하다.

"정 서방요 ?"

"야. 이거 주무시는 줄 알았더면 안 올걸 그랬어유."

"웬걸요. 아직……."

하며 삽짝을 열고 나가려니까,

"이거 좀 보셔유 ! 이놈 좀."

하고 뭣인지 시커먼 놈을 눈앞에다 풀쑥 디민다. 수택은 덧없이 주춤하고 물러섰다.

"게 뭐요 ?"

"뭔가 봅쇼 ! ㅎㅎㅎㅎ"

하고 좋아서 웃는다.

"거, 괭이가?"

"흐흐흐흐……고양이요? 천만에요, 아주 어엿이 살쾡이올시다유!"
하면서 살쾡이를 다시 한 번 번쩍 들고 아래위를 쑥 훑어보며,

"이눔! 네가 내 닭을 잡아 죽이구 무사할 줄 알았더냐! 이눔, 흐흐
흐흐……."

호들갑스럽게 한참을 웃어붙이고는,

"어렴풋이 잠이 들었는데 덜컥합니다유! 그래 잠결에두 뛰어나와봤더니
아 이런 놈 좀 봐유. 모가지가 요렇게 덫에가 치어가지곤 캐캐 하겠지유!
그래, 네 요놈, 잘 만났구나 하군 지게작대기루 해골을 한 번 후려갈겼더니
그거 외마디 소릴 캥! 하구 지르곤 발버둥을 칩디다유! 그래……."

정 서방은 이렇게 한참이나 늘어놓고야,

"주무시는데 이거 참……."
하고는 살쾡이를 추썩대며 자기 집으로 돌아갔다.

이러구러 잠이 든 것은 첫닭이 울고도 한참이나 있어서였으나 깬 때는
몸도 그리 무겁지 않았다. 여자들이 생명같이 여기는 방 세간을 자진해서
처리해버린 일이며 정 서방이 겨우내 치를 떨며 통분해 하던 살쾡이한테
복수를 한 일이며 그에게는 다 유쾌한 일이었다.

그리고 또 한 가지 유쾌한 일은 일평생 처음으로 씨를 뿌리러 가는 그날
아침은 또한 금년 접어들고서는 가장 맑고 따뜻한 날이었다.

정 서방은 새벽같이 달려왔다. 그는 그래도 이야기가 다 끝이 못 났는지
간밤의 이야기를 밥을 먹으면서도 하고하고 한다.

"그깐놈의 닭 몇 마리가 아깝다느니보다도 그놈의 소위가 괘씸하단
말이거든요!"

"하여튼 분풀이는 잘 했쇠다. 그간 살쾡이란 놈한테까지 분풀일 못 한다면
억울해 살겠소."

수택이도 이렇게 맞장구를 쳤다.

수택은 집으로 내려가서 상태도 끌고 왔다.

상태는 요새 갑자기 고향을 뜰 채비를 차리고 있었다. 도회 생활의 환멸을
아무리 이야기해도 그의 신념은 변하지 않았다. 달래도 보았고 을러도
보았다. 그러나 농촌에서 생활 유지가 안 된다는 것은 그보다도 상태 자신이

더 잘 알고 있을 것이다. 상태는 고향에 돌아온 수택이를 은근히 비웃고 있는 눈치다. 그는 다시 그 길로 해서 구장집에 가서 소를 얻어 몰고 큰집에 들러서 쟁기도 소 등에 얹었다. 그의 아버지는 자리에 누워 있었다. 벌써 며칠째 몸살로 누워 있는 터였다. 웬만한 병에는 꿈하니 드러누워 있지 못하는 김 영감의 성미에 더욱이 오늘은 수택이가 처음 씨뿌리는 날이고 보니 웬만만 하면 톡톡 털고 일어서련만,

"정 서방더러 잘 알아서 하라구 그래라."

이불을 벗기지도 않고 한 마디 할 뿐이다.

"네."

수택은 병들어 누운 아버지를 본 일이 없던 터라 우울했다. 그러나 그는 오늘만은 그런 생각을 않으리라고 박 주부 약국에 가서 약을 지어다 달이도록 상태한테 일러만 두고 부리나케 동리 뒤 개울의 징검다리를 뛰어 건넜다.

상태가 박 주부를 데리고 진맥을 하려 했을 때 김 영감은 웬일인지,

"아니다, 약이 무슨 약, 내가 어디 몸이 아퍼 그런다더냐!"

이렇게 한 마디를 했을 뿐 이불을 푹 뒤집어쓰고는 손도 못 대게 하는 것이었다. 의원뿐이 아니었다. 손자고 며느리고 아내고 일체 방에도 들어오지 못하게 안으로 문으로 걸어잠그고는 불러도 대답조차 없다. 온 집안이 겁을 집어먹고 수선을 피우니까,

"왜 이렇게 수선들을 대느냐. 잠 좀 자게 내버려둬라."

하고 고함을 치는 것이다.

문 밖에서 서성대던 가족들은 모두 안으로 들어갔다.

그러나 김 영감은 자는 것도 아니요 그렇다고 기동을 못 할 만큼 병이 난 것도 아니었다. 삼사 일 동안 별로 먹은 것이 없어서 오직 매적지근할 뿐이었다.

아무도 김 영감의 병 원인을 아는 사람은 없다. 그는 해동이 되면서부터 하루에도 몇 번씩 어슬렁어슬렁 집을 나간다.

동구를 빠져서 대장간 앞을 왼쪽으로 꼬부라지면 천변으로 나선다. 개울을 건너서면 조그만 아카시아 숲이 있다. 그는 하루에도 몇 번씩 아무도 모르게 이 숲으로 들어간다. 숲속에는 잔솔 여남은 개가 섰고 사람 하나

숨겨줄 만한 반송도 한 개 섰다.

——이 반송 밑이 그가 매일 시간을 보내는 자리였다.

먼저 그는 숲속에 들어서면 이 반송 밑으로 온다. 대개는 반송 밑에 두 무릎을 세우고 무릎을 끌어안아서 깍지를 낀다. 그리고는 우두커니—— 무엇을 보는 것도 아니요 그렇다고 조는가 하면 조는 것도 아닌 자세로 언제까지나 한 곳만 내다보고 있는 것이었다.

어떻게 보면 얼굴은 그 지극히도 행복스럽던 옛 꿈을 더듬는 것같이도 보이었고 또 어떻게 보면 그는 최후를 장식하는 자기만의 추억에 잠겨 있는 것같이도 보인다. 웃는 것도 아니요, 그렇다고 우는 것도 아니다. 격하는 일도 없었고 그렇다고 마음의 평온을 얻은 사람의 표정도 아닌——그런 때가 많았다.

그는 오직 앉았을 따름이요 앞을 내다볼 뿐이다.

그는 별로 동리 사람들의 눈에 띄지 않았다. 그는 무엇보다도 그것을 꺼리었다.

어쩌다 누가 그리 지나다가,

"어째 치운데 거 와 그러구 계시유?"

하고 물을라치면 그는 이렇게 대답하는 것이다.

"누구 말이 이 숲속이 집터가 좋대서 보고 있는 길이지요."

그러나 그것은 거짓말이었다. 거짓말을 하기 싫으니까 그는 자기가 거기 와 있는 것을 아무에게도 보이려 하지 않는 것이다.

이 아카시아 숲에서 두 다랑이 건너에 이미 완전히 한 장의 휴지가 되어버린 그의 사랑하던 땅이 있는 것이다. 그의 반생——아니 육십 평생을 완전히 바친 논과 밭——그러나 그것은 이미 남의 수중으로 넘어간 지 오래였다. 소유권이 이전된 데만 그치지 않고 소작권까지도 이미 남의 손으로 넘어가고 만 것이다.

"저 논다랑이와 뽕나무가 둘러선 밭은 확실히 내 땅이었다. 그것은 이 동리 사람들이 다 잘 안다. 그러나 지금부터는 나는 손을 대어도 안 되고 씨를 뿌려도 안 된다……황차 이 땅에 심은 곡식이랴……."

이렇게 단념하지 않으면 안 되는 지금의 김 영감이었다. 더욱이 이번 비로 해서 논바닥에는 물이 홍건하니 괴어 있었다. 작년 같은 가뭄에도 평작은 된 논이었다. 꺼뭇꺼뭇한 땅, 흥건한 논물, 가래를 지르기만 해도 기름이 지르르 흐르는 바닥흙이 철컥철컥 나자빠질 것 같다. 발을 들여놓을 때마다 아래 종아리에 흙과 물이 뜰 때의 그 감촉, 띄엄띄엄 소가 발을 드놀 때마다 철벅거리는 물소리……흙에서 나서 흙을 만지며 늙은 이 농부에게는 논과 밭 가는 사람의 팔자는 그대로 신선이었다.

이런 농부에게 있어서는 흙——땅은 그대로 희망이었고 기쁨이었다. 그것은 그대로 종교였다.

이 늙은 농부의 손으로부터 땅은 멀리 떠나갔고 인제는 자기 땅이던 이 기름진 흙덩이를 만지는 자유까지도 박탈된 것이었다…….

지금 그에게 주어진 특권은 오직 자기 땅에 자기 아닌 딴 사람이 씨를 뿌리고 김매기를 하고 이듬을 매고 물을 대고 대궁이 척척 휘도록 여문 벼를 베어가는 것을 멀리서 바라볼 수만은 있다는 데서 그치는 것이었다.

김 영감은 마침 오늘 신작인(新作人)인 춘성네가 논갈이를 한다는 말을 들었던 것이었다…….

"내 땅에 딴 놈이 들어선 꼴을 안 보리라!"

김 영감이 이렇게 결심을 한 데는 조그마한 부자연도 없을 것이었다.

——그러나 김 영감은 역시 흙의 아들이었다. 아니 그는 비열할 만큼 충실한 '흙의 노예'였다. 제 땅을 남의 쟁기가 들어가 파 젖히는 것을 옆에서 바라보고만 있지 않으면 안 되는 농부에게는 참을 수 없는 굴욕도 며칠을 굶어가며 이를 악문 그 결심도 멀리 풍기어오는 구수한 흙내만은 어쩔 도리도 없었다. 흙에서 받는 굴욕보다도 흙에서 풍기는 그 향훈이 몇백 배 그에게는 즐거운 것인지 몰랐다.

——흙의 완전한 포로가 되어 있는 이 늙은 농부는 모든 굴욕감을 물리치고 오직 흙내를 더듬어 흔청거리는 다리를 이끌고 다시금 아카시아 숲속에 나타나고야 말았던 것이다.

맑고 따뜻한 봄날씨였다. 몸과 마음이 함께 힘든 그에게도 햇살은 오히려 따뜻했다.

그는 언제나 앉는 그 자리에 등을 소나무에 기대고 벌을 향하고 앉았다.

사방 십 리라는 샌골 벌은 농부들로 찼다. 소모는 소리와 방울 소리와 철벅이는 물소리가 멀리서 혹은 가까이서 들려온다. 겨우 알아볼 만한 위치에 수택이네도 보였다.

수택이는 머리에다 수건을 질끈 동이고 쟁기질을 하고 있고 정 서방은 밭둑에서 담배를 피우고 있다. 밭머리에는 자기 아내가 상현이 남매를 데리고 놀고 있고 서울 며느리는 얼굴도 잘 안 보일 만큼 수건을 폭 내려쓰고 고무래로 흙덩이를 바수고 있었다.

수택의 처는 그래도 어울리는 편이었다. 그러나 수택의 쟁기질에는 소도 어처구니가 없는지 가끔 우두커니 서서 쟁기가 바루 대어지기를 기다린다. 그것은 마치 어린아이들이 억지로 그런 자유화(自由畵)와도 같은 것이다. 쟁기가 빗가면 정 서방이 담뱃대를 문 채로 이러구저러구 가르치는 모양이다.

바로 그의 앞에는 일찍이 자기의 땅이던 논에 춘성네 부자가 신이 나서 거름을 지르고 있었다. 그들은 자기가 지금 거기 있는 것을 보고 일부러 뽐내느라고 더 떠들고 퉁탕거리는 것만 같이 보여지는 것이었다.

그의 눈에는 이 춘성네 부자가 더없이 얄미웠다. 미운 대로 한다면 당장 뛰어 들어가서 아비와 자식을 논구럭에다 거꾸로 처박고 짓밟아주고 싶기까지 했다.

"흥, 되잖은 놈들! 그놈들 아주 제 땅이나 되는 상싶은가베! 아니 꼽살스런 놈들 같으니루!"

무엇이 되잖은지 무엇이 아니꼬운지 모른다. 그러나 김 영감한테는 그렇게밖에 보여지지 않는 것이었다.

그때였다. 수택이가 뭐라고인지 외마디 소리를 쳤다. 영감은 깜짝 놀라서 그쪽을 건너다보았다. 소도 쟁기질꾼을 업신여기는지 아무리 소리를 쳐도 자국도 안 떼놓는다. 정 서방과 수택의 처는 옆에서 깔깔대고 있다. 정 서방이 쟁기를 내라고 그러는 모양이다. 수택은 고집을 세고 소만 몰구친다.

겨우 소는 움직였다. 그러나 소는 또다시 딱 섰다. 쟁기는 쟁기대로 놀고 소는 소대로 가는 사람은 사람대로 갈팡질팡하는 것이다. 그것은 마치 쟁기가 사람을 끌고가는 형상이었다.

이런 꼴을 얼마 동안 바라보고만 있던 김 영감은 이상한 마음의 충동을 받아서 벌떡 일어났다. 그는 자기가 벌써 며칠째 변변히 먹지도 않고 누워 있던 그나마도 환갑이 지난 늙은이라는 것은 까마득히 잊어버리고 있었다.

지금 그는 벌써 병자도 아니요, 굶은 사람도 아니요, 늙은이도 아니었다.

그는 오직 농부였다. 비열할 만큼 충실한 '흙의 노예'였다.

그는 허위단심 쫓아가서 아들의 손에서 쟁기를 뺏어들고는 신이 나서 흙에 충성을 다하는 것이었다.

"자, 봐라. 쟁기날을 이렇게 대고는 사람은 여기 서야지. 그래야만 소가 힘을 제대루 쓰지. 사람이 한쪽으루 기울어져노면 소가 한쪽에만 힘을 써야잖느냐. 정 서방, 자넨 골을 치게. 애, 아가, 고무랜 또 없느냐!"

지금의 그에게는 굴욕도 없었고 흙에 대한 원한도 없었다. 오직 기뻤고 즐거웠다.

육십 평생을 두고 한결같은 충성을 다해왔건만 또 한결같이 육십 년을 두고 모욕하고 혹사해온 나머지 핏기 하나 없는 늙은 병든 육체만을 그에게 떠안긴 흙이건마는 그 흙에 대해서 억제할 수 없는 감격을 느끼고 있는 것이었다.

그는 지난 육십 평생에 땅을 치며 울기도 했었다. 원망도 해왔고 저주도 해왔다. 그 극진한 충성에 비해서 너무도 가혹한, 너무도 알아주지 않는 흙의 마음에 걷잡을 수 없는 격분도 느껴왔다.

그러나 지금 그의 가슴에 넘쳐 흐르고 있는 감정은 오직 흙에 대한 감사였다.

그는 그만큼 흙을 사랑했다.

아니 그만큼 그는 흙의 너무나 충실한 노예였다.

7

한식(寒食)이 지난 이후의 농군들에게 있어서 된내기가 올 때까지의 팔구 개월 동안은 터진 모래 제방을 막는 것과도 같이 눈코 뜰 사이 없는 그 날그날을 보낸다.

봄 보리밭에 호미질을 하기가 무섭게 논갈이에 이어 거름내기가 시작되고 연달아서 못자리를 붓는 한편 밭을 일구어야 하고 밭곡의 파종이 끝나기도 전에 벌모 내기 시작된다.

"박 서방, 낼 어디 일 마쳤지유?"

그들은 해만 지면 이렇게 일꾼 얻기에 바쁘다. 일꾼을 얻어야 하고 일꾼을 얻어놓으면 이집저집 다니며 쌀, 보리를 꾸어야 한다. 일 년에 한두 번밖에 없는 기쁜 날이니 하다못해 북어 꽁댕이 하나라도 찢어놓아야 하는 것이 그들의 예의요 또 습관이다.

그들의 농사란 생나무 휘어잡기다. 억지춘향으로 끌어내고 꾸어대고 휘어잡고——마치 아닌 밤중에 물난리나 치는 듯이 모내기를 끝내놓으면 또 딴 쪽 일고가 터진다. 채소밭도 손질을 해야 하고 기장이나 수수밭도 매주어야 하고 논에 물도 끌어야 한다. 철 맞추어 참외폭도 심어야 하며, 밭골에 강낭콩도 새새 묻어두어야 한다. 논둑의 그루콩은 누가 심어주며 엉터리로 끌어다 댄 일꾼은 누가 앗아주나. 파 한 뿌리, 마늘 한쪽까지도 자기 손으로 심어야 하고 매주어야 하고 가꾸어야 한다. 심지어 옥수수, 깨, 아주까리 같은 일용품까지도 제철에 손을 못 대면 알톨 같은 벼를 주고 바꾸어 들여야 한다.

이 무섭게 많은 일거리가 한 집에 하나 아니면 둘밖에 없는 농군의 손을 거쳐야 하는 터라 마치 손을 떼기도 전에 일고가 터져 공연히 마음만 바쁜 때다.

"봄이면 씨를 뿌리고 가을이면 걷어 챙겨놓고 추운 삼동은 뜨끈하니 불을 때고 드러누우리라."

이렇게만 단순히 생각해온 수택이는 세상이 어떻게 돌아가는지 날짜가 어떻게 가는지도 모르고 봄을 지냈다.

물론 농촌 생활이라고 그렇게 단순한 것이 아니라는 것쯤은 생각 못한 바는 아니었다. 그러나 단순하게 생각한 것은 사실이었다.

씨를 뿌리고 한두 번 매주고 그리고 걷어들이면……그만이라고 했던 것이다.

그러나 수택 부처는 당해보고서야 알았다. 돈만 있으면 가지고 나가서 쌀도 사고 기름도 사고 고기, 파, 마늘, 무엇이고 사오 분이면 광주리에 담아들고 들어오던 도시 생활의 고마움을 그들은 새삼스러이 깨달았다. 그러나 자급자족을 하지 않으면 안 되는 농촌에서는 그 허다한 생활품을 입으로 말하는 것이 아니고 자기 손으로 심어야 했고, 가꾸어야 했고, 걷어들여야 했다. 그러나 걷어들인 그대로 먹는 것도 아니다. 말려야 했고 찧어야 했고 까불러야 했다.

그러나 무엇보다도 그들에게 불리한 조건은 모든 일에 서투른 점이었다. 그만큼 애도 더 키었고 노력도 더 들었으며 시간도 더 요구되었다.

이렇듯 일에 치여서 경황이 없는 그들에게 또 한 가지 일이 덮쳐 있었던 것이었다——봄내 개랑개랑하던 김 영감이 모내기를 한 길로 그대로 싸매고 눕고 말았던 것이다. 수택 부처는 아침 저녁은 물론 논이나 밭에 나갔다가도 몇 차례씩 들어가보지 않으면 안 되었던 것이다.

그때는 수택이네도 딴집 살림을 계획대로 걷어치우고 합소를 하고 있었다. 신문사에 교섭 중이던 소설도 달포째 실리는 중이었고 고료도 반만은 손에 들어와 있었고 집이 예상대로 일백구십 원이나 평가가 되어 그의 수중에는 이럭저럭 팔백 원 돈이 있던 터라 쓸 만큼 약도 써보기는 했으나 김 영감의 병은 시약(施藥)만으로 완치될 병은 아니었다. 김 영감은 생리적으로보다도 정신적으로 더 큰 병을 얻고 있었다. 그 사랑하던 땅에 대한 억제할 길 없는 미련이 그의 마음을 약하게 했고 괴롭게 했고 드디어 생리적으로까지 이상을 일으킨 것이었다.

수택이는 김 영감이 눕는 그 길로 이것을 발견했다. 그는 아들의 시약을 완강히 거부하고 있었다. 내 병은 약으로는 안 된다——입버릇처럼 이렇게 말했다. 그래도 처음에는 아들의 돈을 없애주는 것이 딱해서 그러는 줄로만 알았다. 또 그의 성격으로 보아 그렇기도 했다. 그러나 며칠 지난 때 거의 정신을 못 차리면서도 김 영감은 논구경을 간다고 온종일 애를 먹였다.

"수택아, 자 날 좀 일으켜라. 내 병엔 약보다도 그게 더 낫다. 구수한 흙내, 퍼언한 들, 익어가는 보리……"

"얘들아. 모싹이 어떻든? 자꾸 돌아봐라. 곡식이란 갓난애 같으니라. 갓난앤 울기나 하지. 얼마 안 있어서 강중이가 생긴다. 고놈 참 귀신같이 파먹느니라. 이번 맬 땐 암모니알 푹 질러둬라, 응?"

하고 딴소리를 한다.

아픈 곳도 어딘지 통 집중을 못 하는 모양이었다. 어떤 때는 허리가 끊어진다고 소리를 지른다. 또 어떤 때는 팔다리가 쑤시어서 옆에서 보고 있을 수도 없을 만큼 못 견디어 한다. 그런가 하면 열이 버쩍 오르고 또 어쩌다 보면 전신이 얼음처럼 차다.

"여기다 여기! 아규규……."

이렇게 하소연을 하며 가리키는 곳은 분명히 허리다. 그러나 병자 자신 어디가 아픈지 정확히는 모르는 것 같았다. 그도 그럴밖에 전신에 안 아픈 곳이라고는 한 군데도 없는 모양이었다.

육십 년간의 긴 노동에 자기도 모르는 동안에 그의 육체는 성한 데가 없이 좀 먹고 있는 것이다. 그래도 지금까지는 강단으로 버티어왔다. 살려는 욕심과 살 수 있을 것 같은 희망과 당장 일하지 않으면 조석 끼니가 간 데없다는 무서운 긴장으로 버티어온 것이다.

그것은 실로 오랜 동안의 긴장이었다. 그러나 지금 그 긴장이 일시에 확 풀려버린 것이다. 땅도 이미 남의 손에 넘어갔고 작권까지도 잃어진 오늘날 긴장은 그 자신의 심신을 파괴시키는 이외에 다른 아무런 성능(性能)도 갖지 못한 것이기도 했다.

솔직히 말한다면 수택은 자기 아버지를 사랑하지는 않았다. 사랑은 했다. 그러나 그것은 한 의무적인 사랑이었다. 자식된 자 마땅히 어버이를 공경해야 한다. 이러한 도덕이 요구하는 극히 제한된 애정으로 김 영감을 사랑해온 것이었다.

이젠——그가 직업을 내던지고 고향으로 돌아오기 직전까지도 그가 자기 아버지를 사랑하기는 고사하고 도리어 경멸해왔었다. 아니 그것은 경멸이라고 이름질 성질도 못 되었을지 모르는 것이었다. 경멸이란 존경의 반동이니까. 그는 일찍이 자기 아버지를 존경해보겠다고 생각한 일조차도 없었던 것이다.

농부의 아들——양복을 입고 동경 유학을 하고 이름이 신문에도 나고 선생님 선생님 하고 따르나(실제로 그런 사람도 있는 것이었다) 이러한 자기가 두더지처럼 일평생 흙만 파는 일개 무지한 농부의 아들이라는 데 일종의 모욕까지 느끼여온 수택이었다. 양복대기만 입은 사람 앞이면 그저 네, 네 하고 굽실거리는 것은(김 영감 자신은 똥이 무서워 피하느냐고 했다. 그러나 최근까지에도 수택은 그가 오직 무지한 때문이라고만 생각해왔던 것이다) 자신의 위신이 깎이는 일이라 했었다.

남의 아버지처럼 책이나 보고 장죽이나 물고 앉아서 호령이나 하고 남을 보고도 여보게, 여봐라 하며, 호호 백발의 노인을 보고도 자네, 어쩌구,

어쨌나? 하는 그런 아버지가 못 되고 일평생 흙만 파는 그런 아버지를 존경할 아무런 의무도 그에게는 없다고 생각해왔었다. 새파랗게 젊은 애들한테도 허우를 하고 또 그런 아이들한테서 반말짓거리를 받아도 아무렇지도 않게 생각을 하는 자기 아버지를 그는 일종의 군더더기로까지 생각해왔던 것이다.

그러나 지금은 벌써 아니었다. 물론 다른 부자간들처럼 아기자기한 애정은 몰랐다. 그러나 지금의 그는 적어도 자기 아버지가 자기의 위신을 해치는 그런 존재가 아니라는 것은 깨닫고 있었다. 비록 땅은 팔지언정 김 영감은 훌륭한 철학자였다. 그 자신과 같이 김 영감을 업신여겨온 모든 인간보다는 분명히 그는 위대했다. 오직 근면하고 오직 겸손하고, 그리고 오직 청렴한 일생애. 일 년 동안에 십 전 미만의 용돈을 쓰면서도 '거지〔乞人〕도 갓집'이라는 별명을 일평생 면치 못했으니만큼 거지들의 시중을 든 일이며, 하루 밥 세 끼를 끓이는 이외의 재물을 탐하는 것은 욕심이라 하고 모든 채권을 포기했다는 사실——이런 모든 것은 지금 유식한 아들로 하여금 무식한 아버지를 재인식시키는 좋은 자료가 되어 있는 것이었다.

지금 수택의 가슴속은 아버지에 대한 새로운 감격으로 차 있었다. 그는 지금까지 존경해온 그 어떤 위대한 사람보다도 일개 무식한 농부인 자기 아버지한테 감격을 하고 있는 것이었다. 어떠한 일이 있더라도 아버지를 구하자 했다. 그는 지금 일시적인 감격 때문만이 아니라 자기 아버지를 구할 수만 있다면 그 애지중지하는 삼십 평생에 처음 만지는——어쩌면 이번이 마지막이 될는지도 모르는 팔백 원의 '큰돈'을 희생하는 것은 물론, 지금까지에 자기가 가지고 있던 모든 지식과 이름과 지위를 일시에 몽땅 잃어버린대도 조금도 사양치 않으리라 했다. 아버지의 '무지'는 자기의 '학문'보다도 몇십 배 아니 몇백 배나 값이 있다는 것을 이 아들은 뒤늦게야 발견하고 있는 것이다.

"네. 아버지."

하고 그는 며칠을 두고 김 영감의 손을 잡고 하소연을 했던 것이다.

"아버지 맘을 돌리시구 약도 좀 잡수십시오! 제가 어떻게 해서든지 잃어버린 땅을 찾겠습니다."

"땅을 찾아?"

김 영감은 귀가 번쩍 뜨이는 모양이었다.

"찾지요! 지금 제게 천원 돈이 있잖습니까. 인저 신문사에 또 돈이 옵니다. 지금 시가로 매 마지기에 일백삼사십 원이면 되니까, 우선 이 달 안으로 열 마지기만 찾지요."

"그 사람이 큰 부자라는데 그 땅을 팔까?"

김 영감의 말에는 금시로 생기가 났다.

"판답니다!"

수택은 거짓말을 했다.

"되 판대?"

"매평에 오 전씩만 남겨주면 지금이라두 판답니다."

"오 전씩 이오 십, 한 마지기에 십 원이로구나! 얘 사자, 그럼! 위선 아카시아 숲 앞의 여덟 마지기라두 찾자!"

"그리구 남저진 필년 어미가 저 집에 가서 말을 좀 해본다구 했습니다."

이것도 거짓말이었다. 그의 아내는 그런 말을 한 적도 없고 또 그만한 여유가 있는 집도 못 되었다. 그러나 아버지를 안위시키기 위해서는 이만 거짓말쯤은 주저할 여지도 없었다. 그러나 김 영감은,

"필년 어미가 말이냐?"

하고 다지더니만,

"예이끼, 못생긴 자식! 요대루 굶어죽으면 죽었지 사둔한테 손을 내밀어!"

하고는 그대로 홱 돌아누워버리는 것이다.

수택은 인사하다가 뺨맞은 격이었다. 그래서 터진 모래 둑을 막듯이 변명을 했다. 처는 그렇게 말하나 자기는 단연코 거절을 했다. 이렇게 꾸며대는 도리밖에 없었다.

"잘 했다."

얼마 후에는 김 영감도 기분을 돌리었다. 만일 그날 밤, 여기에서 이야기를 막음하고 수택이가 쓰러져 자기만 했었더라도 혹 어땠을는지 모르는 일이었다. 그러나 이 새로운 감격에 잠긴 아들은 어쩐지 그대로 일어설 수가 없었다. 그래서 그렇게 하기 위해서는 아버지가 약을 잘 잡수셔서 하루라도 빨리 일어나야 한다는 것을 여러 번 되풀이했었다. 그래야만 약값도 덜

든다. 약값을 아끼다가는 호미로 막을 것을 가래로 막게 된다 —— 이렇게 약을 쓰도록 강권했던 것이다.

——그러나 슬픈 일이다. 김 영감은 자기 아들의 이렇듯 알뜰한 애정을 칼로 치는 듯이 거부했던 것이었다.

샌터 벌의 벼가 한참 어울리고 보리가 구수한 내를 풍기며 익어가던 어느 날 밤 김 영감은 고달프던 일생애를 청산하기 위해서 쓴잔(盃)을 들었던 것이었다.

써도 써도 낫지 않는 병에 그 소중한 돈을 자꾸 퍼넣는 것보다는 차라리 일찍이 단념을 해서 약에 쓰는 한 푼이라도 수택으로 하여금 땅을 찾는 데 보태게 하리라 —— 이렇게 생각을 하고 김 영감은 자진해서 생을 포기했던 것이다.

그가 고달프던 생을 청산한 데 쓰여진 약은 양잿물이었다. 그것은 이른 봄, 그가 자리에 눕던 바로 그날 심구영네 상점에서 사다두었던 것이었다.

수택이가 약그릇을 발견한 것은 시간도 모르는 밤중이었다. 그는 김 영감의 고민하는 소리에 눈이 띄어 아랫방으로 뛰어내려갔다. 워낙 다량이었다. 몇 시간 후에는 혀가 굳었고 생선 내장 썩은 물 같은 불그레한 피가 입으로 철철 흘러넘쳤다. 그는 몇 번이나 아들과 손자를 손짓을 해서 불러놓고는 말도 한 마디 하지도 못한 채 숨을 걷고 말았다.

"찾어……땅……."

정신은 멀쩡한 모양이다. 그는 혀가 헤어져서 말은 못 하나 연방 손으로 머리맡의 궤짝을 가리키었다.

'휴지'가 들어 있는 오동나무로 짠 궤짝이었다.

전화를 해서 공의가 달려온 것은 이튿날 오후였다. 그러나 그때 김 영감은 이미 그럴 필요도 없는 사람이 되어 있었다. 공의는 손을 댈 여지도 없다고 했다.

김 영감이 숨을 거둔 것은 그날 밤중이다. 꼭 돌만이었다.

8

모든 것이 꿈이었다. 꿈 같다. 어떻게 장례를 치렀는지, 어떻게 산에서 돌아왔는지 수택에게는 기억이 전혀 없었다.

장례가 지나고도 십여 일간은 집 안에 울음이 그치지 않았다. 생각하면 꿈 같다. 꿈이었던가 하고 나면 꿈이 아니다. 수택은 울음소리를 낸다고 집안 식구를 주장질하면서 자기도 울었다. 그 슬픔은 아버지를 생각하는 아들의 슬픔이기도 했지마는 '학문'을 조상하는 '무지'의 슬픔이기도 했다. '무지'를 경멸해온 '학문'의 참회였다.

수택은 방에서 단 한 발자국도 나가지 않는 날이 며칠을 두고 계속되었다. 조카 상태만이 신푸녕하게 매일 들에 나갔다. 상태는 아직도 농촌 탈출의 꿈을 저버리지 못하는 것 같았다. 아니 그는 도리어 최근에 와서 더욱 그런 결심을 굳게 한 모양이었다.

"너두 생각이 없는 아이지, 할아버지나 생존해 계시다면 또 몰라도 집안이 이 꼴이 되는데 너만 쑥 빠져나간다면 어떻게 된단 말이냐."

이렇게 사정을 하듯이 하는 수택의 말에,

"그럼 집에만 엎드려 있으면 뭘 해유! 작은아버진 모르시니까 농사 농사 하시지만 제 땅 가지구 농살 지어두 안 되는 게 남의 땅 소작을 해서 우리 십여 명 식구가 먹구 살어유? 안 됩니다."

그렇게 말하는 데는 수택이도 더 할 말이 없었다. 간다면 어디고 보내리라 했다. 나는 도시에서 기어들었으니까 너는 한 번 도시로 나가 보아라 했다. 그래서 네가 다시 농촌으로 기어들던지 내가 다시 도시로 기어나가든지 사람은 체험을 해보아야 안다 했다.

"그러나 난 이 동리에서 단 한 발자국 움쩍두 않을 게다!"

했다. 아버지가 잃어버린 땅을 찾는 것이 내 일생의 사명이다. 매평에 일 원은 고사하고 오 원이 간다더라도 찾으리라 했다. 아버지는 내게 그것을 당부하고 가셨다. 믿고 가셨다. 아니 그렇게 하기 위해서 당신의 목숨까지도 바치셨다.

이 아버지가 어디가 무식하냐! 했다.

"어디로 보나 소설줄이나 끄적이는 자식한테 멸시를 받을 존재냐!"

수택은 벽에 걸린 노출(露出)도 분명치 못한 김 영감의 사진을 쳐다보며 이렇게 마음에 부르짖는 것이었다.

며칠 동안 방 안에 엎드려 있는 동안에 수택은 금후의 방침을 딱 세웠다.

그것은 무엇보다도 아버지가 장만했던 땅을 찾자는 것이었다. 지금 시가 (時價)로 약 삼천 원어치다. 지금 그의 수중에는 약 팔백 원의 현금이 있었다. 신문사의 고료가 마저 왔었고 장례에는 이백 원 돈도 다 못 들었다. 그러나 그 중 약 반은 부의로 들어온 것이었다. 이 팔백 원이나마 살리리라 했다.

그는 먼저 현재 이 집을 조그만 집과 바꾸기로 했다. 장터 한복판에 이렇게 거추장스런 집을 지니고 있을 필요는 없었다. 제 지단이 끼어 있으니만큼 육칠백 원 시가는 되었다. 이것으로 구석진 집을 산다면 사오백 원은 떨어졌다. 일천삼백 원이면 우선 아카시아 숲 앞 여덟 마지기 값은 된다.

이렇게 작정을 하고 그는 가족회의를 열었다. 이야기가 그의 계획대로 아물러지자 그는 심구영을 찾았다. N면으로 통하는 신작로가 그의 바로 문전을 기점(起點)으로 하고 뚫린 것이요 장터에서 면소를 들르는 길도 그의 집 앞을 지나갈 계획이고 보니 현재 심구영네 상점보다는 어느모로 보나 자리가 날 것이다.

처음부터 잠자코 그의 계획을 듣고만 있던 심구영은,

"참 장한 일이시오! 훌륭한 생각이시오!"

이렇게 찬성을 해주었다.

"내 처지가 이렇게 되어 내가 자진해서 청하는 게니만큼 정당한 값을 달라는 것두 아닙니다. 돌아가신 아버지를 생각하셔서 편의만 좀 보아주십시오."

수택이가 말한 값은 칠백 원이었다.

"긴상두 잘 아시겠지만 그 자리가 그만 값은 됩니다. 첫째 재터전이 삼백 평이나 되구 집이 그만하겠다 터두 좋지요. 그 값에 내 맡아드리리다……."

거짓말처럼 이야기는 순조로이 진행이 되었다. 그럴밖에 없었다. 심구영은 영리(營利)에 눈이 밝은 사람이었으니까.

"그럼 어떻게? 기다하라상이 그 논을 판답디까?"

"건 아직 못 알아봤습니다. 허지만 내 심경을 잘 이야기하구 한 번 졸라보렵니다."

"글쎄 그 사람이 놓을까? 땅이 원근 좋아노니까!"

이렇게 말말끝에 읍내 새 지주와 면장과의 사이가 퍽 절친한 사이라는 말이 나서 그는 먼저 면장을 찾았다. 면장은 이전 철도국에도 다녔간 있은 일이 있는 비교적 지식 계급이었다. 성은 그는 처음 보는 경(慶)씨였다.

경 면장과는 일찍이 안면도 있는 터고 김 영감과도 자별한 사이였다. 이 동리서 김 영감을 존경한 사람도 오직 그뿐이었다. 그러니만큼 이야기는 훨씬 쉬웠다. 그도 역시 수택의 계획에 감동한 빛으로,

"긴상 같은 청년이 우리 면에 자꾸 나왔으면 좋겠습니다. 턱도 없이 농촌들을 싫어해서 큰 탈입니다. 이것은 단지 우리 면에 한한 것이 아니고 우리 국가로 본대도 크게 찬동할 만한 일입니다!"

이렇게 말하며 그런 의기를 농촌 청년이 본받도록 해달라고 당부당부하며 신 지주한테 보내는 긴 편지도 써주었다.

"기다하라상두 기꺼이 응할 겝니다. 값도 싼값으루 넘기도록 잘 말했습니다. 만일 안 된다면 내라두 가드리리다. 내 말이면 못 떼겠지요. 나와는 전에 철도국에 있을 적부터의 친구인 터니까……하여튼 긴상 같은 분이 우리 농촌 진흥 운동에 좋은 표본이 되어주어야 하지요……."

이렇게 해서 며칠 후 수택은 심구영에게서 현금 칠백 원을 받아 쥐었다. 그러나 그가 현금을 받기 전에 그의 집은 심구영의 손을 거치어 벌써 제삼자의 수중에 들어간 것이었다. 그의 집 일대가 장차는 교통의 중심지가 되고 그 자리에는 자동차부가 설치된다는 것도 그는 모르고 있었던 터였다. 칠백 원은 며칠 새에 오백 원의 새끼를 쳤다.

그러나 이런 것을 모르는 수택은 심구영에게 그 호의를 눈물이 나게 치하를 했다.

사흘 후 수택은 착착 개켜서 버들상자 속 깊이 간직해두었던 여름 양복을 꺼내 입었다. 만 일 년만에 입은 양복이었다. 읍에 가서 새 지주를 만나 보려는 것이다.

그는 아내가 신발에 손질을 하는 동안에 역시 양복을 입고 안마당 한 가운데 넋잃은 사람처럼 서 있는 상태를 방 안으로 불렀다.

"너 언제 올지도 모르니 할아버지께 다녀가거라. 나두 가 뵙겠다."

이렇게 조카한테 말을 하고 자기도 일어서 제청으로 들어갔다. 절을 하는데 그대로 눈물이 좌르르 쏟아진다. 아버지가 한 달만 더 살아계셨던들 싶었다.

여름 햇살은 아침부터 뜨겁다. 그는 모자를 든 채 자전거를 끌고 신작로로 나왔다. 자동차 정류소 앞에는 그의 가족이 벌써 죽 모여서 있었다.

상태가 기어이 서울로 가는 것이었다. 그의 수중에는 돈 백 원이 들어 있다. 그 돈 백 원이 없어져도 직업을 못 얻는 때는 두말없이 돌아온다는 조건부로 수택은 몇몇 친구한테 편지도 써주어 보내는 것이다.

"그럼 잘 가 있다 오너라. 난 오늘 되돌아와야 할 게니까 떠나는 것 못 보겠다."

"네에."

하는데 상태의 눈에도 눈물이 가득히 괸다.

"부디 몸을 조심해!"

이렇게 다시 당부를 하고 자전거에 올랐다. 비탈길이요 면소 앞인 터라 길도 골라서 자전거 바퀴가 그지없이 연하게 돈다.

수택은 발에 힘을 부쩍 주어 페달을 밟았다.

—— 1940년

李無影의 작품세계
─흙을 문학으로, 흙으로 돌아간 작가─

─文學評論家─　尹 柄 魯

1. 농민문학의 선구자

흔히 무영(無影)을 가리켜 〈농민문학의 선구자〉라고 한다. 실로 흙을 문학으로 삼고 흙으로 돌아간 작가가 바로 이무영이다.

그의 수많은 단편과 장편, 그리고 희곡들은 모두가 농민문학의 선구자로서 그 이름을 떨치기에 역력한 발자취였다. 꾸준히 이 땅의 농민들을 위해 농촌소설만 쓰던 그가 6·25 뒤에는 도시를 제재로 한 시정소설(市井小說)로 그 작품 세계를 뒤바꿔놓았다. 그러면서도 그는 그것으로 만족치 못하고 늘상 고독에 파묻혀 있어야 했다.

'충실한 생활인이 되기 위해 전심전력, 청렴결백, 자실건전, 그리고 굳건하자.'──이렇게 딱딱한 표어를 좌우명으로 삼았던 무영. 그가 2남 4녀를 거느린 가장으로서 충실한 아버지가 되었는지는 몰라도 조금도 자만하지는 않았다. 몹시 현실적이면서도 기실 현재에 자만할 수 없었던 것이 무영이었는지 모른다.

해군에서 퇴역을 하고 문총(文總) 최고 위원으로 활약했으나 그것도 만기 전에 감투를 아낌없이 벗었던 일은 그의 비타협적 성격의 일면을 말해 준다. 얼핏 보기엔 퍽 사교적이어서 친구가 많은 듯했으나 자별한 친구가 없었다고 한다.

아무튼 무영은 농촌에 파묻혀 살면서 이 땅의 농촌문학의 광맥을 찾았던 성실한 광부였음에 틀림없다. 아마도 6·25가 없었던들 벽촌에서 계속 농촌소설을 썼을 것이다. 남달리 농토에 애착을 갖고 농촌을 사랑했던 그는 군포(軍浦) 농장에 살면서 별로 이사할 것을 생각지 않았던 것 같다.

6·25 때 집이 폭격을 당하지 않았던들 쉽게 상경하지 않았을 것이다. 서울에 올라온 뒤에는 도시소설로 전신했는데 이것은 어디껏 권태에서가 아니라 자신의 생활 환경이 달라졌던 탓이었다.

언젠가는 시정문학(市井文學)에 염증을 느꼈던지 혹은 어떤 사명감에서인지, 농민소설을 지망하는 작가들이 농촌을 답사하고 농민소설을 써야 한다고 제창한 일까지 있었다. 그러나 그것도 그의 뜻대로 이루어지지는 못했으니 어쨌든 유감이 아닐 수 없다. 인간에게 있어서도 대인 관계뿐만 아니라, 사생활에 있어서까지도 고독의 주인공이었던 무영. 이렇듯 고독했기 때문에 문학에서 고독한 자기를 표현하려고 한 그의 문학은 그 고독의 표백으로 나타날 수밖에 없었던 것이다.

2. 농촌 현실 이해로서의 《第 1 課 第 1 章》

30년대의 농촌문학에 있어서 민족문학파와 프로문학파가 그 정치성의 차이는 있을지언정 다 함께 순수한 농촌물로서는 문제점을 내포한 것인데 비해서 전원파(田園派)의 문학, 즉 이무영과 박영준의 문학, 즉 이무영과 박영준(朴榮濬) 그리고 최인준(崔仁俊) 등이 썼던 농촌소설들은 확실히 농촌문학의 독자적 영토를 구축했다고 보여진다.

이무영은 농촌에 파묻혀 농촌소설에 전념했던 작가이다. 남달리 농토에 애착을 갖고 농촌을 사랑했던 그는 군포 공장에 살면서 작가의 보람을 느꼈고 그곳에서 《궁촌기(宮村記)》, 《흙의 노예》 등 농촌을 배경으로 한 소설을 착상하기 시작했다.

1934년경부터 본격적인 농촌소설을 써서 각광을 받은 무영의 《만보노인(萬甫老人)》(1936)과 《제일과 제일장(第1課 第1章)》(1939)은 가히 그의 출세작이 되었다. '흙 냄새 싫어하는 것이 사람이냐? 그깐 놈 눈만 다락같이 높았지?'——이런 대화가 삽입된 《제일과 제일장》은 바로 작가의 생생한 현실이기도 했다.

소설가 '김수택'이 주인공인 이 작품은 좀처럼 얻기 어려운 신문사 기자직을 집어치우고 낙향한다는 얘기이다. 기자생활이 작가생활을 망쳐놓은 것이라고 생각했기 때문이다. 흙 냄새를 싫어하는 놈이 사람이냐고 했던 아버지가 아들을 용서하고 반겨했다.

아버지에게 여덟 마지기의 논을 떼어 얻고 퇴직금으로 집을 사서 '수택'의 농촌 생활이 시작됐다. 아버지 '김영감'은 아들을 끌고 다니며 꼴을 베는 일에서부터 모든 농사 일을 정성껏 가르쳤다. '김영감'네 수확은 스물두 마지기에서 사십 석이 났으나 소작료와, 비료대, 그리고 지세까지 떼고 나니 벼 여남은 섬뿐이었다. 사람들이 만류하는 것도 마다하고 '수택'은 볏가마니를 짊어지었다. 휘청거리는 다리로 눈물과 코피를 쏟으면서도 내일은 우리 논 다섯 마지기의 타작이라고 즐거워했다는 얘기이다.

《제일과 제일장》은 작가의 귀향 뒤의 첫 작품으로서 순전히 농촌에 대한 사랑에서 씌어진 것이었다. 그러나 그 뒤부터는 소작인의 편이 되어 그들의 입장을 미화하거나 옹호하는 편에 섰다.

다시 《흙의 노예》를 써서 농촌작가의 후일담을 심각하게 피력했다. 여기선 농촌의 대중인 소작농을 주인공으로 내세워 심각한 얘기를 전해준다. 이런 소작농들의 일제의 식민지 통치와 지주의 가혹한 이중적 수탈

속에서 굶주림을 본 작가로서 그것을 그대로 넘겨버릴 수 없었다는 것이다.

작가가 흙을 사랑하고 영락(零落)한 농민을 지극히 사랑한 반면에 악질적인 지주나 중농을 미워했음을 말해준다. 그는 인간적으로 애증(愛憎)의 구별을 지니고 농촌소설에 투신했다는 얘기도 된다.

3. 《농민(農民)》에 드러난 저항정신

이무영은 1954년 장편 《농민》을 내놓아 흙의 문학의 관록을 과시했다. 말하자면 《농민》은 무영의 흙의 문학의 결정판이었다. 작자가 반도시적인 입장에서 귀농(歸農)하여 쓴 작품 중의 하나이다. 원래 《농민》은 5부작으로 계획되었으며, 작가 생전에 단행본으로 출간한 이 작품은 그 제1부에 해당된다.

《농민》에는 토호들의 가련한 희생물로서 갖은 수탈과 학대를 당해 온 비천한 농민들이 동학군의 힘을 빌어 골수에 맺힌 양반토호에 대한 원한을 풀고자 하는 반항정신마저 포함되어 있다.

충주읍 미륵동에는 김승지, 탑골에는 박의관이라는 두 토호가 양민들을 괴롭혀 왔다. 김승지는 장쇠의 아내 금순이를 욕보였다. 금순이는 목을 매어 자살했고 아내를 잃은 장쇠는 오히려 누명을 쓰고 죽도록 매를 맞았다.

장쇠는 거기서 더 견딜 수 없게 되어 고향을 떠나 종노릇도 해보고, 남의 집 머슴살이로 전전하다가 우연한 기회에 동학군에 가담하게 되었다.

백성들의 원성이 극악한 상황에서 동학란이 터졌다. 미륵동의 장쇠는 자기의 개인적인 원한까지 사무쳐 동학군에 끼어든 셈이다.

그 당시 민심은 이 미륵동과 탑골에도 동학군이 들어와서, 김승지와 박의관과 같은 못된것들을 깨끗이 쓸어버렸으면 좋겠다고 하고, 불안한 세상을 몹시 걱정하기도 했다.

이런 상황에서 기운이 장사이기도 한 장쇠가 나타났다는 소문이 온 마을에 퍼졌다. 장쇠는 원한을 풀기 위해 김승지네며 박의관네를 두들겨 부술지도 모른다고 생각하는 사람이 있는가 하면, 그 장쇠한테 보복당할 것을 두려워하여 안절부절 못하는 김승지와 박의관 집에서는 몹시 긴장되어 있었다.

그러는 와중에 장쇠는 동학군의 두목이 되어 근처의 산에 숨어 지내면서 염탐군을 보내 마을의 일을 샅샅이 알아냈다. 특히 김승지와 박의관의 비행에 대해서 자세히 탐지했다. 장쇠로서는 자기가 지금껏 당한 수모뿐 아니라 같은 백성들이 당한 억울한 일을 그만큼 보복해야겠다는 뜻이 이제야 실천될 때가 된 셈이었다.

이렇게 산속의 장쇠네 동학군은 호시탐탐 노렸고, 김승지와 박의관에게는 참혹할 만큼 불안한 날이 계속되고 마을 사람들에게는 그 결과가 궁금하게 되었다.

드디어 쾌거를 벌인 장쇠네 동학군은 우선 김승지네 딸인 '미연이'에게 미쳐서 밤이 깊도록 그 집 주위를 배회하던 박의관의 아들 '일양'을 붙잡아 온다. 다음에는 '김승지', 그의 큰형 '건양', 그의 아버지 그리고 장쇠의 아내 금순이를 유괴했던 '노랑할멈', '돌이', '박의관'과 그 아들 등을 잡아다 굴 속에 가둔다.

장쇠네 일당은 '김승지'를 굴에서 끌어내어, 보는 앞에서 그의 종문서며 빚문서 등을 불태우고 경고한다. 그리고 나서 '김승지'를 그전에 그가 백성을 고문했던 형구(刑具)로 다룬다. '박의관'과 그 아들에게 대해서도 마찬가지로 태형이 가해졌다.

이 소식을 들은 마을 사람들이 붙잡힌 토호들과 그 권속이며 하인들을 자기네 손으로 처단하겠다고 몰려들었다. 특히 그들은 개인적인 원한으로 더욱 격렬히 분개해 혼란을 야기시켰다.

그때 장쇠는 불을 밝혀서 자기의 정체를 드러내 보이는 한편 열광적으로 환영을 받는 가운데 흥분된 군중들을 진정시키려 했다. 그러나 잠시 진정된 듯하던 군중들은 다시 장쇠의 미온적 행동에 불만을 품고 살의와 광기의 함성을 지르면서 토호네를 죽이라고 흥분했다.

이러한 혼란 속에서 관군이 장쇠 등의 동학군을 추격해 왔다. 그렇게 되자 군중은 피신하느라고 크게 소동을 일으켰다. 이 와중에서 전투태세에 돌입한 장쇠네 눈을 피해, 남장을 한 김승지의 딸 '미연이'와 박의관의 아들 '일랑이'는 각각 재빠르게 자기네 부모를 구출해 달아난다.

이와 같은 내용을 보여주는 《농민》은 이무영의 야심작이요, 대표작으로 평가된다. 지금까지의 농촌소설에서 보였던 소박한 순정과 인내 그리고 경제적 곤궁을 극복해보려는 몸부림에서 진일보한 것이었다. 모름지기 《농민》에 이르러서는 농민들의 반항적인 투지까지도 그려보려 한 것이 역력하다.

4. 농민문학의 거성(巨星)

작가 이무영이 마지막으로 세상에 내놓고 간 《계절의 풍속도(風俗圖)》 같은 애정소설도 있지만 그의 문학적 특징은 아무래도 농촌소설에서 찾아야 할 것이다.

《계절의 풍속도》에선 젊은 여자와 중년 이상인 스승과의 애정 관계를 펼쳐 보였다. 그들은 서로 사랑은 하면서도 결코 한선을 넘지 못한다는 것이다. 마구 뒤흔들어서 사회악을 구출하려는 작가의 보수적 의도가 부각된 것이었다.

6·25 이전까지의 농촌문학에 일관했던 그가 이후에는 일종의 시정문학으로 옮겨갔다. 이를테면 《비련(悲戀)》, 《숙향(淑香)의 경우》, 《송미망인(宋美亡人)》 등 단편에서부터 《창(窓)》, 《난류(暖流)》 등 장편을 통

해서 새로운 애정 윤리를 추구해 갔다. 그러나 이러한 시정문학은 모두가 자신의 고독과 현실 부정에서 오는 솔직한 반발의식에 불과했다. 아무튼 근 30년에 걸친 무영의 문학은 이 땅의 농민문학의 거성으로서 영원히 빛을 잃지 않을 것이다.

외견상 거무튀튀한 얼굴의 무뚝뚝한 인상을 주었던 무영──그는 이 땅의 농민 문학을 위해서 자기의 온 생애를 불태워버렸다. 그것도 어쩔 수 없는 숙명과 의식에서 땅을 파헤치고 그 속에서 진실하게 살려던 작가가 바로 다름아닌 무영이었다. 그는 소설의 정신이란 고민하는 정신이요, 고행하는 정신이라고 확언했다. 이 고행을 스스로 택했던 그는 1960년 53세의 단명으로 타계하기까지 심오한 문학세계의 길로 끈기 있게 정진해 갔다.

▨ 이무영(李無影) 연보 ▨

1908년(1세)　1월 14일 충북 음성군 음성읍 오리골에서 이덕여(李德汝)씨와 인(印)씨 사이의 7남매 중 차남으로 출생. 본명은 갑룡(甲龍). 아명은 용구(龍九).

1913년(6세)　용원리(충북 중원군 신니면 용원리 26번지 — 여기가 본적으로 되어 있다)로 이사, 6 · 25때 행방불명된 시인 이강흡(李康洽)과 한 마을에서 자라다.

1920년(13세)　서울에 올라와 휘문고보에 입학. 2학년 때부터 문학에 뜻을 가지기 시작했다고 한다.

1925년(18세)　문학수업을 하기 위해 일본으로 건너가 고학으로 세이조(成城) 중학교에 다니다가 일본 작가 가토 다께오(加藤武雄)씨 집에 기숙하면서 4년간 작가 수업을 하다.

1926년(19세)　5월 처녀 장편 《의지 없는 영혼》(원명 《의지 없는 청춘》)을 청조사에서 간행하다.

1927년(20세)　장편 《폐허》(원명 《폐허의 울음》)을 청조사에서 간행하다. 이때부터 무영(無影)이란 아호를 쓰기 시작하다.

1929년(22세)　일본에서 귀국하여 소학교 교원, 출판사 사원, 잡지사 기자 등으로 전전하다. 장편 《8년간》(조선강단) 연재. 단편 《두 훈시(訓示)》(동광) 발표.

1930년(23세)　단편 《미남의 최후》(신취미) 발표.

1931년(24세)　단편 《반역자》(비판), 《구성영감(龜城令監)과 의학박사》(신생), 《아내》(신여성), 《결혼전말》(혜성) 등 발표. 동아일보사에서 한국 최초의 희곡 현상모집에 《한낮에 꿈꾸는 사람들》이 당선, 극예술연구회에서 공연. 염상섭(廉想涉), 이은상(李殷相), 서항석(徐恒錫)씨 등과 교류.

1932년(25세)　중편 《지축을 돌리는 사람들》(동아일보), 단편 《흙을 그리는 마음》《세창침(世昌針)》(신동아), 《조그만 반역자》(동광), 희곡 《모는 자 쫓기는 자》(신동아), 《오전 영시》(비판) 등 발표. 김동인(金東仁), 채만 식(蔡萬植)씨와 알게 되다.

1933년(26세) 중편 《노농(老農)》(비판), 단편 《루바슈카》《아버지와 아들》(신동아), 《오도령(吳道令)》(조선문학), 《산장소화》(신가정) 등 발표.

1934년(27세) 동아일보사 학예부 기자로 근무. 장편 《먼동이 틀 때》(동아 일보) 연재. 중편 《아저씨와 그 여인》, 단편 《취향(醉香)》(조선일보), 《농 부》(비판), 《댕기삽화(揷畵)》(신인문학), 《B녀의 소묘》《우심(牛心)》《노 래를 잊은 사람》(중앙), 《나는 보아 잘 안다》(신여성), 《야시삽화(夜市揷 畵)》《용자소전(龍子小傳)》(신가정), 《창백한 얼굴》(신동아) 등 발표. 희 곡 《톨스토이》(신동아) 연재.

1935년(28세) 단편 《산가(山家)》(신동아), 《꾸부러진 평행선》(동아일보), 《수인(囚人)의 아내》《아름다운 풍경》(신가정), 《만보노인(萬甫老人)》(신 동아), 희곡 《예술광 사원과 모월》(신동아) 등 발표.

1936년(29세) 사우(社友) 신영균(申永均)씨의 처제 고일신(高日新)씨와 송진우(宋鎭禹)씨 주례로 결혼. 소년 장편소설 《똘똘이》(동아일보) 연 재. 단편 《유모》(신동아), 《오열》《분묘》(조선문학), 《타락녀》(호남평 론), 희곡 《현대 여성 기질》(호남평론) 등 발표. 희곡 《무료 치병술》 상연 (극예술연구회). 일장기 말소 사건으로 동아일보가 일시 정간되어 시인 이흡(李洽)과 〈조선문학〉을 창간.

1937년(30세) 동아일보가 복간되어 여기에 장편 《명일(明日)의 포도(鋪 道)》를 연재. 제1단편집 〈취향〉 간행. 장녀 자림(慈林) 출생.

1938년(31세) 장편 《세기(世紀)의 딸》(동아일보) 연재. 단편 《9호 병실》 (광업조선) 발표. 희곡 《구두쇠》(부민관)서 공연. 제2단편집 《무영단편 집》 간행.

1939년(32세) 장편 《먼동이 틀 때》(영창서관)《명일의 포도》 간행. 7월 비 장한 각오로 동아일보사를 사직함. 이흡(李洽)을 따라 궁촌(경기도 군포 부근)으로 내려갔다. 그는 여기서 십여 년간 살면서 농사와 창작의 이위 일체 생활을 함으로써 《농민》《흙의 노예》 등 일련의 대표작을 낳았다. 단편 《제1과 제1장》(인문평론), 《어떤 아내》《도전》(문장), 《궁촌기》 등 발표. 장남 현(玄) 출생.

1940년(33세) 경성보육학원 문학 담당. 중편 《흙의 노예》(인문평론), 단편 《이름 없는 사나이》《안달소전(安達小傳)》(조광), 《민권(閔權)》《딸과 아들과》(인문평론) 등 발표.

1941년(34세) 단편 《누이의 집》(문장), 《승패》(인문평론), 《원주댁》(춘추) 등 발표. 차남 민(民) 출생.

1942년(35세) 장편 《청기와 집》(원명 《靑瓦の家》 부산일보), 《향가》(내외신문) 연재. 단편 《문서방(文書房)》(국민문학), 《모우지도(慕牛之圖)》(춘추) 등 발표.

1943년(36세) 장편 《청기와 집》으로 조선예술상 수상. 단편 《귀소(歸巢)》(춘추), 《두더지》《토룡》(국민문학) 등 발표.

1944년(37세) 단편 《조그만 일》《부주전상백시》《슬픈 해결》《무아》 등 발표.

1945년(38세) 단편 《금석(今昔)》《대자(代子)》《법》《일년기》 등 발표. 차녀 성림(聖林) 출생.

1946년(39세) 서울대학교 문리대에 출강. 소설론 강의. 장편 《3년》(원명 《피는 물보다 진하다》)(한국일보) 연재. 단편 《굉장씨(宏壯氏)》(백민) 발표. 희곡 《큐리부인》(국립극장) 상연. 제3단편집 《흙의 노예》(조선출판사) 간행. 전국문화단체총연합회 최고위원.

1947년(40세) 단편 《나라님전 상사리》《사위》 등 발표. 《고도승지대관》(조선출판사) 간행. 연희대학교 문과대에 출강. 삼녀 미림(美林) 출생.

1948년(41세) 단편 《청개구리》(농토), 《삼여인(三女人)》(현대공론), 《구곡동》《산장소화》 등 발표.

1949년(42세) 단편 《산정삽화》(문예), 《불암(佛庵)》(신천지), 《장화》 등 발표. 장편 《세기의 딸》(동진문화사), 《산가(山家)》(《무영농민문학선집》 제1권), 〈향가〉(제2권)(민중서관) 《소설작법》(계진문화사) 간행.

1950년(43세) 장편 《그리운 사람들》(서울신문) 연재중 6·25 전란으로 중단. 염상섭(廉相涉), 윤백남(尹白南)과 함께 해군에 입대, 해군 소령으로 정훈교육 담당. 장편 《농민》(한성일보) 연재. 중편 《사(死)의 행렬》, 단편 《전기(戰記)》(백민), 《정상에서》 등 발표.

1951년(44세) 해군 진해통제부 전훈실장 취임. 단편 《어떤 부부》 발표. 장편 《젊은 사람들》(문연사) 간행.

1952년(45세) 진해통제부 공창에서 충무공 동상의 제작을 주야 지휘하는 한편 그 제작과 때를 같이하여 희곡 《이순신(李舜臣)》(진해 해양극장)을 김승호(金勝鎬) 주연으로 상연. 장편 《사랑의 화첩》, 희곡 《벽》 등 발표.

1953년(46세) 2월 해군 정훈감에 취임. 장편 《농군》(서울신문) 연재.. 단편 《O형의 인간》《호반산장지도》(신천지), 《바다의 대화》(전선문학), 《초향》(연합신문), 《일야》(수도평론), 〈亡씨 행장기〉《암야행로》(문예) 등 발표. 제5단편집 〈B녀의 소묘〉(희망사) 간행. 숙대 문리대 강사 취임.

1954년(47세) 2월 국방부 정훈국장 취임. 장편 《노동(老農)》(대구일보), 《역류》(연합신문) 연재. 장편 〈농민〉 간행.

1955년(48세) 해군 대령으로 예비역 편입, 해군기술연구소 이사 취임. 국방부 정훈국 자문위원 위촉. 전국문화단체 총연합회 최고위원, PEN 클럽 한국 본부 중앙위원 자유문학자협회 부회장 등에 피선. 숙대 대학원 강사 취임. 장편 《창》(경향신문) 연재. 단편 《광무곡》(재정), 《고추잠자리 뜰 때》(농민생활), 《환》《소녀》《숙경의 경우》(사상계) 《그 전날 밤》(새벽), 《향수》(문학예술), 《이단자》(현대문학), 《연사봉(戀師峰)》(숙대학보), 《송미망인》《비련》《벽화》《아침》《며느리》 등 발표. 희곡 《발착점에 선 사람들》(원명 《팔각정 있는 집》 (문학예술)을 개제) (국민극장) 상연. 장편 〈역류〉(을유문화사) 간행. 《삼년》(사상계사) 간행.

1956년(49세) 서울시 문화상 수상 (대상 작품) 《농부전초(農夫傳抄)》 외 55년도 간행 저서. PEN 런던대회에 한국대표로 참가, 2개월 동안 유럽 여행. 장편 《난류》(세계일보) 《빙화》(주간희망) 연재. 단편 《어떤 아들》 발표.

1957년(50세) 단국대학 국문과 교수 취임. 중편 《맥령》(사상계), 단편 《호텔 이타리코》《고독》(신태양), 《사신과의 대화》(문학예술), 《광상》(현대문학), 《부표》《기우제》《새벽》《일제대병의 소묘》 등 발표. 《해전소설집》 간행.

1958년(51세) 단국대학 대학원 교수 취임. 자유중국정부 초청으로 방중, 1개월간 교육 문화 시설 시찰. 장편 《계절의 풍속도》(동아일보) 연재. 중

편 《2·8 전후》(자유문학), 단편 《실제기》(사상), 《진소저(陳小姐)》《꿩
장씨 후일담》《반향(反響)》 등 발표. 단편집 《벽화》(문장사) 간행.
1959년(52세) 단편 《죄와 벌》《미애(美愛)》(자유문학), 《궁촌 사람들》《기
차와 박노인》 등 발표.
1960년(53세) 단편 《범선에의 길》(문예) 발표. 4월 21일 뇌일혈로 타계. 유
작 단편 《애정설화(艾井說話)》(문예 60.6) 중편 《목석부인》(사상계 62.9.
~10.) 발표.

농 민

발행 2004년 4월 20일 ⓤ 값 9,000원

■ 저 자 / 이 무 영
■ 발행자 / 남   용
■ 발행소 / 一信書籍出版社

인지 생략

주 소 : ①②①-①①⓪ 서울 마포구 신수동 177-3
등 록 : 1969. 9. 12. No. 10-70
전 화 : 703-3001~6
FAX : 703-3009
대체구좌 / 012245-31-2133577